महीप सिंह की समग्र कहानियां

1

सुबह की महक

तीन खंडों में समग्र कहानियां

- सुबह की महक
- क्षणों का संकट
- संबंधों का सन्नाटा

अभिव्यंजना : नयी दिल्ली

महीप सिंह की समग्र कहानियां

सुबह की महक

(खंड एक)

ISBN : 81-7464-025-8

प्रकाशक	:	**अभिव्यंजना** बी-70/72, डी.एस.आई.डी.सी. काम्प्लेक्स लारेंस रोड, दिल्ली-110035
प्रथम संस्करण	:	2000
कला	:	मनदीप डिम्पी
शब्द-संयोजक	:	राजेश सिंह
मूल्य	:	300 रुपये
मुद्रक	:	अमृत एन्टरप्राइजेज़, लारेंस रोड, दिल्ली-110035

Complete Short Stories of Maheep Singh : Vol. 1
SUBAH KI MAHAK
Edition - 2000
Rs. 300/-

बहन ज्ञान कौर की स्मृति में

प्रकाशकीय

चार दशक की अपनी कथा-यात्रा में महीप सिंह ने लगभग सवा सौ कहानियां लिखीं। 1956 में उनकी कहानी 'उलझन' को साप्ताहिक हिन्दुस्तान द्वारा आयोजित 'प्रेमचंद कहानी प्रतियोगिता' में प्रथम पुरस्कार प्राप्त हुआ था। उस एक कहानी ने कहानी के जागरूक पाठकों के मध्य उनका जो स्थान बनाया, वह निरन्तर विकसित होता गया। आज अपनी पीढ़ी के गिने-चुने कथाकारों में उनकी गणना होती है। 'काला बाप गोरा बाप', 'पानी और पुल', 'कील', 'शोर', 'सहमे हुए', 'धूप की उंगलियों के निशान', 'शोक', 'लय' जैसी कहानियां हिन्दी कहानी के मील के पत्थर बन गई हैं।

देश-विदेश के अनेक विश्वविद्यालयों में महीप सिंह की कहानियों पर अनेक शोध-कार्य हुए हैं और हो रहे हैं। पूर्व-प्रकाशित कहानी-संग्रह अपनी अनेक आवृत्तियों में प्रकाशित होकर भी आज उपलब्ध नहीं हैं, इसलिए समग्र कहानियों के प्रकाशन द्वारा उस अभाव की पूर्ति का प्रयास किया गया है। तीन खंडों में उनकी समस्त उपलब्ध कहानियां आ गई हैं।

महीप सिंह की कहानियों की शक्ति यह है कि वे आज के विविध जीवन-सत्यों की अनुभूतिमूलक विवृतियां हैं। उन्होंने बड़ी कलात्मक निस्संगता से अपने अनुभवों को रचा है। निस्संग-सी, अनाटकीय-सी दिखने वाली इन कहानियों में एक व्यंजक स्थल, एक संकेत विशिष्टता प्रदान कर देता है और ये कहानियां अपनी सादगी में चमक उठती हैं। ये कहानियां अपने समय-सत्य को ही उजागर नहीं करतीं, बल्कि भविष्य में झांकती हैं और हमारा साक्षात्कार उस सत्य से कराती हैं जो अभी घटित नहीं हुआ है, घटित होने जा रहा है।

चितवत रहिओ ठगउर

यह विचार कुछ वर्षों से निरन्तर घेरे हुए था कि मेरी सभी कहानियां दो या तीन खंडों में प्रकाशित हो जाएं। मेरा पहला कहानी-संग्रह 'सुबह के फूल' 1959 में प्रकाशित हुआ था। उसके बाद 'उजाले के उल्लू', 'घिराव', 'कुछ और कितना', 'कितने सम्बन्ध' और 'धूप की उंगलियों के निशान' प्रकाशित हुए। इन संग्रहों की भिन्न-भिन्न आवृत्तियां भी प्रकाशित होती रहीं और अनुपलब्ध होती गईं। पाठकों और शोधकर्ताओं की यह शिकायत निरन्तर बनी रही कि उन्हें सभी कहानी-संग्रह उपलब्ध नहीं हो पाते हैं। इसे ध्यान में रखकर मेरी 51 कहानियों का एक संग्रह 1982 में प्रकाशित हुआ था। उसने इस आवश्यकता की आंशिक पूर्ति की थी। शायद यही कारण था कि गत वर्षों में उसके चार संस्करण प्रकाशित हो गए।

फिर भी आधे से अधिक कहानियां इस संग्रह से बाहर रह गई थीं, जिनके लिए शोधकर्ताओं को विशेष रूप से बहुत परेशानी उठानी पड़ती थी।

मेरे लिए प्रसन्नता की बात है कि अब तीन खंडों में अभी तक की लिखी लगभग सभी कहानियां प्रकाशित हो रही हैं। इस प्रकार ये खंड न केवल कथा-रसिकों और शोधकर्ताओं की आवश्यकता की पूर्ति करेंगे, वरन देश-विदेश के पुस्तकालयों में सुरक्षित होकर भावी पीढ़ियों को भी सुलभ हो जाएंगे।

किन्तु इन खंडों में संग्रहीत कहानियां अभी तक की हैं। जीवन के शेष वर्षों में और भी कुछ कहानियां लिखी जाएंगी। तब शायद उनके लिए चौथे और पांचवें खंड का भी नियोजन करना पड़े। किन्तु—

नर चाहत कछु अउर, अउरे की अउरै भई,
चितवत रहिओ ठगउर, नानक फांसी गलि पई।।

एक बात का विशेष रूप से उल्लेख करना चाहता हूं। इन कहानियों के पुनर्निरीक्षण और मुद्रण-प्रक्रिया में डा. कमलेश सचदेव ने अथक परिश्रम किया है। यदि वह इतना ध्यान नहीं देतीं तो इन खंडों को वैसा रूप नहीं मिलता, जैसा इस समय है।

आवरण-चित्र की परिकल्पना मेरी पुत्रवधू मनदीप की है और इसकी लेजर कम्पोजिंग में राजेश ने बहुत श्रम किया है। इनके प्रति अपनी कृतज्ञता किस प्रकार व्यक्त करूं?

एच-108, शिवाजी पार्क,
नई दिल्ली-110026

अनुक्रम

मैडम

होटल के सभी लोग उसे मैडम कहते थे। शायद अपने लिए उसे यह नाम अच्छा भी लगता था, क्योंकि मैंने उसे कई बार होटल के नौकरों को चाय आदि का आर्डर देते हुए यह कहते सुना था कि बोलो, मैडम चाय मांगती हैं। होटल के मालिक खन्ना साहब उसे सदैव परी कह कर संबोधित करते, जो होटल में रहने वाले बंगाली सज्जनों में 'पोरी' का रूप धारण कर लेता था।

मैडम शायद उसे इसलिए कहा जाता था कि उसने अपने बाल अंग्रेजी ढंग से कटवा रखे थे। उस होटल में रहने वाले कुछ अन्य परिवारों के बच्चे उसे बलकट्टी कहने में ही अधिक रस लेते थे, शायद उनकी भद्र माताएं आपस में उसे इसी नाम से संबोधित करती होंगी। खन्ना साहब ने परी नाम उसे उसकी वेशभूषा के कारण दिया होगा। सचमुच ही जिस समय वह सज-संवर कर निकलती थी, उसके लिए परी शब्द में कुछ भी अत्युक्ति नहीं रह जाती थी। ओठ लिपस्टिक से गहरे लाल होते, सुडौल मुंह के कपोल अच्छी तरह रंगे होते, ब्लाउज तो नाममात्र के लिए होता। कमर, पेट और पीठ का अधिकांश भाग सदैव खुला ही रहता।

बम्बई के एक डिग्री कालेज में मुझे अध्यापन-कार्य तो मिल गया, किन्तु साथ ही निवास की विकट समस्या आ उपस्थित हुई। एम. ए. पास करने के बाद देश के सर्वाधिक चहेते वर्ग, बेकारों में, मैं भी आ सम्मिलित हुआ था। इस वर्ग में सम्मिलित होकर मुझे कुछ कष्ट नहीं हुआ। मुझे तब तो प्रसन्नता ही होती थी जब मैं देखता कि मेरे लिए देश के सभी नेता और राजनीतिक दल बड़ी-बड़ी योजनाएं बना रहे हैं और समाचार-पत्रों के संपादक कितने चिंतित हैं। किन्तु मैं यह सुख एक वर्ष से अधिक नहीं उठा सका और दूसरे वर्ष नौकरी मिल गई.... स्वप्नों और सितारों के नगर बम्बई में।

एक सज्जन की कृपा से खन्ना साहब के होटल में कमरा मिल गया।

होटल में मैं बहुत दिनों तक किसी से परिचय नहीं कर सका। मेरे कमरे में साथ की सीट खाली थी और संकोची होने के कारण अन्य कमरों में रहने वालों से जान-पहचान करने की न तो

इच्छा ही हुई और न आवश्यकता ही मालूम हुई। भोजन के लिए डाइनिंग हाल में दोनों समय सभी एकत्र होते थे, इस कारण कुछ चेहरे परिचित हो गए थे और उनकी बातचीत से यह भी ज्ञात हो गया था कि इनमें से अधिकांश का संबंध किसी-न-किसी रूप में फिल्म जगत से है या होने वाला है।

कुछ दिन बाद मेरे कमरे में एक घोष बाबू आ गए। पहले दूसरी मंजिल के किसी तीन सीट के कमरे में थे, किन्तु वहां की कचकच से ऊब कर वह दो सीटों वाले कमरे में आ गए थे। मैं चाहता या न चाहता, उन से परिचय करना ही पड़ता। एक ही कमरे में रहने के कारण अनेक स्वार्थ समान थे। किन्तु मुझे उनका परिचय किसी तरह कष्टकर सिद्ध नहीं हुआ। वह किसी कपड़ा मिल में इंजीनियर थे। उनकी ड्यूटी का समय बड़ा विचित्र होता था। कभी प्रातः छह बजे से शाम के तीन बजे तक और कभी शाम को तीन बजे से रात के बारह बजे तक। अतः हमारा मिलना बहुत कम होता था। वह स्वभाव के बहुत अच्छे और शांत प्रकृति के थे।

एक दिन उन्होंने मुझसे पूछा—"क्यों जी, यह जो अपने साथ के कमरे में एक औरत बहुत आया करती है, जिसे लोग मैडम कहते हैं, कौन है?"

उस समय तक मैं मैडम के संबंध में कुछ भी नहीं जानता था। मैंने उसे सीढ़ियों पर चढ़ते-उतरते समय अनेक बार देखा था और साथ के कमरे में भी, जिसमें तीन युवक रहते थे, कई बार आते-जाते देखा था। किन्तु वह कौन है, यह जानने की कभी कोई विशेष इच्छा नहीं हुई थी। होटल में रहने वाले किसी फिल्म निर्देशक या निर्माता की पत्नी होगी—ऐसा मन के किसी अचेतन अंश ने अनायास ही तय कर लिया था।

किन्तु आज उनके प्रश्न ने कुछ चौंका-सा दिया।

मैंने कहा—"घोष बाबू, मुझे तो मालूम नहीं कि वह कौन है। होटल में रहने वाले किसी फिल्मी आदमी की पत्नी होगी।" फिर मैंने उनसे पूछा, "आखिर आप आज उसके बारे में कैसे सोचने लगे?"

उनकी मुद्रा कुछ गंभीर बनी हुई थी, बोले— "मुझे यह स्त्री कुछ अच्छी नहीं मालूम होती। आपने कभी ध्यान नहीं दिया कि उसकी निगाहें कैसी होती हैं।" और फिर वह रुक कर बोले, "वह साथ के कमरे में जो लड़का रहता है न इंदु, कल मैंने उसे उसके साथ बड़ा फूहड़ मजाक करते देखा था। किसी भद्र महिला के साथ ऐसा व्यवहार कदापि संभव नहीं है।"

मैं कहने के लिए कुछ सोच ही रहा था कि होटल का नौकर शाम की चाय लेकर आ गया। वह हमें चाय दे रहा था कि मैडम हमारे कमरे के सामने से हमारी ओर देखते हुए निकली और कहती गई—"कृष्णा, मेरे कमरे में चाय कब लाएगा?"

उसने झट से उत्तर दिया—"अभी लाया, मेम साब।" और एक मर्म और रहस्यभरी मुस्कान उसके चेहरे पर दौड़ने लगी।

मैंने सोचा, होटल की ऐसी कौन-सी बात है जो भला नौकरों से छिपी रहे। पूछा—"क्यों

कृष्णा, यह मेम साहब किस कमरे में रहती हैं?''

''ऊपर के इकतीस नंबर में।'' और उसकी मुस्कराहट अधिक प्रखर हो उठी।

''यह किसकी बीवी है?''

वह हंसते हुए बोला—''किसी की नहीं।'' और फिर धीरे-से सिर झुकाकर बोला—''आप चाहें तो आपकी भी बन सकती है।''

उसकी बात सुनकर मैं एकाएक सन्न रह गया, और देखा कि घोष बाबू चाय की प्याली ओठों के पास रोके हुए कभी मेरी ओर और कभी उस नौकर की ओर अर्थभरी दृष्टि से देख रहे है। मुझे थोड़ा क्रोध भी आ गया कि कैसा बदतमीज नौकर है। मैंने कहा—''बड़े बदतमीज हो तुम। सबको एक सरीखा ही समझते हो।''

किन्तु शायद मेरी डांट का उस पर कुछ विशेष प्रभाव नहीं पड़ा। उसे यही लगा कि सभी भद्र दिखने वाले पुरुष प्रारंभ में ऐसा ही कहते हैं।

मेरे मन में उस संबंध में कुछ अधिक जानने की इच्छा हो आई थी और कृष्णा से मैंने अपनी उत्सुकताओं का जो समाधान किया, उसका सारांश यह था कि यह मैडम कही जाने वाली युवती किसी गुजराती लखपती की रखैल है। बंबई में उसकी कई मिलें हैं। वह स्वयं तो अपनी विवाहिता पत्नी के साथ रहता है और इसे इस होटल में एक कमरा ले दिया है। होटल के खर्च के अलावा वह पांच सौ रुपये हर महीने इसे और देता है। प्रतिदिन एक बार आकर खोज-खबर ले जाता है। कृष्णा ने यह भी बताया कि साथ के कमरे में रहने वालों के साथ इसके संबंध अच्छे नहीं हैं।

पता नहीं क्यों, किसी स्त्री के चरित्र के संबंध में एकाएक संदेह करने को मेरा जी नहीं चाहता। कृष्णा की बातें सुनकर भी मैं घोष बाबू को उनकी जानकारी के लिए साधुवाद नहीं दे सका। किन्तु उनके चेहरे पर तो विजय की झलक दिखाई दे रही थी। वह बोले—''मैंने तो आपसे पहले ही कहा था कि यह स्त्री ठीक नहीं है। मैं तो एक नजर देखते ही आदमी को पहचान लेता हूं कि वह कैसा है। इसे पहली बार देखते ही मैंने समझ लिया था कि यह कोई बाजारू औरत है।''

मेरे सामने सिवा इसके कोई चारा नहीं था कि मैं उनकी हां में हां मिला दूं।

अब तो प्रतिदिन होटल में मैडम अधिकाधिक चर्चा का विषय बनती जा रही थी। निकलती तो सब ओर आवाजकशी होने लगती। एक दिन मैं अपने कमरे के बाहर बालकनी में खड़ा था कि वह ऊपर की सीढ़ियों से उतरी। एक पंजाबी सज्जन भी वहीं खड़े थे, जो शायद रेलवे में कहीं नौकरी करते थे। उसे देखते ही उन्होंने पंजाबी भाषा में उसे लक्ष्य करके जो फूहड़ गालियां बकना और हावभाव दिखाना शुरू किया कि मेरे रोंगटे खड़े हो गए। और तब तो मेरे आश्चर्य का ठिकाना नहीं रहा जब मैंने देखा कि मैडम हंसती हुई उन्हीं की ओर बढ़ती चली आ रही है। मैं चुपचाप अपने कमरे में चला आया।

उस दिन जब मैं कालेज से लौटा तो होटल के दफ्तर में बैठे खन्ना साहब ने मुझे बुलाया। मैडम वहीं पास खड़ी किसी से फोन पर बातचीत कर रही थी। खन्ना साहब बोले—"मैं आज बड़ी देर से आपकी प्रतीक्षा कर रहा हूं। आपसे मुझे बड़ा जरूरी काम है।"

मैंने उनके पास पड़ी हुई कुर्सी पर बैठते हुए कहा—"कहिए।"

"मेरा लड़का इस वर्ष पंजाब मैट्रिक में प्राइवेट बैठ रहा है। गत वर्ष वह इसी परीक्षा में हिन्दी और अंग्रेजी में फेल हो गया था। मैं चाहता हूं कि आप उसकी ट्यूशन कर लें तो बड़ा अच्छा हो।" खन्ना साहब बोले।

ट्यूशन के नाम से शुरू से ही मुझे बड़ी चिढ़-सी रही है। अपने प्रदेश में ट्यूशन करने वालों की जो दुर्गति मैंने देखी थी, उसने मेरे मन में इस कार्य से सदा के लिए एक विरक्ति उत्पन्न कर दी थी। मैंने कहा—"खन्ना साहब, मैं तो यहीं होटल में रहता हूं और दोपहर के बाद अधिकांश समय मेरे पास खाली रहता है। आप जब चाहें, अपने लड़के को मेरे पास भेज दीजिए, मैं पढ़ा दूंगा। वैसे ट्यूशन करने में मुझे रुचि नहीं है।"

खन्ना साहब बोले—"अच्छा, मैं कल उसे आपके पास भेजूंगा। आप उसका टेस्ट लेकर देखिए कि उसकी हालत कैसी है। फिर आप जैसा कहेंगे, किया जाएगा।"

मैडम इतनी देर तक खड़ी हमारी बातें सुन रही थी। मैं जैसे ही उठकर चलने को हुआ, वह मेरे साथ चलने लगी। आज तक मेरी उससे कोई बात नहीं हुई थी। आज भी कोई बात न होती यदि वह स्वयं ही शुरू न करती। उसने चलते-चलते पूछा—"तो आप कहीं पढ़ाते हैं।"

मैंने कहा—"जी हां, यहीं एक कालेज में पढ़ाता हूं।"

"मुझे पढ़ने-लिखने में बड़ी रुचि है। यहां न तो पढ़ने-लिखने के कुछ साधन हैं, और न वातावरण ही। सचमुच विद्यार्थी जीवन कितना अच्छा होता है। वे दिन याद करके आज भी मेरा दिल भर आता है जब मैं पटना में तीसरे वर्ष में पढ़ती थी।"

मैंने आश्चर्य से उसकी ओर देखा। सचमुच क्या यह एक सुशिक्षित महिला है? उस समय उसके चेहरे पर जैसे एक गहरी वेदना उभर आई थी। अतीत की स्मृतियों में वह खो-सी गई थी। जब से मैंने उसके संबंध में कुछ सुना था, मेरी इच्छा थी कि उसके पूर्व जीवन के बारे में कुछ जानूं। आज अनायास वह अवसर आया। मैंने बात आगे बढ़ाते हुए कहा—"तो आप पटना में कालेज में पढ़ती थीं? वहां से आपने क्या बी.ए. किया था?"

"नहीं, बी.ए. कहां कर पाई। इच्छा तो बड़ी थी, किन्तु क्या मनुष्य की सभी इच्छाएं पूर्ण हो जाती हैं?"

हम लोग होटल की पहली मंजिल पर पहुंच गए थे। उसे दूसरी मंजिल पर जाना था और मुझे बायीं ओर मुड़कर अपने कमरे में आना था। उस दिन की बात यहीं तक रह गई। वह 'अच्छा, प्रोफेसर' कहते हुए ऊपर की सीढ़ियों की ओर मुड़ गई और मैं अपने कमरे में आ गया। आज

मैं दिन भर उसी के संबंध में सोचता रहा। मुझे उसका सम्पूर्ण जीवन रहस्य और वेदना से भरा हुआ ज्ञात हो रहा था। कालेज की उच्च कक्षा में पढ़ने वाली महिला यहां कैसे आ फंसी....यह जानने की मेरी उत्कंठा तीव्रतर हो गई थी।

इस घटना के दूसरे दिन मैं कालेज से लौटकर अपने कमरे में अकेला लेटा हुआ था। घोष बाबू आपने काम पर गए हुए थे। मैडम आ उपस्थित हुई। उसे देखकर मुझे हर्ष कम, घबराहट अधिक हुई। वह समय ऐसा था जब होटल के अधिकांश कमरे बंद रहते थे, लोग काम-धंधे पर गए हुए होते थे। मैंने सोचा, ऐसे समय यदि किसी ने इसे मेरे कमरे में देख लिया तो अनायास ही मेरा भी नाम इससे संबंधित व्यक्तियों में जोड़ दिया जाएगा। फिर भी मैंने शिष्टाचारवश उसका स्वागत किया। उसका ध्यान मेरे कमरे की अन्य चीजों से होकर पुस्तकों की अलमारी पर आ टिका था।

"ओह, प्रोफेसर, आपके पास तो बहुत-सी पुस्तकें हैं।" कहती हुई वह अलमारी के पास पहुंचकर सभी पुस्तकें बड़ी लालसा और उत्सुकता से देखने लगी। फिर बोली—"आप इनमें से मुझे पढ़ने के लिए दिया करेंगे?"

मैंने कहा—"क्यों नहीं। आखिर पुस्तकें होती किसलिए हैं।"

"आपकी बड़ी मेहरबानी।" और फिर दो-तीन पुस्तकें निकालकर बोली—"इन्हें मैं ले जाऊं? पढ़कर वापस कर दूंगी। देखिए न, सारा दिन काटना भी मुश्किल हो जाता है—न खाना बनाना, न कपड़े धोना और न बच्चों को नहलाना-धुलाना। आखिर दिन कटे भी कैसे। इन पुस्तकों से कुछ समय तो कटेगा ही।" यह कहकर वह कमरे से निकल गई।

मैं उससे कुछ पूछना चाहता था, कुछ जानना चाहता था, किन्तु उसे रोकने का मुझे साहस न हुआ। उसकी उपस्थिति में मानो मेरी सांस रुकी हुई थी। उसके जाते ही मैं एक प्रकार से आश्वस्त हुआ।

इस प्रकार उसका मेरे कमरे में आने-जाने का मार्ग खुल गया। पहली पुस्तकें वापस कर जाती, दूसरी ले जाती। कभी-कभी तो पुस्तकों की अदला-बदली इतनी शीघ्र होती कि मुझे आश्चर्य होता कि वास्तव में तह उन्हें पढ़ती भी है या यों ही वापस कर जाती है। किन्तु इतना जानना कठिन नहीं था कि उसकी रुचि परिष्कृत है। हिन्दी के लगभग सभी अच्छे साहित्यकारों का उसे ज्ञान है। शरत् और प्रेमचंद के अधिकांश उपन्यास उसने पढ़े हैं। प्रसाद, निराला, पंत और महादेवी के काव्य पर वह थोड़ी-बहुत चर्चा कर सकती है।

इसी बीच होटल में मेरे एक और मित्र बन गए थे। उनका नाम था सुदर्शन भल्ला। दवाइयां बनाने वाली किसी कंपनी में तीन मास की ट्रेनिंग लेने आए थे। बहुधा हम दोनों साथ-साथ चौपाटी आदि की सैर के लिए जाया करते थे। मेरे कमरे में रेडियो भी लगा हुआ था। इसलिए अधिकतर रात्रि का भोजन करने के पश्चात् वह मेरे कमरे में आ बैठते और काफी देर तक रेडियो सुना करते।

धीरे-धीरे हमारी घनिष्ठता काफी बढ़ गई थी। मैडम भी बहुधा हमारे बीच चर्चा का विषय होती थी। उनका भी विश्वास था कि वह अच्छी नहीं है।

मेरे साथ के उन्नीस नम्बर कमरे में जो तीन व्यक्ति रहते थे और जिनसे मैडम के संबंध की चर्चा सारे होटल में थी, उनमें से एक पंजाबी सज्जन, जिनका ऊपर उल्लेख हो चुका है, दो मास की छुट्टी पर दिल्ली अपने घर जा रहे थे। भल्ला अभी तक नीचे के एक कमरे में रहता था। उसने मुझे बताया कि उनके जाते ही वह मेरे साथ के कमरे में आ जाएगा। इस प्रकार एक तो वह मेरे अधिक पास आ जाएगा और दूसरे, उस कमरे में रहने वाले अन्य दो युवकों, इंदु और महेश, के साथ मैडम के कैसे संबंध हैं, इसका भी कुछ पता लग सकेगा।

कोई पराई स्त्री किसी पुरुष के साथ क्यों हंसती-बोलती है, उसके पास क्यों आती-जाती है, उनका आपस में क्या संबंध है? सभी को यह जानने, उनमें अपनी रुचि प्रदर्शित करने और दिमाग खर्च करने की प्रवृत्ति हुआ करती है। होटल के वे सभी व्यक्ति, जिनके लिए अभी मैडम एक पहेली थी, इस महत्त्वपूर्ण समस्या के लिए अपनी विशेष शक्ति व्यय किया करते थे, भला भल्ला क्यों पीछे रहता। उन्नीस नंबर में सीट खाली होते ही उसने अपना डेरा-डंगर ऊपर ला लगाया। अभी तक मैं उस कमरे में कभी नहीं गया था। उसमें रहने वालों से कुछ विशेष जान-पहचान भी नहीं हुई थी। अब भल्ला के कारण उस कमरे में आना-जाना प्रारम्भ हो गया।

एक दिन शाम को मैं उसी कमरे में बैठा हुआ भल्ला से कुछ गपशप कर रहा था। इंदु और महेश एक तरफ बैठे कैरम खेल रहे थे। इतने में वहां मैडम आ गई। यह पहला अवसर था कि वह मेरी उपस्थिति में उस कमरे में आई थी। कमरे में रहने वालों और मैडम के सुने हुए संबंधों को याद कर अपनी उपस्थिति पर मैं कुछ संकुचित-सा हो गया। किन्तु मैडम के मुख पर मैंने संकोच के चिह्न नहीं देखे। वह सदैव की भांति अपनी हंसी बिखेरती एक बार मेरी ओर देखकर इंदु के पास जा खड़ी हुई। भल्ला के कान और आंखें पूर्ण सजग हो चुके थे और वह एक पक्के जासूस की भांति समझने-बूझने में लगा हुआ था। मैडम कुछ क्षण खड़ी उनका खेल देखती रही। फिर इंदु के कंधे को हिलाती हुई बोली—''भैया, मुझे जरा नया वाला 'फिल्म संसार' तो दे दो।''

यह 'भैया' शब्द इतने स्नेहसिक्त ढंग से कहा गया था कि मैं आश्चर्यचकित हो उनकी ओर देखते हुए उन अफवाहों को याद करने लगा जो उनके संबंध में फैली हुई थीं। किन्तु दूसरे ही क्षण मेरा आश्चर्य क्षोभ, संकोच और ग्लानि में बदल गया जब मैंने इंदु के निर्लज्जता-भरे शब्द सुने। वह बड़ी क्रोधपूर्ण मुद्रा में कह रहा था—

''रात को सैयां और दिन में भैया। खबरदार जो फिर मुझे भैया कहा।''

किन्तु मैडम की मुखाकृति में तिलमात्र भी परिवर्तन नहीं आया था। वह उसी तरह हंसती हुई मेरी ओर मुड़कर बोली—''देखो, प्रोफेसर। मैं इसे भैया कहती हूं तो यह मुझे इस तरह डांटता है।''

मैं तो मूढ़-सा बैठा था। मेरे मुख से एक शब्द भी नहीं निकला किन्तु उसे मेरे उत्तर की जैसे

कोई परवाह नहीं थी। वह इंदु की ओर देखती हुई बोली—''अच्छा आज से तू मेरा भैया और मैं तेरी दीदी।''

इंदु बड़े जोर से बिगड़ उठा। मैडम का हाथ अपने कंधे से झटकते हुए बोला—''चल हट, बड़ी आई भैया बनाने और दीदी बनने। जरा आपने कर्म तो देख।'' और फिर अपने स्वर को तनिक मद्धिम बनाते हुए बोला, ''मैं तो तेरा आशिक हूं और तू है मेरी....''

मैं आगे का शब्द नहीं सुन सका, मुझे लगा कि उस वातावरण में मैं अधिक नहीं बैठ सकूंगा। मैं थकान का बहाना कर कमरे से निकल आया।

इस घटना ने मुझे बुरी तरह से झकझोर दिया। मेरे अन्तस्तल में एक तीव्र उथल-पुथल प्रारंभ हो गई थी। मुझे मैडम का वह 'भैया' शब्द रह-रहकर याद आ रहा था। कितना स्नेहपूरित था, कितना अपनत्व, कितना आग्रह था उसमें। जैसे कोई सगी बड़ी बहन अपने छोटे भाई को पुकारती है। किन्तु इंदु का वह उत्तर? ओह! कितना निर्लज्जता-भरा था वह। कैसे गंदे लोग हैं ये सब।

रात के नौ बजे मैं भल्ला के साथ डाइनिंग हाल से भोजन करके उसी के कमरे में आ बैठा। इंदु और महेश खाना खाकर सिनेमा देखने चले गए थे। राज्य पुनर्गठन आयोग की रिपोर्ट प्रकाशित होने वाली थी और हम उसी के संबंध में बैठे अटकलबाजियां लगा रहे थे। पंजाब का पुनर्गठन कैसा होगा, बम्बई महाराष्ट्र को मिलेगी या नहीं, हैदराबाद का भविष्य क्या होगा। इतने में मैडम वहां आ गई। हमारे विवाद का कुछ अंश सुनकर वह बोली—

''इस पुनर्गठन का सबसे अधिक प्रभाव मुझ पर पड़ेगा।''

मैंने तनिक आश्चर्य से उसकी ओर देखा और पूछा, ''यह पुनर्गठन आपको किस प्रकार प्रभावित करने वाला है?''

वह बोली, ''यदि बिहार का पूर्णिया जिला बंगाल को दे दिया गया तो मैं रात भर में बिहारिन से बंगालिन बन जाऊंगी।''

हम दोनों हंस पड़े। उसने भी उस हंसी में सहयोग दिया। भल्ला ने पूछा, ''क्यों मैडम, आप बिहार छोड़कर बम्बई में कैसे आ फंसीं?''

मैंने तनिक रोष से भल्ला की ओर देखा। मुझे उसका यह 'फंसी' शब्द अच्छा नहीं लगा। किसी महिला के लिए, फिर उसके मुंह पर ही इस शब्द का प्रयोग निश्चय ही अशिष्ट है। किन्तु शायद मैडम पर इसका कुछ अधिक प्रभाव नहीं हुआ। होटल में रहने वालों के इससे भी अधिक अशिष्ट शब्दों को सुनने और सहन करने की उसे आदत-सी हो गई थी। एक हल्की उसांस लेकर बोली, ''डाक्टर, यह सब किस्मत के फेर हैं। कोई क्या कर सकता है।''

भारतीय स्त्रियों का नियति पर कितना विश्वास है, मैडम का एक-एक शब्द जैसे उसका प्रतीक था। मुझे लगा जैसे वह कुछ खिन्न-सी हो गई है। विषयांतर के लिए मैंने कहा, ''मैडम, बैठिए न, खड़ी क्यों हैं?''

वह बोली, "इंदु और महेश कहां गए हैं?"

"सिनेमा देखने गए हैं।" भल्ला ने उत्तर दिया।

मैंने बात को चालू रखने के लिए पूछा, "मैडम, भोजन कर चुकी हैं आप?"

वह पास में ही चारपाई पर पड़ी हुई एक फिल्म-पत्रिका उठाते हुए वहीं बैठ गई और बोली—"और नहीं तो क्या दस बजे तक भूखी बैठी हुई हूं?" फिर वह एकदम खिलखिला कर हंस पड़ी। उसकी खिन्नता दूर हो गई है, यह देखकर मुझे प्रसन्नता हुई।

मैंने सोचा कि इसकी कहानी जानने का आज सबसे अच्छा अवसर है। मैं बोला—"मैडम आप में एक बड़ा गुण है। आप सदैव प्रसन्न रहती हैं।"

मेरी इस बात पर वह एक फीकी-सी हंसी हंस दी और बोली—"समुद्र ऊपर से बड़ा शान्त और सौम्य दिखता है, प्रोफेसर। किन्तु उसके हृदय में कितनी भयंकर आग छिपी होती है, यह किनारे बैठकर लहरें गिनने वाला नहीं जानता।"

मैं उसके इस उत्तर से कुछ घबरा-सा गया। इतने गंभीर उत्तर की मुझे बिल्कुल आशा नहीं थी। मैं स्थिर होते हुए बोला—"यह बात तो ठीक है मैडम, किन्तु आपके ऊपर से शान्त और सरस दिखने वाले जीवन में कहीं भयंकर आग छिपी हुई है, इसका अनुमान लगाना उससे भी अधिक कठिन है।"

इस पर वह बड़े जोर से हंस दी और बोली—"अंदर की चीजों को देखने और परखने के लिए जरा पैनी दृष्टि चाहिए, प्रोफेसर।"

मैं कुछ लज्जित-सा हो गया और केवल इतना ही कह सका—"हां, यह तो ठीक है।"

कुछ क्षणों तक पूर्ण निस्तब्धता छाई रही। मुझे यह देखकर आश्चर्य हुआ कि भल्ला अपने बिस्तर पर पड़ा खर्राटे भर रहा है। होटल में पूर्ण शांति हो चुकी थी। मैं और मैडम ही जाग रहे थे। अपनी स्थिति का विचार करके मैं एक बार संकोच से सिहर उठा। फिर भी मैं उस अवसर को खोना नहीं चाहता था। मैंने कहा—"मैडम, आप बुरा न मानें तो मैं आपसे एक बात पूछूं?"

उसने आंखें ऊपर उठाईं और मुस्कराते हुए कहा—"पूछिए।"

एकाएक मुझे यह नहीं सूझा कि अपनी बात कैसे शुरू करूं। फिर बिना किसी भूमिका के ही मैं कह बैठा—"मैडम, मैं आपकी कहानी सुनना चाहता हूं। मुझे लगता है कि आपका जीवन गहरी वेदनाओं से भरा हुआ है। आपके शब्दों में, समुद्र के अन्दर बसी आग की तरह।"

उसके चेहरे पर एक स्मित फैल गई। कुछ क्षण वह मेरी ओर एकटक देखती रही जैसे वह मुझ में कुछ खोज रही हो। फिर बोली—"क्या करिएगा सुनकर?"

ऐसे रूखे उत्तर से मैं कुछ अप्रतिभ-सा होकर बोला—"हां, शायद मैं कुछ कर तो नहीं सकूंगा। किन्तु इतना तो आप निश्चित मानेंगी कि मेरी यह इच्छा अस्वाभाविक नहीं है। मैं जब से इस होटल में आया हूं, आपको लेकर यहां विचित्र प्रकार की बातें सुनता हूं। खैर, मुझे उनसे कुछ मतलब नहीं है और न मैं उनकी सच्चाई-झुठाई जांचना चाहता हूं। किन्तु मुझे उस समय आश्चर्य

और क्लेश हुआ जब मैंने आपके व्यवहार में भी उस विचित्रता को पाया। क्षमा कीजिएगा, आपका व्यवहार अन्य स्त्रियों की अपेक्षा असाधारण होता है। किन्तु आप विश्वास मानिए कि उसके कारण कभी एक क्षण के लिए भी मुझे आपसे घृणा या विरक्ति नहीं हुई। स्त्रियों के प्रति मेरा यह सदैव विश्वास रहा है कि उनमें कामिनी की अपेक्षा मातृत्व का भाव अधिक होता है। उस मातृत्व की झलक मैंने सैकड़ों बार आपके चेहरे पर देखी है। उस दिन जब आपने इस कमरे में मेरी उपस्थिति में इंदु को भैया कहकर पुकारा था तो मुझे सचमुच ऐसा लगा था कि जैसे कोई सगी बड़ी बहन अपने छोटे भाई को पुकारती है। कितना स्नेह था उसमें, कितनी ममता थी उसमें। किन्तु आपका वर्तमान जीवन तो कामिनीपन और विलासिता से भरा दिखता है। यह देखकर मैं यही सोचता हूं कि पता नहीं कौन-सी मजबूरी आपको ऐसा जीवन व्यतीत करने के लिए बाध्य कर रही है। बस यही जानने की मेरी इच्छा है। साथ ही मैं इतना और कह दूं कि मेरे द्वारा आपका किसी प्रकार का अकल्याण नहीं होगा।''

वह नीची दृष्टि किए फिल्म-पत्रिका के पन्ने उलटती हुई मेरे उस लम्बे कथन को सुनती रही। मेरे चुप होते ही उसने दृष्टि ऊपर उठाई। उसके नेत्र आर्द्र थे। एक फीकी-सी हंसी अपने चेहरे पर लाकर वह बोली—

''प्रोफेसर, मेरी कहानी शायद तुम्हें अच्छी नहीं लगेगी। वह प्रारंभ से अब तक तुम्हारे पुरुष समाज की कठोरता और लोलुप स्वार्थ से भरी हुई है। तुमने मेरे जीवन की बाह्य विलासिता को भी देखा है और तुम कहते हो कि तुमने उस दिन इंदु को भैया कहने में बहन के पवित्र स्नेह की झलक भी देखी है। किन्तु तुम्हारा पुरुष समाज बहन के स्नेह का उत्तर किस प्रकार देता है, यह तुमने इंदु के उस उत्तर को सुनकर समझ ही लिया होगा। बस, यही मेरी सारी कहानी है।

''अच्छा लो, मैं तुम्हें अपने जीवन की कुछ बातें बताती हूं। सुनकर तुम भी मुझ से वैसे ही घृणा करने लगोगे और मुझे एक सस्ती औरत समझने लगोगे जैसा अन्य सभी समझते हैं। किन्तु मुझे उसका कोई डर नहीं। मैं इतनी बदनाम हो चुकी हूं कि अब और अधिक बदनामी से नहीं डरती।

''मैं एक वेश्या की लड़की हूं। हम तीन बहनें हैं, भाई कोई नहीं। मां का कहना है कि हम तीनों एक ही पुरुष की संतानें हैं। हमारा पिता कौन है, यह हमें नहीं मालूम—न मां ने कभी बताया है। हां, इतना उन्होंने अवश्य कहा कि वह कोई बहुत बड़े आदमी थे। मैं सबसे बड़ी हूं। मुझसे छोटी भी यहीं बम्बई में रहती है। और सबसे छोटी पटना में, मां के पास रहती है।

''हम तीनों अभी बहुत छोटी ही थीं कि मां ने अपना पेशा छोड़ दिया था। मां दरभंगा में रहती थी। हम सभी का जन्म भी वहीं हुआ था। मेरी मां पूर्णिया जिले की रहने वाली थी। वह किस प्रकार वेश्या बनी और कैसे दरभंगा में आकर बसी, यह एक अलग कहानी है। जिस समय उसने अपना पेशा बंद किया, उसके पास काफी संपत्ति थी। वह नहीं चाहती थी कि हम लोग भी उसी के रास्ते पर चलें। इसलिए वह हम सबको लेकर पटना में आ बसी। उसका विचार था कि वह

हमें ऊंची शिक्षा दिलाएगी और कहीं अच्छी जगह हमारा विवाह कर देगी।

''पटना में हम तीनों की शिक्षा आरम्भ हो गई। किन्तु प्रोफेसर, मुझमें एक कमजोरी है और वह यह कि मुझे शुरू से ही पुरुष बड़े अच्छे लगते रहे हैं। इसका कारण इसके अतिरिक्त और क्या हो सकता है कि जन्म से ही मुझ पर किसी पुरुष की छाया नहीं पड़ी। न मैंने यह जाना कि पिता का प्यार कैसा होता है। और न यही कि भाइयों का स्नेह कैसा होता है। जब मैं किसी लड़की को अपने पिता के कंधे पर चढ़े हुए देखती थी या अपने पिता से लड़ते-मचलते और फिर हंसते देखती तो मैं दिल मसोस कर रह जाती। जब मैं किसी बहन को भाई के राखी बांधते देखती तो मेरा हृदय टुकड़े-टुकड़े हो जाता।

''ऐसे समय मेरे मन में पिता और भाई का अभाव इतना अखरता कि मेरी इच्छा होती कि मैं सड़क चलते किसी व्यक्ति को 'पिताजी' कहकर लिपट जाऊं, किसी को 'भैया' कहकर उसका हाथ पकड़कर घसीटते हुए अपने घर में ले आऊं। दरभंगा में तो हम वेश्या की लड़कियां ही विख्यात थीं। हमारी मां कभी हमें पुरुषों के सामने नहीं जाने देती थी। पटना में भी यह अधिक दिन छिपा नहीं रह सका। और बचपन से ही मुझे किसी पुरुष का सान्निध्य प्राप्त नहीं हो सका।

''आयु के साथ ही मेरी यह इच्छा भी बढ़ती चली गई। किन्तु, प्रोफेसर, तुम्हारी पुरुष जाति स्त्रियों के संबंध में शायद एक के अतिरिक्त दूसरा भाव नहीं रखती। जब तक किसी लड़की ने किसी पुरुष की पत्नी के गर्भ से ही जन्म न लिया हो, तब तक शायद वह उसे अपनी बेटी मानने के लिए तैयार ही नहीं होता। जब तक कोई लड़की उसकी मां के पेट से जन्म लेकर जबरदस्ती ही उसके गले में बहन बनकर बंध न गई हो, वह शायद किसी को बहन के रूप में देखना ही नहीं चाहता।

''मैं अपने कालेज जीवन में, अनेक युवकों की ओर अपने इस स्वाभाविक आकर्षणवश बढ़ती थी। किन्तु उन सभी की नज़रों में मुझे एक विचित्र प्रकार की लोलुपता और वासना के दर्शन होते थे। मैं भाई बनाना चाहती थी, वे पति बनना चाहते थे। ऐसे पति भी नहीं जो मुझसे विधिवत् विवाह रचा लें।

''इस प्रकार किसी को पिता अथवा भाई के रूप में पाने की मेरी इच्छा सदैव अतृप्त रही किन्तु इस अतृप्ति ने मुझे निराश करने के बजाय और भी व्याकुल बना डाला। मेरी मां के पूर्व वेश्या-जीवन के कारण कोई मुझसे विवाह भी नहीं करना चाहता था। आखिर एक दिन ये सेठजी मेरे जीवन में आए। ये अपने किसी व्यापार के सिलसिले में पटना गए थे। वहीं इनसे मेरी भेंट हो गई। ये मेरी ओर आकर्षित हुए और विधिवत् विवाह करने को तैयार हो गए—यद्यपि ये किसी प्रकार भी मेरे योग्य नहीं थे। इनकी एक पत्नी जीवित थी और उसके कई बच्चे थे। इनकी बड़ी लड़की तो कदाचित मुझसे एक-दो वर्ष ही छोटी होगी। किन्तु मैं तो पुरुष-स्नेह के लिए इतनी लालायित थी कि मैंने इसी को अपना सौभाग्य समझा और इनसे सिविल मैरिज कर ली। मेरी मां ने भी आपत्ति नहीं की।

''विवाह करके ये मुझे बम्बई ले आए। लोकलाज के कारण ये मुझे अपने घर नहीं ले जा सके और यहीं होटल में ठहरा दिया। आज मुझे इस होटल में रहते एक वर्ष से ऊपर हो गया है। निःसंदेह ये मेरा पूरा ख्याल रखते हैं, मुझे कोई कष्ट नहीं होने देते किन्तु मेरी वह इच्छा तो तृप्त नहीं हुई। ये भी मेरे वैसे नहीं बने कि मैं इन्हें अपना कह सकूं। चौबीस घंटों में केवल एक घंटे के लिए यहां आते हैं जैसे कोई हाजिरी देने के लिए आता है। न कोई अपनत्व, न कोई अधिकार, न दुःख-सुख का आदान-प्रदान। एक पत्नी को जो सुख मिलता है, वह मुझे तिलमात्र भी प्राप्त नहीं है।

''मेरी अतृप्त इच्छाओं ने आखिर मुझे होटल में रहने वाले अन्य लोगों की ओर बढ़ाया। यहां भी वही बात हुई। कोई पिता बनने के लिए तैयार नहीं है। कोई भाई नहीं बनना चाहता। बहुत दिन संघर्ष करते-करते मेरी शक्ति क्षीण हो गई है। और हार कर मैं इस निर्णय पर पहुंची हूं कि यदि तुम पुरुष किसी स्त्री को प्रेम और स्नेह देने का मूल्य उसके देह-समर्पण के रूप में ही लेना चाहते हो तो चलो, यह भी ले लो किन्तु अपने प्रेम से वंचित न करो।

''प्रोफेसर, मैं पुरुष का प्रेम चाहती हूं, किसी भी शर्त पर, किसी भी मूल्य पर। आज मैं होटल के जिस कमरे में जाती हूं, लोग मुझे बैठाते हैं, मेरे साथ हंसते और बातें करते हैं क्योंकि इसके बदले में वे मुझसे कुछ अपेक्षा करते हैं। यदि उनकी वे इच्छाएं पूर्ण न हों तो दूसरे दिन से वे मुझसे बात तक करना नहीं चाहेंगे। अपने कमरे में पैर तक नहीं रखने देंगे और मैं सारे दिन अपने ही कमरे में अकेली पड़ी मर जाऊंगी।

''प्रोफेसर, शायद तुम समझ गए होगे कि आज जैसी मैं हूं, क्यों हूं। किन्तु उसके लिए क्या मैं दोषी हूं? या तुम्हारा पुरुष सगाज दोषी है जिसने मुझे इस मार्ग पर आने के लिए मजबूर कर दिया है?''

इतना कहकर मैडम चुप हो गई। मुझे कुछ नहीं सूझा कि क्या कहूं? पुरुष समाज के निर्मम स्वार्थ और लोलुपता द्वारा पग-पग पर सताई हुई नारी की सजीव प्रतिमा मेरे सम्मुख बैठी थी। मैं उसकी ओर देखता रहा। उसके नेत्र आर्द्र हो गए थे, सिर झुका हुआ था। उसकी सम्पूर्ण वेदना मानो मथानी से मथी जाकर मक्खन की भांति ऊपर उभर आई थी।

इतने में ही नीचे से दो-तीन पुरुषों का अट्टहास सुनाई दिया। शायद इंदु और महेश सिनेमा देखकर वापस आए थे। वह स्वर सुनकर मैडम एकदम उठ खड़ी हुई। अपने आंचल से आंखें पोंछ उसने एक बार मेरी ओर देखा और फिर एकदम कमरे के बाहर निकल गई। मैं भी अपने कमरे में आकर आज की घटना पर मनन करता हुआ सो गया।

दूसरे दिन मैंने सुना कि वह अपने पति के साथ पूना गई है। एक सप्ताह तक उसके आने का कोई समाचार नहीं मिला। कालेज में दशहरे-दिवाली की एक मास की छुट्टियां हो गईं, मैं कानपुर चला गया। लौटकर मैं होटल में नहीं ठहरा, कालेज की ओर से क्वार्टर मिल गया था।

एक दिन मैं होटल में मैडम से मिलने के विचार से गया तो पता लगा कि वह होटल छोड़कर अपने पति के साथ उसके घर रहने चली गई है। भल्ला ने बताया कि पूना से लौटने के बाद वह बहुत गम्भीर हो गई थी। कभी किसी कमरे में नहीं जाती थी। लोग उसमें हुए इस परिवर्तन से आश्चर्यचकित थे। मैंने बम्बई में उसका पता लगाने का प्रयास किया किन्तु इतने बड़े नगर में उसका पता लगाना समुद्र में मोती खोजने से अधिक कठिन था।

1956

उलझन

कालेज से आते ही प्रोफेसर महेन्द्र सिंह ने अपना कोट और टाई उतार कर पलंग पर फेंक दी।

पप्पी पलंग पर सोई हुई थी और सुरजीत कौर पास ही रसोई में बैठी खाना गर्म कर रही थी। "आं! हां! अभी पगड़ी न उतारिएगा।" वह वहीं बैठी-बैठी चिल्लाई, "दो मिनट बैठकर सांस ले लीजिए। बाहर से गर्म-गर्म आते हैं और आते ही पगड़ी उतार देते हैं। सिर में सीधी हवा लगती है और फिर जुकाम हो जाता है... कितनी बार कहा, मेरी तो कोई सुनता ही नहीं।"

महेन्द्र सिंह अब तक पगड़ी उतार कर मेज पर रख चुके थे और शीशे के सामने खड़े अपने केशों पर कंघा फेर रहे थे। सुरजीत कौर ने खाना मेज पर लगा दिया और कोट और टाई को हैंगर पर टांगते हुए झुंझलाए स्वर में कहा—"इतना भी नहीं होता कि आकर अपने कपड़े तो हैंगर पर टांग दें। बस, पलंग पर फेंक दिया। क्रीज खराब हो जाती तो कल कालेज पहन कर क्या जाते?"

महेन्द्र सिंह कुछ बोले नहीं, थोड़ा मुस्करा भर दिए और तौलिए से अपने हाथ पोंछते हुए खाने की मेज पर बैठ गए। पानी के गिलास भर कर सुरजीत भी बैठने को ही थी कि पलंग पर पतले दुपट्टे के अन्दर लेटी हुई पप्पी थोड़ी-सी कसमसाई।

"और मुसीबत।" कहती हुई सुरजीत झट से पलंग की ओर बढ़ी और उसे सुलाने के लिए थपकियां देने लगी।

"अब आओ भी न।" महेन्द्र सिंह चम्मच से सब्जी का रसा पीते हुए बोले—"दो बज रहे हैं और मुझे बड़े जोर से भूख लग रही है। तुम यह क्या ले बैठीं?"

"भूख क्या मुझे नहीं लगी है?" सुरजीत जरा झुंझला कर बोली—"पप्पी जाग जाएगी तो दोनों का खाना हराम हो जाएगा—आप शुरू कीजिए।"

किन्तु पप्पी को सुलाने के सभी प्रयत्न असफल रहे और आखिर उसे साथ लेकर बैठना पड़ा। उसने प्लेट से रोटियां निकाल कर नीचे फेंक दीं, सब्जी की कटोरी को मेज पर उलट दिया। महेन्द्र सिंह अरे-अरे! करते रहे, सुरजीत खीझती-झुंझलाती रही, और दोनों किसी प्रकार खाते रहे।

महेन्द्र सिंह को कालेज में प्राध्यापक हुए दो वर्ष ही हुए हैं। अपने घर से काफी दूर बम्बई जैसे नगर में उन्हें नौकरी मिली है। पहले वर्ष तो वह अकेले एक होटल में रहते रहे क्योंकि लगातार प्रयत्न करते रहने पर भी उन्हें रहने योग्य कोई उचित स्थान नहीं मिल सका। दूसरे वर्ष बड़ी चेष्टा करने पर उन्हें अपने कालेज से लगभग दस मील दूर एक खोली मिली, अर्थात् एक कमरा जिसमें लकड़ी का पर्दा लगाकर एक रसोई बनाई गई थी। किराया चालीस रुपये प्रतिमाह के हिसाब से छह मास का पेशनी देना पड़ा था। कुशल इतनी ही थी कि कुछ पगड़ी नहीं देनी पड़ी। महेन्द्र सिंह का बस चलता तो ऐसे मकान की ओर आंख उठाकर भी नहीं देखते किन्तु वह अनुभव कर चुके थे कि उनके जैसे वेतन पाने वाले व्यक्ति को बम्बई जैसे नगर में इससे अच्छे स्थान की आशा नहीं करनी चाहिए।

खाना खाकर महेन्द्र सिंह पलंग पर लेट गए और एक पत्रिका के पन्ने उलटने लगे। सुरजीत ने पप्पी को उनके पास बैठा दिया और स्वयं जूठे बर्तनों को समेटने में लग गई। महेन्द्र सिंह कई बार कह चुके थे कि क्यों न एक नौकर रख लिया जाए जो बर्तन मांजने, कपड़े धोने और पप्पी को खिलाने में मदद कर दिया करे। किन्तु सुरजीत सदा यही कहकर टालती रही कि ढाई सौ रुपये में बम्बई जैसे नगर में नौकर रखने की गुंजाइश कैसे हो सकती है? आखिर दस-बीस पीछे भी तो डालने चाहिए। समय-कुसमय में कुछ पास न होगा तब किसके सामने हाथ फैलाएंगे? महेन्द्र सिंह इस तर्क पर चुप हो जाते। फिलहाल पांच रुपये महीने पर एक बाई काम करती थी जो दोनों समय बर्तन मांज जाती और कमरे में झाड़ू-कटका कर जाती। बम्बई में कटका का अर्थ होता है गीले कपड़े से कमरे के फर्श को साफ कर देना।

सुबह महेन्द्र सिंह की नींद खुली तो उन्होंने देखा कि सुरजीत नहाई-धोई रसोई में बैठी स्टोव जला रही है। वह पलंग से उठकर कुर्सी पर बैठ गए और बोले—"एक गिलास पानी देना।" सुरजीत ने चाय का पानी स्टोव पर चढ़ा दिया था। उसने उठकर एक गिलास बासी पानी, जो उनको नित्य प्रातः पीने की आदत थी, उनके सामने रख दिया और कहा, "जल्दी नहा-धो आइए, काफी देर हो गई है।" महेन्द्र सिंह ने पानी पीकर मेज पर रखी टाइमपीस की ओर देखा। साढ़े छः बजने वाले थे। उन्होंने दैनिक पत्र उठाया और उसकी मोटी-मोटी सुर्खियां देखने लगे। सुरजीत ने रसोई में से ही कहा—"चाय तैयार है। फिर कालेज को देर हो जाए तो मुझे न कहिएगा।"

महेन्द्र सिंह जमुहाई लेते हुए उठे और इधर-उधर देखते हुए बोले—"तौलिया कहां है?"

"तार पर नहीं टंगा है क्या?"

उन्होंने कमरे में आर-पार बंधे हुए तार पर दृष्टि डाली और उस पर से तौलिया उतार लिया। फिर उन्होंने कमरे के एक कोने के आले से साबुनदानी और पेस्ट उठाया पर देखा कि वहां ब्रुश नहीं है। "मेरा ब्रुश कहां है?" वह जोर से चिल्लाए।

"वहां आले में नहीं है?" सुरजीत ने रसोई में ही बैठे-बैठे उत्तर दिया।

"यहां तो कहीं नहीं।"

"वहीं कहीं इधर-उधर होगा। देखिए न।"

महेन्द्र सिंह ने इधर-उधर देखा किन्तु उन्हें कहीं दिखाई न दिया। बोले—"आओ जरा ढूंढ़ दो, मुझे तो नहीं मिलता।"

इधर पप्पी भी जग गई। सुरजीत ने उसे पलंग से उठाया और उनकी गोद में देते हुए कहा—"पकड़िए, मैं देखूं।" महेन्द्र सिंह ने पप्पी को ले लिया। वह अपने छोटे-से हाथ से उनके मुंह की ओर ताकती हुई उनकी लम्बी नाक को पकड़ने की कोशिश कर रही थी और महेन्द्र सिंह बुत बने खड़े थे।

"यह लीजिए।" सुरजीत ने ब्रुश उनके हाथ में देते हुए कहा, "उस कोने में पड़ा था। मगर यह नहीं हुआ कि जरा कमर झुकाकर ढूंढ़ लें। एक आदमी तो खाली आपके कामों के लिए होना चाहिए।"

महेन्द्र सिंह हंस दिए, बोले—"तुम्हारे सामने तो सचमुच मेरी सारी चलत-फिरत मारी जाती है। पता नहीं, पिछला साल कैसे कट गया। अब तो तुम्हारे बिना मुझसे तिलभर भी करते-धरते नहीं बनता। देखो न, जरा-जरा-सी बात के लिए तुम्हारे सहारे पड़ा रहता हूं।"

सुरजीत जब कभी महेन्द्र सिंह के मुख से इस प्रकार के शब्द सुनती, उसे एक प्रकार का आत्मिक आनन्द मिलता। यह अनुभूति उसे एक अजीब-सा सुख देती कि कोई उस पर इतना आश्रित है कि अपनी छोटी से छोटी बात के लिए उस पर निर्भर रहता है। फिर भी वह कृत्रिम नाराजगी-भरे स्वर में बोली—"अच्छा, जाइए और जल्दी निपटिए। ऐसा भी क्या आलस?"

महेन्द्र सिंह सचमुच बड़े आलसी थे—या यों कहिए कि अब हो गए थे। सुबह उठते ही चिल्लाना शुरू कर देते थे—पानी, तौलिया, ब्रुश, पेस्ट। नहाने जाते समय जब कच्छा भूल जाते तब या तो सुरजीत स्मरण कराती या फिर गुसलखाने से कच्छे के लिए पुकार आती और सुरजीत को रसोईघर में जलते हुए स्टोव और उबलते हुए दूध को वैसे ही छोड़कर भागना पड़ता। आगे बढ़ते हुए प्रत्येक कदम पर वह पीछे घूमकर देखती जाती कि इस बीच कहीं पप्पी रसोईघर में घुस कर सब उलट-पलट न कर दे। महेन्द्र सिंह जब नहाकर आते तब उन्हें दाढ़ी फिक्स करने के लिए एक कटोरी पानी, धुला हुआ ठाठा, दाढ़ी पर बांधने वाला कपड़ा और काला धागा तैयार मिलता। ऐसे समय जब कभी पप्पी आकर उनसे उलझने लगती तब वह चिल्ला उठते—"अरे इसे पकड़ो, नहीं तो फिक्सो की शीशी उलट डालेगी।"

और तब सुरजीत रसोई से ही उसे आवाजें देना शुरू करती या फिर पकड़ने के लिए स्वयं आती।

एक दिन महेन्द्र सिंह कालेज जाने के लिए तैयार हो रहे थे। पगड़ी बांध चुके थे, कपड़े पहन चुके थे। बूट पहनने लगे तो देखा कि उसमें पड़े हुए मोजे कुछ गन्दे हैं। उन्होंने इधर-उधर देखा, सुरजीत

कहीं पास दिखाई नहीं दी। दूसरे मोजे ढूंढ़ने के लिए उन्होंने दो-तीन सन्दूकों के कपड़े इधर-उधर पलट डाले किन्तु सब बेकार। वह खड़े-खड़े झुंझला ही रहे थे कि सुरजीत हाथ में कुछ धुले हुए गीले कपड़े लिए वहां आ गई।

"अरे, क्या खोज रहे हैं आप?" सन्दूकों के उलटे-पलटे कपड़ों को देखकर उसने पूछा।

"तुम कहां गई थीं? मुझे मोजे चाहिए। सब देख डाला पर कहीं नहीं मिले।"

"गुसलखाने में पप्पी के दो फ्राक ही तो धोने गई थी। इतनी देर में मानो प्रलय आ गई।" कहते हुए उसने उघड़े हुए एक सन्दूक के कोने से मोजे निकाल कर उनके हाथ में दे दिए। फिर कहा—"जरा ध्यान से देखते तो वहीं मिल जाते। मगर आपको तो खाली उलट-पलट करना आता है। सारे कपड़ों की तह खराब करके रख दी।"

देर हो जाने के आशंका से महेन्द्र सिंह वैसे ही खीझे हुए थे, सुरजीत की इस बात से उनका पारा और चढ़ गया। बड़े गम्भीर स्वर में बोले—"देखो, जब तक मैं कालेज चला न जाया करूं तब तक तुम एक क्षण के लिए भी मेरे सामने से न हटा करो। तुम्हें मालूम तो है कि तुम्हारे बिना जरा-सी देर के लिए भी, एक क्षण के लिए भी मेरा काम नहीं चलता।"

महेन्द्र सिंह के इस क्रोध में भी सुरजीत को हंसी आ गई। बोली—"जब मैं नहीं आई थी तब आपका काम कैसे चलता था?"

"तब मैं अपना सब काम स्वयं कर लेता था। तुम्हीं ने तो मेरी आदतें बिगाड़ दी हैं।"

कभी-कभी सुरजीत घर के कामकाज से बहुत खीझ जाती थी। महेन्द्र सिंह का आलस और पप्पी उसके मुख्य कारण होते। पप्पी जब से बम्बई आई थी, पहले दिन से ही उसे यहां के दूध से ऐसी अरुचि हो गई थी कि एक बार में पांच औंस पी जाने वाली वह लड़की अब दूध की बोतल को मुंह नहीं लगाती थी। महेन्द्र सिंह ने डिब्बे का दूध लाकर दिया किन्तु उसे वह भी नहीं भाया। इसलिए अब वह अधिकतर मां के दूध पर रहने लगी थी और दिन में एक क्षण के लिए भी सुरजीत का पिण्ड नहीं छोड़ती थी। महेन्द्र सिंह जितनी देर भी घर पर रहते या तो कुछ पढ़ते रहते या लिखते रहते। जब कभी सुरजीत तंग आकर पप्पी को उनके हाथ में पकड़ा जाती, वह उसे पांच मिनट से अधिक नहीं टिका पाते। या तो वह उनकी पुस्तकों के पन्ने नोचने शुरू कर देती या फिर रोने लगती और महेन्द्र सिंह झुंझलाकर किसी काम में लगी सुरजीत के पास उसे बैठा आते। वह झट मां का कंधा पकड़ कर खड़ी हो जाती और उसकी गोद में पहुंचने का प्रयत्न करने लगती।

उस दिन महेन्द्र सिंह जब कालेज से लौटे तब सुरजीत बहुत झुंझलाई और परेशान बैठी थी। पप्पी उसकी गोद में पड़ी दूध पी रही थी। आज उसने उसे बहुत परेशान किया था। खाना बनाते समय वह बार-बार रसोईघर में घुस आती और सुरजीत की पीठ का सहारा लेकर ऊधम मचाने लगती। एक बार वह बगल से होकर जलते हुए स्टोव के पास पहुंच गई। सुरजीत चमचे से सब्जी हिला

रही थी। पप्पी का हाथ जलते हुए स्टोव पर पड़ने ही वाला था कि उसने देख लिया और वह हड़बड़ाकर उसे पकड़ने के लिए लपकी। पप्पी का हाथ जलने से तो बच गया किन्तु हड़बड़ाहट में सुरजीत की कोहनी स्टोव पर रखे बर्तन से लगी और वह उलट कर नीचे आ गिरा। सारी सब्जी फर्श पर बिखर गई। सुरजीत के कपड़े पीले हो गए। दो-चार छींटे पप्पी पर आ पड़े और वह जोर-जोर से रोने लगी। फर्श पर पड़ी हुई सब्जी के रसे में सने हुए कपड़ों और पप्पी की चीखों ने उसे एक साथ पागल-सा बना दिया। किसी प्रकार उसने अपने कपड़े बदले, पप्पी के बदन पर जहां-जहां छींटे पड़े थे वहां नीली रोशनाई लगाई और फिर उसे चुप कराने के लिए वह दूध पिलाने लगी। इस घटना ने उसे इतना भ्रमित कर दिया कि उसे इस बात का ध्यान ही न रहा कि महेन्द्र सिंह के आने का समय हो गया है और उसे उनके लिए अब तक कुछ खाना बना लेना चाहिए था।

महेन्द्र सिंह ने आते ही अपनी आदत के अनुसार कोट और टाई उतारकर पलंग पर डाल दी और कमीज उतारते हुए वह बोले—"जल्दी खाना लगाओ, भूख अपना पूरा जोर दिखा रही है।"

सुरजीत जैसे नींद से जागी। उसने पप्पी की ओर देखा। वह दूध पीती-पीती गोद में ही सो गई थी। उसे पलंग पर लिटाते हुए सुरजीत ने कहा—"आज खाने में कुछ देर है। अभी बन नहीं पाया है।"

"अभी बन नहीं पाया है? क्यों ?" महेन्द्र सिंह ने जरा तीखे स्वर में पूछा— 'मुझे तो भूख बड़े जोर से लग रही है।"

"अभी बना जाता है।" के अतिरिक्त सुरजीत ने और कुछ नहीं कहा। एक गुबार-सा उसके हृदय में भरा हुआ था जिस पर उसके मौन ने आवरण डाल रखा था। वह जैसे ही रसोईघर में जाने को हुई, पप्पी जाग कर रोने लगी। शायद उसकी जलन की पीड़ा उसे सोने नहीं दे रही थी। सुरजीत ने पप्पी की ओर देखा और फिर महेन्द्र सिंह की ओर कुछ तीखी दृष्टि से देखते हुए कहा—"आप जरा इसे उठा लीजिए।"

एक तो महेन्द्र सिंह वैसे ही पप्पी को बहुत कम लेते थे और अक्सर सुरजीत को उसे अपनी गोद में लिए ही खाना बनाना पड़ता था। पर आज तो महेन्द्र सिंह की मनःस्थिति भी ठीक नहीं थी। कुर्सी पर बैठे और एक पत्रिका के पन्ने उलटते हुए वे बिगड़कर बोले—"ना बाबा, यह काम मुझसे नहीं होगा।"

पप्पी तथा घरेलू कार्यों के प्रति महेन्द्र सिंह के ये उद्गार सुरजीत के लिए नए नहीं थे। किन्तु आज के उनके इन शब्दों ने उसे वह ठेस पहुंचाई कि उसका अन्तरतम तिलमिला उठा। हृदयागार में चिर संचित कुछ मानो अब फटकर बाहर निकल आना चाहता था। उसके नेत्र डबडबा आए और उसके मुख से कुछ अस्फुट शब्दों के निकलते-न निकलते आंसुओं की धारा वेगवती होकर बह चली। पप्पी को पलंग से उठाते हुए उसने कहा—"आप इसे नहीं लेंगे तो आज मुझसे खाना नहीं बन सकेगा।"

महेन्द्र सिंह ने मूक दृष्टि से सुरजीत की ओर देखा। वह अपनी आंखें पोंछती हुई कह रही थी—"आप पुरुष लोग यह समझते हैं कि जीविका कमाने के लिए आप तो मेहनत करते हैं और ये स्त्रियां घर में बेकार बैठी रोटियां तोड़ती हैं। इसलिए घर-गिरस्ती का और अपना जितना भी बोझ इन पर डालो, उतना ही ठीक। किन्तु हम औरतें घर में अपना दिन किस तरह गुजारती हैं, यह हमें ही पता है। आपकी नौकरी तो कुछ घंटों की होती है किन्तु हम चौबीस घंटे के नौकर हैं और ऐसे नौकर कि जिनके काम को काम नहीं समझा जाता। आप अपने मालिकों से दया और सहानुभूति की आशा रखते हैं किन्तु हम पर आप शायद भूलकर भी दया दिखाना नहीं चाहते। आज मेरा जरा-सा ध्यान चूक जाता तो पप्पी स्टोव से जल जाती और पता नहीं कितनी मुसीबतें उठानी पड़तीं। इसको बचाने में सारी सब्जी जमीन पर गिर गई। मेरे कपड़े खराब हो गए और इस पर भी कई जगह गर्म छींटे पड़ गए। तब से यह लगातार रो रही है...।"

महेन्द्र सिंह ने खेद और उत्सुकता-मिली दृष्टि से पप्पी की ओर देखा। उसकी बांहों पर दो-तीन जगह नीली दवा लगी हुई थी। महेन्द्र सिंह क्रोध से उबल पड़े और बोले—"मैंने कई दफा कहा कि एक नौकर रख लें लेकिन तुम हो कि मेरी बात सुनती ही नहीं।"

इसका उत्तर सुरजीत ने करुणा-भरे स्वर में दिया—"मुझे क्या नौकर से कोई चिढ़ है? अगर मैं यह खर्च बचाना चाहती हूं तो क्या अपने लिए? कल अगर हमारे पास दो-चार पैसे न हुए तो आपके माता-पिता आपको नहीं, मुझे दोष देंगे कि इसने समय-कुसमय के लिए चार पैसे भी बचाकर नहीं रखे।"

सुरजीत ने देखा, पप्पी उसके कंधे पर सिर रखे सो गई है। उसने उसे धीरे-से पलंग पर लिटा दिया और अपना मुंह पोंछती हुई रसोईघर में चली गई।

महेन्द्र सिंह की दृष्टि तो पत्रिका के पृष्ठों पर लगी थी किन्तु विचारों का झंझा कहीं और चल रहा था। अपने तीन-चार वर्ष के विवाहित जीवन में उन्होंने सुरजीत के नेत्रों में इस प्रकार के आंसू कभी नहीं देखे थे। आज की उसकी बातों ने उन्हें झकझोर दिया था और वह सोच रहे थे—क्या कालेज के अलावा घर के लिए मेरी कोई जिम्मेदारी नहीं है? क्या सुरजीत ने ठीक नहीं कहा कि हम पुरुषों के काम के घंटे तो सीमित होते हैं पर स्त्रियां चौबीस घंटे की गुलाम होती हैं? हमें सप्ताह में एक दिन की छुट्टी मिलती है लेकिन उस दिन इन्हें और दिनों से ज्यादा काम होता है। ओफ! हम पुरुष अपनी स्त्रियों पर अपने छोटे-मोटे व्यक्तिगत कार्यों का भी कितना बोझ डाल देते हैं।

पता नहीं वह इसी प्रकार कितनी देर सोचते रहे। उनकी विचार-शृंखला तब टूटी जब सुरजीत ने उन्हें खाने के लिए बुलाया।

उस दिन के बाद से महेन्द्र सिंह के व्यवहार में एक विचित्र-सा परिवर्तन दिखाई देने लगा। उन्होंने मन-ही-मन निश्चय कर लिया था कि अब वे अपने छोटे-मोटे व्यक्तिगत कार्य स्वयं कर लिया करेंगे और जितना हो सकेगा, घर के काम में सुरजीत का हाथ बटाएंगे। सुबह उठते ही उन्होंने स्वयं

घड़े से एक गिलास पानी लेकर पिया। स्नान करने गए तो वहीं से अपना बनियान और कच्छा धोते लाए। कालेज जाने के पहले जूतों पर उन्होंने स्वयं ही पालिश कर ली। सुरजीत उनके इस व्यवहार पर चकित अवश्य हुई किन्तु बोली कुछ नहीं।

दो-चार दिन ऐसे ही बीत गए। अब महेन्द्र सिंह कालेज से आकर अपने कपड़े पलंग पर फेंकते नहीं बल्कि व्यवस्थित रूप से हैंगर पर टांग देते थे। शाम को सुरजीत जब खाना बनाने लगती तब वह पप्पी को लेकर छज्जे पर निकल जाते। एक दिन जब सुरजीत ने पूछा तब उन्होंने कहा--''मैंने सोच लिया है कि अब मैं अपने छोटे-मोटे काम स्वयं करूंगा और घर के काम में भी तुम्हारी मदद करूंगा।''

सुरजीत ने हंसते हुए कहा—''हो चुका आप से।''

''देख लेना।''

''तब तो बड़ी अच्छी बात है।''

उस दिन इतवार था, छुट्टी का दिन। इतवार को केश धोना महेन्द्र सिंह का नियम था। साधारणतः सुरजीत प्रातः उठते ही उनसे केश धोने के लिए कहना शुरू कर देती थी पर वे छुट्टी के मूड में अपने सभी काम खूब बेफिक्री के साथ करते रहते थे। शौचादि से निवृत्त होकर वह चाय पी लेते, अखबार पढ़ते रहते और पड़ोसियों से गप्पें लगाया करते। जब सुरजीत कहते-कहते परेशान हो जाती और बिगड़ने लगती तब वह तौलिया, साबुन और दही आदि लेकर गुसलखाने में जाते। आज भी उस क्रम में कुछ विशेष अन्तर नहीं पड़ा किन्तु जब वह केश धोकर बाहर आए और उन्हें सुखा चुके तब स्वयं ही तेल लगाने लगे। सुरजीत पप्पी को गुसलखाने में नहला रही थी। लौट कर आई तो उसने देखा कि वह केशों में तेल लगा, कंघा कर जूड़ा बांध रहे थे।

सुरजीत के हृदय को गहरी चोट लगी। जब से उसका महेन्द्र सिंह से विवाह हुआ था और जब भी वह उनके निकट रही थी, रविवार को केश धोने के बाद उन पर तेल लगाने का कार्य वह स्वयं ही करती थी। महेन्द्र सिंह के अन्य व्यक्तिगत कार्यों की अपेक्षा इस कार्य में शायद वह अधिक सजग रहती थी। आज उन्होंने स्वयं तेल लगा लिया है, यह देखकर उसे बड़ी ठेस लगी। किन्तु वह बोली कुछ नहीं।

दूसरे दिन महेन्द्र सिंह स्नान करने जाने लगे तब वह बोली—''कच्छा-बनियान धोने की जरूरत नहीं है। वहीं छोड़ दीजिएगा, मैं बाद में धो दूंगी।''

''क्या फर्क पड़ता है?'' कहते हुए महेन्द्र सिंह गुसलखाने की ओर चले गए और जब वह लौटकर आए तब उनके हाथ में धुले हुए कच्छे-बनियान के अतिरिक्त दो ठाठे भी थे।

जब से महेन्द्र सिंह अपने व्यक्तिगत कार्यों को करने में स्वयं रुचि दिखाने लगे थे, सुरजीत को एक विचित्र प्रकार का असन्तोष-सा रहने लगा था। वह स्वयं नहीं समझती थी कि यह कैसी उलझन है किन्तु उसे लगता था कि जैसे उसकी कोई मूल्यवान निधि प्रतिदिन लुटती जा रही है। जब महेन्द्र सिंह अपने सारे काम उसी पर डाले रहते थे तब कई बार वह खीझ उठती थी किन्तु उस खीझ में भी उसे एक सुख की अनुभूति होती थी। अब भी उसके कान इसी प्रतीक्षा में रहते कि महेन्द्र सिंह कब उसे किसी चीज के लिए पुकारेंगे। किन्तु अब वह उससे कुछ नहीं कहते थे। ठाठा, बनियान, कच्छा, टाई और रूमाल आप ही ढूंढ़ लेते थे। पप्पी को स्वयं ही लेकर छज्जे

पर घूमने लगते थे। घर के वातावरण में एक विचित्र-सी मूकता आने लगी थी। अब न महेन्द्र सिंह की चिल्लाहट ही सुनाई देती थी, न सुरजीत की खिझलाहट ही।

अगले इतवार को महेन्द्र सिंह केश धोकर छज्जे पर सुखाने लगे। थोड़ी देर में उन्हें पप्पी के रोने का स्वर सुनाई दिया और वह उसे घुमाने ले जाने के लिए अन्दर गए।

''रहने दीजिए, अभी इसे दूध पिलाना है।'' सुरजीत ने कहा और महेन्द्र सिंह चुपचाप बाहर आकर फिर बाल सुखाने लगे। थोड़ी देर में उन्होंने हाथ लगाकर देखा। केश सूख गए थे। वह कमरे में आए और अलमारी में से तेल की बोतल निकालकर कुर्सी पर बैठकर उसका ढक्कन खोलने लगे।

सुरजीत बैठी यह सब देख रही थी। वह धीरे-से उठी और पास आकर तेल की शीशी पकड़ते हुए बोली—''लाइए, मैं लगा दूं।''

''मैं लगा लूंगा।''

''लाइए न, लगा दूं।'' सुरजीत ने जरा आग्रह से कहा।

''नहीं, मैं स्वयं लगाऊंगा।''

कहकर महेन्द्र सिंह उसके हाथ से तेल की शीशी खींचने लगे। किन्तु उन्होंने अनुभव किया कि सुरजीत की पकड़ कुछ कड़ी हो गई है। उन्होंने उसकी ओर देखा। सुरजीत की स्थिर दृष्टि उन पर गड़ी हुई थी। उनकी भी दृष्टि स्थिर हो गई। देखते ही देखते सुरजीत के नेत्र डबडबा आए और आंसुओं की एक अविरल धार बह निकली।

''अरे, क्या हुआ?'' महेन्द्र सिंह ने अचम्भे में पूछा।

''कुछ नहीं,'' सुरजीत ने आंखें पोंछते हुए कहा—''तेल मैं लगाऊंगी।''

महेन्द्र सिंह हंस पड़े और बोले—''तुम स्त्रियों को समझना तो शायद भगवान के भी बस में नहीं।''

और यह कहते हुए उन्होंने तेल की शीशी सुरजीत के हाथ में देकर सिर आगे बढ़ा दिया।

1956

ट्यूशन

मनोहर से जब कोई पूछता, ''कहो भाई, आजकल क्या कर रहे हो,'' तो उसे ऐसा लगता, जैसे किसी ने उसे जलती हुई आग के घेरे में खड़ा कर दिया हो, जहां से निकल भागने का कोई मार्ग न हो। उसे जलना ही पड़ेगा। वह दो क्षण अपनी मनःस्थिति को संभालता रहता, और फिर अपने होंठों पर बरबस मुस्कान लाकर आश्वस्त भाव दिखलाते हुए कहता, ''ट्यूशन कर रहा हूं।''

किन्तु प्रश्नकर्त्ता को इतने संक्षिप्त उत्तर से कब सन्तोष होता? एक करुणा उसके नेत्रों से फूट पड़ती। अपने सम्मुख खड़े ट्यूशन करने वाले व्यक्ति की दयनीय स्थिति उसमें सहानुभूति का ज्वार उत्पन्न कर देती। किन्तु मनोहर को यह स्थिति समझने में कभी विलम्ब न होता। ऐसी करुणा-भरी आंखों और दयार्द्र चेहरों से वह काफी परिचित हो चुका था, जिन्हें देखते ही उसके तन-बदन में आग-सी लग जाती थी। कुछ और पूछने से पहले ही वह झट उत्तर देता—''दो-चार स्थानों पर आवेदन-पत्र दे रखे हैं। प्रयत्न कर रहा हूं...''

और तब जैसे प्रश्नकर्त्ता का सहानुभूति-सागर उमड़ कर बाहर आ पड़ता, और वह लगता व्याख्यान देने—बेकारी की समस्या पर, दफ्तरों में बरते जाने वाले भाई-भतीजावाद पर, उच्च शिक्षा की निरुपयोगिता पर और न जाने किस-किस पर। मनोहर जैसे-तैसे उसका अनुमोदन करता जाता। और जब वह 'अच्छा' कह कर चल देता, तो उसे लगता जैसे वह एक भंयकर घुटन से निकल कर खुली हवा में आ पहुंचा हो।

उसने दो वर्ष पूर्व तृतीय क्षेणी में बी. ए. पास किया था। पिता एक म्युनिसिपल प्रायमरी स्कूल में प्रधानाध्यापक हैं। वह प्रायमरी में सारे नगर में प्रथम आया था। मिडिल में भी वह प्रथम श्रेणी में पास हुआ था और उसे अंग्रेजी में 'स्टार' मिला था। उन दिनों प्रायमरी और मिडिल स्कूल के बहुत-से छात्र उसके पैर छूते थे। वह पण्डितजी का पुत्र जो था। उसका हृदय गद्‌गद् हो उठता था। उसे लगता था कि वह किसी बड़े आदमी का बेटा है।

किन्तु उसका बड़े आदमी का बेटा होने का स्वप्न टूटने लगा, जब वह हाई स्कूल में आया। आठवीं कक्षा का विद्यार्थी बनते ही उसके पिता ने उसे ट्यूशन करने के लिए बाध्य करना शुरू कर दिया। उससे कहा गया कि उसे अपनी पढ़ाई का भार स्वयं उठाना चाहिए। एक प्रायमरी स्कूल के अध्यापक में इतनी शक्ति नहीं, कि वह घर-गिरस्ती की गाड़ी खींचता हुआ, लड़के को अंग्रेजी स्कूल में पढ़ा सके। और इस तरह मनोहर का ट्यूशनों का जो सिलसिला शुरू हुआ, वह फिर रुका नहीं। आज तक अबाध गति से वह चला ही जा रहा है। जब उसने ट्यूशन करने शुरू किए थे, तब वे तीन रुपए से पांच रुपए महीने के होते थे। आज दस रुपए से पन्द्रह रुपए तक के ट्यूशन उसके पास होते हैं। किन्तु इस कार्य के लिए जो घृणा उसे पहले ही दिन हुई थी, वह आज बढ़ती-बढ़ती नासूर बन चुकी है। वह सदैव सोचता था कि किसी दिन वह बी. ए. पास करेगा, और उसे एक अच्छी-सी नौकरी मिल जाएगी। तब वह इस कार्य से मुक्ति पा लेगा—सदा के लिए। फिर वह कभी ट्यूशन नहीं करेगा, नाम भी न लेगा इसका। किन्तु इस कार्य को वह छोड़ नहीं सका, वैसे ही जैसे भिखारी अपना फटा कम्बल नहीं छोड़ पाता! धीरे-धीरे मनोहर उन सब से बहुत परेशान हो चुका था, जो उससे पूछते थे कि आजकल क्या कर रहे हो? जैसे-जैसे वह नौकरी के लिए अधिकाधिक प्रयत्न करता, उसको लगता कि नौकरी उससे दूर भागती जा रही है। समाचार-पत्रों के वाण्ट्स कॉलम देखना उसने कभी नहीं छोड़ा। एम्पलायमेंट एक्सचेंज के दफ्तर में नाम लिखाए उसे पांच वर्ष से अधिक हो गए थे। हर दूसरे महीने वह अपने कार्ड को नियमित रूप से पुनर्नवीन करा लाता था। जब कभी भी रोजगार वाले उस दफ्तर से उसे किसी परीक्षा में बैठने या किसी इंटरव्यू में उपस्थित होने का आदेश मिलता, उसका हृदय आशाओं से भर जाता। उसे लगता कि अब वह 'ट्यूशन करता हूं' कहने से अवश्य मुक्ति पा जाएगा। किन्तु वह नहीं पा सका मुक्ति।

उस उत्तर को देने में शायद उसकी पत्नी कान्ति को उससे अधिक कष्ट होता था। छः वर्ष से लगातार वह यह स्वप्न संजोती आ रही थी, कि अब मनोहर की पढ़ाई समाप्त हुई और उसे एक अच्छी-सी नौकरी मिली। जब उसकी शादी हुई थी, उस समय मनोहर मैट्रिक में पढ़ता था। किन्तु उसने यही सुना और समझा था कि वह बी. ए. में पढ़ता है। फिर अनेक वर्षों तक वह बी. ए. की बातें ही सुनती आई। उसके माता-पिता ने उसे लोअर मिडिल पास कराया था। बी. ए. की विशालता उसकी समझ के परे की वस्तु थी। फिर भी जब तक मनोहर पढ़ता रहा, उसे सन्तोष रहा कि उसका पति एक ऊंची कक्षा में पढ़ता है, और उसकी परीक्षा में उत्तीर्ण होने में उनका भविष्य का आशाओं-भरा जीवन सन्निहित है। किन्तु अब तो उसने बी. ए. भी पास कर लिया है। उसकी समझ में बिल्कुल नहीं आता कि इतनी ऊंची शिक्षा पाए हुए उसके पति को एक ऊंचा-सा सरकारी ओहदा मिलने में क्यों विलम्ब हो रहा है।

एक दिन मुहल्ले की एक वृद्धा ने जब उससे पूछा, "बहू, आजकल लल्ला क्या कर रहे हैं," तो दो क्षण तक वह मूक खड़ी रही। उसकी समझ में नहीं आया कि वह क्या उत्तर दे। अब

तक वह बड़े गर्व से उसके बी. ए. में पढ़ने की बात कह दिया करती थी, किन्तु अब क्या कहे? एकाएक उसके मुंह से निकल गया—"लड़कों को पढ़ाते हैं।"

"किसी स्कूल में हो गए हैं क्या?" वृद्धा ने सहज भाव से पूछा।

उसके मन में आया कि कह दे—हां। किन्तु वह हां नहीं कह सकी। और उसे कहना पड़ा—"नहीं, कुछ ट्यूशन कर रहे हैं।" किन्तु यह कहते-कहते उसका हृदय वेदना से भर गया। उसे याद आया कि उसके मायके में उसके छोटे भाई को पढ़ाने के लिए एक मास्टर आता था। पिता जी उसे सात रुपया महीना देते थे। यदि किसी महीने में वह दो-चार दिन अनुपस्थित हो जाता तो उसके पैसे काट लिए जाते। यदि कभी उसे पांच-सात मिनट की देर हो जाती तो पिता जी किस ढंग से उससे जवाबतलब करते। उसका भाई भी कितना शैतान था। मास्टर के आने का समय होते ही वह घर से भाग जाता। तब उसे दो-दो घण्टे बैठ कर उसकी प्रतीक्षा करनी पड़ती, उन स्थानों पर ढूंढ़ना पड़ता जहां उसके होने की सम्भावना होती। और साथ ही पिता जी का कोप-भाजन भी उसे बनना पड़ता था, क्योंकि लड़के की आवारागर्दी का सारा दोष वह उसी के सिर मढ़ते थे।

कान्ति यह सब याद करते-करते व्याकुल-सी हो उठी। क्या उसके पति के साथ भी सर्वत्र ऐसा ही होता है? क्या ट्यूशनों के अतिरिक्त उन्हें कुछ काम नहीं मिल सकता? उसने सोचा कि आज वह मनोहर से बहुत-कुछ कहे-सुनेगी। किन्तु रात्रि में उसकी सूनी आंखें और उदास चेहरे को देखकर उसे कुछ कहने-सुनने का साहस नहीं हुआ...

उस दिन मनोहर को अपने उस उत्तर से जितनी वेदना हुई, उतनी शायद पहले कभी नहीं हुई थी। उसका अभिन्न मित्र प्रकाश उस दिन दिल्ली से एक मास की छुट्टी पर आया हुआ था। दोनों बचपन से साथ-साथ पढ़े थे, और साथ-ही-साथ ग्रेजुएट हुए थे। केन्द्रीय सरकार की एक प्रतियोगिता में दोनों साथ-साथ बैठे थे। किन्तु प्रकाश उसमें चुन लिया गया और मनोहर रह गया। तब से प्रकाश दिल्ली में रहता था। दोनों कई मास बाद मिले थे। एक-दूसरे को अपने पिछले दिनों की बीती घटनाओं को सुनाते हुए, वे खुश-खुश चले जा रहे थे कि एक साइकिल का अगला पहिया उन दोनों के मध्य आकर रुक गया। उन्होंने देखा—एक पैर जमीन पर टिकाए उनका पुराना सहपाठी रामकिशन साइकिल पर चढ़ा कह रहा है—"भाई प्रकाश, बहुत दिनों में दिखे! क्या कर रहे हो आजकल?"

प्रकाश ने सहज मुस्कराहट के साथ उत्तर दिया—"दिल्ली में हूं—सेंट्रल गवर्नमेण्ट की नौकरी में। आजकल छुट्टियों में यहां आया हुआ हूं।"

"बहुत अच्छे! बड़ी अच्छी जगह निकल गए, यार!" रामकिशन ने साइकिल से उतरते हुए कहा।

"तुम क्या कर रहे हो आजकल?" प्रकाश ने पूछा।

"अपने को तो म्यूनिसिपैलिटी में पच्चासी रुपये की क्लर्की ही मिली, भाई!" रामकिशन

ने ऐसे कहा, जैसे नियति के कठोर विधान पर उसे अडिग विश्वास हो। फिर बोला—''जब भाग्य दरवाजा खटखटाएगा तो कहीं और चला जाऊंगा।'' और फिर मनोहर की ओर घूमकर उसने प्रश्न किया—''और, मनोहर, तुम क्या कर रहे हो आजकल?''

मानो उसका श्वास रुका रहा हो इतनी देर तक। वह जानता था कि यह प्रश्न-वज्र अब उस पर गिरने ही वाला है। वह आजकल किसी भी परिचित से मिलने से बेहद घबराता था। किन्तु अब तो प्रश्न सामने था ही।

उसने आश्वस्त होते हुए धीरे-से उत्तर दिया—''ट्यूशन कर रहा हूं।''

उत्तर सुनते ही रामकिशन हो-हो कर के हंस पड़ा, और प्रकाश की ओर मुड़कर व्यंग्य-भरे स्वर में बोला—''भाई प्रकाश, इसे भी कोई नौकरी दिलाओ, नहीं तो इस बेचारे की ज़िन्दगी बस दस-दस रुपए के टटपुंजिए टयूशन करते ही गुजर जाएगी!''

मनोहर को जैसे किसी ने कचोट लिया। एक तीव्र वेदना से अन्दर-बाहर सब कुछ तिलमिला उठा। किन्तु किसी तरह उसने अपने को संयत किया और प्रतिवाद में बोला—''तुमसे तो मैं अधिक ही कमा लेता हूं। सवा सौ रुपये के ट्यूशन हैं मेरे पास। और तुम अपनी पच्चासी रुपये की नौकरी पर ही अकड़ते फिरते हो!''

रामकिशन ने बड़ी कुटिल हंसी हंसी। बोला—''तुम ट्यूशनों से पांच सौ रुपये महीने भी क्यों न कमाओ, तुम्हारी कोई वकत नहीं, और न तुम्हारे कार्य का ही कोई सम्मान है। मैं चाहे अपनी नौकरी से पच्चासी रुपये ही पाऊं, फिर भी वह एक सम्मानित नौकरी है। वह ट्यूशनों जैसा टटपुंजिया काम नहीं है।''

प्रकाश ने देखा कि वातावरण कटु होता जा रहा है। उसने विषयान्तर के लिए कहा—''तुम जा किधर रहे हो रामकिशन भाई, हम तो पिक्चर जा रहे हैं। चलते हो तो चलो, नहीं तो हमें तो देर हो रही है।''

''नहीं भाई, तुम लोग जाओ,'' रामकिशन ने कहा—''मुझे तो एक आवश्यक कार्य से जाना है। फिर मिलूंगा।''

और वह साइकिल पर पैर रखकर चल दिया...

रामकिशन तो चला गया, किन्तु मनोहर के हृदय में वेदना की, आत्महीनता की छाप छोड़ता गया। वह सोच रहा था, 'मेरा कार्य क्या इतना निकृष्ट है कि उस पर एक पच्चासी रुपये का क्लर्क भी हंसे? क्या सचमुच मैं सदैव ट्यूशन ही करता रहूंगा? मेरे कार्य का सम्मान ही क्या है? एक निश्चित नौकरी करने वाले को चाहे कुछ भी वेतन मिले, कम-से-कम उसे दस-दस, पन्द्रह-पन्द्रह रुपये के लिए घर-घर नहीं जाना पड़ता, स्थान-स्थान पर 'ट्यूशन करता हूं' कहकर अपमानित नहीं होना पड़ता।'

उसने मन-ही-मन नौकरी पाने का दृढ़ संकल्प कर लिया—कैसी भी, किसी भी कीमत पर।

मनोहर की खोज जारी ही थी कि एक दिन उसे पता लगा कि स्थानीय डी.के. इंटर कॉलेज में एक अध्यापक का स्थान रिक्त हो गया है। सघन अंधकार में एक जुगनू चमक उठा। पथ-भ्रष्ट राही-सा मनोहर मार्ग की खोज में उसी के पीछे दौड़ पड़ा। डी.के. इंटर कॉलेज के सम्बन्ध में वह बहुत कुछ जानता था। डी.के. का अर्थ तो केवल कुछ लोग ही जानते थे। साधारणतः लोग उसे 'दीमक लगी कीड़ा खाया इंटर कॉलेज' कहते थे। वह जानता था कि उस कॉलेज में अध्यापकों से हस्ताक्षर तो एक सौ बीस रुपये पर कराए जाते हैं, किन्तु मिलते हैं अधिक-से-अधिक सत्तर रुपये। फिर भी उसने प्रयत्न करने का निश्चय कर लिया...

बद्री बाबू की जैसी धाक उनके वकालत के क्षेत्र में है, उससे कहीं अधिक कॉलेज के प्रबन्ध में है। वे कॉलेज के अवैतनिक मैनेजर हैं। अपने अनेक बहुमूल्य घंटे नित्य दे कर वे कॉलेज का प्रबन्ध करते हैं। तीन वर्ष पूर्व जब जातीय संस्था की विनम्र प्रार्थना पर उन्होंने अनिच्छापूर्वक मैनेजरी के उत्तरदायित्व को संभाला था, तब कॉलेज घाटे में चल रहा था और 'आज बंद हुआ, कल बंद हुआ' की बातें हो रही थीं। उन्होंने जातीय संस्था से विशेषाधिकार लेकर पद-भार संभाला। पहला कदम उन्होंने स्टाफ में से अच्छी-खासी छटनी करने का उठाया। पुराने-पुराने अध्यापक दो महीने की नोटिस पर निकाल दिए गए। वर्ष भर प्रिन्सिपल के रंग-ढंग देख कर उन्हें भी निकाल बाहर किया और अपनी पसंद का नया प्रिन्सिपल नियुक्त किया। कॉलेज को आर्थिक संकट से मुक्त करने के नए-नए उपाय ढूंढ़े और खर्च होने वाले एक-एक पैसे की जांच बड़ी सतर्कतापूर्वक की। परिणाम यह हुआ कि दूसरे वर्ष ही कॉलेज को दस हजार रुपये का लाभ हुआ।

कॉलेज को तो लाभ हुआ, समाज में बद्री बाबू के प्रबन्ध की तारीफें भी हुईं, किन्तु अध्यापकों तथा अन्य कर्मचारियों की खासी मुसीबत हो गई। किसी की नौकरी सुरक्षित न रही। कुछ पुरानों को छोड़ कर बाकी अध्यापक नए नियुक्त हुए—कुछ 'ट्रेण्ड', कुछ 'अनट्रेण्ड'। ट्रेण्ड अध्यापकों से हस्ताक्षर सरकार द्वारा निर्धारित दर पर ही कराए जाते, किन्तु वेतन मिलता उन्हें बद्री बाबू की इच्छानुसार। अनट्रेण्ड अध्यापक नया सत्र प्रारम्भ होने के एक-डेढ़ महीने बाद रखे जाते, और सत्र समाप्त होने के पूर्व ही उन्हें नोटिस दे दी जाती। उनका वेतन पचास से सत्तर रुपये तक बद्री बाबू की इच्छानुसार रखा जाता। सत्र समाप्त होने के पूर्व ही नोटिस दे देने से उनका ग्रीष्मावकाश का वेतन भी बचा लिया जाता।

मनोहर एक दिन अपना आवेदन-पत्र लेकर उनके बंगले पर पहुंचा। बद्री बाबू अपने दफ्तर में कुछ मुवक्किलों से बातचीत कर रहे थे। पूरे दो घंटे बाद खाली हुए तो उसने अपना आवेदन-पत्र उनके सामने रखा। देख कर बोले—"हमें तो ट्रेण्ड आदमी की आवश्यकता है।"

मनोहर यद्यपि सारी पोल जानता था, फिर भी एकाएक उसे कुछ उत्तर नहीं सूझा।

इतने में बद्री बाबू बोले—"बी.ए. किस श्रेणी में पास किया आपने?"

"जी, तृतीय श्रेणी में।"

मनोहर ने देखा, जैसे उसके उत्तर से उनके माथे पर बल पड़ गए हैं, और आंखों में गहरा उपेक्षा-भाव झलक आया है। बद्री बाबू ने बड़े रूखे स्वर में अगला प्रश्न किया—''आजकल आप क्या करते हैं?''

''जी, कुछ नहीं... कुछ ट्यूशन आदि करता हूं।''

मनोहर के उत्तर में गहरी करुणा झलक गई। लगा, जैसे बद्री बाबू पर भी उसका कुछ प्रभाव पड़ा। मनोहर को उनके नेत्रों में किंचित उदारता-सी झलकती दिखाई दी। कुछ क्षण बाद वे बोले—''देखिए, एक स्थान जो हमारे कॉलेज में रिक्त हुआ है, उस पर कोई नई नियुक्ति करने का इस वर्ष हमारा विचार नहीं है। छमाही परीक्षाएं हो ही चुकी हैं। यह वर्ष समाप्त होने में बस चार-पांच मास शेष हैं। आप मुझसे अगले वर्ष जुलाई में मिलिएगा। तब देखूंगा।''

मनोहर की सभी आशाएं चूर-चूर हो गईं। कुछ साहस बटोर कर उसने पूछा—''इस वर्ष क्या किसी को रिक्त स्थान पर नियुक्त किए बिना आपका काम चल जाएगा?''

मनोहर की यह जिज्ञासा जैसे बद्री बाबू को अच्छी नहीं लगी। उन्होंने शुष्क भाव से कहा—''यह देखना हमारा काम है। आप इसकी चिंता न कीजिए।'' और वे अपने सामने पड़े हुए कागजों में इस प्रकार उलझ गए, जैसे अब कुछ कहना-सुनना शेष न रह गया हो।

मनोहर गहरी निराशा में डूब गया। वह सोच कर आया था कि इस नौकरी को वह किसी भी वेतन पर स्वीकार कर लेगा, किन्तु यहां तो वेतन का प्रश्न ही नहीं उठ रहा था। अन्तिम प्रयत्न करने के विचार से वह बड़े ही दयनीय भाव से बोला—''मैनेजर साहब, यह नौकरी मैं किसी भी वेतन पर स्वीकार करने को तैयार हूं... यदि आपकी कृपा हो तो...'' आगे वह कुछ न कह सका।

''आप मुझसे अगले वर्ष मिलिए। इस वर्ष तो कुछ नहीं हो सकता।'' कह कर उन्होंने जैसे सारी बात समाप्त कर दी।

मनोहर को लगा, जैसे सम्मुख बैठे बद्री बाबू, कमरे की मेज, कुर्सियां, आलमारियां, सब कुछ घूम रहा है। उसने किसी तरह अपने को संभाला, और फिर धीरे-से अपनी कुर्सी से उठ कर बिना कुछ बोले मुड़ कर चलने लगा। किन्तु जैसे ही वह द्वार के निकट पहुंचा, उसके मस्तिष्क में एक विचार विद्युत की भांति कौंधा और वह झट लौट कर बद्री बाबू की मेज के पास आकर बोला—''मैनेजर साहब, यदि आप स्वीकार करें, तो मैं आपके कॉलेज में इस वर्ष बिना वेतन लिए काम करने को तैयार हूं।''

उन्हें मानो किसी बिच्छू ने डंक मार दिया हो। मनोहर पर आंखें गड़ाते हुए बोले—''क्या मतलब?''

''मतलब यही कि मैं इस वर्ष काम अन्य सभी अध्यापकों की तरह करूंगा और वेतन कुछ न लूंगा। इसके प्रतिदान में आप मुझे अगले वर्ष इस रिक्त स्थान पर नियुक्त कर दीजिएगा।''

''तो फिर इस वर्ष आपका गुजारा कैसे होगा?''

मनोहर इस जिज्ञासा से थोड़ा खीझ उठा। बोला—''मेरे गुजारे की चिंता न कीजिए। केवल

मुझे अपने यहां काम दे दीजिए।'' अन्तिम शब्द कहते-कहते उसके स्वर में एक तीव्र वेदना उभर आई।

मैनेजर साहब कुछ क्षण इस गुत्थी को सुलझाते रहे, फिर आंखें ऊपर उठाकर बोले– ''ठीक है। हम आपको रख लेंगे। किन्तु आपको हमारी कुछ शर्तें स्वीकार करनी होंगी।''

मनोहर ने कुर्सी पर बैठते हुए कहा–''कहिए।''

बद्री बाबू एक होल्डर से मेज पर ठकठक करते हुए बोले–''इस वर्ष आपको वेतन तो कुछ नहीं मिलेगा, किन्तु आपको 'पे बिल' पर हस्ताक्षर करने होंगे, अन्य सभी वैतनिक अध्यापकों की भांति अनुशासन में रहना होगा और उतना ही काम करना होगा।''

मनोहर ने शान्त भाव से कहा–''मुझे स्वीकार है।''

''ठीक है। कल आप कॉलेज आफिस से अपना नियुक्ति-पत्र ले लीजिएगा।''

मनोहर धन्यवाद देकर चलने को हुआ, तो बद्री बाबू बड़े सहानुभूतिपूर्ण स्वर में बोले– ''आपका कार्य यदि इस वर्ष सन्तोषप्रद रहा तो अगले वर्ष हम आपको अन्य अध्यापकों की भांति रख लेने के विषय में सोचेंगे।''

उसने कृतज्ञतापूर्ण स्वर में कहा–''आपको सन्तुष्ट करने में मैं कुछ उठा न रखूंगा।''

मनोहर यह अवैतनिक नौकरी पाकर भी कम प्रसन्न नहीं था। अब उससे कोई पूछता कि ''कहो, आजकल क्या कर रहे हो,'' तो वह अपने होंठों पर गर्व-भरी मुस्कान लाकर कहता–''डी.के. कॉलेज में अध्यापक हूं!''

किन्तु उसकी जीविका का सहारा तो वही ट्यूशन ही था!

1956

वेतन के पैसे

कमला कह रही थी—

"भैया, इस घर में चार पैसे की भी तो बात नहीं है मेरी, पैसे-पैसे के लिए मुझे उनका मुंह देखना पड़ता है। वेतन के जो पैसे वह लाते हैं, सदा अपने पास ही रखते हैं। सुबह दफ्तर जाते समय अपने संदूक में ताला बन्द कर चाभी अपने साथ ले जाते हैं। शाम को आते हैं, तो अपने रखे हुए रुपए गिनते हैं, जैसे पीछे उनमें से मैंने कुछ निकाल ही न लिए हों। सुबह मुझे चार-छः आने सब्जी-भाजी के लिए दे जाते हैं और शाम को आकर उसका हिसाब पूछते हैं, जैसे मैं इस घर की कुछ हूं ही नहीं, जैसे मेरा इस घर में कुछ अधिकार ही न हो।" कहते-कहते उसका गला रुंध गया और एक तीखी करुणा से सम्पूर्ण वायुमण्डल भर उठा। कमला ने जरा-सा सिर झुकाकर आंचल से अपने नेत्र पोंछे और फिर सूनी आंखों से छत की ओर देखने लगी।

यशवंत ने कमला के सजल नेत्र देखे और अनदेखा-सा कर दिया। सिर झुकाए वह थोड़ी देर कुछ सोचता रहा, फिर जैसे अपने आपसे ही झुंझलाकर बोला—

"कैसी ओछी आदत है गोपाल की; स्त्री न हुई, घर की नौकरानी हुई। नौकरानियों पर भी लोग इतना अविश्वास नहीं करते। एक हम हैं कि दुकान से लाकर कितना रुपया अपनी स्त्रियों को दे देते हैं, कभी पूछा तक नहीं और एक यह महाशय हैं कि अपनी कमाई पर सोलह आने अपना ही हक समझते हैं।"

कुछ क्षण रुककर वह फिर जैसे बड़बड़ाया—"अपनी तो बहनों की किस्मत ही फूटी है। दूसरे घरों की लड़कियां हमारे घर में आकर मजे करती हैं और अपने घर की लड़कियां पैसे-पैसे के लिए अपने पतियों का मुंह देखा करती हैं।"

कहते-कहते यशवंत खिन्न व उद्विग्न हो उठा। उसके मस्तिष्क में एक शून्यता-सी भरने लगी, वह गुमसुम हो गया।

कमला सिर नीचा किए साड़ी के एक छोर को अपनी उंगली में लपेट-खोल रही थी।

यशवंत के अन्तिम शब्द उसके मस्तिष्क में गूंजकर उसके स्मृतिपटल को कुरेद रहे थे। वह सोच रही थी—मेरी भाभियां कितनी सुखी हैं। भैया दुकान से घर-खर्च के लिए रुपया लाकर उनके हाथ में रख देते हैं। फिर चाहे जैसे उनका उपयोग करें—न किसी से पूछना, न जांचना। और एक मैं हूं—जिसके हाथ में एक रुपया भी नहीं रहता, जो अपनी इच्छा से एक पैसा भी खर्च नहीं कर सकती। उसके हृदय में एक विषाद-सा भर गया। जैसे वह उसे ही व्यक्त कर देने के लिए बोली—

"भैया, अपने घर की बात और है। अपने पिताजी ने कभी एक पैसा अपने पास नहीं रखा, जो कुछ लाए, मां के हवाले कर दिया। जब एक पैसे की भी आवश्यकता हुई तो मां से मांग लिया। आप सब पर तो वही संस्कार पड़े हैं। किन्तु इनके घर की तो चाल ही निराली है। इनके पिताजी भी अपनी अलमारी में सदा अंदर-बाहर दो ताले लगाते हैं और चाभियां कभी एक मिनट के लिए भी अलग नहीं करते। वेतन के जो पैसे मिले, लाकर उसमें बन्द कर दिए और सासजी को एक-दो रुपये ऊपरी खर्च के लिए दे दिए। आखिर बेटों पर बाप की ही आदतों का प्रभाव पड़ता है।"

कमला ने सामान्य शब्द कहे और मानो इन शब्दों के सामान्य सिद्धांत में उसकी उद्विग्नता कुछ खो-सी गई। अपने मायके की रीति-नीति और अपनी ससुराल के रंग-ढंग का तुलनात्मक वर्णन कर वह क्षोभ की अवस्था से निकल कर व्यंग्य और तिरस्कार की अवस्था में पहुंच गई।

उसकी आंखों के आंसू सूख चुके थे और उनमें फिर से वही भोलापन, आदर, स्नेह और करुणा झलक आई थी जो किसी भी छोटी बहन में अपने पतिगृह में अपने बड़े भाई को देखकर सहज ही उत्पन्न हो जाती है। अपने मुख पर किंचित आश्चर्य का भाव लाकर और अपने नेत्रों में व्यंग्य की तीखी-सी चंचलता भरकर वह बोली—

"भैया, एक दिन की बात तुम्हें बताऊं। तब हम लोग ससुरजी के साथ ही रहते थे। बाप रे बाप, वे तीन साल मैंने कैसे गुजारे, बस मैं ही जानती हूं। एक दिन जब मेरे जेठजी घर से जाने लगे तो मेरी जेठानी ने उन्हें अन्दर बुलाकर बिल्कुल धीरे-से कहा—'जरा मुझे चार आने तो देते जाइए।' जेठजी ने वहीं से अपनी मां को पुकारा और जेठानी का नाम लेते हुए बोले—'मां, यह चार आने मांगती है, दे जाऊं?' मैं रसोईघर में बैठी खाना बना रही थी—सुना तो सन्न रह गई। बेचारी मां जी क्या उत्तर देतीं। बोलीं—'दे जाओ, मैं मना करती हूं?' और जब जेठजी चवन्नी निकाल कर देने लगे तो जेठानी की आंखों में आंसू भर आए। बोली—'मुझे नहीं चाहिए।' भैया, चार आने की बात थी, केवल चार आने की।"

कमला के चेहरे पर तिरस्कार झलक रहा था और यशवंत सोच रहा था कि वह किस विचित्र दुनिया में आ गया है। उसकी छोटी-सी, इतनी लाड़-प्यार में पली बहन इस अनोखे संसार में कैसे गुजर करती होगी?

कमला का विवाह हुए तीन वर्ष से अधिक हो चुके थे। उस समय गोपाल ने मैट्रिक पास किया था और उसके पिता ने कमला के पिता से आगे पढ़ाने की बात कही थी। गोपाल के परिवार की आर्थिक अवस्था ऊपर से देखने में काफी अच्छी थी किन्तु अन्दर से उनका रहन-सहन और खान-पान ऐसा था जिस पर पिता का पूर्ण नियंत्रण हो और एक-एक पैसे को दांतों से पकड़ा जाता था। विवाह के बाद गोपाल दो वर्ष तक और पढ़ा किन्तु जैसे-तैसे। वैसे गोपाल के पिता आधुनिक शिक्षा को व्यर्थ और खर्चीली समझते थे और वह गोपाल को मैट्रिक के बाद ही इस सड़ी-गली शिक्षा-पद्धति के चंगुल से मुक्त कर किसी व्यावहारिक क्षेत्र में डाल देना चाहते थे। किन्तु एक बार विवाह के समय वह कमला के पिता के पास गोपाल को आगे पढ़ाने की बात कह चुके थे, इसीलिए उन्होंने किसी प्रकार दो वर्ष और इस व्यर्थ के भार को वहन किया। इंटर उत्तीर्ण करने के बाद गोपाल ने आगे पढ़ने की कोई इच्छा व्यक्त नहीं की। दो वर्ष के विवाहित जीवन के कटु अनुभव के प्रकाश में वह आगे पढ़ने की बात सोच भी नहीं सकता था।

फिर नौकरी ढूंढ़ने का सिलसिला शुरू हुआ। छः मास वह लगातार कामदिलाऊ दफ्तरों आदि के चक्कर लगाता रहा और सौभाग्य से स्थानीय शासन में पिच्चासी रुपये की नौकरी पाने में सफल हो गया।

जब वह अपना पहला वेतन लेकर आया, कमला उत्साह से फूली नहीं समाई। किन्तु ससुरजी की उपस्थिति में वह कुछ न कर सकी। उसका प्रत्येक क्षण तीव्र अकुलाहट में कटा, किस क्षण वह दौड़कर गोपाल से उसकी प्रथम आय के पैसे अपने हाथ में ले ले। रुपयों के उपभोग की योजनाओं से उसका मस्तिष्क भरने लगा। किन्तु दूसरे ही क्षण उसने देखा, ससुरजी ने गोपाल से सारे रुपये लेकर उसे पांच रुपये महीने भर के खर्च के लिए और पांच आने के बतासे लेकर मुहल्ले के बच्चों को बांटने के लिए दे दिए हैं।

किसी प्रकार कुछ दिन कटे। कमला जिस परिवार से आई थी, वहां पिता का बात-बात में नियंत्रण नहीं था। उसके कमाने वाले भाइयों पर इस प्रकार का कोई अंकुश नहीं रहता था। वे अपनी आय में से आवश्यकतानुसार अपने और अपने परिवार के लिए व्यय किया करते थे। किन्तु इस परिवार में पिता सर्वोच्च और निरंकुश शासक था। पुत्रों को, चाहे उनकी अवस्था कितनी ही हो, पिता के सम्मुख मुंह खोलने का अधिकार नहीं था।

गोपाल सोच रहा था, अब वह कमाने लगा है। फिर भी उसे महीने भर के जेबखर्च के लिए पांच रुपये मिले हैं। उसमें उसकी पत्नी की आवश्यकताएं भी शामिल हैं। किन्तु उस घर में यह कोई नई बात नहीं थी। उसके दो बड़े भाइयों के साथ भी तो यही होता है। उन्होंने कभी कोई असंतोष, शिकवा या शिकायत का प्रदर्शन नहीं किया था। पर गोपाल का हृदय इस अवस्था को सहज में ही स्वीकार करने के लिए तैयार नहीं था। उसमें असंतोष जाग रहा था। शायद इसलिए कि वह

अन्य भाइयों की अपेक्षा अधिक पढ़ा-लिखा था, या शायद इसलिए कि उसका विवाह अन्य भाइयों की अपेक्षा अधिक समृद्ध और सुसंस्कृत परिवार में हुआ था।

और जब वह दूसरे महीने का वेतन लेकर आया तो उसने जेबखर्च के लिए पांच रुपये स्वीकार नहीं किए, बोला—''पिताजी, पांच रुपये तो महीने भर के जेबखर्च के लिए बहुत थोड़े होते हैं।''

''और तुम्हें क्या चाहिए?'' पिताजी की भृकुटियों पर बल पड़ गए—''दो महीने से कुछ कमाने क्या लगे, नखरा करना सीख गए। तुम्हारे बड़े भाई वर्षों से कमाते आ रहे हैं किन्तु जेब खर्च के लिए उन्हें भी इससे अधिक नहीं मिलता। घर में रहना है तो घर के नियम से रहना पड़ेगा।''

गोपाल खड़ा रहा—अवाक्, क्षुब्ध और लज्जित। दरवाजे की ओट में कमला खड़ी रही—मूक, व्यथित और निराश।

और फिर गोपाल और कमला ने वह फैसला किया जो अभी तक उस घर में किसी ने नहीं किया था। उन्होंने सोचा, वे अपनी छोटी-सी गृहस्थी अलग बसाएंगे। तीसरे महीने का वेतन मिलने से पूर्व ही गोपाल कमरा ठीक कर आया।

पिता ने सुना तो जैसे उनके अहम् को एक भारी ठेस लगी। उबलकर बोले—''ससुराल वालों की पट्टी पर चढ़कर तू मां-बाप का घर छोड़ रहा है। याद रख, तेरी पढ़ाई-लिखाई पर मैंने हजारों रुपये खर्च किए हैं। पहले ये रुपये मुझे वापस कर, तब अलग होने की बात सोचना।''

गोपाल के पैर डगमगाने लगे किन्तु कमला की प्रेरणा ने जैसे उसे सहारा दिया। वह केवल इतना ही बोला—''पिताजी, ये रुपये मैं स्वयं ही चुकाने की कोशिश करूंगा।''

और सचमुच वे अलग हो गए। पिता के तीव्र रोष, माता के असह्य स्नेह-बंधन और भाई-भाभियों के कृत्रिम स्नेह-प्रदर्शन के बावजूद। कमला को अपनी ससुराल की एक धेले की भी चीज ले जाने की आज्ञा नहीं थी। यहां तक कि वह अपने मायके की भी वस्तुएं अपने साथ नहीं ले जा सकी।

गोपाल को अपने पिता से विरासत में कोई भौतिक वस्तु तो नहीं मिली किन्तु उनके कुछ गुण अवश्य मिल गए जिनके लिए शायद उसके पास कोई चारा न था। अगले मास का वह जो वेतन लाया, उसे कमला के हाथ में न दे उसने अपने पास ही रख लिया, बड़े सहज और स्वाभाविक ढंग से। जैसे उसे इसकी कल्पना ही नहीं थी कि वेतन लाकर पत्नी के हाथों पर भी रखा जा सकता है। किन्तु कमला का हृदय इस वेदना से तिलमिला उठा। अलग होकर भी वह जैसे अपने छोटे-से घर की रानी नहीं बन सकी। यद्यपि उन रुपयों से अपनी नई गृहस्थी के लिए साज-सामान खरीदने की दोनों ने मिलकर योजनाएं बनाईं किन्तु कमला ने इस मंत्रणा में इस प्रकार भाग लिया जिसमें

न तो अधिकार का स्वर था, न उत्साहपूर्ण सुझाव। उसमें था एक बड़ा नीरस अनात्मभाव।

स्त्री को घर की रानी कहते हैं। वह भी अपने को यही समझती है। किन्तु तभी, जब पति गृहकार्य में उसे वैसा स्थान नहीं देता जैसा दफ्तर का अफसर अपनी टाइपिस्ट को देता है। यदि पति कमाकर लाए और उसे अपने पास रखे और जब-तब पत्नी को घर की आवश्यकताओं के लिए कुछ देता रहे तब पत्नी की अवस्था शायद उस टाइपिस्ट से भी बद्तर हो जाती है जिसकी व्यक्तिगत स्वतंत्रता से भी वह वंचित होती है। सच बात तो यह है कि स्त्री चाहती है कि कमाने का कार्य तो पति करे किन्तु उसे रखने और व्यय करने का संपूर्ण उत्तरदायित्व उसका हो, एकमात्र उसका।

कमला यशवंत के साथ मायके चली आई। इस बार गोपाल के वेतन के पैसों को लेकर यहां खूब चर्चा हुई, कमला के सास-ससुर और उनकी आदतों को लेकर इस घर में बहुत बातें हुईं। मां ने सुना तो तड़प उठी। कौन मां ससुराल में अपनी लड़की के कष्टों को सुनकर व्याकुल नहीं हो जाती। बोली—"एक मेरे लड़के हैं जो कमाकर लाते हैं और अपनी बहुओं के हाथ में रख देते हैं और फिर पूछते तक नहीं कि उसे कहां खा-उड़ा रही हैं। और एक दामाद हैं जो अपनी कमाई अपनी जेबों में ही खोंसे रहते हैं।"

अपनी बड़ी भाभी के सामने कमला रो पड़ी। उसकी छः साल की लड़की विमला दशहरे की छुट्टी में एक सप्ताह के लिए उसके पास रह आई थी। जब वह चलने लगी थी तो उसने गोपाल से कहा था—"मुझे कुछ रुपये दीजिए तो विमला की दो फ्राकों का कुछ कपड़ा खरीद लाऊं। पहली बार हमारे घर आई है, खाली हाथ कैसे भेज दूं।"

पर गोपाल ने बड़ी उपेक्षा से उत्तर दिया था—"इस सब दिखावे की क्या जरूरत है?" वह खून का घूंट पीकर रह गई थी और दो रुपये, जो उसने न जाने किस प्रकार अपने पास बचाए थे, उसे देकर विदा कर दिया था।

मां ने पूछा—"क्यों री, इतने रुपये जो तू यहां से ले जाती है, वे तो तू अपने पास ही रखती होगी?"

"कहां मां?" कमला बोली—"जो कुछ मैं यहां से ले जाती हूं, सब कुछ उन्हें दे देती हूं। तुम्हीं ने तो कहा था कि अपने पति से कुछ छिपाकर नहीं रखना चाहिए।"

मां थोड़ा चौंकी, फिर बोली—"यह तो ठीक है बिटिया, पर जब गोपाल तुझे तेरी आवश्यकताओं के लिए पैसा देता रहे तब न? घर-गृहस्थी में लेन-देन के कई ऐसे खर्च होते हैं जिनकी जरूरत केवल स्त्री ही अनुभव कर सकती है। ऐसे समय यदि उसका पति उसे रुपये न दे तो उसे कठिनाई होती है। ऐसे अवसरों के लिए तो तू कुछ बचाकर रखा कर।"

कमला ने सोचा, ठीक है। भविष्य में मायके से जो रुपये मिलेंगे, उन्हें वह अपने पास ही रखेगी। जब वह अपने वेतन के पैसे अपने पास रखते हैं तो वह अपने मायके के पैसे अपने पास क्यों न रखे? इस बार जब वह लौटी तो उसने मां, भाई-भावजों से प्राप्त रुपयों की गोपाल से चर्चा तक नहीं की। गोपाल बार-बार कुरेदकर वही बात चलाता था और कमला टाल जाती थी। दूसरे दिन जब वह दफ्तर जाने लगा तो उसने साग-भाजी के लिए कमला को पैसे नहीं दिए। सोचा, मायके से तो लाई ही होगी, उसी में से खर्च कर लेगी। कमला भी नहीं बोली। जब शाम को वह खाना खाने बैठा तो देखा, खाली दाल बनी है। झुंझलाकर बोला—

"खाली दाल बनाई है, कोई सब्जी नहीं बनाई।"

कमला सिर नीचा किए बोली—"सब्जी कहां से बनाती। आप कुछ पैसे तो दे ही नहीं गए थे।"

गोपाल सकपकाया, फिर संयत स्वर से बोला—"तुम्हारे पास कुछ भी पैसे नहीं थे?"

"मेरे पास कहां से आए?" कमला ने उसी प्रकार सिर झुकाए उत्तर दिया। दूसरे दिन गोपाल दफ्तर जाते समय बोला—"देखो, शीशे के पास आठ आने रखे हैं। तरकारी-वरकारी मंगवा लेना।"

वह सोचता जा रहा था—कमला इस बार अपने मायके से कितने रुपये लाई है, मुझे बताया तक नहीं। यह भी नहीं हुआ कि उसमें से कुछ घर के काम के लिए ही खर्च कर देती। मैं क्या उसके रुपयों का भूखा हूं। अपने मायके का बड़ा गुमान करती है। अमीर होंगे तो अपने घर के होंगे, मुझे क्या। मुझे तो कुछ दे नहीं देंगे। कमला सोच रही थी—मैंने ठीक किया जो रुपयों के विषय में कुछ नहीं बताया। आप तो अपने एक-एक पैसे का हिसाब रखते हैं तो क्या मेरे ही रुपये फालतू हैं।

दिन बीत रहे थे और खिंचाव बढ़ रहा था। यद्यपि दोनों ने एक दूसरे से प्रकट रूप से कुछ भी नहीं कहा था, फिर भी एक विचित्र-सी स्पर्धा, अविश्वास और मनमुटाव बढ़ता जा रहा था। गोपाल जितने पैसे दे जाता था, कमला उनमें एक पैसा भी अपने पास से मिलाकर खर्च नहीं करती। गोपाल भरसक यह प्रयास करता था कि घर की आवश्यकताओं की सभी वस्तुएं उसकी उपस्थिति में ही खरीदी जाएं।

फिर यह अवस्था भी उसके लिए अधिक परेशानी से भरी थी। उसे आज तक अपने व्यवहार में कोई विचित्रता, कोई अनोखापना या अस्वाभाविकता अनुभव नहीं हुई। वह समझता था, जैसा वह करता है, सर्वत्र वैसा ही होता है। किन्तु कमला के व्यवहार में स्पष्ट अंतर दीख रहा था। इस बीच कमला के भाई दो-तीन बार उससे मिलने आए। वह जानता था कि वह उसे अवश्य कुछ न कुछ दे जाते हैं। आज तक कमला वे रुपये उसे दे देती थी। किन्तु अब तो वह उस संबंध में बात तक नहीं करती। वह सोच रहा था, पता नहीं इसे क्या हो गया है? एक विचित्र मानसिक अशान्ति से वह ग्रस्त रहने लगा।

उस दिन गोपाल ने दफ्तर से लौटकर झटपट साइकिल रखी और बड़े उल्लसित स्वर से बोला—''कमला, एक खुशखबरी सुनाऊं? मेरी एक महीने की छुट्टी मंजूर हो गई है। बोलो, क्या प्रोग्राम है?''

कमला जैसे खिल उठी। बोली—''मनोज भैया ने कितनी बार हम लोगों को दिल्ली आने के लिए लिखा है। मुझे उनसे मिले भी पूरा एक वर्ष हो गया है। चलिए न, वहीं चलें।'' फिर अपने आप ही कुछ उदास होकर बोली—''दिल्ली जाने का खर्च तो बहुत है।''

गोपाल बोला—''हां, दिल्ली जाने के लिए कम से कम सौ रुपये तो होने चाहिए। यहां से दिल्ली का एक आदमी का किराया लगभग दस रुपये। दस और दस बीस और बीस चालीस। चालीस रुपये तो किराया हो गया। कम से कम पचास-साठ रुपये ऊपर से चाहिए।'' फिर कुछ सोचकर बोला—''पचास-साठ रुपये तो मेरे पास हैं। चालीस-पचास और हों तो काम चल सकता है।''

''लगभग चालीस रुपये तो हैं मेरे पास।'' कमला के मुंह से अचानक निकल पड़ा। शब्दों के मुंह से निकल जाने के पश्चात् जैसे वह उनके प्रति सचेत हुई और उसे अनुभव हुआ कि भाई से मिलने की प्रसन्नता में एकाएक उससे वह रहस्य खुल गया जो उसने कई महीनों से छिपा रखा था।

''ठीक, तब तो काम बन जाएगा''—गोपाल बोला—''मगर हो तुम छिपी रुस्तम। अब तक मुझसे रुपये छिपा रखे थे।''

''छिपा कहां रखे थे? उस दिन बड़े भैया आए थे, वे दे गए।'' कमला ने शरमाकर कहा।

मनोज अपने भाइयों में छोटा और कमला से बड़ा था। बी.ए. पास करने के बाद नौकरी कर रहा था। दो वर्ष पूर्व ही उसका विवाह हुआ था। गोपाल और कमला के आने पर उसने एक सप्ताह की छुट्टी ले ली। सैरसपाटे का दौर चलने लगा।

उस दिन मनोज और गोपाल सिनेमा जाने की तैयारी कर रहे थे। मनोज की पत्नी सरला और कमला एक दिन पूर्व ही की हुई कुतुब की यात्रा की थकान मिटाने के लिए घर पर ही रहने वाली थीं। कपड़े पहन कर मनोज सरला के पास आकर बोला—''जरा दस रुपये देना।''

सरला ने तुनक कर कहा—''अभी कल ही आपको दस रुपये दिए थे। क्या सब खर्च हो गए?''

मनोज ने दबे स्वर में कहा—''सब तो खर्च नहीं हुए। एक-दो रुपये बचे हैं।''

''बाकी सब कहां गए?''

''अजीब हो तुम? कल कुतुब पर कुछ भी खर्च नहीं हुआ?'' मनोज के स्वर में विचित्र-सी दयनीयता थी।

''झूठ।'' सरला ने बिगड़ कर कहा—''कुतुब का तो सारा खर्च मैंने किया था। खाने-पीने में

चाहे आपने एकाध रुपया खर्च किया हो।''

''बात यह है सरला,''—मनोज ने सिर खुजाते हुए कहा—''सुबह दूध लेने गया था न, सड़क पर एक व्यक्ति कुछ पुस्तकें लगाए बैठा था। दो-तीन ले आया।''

सरला एकदम झुंझलाकर बोली—''मेरा बस चले तो इन सारी पुस्तकों की दुकानों को आग लगा दूं। जब देखो तब खरीदे चले आ रहे हैं। आधी कमाई तो इन्हीं की भेंट हो जाती है।''

गोपाल शीशे के सामने खड़ा अपने बाल संवार रहा था और इनकी बातें सुन रहा था। मन ही मन हंसते हुए वह सोचने लगा—''यह मनोज भी पूरा जोरू का गुलाम मालूम पड़ता है। रुपयों के लिए कैसा घिघिया रहा है उसके सामने। जैसे वही कमाती हो।''

मनोज ने धीरे-से कहा—''अच्छा बाबा, अब जल्दी से दे दो। गोपाल सुन रहा है। क्या सोचेगा?''

सरला ने भुनभुनाते हुए दस रुपये निकालकर दे दिए। गोपाल को मनोज की बातों पर तिरस्कारयुक्त हंसी अवश्य आई थी, फिर भी उन दोनों की इस प्रकार की बातचीत से उसका हृदय एक अनिर्वचनीय रस से भर उठा। ऐसे रस से, जिसका उसने अपने दाम्पत्य जीवन में शायद ही कभी अनुभव किया हो।

गोपाल और कमला जब मनोज और सरला की बातचीत, हंसी-ठिठोली, झुंझलाहट, नाराजगी और मनुहार देखते तो एक तीखी-सी बेचैनी, उलझन, रसानुभूति और अजनबीपन-सा उन्हें अनुभव होता। उन्हें लगता, यह सब उनके जीवन में भी क्यों नहीं होता? इनके विवाहित जीवन के सम्मुख उन्हें अपना जीवन बड़ा ही नीरस, शुष्क और यंत्रवत् ज्ञात होता। कमला अपने भाई के विनोदी स्वभाव से परिचित थी। कभी-कभी उसे सरला के भाग्य से बड़ी ईर्ष्या होने लगती। गोपाल सोचता, वह कौन-सा कारण है जिससे हमारे जीवन में मनोज जैसी स्वाभाविकता, चंचलता और आत्मीयता नहीं आ पाती। अब इस घर की प्रत्येक बात वह बड़े ध्यान से, बड़ी सतर्क दृष्टि से देखता।

मनोज की छुट्टियां समाप्त हो गईं। उसने दफ्तर जाना शुरू कर दिया। शाम को घूमने-फिरने का कार्यक्रम चलता रहा। एक दिन शाम को गोपाल, कमला और सरला चाय की मेज पर बैठे मनोज की प्रतीक्षा कर रहे थे। नीचे सायकिल की घंटी बजी और सरला ने चिहुंक कर कहा—''आ गए।''

इतने में मनोज अपनी उन्मुक्त हंसी बिखेरता आया। फलों का थैला ऊपर उठाकर जोर से चिल्लाया—''जिन्दाबाद, चाय तैयार?'' फिर आकर सबके साथ बैठ गया। सरला बनावटी नाराजगी से बोली—''अरे पहले कपड़े तो बदल आइए।''

किन्तु मनोज अनसुनी करके थैले से फल निकालने लगा और फिर कोट की जेब से लिफाफा निकालकर सरला की ओर बढ़ाते हुए बोला—''लो, गिन लो, ईमानदारी से पांच रुपये कम हैं।''

सरला ने हाथ में लिफाफा लेते हुए पूछा—''क्या वेतन मिल गया?''

''और क्या कहीं से डाका डालकर लाया हूं?'' और फिर गोपाल और कमला की ओर मुड़कर बोला—''चलो, जल्दी तैयार हो जाओ। सब पिक्चर चलेंगे। मैं टिकट ले आया हूं।''

''अच्छा भैया''—कमला हंसती हुई बोली—''वेतन के पांच रुपये उसी में कम हो गए हैं।''

''हां कमला, मगर पूरी प्रामाणिकता से। और आते ही मैंने उसकी सूचना गृह और वित्त मंत्री को दे दी है। रुपये खर्च मैंने अपने व्यक्तिगत उपयोग के लिए नहीं, इस जनता के मनोरंजन के लिए किए हैं।'' जनता के नाम पर मनोज ने अपना हाथ सबकी ओर घुमा दिया। सब हंस पड़े। गोपाल और कमला की दृष्टियां एक क्षण के लिए मिलीं और हट गईं। अंतर में एक टीस-सी उठी और बिखर गई।

रात को सब सिनेमा देखकर लौट रहे थे। कमला और सरला बातें करती हुई पीछे चली आ रही थीं। गोपाल और मनोज उनसे कुछ आगे-आगे। एकाएक गोपाल ने पूछा—''मनोज भैया, एक बात बताएंगे?''

''हां हां।''

''आप अपने वेतन के सब पैसे लाकर भाभी को दे देते हैं?''

''और नहीं तो क्या? यह जोखिम अपने पास रखूं?''

''आपको विश्वास है कि भाभी रुपयों का सदुपयोग कर लेती हैं?''

''सदुपयोग की भी तुमने बस एक कही,''—मनोज बोला,''सच बात तो यह है कि रुपयों का सदुपयोग करना केवल स्त्रियां ही जानती हैं। पुरुष तो केवल कमाना भर जानते हैं।''

गोपाल यह उत्तर सुनकर कुछ क्षण चुप रहा। फिर बोला—''भैया, स्त्री यदि अपव्ययी हो तो?'' मनोज हंस पड़ा। बोला—''हम मध्यम श्रेणी के व्यक्तियों के लिए उसके लिए एक बहुत बढ़िया नुस्खा है, गोपाल। वह यह कि कुछ दिन के लिए तुम उस स्त्री से अधिक अपव्ययी बन जाओ। फिर देखो, वह कितनी जल्दी स्वयं भी मितव्ययी बनती है और साथ ही तुम्हें भी बनाकर छोड़ती है।'' और वह ठहाका मारकर हंसा।

गोपाल फिर कुछ नहीं बोला। सोचता रहा, केवल सोचता रहा।

महीने भर दिल्ली की सैर कर गोपाल और कमला वापस आ गए। गोपाल को लग रहा था जैसे उसने पारिवारिक जीवन का एक नवीन रूप देखा है।

उस दिन गोपाल दफ्तर से लौटा तो वेतन के पैसे उसकी जेब में थे। कमला जब से लौटी थी, उसका हृदय कुछ अधिक संवेदनशील हो उठा था। वह गोपाल का पायजामा सी रही थी। गोपाल ने रुपये निकालकर उसके सामने रख दिए और कुछ झेंपता-सा बोला—''वेतन मिल गया है।''

कमला कुछ बोली नहीं। उसी तरह सिर झुकाए मशीन चलाती रही। गोपाल ने जेब से चाभी निकाली और रुपयों के पास रखता हुआ बोला, ''पिताजी ने बुलाया है, जरा देर से लौटूंगा। इन्हें संभाल लेना।''

और कमला के कुछ कहने से पहले ही वह घूमकर चल दिया जैसे उसकी दृष्टि का सामना करने में उसे डर-सा लग रहा हो।

1957

एक्स्ट्रा

सावित्री रोज देखती, वह युवती सुबह जल्दी-जल्दी कदम बढ़ाते हुए स्टेशन की ओर जाती है। बहुधा वह सलवार और कमीज पहने होती थी, पतला-सा दुपट्टा उसके कंधे पर अस्त-व्यस्त पड़ा होता था और बालों की घुंघराली लटें माथे पर इधर-उधर झूलती रहती थीं। वह अच्छी तरह सजी-संवरी होती थी। चेहरे पर पाउडर की हल्की परत और होंठों पर गहरे लाल रंग की लिपस्टिक। माथे के ऊपर दोनों ओर बड़े प्रयास से बनाई हुई बालों की चिड़ियां। ऊंची एड़ी की सैण्डिल और हाथ में प्लास्टिक का एक काला बैग।

एक दिन सावित्री ने उसे शाम को देखा। वह ईरानी के स्टोर से पाव रोटी लेने गई थी और वह युवती भी वहीं खड़ी कुछ ले रही थी। नित्य देखते-देखते सावित्री के लिए उसका चेहरा काफी परिचित हो गया था। बिजली के प्रकाश में उसने देखा, उसका चेहरा गहरा लाल था, जैसे उस पर रंग पोता गया हो। सावित्री के मन में वितृष्णा-सी जाग उठी। तिरस्कार से हंस कर वह सोचने लगी—कितनी फैशनेबल है यह। शायद किसी दफ्तर में काम करती होगी। तभी इतने सुबह जाती है और शाम बीते आती है। काफी पढ़ी-लिखी होगी। दफ्तर में नौकरी तो काफी पढ़े-लिखों को ही मिलती है... मैं भी कुछ पढ़ी होती तो नौकरी करती... कपड़ों की सिलाई से क्या मिलता है? और यही सब सोचती-सोचती वह अपने क्वार्टर में आ गई।

सावित्री को कुछ विशेष याद नहीं कि कब वह अपनी मां और छोटे भाई के साथ सिंध से उजड़ कर इस कल्याण कैंप में आई थी। अपने बालजीवन की किलोल-क्रीड़ाएं और धीरे-धीरे तरुणाई के निखार का अनुभव उसने अपने कैंप की गंदी बस्ती के उस कच्चे मकान में ही किया था जिसकी गली बरसात में पानी और कीचड़ से भर जाती है और जिसकी छत और दीवारों की सीलन बरसात के चार महीनों में कभी कम नहीं होती।

सावित्री को थोड़ा-थोड़ा याद है कि वह चादर लेकर अपनी मां के साथ शरणार्थी राशन डिपो से मुफ्त राशन लेने जाती थी। फिर मां को कपड़े सीने की एक मशीन मिल गई थी और तब से वह सारा दिन अपने ही कमरे में बैठी घर्र-घर्र मशीन चलाया करती है। सावित्री पास बैठी काज पक्के करती, बटन टांकती और कच्चा करती। स्कूल छोड़े उसे कई वर्ष हो गए। शरणार्थी स्कूल की चौथी पास करने के बाद मां ने उसे आगे पढ़ने के लिए नहीं भेजा। उसका भाई सांवल अब जूनिगर हाई स्कूल की सातवीं कक्षा में पढ़ता है।

सुबह से सावित्री ने दरवाजा नहीं खोला था। रात से मूसलाधार पानी गिर रहा था। सारी रात तीनों ने जहां-तहां टपकते हुए कमरे के एक कोने में अधलेटे काट दी थी। जहां-जहां पानी टपक रहा था, उसके नीचे फर्श पर कटोरियां रखी हुई थीं, जिनमें पानी टप-टप गिर रहा था। और बाहर झरर-झरर करता हुआ बरस रहा था। दिन चढ़े पानी कम हुआ। सावित्री ने दरवाजा खोला। अभी हल्की-हल्की फुहार पड़ रही थी और बरसातियां ओढ़े, छाता लिए लोग झुण्ड-के-झुण्ड लोकल ट्रेन पकड़ने के लिए स्टेशन की ओर लपके जा रहे थे। सावित्री ने देखा कि वह युवती भी एक हाथ से सलवार अपनी पिंडलियों तक उठाए और दूसरे हाथ से सिर पर छाता लिए हुए स्टेशन की ओर बढ़ी जा रही है। लोगों के झुण्ड में सावित्री उसे देखती रही, उसके बालों की लटों को, उसके शरीर से चिपकी हुई कमीज को और बहुत बारीक दुपट्टे को।

और फिर एक दिन उसे अपने ही दरवाजे पर खड़ी देखकर सावित्री को थोड़ा आश्चर्य हुआ, थोड़ी हलचल हुई । कई लोगों से हमारा परिचय सिर्फ चेहरे से ही होता है। बस की प्रतीक्षा करती हुई कतार में, राशन की दुकान पर, जलपान-गृह में या अन्य किसी सार्वजनिक स्थान पर नित्य देखते-देखते बहुत-से चेहरे हमारे लिए परिचित हो जाते हैं जिनसे वर्षों तक हमारी एक भी बात नहीं होती। किन्तु ऐसा ही कोई व्यक्ति जब किसी कारण से अचानक हमारे सामने आ खड़ा होता है, तो मन में कौतूहल-भरी एक प्रतिक्रिया होती है। ऐसी दशा में परिचय न होने पर भी एक पहचान होती है, अनजाने में ही एक ज्ञान होता है और फिर परिचय बढ़ते देर नहीं लगती।

उस दिन कुछ देर पहले ही मां ने सावित्री को एक मर्दानी कमीज के काज काट कर दिए थे और कहा था—"बेटी, जरा जल्दी काज पक्के कर के बटन टांक दे, अभी आता ही होगा लेने।"

अभी वह गले का बटन टांक ही रही थी कि आवाज सुनाई दी—"हो गई?"

मां ने कहा—"अभी हुई जाती है। बस यह आखिरी बटन है।"

सावित्री ने दांतों से तागा तोड़ कर जो ऊपर देखा तो दरवाजे के पास एक पुरुष खड़ा था और उसी के साथ वह युवती थी। पुरुष लगभग तीस-एक वर्ष की अवस्था का। सांवला रंग, चौड़ी नाक, मोटे ओंठ और चेहरे पर गहरी रेखाएं। उसकी मोटी-मोटी आंखों के कोनों में गहरी लाली झांक रही थी। पलकें ऐसी भारी थीं मानो कई रातों से सोया न हो।

वह युवती रंगीन छींट की कमीज और सफेद गरारा पहने हुए थी। वही पतला-सा दुपट्टा

और हाथ में काला बैग था। आज बालों का ढंग कुछ बदला हुआ था। उनकी पूनी बनाकर, ऊपर उठाकर, इस प्रकार नीचे गिराई गई थी जैसे घोड़े की पूंछ।

मां ने कमीज तह करके दे दी।

पुरुष ने पैसे निकाल कर दिए, तभी वह युवती बोली—"जनाने कपड़े भी सीती हो?"

"सीती क्यों नहीं।" मां ने कहा।

युवती ने बैग से कमीज का एक कपड़ा निकाल कर दिया, अपना नाप दिया, गले की स्टाइल बताई। नीचे का घेर और बांहों की चुन्नट कैसी बनेगी, यह भी उसने समझा दिया।

सावित्री बैठी उसे देखती रही और सोचती रही, कभी पूछूंगी कि किस दफ्तर में काम करती है और कितनी तनख्वाह मिलती है।

और जब एक दिन सावित्री को उसने बतलाया कि वह फिल्मों में काम करती है तो वह सिहर उठी। उसने सोचा, जरूर बहुत पैसे कमाती होगी।

एक दिन सावित्री ने मां से कहा—"मां, वह युवती आती है न बड़ी फैशनेबल-सी, जो फिल्मों में काम करती है। वह कहती थी, कि मुझे भी वहां काम दिला सकती है।"

मां ने घूरकर उसकी ओर देखा और कहा—"तू फिल्मों में काम करेगी?"

"कुछ बुरा है क्या?" सावित्री ने सहम कर कहा—"वह कहती थी, मुझे वहां कुछ खास काम तो करना नहीं पड़ेगा। जहां बहुत-से औरतों-मर्दों की भीड़ दिखानी होती है, वहीं मुझे खड़ा कर दिया जाएगा, बस.... और देखो, कपड़े सीते-सीते तुम्हारी आंखें भी फूट जाती हैं और बचता भी कुछ नहीं, आगे काम कितने पड़े हैं। सांवल अभी छोटा है, उसकी पढ़ाई... और... और न जाने कितने खर्चे हैं।"

और खर्चों की बात करते-करते वह लजा-सी गई। वह जानती थी कि मां रह-रहकर किस बड़े खर्चे की चिंता से व्याकुल हो उठती है। मां चुप रही और उसने भी बात आगे नहीं चलाई।

सावित्री फिल्मों में काम करने का स्वप्न देखने लगी। फिल्म स्टारों के वैभव से वह विशेष परिचित नहीं थी, फिर भी उस लड़की की वेशभूषा ही उसके स्वप्न का आदर्श थी। अपनी कल्पनाओं में वह अपने को उसी प्रकार सजी-संवरी, बढ़िया करेब या साटन का सूट पहने, नाइलोन का दुपट्टा लिए देखती। और तब उसका हृदय एक उल्लास, एक सिहरन, एक गुदगुदी और यौवन-सुलभ स्पन्दन या बेचैनी से भर उठता।

उस दिन लौटते हुए वह युवती सावित्री के दरवाजे पर रुक गई। इधर-उधर की बातचीत करने के बाद वह बोली—"क्या सोचा तुमने?"

सावित्री ने बड़ी लालसा-भरी आंखों और निरीह भाव से मां की ओर देखा।

वह युवती ही बोली—"मां जी, जिस दिन सावित्री काम करेगी, उसे पांच रुपये मिलेंगे। जब थोड़ा-सा काम सीख जाएगी तो अधिक मिलने लगेंगे। धीरे-धीरे काफी कमाने लगेगी और बुढ़ापे में आपका सहारा हो जाएगा।"

मां सोच रही थी, पांच रुपये रोज! डेढ़ सौ रुपया महीना! कपड़ों की सिलाई करके तो इतना रुपया कभी नहीं आ सकता। किन्तु लड़की फिल्मों में काम करेगी। पता नहीं, वहां क्या करना पड़ता है? जवान लड़की है....। और एक अनिश्चय में पड़ी रही वह।

चुप्पी आधी स्वीकृति होती है। वह युवती झटपट बोली—"मां जी, आप चिंता न करें। सावित्री को मैं अपने साथ ले जाऊंगी, मेरी जिम्मेदारी है।" और फिर सावित्री की ओर मुड़कर बोली—"कल सुबह तैयार रहना, जाते समय अपने साथ ले लूंगी।"

दूसरे दिन वह आई और सावित्री को अपने साथ ले गई।

मां ने सावित्री को जाने तो दिया, पर एक विचित्र-सा अनिश्चय उसे सारा दिन घेरे रहा। दिन भर किसी काम में उसका मन नहीं लगा। बार-बार सावित्री की शक्ल नेत्रों के सामने घूमने लगती। पता नहीं कहां होगी, क्या करती होगी, और क्या खाया होगा। एक गहरी बेचैनी मां को घेरे रही, दिन भर।

सावित्री काफी शाम गए घर आई। थकी, सहमी और ऊपर से हंसती हुई। मां और भाई ने उसे इस प्रकार घेर लिया जैसे वर्षों की बिछुड़ी हुई मिली हो। मां प्रश्न किए जा रही थी और सांवल बड़े ध्यान से बहन का मुंह देख रहा था कि वह इतना लाल क्यों है।

सावित्री ने पांच रुपये का एक नोट मां को थमाते हुए कहा—"सारा दिन अंधेरी के एक स्टूडियो में रही। वह युवती, हीरा भी मेरे साथ थी। और बहुत-सी लड़कियां थीं। वहीं कैण्टीन में हमने खा-पी लिया था।"

पर सांवल से न रहा गया। उसने पूछा—"और यह तुम्हारा मुंह इतना लाल क्यों है, दीदी?"

सावित्री हंस पड़ी, बोली—"अरे भैया, फिल्म में काम करने से पहले मुंह रंगना पड़ता है। वहां साफ तो किया था, पर ठीक से नहीं हुआ।"

सावित्री ने और भी बहुत-सी बातें बतलाईं। पर यह नहीं बताया कि हीरा जब उसे उस दुबले-पतले एक्स्ट्रा-सप्लायर के पास ले गई थी तो वह कैसा घूर कर देख रहा था। शूटिंग के समय जब उसका मेकअप किया गया था तो वह काला-सा मेकअपमैन उसके गालों पर ब्रुश से रंग लगाते समय कुछ अजीब ढंग से उन्हें छू लेता और उसके सारे शरीर में कैसी सिहरन-सी होने लगती थी। जब अरबी स्त्रियों जैसी पोशाक पहनाकर उसे सेट के एक कोने में एक डंडा देकर खड़ा किया गया था तो बार-बार एक असिस्टेण्ट डाइरेक्टर उसकी पीठ पर हाथ रख कर और भुजाओं को पकड़ कर कहता—"जरा अकड़ कर खड़ी हो। कैसी ढीली-ढीली-सी खड़ी हो?"

तब सावित्री सहम गई थी। धड़कनों में उसका हृदय डूबने लगा था।

हाल में शूटिंग की तैयारी हो रही थी। दृश्य था, देहात से एक बालक अपने पिता के साथ शहर

आता है। शहर में वह अपने पिता से बिछुड़ जाता है और इधर-उधर भटकता है। एक छोटी-सी सड़क पर जूतों की दूकान के पास फुटपाथ पर गुब्बारे, गेंद, बिसातखाने का छोटा-मोटा सामान बेचने वाले चार-पांच लड़कों के झुण्ड में वह लड़का आ फंसता है। वह रो-रोकर अपने पिता के बारे में पूछता है। और लड़के उसे तरह-तरह से परेशान करते हैं।

सड़क का सारा दृश्य हाल में बना हुआ था। जूतों की दूकान बनी थी, जिसके शो केसों में जूतों, सैण्डिलों और चप्पलों की तरह-तरह की डिजाइनें सजी हुई थीं। साथ ही एक हलवाई की दूकान थी। बड़े-से कढ़ाव में सफेद-सफेद दूध जैसा कुछ पड़ा हुआ था। मिठाइयों के थाल सजे हुए थे। दूकान के ऊपर एक राज-ज्योतिषी का बड़ा-सा बोर्ड लगा था। सामने की ओर एक पान की दूकान थी जिस पर हाथ में 'कोका कोला' की बोतल लिए हुए एक स्त्री का चित्र लगा था। उसके साथ ऊपर जाने के लिए सीढ़ियां। साथ में एक वाशिंग कंपनी, एक डाक्टर की दूकान थी। दूसरी ओर तीन-चार साइकिलें रखी थीं। सड़क पर चलने-फिरने वालों और दूकानों से क्रय-विक्रय करने वालों को दिखाने के लिए आज 'सेट' पर एक्स्ट्रा का काम करने वाले स्त्री-पुरुषों की काफी भीड़ थी। तरह तरह की वेश-भूषाएं पहने लोग शूटिंग शुरू होने की तैयारी में समय काट रहे थे। कुछ के हाथ में सस्ती जासूसी या कहानी पत्रिकाएं थीं, कुछ लोग ताश खेल रहे थे और कुछ उन्हें घेरे हुए थे। कुछ स्त्रियां अपने सहज बुनाई के काम में लगी थीं। सावित्री भी एक कोने में चुपचाप बैठी थी। हीरा सामने खड़ी एक सहायक निर्देशक से कुछ खुसुर-पुसुर बातें कर रही थी। कभी-कभी दोनों कनखियों से सावित्री की ओर देख लेते थे।

इतने में निर्देशक महोदय आ गए। सब लोग थोड़ा सतर्क हुए। वह सहायक हीरा को छोड़कर दूसरी तरफ चला गया । निर्देशक ने कैमरे की जांच की, लड़कों को परखा, फिर अपने एक सहायक से बोला—''सबको अपनी-अपनी जगह भेज दो।'

सहायक वहीं से चिल्लाया—''सब अपनी-अपनी जगह चले जाएं।''

सारे हाल में हलचल-सी हुई, जैसे शान्त स्थिर जल में किसी ने पत्थर डाल दिया हो। हलवाई अपनी जगह बैठ गया और अपने तराजू-बाट ठीक करने लगा, पान वाला कत्था-चूना संभालने लगा, जूतों की दूकान का मालिक अपने काउण्टर पर आ बैठा। थोड़ी देर कैमरे और साउण्ड की जांच होती रही, फिर रिहर्सल शुरू हुआ।

निर्देशक बोला—''फैन आफ!

एक सहायक निर्देशक बोला—''फैन आफ!'' दूसरा बोला—''फैन आफ!'' सेट पर उपस्थित कैमरामैन, इलेक्ट्रिकमैन, मेकअपमैन, लाइट जलाने-बुझाने वाला, सामान उठाने-रखने वाला, यहां तक कि सेट पर सब को चाय पिलाने वाला लड़का भी, सभी चिल्लाए—''फैन आफ! फैन आफ!''

हाल में रखे हुए तीन-चार बिजली के बड़े-बड़े पंखे बन्द कर दिए गए।

निर्देशक की दूसरी आवाज आई—''साइलेन्स!''

सहायक निर्देशक से लेकर चाय वाले लड़के तक आवाज गूंज गई—''साइलेन्स! साइलेन्स!'' जैसे निर्देशक के मुंह से निकली हुई हवा सभी से साइलेन्स की पुष्टि करती हुई हाल भर में बिखर गई। सब तरफ खामोशी छा गई। निर्देशक ने उन लड़कों से कुछ संवाद कहलाए, कुछ एक्शन कराए। दो-एक एक्शन स्वयं करके दिखलाए और फिर बड़े निश्चिन्त भाव से वहां से हट कर सिगरेट जलाते हुए बोला—''फैन आन!''

हाल में सभी के मुंह से निकला—''फैन आन! फैन आन!''

पंखे चालू कर दिए गए। तेज रोशनी और चारों ओर से बंद हाल की गर्मी की घुटन में पंखों की हवा से कुछ राहत आई।

दो मिनट बाद ही फाइनल रिहर्सल की तैयारी हुई। हीरा तथा कुछ एक्स्ट्राओं को आधुनिक महिलाओं की वेश-भूषा में जूतों की दूकान में उसी समय प्रवेश करना था, जिस समय फुटपाथ पर खड़े लड़के अपना अभिनय करते हैं। शेष स्त्री-पुरुष एक्स्ट्राओं का काम था, सड़क पर चलने वाले व्यक्तियों का अभिनय करना। बनाई हुई सड़क के दो किनारों पर दो सहायक खड़े हो गए और उनके साथ अलग-अलग वेश-भूषा में लड़के-लड़कियां, जिन्हें वे दो-दो, चार-चार करके छोड़ रहे थे और वे लोग इस तरह निकल रहे थे जैसे सड़क पर चलने वाले साधारण यात्री हों।

दाएं किनारे सावित्री खड़ी थी। एक बैच के साथ जैसे ही वह आगे बढ़ने लगी, पीछे खड़े सहायक ने पीछे से उसे दोनों बांहों से पकड़ कर कहा—''अभी ठहरो, दूसरे बैच के साथ जाना।'' और दूसरे ही क्षण सावित्री को लगा कि सहायक के दोनों हाथों की उंगलियां धीरे-धीरे उसके वक्ष की ओर बढ़ रही हैं। वह सिहर उठी, एक कंपकंपी-सी छूटी और वह छिटक कर अलग खड़ी हो गई। उसने सहमी हुई आंखों से देखा, सहायक के मुंह पर एक कुटिल मुस्कराहट खेल रही थी।

शूटिंग समाप्त हो गई। हीरा और सावित्री अपना मेकअप उतार रही थीं कि वह सहायक आया और बोला—''हीरा, चलो तुम्हें चाय पिलाऊं!''

हीरा चिहुंक उठी—''वाह चोपड़ा साहब, बड़ी मेहरबानी है।''

''इसको भी साथ ले लो।'' कनखियों से वह सावित्री की ओर देखता हुआ बोला।

दोनों को लेकर चोपड़ा साहब स्टूडियो कैण्टीन की एक फैमिली कैबिन में आ बैठे। बैरे को तीन प्लेट मसाला डोसा का आर्डर दे कर उन्होंने हीरा की ओर एक भेद-भरी दृष्टि से देखा और बोले—''हीरा, सावित्री में प्रतिभा है। जितना काम बताओ, ठीक ढंग से करती है।'' फिर एक बार सावित्री की ओर देख कर बोले—''सूरत-शकल भी अच्छी है। थोड़ी कोशिश से आगे बढ़ सकती है।''

हीरा बोली—''चोपड़ा साहब, आपकी मेहरबानी चाहिए। आप लोग ज़िसे चाहें, जमीन से उठाकर आसमान पर बिठा सकते हैं।''

चोपड़ा साहब गर्व से हंस दिए, बोले—''मेरे ही हाथों से निकल कर कितनी ही एक्स्ट्राएं

आज हीरोइन हो गई हैं। जब इस लाइन में आई थीं, रोटियों के लाले थे, आज बंगलों और मोटरों की मालकिन हैं और शोहरत उनके कदम चूमती है। जो हमें खुश रखता है, हम उसे उठाने में कोई कसर बाकी नहीं रखते।''

फिर थोड़ा रुक कर सावित्री की ओर देख कर, चोपड़ा साहब गहरी आत्मीयता के स्वर में बोले—''देखो, तुम नाच सीखना शुरू कर दो। मैं तुम में वह टैलेण्ट (प्रतिभा) देख रहा हूं कि एक दिन तुम्हारा नाम सितारों से ज्यादा रोशन होगा, क्यों हीरा?''

''इसमें क्या शक है चोपड़ा साहब!'' हीरा ने समर्थन किया—''बस, आपकी मेहरबानी चाहिए।''

मसाला डोसा आ गया। चोपड़ा साहब ने बड़े प्यार से एक प्लेट हीरा की तरफ और एक सावित्री की तरफ बढ़ा दी। थोड़ी देर बाद बोले—''सावित्री, कुछ और चाहिए? देखो भई, संकोच न करना।''

वह केवल इतना कह पाई—''जी नहीं, बस।''

चोपड़ा साहब ने बिल चुकाया, बाहर निकले और सावित्री की पीठ थपथपाते हुए बोले—''शाबाश, बहुत अच्छी लड़की हो। कोशिश करती जाओ। तुम्हारा भविष्य उज्ज्वल है।''

चोपड़ा साहब की थपथपाहट में वह वैसे ही सहमी जा रही थी जैसे कोई मासूम बकरी किसी खूंखार शेर के हाथों से थपथपाई जा रही हो।

एक्स्ट्रा-सप्लायर बच्चू भाई की मदद से सावित्री को फिल्मों में एक्स्ट्रा का काम मिलने लगा था। कभी हीरा उसके साथ होती थी, कभी नहीं भी। किन्तु अभी तक सावित्री अपने को अन्य एक्स्ट्राओं जैसे नहीं बना पाई थी। वह देखती कि हीरा तथा दूसरी एक्स्ट्राएं किस तरह खुल कर सहायक निर्देशकों तथा दूसरे पुरुषों से मिलती तथा हंसती-बोलती हैं। शूटिंग के समय वे किसी प्रमुख स्थान पर खड़े होने या सामूहिक नृत्य में आगे खड़े होने की इच्छा प्रकट करती हैं। उनके साथ चाय पीती हैं और सिनेमा देखने भी जाती हैं। किन्तु सावित्री यह सब कुछ नहीं कर पाती थी। एक संकोच, एक लज्जा का आवरण उसे हमेशा घेरे रहता था, जिसे चीर कर वह अपने को औरों जैसी नहीं बना पाई थी।

एक दिन हीरा बोली—''सावित्री, तू तो बहुत शर्मीली है। फिल्म लाइन में कहीं शर्म से काम चलता है? सब से अच्छी तरह हंसा-बोला कर, तभी तो अच्छा चान्स मिलेगा, नहीं तो जिन्दगी भर पांच रुपये वाली एक्स्ट्रा ही बनी रह जाएगी। कल इतवार है न। तुझे चोपड़ा साहब के यहां ले चलूंगी। इस तरह मिलते-जुलते रहने से बड़ा फायदा होता है।''

सावित्री ने एक आज्ञाकारी शिष्य की भांति सिर हिलाकर स्वीकृति जता दी।

दूसरे दिन हीरा उसे चोपड़ा साहब के होटल में ले गई। चोपड़ा साहब बड़े तपाक से मिले। बैरा भेज कर झट-से चाय-पेस्ट्रियां मंगवाईं।

चाय पीते-पीते हीरा बोली—''चोपड़ा साहब, आपकी उस नई फिल्म का क्या हुआ?''

''उसकी कागजी कार्यवाही पूरी हो चुकी है।'' वे बोले—''अगले महीने महूरत कर रहे हैं उसका।''

''हम लोगों का भी ख्याल रखिएगा।'' हीरा बोली।

''हां हां, क्यों नहीं।'' चोपड़ा साहब अपने स्वर में ढेर-सी सहानुभूति भर कर बोले—''हीरा, तुम्हारा तो मैं उसमें एक खास नृत्य रखा दूंगा। उसमें तुम्हें काफी मेहनत करनी पड़ेगी किन्तु उससे तुम्हारा नाम सिनेमा जगत में चमक उठेगा।''

हीरा प्रफुल्ल हो बोली—''आपकी बड़ी मेहरबानी होगी, चोपड़ा साहब।''

''हमें एक खास रोल के लिए एक लड़की की और जरूरत है।'' चोपड़ा साहब कुछ सोचते हुए बोले।

''किस रोल के लिए?'' हीरा ने पूछा।

''हमारी हीरोइन एक राजकुमारी का रोल कर रही है। उसकी मुख्य सहेली का रोल है। हम किसी नई लड़की को इस रोल में पेश करना चाहते हैं। बशर्ते कि उसका नाक-नक्शा अच्छा हो और उसमें अभिनय की प्रतिभा भी हो। इसके लिए उसे करीब पांच सौ रुपये मिलेंगे।''

सावित्री अब तक चुपचाप बैठी दोनों की बातें सुन रही थी। चोपड़ा साहब की बात सुनकर हीरा ने धीरे-से उसका हाथ दबाया, फिर बोली—''चोपड़ा साहब, इस रोल के लिए आप सावित्री को मौका क्यों नहीं देते?''

चोपड़ा साहब ने हीरा की ओर देखा। एक क्षण के लिए दोनों के नेत्र मिले, जैसे दोनों की आंखों में कोई भाव आया और विलुप्त हो गया। वे सावित्री की ओर देखकर बोले—''हां, सावित्री को यह रोल मिल सकता है। सूरत-शकल भी अच्छी है और योग्यता भी है। इसके लिए मैं सिफारिश कर सकता हूं। क्यों सावित्री, करोगी यह रोल?''

उत्तर में हीरा झटपट बोली—''वाह चोपड़ा साहब, नेकी और पूछ-पूछ। सावित्री आपका एहसान जिन्दगी भर नहीं भूलेगी। क्यों सावित्री?''

सावित्री का हृदय धड़क रहा था, पांच सौ रुपये। वह हड़बड़ाती-सी बोली—''जी हां, क्यों नहीं, आपकी बड़ी मेहरबानी होगी।''

इसी समय चोपड़ा साहब और हीरा की आंखें मिलीं। कुछ विनिमय-सा हुआ। हीरा कुछ याद करती हुई बोली—''ऊपर के पच्चीस नंबर कमरे में मेरे एक रिश्तेदार आए हुए हैं। मैं जरा उनसे मिल आऊं.... माफ कीजिएगा चोपड़ा साहब, हां सावित्री, तुम अपने रोल के बारे में चोपड़ा साहब से बातचीत करो। मैं अभी आई।''

सावित्री के कुछ कहने-सुनने से पहले ही हीरा उठी और झटपट कमरे में से बाहर निकल गई।

एक पुरुष की उपस्थिति में अकेली सावित्री बड़ा संकोच अनुभव कर रही थी।

तभी चोपड़ा साहब ने बातचीत शुरू की—''सावित्री, इस रोल से तुम्हारी उन्नति और

शोहरत का रास्ता खुल जाएगा। इसमें तुम्हें पांच सौ रुपये मिलेंगे। अगली फिल्म में मैं तुम्हें साइड हीरोइन का रोल दिलाऊंगा। उसमें तुम्हें कई हजार रुपये मिलेंगे और फिर धीरे-धीरे तुम हीरोइन बन जाओगी...।''

कहते-कहते चोपड़ा साहब सोफे पर सावित्री की बगल में आ बैठे। सावित्री घबराहट, संकोच और लज्जा से भर गई। चोपड़ा साहब कहते गए—''फिर तुम्हें एक-एक फिल्म में काम करने के हजारों रुपये मिला करेंगे। तुम्हारा एक शानदार बंगला होगा, नए मॉडल की कार होगी तुम्हारे पास.... यह सब मैं कर सकता हूं तुम्हारे लिए।''

सावित्री चुपचाप सब कुछ सुन रही थी। भविष्य के वैभवपूर्ण चित्र नेत्रों के सामने उभरते आ रहे थे कि उसने अनुभव किया कि वह चोपड़ा साहब की एक बांह की लपेट में आती जा रही है... जैसे कोई मासूम-सी भेड़ किसी अजगर की लपेट में आती जा रही हो।

वह कांप उठी। एक उन्माद-सा भरने लगा उसके मस्तिष्क में। पता नहीं किस मादक जोश में वह एकदम तड़प कर उठी। और एक क्षण में दरवाजा खोलकर कमरे के बाहर हो गई।

''अरे सुनो तो।'' कहते हुए भौंचक्के चोपड़ा साहब उठकर जैसे ही दरवाजे पर पहुंचे, उन्होंने देखा कि वह लड़खड़ाती हुई गैलरी से निकल कर नीचे की सीढ़ियों की ओर मुड़ गई है।

कई दिन तक सावित्री स्टूडियो नहीं गई। हीरा भी उसे नहीं मिली। किन्तु मां तो रोज उसकी जान खाए जाती थी। इतने दिनों में सावित्री ने काफी रुपये कमाए थे। उनमें से उसने सावित्री के लिए सलमे-सितारे वाले कई सूट बनवा लिए थे। अभी उसे कुछ साड़ियाँ लेनी थीं। बरतन-भांडे खरीदने थे। दान-दहेज का और भी तो बहुत-सा खर्च होता है।

किन्तु सावित्री ऐसी सहमी हुई थी जैसे कोई गाय कसाईबाड़े से निकल भागी हो। स्टूडियो के नाम से उसकी रूह कांपने लगती थी। चोपड़ा साहब की घने बालों और मोटी उंगलियों वाली बांह उसे याद आने लगती तो उसका दम घुटने लगता।

जी अच्छा नहीं है, कहकर वह कई दिनों तक मां को टालती रही। फिर एक दिन बच्चू भाई से मिलने चल पड़ी। बच्चू भाई अनेक एक्स्ट्रा युवतियों को उनका कार्यक्रम बतला रहा था। उसने एक नजर सावित्री पर डाली। फिर बड़ी उपेक्षा से दृष्टि घुमाकर अन्य एक्स्ट्राओं से बातें करने लगा।

सावित्री एक कोने में गुमसुम बैठी रही। थोड़ी देर में जब दूसरी युवतियां चली गईं तो उसने बड़े दयनीय भाव से पूछा—''बच्चू भाई, मेरे लिए भी कुछ काम है?''

''भई, सती-सावित्रियों के लिए हमारे पास कुछ काम नहीं।'' बच्चू भाई ने बड़ी उपेक्षा से कहा—''जो किसी के छू लेने से छुईमुई की तरह कुम्हला जाती है, उसके लिए इस लाइन में कोई जगह नहीं है।''

फिर उसका स्वर बहुत कोमल हो गया। जैसे उसमें सावित्री के लिए सहानुभूति भर आई

हो, उसने कहा–"देखो सावित्री बाई, यह फिल्म लाइन है। इसमें सावित्रीपना नहीं चलेगा। दूसरी एक्स्ट्राओं की तरफ देखो। वे तुम्हारी तरह छुईमुई नहीं हैं। इसीलिए उन्हें काम मिल जाता है और वे अच्छे पैसे कमाती हैं। मेरा मतलब समझती हो न?"

कहकर उसने सावित्री की ओर एक अर्थभरी दृष्टि से देखा। वह सिर नीचा किए सुन रही थी।

बच्चू भाई ने एक हाथ से उसकी ठोढ़ी उठाते हुए कहा–"चोपड़ा साहब तुम्हें याद कर रहे थे। काम करोगी उनकी फिल्म में?"

निराश-सी सावित्री की आंखों की कोरों में जल छलक आया। धीरे-से उसने बच्चू भाई का हाथ हटा दिया और चुपचाप बाहर निकल आई।

बच्चू भाई ठगा-सा देखता रहा–

सावित्री चली जा रही थी। एक तूफान उसके मन में उमड़-घुमड़ रहा था। और वह उसमें जैसे अचेत हो गई हो, जड़ हो गई हो।

घर पहुंची तो इतनी जल्दी उसे आई देख मां ने विस्मय से पूछा–"आज काम नहीं मिला?"

और उत्तर में वह मां की गोद मे मुंह रखकर फफक-फफक कर रो पड़ी। गुबार निकल पड़ा।

1957

टाइपिस्ट

जिस दिन मैंने वर्मा साहब के यहां काम शुरू किया था, मुझे एक विचित्र-सा स्पंदन हुआ था। मेरी नौकरी का यह पहला ही दिन था। वर्मा साहब के दफ्तर को देखकर पहले तो मैं भौंचक्की हुई। एक बड़े-से आयताकार कमरे में दोनों ओर मेजें बिछी थीं। मैंने सोचा कि क्या इतना बड़ा है उनका दफ्तर। फिर मुझे उन्होंने ही बताया कि वास्तव में इतने बड़े दफ्तर में हमारा संबंध केवल दो मेजों से ही है। एक वह, जिस पर वह बैठते हैं और दूसरी वह जो ठीक उनके सामने दूसरी पंक्ति में थी—मेरे लिए। बंबई में इस प्रकार के दफ्तर को 'टेबिल आफिस' कहते हैं, जहां एक ही कमरे में भिन्न-भिन्न दफ्तर होते हैं।

जब पहले दिन मैं अपनी कुर्सी पर बैठी तो एक ओर जहां मुझे कुछ गौरव-सा अनुभव हो रहा था, वहां दूसरी ओर मेरा दिल धड़क रहा था। आमने-सामने की मेजों वाले मुझे घूर-घूर कर देख रहे थे और मैं अनायास ही किंकर्त्तव्यविमूढ़-सी कभी टाइपराइटर को इधर-उधर करती, कभी मेज की दराजें खोलती-बंद करती और कभी फाइलों को खोल-खोल कर उनमें लगे हुए पत्रों पर दृष्टि दौड़ाने लगती। कुछ समझ में नहीं आ रहा था कि मेरी घबराहट का कारण क्या है। यह बात ठीक है कि इतने बड़े दफ्तर में मुझे छोड़कर अन्य कोई लड़की नहीं थी। फिर भी क्या मैं अपने को इतने सारे पुरुषों के बीच पाकर घबड़ा रही थी? नहीं। मैं पुरुष संपर्क से कभी नहीं घबराई। मैं ईसाई परिवार में जन्मी-पली हूं। बचपन से ही पुरुषों के बीच में रहने और उनसे उन्मुक्त व्यवहार करने का मुझे अवसर मिला है। जहां मैं टाइप व शार्टहैंड सीखने जाती थी, वहां भी अधिकांश पुरुष ही होते थे। किन्तु वहां मेरी उंगलियां टाइपराइटर पर बिल्कुल घुड़दौड़ के घोड़े की तरह सरपट दौड़ती थीं। किन्तु यहां क्या हो गया? मैं इस ऊहापोह में पड़ी ही थी कि मुझे वर्मा साहब ने धीरे-से आवाज दी—

''मिस नीला, इधर आइए।''

मैं उठकर उनकी मेज के सामने एक कुर्सी खींचकर बैठ गई। उनकी नजरें फाइल में लगे

हुए एक पत्र पर टिकी थीं। मैंने अपनी शार्टहैंड की कापी और पेंसिल संभाल ली। किन्तु पेंसिल संभाले हुए मेरी उंगलियां कांप रही थीं और मेरे हृदय की धड़कन किसी प्रकार भी कम नहीं हुई थी।

वर्मा साहब की दृष्टि अभी तक उस पत्र पर ही टिकी हुई थी। मैं उनके गंभीर मुख की ओर देखने लगी। उनके बाल व्यवस्थित थे। शेव किए हुए सांवले चेहरे पर पतली मूंछों की रेखा काफी भली लग रही थी। दूध जैसी सफेद कमीज और आसमानी रंग की टाई काफी आकर्षक लग रही थी। मेरे मन में एक हल्का-सा स्फुरण हुआ और मैं नीचे देखने लगी। इतने में वर्मा साहब बोले, ''मिस नीला, पत्र का मजमून लिख लो।''

मैं अपनी कापी-पेंसिल के साथ तैयार हो गई। वह बोलते गए और मैं अपनी कांपती उंगलियों से पेंसिल चलाती गई। आज मेरी गति बड़ी मद्धिम थी। बड़ा प्रयत्न करके भी मैं उन्हें पकड़ नहीं पा रही थी। उन्हें मेरी कठिनाई का आभास हो गया। वह धीरे-धीरे बोलने लगे। लिखना समाप्त कर मैं अपनी मेज पर उसे टाइप करने के लिए आ बैठी। किन्तु यहां भी मेरी घबराहट ने मेरा पिंड नहीं छोड़ा। पहली बार तो टाइपराइटर में कागज ही गलत लगे और दूसरी बार जब मैं ठीक से कागज लगाकर टाइप करने लगी तो मुझे ऐसा लगा जैसे मेरी उंगलियां बर्फ से जम गई हों। साठ शब्द प्रति मिनट टाइप करने वाली मेरी उन उंगलियों को उस छोटे-से पत्र को समाप्त करने में एक घंटा लग गया।

जब मैं पत्र लेकर वर्मा साहब के पास पहुंची तो वह उसे देखकर मुस्कराने लगे। मैं खेद और लज्जा से लाल हो उठी। कई अक्षर ऊपर-नीचे हो गए थे, हिज्जों की कई त्रुटियां हो गई थीं, बीच-बीच में एक-दो अक्षर तो टाइप होने से ही छूट गए थे। किन्तु वह बड़ी सहृदयता से बोले—

''कोई बात नहीं, मिस नीला। आपका यह पहला दिन है, कुछ त्रुटियां होना स्वाभाविक है।''

मैंने कुछ उत्तर न दिया। किन्तु उनका यह व्यवहार मेरे हृदय में जैसे घर कर गया।

अब धीरे-धीरे मेरी घबराहट कम होने लगी थी। स्कूल से निकल कर कालेज में प्रवेश करने वाला विद्यार्थी जिस प्रकार पहले दिन कालेज का भव्य भवन, बड़े-बड़े कमरे, उन्मुक्त व्यवहार करते हुए लड़के-लड़कियों तथा धड़ाधड़ अंग्रेजी बोलते हुए टिपटाप प्रोफेसरों को देखकर घबरा जाता है, किन्तु कुछ ही दिनों में अभ्यस्त होकर जैसे वह उसे अपना घर ही समझना शुरू कर देता है और वहां की प्रत्येक कार्यवाही में निस्संकोच और निःशंक होकर भाग लेना प्रारंभ कर देता है, उसी प्रकार मुझे अपना आफिस-जीवन प्रारंभ करने में बड़ी घबराहट हुई थी। फिर धीरे-धीरे मैं इतनी अभ्यस्त हो गई कि मुझे उस में कुछ नवीनता या अनोखापन नहीं मालूम होने लगा।

वर्मा साहब का व्यवहार प्रारंभ से ही बड़ा सहानुभूतिपूर्ण था। मेरी त्रुटियों को वह बड़े स्नेह से सुधार दिया करते थे। यदि मुझे किसी दिन दफ्तर पहुंचने में देर हो जाती या किसी दिन मैं वहां

से जल्दी आना चाहती, तो वह मुझे कभी कुछ नहीं कहते। शाम की चाय दफ्तर में हम साथ-साथ ही पीते थे। दोपहर के भोजन के लिए पहले मैं जाती और जब मैं आ जाती तो वे जाते। एक दिन जब वे होटल से दोपहर का भोजन करके वापस लौटे तो मैंने उनके पास जाकर कहा–

"आज मैं जल्दी घर जाना चाहती हूं। घर में तबियत ठीक नहीं है। शायद मुझे डाक्टर के पास जाना पड़े।"

तबियत किसकी ठीक नहीं है, यह मैंने स्पष्ट नहीं किया था। वे मुस्कराते हुए और अपने पहले शब्द पर कुछ अधिक जोर देते हुए बोले–"किसकी तबियत ठीक नहीं है, मिस नीला?"

उनके 'किसकी' पर इतना जोर देने के कारण मुझे किंचित हंसी आई और लज्जा भी। मैंने धीरे-से उत्तर दिया–'मेरी छोटी बहन को सुबह थोड़ा बुखार था।" फिर अपने उत्तर-प्रत्युत्तर के अंतर्निहित भाव पर हम दोनों ही हंस पड़े। उस दिन की वह सम्मिलित हंसी कई दिन तक मेरी स्मृति में सुखद रस-संचार करती रही।

दूसरे दिन उन्होंने मेरी बहन के स्वास्थ्य के संबंध में पूछा और उसी के साथ मेरे परिवार संबंधी अन्य अनेक बातें भी पूछीं–कितने भाई हैं, कितनी बहनें हैं, माता-पिता हैं, उनकी क्या अवस्था है, घर में कितने लोग कमाते हैं, कितने पढ़ते हैं? मेरी भी इच्छा हुई कि मैं उनके संबंध में कुछ पूछूं– कहां रहते हैं, घर में कौन-कौन हैं? किन्तु मैं कुछ पूछ नहीं सकी।

उस दिन दफ्तर में कुछ काम अधिक था। कुछ आवश्यक पत्रों का उत्तर देना था। मैं दिन में एक बजे तक उन्हें समाप्त नहीं कर सकी। वर्मा साहब ने बीच-बीच में अनेक बार कहा–"मिस नीला, पहले भोजन कर आओ, फिर समाप्त कर लेना।" किन्तु मैंने उन्हें पहले पूरा करना ही उचित समझा। इस समय तक वर्मा साहब के भोजन का समय हो चुका था, किन्तु वे गए नहीं। जब मैं पत्र पूरे कर चुकी और उन्हें लेकर उनके पास गई तो वे धीरे-से बोले–

"मिस नीला, यदि कुछ आपत्ति न हो तो चलो, आज मेरे साथ भोजन कर लो।"

मैं थोड़ा सकुचाई, फिर बोली–"चलिए बॉस।"

वह झटपट बोले–"देखो, मुझे बॉस मत कहा करो। कुछ अच्छा नहीं लगता। मेरा नाम ले सकती हो, वर्मा कह सकती हो, अधिक से अधिक वर्मा साहब।"

मैंने कहा–"अच्छा, बॉस।"

"फिर बॉस?"

"नहीं, वर्मा साहब।"

हम दोनों हंस पड़े। हमारी हंसी से सारा कमरा गूंज गया। अन्य मेजों पर बैठे हुए लोग घूर-घूरकर हमारी ओर देखने लगे। और जब हम लोग साथ-साथ भोजन के लिए निकले तो कितनों के चेहरों पर व्यंग्यभरी मुस्कराहट थी। भोजन के लिए हम लोग एक बड़े होटल में गए। मेरा मन आज आह्लाद से भरा हुआ था। मैं उनसे बहुत कुछ पूछना चाहती थी। मुझे बड़ा संकोच हो रहा

था, पर साहस कर मैंने पूछ ही लिया।

"वर्मा साहब, आप रहते कहां हैं?"

उन्होंने सिर झुकाए, खाना खाते हुए उत्तर दिया—"ग्रीन होटल में।"

मैंने फिर पूछा—"अकेले?"

उन्होंने उसी प्रकार उत्तर दिया—"बिल्कुल।"

मैंने और कुछ नहीं पूछा। और पूछना भी क्या था?

धीरे-धीरे हम एक दूसरे के काफी निकट आते जा रहे थे। अब वे मुझे मिस नीला की बजाय केवल नीला ही कहते थे। हमारे दफ्तर में मकानों और दुकानों की दलाली का काम होता था। स्थान दिखाने के लिए अधिकांशतः वर्मा साहब स्वयं जाते थे, अब कभी-कभी मुझे भी साथ ले जाने लगे।

वर्मा साहब के व्यवहार में अब मुझे एक बड़ी विचित्रता अनुभव हो रही थी। वैसे साधारणतः वे मुझसे दफ्तर के कार्य के अतिरिक्त कभी कोई ऐसी-वैसी बात नहीं करते थे। बाहर घूमते समय भी जब वे मेरे साथ होते तो अधिकतर चुप ही रहते थे, किन्तु जब कभी दफ्तर में उनका कोई मित्र मिलने के लिए आ जाता तो वे मुझे अपने पास बुलाकर, अपने चेहरे पर एक अजीब-सी मुस्कराहट लाकर ऐसी बातें करने लगते कि उस व्यक्ति को सहज ही कुछ अनुमान करने का अवसर मिल जाता था। एक बार जब मैं उनके साथ बाहर गई तो कार्य समाप्त होने के बाद वे बोले—"नीला, यहीं पास में मेरे एक संबंधी रहते हैं, चलो तुम्हें आज उनसे मिलाऊं।"

मुझे थोड़ा विस्मय हुआ। फिर यह सोचकर मुझे एक सुखद अनुभूति हुई कि शायद वर्मा साहब अपने सभी मित्रों, संबंधियों से मेरा परिचय करवाकर अपने किसी भावी कार्यक्रम की भूमिका तैयार कर रहे हैं।

दिन गुजरते जा रहे थे। हम दोनों एक दूसरे के अधिक निकट आते जा रहे थे। मेरे संबंध प्रतिदिन उनसे अनौपचारिक होते जा रहे थे। हमारा संबंध सारे दफ्तर की चर्चा का विषय बनता जा रहा था। हमें साथ देख कर सबकी दृष्टियों में विचित्र-सी उत्सुकता और व्यंग्य का भाव झलक आता। वर्मा साहब के मित्रों और संबंधियों में भी यही चर्चा थी।

इतने पर भी वर्मा साहब ने मुझ पर अपने भाव प्रकट नहीं किए थे। मेरी आशाएं प्रतिदिन बलवती होती जा रही थीं। एक दिन जब हम दोपहर का भोजन करने जा रहे थे, मैंने उन्हें टटोलने की दृष्टि से बात चलाई। मैंने धीरे-से लजाते हुए कहा—

"वर्मा साहब, दफ्तर के लोग आजकल हमारे संबंध में काफी बेकार की बातें करने लगे हैं।"

"क्या बातें करते हैं?" वर्मा साहब ऐसे बोले मानो कुछ जानते ही न हों।

मैंने कहा, ''यही कि... यही... यही कि...'' इससे आगे कुछ कह न सकी।

वर्मा साहब एक मीठी मुस्कान के साथ बोले–''तुम्हें कैसा लगता है?''

मेरे नेत्रों में जैसे हृदय की सारी मुस्कराहट झलक आई हो। मैंने बड़ी ढिठाई से उत्तर दिया–''मैं किसी की परवाह थोड़े ही करती हूं।''

वर्मा साहब गम्भीर हो गए, फिर भोजन करते समय न जाने क्या सोचते रहे।

एक दिन जब मैं अपनी कल्पनाओं का काफी तानाबाना बुन चुकी थी, मेरे स्वप्न मेरी भावनाओं की वास्तविकता में उतरते आ रहे थे, मेरा मस्तिष्क जब अपनी भावी जीवन की कल्पित योजनाओं से काफी बोझिल हो चुका था, मुझ पर ऐसा प्रबल आघात हुआ मानो किसी बच्चे का बनाया हुआ ताश के पत्तों का महल हवा के एक झोंके से लड़खड़ा कर गिर गया हो, जैसे किसी किसान के लहलहाते हुए खेतों पर तुषारपात हो गया हो। जैसे दौड़ में अपने को जीता हुआ समझने वाले खिलाड़ी को उसके ध्येय-बिन्दु पर पहुंचने के कुछ पग पूर्व ही कस कर ठोकर लगी हो और वह अपने पैर पकड़ कर वहीं बैठ गया हो।

उस दिन शाम को मैं वर्मा साहब को पत्रों का ब्योरा दे रही थी। वे बड़ी गंभीरता से फाइल में लगे पत्र इधर-उधर उलट रहे थे। आज मैंने उन्हें सारे दिन बड़ा गंभीर और विचारमग्न देखा था। उन्होंने फाइल बंद करते हुए धीरे-से कहा–''नीला, आज मैं तुमसे कुछ बात करना चाहता हूं।''

मेरे शरीर में एक सिहरन-सी हुई। हृदय किसी सुखद अनुभूति में हिलोरें लेने लगा। नेत्रों और अधरों से बरबस एक लज्जामिश्रित आनंद फूट पड़ने को हुआ। मुझे लगा, जिस दिन की प्रतीक्षा मैं इतने दिनों से कर रही हूं, आज वह आ गया है। आज वर्मा साहब मुझसे कुछ याचना करेंगे। मैं अपनी कल्पनाओं में जैसे खो गई। उनका प्रश्न सुनकर मुझे बोध हुआ, वे कह रहे थे–''शाम को कुछ समय के लिए मुझसे मिल सकती हो?''

मैंने सिर नीचा किए केवल इतना कहा–''कहां मिलूं?''

''दादर, जुहू बीच, नरीमन पाइंट... कहीं भी।''

नरीमन पाइंट की ओर जाने वाली सड़क के पास साढ़े सात बजे मिलना निश्चित हुआ। मैं उमंगों से भरी घर गई। और कपड़े बदल कर जल्दी-जल्दी स्टेशन पहुंची।

निश्चित स्थान पर पहुंचकर देखा, वर्मा साहब समुद्र के किनारे की दीवार के कगार पर विचारमग्न बैठे हुए सिगरेट का धुआं उड़ा रहे हैं। मैंने धीरे-से कहा–

''गुड ईवनिंग, वर्मा साहब।''

मेरी आवाज सुनकर वह खड़े होते हुए बोले–''आ गईं तुम। गुड ईवनिंग।''

हम लोग धीरे-धीरे निर्जन भाग की ओर बढ़ने लगे। इस समय तक वहां की भीड़ काफी कम हो चुकी थी। कुछ इक्के-दुक्के जोड़े इधर-उधर दिखाई दे रहे थे। कुछ दूर चलकर हम एक बेंच पर बैठ गए। वर्मा साहब बिलकुल शांत थे, और मैं उनके मुंह से कुछ सुनने के लिए बेताब हो

रही थी। कुछ क्षण बाद उन्होंने मौन तोड़ा—

"नीला, आज जो कुछ मैं कहूंगा, उसे सुनकर तुम्हें शायद बड़ी ठेस लगेगी।"

मैं चौंक पड़ी। आखिर क्या कहना चाहते हैं? मुझे ठेस क्यों लगेगी? मैंने उत्सुकता से उनकी ओर देखा। उन्होंने एक बार मेरी ओर देखा, फिर सामने समुद्र पर फैले हुए गहन अन्धकार की ओर देखते हुए कहा—"नीला, मैंने तुम्हें बहुत धोखे में रखा है। मैं विवाहित हूं।"

मेरे कानों में जैसे किसी ने पिघला हुआ सीसा डाल दिया हो। उनकी ओर ताकती रही और वह कहते गए—

"मेरा विवाह आठ वर्ष पहले हुआ था। छः वर्ष का एक बच्चा भी है। मेरी पत्नी और बच्चा, दोनों यहीं बंबई में रहते हैं। आठ महीने से मैं उनसे अलग हूं। नीला, इस आठ वर्ष के जीवन में मुझे तनिक भी सुख नहीं मिला। मैंने अपनी पत्नी के साथ प्रेम-विवाह किया था। तब हम दोनों दिल्ली में एक ही कालेज में पढ़ते थे। मेरी पत्नी अमीर घराने की है और मैं साधारण मध्यम श्रेणी के परिवार का। शिक्षा समाप्त करने के बाद मैंने एक कालेज में नौकरी कर ली। किन्तु मेरी आय पर उसे कभी संतोष नहीं होता था। एक धनी परिवार की लड़की होने के कारण उसके खर्चे बढ़े-चढ़े थे। मैं भरसक कोशिश करता, किन्तु उसे संतुष्ट न कर पाता।

"एक बार बंबई में वह अपने भाई से मिलने आई। उसके भाई यहां सरकारी अफसर हैं। यहां से उसने मुझे पत्र लिखा कि मैं अपनी नौकरी छोड़कर चला आऊं। यहां उसके भाई के द्वारा मुझे अधिक आय वाला कोई धंधा मिल जाएगा। मैं वह नौकरी छोड़कर यहां चला आया। उसके भाई ने मुझे एक इन्कम टैक्स के वकील से मिला दिया। वह कुछ समय बाद मुझे अपना हिस्सेदार बनाने को तैयार हो गया। भविष्य बड़ा उज्ज्वल लगने लगा। किन्तु एक दिन पत्नी ने मुझसे कहा कि कल से मैं उस वकील के पास काम करने न जाया करूं। कारण केवल इतना था कि भाभी ने ताना मारा था कि मुझे यह काम उसके पति के ही कारण मिला है।

"मैं काम पाने के लिए दिन-रात परेशान रहने लगा। एक तो बेकारी, दूसरे उसके खर्चे। फिर भी मैं किसी तरह उसे प्रसन्न रखने की चेष्टा करता रहा। जब कोई काम नहीं मिला तो हार कर मैंने ठेके पर एक होटल चलाना शुरू किया। होटल की आमदनी अच्छी थी। किन्तु वहां मुझे समय बहुत देना पड़ता था। मैं प्रातः छः बजे चला जाता था और रात को दस-ग्यारह बजे आता था। अब वह मुझसे शिकायत करने और झगड़ने लगी कि मैं उसकी सुख-सुविधाओं और मनोरंजन का बिल्कुल ख्याल नहीं रखता। मैं नौकरों के सहारे होटल छोड़कर शनिवार को जल्दी आ जाता और दो दिन उसके मनोरंजन की भूख मिटाने के लिए अपने होटल की चिंता छोड़कर उसके साथ बंबई के रम्य स्थानों की सैर करता और सिनेमा देखता।

"धीरे-धीरे होटल की आय कम होने लगी। नौकर चोरी करने लगे। किन्तु उसके खर्चों में कोई कमी नहीं आई। मैं शर्तें पूरी नहीं कर सका। होटल का ठेका मेरे हाथ से जाता रहा।

"मैं फिर बेकार हो गया, किन्तु खर्चों का भार मुझ पर से कम नहीं हुआ। उस धनलोलुप

ने अपना एक भी पैसा नहीं व्यय किया। कुछ समय मैं कर्ज लेकर काम चलाता रहा, किन्तु उस निर्दय को मेरी स्थिति पर कभी भी दया नहीं आई और मेरी बेकारी को वह सदैव कोसती रही।

''मैं बहुत परेशान हो चुका था। सारे दिन मैं दफ्तरों की खाक छानता फिरता और घर आकर पत्नी की जली-कटी सुनता। उस नरकतुल्य जीवन से मेरे हृदय और मस्तिष्क में भयंकर क्रांति हुई। आज तक मैं बराबर सोचता रहा था कि मैं पुरुष हूं, मुझे अपनी पत्नी और संतान का भली प्रकार भरण-पोषण करना चाहिए। अब मैं विचार करने लगा कि क्या ऐसी पत्नी के प्रति भी मेरा कोई उत्तरदायित्व है जो अपनी लालसाओं के सामने अपने पति की परिस्थितियों का तनिक भी विचार नहीं करती, जिसके पास धन है, किन्तु उस धन से वह अपने पति की कोई सहायता नहीं करना चाहती? मैं एक दिन घर से निकला तो फिर लौट कर नहीं गया। एक मित्र ने मेरी सहायता की और मैंने इस दफ्तर में एक मेज लेकर अपना काम शुरू किया।

''नीला, इस आठ महीनों में पहली बार कल वह मेरे पास आई थी। मेरे मन में उससे प्रतिशोध लेने की तीव्र इच्छा थी। पहले मैं प्रतिशोध इस रूप में लेना चाहता था कि अपनी आर्थिक अवस्था अच्छी करके उसे खूब धन दूं, किन्तु उसे पति-सुख से सदा वंचित रखूं। फिर एक दिन किसी ने मुझे कहा कि मेरे और तुम्हारे सम्बन्धों के बारे में सुन कर वह बहुत नाराज हुई है। सच मानो नीला, उस समय तक मेरे मन में तुम्हारी तरफ से कोई विचार तक नहीं आया था। किन्तु जैसे ही मैंने उसकी नाराजगी की बात सुनी, मुझे बड़ा संतोष और प्रसन्नता हुई। साथ ही एक कुटिल विचार भी आया कि क्यों न इसी भांति उसे और खिजाऊं, परेशान करूं और बदला लूं। मैंने वही किया। जानबूझ कर लोगों के मन में अपने और तुम्हारे सम्बन्ध में शक पैदा किया। उनके सामने मैंने तुमसे ऐसे व्यवहार किए कि उनका संदेह पक्का हो जाए। प्रतिक्रिया वैसी ही हुई जैसी मैं चाहता था। मेरे पास कई लोग समझौता कराने आने लगे, किन्तु मैंने उनसे यही कहा कि मेरे पास उसकी आवश्यकताएं पूरी करने के लिए पर्याप्त धन नहीं है, जब हो जाएगा तब आ जाऊंगा। वैसे शायद वह एक-दो वर्ष मेरी कोई परवा न करती, किन्तु तुम्हारी बात उसे व्याकुल बनाने लगी और वह प्रतिदिन संदेश भिजवाने लगी।

''नीला, निस्संदेह मैंने तुम्हें बड़े धोखे में रखा। तुम्हारे अबोध प्रेम को मैंने अपने प्रतिशोध का हथियार बना लिया। किन्तु तुम्हारे इस हथियार ने एक अभिमानिनी स्त्री का सिर कितनी शीघ्र झुका दिया। जो कार्य मुझसे पिछले आठ वर्षों में नहीं हो सका और पता नहीं भविष्य में कब हो पाता, इतनी जल्दी हो गया।

''नीला, कल वह मेरे पास आई थी। रो-रोकर मुझे घर चलने को कह रही थी। मेरी सभी शर्तें स्वीकार करने को तैयार थी। मेरी इच्छानुसार और मेरे इशारों पर चलने की कसमें खा रही थी। अपनी पत्नी और बच्चे के प्रति मुझे मोह है। किन्तु जिस रूप में मैं अपनी पत्नी को पाना चाहता था, वह केवल तुम्हारे कारण हुआ। मैं जानता हूं कि मुझे तुम्हारी भावनाओं से खेलने का अधिकार नहीं था। इसके लिए मैं दोषी हूं। किन्तु वह सब कुछ मैंने जिस अवस्था में किया, उसका

विचार कर तुम मुझे क्षमा कर दोगी, इसका मुझे पूर्ण विश्वास है।''

वर्मा साहब इतनी देर तक अपनी बात कहते रहे। मैं चुपचाप सब सुनती रही। रात काफी हो चुकी थी। शीत बढ़ गया था। मुझे ऐसा लग रहा था जैसे मेरा लहू जम गया हो। मुझमें हिलने-डुलने और बोलने की शक्ति नहीं थी।

कुछ देर चुप रह कर वर्मा साहब फिर बोले—''नीला, मैं नहीं समझ पा रहा हूं कि तुम्हारे साथ किए हुए अमानुषिक व्यवहार का प्रायश्चित कैसे करूं। इतना मैं अवश्य कहूंगा कि तुम्हारे कारण एक उजड़ा हुआ परिवार फिर से बस रहा है।''

यह कहकर वह उठ खड़े हुए। मैं भी खड़ी हो गई। फिर हम दोनों स्टेशन की ओर चल दिए... मूक निष्प्राण-से। स्टेशन पर गाड़ी छूटने को तैयार खड़ी थी, हम दोनों बैठ गए। पता नहीं कब गाड़ी चल दी। मैं खिड़की से बाहर झांक रही थी। सड़कों पर लगे बिजली के खंभे, विशाल अट्टालिकाएं और इधर-उधर चलते हुए इक्के-दुक्के आदमी तेजी से पीछे छूटते चले जा रहे थे। इतने में उनकी आवाज सुनाई दी—''नीला, दादर आ गया।''

मैं यंत्रवत खड़ी हो गई। उतरने को हुई तो उनका स्वर सुनाई दिया—''नीला, मुझे क्षमा कर देना।''

मेरे पैर आगे की ओर बढ़ रहे थे। मेरे मस्तिष्क में वर्मा साहब के शब्द रह-रहकर गूंज रहे थे—''नीला, तुम्हारे कारण एक उजड़ा हुआ परिवार फिर से बस रहा है।''

1957

पड़ोसी

मकान बदलने के पश्चात् त्रिभुवन की सबसे पहले भेंट हुई श्याम बाबू से, उसके नए पड़ोसी। मजदूर से उठवाकर जैसे ही उसने सामान अपने कमरे के आगे रखवाया, वे आ गए। बड़ा उत्साह दिखलाते हुए बोले–

"आप हमारे पड़ोसी हो गए, यह बड़ा अच्छा हुआ। कम से कम एक ऐसा आदमी तो आया जिससे मैं कभी बैठ कर दो बातें तो कर लूंगा। इस सारी 'चाल' में एक भी ऐसा नहीं जिससे बैठकर दो बातें भी की जा सकें। सब कोल्हू के बैल की तरह अपने काम में लगे रहते हैं। बस सुबह के रात होने पर ही घर आते हैं, थके-मांदे, कोई उनसे क्या बात करे।"

वह उनकी बातें सुनता रहा। समर्थन में सिर हिलाता रहा, आंखों से भाव प्रकट करता रहा और मजदूर से एक-एक करके सामान कमरे के भीतर रखवाता रहा। मजदूर सामान अंदर रख चुका था। उसने पैसे चुकाए और श्याम बाबू बोले–"शाम हो रही है। चाय तो पिएंगे न।"

वे उससे बड़ी आत्मीयता दिखा रहे थे। एकाएक इस प्रस्ताव से उसे बड़ा संकोच हुआ। बोला–"आप कष्ट न कीजिए, मैं होटल में पी लूंगा।"

वे मुक्त भाव से हंस दिए, बोले–"देखता हूं आप अभी अकेले हैं। होटल का सहारा तो आप लेंगे ही। मैं रोज तो चाय पिलाऊंगा नहीं। यह प्रस्ताव तो खाली आज भर के लिए है।" और वे फिर हंस दिए। उनके थोड़े टूटे-फूटे छोटे-बड़े गन्दे-से दांत अपना स्वरूप लिए जैसे सामने आ खड़े हुए।

उस दिन त्रिभुवन ने उनके साथ चाय पी, उनकी पत्नी से मिला। श्याम बाबू की तरह उन्हें भी मिलनसार पाया। उन्होंने उसके शादी-विवाह के विषय में पूछा और दम्पती ने बड़ा प्रबल आग्रह किया कि वह इस छुट्टी के बाद यहां सपत्नीक वापस आए। वैसे वह उनके संबंध में कुछ नहीं जान सका। घर में उन दो प्राणियों के अतिरिक्त किसी के दर्शन नहीं हुए और न किसी के होने के चिह्न ही दिखे। उसे श्याम बाबू की अवस्था कोई साठ वर्ष के लगभग लगी। बालों में

कालापन बस नाम मात्र का रह गया था। अधिकांश दांत अलविदा हो चुके थे। चार-छः अस्त-व्यस्त ऊपर-नीचे दिख रहे थे। वैसे शरीर से वे अपने किसी भी समवयस्क से अधिक चुस्त और फुर्तीले दीखते थे। उनकी पत्नी उनसे अपेक्षाकृत कम आयु की और सब दृष्टियों से अधिक सचेत दिखीं। अवस्था चालीस के ऊपर तो थी ही। जब उसने उनके कमरे में प्रवेश किया था, वे कोई अच्छी-सी साहित्यिक पुस्तक पढ़ रही थीं। स्वास्थ्य और रूप-रंग के सशक्त निशान उन पर शेष थे, जिन्हें देखकर यह अनुमान करना कठिन नहीं था कि वे अपने समय में सुन्दर कही जाने वाली महिलाओं में रही होंगी।

श्याम बाबू ने प्रारम्भ में उससे जो कहा था, वह उसे अपने नए कमरे में आते ही आभास होने लगा। श्याम बाबू को छोड़कर उनके सभी पड़ोसी पुरुष या तो उसे प्रातः स्नानादि के समय दिखलाई देते थे, जिस समय उसे भी दफ्तर जाने की शीघ्रता होती थी, या काफी शाम गए दिखाई देते थे, जब वह उन्हें अपनी पत्नी-बच्चों में इस प्रकार व्यस्त देखता था जैसे वर्षों के बिछुड़े हुए मिले हों। रविवार को अवश्य थोड़ी चहल-पहल होती थी, जिस दिन प्रातः लोग एक दूसरे से गप लगाते दिखाई देते थे और शाम को सपरिवार घूमने की योजना लगभग सबके मस्तिष्क में होती थी।

बम्बई में अवकाश के दिन सपरिवार घूमने जाने की प्रथा भारत के अन्य किसी भी नगर से कदाचित अधिक है। सत्तर-अस्सी रुपये प्रतिमास पाने वाले से पांच-छः सौ तक का अच्छा-खासा वेतन पाने वाले लोगों की निवास अवस्था लगभग समान है—अर्थात् एक सीलनदार खोली से लेकर एक कमरे के फ्लैट तक। पुरुष सुबह होते ही काम पर निकल जाते हैं। शाम को मुक्ति पाने के पश्चात् बस, ट्राम और लोकल ट्रेन के लिए लगी लम्बी-लम्बी लाइनों में अपने क्रम की प्रतीक्षा करते हैं और फिर मीलों का चक्कर लगाकर घर पहुंचते हैं। सप्ताह के छः दिन वे दफ्तर और घर की घुटन में अनुभूतिहीन यन्त्र बनकर काम करते रहते हैं। उनकी पत्नियां वे छः दिन सातवें दिन की प्रतीक्षा में अपने एकमात्र कमरे में और वहां से साथ में लगे हुए छज्जे पर प्रति घंटे में दो बार आकर, ट्रामों, बसों और रेलगाड़ियों की खटखट सुनकर गुजार देती हैं और सातवें दिन शाम को सम्पूर्ण परिवार अपनी खोली छोड़कर इस प्रकार बाहर भाग निकलता है जैसे पैरोल पर छूटा हुआ कैदी जेलखाने से। बम्बई के विशाल समुद्र-तट, सिनेमा-गृह और उडीपी जलपान-गृह स्त्री-पुरुषों और बच्चों से खचाखच भर जाते हैं। थककर चूर होकर जब वे अपनी खोली में आते हैं तो दूसरे दिन प्रारम्भ होने वाले सप्ताह का खुमार उनके मस्तिष्क में धीरे-धीरे भर रहा होता है।

उन दिनों उसे इस पड़ोसी दम्पती का परिचय और सम्पर्क वरदान-सा लगा था। बम्बई में जीवन की एक कठिनाई ही थोड़ी है। भोर होते ही मिल्क कालोनी के दूध के लिए लाइन लगाने से लकर लोकल ट्रेन का मासिक पास बदलवाने तक के अनेक सिरदर्द कदम-कदम पर खड़े रहते हैं। और

वह ठहरा जनम का आलसी, दूध के लिए इतनी सुबह लाइन कौन लगाए? उसने इस मुसीबत से बचने के लिए दूध वाले भैया को लगा लिया, यह जानते हुए भी कि भैया की दुकान पर दूध-पानी की सर्वप्रसिद्ध आदर्श मित्रता का पालन बड़े आदर्श ढंग से किया जाता है। एक दिन सुबह ही सुबह श्याम बाबू बोले—

"आप भैया से दूध क्यों मंगवाते हैं?"

वह सुबह उठने वाली अपनी दुर्बलता को अपने ही मुंह से स्वीकार नहीं करना चाहता था, बोला—"मेरे पास मिल्क कालोनी के दूध का कार्ड जो नहीं है। और वह कैसे बनवाया जाता है यह मुझे मालूम नहीं।"

वे थोड़ा नाराज-से हो उठे, ऐसी नाराजगी जिसमें स्नेह छलकता मालूम पड़ता है और सभी को भली लगती है। बोले—"अजीब हैं आप। भला मुझसे क्यों नहीं कहा।"

उससे एकाएक कुछ उत्तर नहीं बन पड़ा। वे कहते गए—"भैया का दूध पीना-न पीना एक बराबर है। आप इतनी मगजमारी करते हैं। थोड़ा अच्छा दूध भी पीने को नहीं मिला तो स्वास्थ्य का क्या हाल होगा, सोचिए तो? कल आपका कार्ड बन जाएगा।" कहकर वे चल दिए। वह दफ्तर के लिए तैयार था, बिना कुछ हां-ना कहे अपनी फाइलें उठा कर चला आया।

दूसरे दिन सुबह ही उन्होंने कार्ड लाकर उसकी मेज पर रख दिया और बोले—"लीजिए आपका कार्ड तैयार है। अब भैया से दूध लेने की आवश्यकता नहीं।" और दूसरे दिन उसके कुछ कहने के पूर्व ही उन्होंने भैया को आगे से दूध लाने को मना कर दिया। त्रिभुवन ने पूछा—'बाबू जी, सुबह कितने बजे दूध लेने जाना पड़ता है?"

वे बड़ी लापरवाही से बोले—"यही पांच-साढ़े पांच बजे।" उसके गले का थूक वहीं रुक गया। सोचने लगा—"सुबह पांच-साढ़े पांच का अर्थ है चार-साढ़े चार बजे से लाइन लगाऊं। किन्तु इतनी सुबह उठेगा कौन?"

वह रात्रि को निश्चय करके सोया कि अब सुबह चार बजे उठने की आदत डालूंगा। संसार में निश्चय से बड़े-बड़े पहाड़ काटे जा सकते हैं तो भला मैं चार बजे उठ क्यों नहीं सकता। एलार्म घड़ी तो थी नहीं। सोते समय उसे स्मरण हुआ—लोग कहते हैं यदि सोते समय मन में दृढ़तापूर्वक यह कहा जाए कि मैं अमुक समय अवश्य उठूंगा तो नींद उसी समय अवश्य खुल जाती है। वह भी मन ही मन बार-बार चार बजे उठने का निश्चय करके सोया। रात में उसकी एक बार अचानक नींद खुली, हड़बड़ा कर हाथ की घड़ी में समय देखा, दो बजे थे। दो घंटे में उठने की बात दोहरा कर वह फिर सो गया। एकाएक फिर नींद खुली। उसने झटपट घड़ी देखी—साढ़े तीन बजे थे। सोचा, अभी तो आधा घंटा शेष है, एक हल्की नींद और सही। और जो सोया कि बस चिड़ियों की चहचहाहट ही कानों में पड़ी। आंखें खुलीं तो चारों ओर प्रकाश दिखाई दिया। घड़ी पर दृष्टि गई। देखा, साढ़े छः बजने वाले हैं। मन मार कर उठ बैठा। आज भैया भी दूध नहीं लाने वाला था। उसने सोचा—श्याम बाबू को यह पता न लगे। वह उनकी दृष्टि बचाकर शीघ्र ही स्नानादि से

निवृत्त हुआ और काफी पहले ही दफ्तर के लिए निकल कर उसने रास्ते में होटल में चाय पी ली।

किन्तु उसे दिन भर चिन्ता लगी रही। यह दूध की समस्या कैसे हल होगी? वह रात्रि में फिर वही सब निश्चय करके सोया। कई बार नींद खुली और अधसोया-सा पड़ा रहा और जब तीन बजे घड़ी देखी तो उठ बैठा क्योंकि पिछली रात का अनुभव सामने था। बोतलें लेकर दूध लेने चल दिया । अड्डे पर अभी चिड़िया भी नहीं फटकी थी। वह वहीं एक पत्थर पर बैठ गया और दो घंटे तक ऊंघता रहा। उस दिन दूध तो मिल गया किन्तु सारा दिन आंखें नींद से भारी रहीं । दो-एक दिन यह गड़बड़ चली कि श्याम बाबू जान गए। बड़े स्नेह से बोले—

"आप चिन्ता न कीजिए। मैं तो अपना दूध सुबह लेने जाता ही हूं, आपका भी ले आया करूंगा।"

उसने थोड़ी ना-नू तो की, फिर मान गया, मानना तो था ही क्योंकि यह उसके बस का रोग नहीं था।

एक रविवार को उसके एक अन्य पड़ोसी मानिक लाल शाह उसके कमरे में आ बैठे। कुछ देर इधर-उधर की बात करने के बाद बोले—"यह बुड्ढा आजकल आपके पास बहुत आता है। हर नए आने वाले से यह प्रारम्भ में ऐसा ही व्यवहार करता है। आप जरा सावधान रहिएगा। बड़ा खोटा और लालची आदमी है।"

त्रिभुवन आश्चर्य से उनकी ओर देखने लगा। किसके सम्बन्ध में यह सब कुछ कहा गया है, यह समझकर भी वह कुछ न समझने का प्रयत्न कर रहा था। उसने अनजान-सा बनते हुए पूछा—"आप किसके सम्बन्ध में कह रहे हैं।"

"और किसके सम्बन्ध में? यही श्याम बाबू। दो साल से एक बैंक के खजांची पद से गबन के मामले में सस्पेण्ड पड़े हैं, कोर्ट में मुकदमा चल रहा है। उसका फैसला होने में ही नहीं आता। अपनी चालाकी से उसकी तिथियां बढ़वाते रहते हैं और इधर बड़े-बड़े अफसरों की चापलूसी कर कोशिश कर रहे हैं कि साफ छूट जाएं।" मानिक लाल ने कहा।

वह अभी तक श्याम बाबू की जीविकादि के विषय में कुछ नहीं जानता था। यद्यपि उत्सुकता उसके मन में थी किन्तु संकोचवश उसने कभी पूछा नहीं था और अन्य किसी से इस सम्बन्ध में बात करने योग्य उसके सम्बन्ध नहीं बने थे। मानिक लाल की बातों से उसे कुछ ठेस-सी लगी। श्याम बाबू की एक अच्छी मूर्ति उसके मन और मस्तिष्क में बनी थी। आज उसके द्वारा वह बिगड़ती देख उसे क्षोभ-सा हुआ। मानिक लाल ने उसी संदर्भ में बताया कि वर्तमान पत्नी इनकी दूसरी पत्नी है। इससे इनके कोई सन्तान नहीं है। पहली पत्नी से एक लड़का है। वह जयपुर में नौकरी करता है ओर प्रतिमास इनकी सहायता के लिए कुछ रुपये भेजता है।

मानिक लाल की इन सब सूचना से भी उसके और श्याम बाबू के सम्बन्ध में कोई अन्तर नहीं पड़ा। इसी बीच एक दिन उनकी पत्नी अपने पिता की बीमारी की खबर सुन अपने मायके

चली गई। त्रिभुवन अपनी चाय घर पर ही बनाता था और खाना होटल में। दूसरे दिन श्याम बाबू सुबह उसका दूध दे गए। चाय बनाते समय उसे स्मरण हुआ कि आज उन्होंने क्या किया होगा? उनकी पत्नी तो हैं नहीं, क्या स्वयं स्टोव जलाकर चाय बनाई होगी? सोचता हुआ वह उनके कमरे में चला गया। उसने देखा, वे कुछ पाठादि कर रहे हैं। उसे देखकर उन्होंने पोथी बन्द कर दी। उसने पूछा—''आज चाय नहीं बनाई क्या?'' वे थोड़ा मुस्करा दिए, बोले—''तुम्हारी चाची तो चली गईं और स्वयं स्टोव जलाकर चाय बनाने का झंझट मुझसे नहीं होगा। एक प्याली तो पीता हूं, होटल पर पी लूंगा।''

उसे उन्होंने कई बार चाय पिलाई थी। उनके अन्य भी कई अहसान थे। उसने कहा—''खैर देखा जाएगा। आज तो चाय तैयार है। आइए, पी ली जाए।''

उन्होंने अधिक ना-नू नहीं की। उन दोनों ने खारे बिस्कुट खाए और चाय पी। दूसरे दिन उन्हें न बुलाना त्रिभुवन को अशिष्ट-सा लगा। वह उन्हें बुला लाया, फिर नित्य बुलाने लगा और वे भी नित्य उसके साथ चाय पीते रहे। साथ ही थोड़ा-बहुत तकल्लुफी भी चलती रही।

दोपहर का खाना वह दफ्तर के पास ही खा लेता था और रात्रि का अपने निवासस्थान के पास के एक होटल में । एक दिन शाम को श्याम बाबू उसके कमरे में आए, बोले—

"भोजन कर लिया आपने?"

"अभी तो नहीं।"

"चलिए, आइए खा आएं।"

"चलिए।" कहकर वह तैयार हो गया। खाना तो था ही। वे दोनों होटल में गए, खाना खाया। त्रिभुवन ने भोजन कुछ पहले समाप्त कर लिया था, श्याम बाबू कुछ धीरे-धीरे खा रहे थे। वह उठकर मैनेजर के काउण्टर के पास खड़ा होकर सौंफ खाने लगा और उससे कह दिया कि श्याम बाबू के पैसे भी उसके हिसाब में लिख दे। वे खाकर पैसे देने लगे। उसने कहा—"चिन्ता न कीजिए, मैंने अपने हिसाब में लिखवा दिया है।" उन्होंने थोड़ा हठ किया, कुछ संकोच प्रकट किया, फिर वे दोनों बाहर आ गए।

उस दिन के बाद वह और श्याम बाबू बहुधा शाम को साथ-साथ भोजन करते और श्याम बाबू का व्यय भी उसके हिसाब में जुड़ता जाता। कुछ दिन इसी प्रकार चलता रहा। त्रिभुवन का व्यय बढ़ता जा रहा था। सुबह की चाय पर अब उसे बिस्कुटों के साथ कुछ और भी रखना पड़ता था। शाम का भोजन भी अच्छा-खासा होता था। लगता था कि जैसे श्याम बाबू की दृष्टि में यह सब कुछ बड़ा स्वाभाविक चल रहा है। किन्तु त्रिभुवन की अशान्ति बढ़ती जा रही थी। अब मानिक लाल के कहे शब्द कभी-कभी उसके कानों में प्रतिध्वनित होने लगते—''सावधान रहिएगा, बड़ा लालची आदमी है।'' वह मन-ही-मन कहता—''हां, लालची तो थोड़े अवश्य हैं। इतने दिन हो गए, अपने नाश्ते और भोजन का पूरा भार मुझी पर छोड़ दिया है। आखिर इन्हें भी सोचना चाहिए कि यदि कोई शिष्टाचारवश बुलाए तो उस पर इस प्रकार बोझ नहीं बन जाना चाहिए।'' और उसके मन

की वितृष्णा कुछ बढ़ती जा रही थी।

दो-एक बार शाम को वह उन्हें टाल कर सीधा भोजन करने पहुंच गया किन्तु या तो वे वहां उसे भोजन करते मिल गए या भोजन कर उसके हिसाब में पैसे लिखवा गए थे।

एक दिन वे दोनों होटल से निकले। सामने एक दुकानदार ठेले पर संतरों की दो ढेरियां लगाए खड़ा था। श्याम बाबू बोले—''आइए, संतरा खिलाऊं आप को।'' त्रिभुवन ने सोचा—''और मुसीबत। इसके पैसे भी मुझे ही देने पड़ेंगे।'' वे ठेले के पास पहुंच संतरे देखने लगे। एक ढेर में दो आने का एक और दूसरे में तीन आने का एक था। उनहोंने एक तीन आने वाला उठाया और एक दो आने वाला, और दोनों हाथों से एक दूसरे को इधर-उधर उछालने लगे। दुकानदार अन्य ग्राहकों से उलझा हुआ था। उन्होंने दोनों संतरे दो आने वाले ढेर में रख दिए, फिर से भाव-ताव किया और फिर दो आने वाले ढेर में रखा हुआ तीन आने वाला संतरा उठा, दो आने दे आगे चल दिए। त्रिभुवन ने उनकी इस कला को देखा किन्तु बोला कुछ नहीं। मन में उनके प्रति वितृष्णा की उठती हुई चिनगारी में मानो घी पड़ गया।

उस दिन वह दफ्तर से लौटा तो उसके पैर बड़े भारी हो रहे थे, सिर दर्द कर रहा था और जुकाम से नाक बन्द थी। शाम को उसने चाय के साथ एस्परीन की गोली ले ली। किन्तु कुछ विशेष लाभ न हुआ। रात को वह भोजन करने भी नहीं गया, बस कमरे में पड़ा रहा। कुछ देर में श्याम बाबू आए, बोले—''अरे, आज खाना खाने नहीं गए?''

कहकर और उसे चादर ओढ़े हुए लेटा देखकर उन्होंने उसके मस्तक पर हाथ रखा, फिर नब्ज देखी और चिन्तित स्वर में बोले—''अरे, आपको तो हरारत मालूम होती है।''

उसने कहा—''हां, सुबह कुछ जुकाम-सा हो गया था।''

श्याम बाबू ने झट-से स्टोव गर्म किया। सुबह का थोड़ा दूध रखा हुआ था। उन्होंने पड़ोस के घर के थोड़ा-सा अदरक और काली मिर्च मंगवाई और उसे डालकर खूब कड़वी काढ़े जैसी चाय बनाई। बोले,''यह चाय पी लीजिए, रात भर में तबियत ठीक हो जाएगी।''

और उस कड़वी चाय को उसने भी पिया और उन्होंने भी। श्याम बाबू की यह सहानुभूति पता नहीं क्यों आज त्रिभुवन को बड़ी अच्छी लगी। आज दिन भर की अस्वस्थता में उसका मन बड़ा उदास-सा हो रहा था। रह-रहकर उसे या तो मां की याद आती थी या शान्ति की। सोचता था—कोई अपना यहां होता तो मेरे इतने-से जुकाम को मानो सिर पर उठा लेता। मैं बार-बार कहता, अरे मुझे कुछ नहीं हुआ है, और वह आंखें तरेर कर कहती—पागल तो नहीं हुए हो। देखते नहीं, इन्फ्लुएंजा कितने जोर से फैल रहा है। अभी जुकाम की चिन्ता नहीं की तो फिर सप्ताह भर के लिए चारपाई पकड़े बिना नहीं रहा जाएगा। यह सब सोचते-सोचते वह उसी सुखानुभूति में खो-सा गया। फिर मन में आता—घर से आठ सौ मील दूर पड़ा हूं। न कोई अपना संगी है, न साथी। यदि बीमार पड़ ही जाऊं तो दो घूंट पानी पिलाने वाला भी कोई नहीं मिलेगा। किन्तु श्याम बाबू की सहानुभूति

से उसके मन की उदासीनता थोड़ी दूर हुई। उसे लगा जैसे कष्ट की तपन से बचाने के लिए उसके ऊपर कोई सघन-सी छाया है।

सुबह उसे सचमुच ज्वर हो गया— इन्फ्लुएंजा से शरीर तप रहा था, अंग-अंग में पीड़ा हो रही थी और सिर तो मानो फटा जा रहा हो। श्याम बाबू ने सुबह आकर देखा तो बड़े चिन्तित-से हुए। दूध गर्म कर उसे थोड़ा-सा पिलाया। फिर डाक्टर को बुला लाए। दिखला कर उसके साथ दवाई लेने चले गए। त्रिभुवन को दफ्तर की चिन्ता हो रही थी। किसी प्रकार वह वहां समाचार पहुंचाना चाहता था। श्याम बाबू डाक्टर के यहां से आए तो उसने इसकी चर्चा की। वे झटपट उसका प्रार्थना-पत्र पहुंचाने को तैयार हो गए। उसे बड़ा संकोच हो रहा था किन्तु करता भी क्या?

वह छह-सात दिन ज्वर की कठोर यातना सहता रहा किन्तु श्याम बाबू ने उसे किसी आत्मीय का अभाव नहीं खटकने दिया। जैसे उन दिनों उन्हें कुछ काम ही नहीं था। बस चौबीसों घंटे उसके लिए लगे रहते। डाक्टर को लाते, दवाई लाते, दिन में उसे कई बार पिलाते, दूध का प्रबन्ध करते, शाम को डाक्टर को रिपोर्ट देने जाते। जब कभी उसके सिर की पीड़ा असह्य हो जाती, वे उस पर बाम मलते, उसे दबाते। त्रिभुवन के मन में कई बार आया कि तार देकर घर से किसी को बुला लूं किन्तु बार-बार उन्होंने यही कहा—"क्यों घर वालों को परेशान करिएगा। हल्का-सा ज्वर है। दो-एक दिन में ठीक हो जाएगा।" और वह चुप हो जाता।

ज्वर उतर जाने के पश्चात् उसमें दुर्बलता इतनी आ गई थी जैसे वह वर्षों से बीमार हो। डाक्टर ने खिचड़ी आदि खाने के लिए कह दिया था और श्याम बाबू उसे बना-बनाकर खिला रहे थे। बारह-तेरह दिन बाद वह दफ्तर जाने के योग्य हुआ।

कुछ दिन पश्चात् उसने एक मास की छुट्टी ली और घर आ गया। वहां जब उसने अपनी बीमारी और उसमें श्याम बाबू की सेवा का समाचार लोगों को सुनाया तो श्याम बाबू का एक अमिट चित्र उनके हृदय पर अंकित हो गया। मां और शान्ति की आंखों में तो आंसू भर आए। उनके हृदय में श्याम बाबू ने अपना स्थान किसी देवदूत से कम नहीं बनाया।

छुट्टी समाप्त कर वह बम्बई वापस आ गया। इस बार शान्ति भी उसके साथ थी। उसने सोचा, अब तक तो श्याम बाबू की पत्नी वापस आ गई होंगी। उनसे उसने वादा जो किया था कि छुट्टी के बाद वह सपत्नीक वापस आएगा। शान्ति को देखकर वे कितनी प्रसन्न होंगी। किन्तु आकर उसे बड़ा दुःखद समाचार मिला। उनके पिता का स्वर्गवास हो गया था। वे उनकी एकमात्र सन्तान थीं। श्याम बाबू ने बताया कि सम्पत्ति आदि के झगड़े के कारण उन्हें अभी कुछ दिन और वहीं रहना पड़ेगा।

शान्ति ने अपनी नई गृहस्थी में श्याम बाबू का इस प्रकार स्वागत किया जैसे वह उन्हें वर्षों से जानती हो। उनका प्रातः का नाश्ता त्रिभुवन के साथ ही होता था। वे दोपहर को बहुधा बाहर गए होते थे किन्तु दफ्तर से लंच के समय आने पर त्रिभुवन को भोजन कराने के पूर्व शान्ति उन्हें उनके

कमरे में अवश्य देख लेती। रात्रि का भोजन तो वे इस परिवार में करते ही थे। कुछ दिन यह सब कुछ ऐसा ही चलता रहा किन्तु फिर, पता नहीं क्यों, त्रिभुवन को यह कुछ विचित्र-सा, कुछ उलझन-भरा, कुछ अशान्तिकारक-सा लगने लगा। श्याम बाबू होने के कारण वे उसके लिए तो केवल बाबू जी ही थे, शान्ति एक पग आगे बढ़कर उन्हें 'चाचा जी' कहने लगी थी और वह देख रहा था कि उनके सम्बन्ध शान्ति से प्रतिदिन बड़े अनौपचारिक होते जा रहे हैं। वे दिन में पचीस बार 'शान्ति बिटिया' पुकारते, हंसते और कभी-कभी दुलारते-से आ जाते और शान्ति शायद छब्बीस बार उनसे चाय के लिए पूछती, चाची के सम्बन्ध में पूछती और पता नहीं क्या-क्या पूछती।

त्रिभुवन अनुभव कर रहा था कि जैसे इस नए बने परिवार में उसका स्थान गौण-सा है। श्याम बाबू की वयोवृद्ध छाया नें जैसे उसके छोटे-से परिवार को ढक लिया है। उसकी घरेलू समस्याओं पर अब उनकी सम्मतियां ही नहीं होती थीं वरन् आदेश-से होते थे। उसे लगने लगा था कि जैसे माता-पिता के शासन से निकल कर वह फिर किसी शासन के नीचे आ गया है। कुछ अजीब-सी परेशानी रहने लगी थी उसे।

एक दिन ऐसे ही उसने शान्ति से कहा—"अरे, यह बुड्ढा तो अच्छा हमारे पीछे पड़ा है। अपना सारा डेरा-डंडा हमारे ही घर में डाल दिया है।"

उसे लगा कि उसकी यह बात शान्ति को कुछ अच्छी नहीं लगी। अपनी बड़ी-बड़ी आंखों को, जिनमें मानो संसार की सारी मासूमियत आ भरी हो, उस पर गड़ाकर वह निषेध-भरे स्वर में बोली—"कैसी बातें करते हैं आप। चाचा जी के कारण तो हमें परदेश में यह पता भी नहीं चलता कि हम पर किसी बड़े-बूढ़े की छाया नहीं है। आपके साथ मुझे अकेले भेजने में माताजी और पिताजी कितनी चिन्ता प्रकट कर रहे थे। चाचा जी के कारण तो हमें अनुभव ही नहीं होता कि हमारे सिर पर कोई बड़ा नहीं है।"

उसकी इस बात पर त्रिभुवन को बड़ी झुंझलाहट हुई। बोला—"तो क्या मैं अभी बच्चा ही हूं कि जिसके सिर पर एक बड़ा-बूढ़ा न हुआ तो वह मार्ग से भटक जाएगा।"

उसकी बात पर वह हंस दी, बड़ी भोली-सी हंसी। बोली—"आप को बच्चा कौन कहता है। आप तो पूरे बूढ़े हैं, तभी तो दूसरे बूढ़े को देखकर जल रहे हैं।" और वह अपने काम में इस प्रकार लग गई जैसे त्रिभुवन की बात में कोई गम्भीरता ही न हो।

सब कुछ वैसा ही चलता रहा। श्याम बाबू का झुर्रियां-पड़ा चेहरा और उसमें से झांकते हुए टूटे-फूटे दांत उसके मन में कुढ़न-सी उत्पन्न कर देते। शान्ति से उनकी उन्मुक्त बातचीत उसमें विचित्र-सी जलन पैदा कर देती। किन्तु वह क्या करे, उसकी समझ में नहीं आ रहा था। विचित्र-सी बेचैनी थी जिसका कोई हल उसे ढूंढ़े नहीं मिल रहा था।

उस दिन उसके दो-तीन मित्र, शाम को घर पर आ गए। उसने शान्ति से उनके लिए चाय बनाने

को कह दिया। चाय बनने पर शान्ति ने पूछा,"साथ में क्या खिलाइएगा?"

उसने कहा—"दो-तीन दिन ही तो हुए, बिस्कुटों का एक डिब्बा लाया था। समाप्त हो गए क्या?"

वह बोली—"कुछ बचे थे। आज सुबह चाचा जी के कुछ मित्र उनसे मिलने आ गए। मैंने उनके लिए चाय बनाई और बची बिस्कुटें साथ में रख दीं।"

शान्ति की इस बात पर त्रिभुवन का मन बस जलकर रह गया। सोचने लगा—'मेरा घर न हो गया, मुफ्त भोजन देने वाला धर्मशाला हो गया। स्वयं भी खाओ और मित्रों को भी खिलवाओ। और इस शान्ति को क्या कहूं...बस...'' बड़ी झुंझलाहट हो रही थी उसे—"अब भला अपने मित्रों को क्या खिलाऊं?" इतने में वह बोली—"आप दो मिनट रुकिए। मैं गरम-गरम पकौड़ियां उतारे देती हूं।"

उसके मित्र तो चाय पीकर चले गए किन्तु उसका मन और मस्तिष्क बुरी तरह जलते रहे। रह-रहकर बड़ा क्रोध-सा आ रहा था। उसने पुकारा, "शान्ति।" स्वर में बड़ी कर्कशता उभर पड़ी थी।

वह सहमी-सी सामने आ खड़ी हुई। त्रिभुवन का जी चाह रहा था—इस पर उबल पड़ूं, कोई तीखा-सा व्यंग्य कर दूं, कोई कड़वी-सी, मन बेध जाने वाली बात कह दूं और फिर उसने कह ही दिया—

"आखिर तुम्हें इस बूढ़े में ऐसी क्या रुचि है जो इसकी इतनी सेवा किया करती हो?"

फिर उसे लगा जैसे बात जरा अधिक तीखी हो गई है। मनुष्य का स्वभाव सांप की ही तरह तो है। अपना विष कम करने के लिए वह दूसरे पर विष उगलता है। शान्ति उसकी बात सुनकर एकटक उसकी ओर देखती रही। त्रिभुवन ने देखा—धीरे-धीरे उसके ओठ कांपने लगे हैं और आंखें डबडबाती आ रही हैं। अपने को संयत-सी करती हुई वह बोली—"मुझे उनमें क्या रुचि हो सकती है? कहिए तो कल से उनका अपने घर में आना ही मना कर दूं। किन्तु मैं यह कैसे भूल सकती हूं कि जब आप यहां अकेले थे, बीमार थे, तो इन्होंने आपकी कितनी सेवा की थी। ये न होते तो आपकी क्या दशा होती, यह सोचकर ही मेरा मन कांप जाता है। मैं उनके लिए कुछ भी करूं—चाहे जीवन भर उनकी सेवा करती रहूं, किन्तु क्या यह सब उस सबका बदला चुका सकता है जो उन्होंने आपके लिए किया?"

यह कहते-कहते उसके नेत्र इस प्रकार बहने लगे जैसे बहुत देर से घुमड़ रहे बादल बरसने लगे हों। पता नहीं वह क्या कहने जा रही थी कि बाहर से आवाज आई—"शान्ति बिटिया..."

उसने झटपट आंचल से नेत्र पोंछकर कहा—"आइए चाचा जी।"

श्याम बाबू अपनी परिचित हंसी बिखेरते हुए अन्दर आ गए और बड़े उल्लसित स्वर में बोले—"तुम्हारी चाची का पत्र आया है। वह कल शाम को यहां पहुंच रही हैं। अपना बेटा तो वह देख ही चुकी हैं। रानी-सी बहू देखकर कितनी खुश होंगी—अच्छा अभी तो चलता हूं।"

कह कर जैसे वे हवा के झोंके की तरह आए थे, वैसे ही चले गए।

वे दोनों गुमसुम बैठे रहे। उनके जाने के बाद शान्ति ने त्रिभुवन की ओर देखा। जैसे उसकी आंखें ही बहुत कुछ कहना चाहती हों। फिर आंखें नीची करके वह धीरे-से बस इतना ही बोली–

''मुझे मालूम नहीं था कि आप इतने छोटे दिल के आदमी हैं।''

कहकर वह रसोई में चली गई और त्रिभुवन जैसे अपनी जगह पर गड़-सा गया। उसे लगा, जैसे शान्ति बहुत बड़ी है, इतनी बड़ी कि उसका सिर आकाश को छू रहा है और वह बहुत छोटा है, इतना छोटा कि चींटी की तरह धरती पर रेंग रहा है।

1957

बड़े भैया

बड़े भैया का उस दिन का जैसा स्वरूप इसके पूर्व कभी किसी ने नहीं देखा था। उनके ओंठ इस तरह कांप रहे थे, जैसे तीव्र झंझावात में किसी वृक्ष के पत्ते। आंखें उनकी सुर्ख लाल हो गई थीं और गालियां बकते समय वाणी इस तरह लड़खड़ा रही थी, जैसे किसी शराबी के पैर। सारे मुहल्ले के लोग अपने मकान के छज्जों या दुकान के चौतरों पर मूर्तिवत् खड़े, वह दृश्य देख रहे थे। किसको साहस था कि जाकर उनको समझाने की कोशिश करता। समझाना! और बड़े भैया को? कल्पनातीत बात थी।

उनके नाम से ही मुहल्ले के लोग कांपते थे। वे और उनकी मित्र-मण्डली के लोग एक तो मुहल्ले में आते ही बहुत कम थे और जब वे आ जाते, स्त्रियां भूल कर भी अपने छज्जे पर आने का साहस नहीं करती थीं। रात में कभी बारह, कभी एक, कभी दो और कभी पौ फटने के कुछ पूर्व जब वे दरवाजा खटखटाते, तो आसपास के लोग जान जाते थे कि बड़े भैया घर आ गए हैं। किन्तु जो धारणा लोगों की बड़े भैया के सम्बन्ध में थी, वैसी उनके परिवार के अन्य सदस्यों के सम्बन्ध में नहीं थी। बड़े भैया की पत्नी राधा को मुहल्ले के सब लोग भाभी कहते थे। सचमुच वह सब की भाभी थीं। बहुत ही स्नेहशीला। उनके दोनों बच्चों, सात वर्षीया पुष्पा और चार वर्षीय मुन्नू के साथ मुहल्ले भर के बच्चे उनके घर में ऊधम मचाया करते थे। बड़े भैया के छोटे भाई मदन जैसे सुशील और सुशिक्षित युवक तो उस मुहल्ले में बिरले ही थे। दोनों भाइयों के स्वभाव और चरित्र का वैषम्य मुहल्ले भर के बड़े-बूढ़ों की चर्चा का विषय था। मदन मिलनसार था। दुर्गुण तो जैसे फटके ही नहीं थे उसके पास। मुहल्ले के हर व्यक्ति की सहायता करने के लिए प्रस्तुत रहता था वह हर समय। और ठीक उससे विपरीत थे, बड़े भैया विक्रम सिंह। उनके जीवन में बस तीन ही चीजें थीं—वेश्या, जुआ और शराब। कपड़े की दलाली तो वे नाम मात्र की करते थे। लगभग दो हजार रुपया महीना मकानों का किराया आता था, इसलिए घर में किसी को अर्थाभाव खटकता नहीं था।

बड़े भैया के चेहरे पर भी एक दिन लोगों ने स्वाभाविक हंसी, आंखों में स्वागत की चमक और शब्दों में अपूर्व मिठास देखी थी। वह दिन था मदन के विवाह का। लोग जानते थे कि बड़े भैया की यदि कोई सबसे बड़ी कमजोरी है, तो वह है मदन, जिसे वे बिना बोले ही असीम प्यार करते हैं। उसे उन्होंने एम.ए. तक शिक्षा दिलाई थी और कभी उसके किसी काम में हस्तक्षेप नहीं किया था। अपने अवगुणों की छाया तक नहीं पड़ने दी उन्होंने उस पर। एक बार जब वह बहुत छोटा था, उसने मुहल्ले के कुछ लड़कों के साथ कौड़ियों का जुआ खेला था। यह बात बड़े भैया को किसी तरह मालूम हो गई और तब उन्होंने उसे इतना पीटा था कि आज तक मदन को अपनी वह पिटाई याद थी। मुहल्ले वाले भी भूले नहीं थे उस घटना को। मदन ने अपने साथ पढ़ने वाली एक लड़की पसंद की थी शादी के लिए। बड़े भैया ने इस पर भी कोई एतराज नहीं किया था। वरन् जिस उत्साह और शानशौकत से उन्होंने उसका विवाह किया था, वह लोगों के लिए आज तक ईर्ष्या और स्पर्धा का विषय था। मदन के विवाह में छोटे-बड़े सभी लोगों का निमंत्रण था। बड़े भैया ने स्वागत और सत्कार के साक्षात् देवता बनकर, हर एक को हंस-हंस कर गले लगाया था। उस दिन उनकी छबि देखते ही बनती थी! केशरी रंग की राजपूती पगड़ी, उठी हुई नोकदार मूंछें, सिल्क का कुर्ता, चूड़ीदार पैजामा और नक्काशी किए हुए नोकदार पंजाबी नागरे।

और विवाह के बाद मदन की नववधू रजनी ने बिना घूंघट काढ़े जब पहली बार उनके चरण छुए, तो एक बार तो उन्हें बड़ा संकोच हुआ। अपने आपको इस योग्य नहीं समझते थे वे। दूसरे ही क्षण उनका गला भर आया। अस्फुट शब्दों में बहू को पता नहीं क्या आशीर्वाद दे, वे झटपट राधा के कमरे में जाकर रुंधे कंठ से बोले—''आज पिताजी और माताजी जीवित होते, तो मदन का विवाह देखकर कितने खुश होते वे।''

और फिर सब कुछ वैसे ही चलने लगा। बड़े भैया का वही तीन पत्तों वाला अड्डा, वही बूटी और रमिया का कोठा। परिवार के सभी लोग जैसे उनके इस जीवन के अभ्यस्त हो चुके थे। राधा अपने विवाह के बाद कुछ दिनों तक उनकी आदतें सुधारने का प्रयास कर चुकी थी। कई-कई दिन बिना अन्न का दाना मुंह में डाले उसने काट दिए थे। किन्तु बड़े भैया नहीं बदले। राधा के आंसुओं की वर्षा में सारा घर भीग गया था, किन्तु बड़े भैया का हृदय द्रवित नहीं हुआ। हारकर राधा ने अपने आपको ही बड़े भैया की आवश्यकतानुसार बना लिया और उनके रोग को असाध्य जानकर किसी तरह सन्तोष कर लिया था। मदन ने तो आज तक कभी उनके सम्मुख मुंह नहीं खोला था। बड़े भैया भी कम ही बोलते थे मदन से। इसकी कोई जरूरत भी नहीं थी। भाभी ही मदन की सब जरूरतें पूरी कर दिया करती थी।

किन्तु जैसे हवा का एक झोंका आया और सब कुछ बदल गया। एकाएक जोर की वर्षा से जैसे शांत और स्थिर सरिता में बाढ़ आ गई और आसपास के सूखे तट हरे-भरे हो गए। जैसे डाक्टर ने अपने नश्तर को शरीर में चुभोकर तीव्र पीड़ा उत्पन्न कर दी, किन्तु मवाद सब निकाल दिया।

उस दिन बड़े भैया का अड्डा घर पर ही जमा हुआ था। छज्जे के बगल की बैठक में मंगलू एक ओर ठंडाई पीस रहा था। भांग की लुगदी उसने पहले ही बनाकर रख ली थी। बड़े भैया और उनके दो घनिष्ठ मित्र, जीवन और घनश्याम, तीन पत्तों में बुरी तरह उलझे हुए थे। खेल में धीरे-धीरे गर्मी आती जा रही थी। और जब पत्तों पर बाजी पर बाजी लगती जाती, तो मंगलू के सधे हुए हाथ भी कुछ क्षणों के लिए शिथिल पड़ जाते और वह सांस रोककर दांव देखने लगता।

जीवन बीच-बीच में चेतावनी देता जा रहा था—"मंगलू, आज बस ऐसी छना दे, कि मजा आ जाए।"

और तब बट्टा थामे हुए मंगलू के हाथ सिल पर तेजी से चलने लगते थे।

दांव पर दांव लग रहे थे।

अब मंगलू अपनी भांग की लुगदी घोल रहा था। ठंडाई का सफेद रंग धीरे-धीरे हरा होता जा रहा था। खिलाड़ी एक-एक गिलास पीकर खेल में ताजा होने की तैयारी कर रहे थे।

पत्ते बंटे। बड़े भैया ने उठाकर देखे और डाल दिए। घनश्याम और जीवन में 'कवर' शुरू हुई और दस-दस रुपये तक पहुंच गई। बड़े भैया ने जमुहाई लेते हुए एक ओर टांगें फैला दीं। मंगलू ने एक भरा गिलास उनके हाथ में पकड़ा दिया। वे गट-गट करके उसे एक सांस में खाली कर गए। मंगलू ने गिलास फिर से भर दिया।

बाजी समाप्त हुई और जीवन ने फिर पत्ते बांट दिए। हारे हुए घनश्याम ने एक गिलास पीकर अपना दुःख कुछ कम किया। जीतता हुआ जीवन भांग को एक-एक घूंट कर इस तरह पीने लगा, जैसे चाय की चुस्कियां ले रहा हो।

तीन-तीन, चार-चार गिलास पीकर एक बार फिर से सब ताजे हो गए। आंखों में सुरूर की लाली दौड़ गई और मस्तिष्क में विस्मृति-सी भरने लगी। फिर दांव पर दांव लगने लगे।

इतने में कमरे के दरवाजे से कोई निकला और कमरे में जैसे बिजली कौंध गई।

बड़े भैया ने देखा, घनश्याम ने भी और जीवन ने भी। बड़े भैया कुछ गम्भीर होकर पत्तों की ओर देखने लगे। घनश्याम मुस्कराने लगा और जीवन पत्ते हाथ में पकड़े, एकटक छज्जे की ओर ताकता रहा।

बड़े भैया ने टोका—"जीवन, पत्ते बांटो।"

जीवन उधर से दृष्टि हटाकर पत्ते बांटने लगा। उसके ओठों और नेत्रों में एक विचित्र थिरकन हो रही थी। पत्ते बांट कर वह धीरे-से बोला—"भैया, यह कौन थी?"

"कौन?" बड़े भैया ने अनजान बनते हुए पूछा।

"अरे वही, जो अभी दरवाजे के सामने से निकली थी।"

"कोई नहीं, तुम पत्ते उठाओ।" बड़े भैया ने अपनी दृष्टि पत्तों पर गड़ा दी।

जीवन ने पत्ते उठा लिए। फिर धीरे-से बोला—"भैया, यह बात ठीक नहीं।"

"क्या बात?"

''यही, मित्रों से दुराव-छिपाव की।''

''कैसा दुराव व छिपाव?'' बड़े भैया के माथे पर बल पड़ गए।

''तो बताओ न, वह कौन थी।'' जीवन ने उसी तरह मुस्कराते हुए कहा—''मालूम पड़ता है, कोई नई चिड़िया फांसी है। इस बार अकेले ही हाथ साफ करने का इरादा है शायद?''

बड़े भैया को जैसे किसी ने शूल चुभो दिया। अपने को संयत करते हुए बोले—''पागल हुए हो? वह मदन की बहू थी।''

''अरे!'' जीवन ने पत्ते फेंकते हुए कहा—''भैया, माफ करना, मुझे मालूम नहीं था।''

पत्ते फिर बंट गए। भांग का सुरूर बढ़ता जा रहा था। दो-तीन भारी बाजियां जीवन और जीत ले गया।

बड़े भैया अन्यमनस्क-से होकर छत की ओर देखने लगे।

पत्ते बांटते हुए जीवन बोला—''भैया, मदन की बहू तुमसे पर्दा नहीं करती?''

''नहीं।'' उन्होंने संक्षिप्त-सा उत्तर दिया।

''वैसे है काफी सुन्दर। पढ़ी-लिखी भी मालूम पड़ती है।''

उसकी वह जिज्ञासा कुछ अच्छी नहीं लगी बड़े भैया को। फिर भी वे बोले—''मदन की पसंद है। उसी के साथ पढ़ती थी।''

जीवन ने आंखें नचाकर कहा—''भैया, आपको तो काफी आराम हो गया होगा?''

जीवन के शब्दों में छिपे भाव को कुछ समझते हुए भी न समझने का दिखावा करके वे बोले—''हां, आराम क्यों नहीं हो गया। मुन्नू की अम्मा को बड़ा सहारा हो गया है। पढ़ी-लिखी लड़की है। बच्चों की पढ़ाई-लिखाई देखती है। सैकड़ों तरह के पकवान बनाना जानती है। जब से मदन का विवाह हुआ है, घर के खाने में नया स्वाद आने लग गया है।''

जीवन पत्ते फेंक चुका था। घनश्याम और बड़े भैया के बीच कुछ देर चालें होती रहीं। फिर घनश्याम ने 'शो' कराया और बड़े भैया बाजी जीत गए। वे पत्ते समेटने लगे।

जीवन ने बात चालू रखते हुए कहा—''घर में नई बहू हो तो सैकड़ों तरह के आराम होते हैं।''

बड़े भैया को लगा, जैसे उनके मुंह में किसी ने विष उंड़ेल दिया है। उन्होंने पत्ते बांटते हुए, दृष्टि उठाकर जीवन की ओर एक बार देखा। जीवन और घनश्याम एक दूसरे की ओर देखकर मुस्करा रहे थे।

पत्ते उठाते हुए जीवन ने एक ठंडी सांस ली। फिर बोला—''बड़े भाग्यवान हो, भैया।''

''क्यों?''

''अरे, ऐसी बहू जो मिली है।''

''हां, इसमें क्या संदेह है।'' बड़े भैया ने बात टालते हुए कहा।

किन्तु भला जीवन कब छोड़नेवाला था? वह बड़े भैया का बचपन का मित्र था। बड़े भैया

का कोई भी कार्य आज तक उसके बिना पूरा नहीं हुआ था। बड़े भैया की कोई बात उससे छिपी नहीं थी। धीरे-से बोला—''घर में नई बहू हो—सुन्दर, बेपर्दा और कालेज की पढ़ी हुई, फिर किसी के भाग्यशाली होने में संदेह ही क्या रहता है?''

बड़े भैया को जैसे किसी ने कचोट लिया। उनका पत्थर जैसा कठोर हृदय पेड़ के पत्ते की तरह कांपने लगा। रूखे स्वर में बोले—''क्या मतलब?''

''अरे, मतलब क्या है।'' जीवन ने ढीठ बनते हुए कहा—''कालेज की पढ़ी लड़की है। दस घाट का पानी पिए होगी। आपको ज्यादा मुश्किल नहीं होती होगी।''

''जीवन!'' बड़े भैया तिलमिला उठे—''ऐसी बातें करते तुम्हें शर्म आनी चाहिए। वह मेरी बहू है—मेरी बेटी के बराबर है।''

किन्तु जीवन पर जैसे इन वाक्यों का कोई प्रभाव नहीं हुआ। वह जरा नम्र होता हुआ बोला—''क्षमा करना, बड़े भैया! आप बुरा मान गए शायद! भैया, बात यह है कि न तो मेरे कोई बहू है, न बेटी। इसलिए बहू-बेटियों के लिए कैसी भावना होनी चाहिए, यह मैं नही जानता।'' वह कुछ क्षण के लिए रुक गया। फिर सामने पड़ी ताश की गड्डी को उठाता हुआ दबे स्वर में बोला—''और भैया, आप बहू-बेटी का अंतर समझते हैं, यह बात भी मुझे आज ही मालूम हुई है।''

बड़े भैया को जैसे सौ-सौ बिच्छुओं ने एक साथ डंक मार दिया। उनकी आंखें फैल कर चौड़ी हो गईं। कुछ तेज स्वर में पूछा उन्होंने—''तुम्हारा मतलब क्या है, जीवन?''

जीवन पूरी तरह निरपेक्ष रहा। वही कुटिल मुस्कराहट और अदम्य आत्मविश्वास उसके चेहरे पर खेलता रहा। उसने कहा—''आपके उन सैकड़ों किरायेदारों की बात सोच रहा हूं, जो आपके मकानों में किरायेदार बनकर आए और आपने, साथ में हमने भी, किस तरह उनकी बहू-बेटियों को अपने चंगुल में फंसाया। और इसी उद्देश्य से आपने कितने पुराने किरायेदार निकाले और कितने नए किरायेदार रखे। उन सब बातों के बाद तो मैं यह सोच बैठा था कि आप इस बहू-बेटी के तुच्छ सांसारिक भाव पर विजय प्राप्त कर बैठे होंगे।''

बड़े भैया को लगा—सारा कमरा, जीवन, घनश्याम और ताश के पत्ते—सभी उनके नेत्रों के सामने घूम रहे हैं। स्मृतिपटल पर अनेक चित्र उभरते आ रहे थे और मिटते जा रहे थे। उन्हें लगा, जैसे उनकी अपनी लड़की पुष्पा बड़ी हो गई है, अठारह वर्ष की तरुणी। इसी तरह कमरे में महफिल लगी हुई है। वह सामने के छज्जे से निकलती है। जीवन और घनश्याम उसे पिपासु दृष्टि से देख रहे हैं। और आंखें नचाते हुए पूछ रहे हैं—''भैया, यह कौन है?''

बड़े भैया के मस्तिष्क में धीरे-धीरे उन्माद भरने लगा। आंखें सुर्ख होती गईं और उनकी ज्योति मंद पड़ती गई। दंत-पंक्तियां एक दूसरे से रगड़ने लगीं और हाथों की मुट्ठियां भिच गईं। भृकुटियों के बल गहरे होते गए। ओठ फड़फड़ाने लगे। उनके मुंह से अस्फुट शब्द निकला—''जाओ।''

और फिर जैसे कुछ फट-सा पड़ा। कानों को भेदती हुई तेज आवाज निकली—"निकल जाओ यहां से, निकल जाओ।"

घनश्याम उनका वह भयंकर रूप देखकर घबरा उठा। उसने जीवन को उठने का इशारा किया। किन्तु वह अब तक मुस्करा रहा था, ढिठाई की मुस्कराहट।

बड़े भैया का संतुलन जाता रहा। उनके दोनों बलिष्ठ और भरपूर हाथ एक साथ जीवन पर पड़े और वह संभलते-संभलते लोट गया धरती पर।

और मुहल्ले के लोगों ने आश्चर्य से देखा कि उस दिन बड़े भैया ने घोर अश्लील गालियां बकते हुए अपने बचपन के घनिष्ठ मित्रों को मार-मारकर अपने घर से निकाल दिया।

1957

पारदर्शी दीवार

कुलवन्त ने विशाल अट्टालिका की चहारदीवारी के द्वार के निकट खड़े होकर पढ़ा—एक ओर संगमरमर की प्लेट पर अंग्रेजी में लिखा था—

"बलवन्त सिंह-भगवन्त सिंह क्लाथ मरचेन्ट (रेजीडेन्स), शाप एट कनाट प्लेस"

उसने सन्तोष की सांस ली, जेब से रूमाल निकाल कर माथे का पसीना पोंछा, अस्तव्यस्त बंधी हुई पगड़ी और उसमें से निकले हुए केशों को ठीक किया, एक उड़ती नजर अपने सफर में गन्दे हुए कपड़ों पर डाली और ट्रंक उठाकर दरवाजे के अन्दर दाखिल हो गया। माली एक ओर बैठा पौधों के आसपास की घास निकाल रहा था। उसने वहीं से बैठे-बैठे पूछा—"किससे मिलना है?"

कुलवन्त ने देखा, माली नया है। चार-पांच वर्ष पूर्व जब वह एक बार आया था, यह बंगला बन रहा था और एक बूढ़ा-सा माली चारों ओर पेड़-पौधे लगाने का प्रबन्ध करता रहता था। वह सोचने लगा, इस माली को यह पता होता कि मैं कौन हूं तो झटपट दौड़ा हुआ आकर मेरे हाथ से ट्रंक ले लेता और बड़े आदर से घर में ले जाता। वह मन ही मन मुस्करा दिया। बोला—

"सरदार जी हैं घर में?"

"नहीं, अभी दुकान से नहीं आए।" उसने वहां से बैठे-बैठे उत्तर दिया—"दो-तीन घंटे बाद आएंगे।"

कुलवन्त सोचने लगा, क्या करे। शाम हो रही थी। अंधेरा धीरे-धीरे बढ़ता जा रहा था। माली अपना काम समाप्त कर हाथ-पांव धो रहा था। सामने दृष्टि डाली। भव्य अट्टालिका के निचले हिस्से के बरामदे की बत्ती जल रही थी और शेष कमरे बन्द थे। ऊपरी खण्ड की बत्तियां जल रही थीं जहां से कभी-कभी दूर से आता स्त्री स्वर और बच्चों की चिल्लाहट सुनाई दे जाती थी।

कुलवन्त ने देखा, माली कपड़े पहन रहा है और उसकी उपस्थिति की ओर से जैसे बिल्कुल बेसुध है।

वह सोच ही रहा था क्या करे, कि हार्न की आवाज सुनाई दी और तीव्र प्रकाश करती हुई एक मोटर बंगले में घुसी। माली ने दौड़कर उसका द्वार खोला। कुलवन्त ने देखा, उससे भगवन्त उतर रहा है। बढ़िया समर सूट, मैच करती हुई टाई और पगड़ी। अच्छी तरह फिक्स की हुई दाढ़ी।

"अरे, भाई साहब! आप कब आए?" भगवन्त ने उसे देखकर पूछा और पैरी-पौना (प्रणाम) किया और उत्तर की विशेष प्रतीक्षा किए बिना ही उसने आज्ञा दी—"भोलू, सामान उठाओ।"

कुलवन्त ने बड़ी भाभी को प्रणाम किया, छोटी को आशीर्वाद दिया। बच्चे टुकर-टुकर देख रहे थे, ये कैसे चाचाजी हैं, जिनके कपड़े गन्दे हैं, दाढ़ी इधर-उधर बिखरी है, पगड़ी केवल सिर पर लपेटी हुई भर है। ये उनके चाचा कैसे हो सकते हैं!

चार भाई—बलवन्त सिंह, कुलवन्त सिंह, भगवन्त सिंह और सतवन्त सिंह। एक ही माता-पिता के, किन्तु दो—बलवन्त सिंह और भगवन्त सिंह—वैभव के मध्य जी रहे हैं। कनाट प्लेस पर उनकी बहुत बड़ी कपड़े की दुकान है। डेढ़ लाख रुपया खर्च कर उन्होंने पटेल नगर में अपनी कोठी बनवाई है। बीस हजार की बड़ी मोटर गाड़ी है। बलवन्त सिंह के पांच और भगवन्त सिंह के तीन बच्चे ऐसे जिनके लिए कहा जाएगा, चांदी की चम्मच मुंह में डाल कर उत्पन्न हुए हैं।

और कुलवन्त और सतवन्त! उनकी भी कपड़े की दुकान है। अमृतसर के शरणार्थी बाजार में लकड़ी की बनी हुई दुकान। वे बड़ी दुकानों से उधार माल लाते हैं और बेच कर पैसे चुकाते हैं। कुलवन्त सिंह के चार बच्चे और सतवन्त सिंह के एक बच्चे को लेकर गृहस्थी की गाड़ी को इस प्रकार खींचा जा रहा है, जिसे हाथ से मुंह तक निर्वाह करना कहते हैं।

जब संयुक्त परिवार टूटा, संयोग की बात—पहले और तीसरे और दूसरे और चौथे भाई ने मिलकर अमृतसर के हाल बाजार में अपनी दुकानें खोलीं। उस समय उनकी आर्थिक स्थिति में विशेष अन्तर नहीं था। फिर द्वितीय महायुद्ध छिड़ गया। कपड़ा बाजार से गायब होना आरंभ हो गया। कंट्रोल लग गए, मिलों के कोटे बंध गए। बलवन्त सिंह के श्वसुर के एक मित्र दिल्ली की एक कपड़ा मिल में अच्छे पद पर थे। उनकी कृपा से उस मिल के कपड़े का कोटा इन्हें प्राप्त होने लगा। फिर ससुरालवालों ने सम्मति दी कि दिल्ली जाने से कोटा बढ़ सकता है। और भी कई लाभ हैं। बलवन्त सिंह और भगवन्त सिंह ने दिल्ली आकर अपनी दुकान खोल दी। कपड़े का अच्छा कोटा कंट्रोल से मिल रहा था। काले बाजार में बिक रहा था। देखते-देखते दिन पलटने लगे। और दोनों भाइयों ने लाखों का वारा-न्यारा कर दिया। महायुद्ध जब समाप्त हुआ, दोनों भाइयों ने 'डिस्पोजल' के माल का अतिरिक्त व्यापार शुरू कर दिया। हर 'लाट' में कई-कई हजार बचने लगे। मिट्टी को भी हाथ लगाया तो जैसे वह सोना बनती गई।

इधर दो भाइयों का नक्षत्र उतनी ही गति से डूबने लगा। देश में साम्प्रदायिक दंगों की आग भड़क उठी और अमृतसर का हाल बाजार उसमें धू-धू कर जल उठा। कुलवन्त सिंह और सतवन्त

सिंह उसमें अपनी दुकान का सब कुछ गंवा बैठे। विभाजन के पश्चात् जब उसी उजड़े हुए बाजार में लकड़ी की दुकानें बनीं तो उन्हीं में से एक में उन्होंने अपनी बची-खुची पूंजी लेकर काम शुरू किया। दो परिवारों में जैसे-जैसे सम्पत्ति का अन्तर बढ़ता गया, एक दीवार-सी उठती गई—पारदर्शी दीवार—उसमें से होकर वे एक दूसरे को देखते-पहचानते तो थे किन्तु निकट नहीं आ पाते थे।

बलवन्त सिंह काफी रात गए घर आए। दुकान बन्द करके वे बाजार निकल जाते हैं। वही तो एक समय होता है, क्रय-विक्रय और लेन-देन करने का। कुलवन्त भगवन्त के कमरे में बैठा हुआ फिल्मी गाने सुन रहा था और विस्मय से उस रेडियोग्राम को देख रहा था जिसे भगवन्त ने कुछ दिन पूर्व ही पन्द्रह सौ रुपयों में खरीदा था। बड़े भाई का आना सुनकर वह कमरे से बाहर निकला। बलवन्त सिंह ने कुशल-क्षेम पूछी, भोजन के लिए पूछा और फिर खाने चले गए।

कुलवन्त ने अनुभव किया, बलवन्त सिंह का शरीर काफी स्थूल हो गया है। पेट तो काफी आगे निकल आया है।

उसे आए दो-तीन दिन हो गए। वह अपनी बात कहने का अवसर ढूंढ़ता रहा। दिन भर दुकान पर ग्राहकों की भीड़ और रात्रि में बलवन्त सिंह कभी ग्यारह बजे से पहले घर नहीं आते।

उस दिन रविवार था, बाजार बन्द। बलवन्त और भगवन्त घर पर ही लेन-देन के खातों में उलझे हुए थे। कुलवन्त ने बात चलाई—

"भाई साहब, मैं बड़ी आशा लेकर आपके पास आया हूं। आपको वाहिगुरु ने सब कुछ दिया है। आप चाहें तो हमारी दशा भी कुछ सुधर सकती है।" कहकर पहले उसकी दृष्टि भगवन्त पर गई। उसके मुख पर सहानुभूति के चिह्न थे। उसने उत्साह से बलवन्त की ओर देखा, वे समुद्र की तरह शांत थे। धीरे-से बोले—

"कुलवन्त, यह जो कुछ तुम देख रहे हो, अन्दर से खोखला होता जा रहा है। तुम लोग फिर भी अच्छे हो। छोटी दुकान है। न इन्कम टैक्स का झगड़ा, न सेल्स टैक्स का। दिन भर जो कमाया, वह अपना। किन्तु हमारी कठिनाइयों का तुम्हें अनुमान नहीं। सरकार है कि नित्य नए-नए टैक्स लगाती जा रही है। इन्कम टैक्स और सेल्स टैक्स के कारण तो बड़ा व्यापार करना असम्भव-सा हो गया है। इधर खर्च बेहिसाब बढ़ गए हैं। घर में सब की आदतें तो उन दिनों की बिगड़ी हुई हैं जब आमदनी अंधाधुंध थी। आजकल आय तो कुछ है नहीं और खर्च है कि बढ़ता ही जा रहा है। बच्चों की ही बात ले लो। केवल इनकी पढ़ाई पर ही सात-आठ सौ रुपया महीना खर्च हो जाता है। सबके सब अंग्रेजी स्कूलों में पढ़ते हैं।"

बलवन्त सिंह अपनी कठिनाइयों का रोना रो रहे थे, साथ ही साथ अपने वैभव-प्रदर्शन की तृप्ति भी पा रहे थे।

कुलवन्त बोला—"यह तो ठीक है भाई साहब, जितना बड़ा काम होता है, झंझट भी उतनी ही अधिक होती है। आपको क्या बताएं। हम दोनों भाइयों की पूंजी ही पांच-सात हजार है। बाजार

से उधार लाकर माल बेचते हैं। व्यापारी एक तो मनमाने भाव लगाते हैं और भुगतान में यदि देर हो जाए तो ब्याज लगना शुरू हो जाता है। दो-दो सौ रुपया महीना भी हम भाइयों को नहीं पड़ता। आपके लिए पांच-सात हजार बड़ी बात नहीं, किन्तु इतने से हमारा क्रम बंध जाएगा। थोड़ा-थोड़ा करके आपको हम रुपया चुका देंगे।''

पांच-सात हजार की बात सुनकर बलवन्त सिंह चौंक पड़े, बोले—''कुलवन्त, आजकल पांच-सात हजार तो दूर, पांच-सात सौ भी निकालना बड़ा कठिन है। बैंक में साठ-सत्तर हजार की बिल्टियां पड़ी हैं। उन पर डेमरेज लग रहा है। परसों इन्कम टैक्स की तिथि है। पन्द्रह-बीस हजार वहां देना पड़ेगा। सच कहता हूं कुलवन्त, चिंता के कारण रात को नींद नहीं आती। हमसे अच्छे तो वे छोटे दुकानदार हैं। न अधिक है है, न खै खै। थोड़ा-बहुत बेचा, दाल-रोटी खाई और सन्तोष से सो रहे।''

कुलवन्त के मन में आया, कह दे—''श्रीमान भाई साहब, यदि आप बड़े कारोबार से इतने ही संत्रस्त हैं और छोटी दुकानदारी आपको इतनी ही पसंद है तो आइए, हम-आप अपना कारोबार बदल लें।''

उसी समय बलवन्त सिंह के लिए फोन आया। लाला खैरातीमल के घर आज उनके पुत्र की छमाही के उपलक्ष में प्रीतिभोज था। उन्हें उसमें सम्मिलित होने का स्मरण कराया गया था।

धनाढ्य भाइयों से ऋण प्राप्त करने की कुलवन्त की आशा अब क्षीण होती जा रही थी। बलवन्त ने तो मानो उसे अपने कंधे पर हाथ ही नहीं रखने दिया। जब भी वह अपनी बात चलाता, वे अपना ही रोना आरम्भ कर देते। भगवन्त उसे अवश्य सहानुभूतिपरक दिखाई दिया। किन्तु जैसे इन सब बातों में वह स्वरहीन था। जैसे बलवन्त सिंह के विशाल व्यक्तित्व की छाया में पलने वाला वह एक निरीह प्राणी हो।

शाम को कुलवन्त भगवन्त के साथ दुकान से वापस आया तो सीढ़ियों पर पैर रखते ही बड़ी भाभी का कर्कश स्वर सुनाई दिया।

'मैं जानती हूं। यह उसी की करतूत है। हमें खाता-पीता देखकर तो इनका मन जलता है। जब देखा, वैसे कुछ मिलता नहीं तो ऐसे ही सही। मैं क्या इसे जानती नहीं? चोरी करना तो इसकी बचपन की आदत है। चले आते हैं मांगने, भिखमंगे कहीं के...''

दोनों ने कुछ क्षण स्तब्ध होकर ये उद्गार सुने। कुलवन्त के चेहरे पर विकृति बढ़ती जा रही थी और भगवन्त के मुख पर संकोच और घबराहट। कुलवन्त को अपने कमरे में बैठाकर वह झपट कर भाभी के पास पहुंचा—''क्या हुआ?''

''होना क्या था? जीत का हार उसकी अलमारी से गायब है,'' भाभी ने तीव्र स्वर में कहा। बलवन्त सिंह की ग्यारह वर्षीय लड़की मनजीत पास ही उदास खड़ी थी। भगवन्त ने उसकी ओर उन्मुख होकर पूछा—''जीत, कहां रखा था तुमने वह हार?''

"चाचा जी!" वह बोली—"सुबह स्कूल जाने से पहले तो वह मेरी अलमारी में ही रखा हुआ था। उस समय अमृतसरवाले चाचाजी आए थे। मुझसे बातें करते रहे, मेरी पढ़ने वाली पुस्तकें देखते रहे। फिर आपके साथ दुकान चले गए।"

बड़ी भाभी झट-से आवाज दबाती हुई बोलीं—"उसे कमरे में अकेला छोड़कर यह दो-एक बार बाहर गई थी। बस इतने में ही उसने उड़ा दिया।"

"कैसी बातें करती हो भाभी? वे मेरे कमरे में बैठे हैं, सुनेंगे तो क्या सोचेंगे।"

भाभी तीव्र हो उठी—"सुनेगा तो क्या हुआ? मैं किसी से डरती हूं? उसके अतिरिक्त इस कमरे में आया ही कौन?"

भगवन्त आगे बढ़कर अलमारी के कपड़े इधर-उधर उलटने लगा। एकाएक उसके हाथ में एक मोजा आ गया। उसने टटोलकर देखा, फिर उलट दिया। हाथ पर सोने का हार आ पड़ा। वह वहीं से जीत की ओर उन्मुख होकर बोला—"पगली कहीं की। तेरा हार तो यह रहा। भाभी, तुम भी अपना घर पहले नहीं देखतीं। मुफ्त में ही किसी की पगड़ी उछालने लगती हो?"

भाभी और जीत चुप थीं। वह कमरे से बाहर निकल गया।

कुलवन्त ने पूछा—"क्या बात थी?"

"कुछ नहीं।" भगवन्त ने कहा—"जीत का हार नहीं मिल रहा था। भाभी मुफ्त में ही माली पर सन्देह कर रही थीं। और हार वहीं अलमारी में था।"

कुलवन्त हंस दिया, एक खिन्न-सी हंसी, संतोष की हंसी।

भाइयों से कोई आश्वासन न पाकर भी कुलवन्त पूरी तरह निराश न हुआ। उसे विश्वास था कि चलते-चलाते कुछ न कुछ तो बलवन्त सिंह उसके हाथ में रखेंगे ही। आखिर इतनी दूर से इतनी आशा लेकर आया हूं, पूरी तरह निराश नहीं करेंगे। उस दिन सुबह बलवन्त सिंह से रात की गाड़ी से अमृतसर वापस जाने की बात कही। पहले तो उन्होंने कुछ दिन और रहने का आग्रह किया, फिर बड़ी सहानुभूति से बोले—"तुम्हारी अनुपस्थिति से वहां सतवन्त को काफी कष्ट होता होगा। अच्छा दिन में दुकान पर तो आओगे न?"

कुलवन्त ने इसमें कुछ विशेष भाव निहित देखा। उसकी आशा बलवती हो उठी। दिन भर दिल्ली में अनेक काम निपटाकर वह शाम को दुकान पर पहुंचा। सोच रहा था, एक-दो हजार जो भी देंगे, लेकर घर आ जाएगा और सामान उठाकर स्टेशन की ओर चल देगा। उसने देखा, दुकान पर भगवन्त अकेला है। वह बैठकर प्रतीक्षा करने लगा। इतने में भगवन्त ने मेज की दराज से एक लिफाफा निकालकर उसके सामने रख दिया। आशा से उसके हृदय की गति तीव्र हो गई। कुछ ही क्षणों में लिफाफे में बन्द काल्पनिक नोटों की गणना उसके मस्तिष्क में गूंजने लगी। भगवन्त बोला—"भाई साहब उत्तर भारत कपड़ा व्यापारी संघ की ओर से वाणिज्य मंत्री को दी जाने वाली

टी पार्टी में सम्मिलित होने चले गए हैं। रात को कुछ विलम्ब से लौटेंगे। आपके लिए वे यह एक पत्र दे गए हैं। यह पत्र अमृतसर के थोक कपड़ा व्यापारी लाला अमरनाथ सीताराम के नाम है। उनसे उनकी अच्छी मित्रता है। उनसे आपको काफी सहायता मिल जाया करेगी।''

कुलवन्त शून्य आंखों से उस पत्र की ओर देख रहा था जैसे वह कोई आग का गोला हो। उसे लगा जैसे उसके हृदय की धड़कन रुक जाएगी। फिर उसने निरीह भाव से लिफाफा उठाकर कोट की अन्दर की जेब में रख लिया।

वह तांगे पर बैठा स्टेशन की ओर चला जा रहा था। एकाएक उसने कोट की जेब से लिफाफा निकाला और खोलकर पढ़ने लगा। उसमें लिखा था–

प्रिय लाला सीताराम जी,

पत्र लाने वाले सरदार कुलवन्त सिंह हमारे खास मिलने वालों में हैं। इनकी हाल बाजार में फुटकर कपड़े की दुकान है। आप इनकी जो सम्भव सहायता हो, किया करें। बड़ी कृपा होगी।

हमारे योग्य कोई सेवा हो तो लिखें।

आपका–बलवन्त सिंह।

1958

एक स्त्री एक पुरुष

गाड़ी लखनऊ स्टेशन से चलने को तैयार खड़ी थी। एक पुराने ढंग के छोटे-से बीस-इक्कीस यात्रियों के बैठने के डिब्बे में अभी आठ-दस यात्री बैठे समय काट रहे थे। एक भारी-भरकम पेट के लालाजी बाईं ओर पीछे की सीट पर पूरे फैले हुए थे। उनके हाथ में सरौता था, जिससे वे अपने फुन्दे वाले बटुए से सुपारी और कत्थे के टुकड़े निकाल कर काटते और मुंह में डाल लेते थे। उनके हाथ का अस्त्र निरंतर चलता जा रहा था। मुंह भी चल रहा था। इस प्रकार बड़े व्यस्त भाव से वे कभी दरवाजे की ओर, कभी बैठे यात्रियों की ओर, कभी दूर-दूर तक फैली हुई रेल की पटरियों की ओर देखते जाते थे। उनके सामने की सीट पर एक अधेड़ ग्रामीण दम्पती बैठे थे। स्त्री अपने हाथों-पैरों में चांदी के भारी-भारी आभूषण पहने थी और उसने अपने मुख का मुख्य भाग आंचल से ढक रखा था। आंचल ठीक करने या अन्य किसी कार्य के लिए जब वह अपने हाथों को हिलाती तो आभूषणों की खन्-खन् उस नीरवता को कुछ क्षण के लिए भेद देती। उसके साथ का पुरुष अपनी पगड़ी को नीचे उतार, दोनों पैरों को सीट पर सिकोड़ कर बैठा हुआ बीड़ी पी रहा था और बड़े दार्शनिक भाव से अपने छोड़े हुए धुएं के लच्छों में कुछ ढूंढ़ने का प्रयास कर रहा था।

उसके पीछे की सीट पर एक सरदारजी बैठे थे। जाली से कसी हुई दाढ़ी, कास्मेटिक से नोकदार बनाई हुई छोटी-छोटी मूंछें। बुश्शर्ट, पैण्ट, मोटे कार्क के तल्ले वाले सैम्सन के सैंडल और फिफ्टी लगाकर बांधी हुई कलफदार पगड़ी। उन्होंने अपना बायां पैर दाईं जांघ पर रखा हुआ था और उस पर चमड़े का हैण्डबैग खुला हुआ था। बैग के अंदर की सामग्री उनके किसी फर्म का एजेण्ट होने का प्रमाण दे रही थी। कागजों को उलटते-पुलटते बीच-बीच में या तो वे कुपित दृष्टि से उस ग्रामीण की ओर देख लेते थे जिसकी बीड़ी का धुआं निरंतर उनकी ओर आ रहा था, या उनके नेत्र अपने साथ ही बैठे हुए उन मुसलमान सज्जन की उर्दू की खुली पुस्तक की पंक्तियों पर टिक जाते थे, जिसे वे बड़ी तन्मयता से झूम-झूमकर गुनगुना रहे थे। मियांजी खासे लखनऊ

मॉडल के थे। काली अचकन, जो अनेक ऋतु-परिवर्तन झेलकर बदरंग हो गई थी, उनके स्थूल शरीर पर खूब फब रही थी। ढंग से कतरी हुई काली दाढ़ी और मुंह में पान की गिलौरी।

दो-तीन कालेजिएट नवयुवक डिब्बे के दरवाजे के पास खड़े सिगरेट का धुआं उड़ा रहे थे। गाड़ी चलने से पहले डिब्बे में बैठ जाना एक नवयुवक की शान के सख्त खिलाफ बात है। प्लेटफार्म से निकलने वाले प्रत्येक स्त्री-पुरुष को उनकी सुसंस्कृत, तत्काल निर्मित टिप्पणी प्राप्त करने का सौभाग्य प्राप्त हो रहा था।

इतनी देर में तीन अन्य अधेड़ पुरुष भी उस डिब्बे में आ बैठे। उनके हाथ की छड़ी तथा शरीर के वस्त्र (धोती, लम्बा कोट और गांधी टोपी) देखकर यह अनुमान सहज ही लगाया जा सकता था कि वे किसी प्रायमरी या मिडिल स्कूल के अध्यापक हैं। लगता था, जैसे वे किसी कान्फ्रेन्स से होकर लौट रहे हों, क्योंकि वहां की अनेकानेक कार्यवाहियों में पारित किए गए प्रस्तावों पर वे पान चबाते हुए गरमागरम बहस कर रहे थे। उसी समय एक त्रिपुण्ड्रधारी पण्डित जी अपनी स्थूलकाय पण्डिताइन और आधे दर्जन बच्चों को लेकर हांफते-हांफते डिब्बे में चढ़े। उनके साथ की गठरियां-पोटलियां और बच्चों को देखकर बाहर खड़े नवयुवकों में कदाचित् बड़ी विरक्तिपूर्ण प्रतिक्रिया हुई। एक बोला—"अरे, और डिब्बे तो खाली पड़े हैं। अपनी सेना लेकर उनमें जाइए न। सब इसी में पिले आ रहे हैं।"

पण्डित जी को दाएं-बाएं देखने की फुर्सत नहीं थी। हड़बड़ाते हुए बोले—"भई, गाड़ी छूटने वाली है। आपको थोड़ा कष्ट तो होगा। बस दो-ढाई घंटे की यात्रा है। कानपुर तक ही तो जाना है।" और पण्डित जी तथा उनके परिवार ने दाईं ओर की दो सीटों पर अधिकार जमा लिया।

गाड़ी ने सीटी दी। गार्ड ने अपनी सीटी बजाई। सिगनल भी नीचे गिर गया था। बाहर खडे युवक भी गाड़ी पर चढ़कर द्वार के पास खड़े थे कि उन्होंने देखा, एक युवक और एक युवती प्लेटफार्म पर आने वाली सीढ़ियों से जल्दी-जल्दी उतर रहे हैं। यह डिब्बा सीढ़ियों के सामने ही था। वे इसी की ओर बढ़े । युवती के डिब्बे में पैर रखते ही गाड़ी चल दी। युवक ने कुली से सामान रखवाकर चलती गाड़ी से उसे पैसे दिए। डिब्बे में बैठे हुए सभी लोगों की दृष्टियां इन नवागन्तुकों की ओर उठ गईं। लोगों ने युवक को युवती से कहते सुना—"आप बैठिए। मैं सब सामान रखे देता हूं।"

युवती पण्डितजी के सामने की सीट पर बैठ गई। युवक भी यथास्थान सामान रखकर उसके पास बैठ गया और रूमाल निकालकर अपना मुंह और चश्मा पोंछने लगा।

युवती बोली—"बिल्कुल ठीक समय पर पहुंचे। यदि जरा भी देर हो जाती, तो गाड़ी छूट जाती।"

युवक उत्तर में थोड़ा मुस्करा भर दिया।

डिब्बे में बैठे सभी लोगों की दृष्टियां एकटक उस जोड़े की गतिविधि नापने में लगी हुई थीं। गौर वर्ण, इकहरे बदन वाले, चश्माधारी युवक के मुंह पर शालीनता तथा दृढ़ता के चिह्न

दिख रहे थे। साधारणतया सुन्दर कही जा सकने वाली युवती की उल्टे पल्ले की साड़ी, कमर को पूरा न ढकने वाला ब्लाउज और केश-विन्यास का ढंग देखकर यह अनुमान करना कठिन नहीं था कि वह सुशिक्षित है और आधुनिकता के प्रकाश से प्रकाशित है।

इतने में युवती ने अपने मछली-मार्का पर्स को खोलकर चाभी निकाली और पास ही रखे हुए हैण्डबैग को खोलकर दो-तीन आकर्षक आवरणों वाली हिंदी और अंग्रेजी की पत्रिकाएं निकाल लीं। दोनों एक-एक को लेकर उनके पृष्ठ उलटने लगे।

गाड़ी धुआं उड़ाते आगे बढ़ती जा रही थी। डिब्बे में बैठे सभी लोगों की दृष्टियां घूम-फिर कर उन्हीं दोनों पर जम जाती थीं। बैठे हुए युवकों में से एक ने बात चलाई—"अच्छा जोड़ा है।"

"जोड़ा?" दूसरा, जो थोड़ा तार्किक-सा था, तुनक कर बोला—"तुम कैसे कह सकते हो कि ये पति-पत्नी हैं? सम्भव है कि इनमें कोई दूसरा सम्बन्ध हो।"

दूसरे की बात सुनकर पहले ने बड़े गौर से युवती को ऊपर से नीचे तक देखा किंतु वह कुछ देख नहीं सका। युवती ने अपने मुख को एक पत्रिका से ढक रखा था और सीट के नीचे मुड़े हुए उसके पैर दिखाई नहीं दे रहे थे। इतने में वह पत्रिका को अपनी जांघों पर रखकर उसके पृष्ठ उलटने लगी। इधर बैठे हुए पहले युवक ने सतर्क जासूस की-सी दृष्टि से उसके सिर पर कुछ खोजा और अपने मित्रों से, जो स्वयं किसी महत्वपूर्ण गवेषणा में लगे हुए थे, धीरे-से बोला—"मालूम तो विवाहिता होती है, किन्तु मांग में सिन्दूर का कोई चिह्न नहीं दिखता।"

सरदारजी और मियांजी इन युवकों के सामने ही बैठे थे। वे भी बीच-बीच में कई बार अपनी दृष्टियां उठाकर उस ओर देख चुके थे। यह बात सुनते ही उनकी दृष्टियां भी अन्य युवकों के साथ ही उस युवती की ओर उठ गईं। किसी को सिन्दूर का कोई चिह्न नहीं दिखा।

उधर लालाजी भी यही सोच रहे थे। हरौनी स्टेशन से एक सज्जन उनके पास आ बैठे थे। उनसे कह रहे थे—"अजीब जमाना आ गया है। सिर पर पल्ला तो जैसे आज की लड़कियों को काटने दौड़ता है। थोड़ा-सा सिन्दूर डालना भी आजकल इन्हें भार मालूम पड़ता है।"

उसके सम्मुख बैठे हुए ग्रामीण दम्पती ने यह बात सुनी। स्त्री अपने घूंघट के अन्दर से कई बार उस युवती को देख चुकी थी। उसके केशों की बनावट, कानों में पड़ी हुई पतली-पतली बालियां, साड़ी, छोटा-सा ब्लाउज, सब कुछ उसके लिए बड़े विस्मय की वस्तुएं थीं। सिन्दूर का नाम सुनते ही जैसे वह चौंकी और युवती के केशों को बड़े ध्यान से देखने लगी।

अध्यापकों का अपना वाद-विवाद थम चुका था। एक दैनिक पत्र के पृष्ठ पलटने के साथ-साथ वे भी कई बार अपनी गर्दन घुमाकर पीछे की ओर देख चुके थे। उनमें से एक, समाचार पत्र पर दृष्टि गड़ाए हुए ही धीरे-से बोले—"मालूम होता है कि लड़का अभी गौना कराके ले जा रहा है।"

दूसरे बोले—"आपको क्या मालूम? शायद भगा कर ही ले जा रहा हो।"

दूसरे की बात सुनकर तीसरे अध्यापक मंद-मंद-मुस्कराने लगे, अध्यापकों की ही तरह।

पहले ने दूसरे पर रोब गांठते हुए कहा–"आप भागने की बात क्यों सोचते हैं। देखते नहीं, दोनों कालेज के पढ़े हुए मालूम होते हैं। सम्भव है कि अभी आपस में प्रेम ही करते हों और शादी करने वाले हों।"

अब तीसरे बोले, मानो आधुनिक शिक्षा पर अपना अन्तिम परिपुष्ट मत दे रहे हों–"और इन कालेजों-यूनिवर्सिटियों की शिक्षा है ही क्या? वहां लड़के पढ़ने थोड़े ही जाते हैं, प्रेम-व्यापार सीखने जाते हैं। और उनके अध्यापकों को मिलता है भारी वेतन। हमारे स्कूलों में, जहां लड़के सचमुच पढ़ते हैं, हम रात-दिन उनके लिए अपना सिर खपाते हैं, पर हमें चपरासियों से भी कम वेतन मिलता है।"

तीनों अध्यापकों को अपनी बातें फिर से स्मरण हो आईं। अध्यापक-सम्मेलन में पारित किए गए प्रस्ताव फिर उनके मस्तिष्क में विचरने लगे।

पण्डितजी के बच्चे इतनी देर तक उस युवती से काफी हिलमिल चुके थे। वह अपने बैग से बिस्कुट निकाल-निकाल कर उन्हें दे रही थी। पण्डिताइन यह सब देखकर कुढ़-सी रही थीं और खुसरपुसर करती हुई अपने पति से कह रही थीं–"पता नहीं, कौन जात है! मुझे तो इसके लच्छन कुछ अच्छे नहीं दिखाई देते। न मांग में सिन्दूर, न पैर में बिछिया। साथ का मर्दुआ पता नहीं इसका कौन लगता है!"

पण्डितजी ने पण्डिताइन की बात सुनी, कुछ सोचा-विचारा, फिर डांट-डांट कर लड़कों को अपने पास बिठाने लगे।

अजगैन स्टेशन आ गया। कुछ सवारियां उतरीं, कुछ चढ़ीं। युवक ने गरम-गरम समोसे लिए। सारे डिब्बे ने बड़े ध्यान से देखा, एक ही पत्ते से ले-लेकर दोनों ने खाए।

गाड़ी चली और कालेजिएट युवकों में फिर वही चिन्ता व्याप गई। आखिर इन दोनों का आपस में क्या सम्बन्ध है?

एक बोला–"शायद आपस में भाई-बहन हों?"

दूसरे ने जिज्ञासा की–"छोटी बहन या बड़ी बहन?"

प्रश्न महत्त्वपूर्ण था। सब की दृष्टियां एक साथ उठीं, और सर्वसम्मति से निर्णय हुआ "छोटी।"

अब तक सरदारजी भी इन युवकों की बातों में रुचि लेने लगे थे। बोले–"यह उसकी छोटी बहन नहीं हो सकती।"

"क्यों?" सबने एक साथ प्रश्न किया। आखिर ये इतने दावे से यह बात कैसे कह सकते हैं?

सरदार साहब बोले–"देखिए, लखनऊ में जब ये लोग डिब्बे में चढ़े थे तो युवक ने कहा था,'आप बैठिए। मैं सामान रखे देता हूं।' एक बड़ा भाई अपनी छोटी बहन से 'आप' और 'बैठिए' कह कर बात नहीं करता।"

इतने में एक बड़े विश्वास से बोल पड़ा—''तो फिर ये आपस में पति-पत्नी होंगे।''

दूसरे ने तुनककर कहा—''तुम भी पूरे चोंघट हो। क्या पति अपनी पत्नी से 'आप' और 'बैठिए' कह कर बात करता है?''

इस बात से पहला थोड़ा निष्प्रभ अवश्य हुआ, किन्तु फिर बड़े इतमीनान से बोला—''तुम्हें क्या मालूम? आजकल ऊचे घरों में पति अपनी पत्नियों से इसी प्रकार बात करते हैं।''

इसी समय सारा डिब्बा उस ओर आकर्षित हुआ। लोगों ने देखा कि वे दोनों एक ही पत्रिका पर झुके हुए कुछ चर्चा कर रहे हैं। सब की दृष्टियां सतर्क हो गईं। उनके चेहरों पर उठने वाले भावों की सूक्ष्म मनोवैज्ञानिक विवेचना होने लगी। दोनों घुस-घुस कर बातें कर रहे थे, मुस्करा रहे थे कभी-कभी उन्मुक्त हंसी हंस देते थे। ये सारी बातें उनके निकट सम्बन्ध की सूचक थीं। किन्तु उनके अंग असावधानी में भी एक-दूसरे को स्पर्श नहीं कर रहे थे। युवती जिस ढंग से बैठी थी और और बातें कर रही थी, उसमें पत्नी जैसी उन्मुक्तता नहीं थी। युवक के चेहरे पर भी पूर्ण निस्संकोच नहीं था। उनके हर व्यवहार में एक सूक्ष्म-सा अंतर प्रगट होता था। मानो आपस में बहुत निकट होने पर भी, मर्यादा की एक सूक्ष्म रेखा उनके बीच में खिंची हुई हो।

इस घटना से डिब्बे में बैठे हुए, सदैव दूसरों की चिन्ता में रत रहने वाले व्यक्तियों का अनिश्चय और ऊहापोह बढ़ गया। ''आखिर इनका आपस में क्या सम्बन्ध है?'' एक महत्त्वपूर्ण समस्या उनके सम्मुख उपस्थित थी।

सब राष्ट्रीय एवं अन्तर्राष्ट्रीय समस्याएं उनके सम्मुख नगण्य थीं। मुख्य समस्या थी—डिब्बे में बैठे हुए एक स्त्री और एक पुरुष के आपसी सम्बन्धों का उद्घाटन।

डिब्बे में बैठे हुए जिज्ञासु सज्जनों की समस्या का किंचित आभास उस युवक को भी हो गया था। बीच-बीच में लोगों के चेहरों पर झांकती हुई उत्सुकता और उनकी आपसी खुसर-पुसर को वह ध्यान से देखता आ रहा था। उसने अपने पास बैठी हुई युवती की ओर झुक कर धीरे-से कहा—''क्या आप जानती हैं कि इस समय डिब्बे में बैठे हुए अधिकांश यात्री आपस में क्या बातें कर रहे हैं?''

युवती के चेहरे पर आश्चर्य झलक आया। बड़े सहज भाव से बोली—'मुझे क्या मालूम?''

''मैं बताऊं?'' युवक के चेहरे पर मुस्कराहट खेलने लगी। 'ये सब हमारे विषय में बातचीत कर रहे हैं। शायद ये अभी तक यह समस्या हल नहीं कर सके हैं कि हमारा आपस में क्या सम्बन्ध है? यही जिज्ञासा इन बेचारों को खाए जा रही है।''

सुनकर युवती हंस दी। उसके मोती जैसे दांतों की चमक से मानो सारा डिब्बा जगमगा गया। पूरी यात्रा में पहली बार युवती एक विशेष अन्दाज से हंसी थी। लोगों के पेटों में जैसे बल पड़ने लगे। उन्नाव निकल गया था। कानपुर आने में विलम्ब नहीं था। किंतु निर्णय कुछ हो नहीं सका।

लालाजी अधिक मगजपच्ची अब करना नहीं चाहते थे। अध्यापकगण उसे ऊंची शिक्षा से उत्पन्न हुआ आकाश-कुसुम समझकर छोड़ बैठे थे। किन्तु नवयुवक भला कैसे हार मान लें? एक बोला—''मैं शर्त लगा सकता हूं कि ये पति-पत्नी हैं। इनका विवाह हुए एक मास से अधिक नहीं हुआ है। देखिए इनका सूटकेस और होलडाल बिलकुल नया है।''

दूसरा बोला—''रही शर्त दस-दस रुपये की । मैं कहता हूं कि ये प्रेमी-प्रेमिका हैं। यूनिवर्सिटी में साथ-साथ पढ़ते होंगे। कानपुर घूमने जा रहे होंगे। अभी इनका विवाह नहीं हुआ है।''

तीसरा भी, जिसने अभी तक इस प्रत्यक्ष वादविवाद में बहुत कम भाग लिया था, जोश में बोला—''और मैं भी शर्त लगाता हूं कि ये भाई-बहन हैं। बहन लखनऊ में ब्याही होगी। भाई उसे लेकर कानपुर जा रहा है। रही मेरी भी दस रुपये की।''

मियांजी अभी तक चुपचाप बैठे थे। वे बीच-बीच में गौर से इन नवयुवकों की बातें सुनते थे और कनखियों से उन युवक-युवती को देख लेते थे। इस बात ने जैसे उन्हें कुछ कहने पर लाचार कर दिया। बोले—''म्यां, शर्त तो लगा रहे हो मगर इस बात का पता कैसे लगाओगे कि ये आपस में कौन हैं?''

हां, आखिर इस बात का पता कैसे लगाया जाएगा कि ये आपस में कौन हैं? और शर्त में कौन विजयी हुआ, इसका निर्णय कैसे होगा?

फिर भी क्या कठिन है यह कार्य? यदि तेनसिंह एवरेस्ट की चोटी पर चढ़ सकता है, यदि हिलेरी दक्षिण ध्रुव तक जा सकता है तो क्या यह पता नहीं लगाया जा सकता? पहला युवक बड़े गर्व से बोला—''कानपुर में ये जहां भी जाएंगे, हम इनका पीछा करेंगे और पता लगा कर छोड़ेंगे कि इनका आपस में क्या सम्बन्ध है?''

मियांजी इस उत्तर से खिल उठे, बोले—''शाबाश हिंद के बहादुर नौजवानो, जब किसी बात में लगो, ऐसी ही मुस्तैदी और मजबूती से लगो।''

युवक अपने सामने की पत्रिका हटाकर युवती से बोला—''इन बेचारों को घर जाकर नींद नहीं आएगी।''

युवती ने पूछा—''क्यों?''

''बस इन्हें यही चिन्ता सताती रहेगी कि हमारा आपस में क्या सम्बन्ध है। आप कहें तो मैं इनकी जिज्ञासा शान्त कर दूं । क्यों बेचारे मुफ्त में ही परेशान हों?'' युवक बोला।

''तो क्या आप यहां खड़े होकर हमारे सम्बन्धों का ढिंढोरा पीटेंगे?'' युवती ने बनावटी रोष में पूछा।

"तो क्या हुआ? कम-से-कम इन्हें शान्ति तो मिल जाएगी। अन्यथा इनकी सारी मानसिक अशान्ति, रात्रि-जागरण तथा अन्य उलझनों के निर्माण का पाप हमारे ही सिर पड़ेगा।"

और वह युवक भी पता नहीं किस मिट्टी का बना था कि युवती 'हां हां' करती रही पर वह अपनी जगह पर बड़े आश्वस्त भाव से उठ खड़ा हुआ और बोला—"लखनऊ से मेरे साथ

यात्रा करने वाले यात्री भाइयो...''

डिब्बे में लोग अवाक् होकर उसकी ओर देखने लगे।

वह कहता गया—''दो-ढाई घंटे से मैं अनुभव कर रहा हूं कि आप मेरे और मेरे साथ बैठी इन महिला के आपसी सम्बन्धों को लेकर बड़े परेशान हो रहे हैं। आप सब की मुझे यह जिज्ञासा मालूम पड़ती है कि हमारा आपस में क्या सम्बन्ध है। दो-ढाई घंटे का अपना बहुमूल्य समय आपने इस समस्या पर सोचने-विचारने में लगाया। अब कानपुर आने वाला है। मैं नहीं चाहता कि आप अपनी इस उलझन को साथ लेकर जाएं और घर पहुंच कर भी अपना मूल्यवान समय और शक्ति इस चिंता में लगाएं। इसलिए मैं आपकी उत्सुकता का समाधान कर देना चाहता हूं जिससे कि आप घर जाकर आराम की नींद सो सकें।

''तो देखिए, मेरे साथ जो महिला बैठी हैं, ये मेरे एक मित्र की पत्नी हैं। ये अपने मायके लखनऊ गई हुई थीं। मेरे मित्र कानपुर में हैं। उनका स्वास्थ्य ठीक नहीं था, इसलिए उन्होंने लिवा लाने के लिए मुझे भेज दिया था। अब मैं इन्हें लेकर कानपुर जा रहा हूं।''

युवक यह कहकर चुप हो गया। उसने दृष्टि घुमाकर सब की ओर देखा और फिर पूछा—''यदि कुछ शंका रह गई हो तो मैं उसका भी समाधान कर दूं।''

एक बार फिर सब की ओर देखकर वह अपने स्थान पर बैठ गया। डिब्बे में श्मशान का-सा सन्नाटा छाया हुआ था। युवती ताड़नाभरी दृष्टि से युवक को देखती हुई मुस्करा रही थी। लालाजी मुंह चलाते हुए बाहर की ओर देख रहे थे जैसे उन्हें इस बात से कोई मतलब न हो। अध्यापकगण अपनी दृष्टियां एक ही अखबार पर गड़ाए हुए थे। सरदारजी अपना बैग संभाल रहे थे। मियांजी अपनी पुस्तक में पूर्णतया तल्लीन थे। और युवक अपनी जेबों में सिगरेटें ढूंढ़ रहे थे। किंतु सब को लग रहा था जैसे उस डिब्बे की छत उड़ गई है और उनके सिरों पर झर-झर मूसलाधार पानी बरस रहा है।

गाड़ी गंगा का पुल पार करके नगर में प्रवेश कर गई थी। स्टेशन की ट्यूबलाइटें और शहर की बिजलियां स्पष्ट दिखाई देने लगी थीं। गाड़ी खड़र-खड़र करती और जाल-सी बिछी पटरियों पर मचलती हुई प्लेटफार्म की ओर बढ़ रही थी। यात्री अपना-अपना सामान संभाल रहे थे।

1958

महीने का अंत

सुबह उठते ही भूषण की दृष्टि सबसे पहले गई कैलेण्डर पर। उसके मुंह से अस्फुट स्वर में निकला, ''आज कौन-सी तारीख है?'' कुछ क्षणों तक उसके नेत्र कैलेण्डर पर घूमते रहे, फिर एक अंक पर स्थिर हो गए। उसने एक गहरी-सी अंगड़ाई ली। दोनों बांहें ऊपर की ओर खींचीं, इतने जोर से कि शरीर की हड्डियां जैसे चरमरा गईं। ''आज है तेईस,'' जमुहाई से खुले हुए मुंह से, हवा से संयुक्त होकर शब्द निकले। फिर उसके दाहिने हाथ का अंगूठा छोटी उंगली के निचले भाग पर पहुंचा और गिनना आरंभ किया– ''चौबीस, पच्चीस, छब्बीस, सत्ताईस, अट्ठाईस, उनतीस, तीस, और इकतीस। अभी पहली तारीख आने में आठ-नौ दिन बाकी हैं।'' उसके मुंह से निकला। वह कुछ देर सोचता रहा, फिर चिल्लाया,''अरे जरा सुनो तो?''

सुषमा हाथ में कपड़ा लिए स्टोव पर चढ़े हुए पतीले पर आंखें गड़ाए बैठी थी। दूध का उफान धीरे-धीरे ऊपर उठता आ रहा था। हाथ में कपड़ा लिए वह स्थिति का सामना करने को उसी प्रकार उत्सुक और तत्पर थी जिस प्रकार युद्धभूमि में पोजीशन लिए और अपनी राइफल को लोड किए हुए सैनिक सामने से बढ़ते हुए शत्रु की प्रतीक्षा करता है कि कब वह रेंज में आए और कब वह निशाना लगाकर अपना घोड़ा दबाए।

अपनी बुलाहट का उत्तर न पा भूषण का असन्तोष भी स्टोव पर चढ़े दूध की तरह उबलने लगा। उसने तीव्र स्वर में फिर पुकारा,''अरे सुषमा...''

''क्या है?'' सुषमा ने रसोई में से इस प्रकार उत्तर दिया जैसे किसी बड़े व्यस्त व्यक्ति को किसी निष्क्रिय व्यक्ति ने व्यर्थ ही परेशान कर दिया हो।

सुषमा स्टोव से दूध उतार कर दूसरे पतीले में चाय का पानी रख चुकी थी। कमरे में आकर बोली,''कहो।''

''कहूं क्या? दस बार आवाज दो तो एक बार बोलती हो।'' भूषण ने झुंझलाहट प्रगट करते हुए कहा,''सुनो, कितने रुपए बाकी बचे हैं तुम्हारे पास?''

"यही बीस-एक होंगे," सुषमा ने कहा।

बीस रुपए की बात सुन कर भूषण के मन में थोड़ी निश्चिंतता आ गई। फिर भी बोला, "पहली तारीख आने में अभी आठ-नौ दिन बाकी हैं। रुपए जरा संभाल कर खर्च करना।"

भूषण की यह सम्मति सुषमा को रुची नहीं, बोली, "मैं तो संभाल कर ही खर्च करती हूं। यह तो आप ही हैं कि सुषमा पांच देना, सुषमा दस देना लगाए रखते हैं। इधर रुपए लिए, उधर चट।"

तीन दिन पश्चात भूषण की आंखों में फिर वही प्रश्नसूचक चिह्न घूम रहा था, "सुषमा, कितने रुपए बचे हैं?" सुषमा झुंझलाई-सी कह रही थी—"तेरह-साढ़े तेरह रुपए बचे होंगे।"

भूषण ने फिर हिसाब लगाया, "आज छब्बीस तारीख है। कल सत्ताईस, रविवार। पहली होगी शुक्रवार को। केवल चार-पांच दिन काटने हैं। इतने पैसों में आसानी से कट जाएंगे।"

इस विचार से जैसे उसके तने हुए स्नायु कुछ ढीले हुए। मन में कुछ हल्का-सा स्फुरण हुआ। उसे लगा, कुछ करना चाहिए। एकाएक उसे याद आया कि उसने कई दिन से कोई पिक्चर नहीं देखी है। उसने सोचा, सुषमा से पिक्चर देखने का प्रस्ताव किया जाए। तीन रुपए का खर्च है। किन्तु उसे साहस न हुआ। उसे तनिक भी संदेह नहीं था कि पिक्चर का नाम सुनते ही सुषमा झल्ला उठेगी और उसे काफी खरी-खोटी सुननी पड़ेगी। उसने मन ही मन अपना प्रस्ताव वापस ले लिया। घड़ी देखी, पांच बजने वाले थे। सुबह के दफ्तर के बचे हुए दस-बारह आने उसकी जेब में थे। उसने सुषमा से एक रुपया लिया और किसी दोस्त से मिलने का बहाना कर के घर से निकल पड़ा। छः बजे का शो मिल जाने का उसे पूरा विश्वास था।

रविवार को प्रातः भूषण को आश्चर्य हुआ जब उसने देखा, उसके दरवाजे पर निर्ममजी खड़े हैं—एक प्रतिष्ठित साहित्यिक संस्था के मंत्री उसके घर पर! स्वागत में उसका हृदय जैसे खिल उठा—"ओ हो निर्ममजी, आइए, आइए।"

निर्ममजी ने विराजते हुए कहा—"कुछ कार्यवशात इधर आया था। एकाएक आपका ध्यान आ गया। सोचा, भेंट करता चलूं। आप एक बार हमारी गोष्ठी में आए थे न। सचमुच शेरो-शायरी में तो आपका जवाब नहीं । उस दिन तो आपने बस रंग ही बांध दिया। कौन-सा उर्दू शायर है जो आपकी जुबान पर नहीं।"

भूषण को लगा जैसे उसके प्रत्येक रोएं में एक-एक फूल खिल आया है। उर्दू शायरी में उसे बचपन से ही काफी रुचि है। घर और दफ्तर के अतिरिक्त यदि और कुछ उसके जीवन में था तो सिर्फ शायरी। उसकी डायरी में उर्दू शायरों की हर चुनी हुई वस्तु बड़ी संजोकर रखी गई थी। नई वस्तुओं का आदान-प्रदान नित्य ही होता था और आदान-प्रदान का स्थान था प्रीतमसिंह की दूकान, जहां रात को नौ बजते ही शायरी-प्रेमियों की महफिल जम जाती। वहां लोग एक दूसरे को अपनी

चीज सुनाते, दूसरे की अपनी डायरी में संजोते और अनुभव करते जैसे उनके रत्नों के भंडार में और कुछ बढ़ गया है।

एक दिन वह अपने मित्र के साथ 'मिलन' की साहित्यिक गोष्ठी में पहुंच गया। अनेक कवियों ने वहां अपनी-अपनी कविताएं सुनाईं। सम्पूर्ण वातावरण में एक गम्भीरता-सी छाई रही। भूषण ने वहां पर कुछ शेर सुनाए। जैसे गंभीरता के बादल फट गए और रस की वर्षा होने लगी।

निर्ममजी चाय पीते हुए बोले, ''हमारा सदस्यता-पत्र तो आपको मिला होगा?''

भूषण बोला, ''जी हां, वह तो कई दिन पहले ही मिल गया था किन्तु आपको भर कर भेज नहीं सका।''

''कोई बात नहीं,'' निर्ममजी बोले, ''आप चाहिए तो अभी भरकर दे दीजिए।''

''हां, यह भी ठीक है।'' कहकर भूषण ने मेज की दराज से फार्म निकाला और उन्हें भरकर दे दिया। उसे दो रुपए भी देने थे। एक रुपया प्रवेश-शुल्क और एक रुपया सदस्यता-शुल्क। वह उठा और दूसरे कमरे में सुषमा से जाकर बोला, ''जरा दो रुपए देना।''

सुषमा ने उसकी ओर देखा तो वह बोला, ''निर्ममजी को देने हैं। मैं उनकी संस्था का सदस्य बना हूं। वैसे तो वे बड़े-बड़े लेखकों के अतिरिक्त अन्य किसी को अपना सदस्य बनाते ही नहीं। पिछली गोष्ठी में वे मेरी शायरी सुनकर बड़े खुश हुए थे, इसलिए मुझे अपना सदस्य बना रहे हैं।''

सुषमा ट्रंक से रूमाल निकालकर, उसे खोलती हुई कुछ बुदबुदाई। भूषण आश्वस्त करता हुआ बोला, ''चिन्ता न करो। पहली तारीख को चार-पांच दिन ही तो हैं। काम चल जाएगा।''

रुपए हाथ में लेकर निर्ममजी एक साहित्यिक मुस्कराहट मुस्कराते हुए बोले,''आशा है, आपको महीने का अन्त खलेगा नहीं।''

भूषण हंसकर बोला,''जी नहीं, ऐसी कोई बात नहीं।''

शुक्रवार को भूषण दफ्तर के लिए तैयार होकर बोला,''कुछ पैसे देना।'' सुषमा ने अपना रूमाल खोला और एक रुपए का नोट जो कई तहों से लिपटा हुआ था, भूषण के हाथ में देती हुई बोली,''बस यही रह गया है।''

''सब रुपये खर्च हो गए?'' उसने आश्चर्य से पूछा।

''और क्या, रोज एक रुपये की सब्जी-भाजी आती है और एक रुपये का दूध आता है। कल दो रुपये महरी को दे दिए। जाने कब से जान खा रही थी। एक रुपये के बिस्कुट ले लिए। टिंगू है कि बिस्कुटवाले को देख ले तो मेरा पिंड नहीं छोड़ता।''

भूषण सुषमा के रूमाल में दस-बारह आने की रेजगारी देख रहा था। सोचने लगा–''चिन्ता क्या है। आज वेतन तो मिल ही जाएगा।'' सुषमा भी आश्वस्त थी। दिन भर के लिए दस-बारह आने काफी हैं। शाम को उसके हाथ में वेतन के रुपए तो होंगे ही।

भूषण ने दफ्तर पहुंचकर देखा, बाहर कुछ लोग खुसर-पुसर कर रहे थे। पता लगा कि मैनेजर साहब की पत्नी की कल रात को मृत्यु हो गई है। शायद दफ्तर बन्द हो जाए।

भूषण के मस्तिष्क में प्रश्न उठा—और वेतन? सुषमा के रूमाल में बंधी रेजगारी और उसकी जेब का एक रुपया उसकी आंखों में घूमने लगा। थोड़ी देर में समाचार पुष्ट हो गया। मैनेजर साहब की पत्नी की मृत्यु के शोक में दफ्तर बन्द हो गया था। दफ्तर यूनियन के लोगों ने मिलकर एक शोक-प्रस्ताव पास किया। सचमुच लोग दुःखी थे। वह दुख मैनेजर की पत्नी के लिए था या अपना वेतन न मिलने के कारण, यह किसी के मस्तिष्क में स्पष्ट नहीं हो रहा था।

दफ्तर के सभी क्लर्क छोटे-छोटे गुटों में बंट गए थे। कुछ लोग कैण्टीन की ओर बढ़ रहे थे, कुछ लोग पान की दूकान को घेर रहे थे किन्तु भूषण उन सबसे अपनी दृष्टि बचा रहा था। वह किसी गुट में सम्मिलित नहीं होना चाहता था। दलवी ने पुकारा, ''अरे भूषण, कहां खिसके जा रहे हो? आओ, एक प्याली चाय पी लो।''

भूषण ने देखा—दलवी के साथ कपूर, फिर्नांडीस और विनायक भी खड़े हैं। उसे लगा, वह निमंत्रण नहीं, षड्यन्त्र है। उसकी जेब के एक रुपये को लूटने का षड्यन्त्र। वह दूर से ही चिल्लाया, ''मैंने अभी-अभी पी है, और नहीं पीऊंगा।'' और वह बड़ी तेजी से दूसरी ओर बढ़ा, जैसे वे लोग उसे पीछे से पकड़ने आ रहे हों। पान की दूकान से उसके कानों में आवाज पड़ी, ''अरे भूषण, पान खाते जाओ।''

उसने झट-से उत्तर बनाया, ''नहीं यार, दांतों में पायरिया होता जा रहा है। डाक्टर ने पान खाने को मना किया है।''

उसने हाथ लगाकर बुश्शर्ट की दाहिनी जेब में पड़े नोट को टटोला, फिर बस-स्टाप पर आकर खड़ा हो गया। मैरीन लाइन्स से बांद्रा तक का उसके पास 'पास' है किन्तु दफ्तर से मैरीन लाइन्स स्टेशन तक के बस के दस नए पैसे भी उसे खल रहे थे।

''मैनेजर साहब की बीवी मर गई, दफ्तर बन्द हो गया और आज वेतन नहीं मिला।'' भूषण ने एक सांस में सुषमा को उसके कुछ पूछने से पहले ही सुना दिया।

''अरे,'' सुषमा चौंक पड़ी, ''कितने बच्चे छोड़ गई बिचारी।''

भूषण बोला, ''चार-पांच छोड़ गई होगी।''

''कोई छोटा भी था?'' सुषमा ने पूछा।

''मुझे क्या पता?'' भूषण झल्ला उठा। फिर अस्फुट स्वर में उसके मुंह से निकला, ''एक दिन देर से मर जाती तो क्या फर्क पड़ता?''

सुषमा को भूषण की यह बात कुछ अच्छी नहीं लगी। उसका मन मैनेजर साहब के बच्चों में लगा हुआ था जो आज मातृहीन हो गए थे, स्वरहीन हो गए थे।

वह बोली, ''और तो कुछ नहीं, कल दूध कैसे आएगा?''

भूषण ने अपनी जेब से बाकी बचे पैसे निकाल कर दे दिए। सुषमा ने उन्हें अपनी रेजगारी

से मिला लिया। कुल एक रुपया पैंसठ पैसे थे।

शाम को घूमने निकलते समय सुषमा ने बीस-पच्चीस पैसे अपने रूमाल में बांध लिए। दोनों टिंगू को लेकर मुहल्ले के पार्क में आ बैठे। लड़के-लड़कियां इधर-उधर भाग-दौड़ रहे थे। टिंगू भी उनमें शामिल हो गया। और भाग-दौड़ कर जब वह लौटा, उसके साथ आइसक्रीम वाला था। उसने एक आने वाली आइसक्रीम ली और वहीं बैठकर खाने लगा। चने बेचने वाले लड़के गलों में टोकरियां डाले 'सींग चना' की आवाज लगाते हुए इधर-उधर घूम रहे थे। टिंगू अपनी आइसक्रीम को शीघ्र ही समाप्त करने में लगा था। उसे डर था कि कहीं आइसक्रीम समाप्त होने के पूर्व ही ये सब गायब न हो जाएं। वह चाहता तो यह था कि चने खरीद कर रख लिए जाएं और वह आराम से आइसक्रीम खाकर चने को हाथ लगाए किन्तु वह जानता था कि जब तक वह हाथ की चीज समाप्त नहीं कर लेगा, उसकी दूसरी वस्तु की मांग कभी पूरी नहीं होगी।

भूषण और सुषमा गुमसुम-से बैठे थे। कभी-कभी वे आपस में कुछ बात कर लेते थे, फिर चुप होकर बाग की चहल-पहल की ओर देखने लगते थे। जैसे आज उनके पास बातचीत करने के लिए कोई खास विषय नहीं था। घूम-फिरकर उनका ध्यान एक रुपया पैंसठ पैसे पर जम जाता था। एक घुटन-सी, एक दबाव-सा उन्हें अनुभव होने लगता।

भूषण को वेतन दूसरे दिन भी नहीं मिला। शोकाकुल मैनेजर की अनुपस्थिति के कारण शनिवार को भी 'सैलरी बिल' पर हस्ताक्षर नहीं हो सके।

वह वैसे ही घर वापस आ गया।

सुषमा ने कनस्तर टटोला। उसमें थोड़ा-सा आटा बचा था। डिब्बे में थोड़े-से चावल थे। दो दिन का काम किसी प्रकार चल सकता था। सब्जी-भाजी की भी कोई बात नहीं थी। दो दिन केवल दाल ही बन सकती थी। किन्तु दूध का क्या होगा? दूध तो उधार नहीं मिल सकता। मिल्क कालोनी के दूध का एक रुपया तो नगद देना ही होगा।

एकाएक भूषण को एक उपाय सूझा। उसके शुष्क होंठों पर मुस्कराहट की एक लहर दौड़ गई, जैसे मरुस्थल में कोई पतली जलधारा। वह बोला, ''वेतन तो अब सोमवार को ही मिलेगा। और काम तो शायद चल जाएगा किन्तु समस्या दूध की है। क्यों न दो-चार दिन के लिए भैये का दूध लगा लें। उसको तो नगद पैसे देने नहीं पड़ेंगे। साल भर पहले हम दूध उससे लेते ही थे। कह देंगे कि हमारे दो-एक मेहमान आए हुए हैं। दो-चार दिन के लिए दूध जरा ज्यादा चाहिए। बोलो, कैसी है तरकीब?''

सुषमा हंस पड़ी। सुख की हंसी तो लोग गले से हंसते हैं किन्तु ऐसी हंसी अन्तरतम से निकलती है और उसके पीछे-पीछे करुणा की रसधारा उमड़ती आती है।

इतवार की सुबह धोबी ने तगादा किया, महरी ने पैसे मांगे और अखबार वाले ने अपना बिल सामने ला रखा। दो मित्र मिलने आए तो भूषण ने उन्हें चाय के लिए नहीं पूछा, क्योंकि घर में चीनी बहुत कम बची थी।

टिंगू ने अपने पड़ोसी लड़के को शाम की योजनाओं में व्यस्त पाया। महीने का आरम्भ और इतवार की शाम। कोई अपने मां-बाप के साथ सिनेमा जा रहा था, तो कोई समुद्र-तट पर। किसी को चाचा के घर जाना था, किसी को मामा क़े। किसी को बुश्शर्ट खरीदने जाना था तो किसी को जूते। उसका मन भी उत्साह से भर गया। वह भी कहीं जाएगा। सिनेमा जाएगा और समुद्र-तट पर भी। बुश्शर्ट भी खरीदेगा और जूते भी।

भूषण और सुषमा एक दूसरे को देख रहे थे। सन्दूकों की सफाई से सुषमा को तीस-चालीस पैसे और मिल गए। किन्तु टिंगू? टिंगू का स्वप्न तो बहुत बड़ा था।

भूषण ने फिर एक योजना सुषमा के सामने रखी। बोला—''देखो, मैं बीमार बना जाता हूं। तुम टिंगू को समझाना, पापा बीमार हैं। हम शाम को घूमने कैसे जा सकते हैं?''

सुषमा खीझ उठी। वह बहुत कम खीझती है। जब खीझती है तो उसके अन्दर का सारा प्यार झुंझलाहट बन कर उसकी खीझ में उतर आता है। बोली—''तुम क्यों बीमार बनोगे? बीमारी का बहाना मैं किए लेती हूं, तुम टिंगू को समझा दो, ममी बीमार है। हम लोग कल घूमने चलेंगे।''

सुषमा बीमार होकर पड़ रही। एक कपड़े से उसने अपना माथा बांध लिया। चादर ऊपर तक ओढ़ ली। उसने बीमारी का बहाना किया था लेकिन उसे लग रहा था कि सचमुच वह बीमार है। उसका माथा दर्द से फटा जा रहा है। उसका सारा शरीर अलाव की तरह तप रहा है।

सोमवार को भूषण दफ्तर जाने लगा तो सुषमा ने कहा, ''कुछ रुपए किसी चपरासी के हाथ जल्दी भिजवा देना।''

''अच्छा,'' उसने कहा। शब्द मानो उसके गले से नहीं, मुंह से नहीं, सीधे छाती से निकला।

और वह सुषमा से बीस पैसे लेकर बार-बार जेब को टटोलता इस तरह दफ्तर चल दिया जैसे वह बड़ी सम्पत्ति लेकर जा रहा हो जिसके लुट जाने का स्थान-स्थान पर भय हो।

1958

शास्त्रीजी

बड़गांव वालों का प्रस्ताव सुन शास्त्रीजी आश्चर्य से भर उठे। एकाएक उन्हें विश्वास न हुआ। बड़गांव की रामलीला के प्रबन्धक तो सदैव चंद्रभान को ही परशुरामी के लिए बुलाया करते थे। आज उनके सम्मुख यह प्रस्ताव कैसे? उन्हें चुप देख मंत्री महोदय ने अपनी बात आगे बढ़ाई—"शास्त्रीजी, भला धर्म के काम में कैसी प्रतिस्पर्धा? यह ठीक है कि हम परशुरामी के लिए सदैव चंद्रभान को ही बुलाते रहे हैं, किन्तु इस बार आपको बड़गांव चलना पड़ेगा। आखिर लहरिया सराय का ही तो पूरा अधिकार नहीं आप पर। हमारा भी तो कुछ है।"

"यह तो ठीक है, मंत्रीजी," शास्त्रीजी संकोच दूर करते हुए बोले—"परन्तु मेरे गांव लहरिया सराय और बड़गांव की परशुरामी तो एक ही दिन होती है। एक ही दिन में मैं दो स्थानों पर परशुरामी कैसे कर सकूंगा? परशुरामी साधारण अभिनय तो नहीं है कि एक ही दिन में तीन स्थानों पर उसकी पुनरावृत्ति की जा सके।"

"आप इसकी चिन्ता न कीजिए"—मंत्रीजी बोले—"हम इसका प्रबन्ध कर चुके हैं। आप पहले अपने गांव में कीजिए, फिर एक सप्ताह बाद हमारे यहां। हम अपनी रामलीला इस बार कुछ विलम्ब से शुरू कर रहे हैं।"

शास्त्रीजी सोच में पड़ गए। गत अनेक वर्षों से लहरिया सराय और बड़गांव में रामलीला की प्रतिद्वंद्विता चली आ रही थी। बड़गांव सचमुच बड़ा गांव था। उसके साधन बड़े थे। इसलिए उनकी रामलीला भी बड़ी होती थी। हजारों रुपया एकत्र होता। दूर-दूर से मण्डलियां बुलाई जातीं। बड़े पैमाने पर साजोसमान एकत्र होता। और जितने दिन भी लीला होती, हजारों आदमी दूर-दूर से उसे देखने आते।

किन्तु शास्त्रीजी का गांव लहरिया सराय छोटा गांव था। उसके साधन भी कम थे और रामलीला भी छोटी होती थी। लहरिया सराय की रामलीला में यदि कुछ विशेषता थी तो वह थी शास्त्रीजी की परशुरामी। शास्त्रीजी परशुरामी में अपना सानी नहीं रखते थे। जब वे परशुराम का

वेश धारण कर, कंधे पर फरसा रख, क्रोध से आंखें लाल किए, जनक की राज्य-सभा में उपस्थित होते, तो दर्शकों को लगता मानो साक्षात् मुनिवर परशुराम पुनः पृथ्वी पर अवतरित हुए हों।

इस क्षेत्र में यदि किसी अन्य की कुछ ख्याति थी, तो वह था चंद्रभान। शास्त्रीजी फतेहपुर के एक इंटर कालेज में संस्कृत के अध्यापक थे, और परशुरामी कुछ रुचि और कुछ धर्म की भावना से प्रेरित होकर करते थे। किन्तु चंद्रभान था पेशेवर। उसकी एक पूरी मण्डली थी और कहीं भी केवल अपनी परशुरामी के लिए ही तीन-चार सौ रुपये से कम न लेता था।

बड़गांव वाले अपने यहां सदैव चंद्रभान को बुलाते। बड़गांव और लहरिया सराय की परशुरामी बहुधा एक ही तिथि को पड़ती थी। परन्तु जहां लीला के अन्य दिनों में बड़गांव की तूती बोलती, परशुरामी के दिन उनका रंग फीका रहता। हजारों की संख्या में दर्शक शास्त्रीजी की परशुरामी देखने लहरिया सराय की ओर खिंचे चले जाते। रामलीला-प्रेमियों में मानो यह सिद्धांत बन चुका था कि "लीला बड़गांव की, पर परशुरामी लहरिया सराय की।"

कुछ सोच-विचार के पश्चात् शास्त्रीजी ने बड़गांव वालों का प्रस्ताव स्वीकार कर लिया।

वे निश्चित तिथि को बड़गांव पहुंच गए। जिस समय वे पहुचे, वहां धनुष-यज्ञ की तैयारी हो रही थी। उन्होंने वहां एक प्रबन्धक से कहा—"मेरे विश्राम का प्रबन्ध मुझे बता दीजिए और रात्रि में बारह-एक बजे तक मुझे जगवा दीजिएगा।"

"आप शान्ता का नृत्य न देखिएगा?" प्रबन्धक ने पूछा।

"कौन शान्ता?"

"आप नहीं जानते उसे? मनमोहन की मण्डली की नर्तकी।"

शास्त्रीजी सचमुच उसे नहीं जानते थे। मनमोहन की मण्डली का नाम तो उन्होंने सुना था, किन्तु उसके सदस्यों और कार्यक्रमों से उनका कोई परिचय नहीं था।

प्रबन्धक कहते गए—"शान्ता बड़े गजब का नृत्य करती है। गांव की बुड्ढा पार्टी तो उसका नृत्य रखने के विरुद्ध थी किन्तु हम सबने कहा कि नृत्य भी एक कला है, और महाराज जनक की राज्य-सभा में शान्ता का नृत्य किसी प्रकार अधार्मिक नहीं है।"

शास्त्रीजी ने उस दिन शान्ता का नृत्य देखा। सचमुच जैसे वह एक जलती हुई आग थी। उसके थिरकते हुए पैर और तीव्र भाव-भंगिमा प्रदर्शित करती हुई मुद्राएं उन्हें चकाचौंध कर गईं। उन्होंने अपने जीवन में बहुत कम नृत्य देखे थे, और जो देखे भी थे, वे धार्मिक चित्रपटों पर अंकित नृत्य थे। ऐसा सजीव और उन्मादक नृत्य उनके लिए नया अनुभव था। दर्शकों की तालियों की गड़गड़ाहट और वाह-वाह के मध्य उन्होंने अनुभव किया, जैसे कोई वस्तु उनके अंदर गहरी उतर गई है, और अधिकाधिक गहरी होती जा रही है।

वे आकर अपने बिछौने पर लेट गए। उनका कार्यारम्भ होने में अभी कुछ घंटे शेष थे। वे

कुछ देर से सोने का प्रयास कर रहे थे, किन्तु शान्ता की नृत्य-मुद्राएं उनकी मुंदी आंखों के आगे अब भी थिरकन कर रही थीं। कुछ देर करवटें बदलने के पश्चात् वे उठ बैठे। अलस भाव से उन्होंने अपनी कलाई-घड़ी की ओर देखा। साढ़े बारह बज रहे थे। वे उठे और शृंगार-कक्ष की ओर चल दिए। जैसे ही वे वहां पहुंचे, उनकी दृष्टि शान्ता पर पड़ी। वह एक कुर्सी पर कुछ अन्यमनस्क भाव से बैठी थी। उस समय वह नृत्य-शृंगार में न थी। एक साधारण-सी साड़ी थी उसके शरीर पर, और साधारण-सा ब्लाउज। किन्तु उस साधारण वेश में भी वह शास्त्रीजी को बड़ी आकर्षक लगी।

दो-तीन अन्य व्यक्ति भी वहां बैठे गप-शप कर रहे थे। उन्हें देखते ही वे उठ खड़े हुए। एक बोले—"आइए, पण्डितजी!"

शान्ता भी खड़ी हो गई।

उनमें से एक महाशय शान्ता की ओर मुड़कर बोले—"शान्ताबाई, इन्हें जानती हो?"

शान्ता के चेहरे पर प्रश्नसूचक चिह्न उभर आया।

वे बोले—"ये हैं पण्डित सोनेलाल शास्त्री। परशुरामी में इनका जोड़ नहीं।"

उसके नेत्रों में स्वागत की मुस्कराहट खेलने लगी। बोली—"पण्डितजी, नाम तो आपका बहुत सुना था, दर्शन आज हुए।"

शास्त्रीजी को अनिर्वचनीय आत्मतृप्ति-सी हुई। अपनी प्रसिद्धि की चर्चा, वह भी एक स्त्री के मुख से सुनकर किसे ऐसा नहीं लगता?

उन्होंने घड़ी देखी। एक बज चुका था। वे वहीं एक कुर्सी पर शीशे के सामने बैठकर अपने मेकअप की तैयारी करने लगे। महाराज जनक का अभिनय करने वाले सज्जन भी वहीं आ गए थे। शान्ता से बातचीत करते हुए वे बड़े अभिमान से बोले—"मैं तो विदेह हूं। संसार में रहते हुए भी संसार से अलग रहता हूं।"

उनकी इस गर्वोक्ति पर शान्ता खिलखिला कर हंस पड़ी।

शास्त्रीजी ने घूमकर उसकी ओर देखा।

शान्ता बोली—"अरे, विदेहजी महाराज, शेर की खाल ओढ़कर गधा शेर नहीं बन जाता। औरत की दृष्टि पड़ते ही बड़े-बड़ों की साधना पर तौल कर उड़ जाती है। आप हैं किस खेत की मूली?"

शान्ता के तीखे व्यंग्य से जनकजी महाराज तिलमिला-से उठे। उत्तेजित स्वर में बोले—"मैं केवल जनक का अभिनय ही नहीं करता। उनकी जैसी दृढ़ता भी है मुझमें। कामिनी के तीखे बाणों का प्रभाव साधारण दुर्बल पुरुषों पर पड़ता होगा। मुझ जैसों पर उसका कोई असर नहीं हो सकता।"

उनकी इस बात पर शास्त्रीजी भी हंस पड़े। बोले—"दृढ़ता का प्रतीक अभिमान नहीं हो सकता। व्यक्ति की परीक्षा तो विशेष अवसरों पर ही होती है। विश्वामित्र जैसे बड़े-बड़े तपस्वी भी जब काम-प्रवाह में बह गए तो हम जैसों की क्या बिसात, जो केवल उनका ढोंग भर करते हैं।

कहावत है—बड़े-बड़े बहे जाएं, गड़रिया थाह मांगे!"

शास्त्रीजी की बात सुनकर जनकजी के अतिरिक्त सभी खिलखिला पड़े। शान्ता की खिलखिलाहट उन सब के ऊपर गूंज रही थी। वह तेजी से शास्त्रीजी की ओर मुड़ी और बड़े आह्लाद से बोली—"ठीक कहते हैं, पण्डितजी, आप।" और उसने अपना दाहिना हाथ शास्त्रीजी की ओर बढ़ा दिया।

उन पर जैसे वशीकरण हो गया हो, अनायास ही उनका हाथ उसके हाथ से जा मिला। उनके सम्पूर्ण शरीर में कंपकंपी दौड़ गई।

इतने में शान्ता खिसियाए खड़े जनकजी से बोली,"चलिए, श्री विदेहजी महाराज। अभी आपकी राज्य-सभा में मुझे नृत्य करना है।" और शान्ता दूसरी ओर कपड़े बदलने चली गई।

परशुरामी के समय शास्त्रीजी की दृष्टि शान्ता को दर्शकों में ढूंढ़ रही थी। कुछ देर बाद उन्होंने देखा, वह एक ओर मंच के पास ही, पर्दे की आड़ में खड़ी है। उनमें जैसे चेतना की लहर दौड़ गई।

शायद शास्त्रीजी ने उस दिन अपने जीवन की सबसे अच्छी परशुरामी की।

शास्त्रीजी स्टेशन पर अपने डिब्बे में बैठे हुए गाड़ी के चलने की प्रतीक्षा कर रहे थे। छोटे से प्लेटफार्म पर कुछ यात्री इधर-उधर दौड़ रहे थे। उनकी दृष्टि यात्रियों पर से घूम-घामकर गार्ड के हाथों पर टिक जाती थी, जो एक हाथ से हरी झण्डी हिलाने और दूसरे से अपनी सीटी बजाने की तैयारी कर रहा था।

इतने में उनके कानों में आवाज पड़ी—"अरे, पण्डितजी, आप यहां बैठे हैं?

अचकचाकर, उस कोमल स्वर को पहचानने की कोशिश करते हुए, उन्होंने मुड़कर देखा—डिब्बे के बाहर एक ओर नेत्रों में कौतूहल और ओठों पर मुस्कराहट लिए शान्ता खड़ी थी। वे स्तम्भित-से देखते रह गए—उसकी दूध-सी सफेद साड़ी को, सफेद चोली को, बंगाली ढंग के केश-विन्यास को, सौम्य मुखमण्डल को। उन्हें विश्वास न हुआ कि यह वही रात वाली नर्तकी शान्ता है।

इतने में वह डिब्बे में आकर उन्हीं के पास बैठ गई। बोली—"मुझे भी फतेहपुर जाना है। अच्छा हुआ, आप भी इसी गाड़ी से जा रहे हैं। रास्ता आसानी से कट जाएगा।"

दो घंटे की रेल-यात्रा में वह शास्त्रीजी के बहुत निकट आ गई। अगले मास की सात तारीख से खागा में एक माह का मेला लग रहा था। शान्ता उसमें अपनी मण्डली के साथ जाने वाली थी। उसने शास्त्रीजी को उस मेले में आने का निमन्त्रण दिया। फतेहपुर में विलग होते समय उसने फिर उस मेले का स्मरण कराया और बार-बार आने का आग्रह किया।

शास्त्रीजी की उलझन काफी बढ़ गई। उन्हें लगता कि बड़गांव की परशुरामी से वे एक अशान्ति साथ ले आए हैं—एक विचित्र अशान्ति, जिसका अपने जीवन में उन्होंने कभी पहले अनुभव नहीं किया था। खागा का मेला, शान्ता, उसका नृत्य, आगामी मास की सात तारीख—ये

सब उन्हें घेरे-से रहते। उन्हें लगता, जैसे सब उखड़ा-उखड़ा-सा है, सब अनिश्चित-सा है।

खागा का मेला शुरू हुआ। रविवार की पहली छुट्टी आते ही शास्त्रीजी मेला देखने चल दिए। उन्होंने कई बार निश्चय किया था कि वह न जाएंगे। आखिर वे मेले में क्यों जाएं? उन्हें शान्ता के निमंत्रण से क्या? उन्हें उससे क्या लेना-देना है? किन्तु रविवार आते ही वे मेले के लिए तैयार हो गए। अपनी पत्नी सरस्वती से उन्होंने कुछ कह दिया—बस ऐसे ही।

दोपहर ढलते ही शास्त्रीजी वहां पहुंच गए। अभी उन्होंने मेले में प्रवेश किया ही था कि उन्हें एक ओर से पुकार सुनाई दी—"शास्त्रीजी, प्रणाम!"

उन्होंने मुड़कर देखा। सुन्दरलाल था, एक नौटंकी का मालिक।

"क्यों भाई, अपनी मण्डली भी लाए हो?" उन्होंने पूछा।

"हां, शास्त्रीजी," सुन्दरलाल उदासीनता-भरे स्वर में बोला—"बस, यही तो अपनी रोजी है। मेले-ठेलों में अपनी नौटंकी ले जाओ, खेल-तमाशे दिखाओ और अपना तथा अपने साथियों का पेट पालो।" वह कुछ क्षण रुका, फिर बोला—"शास्त्रीजी, आज रात्रि को हमारा खेल देखने आइएगा।"

शास्त्रीजी ने 'हां' कर दी।

शान्ता शास्त्रीजी को देखकर सचमुच खिल उठी। वह शाम के खेल के लिए सज ही रही थी कि शास्त्रीजी वहां पहुंचे। वह उन्हें अपने कक्ष में ले गई, बड़ी आवभगत की और जब खेल शुरू हुआ तो उन्हें उसने सबसे आगे की एक कुर्सी पर बैठाया।

उस दिन शीरीं-फरहाद का खेल था। शान्ता शीरीं बनी हुई थी। खेल का प्रारम्भ ही उसके एक नृत्य से हुआ। अरबी वेशभूषा में शान्ता का नृत्य दर्शकों के दिलों पर हो रहा था। खचाखच भरे हुए पण्डाल में रह-रहकर तालियों की गड़गड़ाहट, सीटियों की तीव्र ध्वनि और भद्दी छींटाकशी से भरी आवाजें गूंज उठतीं। शास्त्रीजी अपनी कुर्सी पर जैसे और संकुचित हो जाते। उन्हें लगता कि सहस्रों नेत्र उन्हें देख रहे हैं—परशुरामी करने वाले शास्त्रीको, जो आज एक सस्ती नौटंकी का सस्ता नाच देख रहा है। उन्हें लगता, जैसे वे कुछ पाप-सा कर रहे हैं। फिर लगता, जैसे उनके चारों ओर पानी ही पानी भर आया है।

रंगमंच पर फरहाद का प्रणय-निवेदन चल रहा था। उसके सामने शर्त थी—पहाड़ों के उस पार के पानी को पहाड़ काटकर इस पार बहा लाना। फरहाद अपनी शीरीं के लिए यह भी करने को तैयार था। वह पहाड़ काटने में लग जाता है। उसकी दाढ़ी बढ़ गई है, उसके बाल बिखर गए हैं, उसके वस्त्र फट गए हैं। किन्तु फिर भी वह पहाड़ काट रहा है, काटे जा रहा है। शास्त्रीजी को लगा, जैसे उनके सामने भी एक पहाड़ बनता जा रहा है—एक अनजाने भय का पहाड़।

शास्त्रीजी पण्डाल के बाहर निकल आए। निकलते समय उनकी दृष्टि रंगमंच की ओर गई। शीरीं अपनी कुछ सहेलियों से घिरी गीत गा रही थी। उसने शास्त्रीजी को उठते देखा। कुछ

विचित्र-सी थिरकन हुई उसके सुन्दर शरीर में। उन्हें लगा कि वह उन्हें रोक रही है। किन्तु वे बाहर आ गए। घूमते हुए वे सुन्दरलाल की नौटंकी की ओर निकल गए। वहां 'सत्य हरिश्चन्द्र' हो रहा था। राजा हरिश्चन्द्र विश्वामित्र को अपना राजपाट देकर, काशी की गलियों में अपनी पत्नी ओर पुत्र के साथ बिकने जा रहे थे। कुछ देर तक बैठे हुए वे खेल देखते रहे। किन्तु उनका मन न लगा। शान्ता की नृत्य-मुद्राएं उन्हें शैव्या की उदास भाव-भंगिमाओं में दिखाई देने लगीं। वे बाहर निकल आए, और उनके पैर फिर अनायास ही मनमोहन की नौटंकी की ओर मुड़ गए। शास्त्रीजी जैसे ही अपनी कुर्सी के निकट पहुंचे, उनके कानों में ये शब्द पड़े—"आ गए?"

उन्होंने सामने देखा। शीरीं अपने एक हब्शी गुलाम से कह रही थी, किन्तु उसकी कनखियां उनकी ओर थीं। मानो वह उससे नहीं, इनसे कह रही हो।

खेल रात्रि के एक-डेढ़ बजे तक चलता रहा। फिर घोषणा हुई कि शान्ता अपना अन्तिम नृत्य पेश करेगी। शान्ता नाची। नाची नहीं, मानो उसने उन्माद की अग्नि बरसाई । उसका सब कुछ थिरक रहा था, अंग-अंग, कण-कण। केवल थिरकन और चपलता ही नहीं थी। सब कुछ अत्यधिक उत्तेजक था। जैसे कामिनी अपने सम्पूर्ण उन्माद के साथ रस-वृष्टि कर रही हो। यह सब कुछ उनके लिए नवीन था, अनजाना था किन्तु मादक था।

तीव्र कोलाहल के बीच शान्ता का नृत्य रुका। लोग अपने स्थानों से उठने लगे, फिर घोषणा हुई, शान्ता एक नृत्य और करेगी। तीव्र हर्ष-ध्वनि हुई। लोग अपनी जगहों पर फिर बैठ गए। शान्ता फिर नाची—इस तरह, मानो मद बरसा रही हो और दर्शकों को उस मद में सराबोर करती जा रही हो।

नृत्य रुका। शान्ता दो क्षण स्टेज पर शान्त खड़ी रही। लोग अवाक् देख रहे थे। उसका शरीर फिर थिरकने लगा। वह फिर नाचने लगी। मानो आज वह अपनी कला का कुछ भी शेष न रखना चाहती हो। नौटंकी के प्रबन्धक अवाक्-से उसकी ओर देखते रहे। दर्शकों पर उसका वशीकरण चल गया था। और शान्ता जैसे पागल हो गई थी। थकावट भी उस गति में जैसे बाधा देने में संकोच का अनुभव कर रही थी।

खेल के पश्चात् शास्त्रीजी ने घड़ी देखी। समय दो से ऊपर हो चुका था। नौटंकी से छूटी हुई भीड़ ट्रकों के अड्डे की ओर बढ़ती चली जा रही थी। छह बजे से पहले फतेहपुर की ओर कोई बस नहीं जाती थी। सुबह ही शास्त्रीजी को अपने कालेज में उपस्थित होना था। भीड़ के साथ वे भी सड़क पर आ गए। वहां चार-पांच ट्रक खड़े थे। वे फतेहपुर से खागा तक कुछ सामान लेकर आए थे, और अब वापसी में कुछ सवारियां ले जाकर कुछ पैसे बनाना चाहते थे । सभी ट्रक लगभग भर चुके थे। शास्त्रीजी को एक ट्रक में ड्राइवर के पास स्थान मिल गया। ड्राइवर पीछे चढ़ी सवारियों से पैसे वसूल कर रहा था। वे ऊंघते-से अपनी जगह पर बैठे ट्रक चलने की प्रतीक्षा कर रहे थे। इतने में कानों में ध्वनित हुआ—''अरे, शास्त्रीजी, आप यहां बैठे हैं!''

वैसा ही स्वर था, जैसा उन्हें पिछली बार उस स्टेशन पर सुनाई दिया था। उन्होंने सोचा,

ऊंघाई में शान्ता मन, मस्तिष्क और कानों में गूंज रही है। किन्तु वह स्वप्न नहीं था। उन्होंने देखा—शान्ता अपने साथ के एक व्यक्ति को पीछे बैठने के लिए कह रही है। उसे पीछे बैठाकर, वह उनके पास बैठती हुई बोली—"वाह, पण्डितजी! बिना बताए ही चले आए? मुझे भी तो फतेहपुर जाना है।"

शास्त्रीजी ने सकुचाते हुए कहा—"सोचा कि तुम काफी थक गई होगी। इसीलिए नहीं मिला।"

"थकना कैसा?" वह बोली—"आपके लिए तो अभी मैं दो घण्टे और नाच सकती थी।"

शास्त्रीजी को रोमांच हो आया। 'तो क्या शान्ता मेरे लिए ही इतना नाची?' उनके मन में स्फुरण-सा हुआ। जिज्ञासा-भाव शान्त न हुआ तो पूछ बैठे—"शान्ता, आज खेल के बाद भी तुम इतना क्यों नाचीं?"

"इतना भी नहीं जानते?" उसके मुंह से निकला। और एकाएक शास्त्रीजी का दाहिना हाथ उसके दोनों हाथों में पहुंच गया। फागुन की उस ठंडी वायु में भी उस स्पर्श से शास्त्रीजी को पसीना हो आया।

वह कह रही थी—"आपको इतनी दूर से बुलवाया था। पूरी तरह संतुष्ट किए बिना कैसे वापस भेज देती?"

इतने में ड्राइवर आ गया। शान्ता को वहां बैठे देख, वह मुस्करा कर बोला—"कहां जाओगी, शान्ताबाई?" जैसे वह उसे वर्षों से जानता हो।

"फतेहपुर जाऊंगी।" उसने संक्षिप्त-सा उत्तर दिया।

ड्राइवर अपनी सीट पर बैठ गया। शान्ता उसके दाहिनी ओर थी और शास्त्री जी बायीं ओर।

ट्रक चल पड़ा। रात्रि के अन्तिम पहर के अंधेरे में पास के गांवों के सैकड़ों लोग कंधों पर चादरें लटकाए और लाठियां लिए, सड़क के किनारे-किनारे चले जा रहे थे। ड्राइवर स्टियरिंग व्हील पर झुका, हार्न बजाता, बड़ी सतर्कता से ट्रक को बढ़ाए लिए चला जा रहा था।

इतने में शास्त्रीजी ने अपने दाहिने कंधे पर एक कोमल स्पर्श अनुभव किया। उन्होंने देखा, ड्राइवर की पीठ के पीछे से शान्ता का बायां हाथ उनके कंधे पर रखा हुआ है। उन्होंने कोई प्रतिक्रिया नहीं दिखाई। एक बार कनखियों से दाहिनी ओर देखकर सामने देखने लगे। फिर उन्हें लगा, जैसे उनकी दाहिनी बांह को खींचा जा रहा है। उन्होंने आपत्ति नहीं की, खिंच जाने दिया बांह को। शान्ता उनसे इस तरह खेलने लगी, जैसे बच्चा खिलौने से खेलता है। पहले वह उनका हाथ अपने दोनों हाथों से दबाती रही, फिर उसने उसे अपने मस्तक पर रख लिया। सचमुच वह गर्म था, किन्तु शास्त्रीजी जैसे अनुभूतिहीन बन गए थे। फिर वह उसे अपने कपोलों तक ले आई। अपने दोनों हाथों से वह उनके हाथ को अपने कपोलों पर कभी इधर, कभी उधर दबाए जा रही थी। शास्त्रीजी का हृदय ट्रक से भी तेज भाग रहा था। उत्तेजना का स्फुरण उनके रोम-रोम से फूट रहा था। किन्तु उन्होंने अपना हाथ छुड़ाया नहीं। केवल अपने नेत्र बन्द कर लिए।

फिर उसके दोनों हाथों के दबाव से उनका हाथ नीचे की ओर खिसकने लगा। एक-दो क्षण। फिर एक तीव्र आशंका से उनका सारा शरीर कांप उठा। उन्होंने अपना हाथ खींच लिया। और धोती के छोर से वह अपने मुंह का पसीना पोंछने लगे।

कुछ देर वे इसी प्रकार बैठे रहे। ड्राइवर इस सबसे अनभिज्ञ स्टियरिंग पर झुका, अपने कार्य में तल्लीन था। लदी हुई बैलगाड़ियां एक-दूसरे से आगे निकलने की होड़ में कभी-कभी सारा मार्ग घेर लेती थीं। और वह अपने हार्न का कर्णकटु शब्द सुनाकर अपना मार्ग बनाता था।

शान्ता ने उनका हाथ फिर खींच लिया और वैसे ही खेलने लगी। इस बार उन्होंने अपना हाथ नहीं खींचा। वह उससे खेलती रही, चाहे जिस प्रकार, चाहे जहां ले जाकर। उन्होंने कोई आपत्ति नहीं दिखाई।

पौ फटने से पहले ही ट्रक फतेहपुर पहुंच गया। ट्रक से उतरकर शास्त्रीजी ने देखा—शान्ता की आंखें बहुत गहरी हो गई हैं और वह उस गहराई से उन्हें इस प्रकार देख रही है, जैसे उसमें डुबा ही लेगी। बोली—'‘"पण्डितजी, परगना कब आइएगा?''

''परगना?''

''हां, परगना। वह मेरा गांव है न। इस मेले के बाद मैं दो-तीन महीने वहीं रहूंगी। अगले महीने में कभी आइए।''

शास्त्रीजी गुमसुम-से खड़े रहे। फिर धीरे-से बोले—''अच्छा, देखूंगा।'' और वे जल्दी-जल्दी कदम बढ़ाकर आगे निकल गए।

शास्त्रीजी शान्ता को भुला रहे थे और शान्ता उनके चारों ओर छाती जा रही थी। निमंत्रण! निमंत्रण! अपार आग्रह से भरे शब्द कानों में गूंज उठते, 'अगले महीने में कभी आइए!' और वे सिहरन से भर जाते, आत्महीनता से भर जाते, ग्लानि से भर जाते। वे सरस्वती को देखते और देखते ही रह जाते—उस सीधी, सरल नारी को। आत्म-समर्पण की प्रतीक, श्रद्धा और विश्वास की मूर्ति। और फिर उनके नेत्र झुक जाते, और अपराधी-से वे इधर-उधर देखने लगते। मन करता कि वे उसे सब कुछ बता दें, सब कह दें, अपनी सारी दुर्बलता को, अपनी सम्पूर्ण उत्तेजना को खोलकर रख दें। पर उन्हें साहस न होता। उसका विश्वास वे कैसे तोड़ें?

वे पूरे महीने उलझे रहे, लड़ते रहे, झगड़ते रहे, और सरस्वती की ओर देखते रहे। और जैसे-जैसे वे उसकी ओर देखते, उन्हें अपना आत्मबल बढ़ता हुआ मालूम होता, अपने ऊपर से उखड़ता हुआ विश्वास फिर जमता हुआ मालूम होता।

वह महीना बीत गया, दूसरा भी बीत गया।

एक दिन एक व्यक्ति उन्हें कालेज में मिला। दुबला-पतला, पिचके गाल, धंसी आंखें, जो चपलता से सदैव कुछ खोजती-सी ज्ञात होतीं। वह एकान्त देखकर धीरे-से बोला—''शान्ताबाई ने याद किया है आपको।''

शास्त्रीजी ने उसकी ओर देखा। उसकी चपल आंखें उनके चेहरे पर कुछ खोज रही थीं।

उन्होंने पूछा—''क्या कहा है?''

''कहा है कि कभी आकर दर्शन दीजिए,'' उसने कहा।

वे कुछ देर सोचते रहे, फिर बोले—''कहना कि अगले शनिवार को आऊंगा।''

उस व्यक्ति के पिचके गाल बीच से सिकुड़ गए और धंसी आंखों से कुटिल मुस्कराहट बाहर निकलने को हुई।

''आंखें तरस गईं आपके दर्शन के लिए!'' शान्ता शास्त्रीजी को सज्जित पलंग पर बैठाते हुए बोली।

शास्त्रीजी अबोध-से उसकी ओर देखते रहे क्षण भर। फिर बोले—''मुझे क्यों बुलवाया था, शान्ता?''

''दर्शनों के लिए... सचमुच बड़े निर्दय हैं आप!'' वह बोली और उसके नेत्र किसी आह्वान का उद्घोष-सा करने लगे।

शास्त्रीजी उसे देखते रहे थोड़ी देर तक। फिर बड़ी संजीदगी से बोले—''तुम मुझसे क्या चाहती हो?''

शायद शान्ता इस प्रश्न के लिए तैयार नहीं थी। वह कुछ क्षण उनकी ओर एकटक देखती रही। फिर पलंग पर उनके पास बैठ गई, बोली—''आपको पाना चाहती हूं!''

''अब तक कितनों को इस प्रकार पा चुकी हो?'' शास्त्रीजी ने उसी प्रकार निरपेक्ष भाव से पूछा।

कुछ क्षणों के लिए उसके चेहरे पर घबराहट के चिह्न दिखे। फिर वह शान्त हो गई। बोली—''बहुतों को पा चुकी हूं। और भी बहुतों को पाना चाहती हूं—क्योंकि जिसे भी पाती हूं, उसे बहुत थोड़ा ही पाती हूं!''

शास्त्रीजी के नेत्र उसके चेहरे पर गड़-से गए। नौटंकी की उस नर्तकी, उस वेश्या-सदृश नारी के इस वाक्य में वेदना की हल्की-हल्की झंकार उन्हें सुनाई दी। उन्होंने उसका हाथ अपने हाथों में ले लिया। बोले—''क्यों नहीं किसी एक को पा लेतीं?.... और उसे इतना पा लो कि किसी और को पाने की जरूरत न रहे!''

शान्ता ने अपना हाथ छुड़ा लिया। एक विकृति-सी उसके चेहरे पर दौड़ गई। वह उठकर पानदान से पान निकालती हुई बोली—''मैं वेश्या हूं, पण्डितजी। बहुतों को थोड़ा-थोड़ा पाने का अधिकार तो मुझे है... एक को पूरी तरह पाने का अधिकार मुझे कब मिला?''

शास्त्रीजी से कुछ और न कहा गया। उन्होंने शान्ता से लेकर पान खाए। फिर वह उठ खड़े हुए। बोले—''अच्छा, मैं चलता हूं।''

शान्ता ने उन्हें रोका नहीं।

कुछ मास बाद उन्हें शान्ता का एक पत्र मिला।

''पूज्य पण्डित जी,

सादर प्रणाम!

आपके आशीर्वाद से भली-चंगी हूं। आपने कहा था, ''किसी एक को पूरी तरह क्यों नहीं पा लेतीं?'' आपके जाने के बाद से उसी बात में लगी रही। अब लगता है, किसी को मैंने पूरी तरह से पा लिया है। बहुतों को तन से पाया है, उसे मन से पा रही हूं। तन से भी उसे पा सकूंगी, ऐसी आशा नहीं। पर इस प्रकार उसे पाना भी नहीं चाहती। तन से तो शायद और भी मिलें। मेरा पेशा ही ऐसा है। किन्तु मन से अब मैं वेश्या नहीं हूं।

शेष कुशल है। तीन-चार दिन बाद मण्डली के साथ कुछ महीनों के दौरे पर जा रही हूं। कोशिश करूंगी कि भविष्य में आपको कभी कोई कष्ट न दूं।

आपकी—

शान्ता।''

शास्त्रीजी पत्र हाथ में लिए पढ़ते रहे—एक बार, दो बार, अनेक बार।

सामने सरस्वती घुटनों पर थाली रखे दाल बीन रही थी। शास्त्रीजी उसकी ओर देखने लगे। उन्हें लगा कि सरस्वती नहीं, शान्ता बैठी है। धोती पहने, घुटनों पर थाली रखे, दाल बीन रही है शान्ता। शास्त्रीजी उस ओर देखते रहे—देखते रहे।

1958

मृत्यु के चरण : जीवन की आंखें

...और मुझे कुछ याद नहीं, केवल इतना कि गाड़ी स्टेशन छोड़ चुकी थी। मैं द्वार के पास खड़ा था। बड़ी ही मनमोहक हवा चल रही थी। दूर-दूर तक अंधेरा छाया हुआ था और उसमें दूर चमकने वाले बिजली के बल्ब अंधेरे घने जंगल में जुगनुओं के चमकने का आभास करा रहे थे। नीचे चारों ओर पटरियां ही पटरियां बिछी थीं। मेरी गाड़ी के पहिये उन पर मचल-मचलकर दौड़ रहे थे और खड़खड़ की तेज ध्वनि में एक संगीत उत्पन्न हो रहा था। मस्तिष्क विचारों से शून्य था। मुझे याद नहीं कि उस समय मैं कोई विशेष बात सोच रहा था—शायद कुछ भी नहीं सोच रहा था... फिर पता नहीं क्या हुआ? मस्तिष्क में कुछ मादकता-सी भरने लगी, एक गहरी-सी मादकता। लगा, जैसे नींद आ रही हो। फिर एक झटका-सा लगा। द्वार पर लगे लौह-स्तम्भ से मेरे दाहिने हाथ का सम्पर्क टूट गया। हृदय एक बार भयानक आशंका से धड़क गया.... नेत्र मुंद गए... पैर कांप गए और मैं... और मुझे कुछ याद नहीं।

अब मैं अपने को चारों ओर से सम्बन्धियों से घिरा पा रहा हूं। एक विचित्र-सी गन्ध मेरे मस्तिष्क में घुस रही है और चारों ओर से कराहने का स्वर सुनाई दे रहा है। मैं पलंग पर लेटा हुआ हूं। मेरे वक्षस्थल तक का शरीर श्वेत चादर से ढका हुआ है। ओ! मुझे कितनी दुर्बलता अनुभव हो रही है। यह कौन है जो मेरी नाड़ी देख रहा है? ...हां, यह डाक्टर है। श्वेत परिधान में.... ये.... दो नर्सें हैं। मैं अस्पताल में हूं। किन्तु मैं अस्पताल में क्यों हूं? धीरे-धीरे मुझे वह काली रात याद आ रही है, जब मैं गाड़ी के द्वार के पास खड़ा था और गाड़ी खड़खड़ करती हुई भागती जा रही थी। फिर... मेरा हाथ हिला था, मेरे पैर डगमगाए थे, मेरे नेत्र मुंद-से गए थे। शायद... शायद मैं चलती गाड़ी से गिर पड़ा था। हाँ, गिर ही तो पड़ा था। उसी का परिणाम है कि मैं अस्पताल में हूँ।

दाहिनी ओर मेरी माँ स्टूल पर बैठी मेरे मस्तक पर हाथ फेर रही है। उसका मुँह इस तरह

कुम्हलाया हुआ है, जैसे वह कई दिनों से सोई न हो। सामने पिताजी खड़े डाक्टर से धीरे-धीरे कुछ बातें कर रहे हैं। बायीं ओर जगदीप बैठा एकटक मेरी ओर देख रहा है। दो छोटी बहनें सहमी-सी सामने खड़ी हैं। सब ओर से दृष्टि हटाकर मैं मां की ओर एकटक देखने लगा। उसके सूखे नेत्र तरल हो आए, जैसे सूखी नहर में एकाएक पीछे से जल-प्रवाह छोड़ दिया गया हो। उसके होंठ हिले, शायद वह कुछ कहना चाहती थी। किन्तु होंठ ही हिलते रहे। मुंह से कुछ न निकला। मुंह से कुछ निकल ही न सका और वह सुबकने लगी।

मैंने सोचा, आखिर मुझे क्या हुआ है? चलती ट्रेन से गिरकर भी मैं बच गया हूं। भगवान को लाख-लाख धन्यवाद है। फिर मां क्यों रो रही है? इन सबके चेहरे क्यों फीके पड़े हुए हैं? मैंने अपने चारों ओर दृष्टि घुमाई। मेरे दाहिने कंधे पर पट्टी बंधी हुई है। शायद यहां कुछ चोट आई होगी। मेरी दोनों बांहों पर कुछ जगह रुई के फाहे लगे हुए हैं। किन्तु यह तो कुछ बड़ी चोट नहीं। फिर ये सब लोग क्यों गुमसुम हैं? मुझसे बात क्यों नहीं करते? ईश्वर की कृपा का गुणगान क्यों नहीं करते?

नर्स आई। मेरा सिर थोड़ा-सा उठाकर दवा पिला गई। किन्तु इतने हिलने-डुलने से ही मेरा सारा शरीर दर्द से चरमरा-सा उठा। लगा, अंग-अंग से पीड़ा की फुलझड़ियां छूट रही हैं।

दूसरे दिन सुबह ही डाक्टर मेरे सिरहाने के पास आ बैठा। पिताजी भी मुझे दूध पिलाकर पास बैठ गए। डाक्टर बोला—''नरेन्द्र, बहुत बड़ी दुर्घटना के पश्चात् तुम बच गए, ईश्वर को इसका लाख-लाख धन्यवाद है।''

मैंने कहा—''हां डाक्टर साहब, बच तो गया हूं।'' पिताजी ने पूछा—''नरेन्द्र, तुम्हें यह कुछ याद है कि तुम कैसे गिर पड़े?''

मैंने कहा—''पिताजी, मुझे केवल इतना याद है कि गाड़ी जब दादर स्टेशन से चली थी, मैं दरवाजे के पास खड़ा था। फिर क्या हुआ, मैं कैसे गिर गया, यह मुझे कुछ स्मरण नहीं।''

फिर डाक्टर साहब कुछ दार्शनिक चर्चा करने लगे। बोले—''भगवान की सृष्टि विचित्रताओं और विविधताओं से भरी है। संसार में यदि सभी व्यक्ति एक-से हों, सभी आनन्द से ओतप्रोत हों, तो शायद संसार का सौन्दर्य समाप्त हो जाए। दुःख और दर्द का साहसपूर्वक सामना करना ही मनुष्य का कर्त्तव्य है—क्यों नरेन्द्र?''

मैंने समझ लिया, डाक्टर साहब मुझे दिलासा देने का प्रयास कर रहे हैं। मैंने उनकी हां में हां मिला दी। फिर सोचने लगा—मुझे इस प्रकार की सान्त्वना की क्या आवश्यकता? मेरे ऊपर से तो दुःख आकर निकल गया है। कहीं मैं पटरियों पर जा पड़ता.... कहीं मेरे हाथ-पैर कट जाते.... ओह.... कितना भयानक होता.... मैं आगे कुछ सोच नहीं सका। उस वीभत्स कल्पना मात्र से मेरी आंखें मुंद गईं।

डाक्टर साहब एक पत्रिका के पृष्ठ उलटते हुए पिताजी से कह रहे थे—''विज्ञान कितनी

प्रगति करता जा रहा है। वह दिन दूर नहीं कि चिकित्सा-विज्ञान संसार में न कोई अंधा रहने देगा, न लंगड़ा-लूला। नकली हाथ-पैरों से भी लोग उतना ही काम लेने लगे हैं, जितना असली से।''

फिर डाक्टर साहब मेरी ओर उन्मुख होकर बोले—''नरेन्द्र, जैसी तुम्हारी दुर्घटना हुई, वैसी ही दुर्घटना में यदि किसी के दोनों हाथ कट जाते, तो वह क्या करता? धैर्य ही तो करता, ईश्वरेच्छा मानकर उसे सन्तोष ही तो करना पड़ता।''

मैं कांप उठा। मैंने अपने हाथों की ओर देखा, वे तो सुरक्षित हैं। फिर ये मुझसे यह बात क्यों कर रहे हैं? पिताजी मेरे निकट आ गए थे। उनका कांपता हुआ हाथ मेरे मस्तक का स्पर्श कर रहा था। डाक्टर साहब मेरे और निकट आ गए। मेरे हाथ को अपने हाथ में लेकर बोले—'मेरे बच्चे, सब्र से काम लो। मैं तुम्हें कैसे बताऊं.... कैसे बताऊं कि... इस दुर्घटना में तुम अपने दोनों पैर खो चुके हो....।''

''क्या.....'' मुझे लगा कि मेरे मस्तिष्क में मूर्च्छा भरती जा रही है। एक क्षण में मेरी सारी चेतनाशक्ति मेरे पैरों की ओर दौड़ गई। मुझे लगा कि मेरे कमर के नीचे शून्य है... गहरा शून्य और उस शून्य में मैं डूबता जा रहा हूं।

मैंने डाक्टर से चादर हटाने को कहा। देखा, दाहिनी टांग सफेद पट्टियों से ढकी हुई है, ... और है केवल पिण्डली तक ही। बाईं उससे कुछ और लम्बी है। शायद वह टखने के पास से कटी है। मैं अपंग हो गया हूं... मेरे दोनों पैर कट गए हैं।

मैं सोचता रहा, सोचता रहा। इंजीनियरिंग का मेरा अन्तिम वर्ष है। इसके पश्चात् मैं इंजीनियर बनता। किन्तु अब... अब क्या होगा?... अपंग.... इंजीनियर। सब धूमिल हो गया.... सब मिटता जा रहा है। जगदीप ने दो-तीन पत्रिकाएं ला रखी थीं। मैंने उनमें से एक उठा ली। कोई खेल-कूद की पत्रिका थी। उसमें बहुत-से चित्र थे। फुटबाल मैच के, हाकी के, टेनिस के, दौड़ के। ऊंची उड़ान भरनेवाले उस खिलाड़ी का चित्र कितना अच्छा है। उसने छलांग भरी और चित्र ले लिया गया। जैसे वह हवा में उड़ रहा हो। उसके दोनों पैर किस तरह ऊपर सिमटे हुए हैं। किन्तु.... मेरे पैर.... मेरे तो, दोनों पैर कट गए हैं। मैं कभी उछल नहीं सकूंगा, मैं कभी दौड़ नहीं सकूंगा, मैं ठीक से चल भी नहीं सकूंगा। मेरे मस्तिष्क में उलझन भरती जा रही है। इन दौड़ते, उछलते, फांदते खिलाड़ियों के चित्र मेरी आंखों में शूल की तरह चुभ रहे हैं।

मैंने पत्रिका बंद करके रख दी। मैंने और उसे नहीं देखा—मुझसे और वह देखी ही न गई। मैं आंखें बन्द किए रहा। मुंदे नेत्रों में भी कुछ गोल-गोल चमकता-सा दिखाई दे रहा है। मैंने नेत्र खोल लिए, छत की ओर टकटकी लगाए देख रहा हूं। मेरा पलंग वार्ड के एक किनारे की ओर है। वार्ड पर दृष्टि डालता हूं, तो हर पलंग से कराहने का स्वर सुनाई दे रहा है! इस वार्ड में सब मेरी तरह अपंग हैं—लंगड़े, लूले।

नर्स आई। मेरा सिर उठाकर मुंह में दवा डाल गई। फिर घूमकर चल दी। वह कितनी चुस्त

है जैसे मशीन हो। फट-फट करती चली जा रही है। मैं उसके पैरों और सफेद मोजों से ढकी गोल-गोल पिंडलियों को देखता रहा, तब तक देखता रहा जब तक दूसरे मरीजों के पलंगों की आड़ में वह छिप न गई।

मैं जीवन की ओर से निराश होता जा रहा हूं। मैं क्यों जिऊं? मेरा जीवन किस काम का? मैं अब बोझ हूं। एक भारी बोझ, जिसे जीवन भर ढोया ही जाना है। मैं क्यों बच गया? मैं नहीं बचूंगा।

डाक्टर मुझे इंजेक्शन लगाने आया। मैंने कहा—"डाक्टर साहब, क्यों इंजेक्शन नष्ट कर रहे हैं। मैं नहीं बचूंगा, मैं नहीं बचना चाहता।" डाक्टर ने मेरी ओर देखा। फिर मेरी बाईं बांह उठाकर सुई लगा दी और बोला, "पागल मत बनो। जीवन देना-लेना तो ईश्वर के हाथ में है। जरा हिम्मत से काम लो।" मैं मन ही मन मुस्करा दिया। क्या ये मुझे बलात् जीवित रख सकेंगे?

शाम को शीला मेरे सिरहाने आ बैठी। उसके विवाह को दो महीने रह गए हैं। किस उमंग के साथ घर में तैयारियां हो रही थीं। वह भी कितनी उमगी-उमगी-सी रहती थी। पिताजी ने उसका विवाह स्थगित कर दिया है। मैं उसकी आंखों में देखने लगा। वह बोली—"भैया, डाक्टर कह रहा था, तुम बड़ी पागलपन की बातें सोचने लगे हो?"

मैंने कहा—"इसमें पागलपन क्या है, शीला? मेरे जीवित रहने का अब लाभ भी क्या है? मैं अपंग हो गया हूं, बोझ हो गया हूं। इससे अच्छा तो यह है कि मैं मर जाऊं। तुम लोग दो दिन रो-पीटकर चुप हो जाओगे। वैसे मुझ अपाहिज के लिए जीवन भर रोना पड़ेगा।"

शीला आंचल में मुंह दबाकर सुबक पड़ी। फिर आंखें पोंछकर उसने मेरी ओर देखा। उसकी आंखों से जैसे चिनगारियां निकल रही हों। बोली—"भैया, फिर जबान पर ऐसी बात लाए, तो तुमसे पहले मैं जहर खाकर मर जाऊंगी।"

उसकी बात पर पहले मुझे हंसी आई, फिर डर लगा। उसके नेत्रों से जैसे निश्चय टपक रहा था। मैंने कहा—"दुत् पगली।"

मेरी दोनों टांगों का आपरेशन हुआ है। मेरे शरीर में लहू की कमी है। दस बोतलों से अधिक खून मेरे शरीर में दिया जा चुका है। किसी भी मरीज को अस्पताल की ओर से मूल्य देने पर भी इतना खून नहीं मिलता। यह तो डाक्टर नन्दा की कृपा है। जगदीप कह रहा था, अभी और खून चाहिए। पिताजी बहुत चिन्तित हैं। इतना खून कहां मिलेगा, सबके मुंह पर अंधेरा छाया हुआ है। उनकी आंखों से मुझे लगता है कि मेरा बचना कठिन है। मैं प्रसन्न हूं।

अस्पताल के नौकर ने मेरा बिछौना नीचे से बदलते हुए बताया कि कल एक पन्द्रह-सोलह वर्ष का लड़का अस्पताल में भरती हुआ था। उसके हाथ-पैर कुछ भी नहीं कटे। केवल सिर में थोड़ी-सी चोट आई और मूर्छितावस्था में अस्पताल में भरती किया गया और आज वह मर गया।

मैं सोच रहा हूं, कितनी विचित्र बात है। जिसके हाथ-पैर कुछ भी नहीं कटे, जिसे जीवित रहना चाहिए था, वह तो इतने शीघ्र मर गया। और जो अपंग हो गया, जिसे मर जाना चाहिए था, वह अभी भी जीवित है।

मेरा आपरेशन सफल नहीं हुआ। मेरे घाव भर नहीं रहे हैं। इंजेक्शन लगा-लगा कर डाक्टरों ने मेरी दोनों बांहें छलनी कर डाली हैं। मेरी दुर्बलता बढ़ती जा रही है। मेरा अंग-अंग सूख गया है। मुझे कुछ अच्छा नहीं लगता। दूर-दूर के सम्बन्धी मुझे देखने आ रहे हैं। शाम को मिलने वालों की भीड़ लगी रहती है। उनके नेत्रों से सहानुभूति, दया और करुणा फूटती रहती है। मुझे वह कुछ भी अच्छा नहीं लगता। उनका आना भी अच्छा नहीं लगता। उनके सान्त्वना के शब्द अच्छे नहीं लगते। कुछ भी अच्छा नहीं लगता। बस यही लगता है कि यह खेल खत्म हो।

पिताजी मेरे पास आ बैठे। लगता है, इन पन्द्रह दिनों में ही उनकी आयु बीस वर्ष बढ़ गई है। कहने लगे—''नरेन्द्र, जो होना था, वह तो हो गया बेटे। तुम्हारी असली टांगें तो मैं ला नहीं सकता। किन्तु जो कुछ इस संसार में उपलब्ध है, वह लाने में मैं कोई कसर नहीं छोड़ूंगा। चाहे उसके लिए सभी कुछ क्यों न बेचना पड़े। पर सब कुछ बेचकर भी मैं तुम्हें अच्छा नहीं कर सकता, यदि तुमने अपने में आत्मशक्ति नहीं बढ़ाई। अपने अन्दर की निराशा निकालो और मृत्यु के स्थान पर जीवन के लिए सोचो।''

मैं चुप रहा। उन्होंने मेरे पास 'जपुजी' का गुटका रख दिया और बोले—''थोड़ा-थोड़ा करके इसे पढ़ा करो। तुममें विश्वास पैदा होगा। तुममें शक्ति बढ़ेगी।''

रात को मैंने अन्यमनस्क भाव से उसे उठाया। दो-चार पद पढ़े, अच्छे लगे। फिर रात में कई बार उसे पढ़ा। एक समय में मैं चार-पांच मिनट से अधिक नहीं पढ़ सकता। किन्तु जितनी भी देर पढ़ता हूं, मन की उलझन कम होती है।

रात के दो बजे हैं। जगदीप पास में कुर्सी पर बैठा-बैठा ऊंघ गया है। आध-एक घंटा सोने के पश्चात् मेरी नींद फिर उचट गई है। बड़ी बेचैनी-सी अनुभव हो रही है। मैंने गुटका उठाने के लिए अपना दाहिना हाथ मेज की ओर बढ़ाया। मेरे हाथ में छुरी आ गई। फल काटने वाली छुरी। मैंने उसे एक ओर खिसका दिया.... एकाएक एक विचार आया, मैंने उसे हाथ में लेकर वार्ड की ओर देखा। उधर पूर्ण शान्ति छाई हुई है। दूर एक मेज के पास कुछ नर्सें बैठी हुई धीरे-धीरे कुछ बात कर रही हैं। कभी-कभी किसी मरीज के कराहने का स्वर सुनाई देता है। मैंने उंगली लगाकर छुरी की धार देखी। रगड़-रगड़कर मरने से क्या लाभ? क्यों न अपना खेल खत्म कर डालूं, मेरे हाथ कांपने लगे। इससे अच्छा अवसर और क्या होगा? मेरी उत्तेजना बढ़ती जा रही है.... अपने को समाप्त कर दूं.... कर दूं.... कर दूं।

''भैया!'' शायद जगदीप जाग उठा। मेरे हाथ से छुरी लेता हुआ बोला—'सेब खाइएगा?''

मैंने कहा—''हां।''

"आपने मुझे जगा क्यों नहीं लिया?" कहकर वह सेब छीलने लगा। दो टुकड़े मुझे देकर उसने छुरी को मेज के नीचे की दराज खोलकर उसमें रख दिया, मेरी पहुंच के बाहर। पता नहीं क्या सोच कर?

नर्स आई। टेम्परेचर लिया और रिकार्ड करके चली गई।

शीला का आना अब मुझे बहुत खलने लगा है। वह सारा-सारा दिन मेरे पास बैठी रहती है। उसके रूखे-रूखे केश, उदास चेहरा और श्मशान-सी सूखी-डरावनी आंखें मुझे बेचैन कर देती हैं। मैं उससे कई बार कह चुका हूं कि तुम यहां ज्यादा न आया करो, और वह है कि बिना मुंह-हाथ धोए ही सुबह यहां आ डटती है। रात को जगदीप के अतिरिक्त और किसी को अस्पताल में रहने की अनुमति नहीं है, नहीं तो वह रात में भी न टले।

मैंने उससे कहा—"यह तुमने अपनी क्या हालत बना रखी है? इस तरह तो तुम कुछ ही दिन में बीमार पड़ जाओगी।"

"मैं मरना चाहती हूं।" वह बड़े शांत भाव से बोली।

"क्यों?" मैंने आश्चर्य से पूछा।

"क्योंकि तुम जिन्दा रहने की बात नहीं सोचते।" उसने कहा। फिर उसने मुझ पर आंखें गड़ाते हुए कहा—"देख लेना, तुम्हारी आंखों के सामने मेरी अर्थी उठेगी।"

मुझे क्रोध आया। झुंझलाहट भी हुई। बोला—"जिद्दी तो तुम बचपन की हो। ससुराल जाओगी, तो सबको नाकों चने चबवाओगी।"

मेरी झुंझलाहट पर वह मुस्करा दी। बोली—"ससुराल जाने का अवसर ही नहीं आएगा।"

मुझे और झुंझलाहट लगी। मुंह से निकला—"अच्छा जाओ, मरो। मुझे क्या करना है?"

वह मुझ पर झुक आई। बड़े आग्रह से, बड़े प्यार से बोली—"भैया, अपने मन से निराशा के विचार निकाल दो। जीवन तो भगवान् की थाती है। उससे छेड़छाड़ करने वाले हम कौन है.....?"

मैंने बीच में ही टोककर कहा—"अच्छा-अच्छा, अब अपनी फिलासफी मत छांट। जानता हूं, तू कालेज में फिलासफी पढ़ती है।"

शीला की बातें मुझे रात भर याद आती रहीं। और जैसे-जैसे वे याद आती रहीं, मन में मोह बढ़ता गया। संत-महात्मा कहते हैं—माता, पिता, भाई, बहन इन सबका प्यार झूठा है। क्या शीला का प्यार भी झूठा है? मेरे विरक्त मन में फिर आसक्ति उमड़ती आ रही है। शीला की दो आंखों के चारों और भी बहुत-सी आंखें फिरती दिखाई दे रही हैं। मैं इनमें क्या भरूं? आंसू.... या खुशी? क्या मुझ अपंग के बच जाने से ये सब प्रसन्न होंगे? यदि ये प्रसन्न हों, तो मैं अपंग रहकर भी जीवित रहूंगा।

मैंने गुटका उठा लिया और पढ़ने लगा।

डाक्टर ने मुझे बताया—मेरे घाव भर रहे हैं। कुछ दिन और अस्पताल में रहने के पश्चात् मैं बनावटी टांगें लगवाने के लिए पूना चला जाऊंगा। उसने मुझे एक चित्र भी दिखलाया कि किसी विदेश में नकली टांगें लगवाए हुए एक व्यक्ति हाकी खेल रहा है।

अब मृत्यु के चरण मुझसे दूर-दूर चले जा रहे हैं, और जीवन की आंखें मेरे पास-पास आती जा रही हैं।

1958

एक मित्र एक पत्र

जब फ्लू आया और लाखों को झकझोर कर चला गया तो जाते-जाते वह मुझसे मिलता गया और सात-आठ दिन मैं ओर वह एक मन, एक तन होकर रहे। वह शायद सातवां-आठवां दिन ही था। फ्लू देवता मुझे छोड़ चुके थे किन्तु उनके आगमन के सभी चिह्न अभी तक मुझ पर बने थे। गंगाराम डाक ले आया था। उन दिनों मेरा मन सुबह नौ बजते-बजते गंगाराम के पदचापों पर लग जाया करता था। चंगे-भले आदमी के लिए पत्र भोजन का कार्य करते हैं किन्तु बीमार के लिए तो वे दवा की खुराक से कम नहीं होते।

दो-तीन पत्रों को सरसरी निगाह से देखकर मेरी दृष्टि एक लिफाफे पर पड़ी, जिसकी लिखावट परिचित-सी लगी। सम्बन्धित व्यक्ति का ध्यान आते ही मैंने उसे उसी क्षण अस्वीकार करना चाहा। यह उसका पत्र नहीं हो सकता। जिससे सभी सम्बन्ध टूटे इतने दिन गुजर गए, उसका पत्र भला क्यों आएगा? किन्तु हृदय की धड़कन बढ़ गई । पत्र को खोलने में भला विलम्ब ही कितना लगता? किन्तु उस निमिष मात्र में ही औत्सुक्य की लहरें पता नहीं कहां से उमड़ आईं और उनका प्रवाह पत्र खोलती हुई उंगलियों की ओर गतिशील हो उठा। एक हल्का-सा कंपन हो गया उनमें।

वह पत्र रमेश का ही था। मेरे लिए वही 'आदरणीय' का सम्बोधन, वही लिखावट और उससे गुंथे सफेद कागज के चार-पांच पन्ने। भ्रम-निवारणार्थ मैंने उसे एकदम उलट कर देखा। सबसे अन्त में लिखा था—आपका रमेश।

रमेश, कोई तीन-एक वर्ष पूर्व वह मेरा अभिन्न मित्र था। ऐसा मित्र, जैसे बहुत कम होते हैं। परन्तु हममें बालमित्रों वाली गाली-गलौज नहीं थी। मेरे ऐसे मित्र भी हैं जो बात करने या पत्र लिखने का आरम्भ और अंत एक छूती हुई गाली से करते हैं क्योंकि इसके बिना उनका बालमित्र होना सिद्ध नहीं हो पाता। रमेश से मेरी मैत्री थोड़ा बड़े होकर हुई थी। हम लोग स्कूल की ऊंची श्रेणी में आ

गए थे। मित्र बने और अनायास ही उसने मुझे बड़ा मान लिया। वैसे आयु में मैं उससे कुछ बड़ा हूं भी। मैं उसके लिए आप से तुम नहीं बना। मेरे नाम का उसने कभी 'जी' लगाए बिना उच्चारण नहीं किया और जब भी पत्र लिखने का अवसर आया, उसने 'आदरणीय' शब्द से ही मेरा सम्बोध्न किया।

स्कूल से निकलकर हम लोगों ने साथ-साथ कालेज में प्रवेश किया। हम एक ही सायकिल पर आते-जाते थे। वह मुझे आगे डंडे पर बैठा कर खुद सायकिल चलाया करता था। हम कक्षा में साथ-साथ बैठते, साथ-साथ पीरियड गोल करते और फिर साथ ही साथ या तो गंगा के पुल पर दिखाई देते या किसी सिनेमाघर में।

यहां भुवन का भी उल्लेख कर दूं। उससे मेरी मैत्री का गाली-गलौजी सम्बन्ध है। रमेश से मेरी मैत्री उसे शुरू-शुरू में शायद कुछ अच्छी नहीं लगी थी। एक भारतीय पत्नी की भांति वह मुझ पर एकान्तिक अधिकार चाहता था। किन्तु रमेश का मैत्री भाव इतना प्रबल था कि उसने मेरे साथ अपने सम्बन्धों को तो गहरा बनाया ही. साथ ही भुवन को भी अपना मित्र बना लिया। हमारा त्रिगुड्ड काफी प्रसिद्ध हो गया था। एक अध्यापक ने तो हमें 'तीन बड़े' की उपाधि भी दे डाली थी।

किन्तु भुवन अधिक दिन हमारा सहपाठी न रह सका। उसने किन्हीं कारणों से मैट्रिक परीक्षा प्रायवेट रूप से उत्तीर्ण की और फिर उसकी गाड़ी सामान्य विद्यालयीन प्रशस्त मार्ग से अलग हटकर सदा 'प्रायवेट' की कच्ची ऊबड़-खाबड़ सड़क पर ही दौड़ती रही।

इण्टर की परीक्षा उत्तीर्ण कर मैंने और रमेश ने बी. ए. में प्रवेश ले लिया था। इन्हीं दिनों मेरी-उसकी कुछ बिगड़ गई। क्यों बिगड़ गई, इसकी भी लम्बी कहानी है। संक्षेप में, उन दिनों मेरे मस्तिष्क में एक मासिक पत्र निकालने का फितूर आ गया था। रमेश ने अपने उत्साह से मेरी उस विचाराग्नि को और हवा दी और क्षण भर में योजना बन गई। दीपावली को एक मास शेष था। सोचा, पहला अंक दीपोत्सव पर ही निकाला जाए। झटपट ग्राहक बनाने की रसीद-बुकें छपवा डाली गईं।

कुछ सामग्री और एक रिम कागज फीस के पैसों से खरीदकर प्रेस में डाल दिया गया। अभी तक हमने मैत्री की थी, अब व्यवसाय किया और वह व्यवसाय भी उस आयु में जिसमें मनुष्य के पैर तो धरती पर लगते हैं किन्तु वह सदैव आकाश में उड़ता अनुभव करता है। उत्साह और कुछ कर गुजरने की आंधी में अनुभव का क्षीण प्रकाश और भी क्षीण हो जाता है और व्यक्ति को ऐसा लगता है कि वह अपने गतिशील पैरों की ठोकर से इस गोल गेंदाकार पृथ्वी को जिधर भी चाहेगा, उड़ाता ले जाएगा।

अभी हमारा पहला अंक निकला भी नहीं था कि दरार पड़ गई। वह स्वभाव से चुप रहने का आदी है। उसके बाद और भी चुप हो गया। मेरी आदत बोलने की है। मैं बोल पड़ा—बोला ही नहीं, उबल पड़ा। और एक दिन अपने बड़प्पन के नशे में मैंने उसे खूब सुनाई। उसने प्रत्युत्तर में

कुछ नहीं कहा और मैं अपना उबाल निकालकर जब उससे बोला, वह उस समय भी चुप था। मैंने उसे मित्रता, सम्बन्धों और नवप्रकाशित पत्र की बहुत-सी दुहाई देकर बुलाने की चेष्टा की किन्तु वह फिर भी चुप रहा और हमारी बोलचाल बन्द हो गई।

एक वर्ष बीत गया। मैं उसे नित्य कालेज और कक्षा में देखता। मोटे फ्रेम के चश्मे के पीछे उसकी आंखें पथराई-सी होतीं। उसका चेहरा शून्य का प्रतिबिम्ब-सा होता और लगता, जैसे उसका सब कुछ भावहीन है और गहरी कठोरता को उसने अपने चारों ओर लपेट लिया है।

किन्तु मैं? मैं तो वैसा कठोर नहीं बन सका। रमेश शायद फूल के समान कोमल और वज्र के समान कठोर वाली कहावत का प्रतीक है। और मैं शायद हूं राजेन्द्रसिंह बेदी की 'लाजवंती' की तरह जो गाजर से लड़ बैठती है और मूली से मान जाती है। रमेश अपनी फूल-सी कोमलता को वज्र की कठोरता के नीचे दबा चुका था और मैं गाजर से लड़कर मूली से मान जाने के लिए तैयार बैठा था।

जैसे-जैसे मेरी और रमेश की बोलचाल बंद होने की अवधि बढ़ती जा रही थी, वैसे ही वैसे मेरी अशान्ति भी बढ़ती जा रही थी। मुझे लगता, रमेश को खोकर मैंने बहुत कुछ खो दिया है। एक कांटा-सा चुभता रहता, आंख में एक कंकड़ी-सी रड़कती रहती। एक दिन हम लोग राजनीति की कक्षा से निकले। मैं सदा उसे पहले निकलने का अवसर देकर स्वयं उसके पीछे कक्षा से निकला करता था। शायद अचेतन मन में यह आशा काम कर भी रही हो कि वह कक्षा से निकल कर मेरी प्रतीक्षा करेगा और मेरे निकलते ही मुझसे बोल देगा। किन्तु वैसा हुआ कभी नहीं।

उस दिन वह गैलरी में खड़ा नीचे देख रहा था। मैं शायद उस दिन सबसे अधिक भाव-विह्वल था। मैं चुपचाप उसके पीछे जा खड़ा हुआ और अपना हाथ उसके कंधे पर रख दिया। उसने मुड़कर पीछे देखा। उसकी आंखों से वही शून्यता झांक रही थी। एक क्षण मैं वह शून्य-सा देखकर कांप उठा। फिर मेरे मुंह से शब्द जैसे फिसल-से पड़े—"क्या तुम मुझसे अब कभी न बोलोगे?" मेरी सारी विह्वलता मेरी आंखों और ओठों पर उतर आई थी और उसके चेहरे पर भावशून्यता की बदलियां कुछ टूटने-सी लगी थीं।

मुझे ठीक याद नहीं कि उसने मुझे क्या उत्तर दिया था और मैंने उसे क्या कहा था। पर उस दिन हमारी बहुत-सी बातें हुईं। हमने अपने शेष घंटे गोल कर दिए। कैण्टीन में बैठकर साथ-साथ चाय पी, समोसे खाए और साथ ही वापस आए।

हममें फिर मैत्री हो गई। रमेश के चेहरे पर से जो थोड़ा कठोरता का मुलम्मा था, धीरे-धीरे उतर गया और नीचे से उसका फूल जैसा रूप और निखर आया। भुवन के इस बीच सम्बन्ध दोनों ओर बने रहे। था तो वह मेरा मित्र, किन्तु रमेश से भी उसकी बोलचाल रही और जब मेरी-रमेश की फिर बन गई तो पहले तो वह कुछ खोया-सा दिखाई दिया किन्तु उसने अपने आपको ढूंढ़ने में

अधिक समय नहीं लगाया।

हम लोगों ने एक ही कमरे में रात-दिन एक करके बी. ए. पास किया। बहुधा हम संध्या को पढ़ाई शुरू करते ही गपशप में ऐसे लगते कि नौ बज जाते। फिर दोनों मे से कोई कहता—

"भई, आज तो पढ़ने का कुछ मूड नहीं आ रहा है।" और फिर दोनों एक दूसरे की आंखों में देखते, कुछ विनिमय होता, मुस्कराते और झटपट पुस्तकें बंद कर सिनेमा का अन्तिम शो देखने के लिए निकल पड़ते। रात के एक बजे अपने कमरे में आकर जब हम इकोनामिक्स या पालिटिक्स के नोट्स बनाने बैठते तो बस आंखों ही आंखों में सुबह के छः बज जाते।

हम बी. ए. हो गए। मैंने एम. ए. में प्रवेश ले लिया। रमेश कलकत्ते चला गया। उसके पिता की कलकत्ते बदली हो गई थी। एक साल वहां उसने कुछ नहीं किया। शायद उसका कुछ करने को मन ही नहीं हुआ। दूसरे वर्ष वह वापस आ गया और उसने भी एम.ए. में प्रवेश ले लिया।

इन्हीं दिनों मेरे विवाह की चर्चा चली। मुझसे अधिक उत्साह रमेश में था। लड़की पसंद करने से विवाह की अन्तिम रचना तक वह मेरे साथ छाया की तरह लगा रहा। 'भाभी' शब्द उसके लिए एक बड़ी ही मादक वस्तु है जिसे कहने और फिर अपने लिए कुछ सुनने के लिए वह बेताब-सा रहता है। किन्तु मेरे विवाह से शायद उसकी चिर स्नेहिल आकांक्षा अतृप्त-सी रह गई। मेरे परिवार की कुछ रूढ़िगत परम्पराओं के कारण उसके अंदर का उच्छ्वास उसके अंदर ही घुटन बन गया। उसको मार्ग न मिला और एक विचित्र-सा रोष, तीखापन और झुंझलाहट-सी भरने लगी उसमें।

अपने दूसरे झगड़े की बात मैं आज भी सोचता हूं तो मुझे कुछ समझ में नहीं आता। पता नहीं कहां से एक रुखाई और कड़वापन उसके व्यवहार में आ गया था उन दिनों। मुझे याद है कि एक बार मैंने उसके भाषा-विज्ञान के नोट्स की कापी उसकी मेज से उठा कर देख ली तो उसने पागलों की तरह उत्तेजित होकर छीन ली थी मेरे हाथों से। क्षुब्ध और तिलमिलाया मैं देखता रहा था उसे एकटक।

पहली बार हमारा सम्बन्ध टूटा था पेड़ की सूखी डाल की तरह, जो झोंका लगते ही कटाक से टूट जाती है। पर दुबारा टूटी तो चिपले हुए गुड़ की तरह, जो टूटने से पहले खिंचता है और खिंचते-खिंचते टूट जाता है।

रमेश एम.ए. करके कलकत्ते चला गया। मेरी भी नौकरी लग गई। लगा, इस बार जुड़ने के लिए नहीं टूटी है। कभी-कभी अपने पत्रों की पुरानी फाइल उठाकर देखता तो उसके भी कुछ पत्र दिखाई दे जाते। उसके पत्र देखते ही कुछ उलझन-सी होती, ग्लानि-सी होने लगती। लगता, व्यर्थ ही ये पत्र पड़े हैं। फाइल भारी हो रही है, फाड़कर फेंक क्यों न दूं? कई बार पुरानी फाइल की सफाई की। बहुत-से पुराने पत्र फाड़कर फेंक दिए किन्तु रमेश के पत्र उसमें लगे रहे। फाड़ना

चाहकर भी उन्हें न फाड़ सका। उसके पत्रों को हाथ लगाते ही ऐसी उलझन होने लगती कि झटपट फाइल बंद कर रख देता।

एक बार भुवन ने पूछा—"क्या तुम्हें अब रमेश की बिल्कुल याद नहीं आती?"

मैं कुछ देर सोचता रहा, फिर बोला—"मेरी अवस्था उस बाल्टी जैसी है जिसमें पानी भरा हुआ हो और नीचे कुछ कंकड़-पत्थर भी पड़े हों। यदि बाल्टी में एक छेद हो जाए तो उसका पानी तो धीरे-धीरे बह जाता है किन्तु कंकड़-पत्थर शेष रह जाते हैं। मेरा मन भी वैसा ही हो गया है। उसके स्नेह का जल निकल चुका है और उसके रूखे और कटु व्यवहार के पत्थर शेष रह गए हैं।"

मैं जानता हूं कि बात मैंने बिलकुल सच नहीं कही थी। भुवन के सम्मुख शायद मेरा अहम् ही बोला था। रमेश उन व्यक्तियों में है जिन्हें उनके रूखे व्यवहार के बावजूद भी आसानी से नहीं भुलाया जा सकता। और अपने स्वभाव की अन्य कोई बात मैं अभी तक जान सका हूं या नहीं किन्तु इतना अवश्य जानता हूं कि मैं अपनी कटु स्मृतियों को जल्दी भूल जाता हूं।

तभी रमेश का पत्र आ गया—आदरणीय... तीन वर्ष बीत चुके।

पत्र उद्धृत करने की आवश्यकता नहीं लगती। उसमें क्या लिखा होगा, इसकी कल्पना करना किसी के लिए भी कठिन नहीं। बीते दिनों का निचोड़, जीवन में अनेकानेक उल्लेखनीय घटनाएं, कुछ अभाव, कुछ दूरी, कुछ पिछला जीवन, कुछ अगला जीवन और कुछ समस्याएं।

मैंने उत्तर दिया। प्रत्युत्तर में रमेश का उतना ही बड़ा पत्र आया—

"आपका पत्र प्राप्त हुआ। पत्र की भाषा और शैली में वही स्नेह और अपनापा पाकर पर्याप्त परितोष हुआ—"

पत्र-व्यवहार चल निकला। टूटी हुई फिर जुड़ गई। उसने मुझे कलकत्ते आने का निमन्त्रण दिया। लिखा, भाभी को भी साथ लाइए। किन्हीं कारणों से मैं उसकी भाभी को तो न ले जा सका किन्तु स्वयं कलकत्ते गया। जनता कुल सात घंटे देर से हावड़ा स्टेशन पर पहुंची। वह गाड़ी के निश्चित समय से एक घंटा पहले ही स्टेशन पर आ गया था।

शाम का समय था। हम दोनों चौरंगी पर घूम रहे थे। मैंने उससे एक प्रश्न पूछा—

"रमेश, जब तुमने मुझे पत्र लिखा था तो तुम्हें विश्वास था कि मैं तुम्हें उत्तर दूंगा?"

"हां, था।"

"और वैसा ही पत्र यदि मैं लिखता तो क्या तुम उत्तर देते?"

"शायद न भी देता।"

"तो तुम्हें यह कैसे विश्वास हुआ कि मैं तुम्हारे पत्र का उत्तर दे दूंगा।"

"इसलिए कि मैं यह जानता हूं कि मैं क्या हूं, और थोड़ा-बहुत यह भी जानता हूं कि आप क्या हैं।"

1958

कोहनूर की कीमत

रणजीत सिंह से किसी ने पूछा, ''महाराज, कोहनूर हीरे की आप क्या कीमत अनुमान करते हैं?'' उन्होंने अपनी दाहिनी भुजा पर बंधे जगमग कोहनूर की ओर देखा और फिर बड़े निःशंक भाव से उत्तर दिया, ''पांच जूतियां।''

घनी मूंछों और लंबी श्वेत दाढ़ी के बीच छिपे हुए रक्ताभ होंठों पर फिर एक हल्की-सी गर्वभरी मुस्कराहट खेल गई, जैसे श्वेत बादलों के मध्य सूर्य की प्रकाशमान किरण। प्रश्नकर्त्ता भौंचक्का-सा उनकी ओर देखता रहा। दो क्षण की निस्तब्धता फिर दरबारियों की खिलखिलाहट-भरी गूंज में डूब गई।

कोहनूर का वास्तविक इतिहास कोई नहीं जानता, किन्तु इतना इतिहास ऐतिहासिक संदेहों से परे है कि आज तक किसी ने उसे कीमत देकर नहीं खरीदा।

कहते हैं जब बाबर ने पानीपत के युद्ध में इब्राहीम लोधी पर विजय प्राप्त करने के पश्चात शाहजादा हुमायूं को आगरे पर अधिकार करने के लिए भेजा तो वहां एक विचित्र घटना घटी। हुमायूं अपनी विजयी सेना सहित दुर्ग में प्रवेश करने जा रहा था कि उसे द्वार पर एक वृद्धा मिली। वह वृद्धा पराजित इब्राहीम लोधी की अभागिन मां थी। उसने हुमायूं को एक डिबिया भेंट की। उसमें एक जगमगाता हीरा था और उसके बदले में वह वृद्धा अपने तथा रनिवास की अन्य बेगमों के प्राणों की रक्षा चाहती थी।

तब से लगभग दो सौ वर्ष तक वह अमूल्य हीरा मुगल बादशाहों के कोष की शोभा बढ़ाता रहा। किन्तु उस हीरे का यह सुकोमल नामकरण क्रूर नादिरशाह द्वारा हुआ। तब मुगलों का गौरवसूर्य अस्ताचल में छिप चुका था। प्रतीची की मध्यम पड़ती अरुणिमा के समान दिल्ली के सिंहासन पर मोहम्मदशाह अपने बचेखुचे वैभव का रंग प्रदर्शित कर रहा था। शायद इसीलिए लोग उसे मोहम्मदशाह 'रंगीला' कहते थे। नादिरशाह रूपी कराल रात्रि ने उस क्षीणप्राय अरुणिमा को ग्रस लिया और जब वह हीरा उस के अधिकार में आया, तो उसके मुंह से अनायास फूट पड़ाः

"वल्लाह, ई कोहनूर अस्त!"

(वल्लाह, यह तो नूर—प्रकाश—का कोह—पर्वत—है!)

कौन जानता था कि एक दिन में दिल्ली के डेढ़ लाख नागरिकों का संहार करवा डालने वाले क्रूरराज नादिर के हृदय में भी कवित्व है। और उस दिन से हीरे का नामकरण हो गया 'कोहनूर।'

फिर यह लगभग तीन चौथाई शताब्दी तक ईरान और अफगानिस्तान के राजघरानों में चक्कर लगाता रहा और प्रत्येक ने उसका मूल्य बल से चुकाया। किन्तु स्वदेश की मिट्टी से दूर पड़ा मानो वह बिलख रहा था। एक बार फिर उसे स्वदेश आगमन का सौभाग्य मिला। उत्तरपश्चिम भारत के शक्तिशाली सम्राट महाराज रणजीतसिंह ने उसका योग्य मूल्य चुका कर उसे अपनी दाहिनी भुजा पर स्थान दिया, इसकी भी एक कहानी है।

उन दिनों यह हीरा काबुल के राजघराने में था। उस युग में राजघरानों का जीवन पेड़ के पत्तों से अधिक नहीं था, जहां एक वंश को पुराने पत्तों की तरह झड़ते और दूसरों को नई कोंपलों की तरह फूटते विलंब नहीं लगता था। काबुल में शाहशुजा को उसके मंत्री शाहमहमूद ने अपदस्थ किया और उसे अपने भाई शाहजमान और बेगमों सहित काबुल से भागना पड़ा। वे लाहौर पहुंचना चाहते थे—रणजीत सिंह के संरक्षण में। किन्तु मार्ग में ही अभागा शाहशुजा अटक के सूबेदार जहानदाद खान द्वारा बंदी बना लिया गया। कुछ दिन बाद उसने उसे कश्मीर के सूबेदार अता मुहम्मद खान के पास भेज दिया। अंधा शाहजमान, जिसकी आंखें शाहमहमूद ने पहले ही निकलवा ली थीं, किसी प्रकार अपने और अपने भाई शाहशुजा के परिवार को लेकर लाहौर पहुंचा।

रणजीत सिंह ने इस राजघराने का स्वागत किया। मुबारक हवेली इस परिवार के निवास के लिए दे दी गई तथा दैनिक व्यय का पूरा प्रबंध कर दिया गया। राणजीत सिंह ने अपने एक विश्वस्त मंत्री फकीर अजीजुद्दीन को इन अतिथियों की सुखसुविधा के लिए नियुक्त कर दिया।

एक दिन शाहशुजा की बेगम वफा बेगम के निकटस्थ कर्मचारी अब्दुलहुसैन ने फकीर अजीजुद्दीन से कहा, "फकीर साहब, महाराजा साहब ने शाहंशाह शाहशुजा की बेगमों और उनके भाई को पनाह देकर हम पर भारी मेहरबानी की है। इस अहसान का बदला जिंदगी देकर भी नहीं चुकाया जा सकता। रहने के लिए शानदार हवेली, रोज खर्च के लिए हजारों रुपए नियत कर के महाराजा साहब ने जो दयानतदारी दिखाई है, उसके लिए बेगमें बहुत शुक्रगुजार हैं। मगर..."

"मगर क्या?" फकीर अजीजुद्दीन व्यग्र हो उठे। "आप लोगों को क्या किसी तरह की तकलीफ है?"

"नहीं, फकीर साहब," हुसैन बोला, "महाराजा साहब का इकबाल बुलंद रहे। हमें क्या तकलीफ हो सकती है! मगर इस सारे ऐशोइशरत के बीच भी बेगमों को सकून कैसे मिल सकता

है जबकि शाहंशाह हुजूर खुद कश्मीर के सूबेदार की कैद में हैं।'' कुछ क्षण रुककर वह फिर बोला, ''फकीर साहब, महाराजा साहब आज हिन्दुस्तान की बड़ी ताकतों में से एक हैं। बेगम साहबा का कहना है, जब उन्होंने हमें अपनी पनाह में ले ही लिया है तो हम शाहंशाह की आजादी के लिए और किसकी ओर देखें?''

फकीर अजीजुद्दीन गहरे सोच में पड़ गए। शाहशुजा के परिवार को आश्रय देने से वैसे ही लाहौर और काबुल के संबंधों में तनाव आ रहा था। कश्मीर से शाहशुजा की मुक्ति सशस्त्र आक्रमण के अतिरिक्त अन्य किसी प्रकार संभव नहीं थी।

फकीर अजीजुद्दीन को सोच में पड़ा देख हुसैन बोला, ''फकीर साहब, बेगमें जानती हैं कि शाहंशाह हुजूर को आजाद कराना आसान नहीं है और इतने बड़े अहसान का बदला चुकाने की भी ताकत उनमें नहीं है। फिर भी यदि शाहंशाह हुजूर को आजाद करा दिया जाए तो बेगम साहबा दुनिया का मशहूर हीरा कोहनूर महाराजा साहब को बतौर नजराना भेंट करने को तैयार हैं।''

फकीर अजीजुद्दीन ने उसकी बात को महाराजा साहब के सम्मुख रखने का वचन दे दिया।

महाराजा रणजीतसिंह कई दिन तक वफा बेगम के प्रस्ताव पर अपने निकट सहयोगियों से विचारविमर्श करते रहे। कोहनूर के विषय में वह बहुत कुछ सुन चुके थे और कश्मीर को जीतने की उनकी चिर-अभिलाषा थी। उनके सहयोगियों में इस विषय में बड़ा मतभेद था, किन्तु रणजीत सिंह मन ही मन कोहनूर को हस्तगत करने का निश्चय कर चुके थे।

इन्हीं दिनों एक सुयोग बन गया। कश्मीर का सूबेदार जो अफगानिस्तान के अधीनस्थ था, विद्रोही हो उठा। अफगानिस्तान के प्रधान मंत्री फतहखान ने अपने दूत दीवान गोदड़मल को रणजीत सिंह की सेवा में भेजा और कश्मीर पर अफगानी आक्रमण में उनकी सहायता चाही। वह तो किसी ऐसे अवसर की खोज में थे ही। शाहशुजा को मुक्त कराने, कोहनूर प्राप्त करने और अपनी सेनाओं को कश्मीर की घाटी से परिचित कराने का इस से अच्छा अवसर क्या हो सकता था! उन्होंने अफगानिस्तान को इस शर्त पर सहायता देना स्वीकार कर लिया कि सिख सेना का यह युद्धव्यय अफगानों को देना होगा।

बारह सहस्र सिख सेना दीवान मोहकम चंद, सरदार निहालसिंह अटारीवाला और जोधसिंह कलसिया के नेतृत्व में लाहौर से चल पड़ी।

सिखों और अफगानों की संयुक्त सेना ने कश्मीर पर आक्रमण किया। दोनों ही सेनाएं अपनी वीरता का सिक्का एक दूसरे पर बैठाना चाहती थीं। उधर कश्मीर के शासक अतामुहम्मद ने शक्ति भर प्रतिरोध किया, किन्तु वह इस सम्मिलित सेना के सम्मुख टिक न सका और शेरगढ़ी के दुर्ग में वह सिख सेना द्वारा घेर लिया गया। शीघ्र ही उसने आत्मसमर्पण कर दिया। अभागा शाहशुजा भी इसी दुर्ग में कैद था। सिख सेना ने उसकी खोज आरंभ की और उसे एक कालकोठरी में जंजीरों से जकड़ा हुआ पाया। जंजीरों के कारण उसके हाथ-पैर रक्तरंजित थे, चीथड़े बने हुए

वस्त्र उसके तन पर थे और शाहंशाही के सरूर में डूबी रहने वाली आंखें मृत्यु की प्रतिक्षण प्रतीक्षा करती हुई शून्य हो चुकी थीं। सिख सेना के शिविर में लाकर उसे जंजीरों से मुक्त किया गया, नवीन वस्त्र पहनाए गए।

शाहशुजा का सिख सेना द्वारा हस्तगत किया जाना सुन कर फतहखान बड़ा क्रुद्ध हुआ। वह उसे उसी प्रकार जंजीरों में बद्ध काबुल भेजना चाहता था। सिख सेनापतियों से शाहशुजा को अपने अधिकार में लेने की उसने मांग की, किन्तु उन्होंने कोरा उत्तर दिया और शाहशुजा को लेकर लाहौर वापस आ गए।

शाहशुजा अपने परिवार से मिल चुका था। फकीर अजीजुद्दीन ने अवसर देखकर वफा बेगम से कोहनूर की बात चलाई। किन्तु वफा बेगम उन दिनों बेवफा हो कर सपरिवार अंग्रेजी राज्य में भाग जाने की तैयारी कर रही थी। स्वार्थ सिद्ध हो चुका था। कोहनूर जैसी अमूल्य संपत्ति को शाहशुजा अपने पास रखने का लोभ संवरण न कर सका।

एक दिन फकीर अजीजुद्दीन ने रणजीत सिंह के सम्मुख एक हीरा रखकर कहा, ''हुजूर, शाहशुजा ने अपने वादे के मुताबिक यह कोहनूर भेंट किया है।''

महाराजा ने उसे उठाकर देखा और परखा। दोनों आंखों की चमक एक में ही समेटे हुए एक आंख की ज्योति कुछ तीव्र हुई, मद्धिम-सी लालिमा बढ़ने लगी, मस्तक के बल कुछ सिकुड़ने लगे और होंठों के हिलने से घनी मूंछें कुछ गतिशील हो उठीं। उनकी यह मुद्रा देख कर फकीर साहब सहम-से गए। इतने में खिलखिलाहट का कर्णभेदी स्वर सुनाई दिया। अजीजुद्दीन ने देखा, महाराजा साहब उन्मुक्त भाव से हंस रहे है।

''शाहशुजा समझता है, वह बहुत चालाक है। उससे कहो कि जिसे वह कोहनूर बताकर हमें झुठला रहा है, ऐसे-ऐसे साधारण पुखराज तो हम अपने तबेले वालों को उनकी सेवाओं के लिए दिया करते हैं।''

फकीर अजीजुद्दीन थर-थर कांपने लगे। बोले, ''अहसानफरामोश शाहशुजा हमारे साथ ध ोखा कर रहा है, हुजूर। उसे इसकी सख्त सजा मिलनी चाहिए।''

रणजीत सिंह और खिलखिला कर हंस पड़े। बोले, ''आप चिंता न कीजिए, फकीर साहब। शाहशुजा यदि यह समझता है कि कश्मीर के आक्रमण में लाखों रुपया व्यय कर और इतनी प्राण-हानि उठाकर भी हमने कोहनूर की पूरी कीमत नहीं चुकाई है, तो शेष चुकाने की शक्ति भी हमारे पास है। और आजकल तो वह सतलज पार भागने की तैयारियां कर रहा है न?''

महाराजा का अंतिम वाक्य सुन कर फकीर अजीजुद्दीन चौंक पड़े और अनभिज्ञ भाव से उनकी ओर देखने लगे। वह कह रहे थेः ''फकीर साहब, ईश्वर ने रणजीत सिंह को दी तो एक ही आंख है, किन्तु उससे वह देखता सब कुछ है।''

रणजीत सिंह की कड़ी दृष्टि के कारण शाहशुजा के सतलज पार भागने के सब मनसूबे शिथिल हो गए थे। इस बीच फकीर अजीजुद्दीन ने उससे कई बार मिल कर महाराज को कोहनूर भेंट करने का परामर्श दिया, किन्तु वह टालमटोल करता रहा।

उस दिन संध्या को शाहशुजा अपनी हवेली की बैठक में बैठा हुक्का गुड़गुड़ा रहा था। अतीत की अनेक स्मृतियां उसके हुक्के के धुएं के गुबार में चित्र बनकर उभर आती थीं और धूमिल होती जाती थीं। वह शाहंशाह था। अफगानिस्तान के साम्राज्य का एकछत्र शासक। कश्मीर, पेशावर और अटक के प्रांत उसके साम्राज्य के अंग थे। फिर परिवर्तन की आंधी में सब कुछ नष्ट हो गया। उसके विश्वासपात्रों ने उसके साथ छल किया। राजपरिवार संकटों में घिर गया। देखते-देखते उसके भाई की आंखें निकलवा ली गईं। विद्रोही तो उसके भी प्राणों के ग्राहक थे, किन्तु वह सपरिवार किसी प्रकार निकल भागा। पर दुर्भाग्य तो मानो छाया बन चुका था। अटक के पास वह अपने परिवार से बिलग होकर वहां के सूबेदार के हाथों पड़ गया। कल तक जो उसके हुक्म का गुलाम था, आज वह उसी का बंदी था। फिर वह कश्मीर भेज दिया गया जंजीरों में जकड़ कर। अब मृत्यु निश्चित थी। वह उसका आह्वान किया करता था। किन्तु जैसे वह उसे अपने खेल दिखा रही हो। शेरगढ़ की कालकोठरी में जकड़ा जब वह मृत्यु को आवाजें दे रहा था, सिख सेना अप्रत्याशित मुक्तिदूत की भांति वहां पहुंची और उसे बंधनमुक्त करा लाई। आज वह रणजीत सिंह का अतिथि है।

किन्तु क्या उसका जीवन रणजीत सिंह के टुकड़ों पर ही व्यतीत होगा? वह सोच रहा था। क्या मातृभूमि अफगानिस्तान से वह सदा के लिए विदा ले चुका है? निराशा मृत्यु का आह्वान करती है और आशा जीवन का। बंदी जीवन में प्रतिक्षण मृत्यु का आह्वान करने वाला शाहशुजा आज मुक्त होकर पुनः अफगानिस्तान पर अधिकार करने की तरकीबें सोच रहा था।

इतने में अनेक घोड़ों की टापों के स्वर उसकी तन्मयता भंग करने लगे। घबराया हुआ एक सेवक आकर बोला, "हुजूर, महाराजा साहब!"

"ऐं, क्या रणजीत सिंह स्वयं?" उसने सोचा और झटपट बाहर निकला। देखा, रणजीत सिंह अपने अनेक सहयोगी सरदारों सहित उपस्थित है। साथ में फकीर अजीजुद्दीन भी।

"कहिए, शाह साहब, मिजाज तो अच्छे हैं न?" रणजीत सिंह ने मुस्कराते हुए पूछा।

"हुजूर ने खुद इतनी तकलीफ कैसे की?" शाहशुजा थर-थर कांप रहा था। "हुक्म देते, मैं खुद हाजिर हो जाता...." शाहशुजा से कुछ कहा नहीं जा रहा था।

सब लोग बैठक में आ बैठे। रणजीत सिंह ने बात चलाईः "आपने फकीर साहब के जरिए जो पुखराज भेजा था, वह काफी कीमती था। सोचा, आपका शुक्रिया अदा कर आएं। देखिए, ये पुखराज कैसे हैं?"

कहकर उन्होंने संकेत किया। एक सरदार ने सोने की ढकी हुई तश्तरी सामने रख दी। वस्त्र हटाया गया। तश्तरी पर रखे बहुमूल्य पुखराज जगमगा रहे थे।

शाहशुजा झुकी गरदन और लज्जित नेत्रों से उसे देख रहा था। जिस पुखराज को उसने कोहनूर कहकर भिजवाया था, उससे कहीं अधिक मूल्यवान पुखराज उसके सम्मुख पड़े उसके छल का उपहास कर रहे थे।

"इन्हें हम आप को भेंट करने के लिए लाए हैं," रणजीत सिंह बोले, "पिछले वर्ष गोलकुंडा के एक जौहरी से हमने इन्हें खरीदा था। परन्तु आप तो कोहनूर के मालिक हैं। भला आप को इन पुखराजों की क्या परवा!" कहकर वह हंस पड़े। सारी हवेली गूंज उठी।

शाहशुजा नजरें झुकाए फर्श की ओर देख रहा था। सलज्ज स्वर में बोला, "महाराजा साहब, मुझे और शर्मिंदा न करें। कोहनूर का मालिक मैं नहीं, हुजूर हैं।" कहकर वह अंदर चला गया और कुछ क्षण पश्चात जब वह लौटा तो उसके हाथ में चांदी की तश्तरी में रखा जगमगाता कोहनूर था।

कोहनूर महाराजा रणजीत सिंह को हस्तगत हो गया।

कहते हैं, कोहनूर के चरण बड़े अभागे हैं। पांच जूतियों का मोल देकर जो उसे ले जाता है मानो वह अपने पतन का बीज बो देता है। रणजीत सिंह के उत्तराधिकारियों से अंग्रेजों ने कोहनूर लिया— उसी मूल्य पर जिसका निर्धारण रणजीत सिंह ने स्वयं किया था।

एक अंग्रेज ने कोहनूर की कीमत आंकते हुए कहा थाः इससे संपूर्ण संसार को दो दिन तक भोजन कराया जा सकता है।

किन्तु अंग्रेजों से भी यदि कोई कोहनूर पाने में समर्थ होगा, तो उसी क़ीमत पर, जिसका निर्धारण रणजीत सिंह ने किया था।

(1958)

लिफ्ट

वह बस से रेसकोर्स के पास उतरा। तपी हुई जमीन पर पैर रखते ही उसे अनुभव हुआ जैसे आग उसकी चप्पलों को भेद कर ऊपर चढ़ आएगी। उसने सूखे गले से थूक निगलते हुए सामने देखा। तारकोल की सड़क धूप की रोशनी में किसी नागिन की पीठ की तरह चमक रही थी। एक सड़क बायीं ओर गई थी, जिस पर से अभी उसकी बस आगे चली गई थी। सड़क पर मोटे टायरों के निशान उभर आए थे, मानो नंगी पीठ पर कोड़ों के निशान पड़े हों। दाहिनी ओर चहारदीवारी के ऊपर रेसकोर्स का बोर्ड लगा हुआ था।

तेज लू के कई थपेड़े उसे लगे। मुंह झुलस गया। आंखों को जैसे किसी ने तेज शीशे से काट दिया। मुंह की लार सूखकर गाढ़ी झाग बन गई। वह हांफने लगा–ठेले में जुते भैंसे की तरह।

सड़कें तप रही थीं। हवा तपी हुई थी और उससे अधिक उसका शरीर तप रहा था, तपा हुआ था।

पैरों को घसीटता वह एक पेड़ के नीचे आ खड़ा हुआ। जेब से एक कागज निकाल कर उसने पता देखा–

"जे ब्लाक, जोर बाग रोड, अलीगंज, नई दिल्ली–3"

सामने की सड़क से थोड़ा आगे दो सड़कें दायें-बायें गई थीं। वह आगे बढ़ा। बायीं ओर पेड़ के नीचे एक सायकिल वाला एक पहिए में हवा भर रहा था। एक सायकिल की ट्यूब पंचर लगाने के लिए खुली पड़ी थी और उसके पास ही गंदे पानी की बाल्टी। पानी! उसे लगा, वह उस बाल्टी को उठा कर मुंह से लगा ले। उसने सायकिल वाले की ओर देखा। वह हवा भरे जा रहा था, माथे से पसीने की बहती हुई धार से उसके ओठ तर हो रहे थे। कितना गम्भीर था उसका मुंह! कितनी गम्भीर थीं उसकी आंखें! वह भयभीत-सा उसकी ओर देखता रहा।

सायकिल वाला हवा भर चुका। पैसे लेकर उसने कमीज की आस्तीन से मुंह का पसीना पोंछ डाला और खुली हुई सायकिल के पास आ बैठा। उसने ट्यूब बाल्टी में डाल दी, पानी से

भरी हुई बाल्टी में सूखी ट्यूब तर हो गई।

वह एकटक देखता रहा। उसका गला और सूख गया। सायकिल वाला घुमा-घुमाकर ट्यूब को पानी में डुबो रहा था। उसका गला और सूखता जा रहा था।

हवा तेज चलने लगी, सर्र्र् सर्र्र् सड़क के दोनों ओर धूल उड़ी और आंखों में घुसने लगी। धूल भी तप गई थी। आंखों की ठंडी कोठरी में वह भी विश्राम चाहती थी। उसने सिर झुकाकर दाहिनी बांह से आंखों को ढक लिया। सायकिल वाले ने ट्यूब के साथ ही अपना मुंह भी बाल्टी में छुपा लिया। पेड़ के नीचे खड़े ग्राहक ने सिर झुका कर हैट की आड़ कर ली। धूल सिर के ऊपर से निकल गई।

हवा हल्की हो गई। पत्तों की तेज खड़खड़ाहट भी हल्की हो गई। सायकिल वाला ट्यूब को फिर पानी में डुबोने लगा। ट्यूब फिर तर होने लगी, उसका गला फिर सूखने लगा।

''थोड़ा पीने का पानी मिल सकता है?'' उसने सायकिल वाले से पूछा। सायकिल वाले ने बिना नजर उठाए पीछे की ओर इशारा किया—''बंगले में नल लगा है।''

उसने बंगले में झांककर देखा। दरवाजे के बायीं ओर पेड़ की घनी छाया में पहाड़ी पड़ा सो रहा था। सामने सीमेंट का बंगला। दरवाजे चारों ओर से बंद। खिड़कियों के शीशों से झांकते हुए गहरे हरे रंग के पर्दे। चारों ओर शान्ति—गहरी निस्तब्धता। दायीं ओर पेड़ के नीचे था, पानी का नल।

उसने दरवाजा खोला। पहाड़ी ने करवट बदली। वह ठिठक गया। उसने घूमकर सायकिल वाले से पूछा—''अंदर चला जाऊं?''

''चले जाओ-चले जाओ।'' सायकिल वाले ने उसी तरह ट्यूब पर नजर गड़ाए उत्तर दिया।

उसने धीरे-से दरवाजा खोला। वह पहाड़ी को जगाना नहीं चाहता था। वह उसी की ओर देखता नल तक चला गया।

पानी की धार हाथ में पड़ते ही वह तिलमिला उठा, जैसे किसी भट्ठी से उबलकर निकल रहा हो। उसका गला और सूख गया, उसने पानी की धार को बहने दिया।

''क्या करता है?'' जैसे पीछे से किसी ने कचोट लिया। उसने देखा, पहाड़ी उसे जलती हुई आंखों से घूर रहा है।

''पानी पिऊंगा।'' उसने सहमते हुए कहा।

''फिर पीता क्यों नहीं?'' जैसे चाबुक चली।

''गरम बहुत है।'' और पहाड़ी के कुछ कहने से पहले ही उसने अपना हाथ पानी की धार के नीचे डाल दिया। पानी अब उतना गर्म नहीं था। उसने दो-चार चुल्लू मुंह में उड़ेलकर नल बंद कर दिया।

गला फिर भी सूखा था। पेट में गुड़गुड़-सी हो रही थी। जैसे उसने जुलाब लिया हो।

बाहर वही तपिश थी। लू के तेज झोंके थपेड़ों से लग रहे थे। चारो ओर सांय-सांय हो रही

थी! इक्का-दुक्का सायकिल-सवार किसी कपड़े से मुंह को ढके हुए निकल जाता था या फिर कोई मोटर—बड़ी-सी, लम्बी-सी, सर्र् करती हुई!

आगे बढ़कर उसने देखा, दायें-बायें दोनों ओर जाने वाली लम्बी-सीधी सड़क पर लिखा था—जोर बाग रोड! उसने फिर पता निकाला—

''जे ब्लाक, जोर बाग रोड, अलीगंज, नई दिल्ली—3''

वह भ्रम में पड़ गया। दायें-बायें दोनों ओर जाने वाली सीधी सड़क है—जोर बाग रोड! वह किस ओर जाए? किसी से पूछने के लिए उसने इधर-उधर देखा। तेज लू के झोंकों से झर्र् झर्र् करती हुई पेड़ों की पत्तियां एक-दूसरे से टकरा रही थीं। उसे कोई आता-जाता न दिखाई दिया। उसकी दृष्टि सायकिल वाले पर जा पड़ी। वह एक पुरानी-सी, गंदी-सी सायकिल में हवा भर रहा था। पास ही एक गंदा-सा आदमी खड़ा था। गंदे कपड़े, गंदा चेहरा और एक पैर से लंगड़ा। दाहिनी बगल के नीचे बैसाखी दबा रखी थी।

वह सायकिल वाले के पास फिर आ गया—''अलीगंज किस तरफ है?''

सायकिल वाले ने पंप के हैंडल से बिना हाथ उठाए सामने दाहिनी ओर जाने वाली सड़क की ओर थोड़ा मुंह उठाकर आंखों से इशारा किया—''सीधे चले जाओ।''

वह उस ओर बढ़ गया। गर्म हवा के झोंके उसके मुंह पर लग रहे थे। उसने दोनों हाथों से अपने कानों को ढक लिया।

वह एक पेड़ के नीचे आकर खड़ा हो गया। बार-बार थूक निगलकर वह गले को तर कर रहा था। उसे हफनी आ रही थी। लग रहा था, जैसे बुखार होता जा रहा है। किसी सवारी के लिए उसने इधर-उधर देखा।

इतने में एक मोटर निकल गई, सर्र् से। उसके मस्तिष्क में कौंध गया, लिफ्ट! उसे याद आया, सुना था, दिल्ली में मोटरों वाले लिफ्ट दे देते हैं।

उसे दूसरी मोटर आती दिखाई दी। पीछे की सीट पर कोई आदमी अधलेटा-सा था। वह गहरे ऊहापोह में पड़ गया और जैसे ही वह पास आई, वह पूरी ताकत लगाकर चिल्ला पड़ा—''लिफ्ट प्लीज़।''

हवा के तेज झोंके उसकी आवाज को उड़ा ले गए। मोटर सर्र् करती हुई निकल गई।

उसका गला और सूख गया। थूक निगलना कठिन हो रहा था उसे। एक अन्यमनस्कता उसके चेहरे पर छा गई। वह खोया-सा इधर-उधर ताकने लगा।

''कहां जाना है?''

उसने देखा, वह गंदा-सा आदमी अपनी गंदी-सी सायकिल पर सवार एक पैर फुटपाथ पर टिकाए और हाथ से बैसाखी को जमीन पर टिकाता पूछ रहा है।

''अलीगंज... कितनी दूर है यहां से?''

''ज्यादा दूर भी नहीं है, काफी दूर भी है।'' गंदे आदमी ने दार्शनिक-सा उत्तर दिया।

''मतलब?''

''मतलब यही है कि वैसे तो बहुत दूर नहीं है। पर इस धूप और लू में बहुत दूर है।''

उसने सामने देखा। सीधी, लम्बी, साफ सड़क चली गई थी, अलीगंज की ओर। हवा का हर झोंका सड़क पर धूल की भंवर-सी बनाता और फिर उसे उड़ा ले जाता। सड़क और साफ हो जाती, और चमकीली हो जाती।

''आइए।'' उसने देखा, वह आदमी बुला रहा है।

''क्या?'' उसने कुछ समझा नहीं।

''अलीगंज जाइएगा न?''

''हां।''

''तो आइए न।''

वह फिर भी कुछ नहीं समझा और उजबुक-सा उसके मुंह की ओर ताकता रहा एकटक।

''आइए, बैठ जाइए।'' उसने सायकिल के पीछे लगे गंदे-से कैरियर की ओर इशारा किया।

''नहीं-नहीं, आप जाइए, मैं पैदल चला जाऊंगा।'' उसके प्रस्ताव को सुन उसे घबराहट-सी हुई, संकोच-सा हुआ।

''अरे आइए भी। इस धूप में तो पैदल कबाड़ा हो जाएगा।'' गंदा आदमी अपनी पगड़ी के छोर से कैरियर की धूल झाड़ता हुआ बोला—''आइए, बैठ जाइए। इस समय कोई सवारी थोड़े ही मिलेगी आपको।''

दो क्षण वह स्तम्भित खड़ा रहा, फिर आगे बढ़ आया। गंदे आदमी ने मुस्कराते हुए उसकी ओर देखा और सायकिल पर ठीक से बैठकर अपनी बैसाखी को हैण्डल पर रखने लगा।

''ऐसा कीजिए,'' वह बोला—''आप पीछे बैठ जाइए। मैं चला ले चलूंगा।''

''नहीं-नहीं। आप बैठिए।''

''मगर... आप मुझे बैठाकर कैसे चला सकेंगे?'' उसकी दृष्टि अनायास उसके कटे हुए पैर की ओर चली गई। उस आदमी ने भी उस ओर देखा और मुस्कराया—

''आप चिंता न कीजिए, मैं एक पैर से ही चला ले चलूंगा।''

''नहीं-नहीं, आप पीछे बैठिए.... बैठिए तो... मैं चला ले चलूंगा।'' उसने सायकिल का हैण्डल पकड़ लिया। वह आदमी अपनी बैसाखी को संभालता नीचे उतर आया और कैरियर पर बैठ गया। वह सायकिल बढ़ा ले चला।

तेज धूप से सड़क की तारकोल पिघल गई थी। सायकिल के टायर उस पर चर्र्र् की आवाज करते हुए चले जा रहे थे। उसने बात चलाई—

''आपका यह पैर कैसे...?''

''पिछले दंगों में कट गया था।''

''आप करते क्या हैं?''

''लोधी रोड पर सोडा-वाटर की दुकान है मेरी।''

वह सायकिल चलाता जा रहा था। वह हांफने लगा। उसे मिचली आने लगी। लग रहा था, उल्टी हो जाएगी। गर्म हवा के तेज झोंके फर्र्र्-फर्र्र् उसके मुंह पर लग रहे थे। हैण्डल पर उसके हाथ कांपने लगे, पैरों का बोझ मन-मन भर का हो गया। उसने फुटपाथ-से लगाकर एक पेड़ की छाया में सायकिल खड़ी कर दी।

''आप जाइए, मैं पैदल चला आऊंगा।''

''क्यों?'' उस आदमी के चेहरे पर आश्चर्य झलकने लगा।

वह जोर-जोर से सांस ले रहा था।

''और सायकिल नहीं चलेगी मुझसे।'' उसने सूखे ओठों पर जीभ फेरी।

वह आदमी अपनी बैसाखी लेकर उसके पास आ गया—''आपको बुखार-सा हो रहा है।'' उसने उसके माथे और बांह को छूकर कहा।

''आइए पीछे बैठ जाइए, मैं चला ले चलूंगा।'' उसने हैण्डल पकड़ लिया।

''आप कैसे चलाएंगे?''

''आप बैठिए भी। देखिए, मैं कैसे चलाता हूं।''

वह पीछे बैठ गया। वह आदमी सायकिल चलाने लगा। एक पैर से वह कैसे सायकिल चला रहा था, वह उसने नहीं देखा। उसका शरीर तप रहा था और आंखें आप ही बंद होती जा रही थीं।

''किस ब्लाक में जाना है?''

''जे ब्लाक में।''

''कौन है आपका वहां?''

''मेरे सम्बन्धी हैं।''

फिर निस्तब्धता छा गई। पीछे बैठा वह सुन रहा था, टायरों की चर्र्र्-चर्र्र्, पत्तों की खड़-खड़ और हवा की झर्र्र्-झर्र्र्। कभी-कभी सर्र्र् से कोई मोटर निकल जाती तो उसकी आंखें खुल जातीं और वह कुछ देर सड़क पर उसके टायरों के निशान को देखता रहता।

''क्यों जी, जे ब्लाक कौन-सा है?'' गंदे आदमी ने किसी राहगीर से पूछा।

''वह सामने वाला।''

''......................................''

''लीजिए, आपका जे ब्लाक आ गया।'' गंदे आदमी ने सायकिल रोक दी। वह उतर पड़ा। उस पर नशा-सा चढ़ा हुआ था।

''पानी पीजिएगा।''

''नहीं-नहीं, अब घर जाकर ही पिऊंगा।''

"अच्छा...।" गंदा आदमी अपनी बैसाखी संभालने लगा।

"बड़ी मेहरबानी आपकी।"

वह गंदा आदमी हंस दिया, छोटी-सी दाढ़ी के धूल से सने खिचड़ी बाल चेहरे की झुर्रियों के साथ इधर-उधर सिकुड़ गए।

"आप इस धूप में आए कैसे?" सम्बन्धी महोदय ने शर्बत का गिलास उसके सामने रखते हुए पूछा।

"रेसकोर्स तक तो बस से आया और आगे..."

"आगे..."

"आगे लिफ्ट मिल गई।"

सम्बन्धी महोदय हंस दिए और प्रफुल्ल होकर बोले—"दिल्ली के मोटरवालों में यही अच्छाई है। वे लिफ्ट फौरन दे देते हैं।"

"जी।" उसने शर्बत से गले को तर करते हुए कहा।

(1959)

सुबह के फूल

उस दिन घोष बाबू मुझे डाकखाने में मिल गए। मैं हाथ में मनीआर्डर फार्म लिए खड़ा था। मेरे आगे अभी दस-बारह व्यक्ति खड़े थे और पीछे खड़ों की संख्या धीरे-धीरे बढ़ती जा रही थी। आगे खड़े लोगों और उनकी जनवासी चाल देखकर एक ऊब-सी छूटती थी। मैं रह-रहकर पीछे देख लेता था और जैसे ही पीछे की पंक्ति मुझे कुछ बड़ी दिखती, आगे की अपने आप ही छोटी नजर आने लगती।

आगे की छोटी होती जा रही थी और पीछे की बड़ी। तभी किसी ने बांह पकड़कर झकझोर दी। मैंने घूमकर देखा, घोष बाबू खड़े मुस्करा रहे थे।

"दो वर्ष बाद भेंट हुई।"

मैंने देखा, चश्मे के पीछे उनकी आंखें नाच रही हैं और मुस्कराहट में उनके दोनों ओठ मसूड़ों से चिपक गए हैं। दांत किसी टूथपेस्ट के विज्ञापन-से लग रहे हैं।

"आजकल आप कहां रह रहे हैं?" मैंने पूछा।

"शिवाजी पार्क के पास मैंने एक फ्लैट ले लिया है।"

"फ्लैट! आपने?" मुझे थोड़ा आश्चर्य हुआ। वे फिर मुस्करा दिए और धीरे से, बिलकुल मेरे निकट आकर बोले–

"मैं शादी करने जा रहा हूं।"

"सच!" मेरे मुंह से फट पड़ा। तभी मुझे लगा, मेरे आगे के लोग काफी आगे बढ़ गए हैं और पीछे वाले हमारी बातों पर कुढ़न प्रदर्शित कर रहे हैं। मैंने घोष बाबू का हाथ अपने हाथ में लेकर दबाया और आंखों ही आंखों में उन्हें बधाई-सा देता आगे बढ़ा।

"आप मनीआर्डर कर लीजिए। मैं इस पत्र की रजिस्ट्री करा लूं।" कहकर वे अपना हाथ छुड़ाते हुए फिर मेरे बिल्कुल निकट आ गए और धीरे से, झनझनाते-से स्वर में बोले–

"इसमें मेरी फोटो जा रही है।"

वे जाकर रजिस्ट्री वाली पंक्ति के पीछे खड़े हो गए। मैं देख रहा था, अपने हाथ के लिफाफे को वे बार-बार बड़ी सतृष्ण दृष्टि से देखते थे, जैसे उस लिफाफे में बंद फोटो में उनकी बहुत-सी आशाएं सिमट आई हों। जैसे वे लिफाफे में बंद उस चित्र को अपनी आंखों के रस में डुबो रहे हों।

घोष बाबू और मैं होटल के एक ही कमरे में लगभग तीन माह एक साथ रहे थे। साथ-साथ रहकर हम काफी निकट आ गए थे। फिर मैंने होटल छोड़ दिया और मेरा अधिक उधर जाना नहीं हुआ। समय के साथ, जीवन की गतिशील व्यस्तताओं में धीरे-धीरे उनकी स्मृति क्षीण-सी होती गई किंतु उनके अन्तरतम की जिस पीड़ा का अनुभव मैंने उनके साथ रहकर किया था वह मुझे कभी विस्मृत नहीं हुई।

एक दिन मैंने उनसे पूछा था—''घोष बाबू, कितने बच्चे हैं आपके?''

''बच्चे?'' वे चौंक-से पड़े—''अरे अभी मेरी शादी कहां हुई।'' कहकर वे मुस्करा दिए। मुस्कराहट! हां, वह मुस्कराहट तो थी किंतु एक मुर्दे की मुस्कराहट के समान भयावह और एक हारे हुए जुआरी की मुस्कराहट के समान करुणाजनक।

मैं खोया-सा उनकी ओर देखता रहा। वे तकिया खड़ी कर अपने पलंग पर अधलेटे-से हो गए और चश्मा उतारकर रूमाल से उसके शीशे, अपनी आंखें और मुंह साफ करने लगे।

वातावरण में न जाने कहां से भारीपन आ गया। हल्का बनाने के लिए मैंने हंसते हुए कहा—''अच्छा हुआ, घोष बाबू कि आप अभी तक इस जंजाल में नहीं पड़े। अभी भला आपकी आयु ही कितनी है... हां, क्या उमर होगी आपकी?''

''बत्तीस!'' वे धीरे-से बोले।

''बत्तीस।'' मैं चौंका। सचमुच इस आयु में तो किसी को आयु का नाम लेकर सांत्वना देना कठिन है। फिर भी मैंने कहा—

''बस, आजकल यही आयु है विवाह की। अब झटपट अपनी शादी कर डालिए।''

मेरी इस बात पर वे एक रूखी-सी हंसी हंस दिए। ऐसी हंसी जिसमें से एक विचित्र-सी लाचारी झांक रही थी।

कुछ क्षण चुप रहकर वे बोले—"क्यों, आपकी शादी हो गई?"

"हां...।" और मैं एकाएक चुप हो गया। उनके इस प्रश्न में भी एक दर्दभरी उत्सुकता झांक रही थी। मैं सच बोलते-बोलते झूठ बोल गया—"नहीं, अभी तो नहीं हुई है।"

लगा, मेरी बात सुनकर उन्हें सुख-सा हुआ है।

मैं कई दिन सोचता रहा, आखिर बात क्या है? घोष बाबू एक कपड़ा मिल में इंजीनियर हैं। अच्छा-खासा उनका वेतन है। रंग, रूप और स्वास्थ्य भी सामान्य बंगालियों से अच्छा ही है। फिर इनके विवाह में कैसी बाधा है?

उस दिन होटल में दुर्गापूजा का महोत्सव मनाया जा रहा था। रंग-बिरंगी साड़ियां पहने बहुत-सी स्त्रियां अपने पुरुषों के साथ उसमें आई थीं। किंतु उस सारे जमघट में घोष बाबू बड़े दबे-दबे से, बड़े बुझे-बुझे से नजर आ रहे थे। पण्डाल के बाहर खड़े कभी-कभी वे आस-पास हंसती, मुस्कराती, उच्च स्वर में बातें करती हुई स्त्रियों की ओर बड़ी चोर दृष्टि से देखते। एक क्षण के लिए उनके नेत्रों में किसी सतृष्ण लालसा की लालिमा बिखरती किंतु दूसरे ही क्षण एक गहरे विक्षोभ की कालिमा उसे घेर लेती और वह कालिमा बरबस उनकी आंखों से निकलकर सारे मुख पर छा जाती और लगता जैसे उनका रोम-रोम एक गहरी उद्विग्नता और बेचैनी से भर उठा है।

कुछ देर बाद वे मुझसे बोले—"आइए, कमरे में चलें।"

"कुछ देर और नहीं रुकिएगा?"

वे आग्रह भरे स्वर में बोले—"नहीं... आइए कमरे में चलें।"

उन्होंने मेरा हाथ पकड़ लिया और लगभग घसीटते-से कमरे में ले आए। मैंने पूछा —"क्यों, वहां आपका मन नहीं लगा?"

उत्तर में वे कुछ क्षण मेरी ओर देखते रहे, फिर निश्वास-सा छोड़ कर बोले—"इन हरी-पीली साड़ियों में मेरा मन घबड़ा-सा जाता है।"

बात चुभी। फिर भी बनावटी हंसी हंसकर बोला —"वाह घोष बाबू, जहां लोगों का मन लगता है, वहीं से आपका मन उचट जाता है।"

यह बात मैंने उनसे कुछ कहलवाने के लिए कही थी किन्तु मैं अपने उद्देश्य में सफल न हुआ। मेरी बात सुनकर वे फिर वही रहस्यमय हंसी हंस दिए—खिन्न-सी, भयावह-सी और चश्मा उतारकर उसके शीशे और आंखों को साफ करने लगे।

इन्हीं दिनों हमारे साथ के कमरे में एक फिल्मी एक्स्ट्रा आकर रहने लगी। कुछ ही दिनों में सारा होटल उसके इर्द-गिर्द ऐसे मंडराने लगा जैसे भीख बांटती हुई वृद्धा के चारों ओर भिखारी मंडराने लगते हैं। कुछ लोग उससे मैत्री बढ़ाने में सफल भी हो गए और कुछ ही दिनों में दिखाई दिया, वह लोगों के साथ घूमने जाने लगी है।

"आपकी मैत्री इस लड़की से करवा दूं?" मैंने घोष बाबू से मजाक करते हुए पूछा।

"अरे राम-राम...।" उन्होंने अपने कानों को छू लिया।

"राम-राम क्या?" मैंने कहा—"शादी तो अभी आप कर नहीं रहे हैं। थोड़े दिन के लिए एक गर्ल-फ्रेंड बना लेने में क्या नुकसान है?"

"गर्ल-फ्रेंड!" उन्होंने भयभीत-से होते हुए कहा—'मेरे भाई साहब सुन लें तो मेरी जान ही निकाल दें।"

भाई साहब! उस दिन मुझे ज्ञात हुआ कि ये भाई साहब ही उनकी सभी समस्याओं की तह में हैं। उन्होंने बताया, उनके बड़े भाई उनसे तीन वर्ष बड़े हैं और माता-पिता की मृत्यु हो जाने के

बाद से वही संयुक्त परिवार के प्रमुख हैं। वे भी अविवाहित हैं और पता नहीं किन पूर्वाग्रहों के कारण विवाह की ओर से बड़े उदासीन भी हैं।

मैंने पूछा—"आप लोगों ने यह जानने की कभी कोशिश नहीं की कि वे अपने विवाह की ओर से इतने उदासीन क्यों हैं?"

"मुझमें तो यह पूछने की हिम्मत नहीं।" वे बोले—"और यदि कोई पूछता भी है तो वे हंसकर टाल देते हैं। कहते हैं, अभी जल्दी भी क्या है?"

"उन्हें जल्दी नहीं तो न सही। आप अपनी क्यों नहीं कर लेते?"

"उनकी हुए बिना मैं कैसे कर सकता हूं—आखिर मेरी भी तो उन्हें ही करनी है।"

मुझे याद आया, मेरा एक मित्र था। उसके पिता दो भाई थे। छोटा भाई रेलवे में नौकरी करता था और संयुक्त परिवार का भार वहन करता था। बड़ा भाई घर में ही रहता था—चिड़चिड़ा, क्रोधी और बकवासी। उसका काम था दिन भर गालियां बकना, मुहल्ले में झगड़ा करना, सारा दिन बकरी की तरह मुंह चलाते रहना और छोटे भाई के आते ही उसे आड़े हाथों लेना। छोटा भाई सब कुछ सहते हुए भी चुप रहता था। उनकी इच्छा के विरुद्ध कुछ भी करना.... बस.... उसके लिए कल्पनातीत था। इसके पीछे एक कारण था। किसी समय बड़े भाई ने छोटे भाई को पढ़ाने में सहायता की थी और उसी के परिणामस्वरूप उसे रेलवे की नौकरी मिली थी।

शायद घोष बाबू भी किसी ऐसी ही मानसिक दासता से ग्रस्त थे।

डाकखाने से निकलकर हम थोड़ी देर गपशप करते रहे। अब भी घोष बाबू ने चश्मा उतार कर उसके शीशे और अपनी आंखें साफ कीं। परन्तु उसमें अब वह विक्षोभ का भाव नहीं था। आंखों की गहराइयों में अब चंचलता उतर आई थी और हर बात का उत्तर वे हंस-हंसकर दे रहे थे।

एकाएक मुझे कुछ याद आया, पूछा—"आपके भाई साहब का विवाह हो गया?"

"नहीं।" उन्होंने शान्त भाव से उत्तर दिया—"किन्तु उन्होंने मेरे विवाह की अनुमति दे दी है।''

क्रास मैदान में परिवार नियोजन प्रदर्शनी हो रही थी। देखा, घोष बाबू एक स्टाल पर कुछ चित्रों और चार्टों को देखने में तल्लीन हैं। मैं पूछ बैठा—"क्यों घोष बाबू, अभी से मोर्चाबन्दी कर रहे हैं।"

वे घबरा-से गए। बोले—"नहीं-नहीं। मुझे इस नियोजन से कोई मतलब नहीं।"

"क्यों? आप इस नीति से सहमत नहीं।"

"सहमत तो हूं। पर यह मुझ पर लागू नहीं होती। मुझे तो विवाह के एक वर्ष बाद ही पहला बच्चा चाहिए। दूसरा, दूसरे वर्ष और तीसरा, तीसरे वर्ष... बस।"

मैं अवाक्-सा उनकी ओर देखता रहा। वे बोले—"यह परिवार नियोजन आप लोगों के लिए

है जिनकी आयु अभी कम है या जिन्हें और बच्चों की जरूरत नहीं। मेरी आयु है पैंतीस। विवाह होते-होते हो जाएगी छत्तीस। पहला बच्चा होने पर मेरी आयु होगी सैंतीस। यदि पहला बच्चा लड़का हुआ तो जब पचपन की आयु में मैं रिटायर होऊंगा, उसकी आयु होगी, अठारह। उस समय वह मैट्रिक पास कर कालेज में पढ़ रहा होगा। किसी टैक्निकल लाइन में जाने के लिए अभी उसके सम्मुख दो-तीन वर्ष की पढ़ाई और होगी। कोशिश करने पर मुझे दो-चार साल का वर्द्धन मिल सकता है अन्यथा मुझे उसकी पढ़ाई का खर्च अगनी प्राविडेण्ट फण्ड से बचाई हुई रकम से करना पड़ेगा।

''और यदि पहला बच्चा लड़की हुई तो मेरे रिटायर होते-होते वह विवाह-योग्य हो जाएगी .... मैं तो चाहता हूं कि पहला बच्चा लड़की हो जिससे मैं रिटायर होने के पूर्व ही उसका विवाह कर दूं। और बाद में दो लड़के... उनकी पढ़ाई का बीमा कर दूंगा।"

इंजीनियर घोष बाबू की यह सारी परिवार-गणित मैं एकाग्र भाव से सुनता रहा। भविष्य का सारा चित्र उनके सम्मुख जैसे गहरे श्याम पट पर खरिया से लिखा हुआ था, जिसे वे बड़े तन्मय होकर पढ़ रहे थे।

मैंने पूछा—"कब हो रही है शादी?"

"इसी महीने भैया कलकत्ते में लड़की देखने जाएंगे।" वे कुछ कहते-कहते रुक गए और एक हल्की-सी मधुर मुस्कराहट उनके चेहरे पर खेल गई।

"मुझे बुलाना न भूलिएगा।"

"नहीं-नहीं... वाह... वाह... हां और आपकी?'' उन्होंने पूछा।

'मेरी... मेरी क्या?''

''आपकी शादी...''

''ओह! मेरी शादी...'' मुझे याद आया, मैंने घोष बाबू से कह रखा है कि मैं अविवाहित हूं—'मैं भी इन छुट्टियों में लड़की देखने जा रहा हूं।''

''बड़ी खुशी की बात है। बस अब शादी कर ही डालिए।'' उन्होंने अपना अन्तिम अभिमत देते हुए कहा—

''नो लाइफ विद्आउट वाइफ।''

उनसे फिर मिलना लगभग वर्ष भर पश्चात् हुआ। मैं सोच रहा था, शादी तो हो ही चुकी होगी, अब तो घोष बाबू नए प्राणी की आशा कर रहे होंगे। छूटते ही बधाई दे बैठा—''बहुत-बहुत बधाई हो घोष बाबू। आखिर मुझे नहीं याद किया न। खैर... सुनाइए। भाभी को यहीं ले आए हैं न....'' मैंने उनका हाथ अपने हाथों में लेकर उनके चेहरे की ओर देखा।

किन्तु... वह तो पूरी तरह बुझा हुआ था। उन्होंने हाथ छुड़ाकर चश्मा उतार लिया और उसके शीशे तथा आंखें पोंछने लगे। उस दिन मुझे लगा, सचमुच उनकी उमर काफी हो चुकी है

या बुढ़ापे के लड़खड़ाते कदम एकाएक उनके निकट आ गए हैं।

मैं उनकी ओर देखता रहा।

वे चश्मा लगाकर मुस्काने की कोशिश करते हुए बोले—

"कहिए, अच्छे तो हैं न।"

"अच्छा तो हूं... मगर... ?" मैं उनकी ओर देखता रहा।

"शादी?... मेरी शादी नहीं हुई।"

"क्यों?... क्या हुआ?"

"क्या बताऊं आपको... बस ऐसे ही...।"

"फिर भी?"

"...जिस लड़की को भाई साहब मेरे लिए देखने गए थे, वह उन्हें अपने लिए पसंद आ गई और उन्होंने उससे विवाह कर लिया है।"

मुझे लगा, गर्म लू का तेज झोंका मेरी आंखों में घुस गया है, नीम की कड़वी पत्ती का रस मेरे गले के नीचे उतर गया है और मुंह, मन दोनों का स्वाद बुरी तरह से बिगड़ गया है। फिर भी मैं हंसा। उनका हाथ दबाकर मैंने कहा—"चलिए, यह भी अच्छा हुआ। आखिर उनकी शादी भी तो होनी ही थी। और बड़े भाई की तो पहले होनी ही चाहिए... बस अब अपनी कर डालिए।"

मैं अनुभव कर रहा था, मेरे सान्त्वना-शब्दों में दम नहीं है। वे चुसी हुई गंडेरियों की तरह नीरस हैं, व्यर्थ हैं।

वे कुछ क्षण सड़क की दूसरी छोर से जाते हुए एक जोड़े को एकटक देखते रहे। फिर बोले—"अब मैं शादी नहीं करूंगा..."

वे हंस दिए, जैसे श्मशान में आग चमक गई हो।

"अच्छा, चलूं...।" कहकर वे मुड़े और चल दिए। मैं उन्हें देखता रहा। जैसे उनके चारों ओर रात के अंगारे बिछे हों, जिनमें वे पैर रखते आगे बढ़ रहे हों।

पर पांच-दस कदम जाकर वे रुक गए। मुड़े, मैं अभी भी वहीं खड़ा था। वे जल्दी-जल्दी मेरी ओर बढ़ आए। बोले—"आपकी शादी तो हो गई होगी.... बधाई हो।"

कितनी वजनदार थी वह बधाई! जैसे उस बधाई के भार में वे थोड़ा और दब गए हों।

मैं कुछ क्षण चुप रहा, फिर बड़े उदास कण्ठ से बोला—"बधाई कैसी घोष बाबू, मेरी भी शादी नहीं हुई।"

"क्यों?" उनके चश्मे के शीशे की चमक थोड़ी बढ़ गई।

"क्या बताऊं घोष बाबू, जिस लड़की को मैं देखने गया था, उसने मुझे नापसन्द कर दिया, शायद वह किसी और से प्रेम करती थी।"

घोष बाबू के बुझे हुए चेहरे पर कुछ जगमगाहट-सी दौड़ गई। बोले—'फिर!"

यह 'फिर' शब्द भी तरंगित-सा था। मैं और उदास हो गया। बोला—''सोचा है... अब शादी नहीं करूंगा।''

और मैंने एक ठंडी सांस खींची।

वे कुछ क्षण मुझे परखते रहे। मेरा चेहरा बुझ रहा था और बुझता जा रहा था और घोष बाबू के चेहरे की उदासी हल्की पड़ रही थी—हल्की पड़ती जा रही थी। वे घूमकर चल दिए। उनकी चाल में निराशा का स्वर निकलकर उमंग की हल्की झंकार पैदा हो चुकी थी। रात के अंगारों में सुबह के फूल इधर-उधर बिखर गए थे।

(1959)

पेरिस रोड

भाभी बोलीं, "चलो, तुम्हें पेरिस रोड की तरफ से ले चलूं।"

'पेरिस रोड!" कुलवीर चौंका। यह कैसी रोड है? फिर एकाएक विचार आया—विभाजन से पहले लाहौर को भारत का पेरिस कहा जाता था। कारण शायद यह था कि वह फैशन में पेरिस से टक्कर लेता था। धारणा बनी, ऐसी ही कोई रंगीन सड़क होगी, जहां लाहौर से विस्थापित हुए लोगों ने अपने घर बनाए होंगे और सांझ के झुटपुटे में तरुणाई के नशे में डूबे जोड़े हाथ में हाथ डाले घूमते होंगे।

वे बस से घोड़बंदर रोड पर उतरे थे। संध्या उतर कर गहरी हो चुकी थी। भाभी उसे लेकर खार की ओर जाने वाली एक अधकच्ची, अंधेरी सड़क की ओर मुड़ीं।

"यही आपकी पेरिस रोड है?" उसकी कल्पना में लाहौर की माल रोड जैसी कोई सड़क घूम रही थी। उन्हें उस सड़क की ओर बढ़ते देख उसकी उत्सुकता तीव्र हो उठी।

"अरे, हां देखो तो!" कहकर वह अपनी साड़ी संभालने लगीं। कुलवीर ने भी अपनी पैंट की ओर ध्यान दिया। सड़क पर जगह-जगह गड्ढे थे और उनमें बरसाती पानी भरा हुआ था। बीच-बीच में उठी हुई कुछ सूखी जमीन थी। अपने कपड़े बचाते हुए वे उसी जमीन पर चल रहे थे।

भाभी ने हाथ दबाया,"देख रहे हो?"

वह कुछ नहीं देख रहा था। उस का सारा ध्यान सफेद पैंट पर था जिसे उसने बारह आने देकर धुलाया था। उनके संकेत से उसे लगा, वहां कुछ देखने-योग्य है। देखा, लेकिन उसकी समझ में कुछ न आया। पूछ बैठा,"यह सब क्या है?"

वह झुंझला गईं,"दीख नहीं रहा है? सौदेबाजी हो रही है, ग्राहक पटाए जा रहे हैं!"

उसकी आंखें कुछ अधिक चौड़ी हो गईं। थोड़े-थोड़े फासले पर स्त्रियां खड़ी थीं। हां, वे स्त्रियां ही थीं। उनके काले चेहरों पर अंधेरे में भी कुछ तेल-सा चमक रहा था। उनकी साड़ियां मैली

थीं, पर उनके बाल व्यवस्थित थे। कुछ के पास पुरुष खड़े धीरे-धीरे बातचीत कर रहे थे। वह भौंचक-सा इधर-उधर देखता बढ़ रहा था।

सड़क के दोनों ओर तिमंजिले-चौमंजिले नए बने मकान थे। उनमें बत्तियां जगमगा रही थीं। स्त्रियों, पुरुषों और बच्चों के हंसने और चिल्लाने के स्वर सड़क तक आ रहे थे। कुछ लोग अपने चबूतरों और छज्जों पर बैठे या खड़े थे। उनके सामने बीच सड़क पर क्या हो रहा है, इसकी ओर से वे बेखबर थे, जैसे इसमें कुछ भी अनोखापन नहीं था।

आगे चल कर बाईं ओर के कच्चे मकान समाप्त हो गए। मैदान आ गया। उसमें बहुत-से झोंपड़े बने हुए थे। उनकी छतों पर जंग-खाए टीन के टुकड़े लगे थे। सड़क से झोंपड़ों की ओर जाने वाला रास्ता कीचड़ से भरा हुआ था। सड़क पर खड़ी स्त्रियां उन्हीं झोंपड़ों की ओर मुड़ कर विलीन हो गई थीं।

वे उस सड़क को छोड़कर स्टेशन के सामने वाली बिजली की रोशनी में चमचमाती सड़क पर आ गए थे। भाभी जैसे कुछ पूछने के लिए अपनी सांस रोके हुए थीं, ''कहो, कैसी है पेरिस रोड?''

वह उनकी ओर देखने लगा, देखता रहा। उसका मन बहुत कुछ कहना चाह रहा था, पर आवाज नहीं निकली। उसे लगा, जैसे मन और मस्तिष्क में कुछ भर गया है और वह कुछ भी सोच नहीं पा रहा है।

कुलवीर ने खार में नया फ्लैट लिया था और मुंहबोली भाभी कुछ ही दिनों में उसकी संरक्षिका बन गई थीं। उसने सुना था, खार बंबई का सबसे अच्छा उपनगर है। लेकिन यह पेरिस रोड? क्या यह भी उस सौंदर्य का ही एक अंग है? यह सब देखकर उसे वितृष्णा हुई, कुतूहल उससे भी अधिक हुआ।

वह बस से उतरता, तो उसके पैर अनायास ही पेरिस रोड की तरफ मुड़ जाते। वह सिर नीचा किए, कनखियों से इधर-उधर देखता हुआ रास्ता तै करता। वहां यही व्यापार चल रहा होता।

एक दिन सड़क से गुजरते हुए वह एक मकान की चहारदीवारी के पास सट कर खड़ा हो गया। दस-बारह स्त्रियां हिलती-डुलती, मुंह चलाती हर आने-जाने वाले को भरी नजर से देख रही थीं। पांच-सात के पास उनके ग्राहक खड़े थे। ग्राहक भी वैसे ही थे, गंदी पतलूनें या पाजामे पहने, ढेर-सा तेल सिर में डाले, गले में रंगीन रूमाल बांधे।

एक आदमी एक के पास से हटकर दूसरी के पास आ खड़ा हुआ था। वे दोनों कुछ देर खुसरपुसर करते रहे, फिर कीचड़-भरे रास्ते से झोंपड़ों की ओर चल दिए। आगे-आगे स्त्री, पीछे-पीछे पुरुष। वे सड़क पार कर मैदान में पहुंच गए, फिर झोंपड़ों के बीच से निकलते हुए एक झोंपड़े के पास जाकर रुक गए। स्त्री ने मुड़कर पुरुष की ओर देखा और सिर झुकाकर अंदर घुस गई। कुछ क्षण बाद पुरुष भी अंदर चला गया। झोंपड़े के अंदर से आता हुआ मंद प्रकाश क्षीण

हो गया।

कुलवीर की दृष्टि उस क्षीण प्रकाश में कुछ ढूंढ़ती रही और फिर आसपास के झोंपड़ों पर जा टिकी। वहां भी वैसी ही हलचल थी। यह हलचल उसे घेरे रही। इतने बड़े नगर की सीमाओं में यह खुला व्यापार! वह युवक था। देखकर भी अनदेखा करना कठिन था।

एक सप्ताह की दौड़धूप से उसने वातावरण बना लिया। अगले रविवार को मुहल्ले के प्राइमरी स्कूल में एक सभा हुई। उसने बड़ा ही जोशीला भाषण दिया। इस प्रकार के नग्न व्यापार से मुहल्ले का वातावरण दूषित होने और बच्चों पर पड़ने वाले कुप्रभावों की ओर लोगों का ध्यान खींचा और जोरदार शब्दों में अपील की कि वे मुहल्ले में चलने वाले इस गंदे व्यापार को रोकें और शिकार की खोज में आने वाले लोगों से अपने मुहल्लों को दूषित होने से बचाएं।

उसने अपने कालेज-जीवन में वादविवाद में कभी भाग नहीं लिया था, लेकिन आज भाषण देकर उसे लगा कि अगर उसने संकोच छोड़कर उन प्रतियोगिताओं में भाग लिया होता तो आज उसका कमरा शील्डों से सजा होता।

उसी दिन मुहल्ला सुधार समिति स्थापित हो गई। कुलवीर सर्वसम्मति से उसका संयोजक बनाया गया और गंदगी को दूर करने के लिए क्या-क्या उपाय अपनाने होंगे, यह तै करने का उत्तरदायित्व भी उस पर ही छोड़ा गया।

शाम को वह भृकुटियां चढ़ाए, कनखियों से इधर-उधर देखते हुए उसी सड़क से आ रहा था। एकाएक उसकी नजर सड़क के बीच खड़ी एक स्त्री की ओर गई, जो अपने ग्राहक से धीरे-धीरे बात कर रही थी। अंधेरे में उसके मुख का बहुत थोड़ा भाग उसे दिखाई दिया। वह कुछ पहचाना-सा लगा। ठिगना, लेकिन भरा शरीर, हल्का सांवला रंग और गोल चेहरा। वह जल्दी-जल्दी आगे बढ़ गया। कौन थी यह औरत? उसे कहीं देखा तो जरूर है। कहां देखा है? जैसे-जैसे वह अपने मस्तिष्क पर जोर डालता, वह चेहरा दूर जाता दिखाई देता। उसे कुछ भी याद नहीं आया कि वह औरत कौन थी और उसने उसे कहां देखा था।

दूसरे दिन फिर वह औरत कुलवीर को दिखाई दे गई। इस बार उसने भी कुलवीर को देख लिया था और देखते ही मुंह घुमा लिया था।

कुलवीर एक गहरी उलझन में फंस गया। बहुत सोचने पर भी उसे उस औरत के बारे में कुछ भी याद न आया।

इस बीच मुहल्ला सुधार समिति की कार्यकारिणी की दो बैठकें हो चुकी थीं। निश्चय हुआ था कि एक प्रतिनिधिमंडल उस क्षेत्र के नगरपालिका और विधान सभा के सदस्यों से मिलकर उनके सामने अपनी समस्या रखे। कुलवीर के नेतृत्व में चार व्यक्तियों के एक प्रतिनिधिमंडल ने उनसे भेंट की और मुहल्ले से इस गंदगी को समाप्त करने के लिए उन्हें एक स्मृतिपत्र दिया। उन्होंने विश्वास दिलाया कि वे इसके संबंध में कारपोरेशन और विधान सभा में प्रश्न उठाएंगे।

कुलवीर ने इस बीच स्थानीय पत्रों में अनेक पत्र लिखे। उनमें बड़ी ओजस्वी भाषा में अधिकारियों से अपील की गई थी कि वे न केवल उस गंदे व्यापार को बंद करें, बल्कि गंदे व्यापार की जड़ उस गंदी बस्ती को भी वहां से हटा दें।

मुहल्ले में सब ओर उसकी चर्चा होती, उसके कार्यों की प्रशंसा होती और अब वह मुहल्ले का नेता माना जाने लगा था। लेकिन वह चेहरा? कई दिन से वह पेरिस रोड पर नहीं गया था, फिर भी वह चेहरा उसके सामने घूमता रहा था।

उस दिन फिर वह उसी रास्ते से आया। रात के लगभग दस बजे थे। पेरिस रोड का बाजार उखड़ चुका था। सड़क की चहलपहल झोंपड़ों में सिमट चुकी थी। इक्के-दुक्के जोड़े अभी भी अंधेरे में दुबके खड़े थे। उसने देखा, वही औरत बाईं ओर के मकान की दीवार से सटी उससे निकलने वाली हल्की रोशनी में कुछ गिन रही है। कुलवीर उसके पास तक चला गया। वह एक-एक रुपए के कई परतों में मुड़े नोटों को सीधा करने और गिनने में तल्लीन थी।

उस क्षीण प्रकाश में कुलवीर ने उसका पूरा चेहरा देखा और यह सोचकर वह परेशान हो उठा कि इस औरत को कहीं-न-कहीं देखा तो जरूर है। अपने पास कुलवीर को ठिठका देखकर वह चौंक पड़ी और उसने झट-से नोट दबाकर मुंह मोड़ लिया।

"तुम.... तुम सीताबाई हो?" कुलवीर को जैसे सब कुछ याद आ गया। चार-पांच साल पहले जब वह परेल में रहता था, यह बाई उसके यहां काम करने आती थी।

कुलवीर के प्रश्न से वह घबरा गई। अपना मुंह दूसरी ओर घुमाए हुए बोली, "हां, साब।"

"तुम मुझे पहचानती हो?"

"हां, साब।"

"तुमने यह पेशा कब से शुरू किया?"

वह कुछ क्षण चुप खड़ी रही, फिर धीरे-से बोली,"कोई दोकु साल हुआ, साब।"

"दो साल से? और तेरा मर्द कहां है?"

"यहीं है, साब।"

"यहीं है? उसके रहते तू यह काम करती है?"

"वही तो कहता है यह काम करने कू।"

"तेरा मर्द कहता है यह काम करने को?" कुलवीर ने आश्चर्य के साथ पूछा।

"न करूं तो मुझे मारता होता, साब।"

"न करने पर तुझे मारता है?" कुलवीर को लगा जैसे चारों ओर का अंधेरा और अधिक गहरा हो गया है।

सीता उसी तरह सहमी और सिमटी हुई खड़ी थी। मुहल्ले वालों में से कुछ लोग उन्हें घूरते हुए निकल गए थे। कुलवीर के पास भी कहने-पूछने को कुछ न बचा था। वह अनिश्चय की

स्थिति में बोला, ''अब हम यहीं खार में आ गए हैं। आगे की सड़क पर, दाहिनी बाजू, सुंदर भवन में दूसरे माले पर रहते हैं। कल सुबह वहां आना।'' कह कर कुलवीर तेजी से आगे बढ़ गया।

उसका पति उसे कहता है कि वह वैसा कुकर्म करे! झूठ बोलती है। भला कोई पति अपनी पत्नी से ऐसा काम करवाता है? फिर वह ऐसा करती क्यों है? कब तक करती रहेगी? मैं इस तमाशे को खत्म करके ही छोड़ूंगा। इनकी बस्ती तक यहां से उखड़वा दूंगा। लेकिन इस बस्ती में तो पुरुष भी हैं। क्या उन्हें यह सब मालूम नहीं है? भला यह कैसे हो सकता है? तो.... तो क्या यह सब उनकी मर्जी से होता है?

कुलवीर के सामने एक बड़ा-सा प्रश्नचिह्न आकर खड़ा हो गया। प्रश्नचिह्न जिसका ऊपरी सिरा गोल मुड़ा हुआ है, फिर नीचे को आती छोटी-सी रेखा और सब से नीचे एक छोटा-सा बिन्दु। बिन्दु... जिस की परिभाषा है—मोटाई, चौड़ाई और गहराई जिसमें न हो; लेकिन वह बिन्दु? उसमें तो मोटाई भी है, चौड़ाई भी और गहराई भी!

कुलवीर को लगा, यह प्रश्नचिह्न फैलता जा रहा है, और फैलाव उसके चारों ओर छाता जा रहा है।

दूसरे दिन सीता आई। कुलवीर ने देखा, सीता कितनी बदल गई है! पहले गहरे रंग की सस्ती-सी सूती धोती पहनती थी, जिसमें कई दिनों का मैल ऐसे ही खप जाता था, आज वह हल्के हरे रंग की साड़ी पहने है। पहले उसके बाल जूड़े में बंधे होते थे, आज मुक्त केशराशि कमर पर बिखरी हुई है। उसके गहरे सांवले अकृत्रिम चेहरे पर पाउडर की परत साफ दिखाई दे रही है। होंठों पर गुलाबीपन आ गया है, भोली-भाली निरीह आंखें कुछ अधिक काली, अधिक चपल और गहरी हो गई हैं।

कुलवीर ने फिर वही प्रश्न किया, ''तुम यह काम क्यों करती हो?''

''साब, मैं जानती यह बुरा काम होता,'' वह कहने लगी, ''पर क्या करूं? न करूं तो वह मारता होता। छः साल पहले कू हम से शादी किया। तब मैं कोल्हापुर में होती। मुझे भगा लाया। हम कू बोला—सादी नहीं हुई है। यहां बंबई आके पता लगा, उसका तीन औरत और है। मुझसे बोला, 'काम करो और कमा कर दो।' मैंने बासन मांजे, झाड़ू लगाया और हर महीने तीस रुपया उसको कमा कर दिया। ऊ दारू पीता, जूआ खेलता और मुझ कू मारता। कहता, 'और कमा कर दो!' मैं और कहां से लाती? अक्खा दिन घर-घर में काम करती तो तीस-पैंत्तीस से ज्यादा नहीं बनता। ऊ कहता, मुझे सौ रुपए मांगता। मैं सौ रुपया कहां से देती? बोला, 'पेसा करो।' मैं बोली, पेसा नहीं करूंगी।' फिर उसने मुझकू बहुत मारा। मैं बीमार पड़ गई। दो महीने तक मरती रही। उसने पूछा तक नहीं। मेरी दूसरी सौतें कहतीं, 'सीता, उसका कहा मान जा। ऊ बड़ा जालिम है, तुझे मार डालेगा।' साब, मैं मजबूर हो गई.....''

सीता चुप हो गई। कुलवीर और उसकी पत्नी दोनों एकटक उसे देखते रहे। वह साड़ी का छोर अपनी आंखों तक खींच ले गई। उसने दो बार अपनी नाक खींची। फिर निश्वास छोड़कर

भर्राए स्वर में बोली, "हमारी जात में, साब, एक मर्द चार-चार औरत रखता है। औरत काम करती है और मर्द दारू पीता है, जूआ खेलता है, सिगरेट फूंकता है और गले में लाल रूमाल बांधकर दादागीरी करता फिरता है। अबी मैं दो दिन बीमार रही। बाजार में खड़ी नहीं हुई, तो मुझे मार कर अधमरा कर दिया। हत्यारे ने बेंत से इतना मारा, साब, कि अबी बी बदन दरद करता होता। यह देखो, साब!" कहकर सीता ने साड़ी का पल्ला हटा दिया और पीठ-पीछे बंधे चोली के बंद खोलकर, उघड़ी पीठ कुलवीर की ओर घुमाकर बोली, "देखो, साब, कितना निशान पड़ा है?"

सीता की उघड़ी पीठ देखकर कुलवीर संकोच से भर गया। उसकी पीठ पर गहरे लाल रंग के निशान थे, जो घूमकर उसकी बांहों तक पहुंच गए थे। निशान देखकर उसका संकोच गहरी वितृष्णा के आवेग में बह गया।

मुहल्ला समिति की बैठकें धड़ाधड़ हो रही थीं। कुछ और भी उत्साही युवक आगे आ गए थे। वे मुहल्ला समिति के उद्देश्य ले कर घर-घर घूमते, लोगों को अपना कार्यक्रम समझाते।

और कुलवीर? उसके उत्साह पर जैसे बिजली गिर गई थी। उसके निश्चयों की दृढ़ता? उसकी भाषा का ओज? सोचने की शक्ति? पता नहीं उन पर किस आतंक की स्याही पुत गई थी। वह सोचने लगता, तो सीता का मुंह उसके सामने आ खड़ा होता। वह बोलने लगता, तो सीता की उघड़ी पीठ आंखों के सामने नाचने लगती और तब उसकी विचारशक्ति जैसे गायब हो जाती, मुंह से एक शब्द भी न निकल पाता।

पेरिस रोड का प्रश्न विधान सभा में उठाया जा चुका था। कारपोरेशन में भी उस पर बहस हो चुकी थी। नगर के एक-दो दैनिकों ने उस पर अपनी संपादकीय टिप्पणियां लिखकर शासन की लापरवाही को जी भर कर कोसा था। मुहल्ला समिति के कार्यकर्ताओं का उत्साह बढ़ रहा था, लेकिन कुलवीर जैसे-जैसे अपने बोए हुए बीज को फलते-फूलते देखता, उसका मन एक अजीब उलझन में फंसता जाता। उसके कान बेंतों की सड़सड़ की आवाज से भर जाते और फिर एक चीखती-कराहती आवाज उसके कान के परदों को जैसे फाड़ती हुई निकल जाती और उसे लगता, जैसे उसका अंग-अंग शिथिल हो गया हो।

और एक दिन कारपोरेशन के अधिकारियों की सेना पुलिस के दस्ते के साथ वहां आ धमकी। देखते ही देखते गंदी बस्ती को उखाड़ने की आज्ञा दे दी गई। गंदी बस्ती के लोग भौंचक रह गए। यह क्या हो गया? फिर उनमें से कुछ बूढ़ों ने गिड़गिड़ाकर कहा कि वे उस व्यापार को बिल्कुल बंद कर देंगे, लेकिन उनके झोंपड़े वहीं रहने दिए जाएं, उनकी बस्ती न उखाड़ी जाए।

मुहल्ले के सभी नागरिकों ने एक स्वर से उनका विरोध किया।

और देखते-देखते वह बस्ती उजाड़ दी गई। मुहल्ले के लोगों ने कारपोरेशन के अधिकारियों से निवेदन किया कि उस स्थान पर एंक पार्क बनवा दिया जाए।

गंदगी दूर हो गई। वह दूर हो कर कहां गई—इससे किसी को क्या मतलब? अपना मुहल्ला

साफ हो गया।

मुहल्ला समिति की कार्यकारिणी की ओर से एक सार्वजनिक सभा की गई। सभा में कुलवीर का सम्मान किया गया। उसके चरित्र, साहस, उत्साह तथा अन्य उच्च गुणों की प्रशंसा की गई। उसे हार पहनाए गए, उसका जयजयकार किया गया।

लेकिन कुलवीर...? उसे हारों के फूल कांटों की तरह चुभ रहे थे, जयजयकार में चीत्कार सुनाई पड़ रहा था।

आज फिर सीता की उघड़ी हुई पीठ उसके सामने उभर आई थी। उघड़ी पीठ और बेंत के निशान! एक बड़ा-सा प्रश्नचिह्न फिर उसके सामने आकर खड़ा हो गया था।

(1959)

एक हंसी की बात

दुलारे ने दरवाजा खोला और फिर उसे रोककर खड़ा हो गया। उसने अपनी आवाज़ धीमी कर दी और फिर अपनी छोटी-सी आंखों को और छोटा करके बोला—

"सोहन बाबू अन्दर बैठे हैं।"

उसके चेहरे पर विचित्र-सी घबराहट और आतंक छाया हुआ था। वह दरवाजे पर ही मुझे सतर्क कर देना चाहता था जिससे मैं परिस्थिति के लिए अपने आपको तैयार कर लूं। सोहन का नाम सुनते ही मुंह में कुछ कड़वाहट-सी हो आई, किन्तु दुलारे की डरी हुई शक्ल देखकर तो हंसी ही छूटी।

"अच्छा... रास्ता तो छोड़ो।" मैंने कहा।

बैठक के कमरे तक पहुंचते-पहुंचते मैं अपने मुंह की कड़वाहट को स्वागत के स्वाद में लपेट चुका था—

"क्षमा कीजिएगा, सोहन भाई। आप उस दिन आए और आपसे भेंट न हुई। बात यह है कि इस विशाल नगरी में एक बार घर से निकले कि फिर वापस आने का कुछ पता नहीं। बूंद की तरह समुद्र में खो जाना पड़ता है... खैर सुनाइए, आप अच्छे तो हैं?"

मैंने अपनी सारी आवभगत एक साथ उन पर उंड़ेल दी। लगा, सोहन भाई सराबोर हो गए हैं। सूखे-से चेहरे पर मुस्कराहट की स्निग्धता बिखेरते हुए बोले—

"आप कपड़े बदल आइए।"

मैं 'अच्छा' कहकर दूसरे कमरे में चला गया। सोहन भाई का मेरे घर पर यह चौथा आगमन था। लगभग दो सप्ताह पहले उन्होंने मुझसे ही मेरा नाम पूछते हुए मेरे कमरे में प्रवेश किया था। और तब उन्हीं से मुझे ज्ञात हुआ कि जब कानपुर में मैं एम.ए. में पढ़ता था, वे उसी कॉलेज में बी. ए. में पढ़ते थे। और वहीं से वे मुझे थोड़ा जानते हैं । कुछ दिन पूर्व ही उन्हें बम्बई में नौकरी मिली है। किसी परिचित के अभाव में जब उन्हें बम्बई के रसमय जीवन में भी गहरी नीरसता का

अनुभव हुआ तो उन्हें कहीं से ज्ञात हुआ कि मैं भी यहीं हूं और वे मुझसे मिलने आ पहुंचे।

अपरिचित प्रदेश में किसी परिचित को पाकर मोह का जो सागर उमड़ता है, क्या उसे मैं नहीं जानता? केवल कुछ वर्ष पहले ही तो मेरी अवस्था भी सोहन भाई जैसी ही थी। तब मुझे साठ लाख मनुष्यों से भरे हुए इस महानगर में हर चेहरा बेगाना-सा, कठोर-सा और आत्म-व्यस्त-सा लगता था। लगता था, ये साठ लाख आदमी एक साथ चल रहे हैं और मैं उनसे सबसे अलग चल रहा हूं। वे मुझे जानबूझकर दुत्कारे हुए हैं और किसी प्रकार भी अपने साथ मिलाने को तैयार नहीं हैं।

मैंने सोहन भाई को अनुभव करा दिया कि मैं उनका अपना ही हूं। और सचमुच मुझे लगा कि कुछ अपनापन पाकर वे खिल गए हैं। दुलारे ने पहले हमें चाय पिलाई, फिर साथ-साथ भोजन कराया। खाना खाने के बाद हम घंटों बैठे बातें करते रहे। उस बातचीत में हमने बहुत-से प्राध्यापकों को याद किया, बहुतों की नकल उतारी, विद्यार्थी जीवन में उन्हें अपनी ओर से दिए हुए नामों से फिर याद किया, उन नामों के एक-एक अक्षर की खाल उधेड़ डाली और खूब हंसे, हंसते ही रहे। दुलारे के लिए यह चेहरा नया ही था। यद्यपि अपनी एक महीने की नौकरी में ही वह पिछले अनेक सालों के चेहरे देख चुका था किन्तु सोहन भाई के साथ मेरी वह आत्मीयता देखकर उनकी-मेरी घनिष्ठता के संबंध में उसे कोई संदेह न रहा।

सोहन भाई उस दिन काफी रात को गए और जाते-जाते अक्सर आने की बात कहते गए।

उनका दूसरा आगमन दो-तीन दिन बाद हुआ। उस दिन मैं सात बजे ही खाना-वाना खाकर किसी से मिलने चला गया था। करीब दस बजे आया तो दुलारे से पता चला कि सोहन भाई दो घंटे से बैठे मेरी प्रतीक्षा कर रहे हैं।

मैंने दुलारे से पूछा, "कुछ चाय-वाय पिलाई?"

"जी, चाय तो पिला दी।" उसने सहमते हुए कहा, "पर खाने के लिए नहीं पूछा। खाना तो सब चुक चुका था।"

मैं सन्तुष्ट हो गया। खाना तो वे खाकर ही आए होंगे।

सोहन भाई कुछ उदास-से बैठे थे। मैंने औपचारिकता दिखलाई, "कहिए सोहन भाई... आनन्द? चाय-वाय तो पी न?"

"जी हां। चाय पी ली।"

मैं कुछ देर गुमसुम बैठा रहा। फिर ऐसे ही कुछ पूछने के लिए पूछ लिया– ''आप भोजन तो होटल में ही करते हैं न?"

"नहीं, होटल में तो बस रहता ही हूं। भोजन तो बाहर करता हूं... बस कहीं भी खा लेता हूं।" वह बोले।

लगा, मस्तिष्क में कुछ खट-सा हुआ है। किन्तु अब हो भी क्या सकता था। रात के लगभग

ग्यारह बज रहे थे। दुलारे मेरे लिए दूध गर्म कर रहा था। उससे अब भोजन बनाने के लिए कहना...?

वह गिलास में दूध भरकर ले आया।

"लीजिए, सोहन भाई, दूध पीजिए।" मैंने गिलास उनकी ओर बढ़ाया।

"आप पीजिए न।"

"नहीं-नहीं, आप पीजिए।" मैंने आग्रह करते हुए कहा,"मैं आज अपने एक मित्र के घर से काफी खा-पी आया हूं।"

उन्होंने अधिक संकोच नहीं किया। गिलास लेकर दूध पी लिया। मुझे संतोष हुआ।

उस रात वे काफी देर बैठे रहे। काफी खुलकर बातचीत करते रहे। बिल्कुल बेतकल्लुफ हो गए। धीरे-धीरे 'आप' से 'तुम' पर उतर आए। मुझे उनकी यह अनौपचारिकता कुछ हज़म नहीं हो पा रही थी। और हर वाक्य में कम-से-कम तीन बार बोला हुआ उनका 'यार' शब्द कुछ खल-सा रहा था।

उस दिन वे मेरे मन को कुछ भारी-सा करते गए। बेतकल्लुफ सम्बन्ध बढ़ाने में मुझे काफी समय लगता है। और यदि कोई नवपरिचित अपनी बेतकल्लुफी में बड़ी तेज़ी से मेरी ओर बढ़ता है तो मुझे बड़ी विचित्र-सी घबराहट होती है।

फिर उनका तीसरा आगमन हुआ।

मैं रात को दस बजे के बाद आया था। कपड़े बदलकर खाने के लिए बैठा तो दुलारे ने कहा,"सोहन बाबू आए थे।"

"अच्छा...?" सामान्य-सा आश्चर्य व्यक्त कर मैं अपनी प्लेटों की ओर देखने लगा।

"वे साढ़े नौ बजे तक आपकी राह देखते रहे, फिर चले गए।"

"अच्छा...?"

"वे साढ़े सात-आठ बजे आ गए थे। बोले, मेरा भी खाना बनाना, यहीं खाऊंगा।"

दाल की कटोरी से चम्मच भरकर मैं मुंह में डालने ही वाला था। चम्मच वहीं रुक गई। दुलारे ने दो क्षण मेरी मुद्रा को परखा, फिर बोला—"मैंने उनके लिए खाना बनाया। करीब नौ बजे तक आपका रास्ता देखने के बाद वे बोले, पता नहीं आप कब आएंगे, मुझे खाना खिला दो। मैंने उन्हें खाना खिला दिया। उसके बाद वे कुछ देर और बैठे, फिर करीब आधा घंटा हुआ, चले गए। कह गए हैं, दो-एक दिन में मैं आऊंगा।"

दाल से भरी चम्मच पकड़े मैं दुलारे की ओर ताकता रहा। वह अपना कथन समाप्त कर मेरी ओर एकटक देखने लगा, शायद मेरी प्रतिक्रिया जांच रहा था।

"आए, खाना बनवाया, खाया और चले गए?"

मेरे मुंह से धीरे-से निकला और कुछ फट-सा पड़ा। मैं हंस पड़ा, बड़े जोर से हंसा, हंसता

ही रहा। दालभरी चम्मच मेज़ पर उलट गई। दुलारे अवाक् खड़ा मेरी ओर देखता रहा।

"आए, खाना बनवाया, खाया और चले गए। वाह, वाह री बेतकल्लुफी। तीसरी मुलाकात में ही यह हाल?"

मैं फिर हंसा। उस रात मैं हंसते ही सोया, सुबह हंसते ही उठा और सारा दिन मैं हंसता ही रहा। अनेक मित्रों को वह घटना सुना दी। जिसको सुनाई, वह भी हंसा। मित्रों ने सोहन भाई की बेतकल्लुफी की कहानी बड़ा रस लेकर सुनी। उस तरह की अन्य बहुत-सी कहानियां लोगों ने सुनाईं। हर कहानी पर हम हंसे, जी खोलकर हंसे। लोगों ने तरह-तरह से सोहन भाई को याद किया।

और आज चौथी बार सोहन भाई मेरे घर आए हैं।

मैं कपड़े बदलकर बैठक में जाने लगा कि दुलारे ने धीरे-से घबराए हुए स्वर में पूछा—

"इनका खाना भी बनेगा?"

मैंने कहा—"अब आए हैं तो बनेगा ही।"

मै उनके पास आ बैठा। कुछ देर इधर-उधर की बातें होती रहीं। एकाएक उनके चेहरे पर गहरी उदासी झलक आई और उस उदासी में से झांकती हुई आंखें सूखी और भयावह-सी लगने लगीं।

वे बोले, "तुम भी सोचोगे, कैसा बेतकल्लुफ आदमी है। जब देखो तब चला आता है।"

मैंने कहा, "नहीं... नहीं...। ऐसी कोई बात नहीं।"

वे बोले—"कभी-कभी मुझे लगता है, यह शहर मुझे पागल बना देगा। हर तरफ आदमियों की रेलपेल और भगदड़ दिखाई देती है। ऐसा लगता है, हर आदमी दूसरे को पछाड़ता और धकियाता हुआ भागा जा रहा है। पता नहीं कैसी एक दहशत-सी मेरे अंदर बैठती जा रही है। मुझे लगता है, मेरे चारों तरफ फैली हुई भीड़ का हर चेहरा मेरा दुश्मन है जो मुझे मार डालने की तरकीबें खोज रहा है।"

मैंने कहा—"आप मुफ्त में ही परेशान हो रहे हैं। आप नए-नए इस शहर में आए हैं न, इसीलिए ऐसा लग रहा है। कुछ दिन में आप खुद इस भीड़ का एक अनपहचाना चेहरा बन जाएंगे।"

"हां..." वे बोले—"किसी दिन यह भीड़ मुझे कुचलकर चली जाएगी। मैं सड़क के एक किनारे या रेल की पटरी पर पड़ा होऊंगा और कोई मुझे पहचानने वाला नहीं होगा... सुनो, पता है मैं तुम्हारे पास क्यों आता हूं? तुम तुझसे बड़े हो फिर भी मैं तुम्हें 'तुम' क्यों कहता हूं?"

मैं उनकी आंखों में देखने लगा।

वे बोले, "मैं सिर्फ अपने मन को यह ढाढ़स देना चाहता हूं कि इस शहर में एक व्यक्ति ऐसा है जो मुझे जानता है। सिर्फ जानता ही नहीं है बल्कि मेरा दोस्त है। तुम्हारे होने के इस

अहसास के बगैर मैं बहुत बेचैन हो उठता हूं।"

मैं महसूस करने लगा—सचमुच इसे मेरे होने के अहसास की बहुत जरूरत है।

वे बोले—"तुम्हें कल की एक बात सुनाता हूं—बड़ी परेशान करने वाली। लोकल ट्रेन से कल दफ्तर बंद होने के बाद मैं होटल जा रहा था। ट्रेन में बड़ी भीड़ थी और मैं और बहुत-से लोगों के साथ फुटबोर्ड पर लटका हुआ था। पता नहीं कैसे डंडा पकड़े हुए मेरा हाथ कमज़ोर पड़ने लगा। मुझे लगा, डंडा मेरे हाथ से छूट जाएगा और मैं पटरियों के बीच में गिरकर टुकड़े-टुकड़े हो जाऊंगा। मेरे चेहरे पर बेहिसाब पसीना झलक आया और चारों तरफ मुझे मौत मंडराती नज़र आन लगी। तभी मेरे आगे खड़ा एक आदमी चिल्लाया—अरे इसका हाथ पकड़ो, नहीं तो यह गिर जाएगा, मर जाएगा और गाड़ी आधा घंटा और लेट हो जाएगी। उसकी बात सुनकर अंदर खड़े दो-तीन लोगों ने कसकर मेरी बांह थाम ली।"

सोहन के चेहरे पर पसीना झलक आया था।

हम दोनों एक-दूसरे की ओर देखते हुए चुपचाप बैठे थे।

(1960)

गमले का फूल

निर्मल ने रति से विवाह कर लिया तो लोगों ने समझा, यहां कहानी का अन्त हो गया है। बहुधा कहानियों का अंत यहीं तो होता है जब नायक कहीं पहाड़ काटकर, कहीं सात समुद्र पार से काले पौधे का फूल लाकर या कहीं जाति, बिरादरी और परिवार की उपेक्षा कर, खलनायक को मार्ग से हटाकर नायिका से विवाह कर लेता है और फिर उसका जीवन सुख से बीतने लगता है। निर्मल को निश्चय ही पूर्वकालीन नायकों की तरह न तो कोई पहाड़ काटना पड़ा, न ही सात समुद्र की यात्रा करनी पड़ी। हां, समाज और परिवार का कुछ विरोध अवश्य सहन करना पड़ा। किन्तु वह विरोध भी उस चरमोत्कर्ष पर नहीं पहुंचा जहां नायक सम्पूर्ण संसार द्वारा दुत्कार दिया जाता है, भले दिनों के मित्र उसका साथ छोड़ जाते हैं, पिता उसे अपनी जायदाद से महरूम कर देता है और मां रो-रोकर प्राण दे देती है। नायक के साहस, लगन और प्रेम की कठिनतम परीक्षा होती है। ऐसे समय किसी अघटित घटना से सब कुछ ठीक हो जाता है। एकाएक सभी अपनी गलती महसूस कर लेते हैं, बिछड़े मिल जाते हैं और नायक बड़ी शान से नायिका से विवाह कर सुख और आनन्द से हिंडोले में झूलता हुआ अपना जीवन-यापन करना प्रारम्भ कर देता है।

निर्मल के साथ यह सब नहीं हुआ। रति से जब उसका प्रेम शुरू हुआ, उस समय किसी ने घृणा से मुंह नहीं बिचकाया। बिरादरी वालों ने सुना तो कहा कि यह तो जमाने की हवा है। और फिर पिता के पास न तो ऐसी कोई जायदाद ही थी कि वे उससे निर्मल को महरूम कर देते और न ही निर्मल उन पर आश्रित था। उसके पिता मैनपुरी में पेशकार थे किन्तु उसने अपनी शिक्षा आगरे में ली थी। वहीं से कानून की डिग्री लेकर उसने वकालत शुरू कर दी।

निर्मल के पिता को यदि सबसे बड़ी कोई शिकायत थी तो यही कि रति कुलीन नहीं है। वे प्रेम-विवाह के विरोधी नहीं थे। जात-पात के बंधनों की भी उपेक्षा कर सकते थे किन्तु यह अवश्य मानते थे कि व्यक्ति को खानदानी होना चाहिए। रति की मां पहाड़िन थी। अपनी तरुणाई में वह दवाइयां बनाने वाली किसी कम्पनी के एक एजेंट के साथ आगरे भाग आई थी। किन्तु ये

घूमने-फिरने वाले एजेंट तो उड़ते पक्षी होते हैं। इन्हें बांधकर भला कौन रख सकता है? वह भी भाग गया। रति गर्भ में थी। वह पैदा हुई, बढ़ी, पढ़ी-लिखी। यह सब कैसे हुआ, यह एक कहानी से बड़ा विषय है। संक्षेप में, उसकी मां ने बदनामियों का एक दुर्वह बोझ लेकर जीवन की गाड़ी को खींचा। इस देश में बहुधा असहाय स्त्रियां अध्यापिकाएं बन जाती हैं। रति की मां भी कुछ पढ़-लिखकर अध्यापिका बन गई थी।

निर्मल के पिता की यही आपत्ति थी। रति का पिता कहां है, किसी को पता नहीं। यद्यपि रति की मां की मांग का सिन्दूर कभी हल्का नहीं पड़ा, करवाचौथ के दिन वह सदैव बरगद पूजती रही किन्तु आखिर यह विश्वास ही तो था, मोम के समान, जो यथार्थ की आंच लगते ही पिघलने लगता है। और रति की मां की आंखों से आंसुओं के रूप में बहते हुए उस मोम को किसने नहीं देखा था। निर्मल के पिता यही कहते थे कि जिस लड़की ने पिता को नहीं देखा, सगे-सम्बन्धी नहीं देखे, पारिवारिक शिष्टाचार और संस्कारों से जो वंचित है, मां की टोकरा-भर बदनामी जिसकी पृष्ठभूमि है, वह कभी अच्छी गृहिणी नहीं बन सकती।

किन्तु निर्मल ने इन तर्कों को नहीं माना। इन तर्कों का कुछ उत्तर भी नहीं दिया। केवल दकियानूसी विचार कहकर उसने मुंह बिचका दिया। मित्रों ने उसकी पीठ थपथपाई। लोगों ने एक भविष्यहीन लड़की का भविष्य बनाने के उसके प्रगतिशील कदम की सराहना की। उसने रति से सिविल-मैरिज कर ली। लोगों ने इसे एक प्रेम-कथा का सुखपूर्ण अंत समझा।

और यहीं से कहानी की शुरुआत हुई। निर्मल कचहरी से लौटा तो देखा, उसके तीन-चार मित्र कमरे में बैठे हुए हैं और रति साथ बैठी हुई प्यालों में चाय ढाल रही है। उसकी साड़ी का पल्ला जरा नीचे खिसक गया है, दाहिनी ओर बैठे रज्जन की चोर आंखें उसके उभरे हुए वक्ष पर टिकी हुई हैं। कमरा अमर के चुटकुलों से उत्पन्न कहकहों से गूंज रहा है। निर्मल की आहट पाकर जैसे ही रति ने दृष्टि घुमाई, उसने देखा—उसके चेहरे पर एक बड़ी उन्मुक्त मुस्कराहट बिखरी हुई है। उसने पल्ला ठीक करते हुए कहा—

"आज बड़ी देर कर दी। घंटे-भर से ये आपकी राह देख रहे हैं।"

निर्मल कुछ सफाई दे, उससे पहले ही अमर बोल पड़ा—"मगर यार, यह इंतजार खला नहीं। रति भाभी के हाथ की गरम-गरम पकौड़ियां और इलायची-दालचीनी वाली चाय मिलती रहे तो कयामत का इंतजार भी पलकों में गुजर जाए।" सब लोगों ने फिर कहकहा लगाया और उस कहकहे में रति की आवाज सबसे अलग गूंज रही थी। चुप होने पर उसने एक नज़र निर्मल की ओर डाली। वह भी हंसने का प्रयास कर रहा था, फिर अमर की ओर उन्मुख हो कर बोली—

"वाह भाई साहब! चाय की इतनी तारीफ? लगता है, भविष्य में इलायची-दालचीनी के बजाय मुझे उसमें नीम की पत्ती मिलानी पड़ेगी।"

हंसी का फुहारा फिर फूट पड़ा। रति की मित्रों के साथ यह उन्मुक्तता निर्मल को चुभ-सी गई। वह हंसा। शायद इसलिए कि न हंसता तो बुरा लगता। वैसे हंसने को उसका मन चाह नहीं

रहा था।

रति थी खिला हुआ कमल, जिसकी एक-एक पंखुड़ी पानी के चौड़े घेरे में उन्मुक्त विकसित हुई थी। किसी पुरुष की तरेरी हुई आंखें उसने देखी ही नहीं थीं। उसके रोने पर बहुत कम बंधन लगे थे। उसके हंसने को बहुत कम टोका गया था। पिता अथवा भाइयों के रूप में पुरुष का नियन्त्रण वह जानती ही नहीं थी। इसलिए वह कुलीन कन्या जैसी गमले का फूल नहीं बनी।

निर्मल अपने कमरे में बैठा एक मुकदमे की फाइल देख रहा था। रति ने पीछे से उसके गले में अपनी गोल भरी हुई बांहें डाल दीं। निर्मल ने चौंक कर देखा। रति बड़ी शोख आंखों से उसे देख रही थी।

"क्या है?" उसने पूछा।

"कुछ भी तो नहीं!" वह उस पर और झुक आई। निर्मल घबरा-सा गया। "देखो, कोई मुवक्किल आता होगा।" कहते हुए उसने रति की बांहें अपने गले से ढीली कर दीं। इतने में ही एक आदमी कमरे में घुस आया। रति दूसरे कमरे में चली गई। निर्मल की उद्विग्नता बढ़ गई।

उस दिन वह सोचता रहा, क्या सभी पत्नियां इस प्रकार उन्मुक्त हो कर जब-तब अपने पतियों के गले में बांहें डालने को आकुल हो उठती हैं? वह मुवक्किल भी क्या सोचता होगा? उसके मस्तिष्क में कुछ घुमड़ने-सा लगा। रति का खिसका हुआ पल्ला, रज्जन की चोर निगाहें, अमर के लतीफे, फिर कहकहों का उच्च स्वर। उसके मन-मस्तिष्क में बेचैनी-सी भर गई। उसे अपने पिता का स्मरण हुआ, जिन्होंने कहा था, रति कुलीन नहीं है। उसे रति की मां याद आई। उस पर पड़ती लोगों की विद्रूपभरी निगाहें याद आईं। उसके अंदर का कुहरा और गहरा हो गया।

वह देखता, रति शीशे के सामने खड़े हो कर लिपस्टिक लगाने में कितना समय लगाती है। उसे लगता, रति सदैव शीशे के सामने ही तो खड़ी रहती है। वह देखता, रति जब बाहर निकलती है तो उसका सारा ध्यान साड़ी की सलवटें दूर करने में ही लगा रहता है। बिना बांहों वाले ब्लाउज में उसकी गदराई बांहें उसकी आंखों में चुभने लगतीं। उसे लगता, रति सड़क पर चलने वाले हर युवक को देखती है, परखती है। निर्मल की आंखें सदैव उसे नापती रहतीं और हर बार उसे लगता कि रति उस पैमाने में बैठती जा रही है।

वे दिल्ली गए। लाल किले के बस स्टाप के पास खड़े वे कनाट प्लेस जाने वाली बस की प्रतीक्षा कर रहे थे। रति बड़ी उत्सुकता से हर आने-जाने वाले युवक को देखती, युवतियों को देखती। नए-नए सूट, नई-नई टाइयां, नई-नई साड़ियां, नए-नए ब्लाउज सब उसकी दृष्टि में नपते उतरते जा रहे थे। एक युवक सड़क के दूसरी ओर खड़ा था। शायद वह कश्मीरी गेट की ओर जाने के लिए किसी मोटर-रिक्शा की प्रतीक्षा कर रहा था। हल्के गुलाबी रंग की पृष्ठभूमि पर गहरे लाल रंग की बिंदियों वाला सूट वह पहने था। उसकी टाई भी मैच कर रही थी। रति कई क्षण उसे देखती रही। निर्मल ने रति की ओर देखा, फिर उस युवक की ओर, जिसका रंग खूब गोरा था।

उभरे हुए सिर के बाल और आकर्षक नैन-नक्श। उस में स्पृहा दौड़ गई। एक उड़ती नजर से उसने अपनी ओर देखा। उसका भूरे रंग का सूट गंदा-सा हो रहा था, जूतों पर धूल की पर्त जम गई थी और चेहरे पर एक अजीब-सी थकावट उभर रही थी। उसने रूमाल निकालकर मुंह पोंछा और रति की ओर देखा। वह उसी युवक की ओर देख रही थी। निर्मल को लगा, वह रति के सामने जाकर खड़ा हो जाए या उस युवक को बलात् वहां से हटा दे। उसने दाहिनी ओर देखा। बस के भी कोई आसार नहीं थे।

'बड़ी अशिष्ट है यह रति भी।' उसने झुंझला कर सोचा— 'जिस किसी को देखती है, बस देखती ही रहती है। जरा भी सभ्यता नहीं इसमें, जरा भी शऊर नहीं।'

''सुनो...'' रति ने उसका हाथ दबा कर कहा—''यह आदमी सामने खड़ा है न। कितना अच्छा है उसका सूट। तुम भी एक ऐसा ही बनवाओ। बहुत जंचता है।''

निर्मल अपनी झुंझलाहट पी गया। पर अभी गले में खराश बाकी थी। बोला,''यह तो दिल्ली है। यहां सैकड़ों सूट तुम देखोगी और किस-किस को मुझे बनवाने को कहोगी?''

रति हंस दी। बोली—''सचमुच, जब भी कोई नई चीज देखती हूं, चाहती हूं वह मेरे पास हो।''

इतने में बस आ गई। उसमें दो सीटें खाली थीं। वे भी अलग-अलग। जिन पर पुरुष बैठे हुए थे। रति आगे बढ़कर एक पुरुष के साथ बैठ गई। निर्मल पीछे की सीट पर बैठ गया। किन्तु उसे अनायास ही बहुत क्रोध आ रहा था, बस आता ही जा रहा था। उसे लग रहा था, वह किसी को जली-कटी सुनाए, झगड़ा करे। उसकी दृष्टि बराबर रति की ओर लगी हुई थी। बस का हर हिचकोला रति के कंधों को साथ बैठे हुए व्यक्ति के कंधे से टकरा देता था और एक गहरी चोट निर्मल के मन को पीसकर रख देती थी।

निर्मल के साथ वाली सीट खाली हो गई, उसने उस पर हाथ रख कर रति का ध्यान आकर्षित करने का प्रयास किया किन्तु रति तो खिड़की के बाहर ही देखती जा रही थी। उसने धीरे-धीरे दो-एक आवाजें दीं, ''रति-रति....'' किन्तु वे कहीं मार्ग में ही खो गईं। वह सीट की अधिक देर रक्षा न कर सका। एक खड़ा हुआ यात्री वहां तक बढ़ आया। निर्मल ने उस पर से अपना हाथ हटा लिया। बूढ़ों की बात और आंवलों का स्वाद बाद में मालूम होते हैं। इस सुनी हुई कहावत के शब्द उसके मस्तिष्क में गूंज रहे थे। रति की हर बात उसे अस्वाभाविक-सी लग रही थी। रति का उठना, रति का बैठना, रति की बातचीत—सभी कुछ उसे अशिष्ट-सा लग रहा था। हर बात में उसका विश्वास दृढ़ होता जा रहा था। रति अकुलीन है.... रति असंस्कृत है।

और रति निर्मल के भाव-लोक से बेखबर थी। उसके व्यवहार में आती जाती शुष्कता को वह निर्मल के काम की थकावट और उलझन समझती और फिर उसे प्रसन्न करने का यत्न करती। वह चुहल करती, ठिठोली करती किन्तु परिणाम उल्टा निकलता। निर्मल उस पत्नी-सुलभ व्यवहार में संस्कारहीनता की गंध पाता। वह और कुढ़ने लगता। रति और प्रयास करती। वह सुबह उसके

उठने के पहले ही सज-संवर जाती, उसके कचहरी से आने पर फिर सजी-संवरी, मुस्कराहटों से भरी उसका स्वागत करती। इस पर निर्मल और कुढ़ता। उसका सजना-संवरना उसकी आंखों को बींधता हुआ उसके हृदय की गहराइयों में उतर जाता।

उस दिन निर्मल कचहरी से कुछ अन्य वकीलों के साथ सिनेमा देखने चला गया। लौटकर घर पहुंचा तो देखा, रति उसके दो मित्रों के साथ बैठी ताश खेल रही है। रज्जन एक कागज पर रमी की हार-जीत का हिसाब लिखता जा रहा था। अमर निर्मल को देखते ही बड़ी ढिठाई से बोला—

"क्यों, वकील के बच्चे, कहां था अभी तक? तीन घंटे से बैठे तेरी राह देख रहे हैं। लगता है, आज कोई मोटा मुर्गा फंस गया था।" अमर की तो बात का यही ढंग था किन्तु निर्मल को आज उसकी बेतकल्लुफी बहुत खली। एक खिसियाई हुई मुस्कराहट प्रगट कर वह दूसरे कमरे में कपड़े उतारने चला गया। वहां वह दो मिनट खड़ा रति की राह देखता रहा, फिर चीखती-सी आवाज में पुकार उठा—"र... ती...!"

"बस, अभी आई...।" फिर कुछ ही क्षणों में वह खिलखिलाती हुई उसके सामने आ खड़ी हुई। निर्मल के कपड़े हैंगर पर टांगती हुई बोली—"इस बार तो 'फुलगेम' मिला। दोनों में से किसी की भी 'सीक्वेन्स' नहीं बनी थी। दोनों से सौ-सौ प्वाइण्ट मिले।"

"कितनी देर से इनके साथ ताश खेल रही हो?"

"यही करीब एक घंटे से।" रति ने उल्लसित स्वर में कहा—"तुम्हारे मित्र भी पूरे तीसमार खां बनते थे। समझते थे, उनके जैसी रमी कोई खेल ही नहीं सकता। सब हेकड़ी भूल गए। दोनों पर पांच-पांच सौ प्वाइण्ट चढ़ा दिए हैं!" निर्मल को लगा, उसमें एक ज्वाला-सी जल रही है जो फूट कर बस बाहर ही आना चाहती है। वह झट कमरे से निकल कर मित्रों में जा बैठा। मित्रों ने कुछ देर गप्प-शप्प की और चले गए, किन्तु निर्मल दहकता ही रहा। ऐसी दहक जिसमें उसका रोम-रोम जल रहा था।

"परपुरुषों के साथ बैठकर ताश खेलने में तुम्हें लज्जा नहीं आती?" उसने जलती निगाहों से रति की ओर देखा। क्रोध और क्षोभ से उसके ओंठ कांप रहे थे।

"परपुरुष....?" रति ठगी-सी देखती रही, "वे तो तुम्हारे बचपन के मित्र हैं।"

"इससे क्या होता है," निर्मल ने बात काटकर कहा—"मित्र तो मेरे हैं न? तुम्हारा उनके साथ इस तरह बैठकर घंटों ताश खेलना कोई अच्छी बात तो नहीं। देखो रति, मैं एक बात बहुत दिनों से अनुभव कर रहा हूं। देखो, बुरा न मानना। तुम पर ठीक वैसे संस्कार नहीं पड़े, जैसे भले घर की लड़कियों पर पड़ते हैं। बात यह है कि परिवार का जैसा वातावरण चाहिए, वह तो तुम्हें मिला नहीं। तुमने अपने पिता को देखा नहीं, मां तुम्हारी तुम पर कोई प्रभाव डाल नहीं सकी। उल्टे उनके आचरण का तुम पर विपरीत प्रभाव ही पड़ा होगा। इसलिए तुम्हारे सभी आचार-व्यवहार में कुलीनता का अभाव दिखाई देता है.... देखो, रति, मैं मानता हूं, इसमें तुम्हारा कोई दोष नहीं।

मनुष्य अपने चारों ओर के वातावरण से बहुत कुछ सीखता है। वह तुम्हें नसीब नहीं हुआ। पर अब तो कुछ सीखने की कोशिश करो! मेरी भी इज्जत का कुछ विचार करो। लोग यह तो न कहें कि मैंने एक गैर खानदानी लड़की से शादी की है। यह ठीक है कि तुम्हारा कोई खानदान नहीं, तुम अन्य भले घरों की स्त्रियों को तो देख ही सकती हो। अपने को उनके जैसा बना सकती हो।''

निर्मल चुप हो गया। लम्बे समय से उसके अन्दर दबी हुई घुटन निकलकर सारे वातावरण में बिखर गई थी। रति सुनती रही। जैसे वह जगुना के तल में खड़ी थी जहां से उसके सिर से इन कुछ क्षणों में अथाह जलराशि निकल गई हो और उस जलराशि में वह सुन्न हो गई हो, जड़ हो गई हो।

रति कुलीन बन रही थी। उद्यान का खिला हुआ फूल लोहे के जंगलों से घिरे गमले में लगा दिया गया था। अब न वह उमगना था न वह चहकना, न वह चुहल थी न शोखी। निर्मल का मन फिर भी अशांत था क्योंकि रति की आंखों के नीचे काले दाग पड़ने लगे थे। उसके कपोलों का रस सूखने-सा लगा था। तारों की तरह टिमटिमाती रहने वाली चंचल आंखों में एक छाया व्याप गई थी, जैसे लपटें देती हुई आग लालटेन के शीशे में घेर दी गई थी जहां से वह मद्धिम-मद्धिम प्रकाश देती हुई जल रही थी...।

(1960)

एक थकी हुई शाम

नारायणदास जी ने पिछले महीने अपनी चवालीसवीं वर्षगांठ मनाई थी। वैसे अपनी वर्षगांठ के अवसर पर न तो वे ही किसी को अपनी आयु बताते हैं, न ही उनसे कोई पूछता है। चूंकि मैं उनका घनिष्ठ मित्र हूं, इसलिए वर्षगांठ का निमन्त्रण पाते ही उनसे पूछ बैठता हूं—''कहिए, जीवन की पुस्तक के कितने पृष्ठ पढ़ डाले?'' वे मुस्कराते हुए सामने पड़ी कोई भी पुस्तक उठा लेते हैं और अपनी आयु के वर्ष की संख्या वाला पृष्ठ खोलकर उस पर उंगली रख देते हैं। फिर वे बड़े सहज भाव से उस मोटी पुस्तक के शेष बचे हुए पृष्ठों को फड़फड़ाते हुए आश्वस्त-से होकर कहते हैं—

''अभी बहुत बाकी है।''

और मैं सचमुच मान लेता हूं कि उनकी बहुत आयु बाकी है। उसका एक कारण भी है। जीवन की गति उनकी इतनी तेज़ है कि उन्हें देखकर ऐसा लगता है मानो अमेरिका से अभी-अभी आई कोई नई मोटरगाड़ी है जो बम्बई की समतल सड़कों पर निःशब्द दौड़ रही है, और बहुत दिनों तक दौड़ती रहेगी। नारायणदास जी एक सम्मानित संगीत-सभा के कर्ता-धर्ता हैं और बहुत-सी छोटी-मोटी संस्थाएं उनके कुर्ते की दाईं-बाईं जेबों में पड़ी रहती हैं। छोटे-मोटे आयोजनों के लिए तो वे बने ही नहीं हैं। जब भी वे सोचते हैं, किसी बृहत आयोजन की सोचते हैं। और फिर उन बृहत आयोजनों को संगठित कर लेना उनके बाएं हाथ का खेल है। उनके चारों ओर एक बड़ा जमघट लगा रहता है। कवि उनके पास इसलिए आते हैं कि वे किसी भी बड़े सेठ को पकड़ कभी भी एक कवि सम्मेलन का आयोजन कर सकते हैं। चित्रकार अपने चित्रों की सफल प्रदर्शनी के लिए उनकी ओर देखते हैं। वे जानते हैं कि नारायणदास जी की सहायता से कोई भी कलाप्रेमी धनिक प्रदर्शनी का उद्घाटन करने आ सकता है और उसी अवसर पर दो-चार चित्रों को ऊंचे मूल्यों पर खरीदने की घोषणा कर उसे उबार सकता है।

और संगीत-प्रेमियों का कहना ही क्या? जिसने संगीत भवन की सीढ़ियों पर चढ़ने के लिए

फुटपाथ पर ही पैर रखा है, वह भी नारायणदास के पीछे दौड़ने लगता है—कभी रेडियो पर प्रोग्राम पाने के लिए तो कभी किसी संगीत सम्मेलन में स्वर अलापने के लिए। अधिक महत्त्वाकांक्षी हुआ तो किसी फिल्मी संगीत-निर्देशक से जान-पहचान करने के लिए वह नारायणदास जी का उपयोग करता है, क्योंकि अधिकतर संगीत-निर्देशकों को भी उन्होंने अपनी कृतज्ञता के बोझ से दबा रखा है। वे जब मौज में होते हैं तो बताते हैं कि अमुक संगीत-निर्देशक, जो आज इतना लोकप्रिय है, जब इस क्षेत्र में नया था तो किस प्रकार उन्होंने उसकी सहायता की थी, किस प्रकार वे उसे लेकर फिल्म-निर्माताओं के पास जाते थे और किस प्रकार उन्होंने उसकी प्रसिद्धि के लिए बड़े-बड़े संगीत-सम्मेलन किए और उसे ख्याति की बुलन्दियों तक पहुंचाया। नए संगीत साधकों को नारायणदास जी की ये बातें उतनी ही आकर्षक और कौतूहल से भरी लगती हैं जितनी बालकों को नानी से सुनी राजकुमारों और परियों के देश की कहानियां—जिन्हें सुनकर वे भी अपने को किसी देश का राजकुमार समझकर किसी सुन्दर परी का स्वप्न आंखों में डालकर सो जाते हैं और तब तक उस स्वप्नलोक में घूमते रहते हैं, जब तक आंखें खुल नहीं जातीं।

इन नए संगीत-साधकों में बहुसंख्या लड़कियों की होती है और नारायणदास जी के शब्दों में यही उनकी सबसे बड़ी मुसीबत है। जब कभी मैं उनसे मिलने उनकी संगीत-सभा के कार्यालय में पहुंच जाता हूं, उन्हें दो-चार लड़कियों से घिरा ही पाता हूं। चाय के दौर चल रहे होते हैं, हंसी-ठट्ठा हो रहा होता है और नारायणदास जी हर एक की चिंता करते नज़र आते हैं—

''हां, रेखा, तुम्हारा वह रेडियो प्रोग्राम कैसा हुआ?'' वे पूछते हैं। रेखा कहती है—''जी, वह प्रोग्राम तो ठीक हो गया था पर तब से दूसरा प्रोग्राम अभी तक नहीं मिला।''

''अच्छा?'' नारायणदास जी की भावभंगी रेखा के प्रति गहरी सहानुभूति और आश्चर्य से भरी होती है—''मैं रेडियो स्टेशन पर फोन करूंगा।''

''और मीना, तुम्हें तो 'नारी-जगत्' में बराबर प्रोग्राम मिल रहे हैं। क्यों?''

मीना कहती है,''जी, पिछले साल जब आपने मेरा वहां परिचय करवाया था, मुझे पांच-सात बार नारी-जगत् कार्यक्रम में भाग लेने का निमन्त्रण मिला। किन्तु इस वर्ष तो अभी तक केवल दो प्रोग्राम मिले हैं।''

नारायणदास जी कुछ सोचने लगते हैं। फिर बड़े आश्वस्त भाव से कहते हैं,''अच्छा, कोई चिंता नहीं। नारी-जगत् कार्यक्रम की नई संचालिका से शायद मैंने तुम्हारा परिचय नहीं करवाया। वे भी मेरी परिचित हैं। उनकी कहानियों का एक संग्रह प्रकाशित करने के लिए मैं एक प्रकाशक से बातचीत कर रहा हूं। किसी दिन तुम्हें उनसे मिलवा दूंगा। धड़ाधड़ प्रोग्राम मिलने लगेंगे, चिन्ता न करो।''

''और अचला, तुम उस म्यूज़िक डाइरेक्टर से मिली थीं?''

''जी, मिली थी।'' अचला इस प्रकार उत्तर देती है जैसे उससे मिलकर उसने बहुत बड़ा पाप किया है—''आपका पत्र मैंने उन्हें दिया था। वे ग्रुप-सांग में चान्स देने को कह रहे थे।''

नारायणदास जी उसे प्यार से समझाते हैं,''तुम अभी ग्रुप-सांग में भाग लेना शुरू कर दो। धीरे-धीरे तुम्हें वह अच्छा चान्स भी देगा। मैं उससे स्वयं मिलकर कह दूंगा।''

''जी, मेरी कविताएं...?'' निर्मला कहती है।

''हां, क्या हुआ तुम्हारी कविताओं का?''

''जी, आपके कहने के अनुसार मैंने उन्हें 'अरुणोदय' में भेज दिया था, वहां से वापस आ गई हैं।''

''वापस आ गईं?...अच्छा, तुम उन्हें मेरे पास छोड़ जाओ। मैं तुम्हारा एक परिचय-पत्र लिखकर कविताओं के साथ भेज दूंगा। कविताएं अवश्य छप जाएंगी, 'अरुणोदय' का सम्पादक तो मेरा घनिष्ठ मित्र है।''

और मैं देखता हूं—रेखा, मीना, अचला, निर्मला सभी के चेहरे नारायणदास जी के प्रति गहरी कृतज्ञता से भर जाते हैं। वे उन्हें बार-बार निहारती हैं और जिस किसी की आंखें उनकी आंखों से मिल जाती हैं, वह बड़े उन्मुक्त ढंग से मुस्करा देती है। नारायणदास जी के चेहरे पर उस समय एक आध्यात्मिक आभा दिखाई देती है और ऐसे समय यदि मैं उनके हत्थे चढ़ गया तो वे मुझसे कुछ कहने-सुनने को उसी प्रकार उतावले हो उठते हैं जैसे कवि अपनी नई कविता किसी को भी सुनाने के लिए बेचैन हो उठता है। उनका पहला प्रश्न होता है,''महेश, लड़कियों के बारे में तुम्हारा क्या मत है?''

मैं कहता हूं—''मेरा कोई मत नहीं।''

''क्यों?'' वे पूछ लेते हैं, यह जानते हुए भी कि मेरा क्या उत्तर होगा।

और मेरा वही उत्तर होता है,''मत बना सकने योग्य लड़कियों से मेरा परिचय ही कहां है?'' यह उत्तर देने के पश्चात् मेरा एक नैतिक दायित्व होता है कि मैं भी उनसे वही बात पूछूं। मैं उनसे पूछता हूं,''खैर, आप अपनी सुनाइए।''

वे कहते हैं,''ये लड़कियां बड़ी विचित्र होती हैं। जब देखो, मुझे घेरे रहती हैं। बेबात की बात बढ़ाती रहती हैं। जैसे इन्हें मुझसे बातें करने के अतिरिक्त और कुछ काम ही नहीं है। अब तुम्हीं देखो। मैं चवालीस साल का हो गया हूं, बाल सफेद हो रहे हैं, फिर भी ये लड़कियां पता नहीं मुझसे क्या पाती हैं। वैसे, महेश, सच बताना, क्या मैं चवालीस का लगता हूं?''

मैं अपने कर्तव्य को भली प्रकार समझता हूं—''नहीं, आपको देखकर कोई नहीं कह सकता। अधिक से अधिक आप पैंतीस के मालूम होते हैं। रही बालों के सफेद होने की बात। सो इस राकेट युग में वे बुढ़ापे की निशानी नहीं रहे। वह केशव का युग गया जब सफेद बालों को देखकर चन्द्रवदनियां 'बाबा' कहकर पुकारने लगती थीं। आजकल तो बच्चे मां के गर्भ से ही सफेद बाल लेकर पैदा हो रहे हैं।''

और फिर मैं उन्हें नारी-मनोविज्ञान के कुछ सत्यों से परिचित कराता हूं। मैं कहता हूं, ''नारायणदास जी, स्त्रियां आयु नहीं देखतीं। वे मानसिक परिपक्वता देखती हैं—मेण्टल मैच्योरिटी।

आपकी ओर ये जो इतनी लड़कियां आकर्षित होती हैं, उसका एकमात्र कारण आपकी मैच्योरिटी है। और मैच्योरिटी सदैव चालीस के बाद आती है।''

अपनी बात सिद्ध करने के लिए मेरे पास देश-विदेश के बहुत-से उदाहरण हैं। किस साठ वर्षीय फ्रेंच चित्रकार से बीस वर्षीय युवती प्रेम करने लगी। किस पचपन-साला अंग्रेज़ी कवि के गले में पच्चीस-साला नवोढ़ा ने वरमाला पहना दी। और फिर क्या अपने देश और अपनी भाषाओं में ऐसे उदाहरणों का अभाव है? कग से कम दो-तीन सुप्रसिद्ध कवियों के नाम तो मैं बता ही सकता हूं जिन्होंने पचपन वर्ष की आयु में बीस और पच्चीस वर्षीय कुमारियों से प्रेम-विवाह किए हैं।

उस दिन नारायणदास जी बोले, ''महेश, छब्बीस जनवरी की रोशनी देखने चलोगे?''

मैंने कहा,''वैसे मैं भीड़-भाड़ से बहुत घबड़ाता हूं। आप कहते हैं तो चलूंगा।''

''खाली मैं ही नहीं रहूंगा।''

''और कौन होगा?''

''मीना भी चलेगी।'' कहकर नारायणदास जी मुस्करा दिए।

मैंने कहा,''मुझे कोई आपत्ति नहीं।''

वे बोले,''भाई महेश, यह मीना बहुत निकट आती जा रही है। पता नहीं, क्या चाहती है मुझसे। उस दिन एरोस के दो टिकट ले आई। बोली, एक नन के आन्तरिक संघर्ष पर बहुत अच्छी पिक्चर लगी है वहां। बहुत दिनों से अपने घर ले जाने का आग्रह कर रही है, अपनी मां से मिलाना चाहती है। इस रविवार को उसके यहां भोजन के लिए जाना पड़ेगा।''

मुझे मीना याद आ गई। वैसे नारायणदास जी के पास आने वाली बहुत-सी लड़कियों के चेहरे मुझे याद नहीं रहते, क्योंकि याद रखने योग्य उनमें कुछ अधिक होता भी नहीं। पर मीना मुझे अच्छी तरह याद है। उसके व्यक्तित्व में कुछ भी अनोखापन नहीं, फिर भी वह अनोखी है। जिस दिन मैंने उसे पहली बार नारायणदास जी के यहां देखा था, वह पांच-छः लड़कियों के बीच में बैठी थी। उसका हंसने का ढंग सबसे अलग था। और इसीलिए वह सबसे अलग मालूम हो रही थी। दुबली-पतली, गेहुएं रंग की, बड़ी-बड़ी लजीली आंखें, कुछ बोल पड़ने के लिए उत्सुक पतले-पतले होंठ मुझे बहुत दिन तक याद रहे थे।

मैंने पूछा,''क्या कार्यक्रम है उस दिन का?''

वे सोत्साह बोले,''लगभग चार बजे शाम को आ जाओ यहां। पहले चाय-वाय पिएंगे, फिर छः बजे के लगभग निकल पड़ेंगे। पूरा पैदल घूमने का प्रोग्राम है। चौपाटी से शुरू करेंगे। समुद्र के किनारे-किनारे मैरीन ड्राइव होते हुए सचिवालय तक। वहां से चर्चगेट स्टेशन, फिर हाईकोर्ट के सामने से निकलते हुए म्यूज़ियम और इंडिया गेट तक। वहां से फिर पैदल वापस मुड़ेंगे और चले आएंगे बोरीबन्दर तक।''

''सचमुच इतना सब पैदल घूमेंगे?'' मैंने पूछा,''मीना को मालूम है यह कार्यक्रम? दस मील का चक्कर लगेगा।''

नारायणदास जी ठहाका मारकर हंस दिए, "दस मील से घबड़ा गए। इससे दुगना तो मैं रोज़ घूम लेता हूं।" फिर कुछ आवाज़ दबाकर बोले, "मेले-ठेले का दिन हो, साथ में मीना हो तो दस मील क्या, सौ मील मैं पैदल चला जाऊं, महेश बाबू, हैं किस होश में आप?"

उस दिन जब मैं पहुंचा तो मीना आई हुई थी। हल्के नारंगी रंग की साड़ी, बालों में वेणी गुंथी हुई, हाथ में काला बैग। आज वह पहले से अधिक आकर्षक लग रही थी। और नारायणदास जी रॉ सिल्क का कुर्ता, उस पर सिल्क की सदरी और बढ़िया धोती पहने थे। पान से उनका मुंह धीरे-धीरे चल रहा था। उनकी प्रत्येक भावभंगी से एक अटूट उत्साह प्रकट हो रहा था। हाथों की उंगलियां बार-बार चटक रही थीं। आंखें इधर-उधर घूम रही थीं और पान से लाल हुए होंठ कुछ नए ढंग से अपना प्रदर्शन कर रहे थे।

चाय-वाय पीकर हम लोग लिफ्ट के पास आ खड़े हुए। उस बिल्डिंग में स्वचालित लिफ्ट लगी हुई है। नारायणदास जी ने बटन दबाया और हमसे बातें करने लगे। कुछ क्षणों के पश्चात् फिर बटन दबाया किन्तु लिफ्ट के ऊपर चढ़ने के कोई आसार नज़र नहीं आए। एक-दो बार बटन दबाकर वे बोले, "लगता है, नीचे लिफ्ट का दरवाज़ा किसी ने खुला ही छोड़ दिया है।"

"मतलब?" मैं स्वचालित लिफ्ट की गतिविधि अच्छी तरह नहीं समझता था।

"मतलब यही कि ऑटोमेटिक लिफ्ट में यदि उसका दरवाज़ा खुला छोड़ दिया जाए तो वह काम करना बन्द कर देंती है।"

"फिर?" मैंने पूछा।

"कुछ नहीं। किसी को नीचे जाकर उसे ऊपर लाना पड़ेगा—तुम ठहरो, मैं अभी उसे नीचे से ले आता हूं।" कहकर नारायणदास जी नीचे उतरने वाली सीढ़ियों की ओर तेज़ी से बढ़े। परन्तु इसी समय मीना ने उन्हें रोक दिया—

"रुकिए, नारायणदास जी, हम लोगों के होते हुए अब आप भला इस उमर में पांच-पांच मंजिल नीचे उतरकर लिफ्ट ऊपर लाएंगे? आप ठहरिए, मैं अभी ले आती हूं।"

और कुछ समझने-बूझने के पूर्व ही मीना बिजली की गति से खटखट करती हुई सीढ़ियों में ओझल हो गई। हम ठगे-से देखते रहे। कुछ साहस बटोरकर मैंने चोर निगाहों से नारायणदास जी की ओर देखा। लगा, जैसे लहलहाती खेती पर पाला पड़ गया है। उनके हाथ, पैर, आंखें और होंठ सुन्न-से पड़ गए थे और वे एकटक उन सीढ़ियों की ओर देख रहे थे जिनसे अभी मीना नीचे उतर गई थी।

कुछ क्षणों में मीना लिफ्ट लेकर ऊपर आ गई। उसने मुस्कराते हुए दरवाज़ा खोला, वैसे ही जैसे कोई युवक किसी बुढ़िया की लाठी पकड़कर सड़क पार करने के बाद मुस्कराता है। हम गुमसुम-से उसमें चढ़ गए।

चौपाटी तक पहुंचते-पहुंचते मुझे लगा कि नारायणदास जी की सांसों की गति तेज़ हो गई है। ठंडी रात में पसीने की बूंदें उनके मस्तक पर झलक आई थीं। चौपाटी से हम लोगों ने सामने

मालाबार हिल को जगमगाते देखा। मीना बच्चों की तरह प्रसन्न हो-होकर नारायणदास जी को वह दिखा रही थी और नारायणदास जी खोए-खोए-से उसे देख रहे थे।

चौपाटी से हम मैरीन ड्राइव की ओर बढ़े तो उन्होंने धीरे-से मेरे कानों में कहा, ''महेश, भई, बहुत थक जाने का डर हो तो टैक्सी कर लें?''

मैंने कहा, ''नहीं। ऐसी तो कोई बात नहीं। और फिर आज तो हम पैदल चलने का कार्यक्रम बनाकर निकले हैं।''

''हां, यह तो ठीक है।'' उन्होंने उदास कंठ से कहा, फिर मीना की ओर देखा। वह सामने झिलमिल करते हुए मैरीन ड्राइव को निहारने में डूबी हुई थी। उन्होंने रूमाल निकालकर मुंह का पसीना पोंछा और बोले, ''महेश, टैक्सी बुला ही लो। बड़ा लम्बा रास्ता है, पैदल तो हम लोग बहुत थक जाएंगे...''

मैंने उनकी ओर देखा। चारों ओर के झिलमिलाते वातावरण में उनका चेहरा बुझा हुआ-सा था। वे थके नज़र आ रहे थे, जैसे एकाएक एक थकी हुई शाम उनके चारों ओर घिर आई हो। मैंने कहा, ''ठीक है।''

और मैंने टैक्सीवाले को आवाज़ दी।

(1960)

एक टिकट, एक तमाशा, एक दर्द

सब स्थानों पर 'हाउस फुल' के शूल की तरह आंखों में चुभने वाले लाल बोर्ड को देखते-देखते आखिर हम एक अंग्रेजी सिनेमा-हाउस के सामने जा निकले। इस सिनेमा-हाउस के सामने अभी कुछ भीड़ थी। गोपाल के बुझते हुए चेहरे पर कुछ रौनक दौड़ गई। बोला—''चलो, आज अंग्रेजी पिक्चर ही देखें।''

''अंग्रेजी पिक्चर!''

मैंने उसकी ओर ऐसे देखा, जैसे वह कोई अनहोनी-सी बात कर रहा हो। मैं जानता हूं कि पिक्चरों के मामले में वह कट्टर स्वदेशी है। 'हातिमताई की बेटी' से लेकर 'देवदास' तक, हिन्दी की कोई पिक्चर उससे नहीं बची। और अंग्रेजी पिक्चर वह देखता नहीं, चाहे 'टेन कमाण्डमेण्ट्स' ही क्यों न हो। पर आज वह बुरी तरह परेशान था। सिनेमा की उसे तलब रहती है, एक अफ़ीमची को अफ़ीम से बढ़ कर। अपनी इस तलब को वह 'पिक्चरास' कहता है, और जिस दिन उसे पिक्चरास लगी हो, पिक्चर देखे बिना उसकी नींद हराम हो जाती है।

हम दोनों आगे बढ़े। पर आगे जाकर देखा—खाकी वर्दीधारी पठान के पास ही मोटे-मोटे अक्षरों में 'हाउस फुल' का बोर्ड रखा था। गहरे लाल रंग से लिखे हुए मोटे-मोटे अक्षर हमें उसी तरह खले, जैसे अमेरिकन राजनीतिज्ञों को ख़ूश्चेव की गोल-मटोल खोपड़ी खलती है।

गोपाल ने आखिरी सहारे के लिए इधर-उधर देखा। किसी काला-बाजारी की तलाश में हम सड़क की ओर बढ़े। बायीं ओर कोने में एक युवक चुपचाप खड़ा था। युवक शालीनता की प्रतिमूर्ति था। सफेद कपड़े। पतले-पतले नक्श, आंखों से झांकती हुई करुणा। जैसे ही हम उसके पास से गुजरे, वह बड़ी शिष्टता से अंग्रेजी में बोला—'हैव यू गॉट ऐनी एक्स्ट्रा टिकट प्लीज?''

''नो,'' गोपाल ने खीझते हुए कहा—''वी आर आल्सो ट्राइंग फार दि सेम।''

युवक के चेहरे पर एक खिसियाई-सी मुस्कराहट दौड़ गई, और वह उत्सुक आंखों से इधर-उधर देखने लगा।

गोपाल बोला—"जानते हो, यदि इस समय स्वयं भगवान उतर आएं, और इस युवक से कहें—बेटा, एक ओर मैं हूं, दूसरी ओर एक टिकट। किसे लोगे? तो यह युवक बिना एक क्षण विचार किए कह देगा—भगवन, तुम तो फिर भी कभी मिल जाओगे, अभी तो मुझे टिकट दे दो!"

टिकट से निराश होकर हम लोग एक ओर खड़े होकर, वहां का दृश्य देखने लगे। एडवान्स बुकिंग कराए हुए लोग तेजी से सिनेमा-हाउस की ओर बढ़ रहे थे। एक पारसी महिला दौड़ कर उनके पास पहुंची।

"ऐनी एक्स्ट्रा टिकेट प्लीज?"

वे 'नो' कहकर आगे बढ़ गए।

कुछ और लोगों ने उन्हें घेर लिया। वे सबके प्रश्नों के उत्तर 'नो, नो' देते हुए, इस तरह सीढ़ियां चढ़ते गए, जैसे भिखारियों के बीच से धनिक निकल जाते हैं।

इतने में सामने एक बड़ी मोटर रुकी। उसमें से पांच-सात सवारियां उतरीं, और भीड़ की भीड़ ने उन्हें घेर लिया। वह युवक भी, और वह पारसी महिला भी। हमने दूर से ही देखा, मोटर से उतरे हुए व्यक्तियों के सिर नकारात्मक ढंग से हिल रहे हैं, और घेरे हुए लोगों की भीड़ किनारे आई समुद्र की लहर की तरह छंटती जा रही है।

इतने में एक चमत्कार-सा हुआ। एक नवविवाहित पति-पत्नी भी इसी प्रकार टिकट प्राप्त करने की कोशिश में लगे थे। पलक मारते ही उनके चारों ओर भीड़ जमा हो गई। पति ने किसी व्यक्ति से दो टिकट प्राप्त कर लिए थे। लोग प्रार्थना-भरी मुद्रा में उस टिकट देने वाले से और टिकटों के बारे में पूछ रहे थे।

उस नवविवाहित युवक ने अपना पर्स कोट की जेब में डाला और अपनी पत्नी का हाथ पकड़ कर भीड़ चीरता हुआ इस शान से निकल चला, जैसे स्वयंवर जीत कर जा रहा हो। भीड़ पिफर इधर-उधर छिटक गई।

वही करुण आवाज फिर सुनाई देने लगी—"ऐनी एक्स्ट्रा टिकिट प्लीज?"

गोपाल को कुछ सूझा। बोला—"आओ, तुम्हें एक तमाशा दिखाऊं।"

और वह आगे पोर्टिको के पास पहुंच कर बड़े गम्भीर स्वर में बोला—"आई हैव गॉट वन एक्स्ट्रा टिकेट विद मी।"

भीड़ ने उसे चारों ओर से घेर लिया, वैसे ही, जैसे मंदिर के बाहर प्रसाद बांटने वाले को भिखारी घेर लेते हैं।

"प्लीज़ गिव मी दैट वन।"

"मुझे दे दो।"

"हम कूं दे दो।"

तरह-तरह के निवेदन-भरे आग्रहों की बौछार उस पर होने लगी। और वह भीड़ में घिरे एक हीरो की तरह मुट्ठी बंद दाहिने हाथ को ऊपर उठाए हुए कह रहा था—"अरे, टिकट तो कुल

एक है मेरे पास। दूं किस-किस को?''

''मुझे दे दो,'' उस शालीन युवक ने कहा।

''देखिए, मैंने तो आप से पहले ही पूछा था। लगता है, आप को तीन टिकट मिल गए हैं।''

''हां, तीन मिल गए हैं। दो हम लोग हैं। एक एक्स्ट्रा।'' गोपाल तपाक्-से बोला।

''वो हम कूं दे दो। हम कूं बस एक ही मांगता है।'' वह पारसी महिला गोपाल का हाथ पकड़ कर पैसे थमाने लगी।

गोपाल ने शरारत-भरी निगाहों से मेरी तरफ देखा, और उसके हाथों को पकड़ कर पैसे वापस करने के बहाने किलोल करता हुआ बोला—''आप पैसे अपने हाथ में ही रखिए। देखिए, टिकट मेरे पास कुल एक है, और मांगने वाले कितने हैं।''

''प्लीज गिव मी वन,'' एक लम्बे आफिसी सूट-बूटधारी बाबू ने उसका हाथ पकड़ कर कहा—''आफिस में आज सण्डे को भी एक्स्ट्रा ड्यूटी करनी पड़ी। आज अगर मैं पिक्चर नहीं देखूंगा तो मेरा फुल वीक स्पायल हो जाएगा।''

गोपाल उनकी बात सुनकर हंस दिया। बोला—''आप पूरा वीक काम करके थक गए हैं। जाइए, घर जाकर आराम कीजिए, या अपनी पत्नी को लेकर मैरीन ड्राइव की सैर कीजिए।''

वह शालीन युवक गोपाल के बिल्कुल पास आकर, बड़ी मिन्नत-भरी आवाज में बोला—''देखिए, मैं दिल्ली से आया हूं। मेरी यहां कोई कम्पनी नहीं है। यदि मैं पिक्चर नहीं देखूंगा, तो मेरी ईवनिंग बिलकुल बोर हो जाएगी।''

''च, च,'' गोपाल ने बड़े एक्टराना अंदाज में सहानुभूति दिखाते हुए कहा—''मुझे आप से पूरी हमदर्दी है। नया शहर, कोई साथी-संगी भी नहीं। सण्डे का दिन। और फिर शाम को पिक्चर भी देखने को न मिले, तो क्या हालत हो जाएगी?...हां—आपने चौपाटी का फिश-एक्वेरियम देखा है?''

युवक ने बड़े भोलेपन से नकारात्मक सिर हिला दिया।

''फिर क्यों रुपये बर्बाद कर रहे हैं? पिक्चर तो आप को दिल्ली में भी मिल जाएगी। एक्वेरियम नहीं देखेंगे तो दिल्ली जाकर लोगों को क्या बताएंगे?''

''हां, तुम जाकर एक्वेरियम देखो,'' पारसी महिला चिल्ला उठी—''तुम दिल्ली जाइंगा तो अपना सगा वालों को क्या बताइंगा...ए—तुम टिकट हम कूं दे दो। हम आज पिक्चर नहीं देखेंगा तो हम कूं नींद नहीं आइंगा। प्लीज-प्लीज!''

गोपाल के चारों ओर दर्शकों की भीड़ बढ़ती जा रही थी। और मैं खड़ा देख रहा था कि आखिर अब यह करना क्या चाहता है।

''अच्छा...तो...'' गोपाल ने दाता की तरह हाथ ऊपर उठा कर कहा। फिर हर-एक के चेहरे को परखते हुए बोला—''अच्छा, कौन टिकट लेगा?''

"मैं", "मैं", "मैं", बहुत-सी आवाजें उठीं। साथ ही बहुत-से हाथ उठ गए। गोपाल ने आफिस वाले बाबू के कंधे पर हाथ रखकर कहा—"मैं टिकट आपको दूंगा।"

उनके चेहरे पर सुहानी मुस्कराहट बिखर गई।

"पर नहीं..." गोपाल ने गम्भीर बनकर कहा—"आपको टिकट से अधिक आराम की जरूरत है।"

"अच्छा, यार, तुम्हीं ले लो," गोपाल ने बड़ी आत्मीयता से उस शालीन युवक से कहा—"तुम दिल्ली के, मैं आगरे का। परन्तु नहीं—तुम्हें तो एक्वेरियम देखना चाहिए। नहीं, नहीं..... अच्छा, देवी जी, आप ही ले लीजिए।"

पारसी महिला ऐसे चिल्लाई, जैसे उसे अपना खोया हुआ बच्चा मिल गया हो—"तुम बहुत अच्छा आदमी हो!"

"हां—अच्छा आदमी तो हूं—पर टिकट तो मेरे पास है ही नहीं।"

गोपाल ने अपनी मुट्ठी खोल दी। उसमें पन्द्रह नए पैसे वाले बस के दो लाल रंग के टिकट चमक रहे थे।

"मुझे तो खुद दो टिकट चाहिए," गोपाल ने शरारत से मुंह बिचकाते हुए कहा।

दर्शक ठहाका मार कर हंस पड़े।

आफिस वाले बाबू की आंखें क्रोध से चमक उठीं। बोला—"यू स्टुपिड...साला खाली-खूली हम कूं परेशान करता था।"

पारसी महिला के चेहरे का रंग ऐसे उड़ गया जैसे वह बड़ी लाटरी जीत कर हार गई हो। उसके होंठ विक्षोभ से थरथरा रहे थे।

"साला, मसकरी करता। तुम कूं किया मालूम, हम छः दिन कितनी मेहनत करता है? साला, हमारा सेंटीमेंट से खेलता। तुम कूं शरम नहीं आता? हमारा बद्दुआ लगेंगा। तुम कूं कभी चैन नहीं मिलेंगा..." कहते-कहते उसका गला भर आया और वह नाक खींचती हुई अपनी आंखें साफ करने लगी।

उस महिला के आंसुओं के तुषारपात से सम्पूर्ण वातावरण करुणा से भर उठा।

गोपाल अपराधी की तरह गुमसुम खड़ा था। वह शालीन युवक पथराई आंखों से उसे देखता ही जा रहा था। मैं गोपाल का हाथ पकड़ कर भीड़ से उसे खींच ले चला।

उसने रास्ते में मुझसे कोई बात नहीं की। और फिर जब भी मैंने उससे उस तमाशे की कोई बात की तो वह ऐसे कराह उठा जैसे मैंने उसके दुखते हुए ज़ख्म पर उंगली रख दी हो।

(1960)

कहानी की सतह पर डबडबाई हुई आंखें

वह देखता है, सुमन की आंखें कितनी गहरी होकर सीज गई हैं। वह उसे देखता रहता है। सुमन के होंठ अभी भी फड़फड़ा रहे हैं, जैसे वे शब्द अनायास उसके होंठों से फिसल पड़े हों।

आज बहुत दिन बाद वह एक ऐसी कहानी लिखने जा रहा है जिसे वह समझता है, वह उसकी अच्छी कहानी होगी। वैसे पिछले सप्ताह ही उसने एक कहानी लिखी थी, किन्तु उसे संतोष नहीं हुआ था। उसने उसे अपनी चलताऊ कहानी कहा और जिन दो-चार-मित्रों को वह सुनाई, सुनाने से पहले ही उसने चलताऊ कहानी कहकर उनकी संभावित आलोचना से बचने के लिए कवच-सा पहन लिया था।

किन्तु आज की प्रस्तावित कहानी से वह संतुष्ट था। आज उसका मूड भी खूब बना था। कहानी लिखने का मूड बनाने के लिए वह एक अच्छी कहानी पढ़ता है। जब तक उसे कोई कहानी अच्छी नहीं लगती, वह पत्रिकाओं और पुस्तकों में से कहानियां पढ़ता ही जाता है और फिर वह किसी कहानी में डूब जाता है। जैसे-जैसे वह डूबता जाता है, उसे लगता है, उसके अन्दर से बहुत से दरवाजे खुल गए हैं, उमंग का स्रोत बढ़ता जा रहा है, और बहुत दिनों से उसके इर्द-गिर्द चक्कर काटती हुई कहानी एकदम उसके बहुत नजदीक आ गई है, बिल्कुल उसकी पहुंच के अन्दर।

उसने क्लिप बोर्ड पर कागज लगाए, आरामकुर्सी पर थोड़ा और आराम से लेटकर उसने अपनी दाहिनी जांघ पर बोर्ड रख लिया और बायीं टांग पूरी आगे की ओर फैला दी। खुला हुआ पेन उसके हाथ में था। वह पूरे मूड में था।

उसने कागज के बायीं ओर 'कहानी' लिखकर, नीचे लकीर खींच दी, फिर बीच में सोचा हुआ शीर्षक बड़ी सावधानी से लिखा और उसके नीचे दाहिनी ओर अपना लिख नाम दिया। नई कहानी के भवन का मानो शिलान्यास हो गया। अब तो ईंट-गारे से खटाखट दीवारें खड़ी होनी थीं, और उन दीवारों पर छत डाल दी जानी थी।

उसने कहानी लिखनी शुरू कर दी । एक बहाव में वह एक पैराग्राफ लिख गया। फिर वह रुक गया। अपनी लिखी हुई पंक्तियों को उसने पढ़ा—एक बार, दो बार, तीन बार। उसे संतोष हुआ। प्रारम्भ अच्छा हुआ था। नहीं तो कई बार ऐसा भी तो होता है कि कहानी की शुरुआत ही ठीक नहीं होती। बर्फ के गोले की तरह वह इधर-उधर फिसलती रहती है और रद्दी की टोकरी में कागज के गोलों की संख्या बढ़ती जाती है।

अब वह दूसरा पैराग्राफ लिखने जा रहा था, तभी सुमन पीछे आ खड़ी हुई।

"दूध ले आऊं?" उसने पूछा।

"ले आओ।'' उसने उत्तर दे दिया।

सुमन गई नहीं । वह उसके कागज़ों पर झुक आई।

"कोई नई कहानी लिख रहे हो?"

"हां, शुरू तो कर दी है।"

सुमन उसके सामने आ गई। वह कुछ क्षण चुपचाप खड़ी रही फिर बोल पड़ी—

"आजकल तुम अपनी कोई कहानी मुझे नहीं सुनाते ।"

उसने देखा, सुमन की सीजी हुई आंखें, उनमें आई हुई गहराई, उसके हिलते-डुलते होंठ। वह सुमन को देखता रहा—भौंचक्का-सा, घबराया-सा, खोया-सा।

यह सुमन क्या पूछ बैठी है?

सचमुच सुमन यह क्या पूछ बैठी है?

उसे सूझा नहीं कि वह क्या उत्तर दे। उसकी बात का उसके पास कोई उत्तर भी है या नहीं? और सुमन अभी भी उसके सामने खड़ी थी—शायद किसी उत्तर की प्रतीक्षा में। और फिर उसके मुंह से कुछ उत्तर निकला ही—

"सुमन... आजकल मैं कहानियां ज्यादा लिखता ही कहां हूं... और तुम मेरी कहानियां आजकल सुनती भी कहां हो?"

"सुनती क्यों नहीं? पर तुम सुनाते ही कहां हो? पहले तुम अपनी कहानियां सुनाते थे तो क्या नहीं सुनती थी?" सुमन बोली—"अब कभी तुमने कोई कहानी सुनने के लिए कहा भी है जो मैंने नहीं सुनी?"

"पर, आजकल मैं अपनी कहानी सुनाता ही किसे हूं?"

"सुनाते क्यों नहीं? अभी तुम उसी दिन अपनी कहानी कितने मित्रों को सुना रहे थे... हां भई, हमें क्यों सुनाएंगे। हम तो अनपढ़ ठहरे । हम आपकी कहानियों का मतलब ही कहां समझते हैं।" सुमन ने अपने दांतों से होंठों की फड़फड़ाहट बंद कर दी। उसने आंखें बंद नहीं कीं, शायद चू पड़तीं। उसने उन्हें थोड़ा ओर चौड़ा कर लिया और कमरे से निकल गई।

वह सोचता रहा। सचमुच उसने सुमन को बहुत दिन से अपनी कोई कहानी नहीं सुनाई। पहले वह अपनी हर कहानी सुमन को सुनाता था। तब उसकी कहानियां नई-नई ही पत्रों में प्रकाशित

होने लगी थीं। उसकी हर कहानी के लिए सुमन में अथाह उत्साह होता था—जब वह कहानी शुरू करता, जब वह समाप्त करता, जब वह छपती। उन दिनों सुमन उसकी सबसे अच्छी श्रोता और पाठक थी। वह कहानी लिखने बैठता तो देखता रहता, कब सुमन कुछ छुट्टी पाए, कब वह उसे अपनी कहानी सुनाए।

और अब? अब तो उसकी गणना कहानीकारों में होने लगी थी। उसके श्रोताओं और पाठकों की संख्या बढ़ चुकी थी। यदा-कदा उसके पास पाठकों के पत्र आते रहते थे। वह साहित्यिक गोष्ठियों में जाने लगा था। उसके घर भी साहित्यिक मित्रों का जमाव लगने लगा था। वह उन्हें अपनी कहानी सुनाता। फिर उनकी आलोचना सुनता। वह अपने चरित्रों को और उभारता। मनोविज्ञान की गहरी से गहरी गहराइयों तक जाने की कोशिश करता। उसकी कहानियों में सांकेतिकता और प्रतीकात्मकता बढ़ती जा रही थी। और यह सब कुछ सुनाने के लिए उसे प्रबुद्ध श्रोताओं की आवश्यकता पड़ती। उसे खुद भी याद नहीं कि इन प्रबुद्धों की खोज में सुमन कब उसकी कहानियों से दूर होकर रसोई, सिलाई मशीन और बच्चों की चोटी-कंघी तक ही सीमित हो गई है।

आज उसे अनुभव हुआ, इस बीच उसे कभी यह इच्छा ही नहीं हुई कि सुमन को वह अपनी कहानी सुनाए—जैसे सुमन को वह अपनी कहानी कभी सुनाता ही नहीं था, जैसे सुमन का कहानी सुनना तो कोई अर्थ ही नहीं रखता, जैसे उसकी कहानियों के चरित्र, उनके द्वंद्व, उनके प्रतीक, उनके व्यंग्य सुमन से बहुत दूर की चीज़ें हैं, जैसे सुमन का अस्तित्व उसके लिए दोनों समय का भोजन बनाना, उसके बच्चों को पालना, उसकी घर-गिरस्ती चलाना मात्र ही है। उसकी कहानियों के श्रोता तो कोई दूसरे ही हैं।

सुमन रसोई में खड़ी दूध गरम कर रही थी किन्तु उसे लग रहा था, सुमन सामने खड़ी है और पूछ रही है—पूछती ही जा रही है—"आजकल तुम अपनी कहानी मुझे नहीं सुनाते।"

फिर उसकी सीजी हुई आंखें, उसके फड़फड़ाते हुए होंठ, उसके कांपते हुए शब्द—

"हां, भई, हम तो अनपढ़ हैं। हम आपकी कहानियों का मतलब ही कहां समझते हैं।"

और उसने क्लिप बोर्ड पर लगे हुए कागज को देखा, जिस पर उसने अपनी नई कहानी का एक पैराग्राफ लिखा था। उसे लगा, उस कहानी की सतह पर दो डबडबाई हुई आंखें दोलायमान हो आई हैं। उसके लिखे हुए पैराग्राफ के काले-काले अक्षर उन आंखों में तैर रहे हैं।

(1960)

और-और वृत्त

सरदार दिलीप सिंह दफ्तर जाने के लिए घर से निकले तो उन्हें याद आया, उनकी गाड़ी तो अभी गैरेज से वापस नहीं आई है। कल तो वे टैक्सी से दफ्तर चले गए थे। आज वे बस-स्टाप पर अनायास ही आ खड़े हुए। दफ्तर जाने वाले बाबुओं और लड़कियों की एक छोटी-सी लाइन लगी हुई थी। सभी अपने-अपने हाथों में एक-न-एक फाइल या छोटा-मोटा बैग पकड़े हुए थे। सफेद सूती कपड़े। एक बंधे हुए जीवन में ढले हुए चेहरे नज़र आ रहे थे। एक उड़ती नज़र उन्होंने अपने कपड़ों पर डाली। कीमती शार्सकिन के सूट के नीचे उनकी टेरीलिन की कमीज़ चमक रही थी। वे बस के लिए लगी हुई कतार को देखते रहे। कई टैक्सी वाले उनके सामने से अपनी टैक्सी धीमी करके आगे बढ़ गए पर उन्होंने किसी को नहीं रोका और वे बस की कतार में खड़े हो गए।

उन्हें कभी-कभी बस की यात्रा बड़ी अच्छी लगती है। अपनी बड़ी गाड़ी में दफ्तर जाना तो उनका रोज़ का काम है। कभी-कभी बस की यात्रा में उन्हें वही आनन्द आता है जो रोज़ बस की यात्रा करने वाले को कभी-कभी टैक्सी में बैठने में आता है। बस बार-बार हिचकोले से हर स्टाप पर रुकती है। कुछ सवारियां उतरती हैं, कुछ चढ़ती हैं। सदा एक रौनक-सी बनी रहती है। और फिर आसपास की सीट पर कोई आकर्षक-सी वस्तु आ जाए तो कैसा स्पंदन होता है! यह स्पंदन अपनी गाड़ी में कहां?

बस आ गई, डबल डेकर। वे नीचे की डेक में सीधे चले गए, सबसे आगे की सीट पर। उनके सामने की सीट, जिस पर बैठी हुई सवारी का मुंह उनकी ओर हो, खाली पड़ी थी। उन्हें बड़ा अच्छा लगा। अपनी पिछली बस-यात्रा की बात उन्हें याद आई। वे इसी सीट पर बैठे हुए थे। सामने की सीट पर एक बड़ी ही आकर्षक युवती आकर बैठ गई थी। वह युवती सारे रास्ते में अपना ध्यान एक पुस्तक में लगाए रही और दिलीप सिंह उसे देखते रहे। कभी-कभी वह नज़र उठा कर आने-जाने वाली सवारियों की ओर देखती, एक नज़र इन पर भी डालती और फिर अपनी

चौड़ी बोझिल पलकों को पुस्तक के खुले हुए पृष्ठों पर झुका लेती। दिलीप सिंह के सारे शरीर से एक झुरझुरी-सी छूट जाती। उस दिन उन्हें यह पता नहीं लगा कि वे अपने दफ्तर कब पहुंच गए। वैसे अपनी गाड़ी से जाने में पच्चीस मिनट लगते हैं, यह उन्हें अच्छी तरह मालूम है।

आज भी उनके सामने की सीट खाली थी। दो-एक बार उन्होंने पीछे मुड़कर देखा। पर उन्हें लगा कि उनके सामने की सीट पर बैठने योग्य सवारी अभी नहीं आई है।

फिर एक बाबू उसी सीट पर आकर बैठ गया। दिलीप सिंह को बड़ा खला। बस उनकी होती तो वे उसे फौरन उतार देते। पर यह बस तो उनकी नहीं थी। उनकी तो अपनी डॉज गाड़ी है, जो पिछले दो दिनों से गैरेज में पड़ी है। पर जब अगले ही स्टाप पर उन्होंने उस बाबू को उठते देखा तो उन्हें ऐसी खुशी हुई जैसे कोई उनकी बड़ी मूल्यवान चीज़ पर अनधिकार कब्ज़ा किए बैठा था। उन्होंने जेब से रूमाल निकालकर सामने की सीट को झाड़ा और अपना चमड़े का बैग उस पर रख दिया। जैसे यह घोषित कर दिया हो–''यह सीट रिज़र्व है–कुछ विशेष यात्रियों के लिए।'' दो-एक लोग उधर आए। बैग वहां रखा देखकर वे इधर-उधर बैठ गए। दिलीप सिंह ने अपना बैग नहीं उठाया।

पर बैग तो उन्हें उठाना ही पड़ा। जो उनके सामने की सीट पर आकर बैठी, वह एक महिला थी। परन्तु वैसी नहीं, जैसी वे चाहते थे। वैसी भी नहीं जैसी वे नहीं, चाहते थे, वरन् वैसी, जिसकी वे कल्पना भी नहीं कर सकते थे। वह अधेड़ आयु की हड्डियों का ढांचा मात्र थी। रंग उसका बहुत काला तो नहीं था, पर ऐसा मटमैला-सा था, जिसके सामने गहरा काला रंग अच्छा लगता है। आंखों पर पुराने फ्रेम का एक चश्मा और उसके पीछे छिपी आंखों से झांकती हुई एक बड़ी ड़रावनी-सी कठोरता। आंखों की वह कठोरता सारे चेहरे पर बिखरी हुई थी। ओठ भिंचे हुए थे। उसके साथ का साल-डेढ़ साल का बच्चा बालकों की प्यारी और सलोनी सूरत का एक गहरा मज़ाक था। हड्डियों का वह पिंजर एक गंदे-से कपड़े में लिपटा हुआ था, और उसकी गंदी साड़ी में पड़ा अंगूठा चूस रहा था। उसके मुंह से लगातार थूक बहे जा रहा था। दिलीप सिंह ने एक बार उसकी ओर देखा, फिर बाहर की ओर देखने लगे। बस अभी लाल बाग से गुज़र रही थी। फाउण्टेन तक का रास्ता बहुत लम्बा था।

एकाएक उसकी दृष्टि उस स्त्री की ओर फिर चली गई। बालक रोने लगा था। स्त्री उसे उठाकर चुप कराने का प्रयास करने लगी। इस हलचल में उसकी साड़ी का पल्ला खिसक गया। उन्होंने देखा, उस स्त्री के गले और उसके नीचे के भाग में लाल-लाल अंधौरियों के दाने भरे हुए हैं और पसीना उसके गले से चूता हुआ उसके ब्लाउज़ के अन्दर बहा चला जा रहा है। उनकी दृष्टि और नीचे हुई। पतले सफेद कपड़े के ब्लाउज़ के अन्दर उसकी छातियां ढले हुए मांस के लोथड़ों की तरह लगीं। उनके मन में गहरी उद्विग्नता दौड़ गई। वे अपनी दृष्टि इधर-उधर फेरने लगे। परन्तु वह स्त्री तो उन्हें सब ओर ही दिखाई दे रही थी। उसका कठोर कुरूप चेहरा, उसका कुरूप बच्चा, उसकी कुरूप क्रियाएं।

बच्चा रोता ही जा रहा था। उसकी आवाज़ दिलीप सिंह के कानों में सुइयां चुभो रही थी। उन्हें लगा, वे उस स्त्री से कहें कि वह किसी दूसरी सीट पर बैठ जाए या वे खुद उठकर किसी दूसरी सीट पर चले जाएं। उन्होंने पीछे मुड़कर देखा। कोई सीट भी तो खाली नहीं। उन्हें लगा, यह बस का सफर किसी बीमार की ज़िन्दगी का लम्बा सफर बन गया है।

उन्होंने अपनी नज़र फिर इधर-उधर घुमाई। शायद कोई चीज़ दिख जाए जो इस बेचैनी के रेगिस्तान में नखलिस्तान की छांह-सी बन जाए। पर उनके सामने बैठे मुसाफिरों में ऐसा कोई नहीं था। उस स्त्री के साथ बैठा हुआ पुरुष बस के हर हिचकोले में अपना कंधा उससे भिड़ा देता था। उसके चेहरे पर कई दिन से न बनाए हुए बाल कांटों की तरह उगे हुए थे। उसके बाहर निकले हुए दो दांत उसके नीचे के होंठ को कसकर दबाए हुए थे। उसकी सूखी आंखें दीवार में बने हुए दो छेदों की तरह अंदर धंसी हुई थीं।

दिलीप सिंह को लगा, उनके चारों ओर कुरूपता का राज्य छा गया है। चारों ओर से एक घिनौनी दुर्गन्ध उठ रही है जो उनके मस्तिष्क में भरती जा रही है। कहां उनकी अपनी मुलायम गद्दों वाली गाड़ी, जिसमें वे बड़ी शान से दफ्तर पहुंच जाते थे, कहां यह बस, जो अपने में सारे संसार की कुरूपता लिए मंथर गति से चली जा रही है।

सामने बैठी स्त्री ने बालक को चुप कराने के लिए अपने गंदे झोले में से एक केला निकाला और उसे पूरा छीलकर बालक के हाथ में थमा दिया। बालक अपने गंदे हाथों से उसे मीसने लगा। चलती हुई बस के हिचकोले में वह अपने छोटे दुर्बल हाथों से उसे अपने मुंह के पास ले जाता, फिर बहती हुई नाक से उसे लपेटता हुआ मुंह में डाल लेता। दिलीप सिंह ने वह दृश्य देखा तो उन्हें लगा, अभी उल्टी हो जाएगी। उनका दिल ज़ोर-ज़ोर से धड़कने लगा। पसीने से उनका सारा शरीर तर होता जा रहा था। उन्होंने अपने कोट के बटन खोल दिए। जी बड़े ज़ोर से मिचला रहा था। उन्होंने अपनी टाई की गांठ ढीली करके कमीज़ का ऊपरी बटन खोल दिया। पर बेचैनी बढ़ती ही जा रही थी। उनके मन में आया, वे बस से उतर कर टैक्सी पर सवार हो जाएं। पर उन्हें लगा, उनमें उठने की भी ताकत नहीं है। यदि वे उठेंगे तो बस के बीच ही लड़खड़ा कर गिर पड़ेंगे।

सामने की स्त्री बड़े निश्चिंत भाव से बच्चे को अपने स्तनों का दूध पिला रही थी। उसके सभी अंग दिलीप सिंह की नज़रों में आ गए और जिधर भी उन्होंने दृष्टि घुमाई, वे उन्हें साथ-साथ घूमते ही नज़र आए।

उन्हें लगा, वह कुरूपता उनके ऊपर पूरी तरह छा गई है। उनका सेब की तरह का चेहरे का रंग काले जामुन की तरह.हो गया है। उनकी जाली में ठीक ढंग से चिपकाई हुई दाढ़ी के बाल इधर-उधर से बाहर निकल आए हैं। उनकी छोटी-छोटी संवारी हुई मूंछें उनके ओंठों को पार करती हुई उनके मुंह में घुसती जा रही हैं। उन्हें लगा, आज उनकी पगड़ी बड़ी बेड़ौल-सी बंधी हुई है। उसके फेंटे ढीले पड़ते जा रहे हैं और उसमें से केश इधर-उधर निकलते जा रहे हैं। उन्हें अपना वह चमकता हुआ शार्सकिन का सूट बड़ा गंदा-सा नज़र आने लगा। कमीज़ का ऊपरी खुला हुआ

बटन और ढीली की हुई टाई की गांठ से न जाने कितने पसीने की अविरल धार उनकी छाती और पेट तक पहुंच चुकी थी। उन्हें लगा, उनके शरीर से बड़ी दुर्गन्ध आ रही है और वह दुर्गन्ध सारे वातावरण में भरती जा रही है।

उन्होंने सोचा, क्या वे अपनी यह सूरत लेकर दफ्तर जा सकेंगे? अपना एयरकंडीशंड दफ्तर उन्हें याद आया। फिर उन्हें याद आई अपनी स्टेनो, जो उनके पहुंचते ही अपने होंठों पर बड़ी ही मधुर मुस्कराहट और आंखों में ढेर-सा रस भरकर कहती है—''गुड मार्निंग सर!'' और वे मुस्कराकर उसका उत्तर देते हैं। फिर वह उनके एयरकंडीशंड केबिन में आ जाती है, जहां दिलीप सिंह उसे अपनी चिट्ठियों के मज़मून बोलते हैं। मज़मून ही नहीं, उन मज़मूनों में पता नहीं वे क्या-क्या बोलते हैं। और वह स्टेनो अपनी गोल-गोल गोरी और गदराई बांहों की झलक दिखाती हुई खटाखट लिखती जाती है। दिलीप सिंह बोलते-बोलते उसकी ओर एकटक देखते जाते हैं। और जब उसके गदराए यौवन के निरीक्षण में डूबकर वे अपना वाक्य भूल जाते हैं तो वह बड़ी शरारती आंखों से उन्हें देखती है। उसके होंठों पर मुस्कराहट बिखरी होती है। दिलीप सिंह के चेहरे पर भी मुस्कराहट दौड़ जाती है और वे फिर बोलना शुरू कर देते हैं।

उस स्टेनो की याद ने उन्हें और बेचैन कर दिया। उन्हें लगा कि बस से उतरकर एक बार फिर घर वापस जाना चाहिए। पर आफिस में ग्यारह बजे कई पार्टियों से उनकी आवश्यक व्यापारिक मुलाकात भी तो है।

वे बस से उतरे तो उन्हें लगा जैसे वे अभी जेल से छूटे हैं। उन्होंने रूमाल से पसीना पोंछते हुए चेहरे को ढंक-सा लिया और तेज़ी से अपने दफ्तर की ओर बढ़ चले।

वे दफ्तर में एक अपराधी की तरह घुसे। रूमाल से अपने चेहरे को छिपाते हुए वे सभी कर्मचारियों से आंखें चुरा रहे थे। पर वह स्टेनो तो सामने आ ही खड़ी हुई। वही संगीत की मधुर झंकार करती हुई आवाज़—''गुड मार्निंग सर!

पर दिलीप सिंह ने उसकी मुस्कराहट का कुछ उत्तर नहीं दिया और वे घबराए हुए-से अपनी केबिन में घुस गए। और जाते-जाते स्टेनो को आधे घण्टे बाद आने का आदेश देते गए।

उन्होंने झट-से अपना कोट उतारकर खूंटी पर टांग दिया और वाशबेसिन के सामने जा खड़े हुए। उन्हें लग रहा था कि आज अपने चेहरे की कुरूपता देखकर वे उद्विग्नता से गड़ जाएंगे। परन्तु... उन्होंने शीशे में अपने-आपको देखा, उनकी दाढ़ी तो ठीक तरह फिक्स थी। कहीं-कहीं एक-आध बाल इधर-उधर निकल गया था। उनकी मूंछें भी यथावत् ऊपर की ओर उठी हुई थीं और मध्य से उनके पतले रक्ताभ होंठ नित्य की तरह ही चमक रहे थे। पसीने की चिकनाहट उनके चेहरे पर फैली हुई थी। इससे उनका सेब-सा रंग और भी चमकदार हो गया था। उनकी पगड़ी भी ठीक बंधी हुई थी। एक ठंडी लहर उनके शरीर में दौड़ गई। एक हल्की-सी झुरझुरी से शरीर हिल गया। ऐसी झुरझुरी तो उन्हें पिछले वर्ष व्यापार में नकद पांच लाख बचाकर भी नहीं महसूस हुई थी।

उन्होंने जेब से एक सलाई निकाली। दाढ़ी के एक-दो बालों को ठीक किया। अपने दोनों हाथों से पगड़ी को एक-दो बार दबाया। हाथ में थोड़ा-सा पानी लेकर उन्होंने अपनी आंखों पर छींटे मारे और सामने टंगे हुए तौलिये से बड़ी सावधानी से अपना मुंह पोंछ डाला। उनके सारे शरीर में उमंग की एक लहर दौड़ गई।

वे मुस्कराते हुए अपनी सीट पर आए। कोट की जेब से निकालकर एक इलायची का दाना उन्होंने अपने मुंह में डाला और घंटी बजाकर चपरासी को आदेश दिया—

"स्टेनो को अन्दर भेज दो!"

(1960)

सतहें

मुझे लगा, निशा ने मेरी बात नहीं सुनी है। मैं कह रहा था, अगले महीने मैं भिलाई जा रहा हूं। और फिर वहां के स्टील प्लांट के बारे में कुछ अपनी जानकारी बघारने ही जा रहा था कि देखा, उसका ध्यान मेरी ओर बिल्कुल नहीं है। वह खोई-सी, पलंग पर बिछी हुई चादर की डिजाइन पर अपनी उंगलियां फिरा रही थी।

''निशा।''

उसने जैसे जागकर मेरी ओर देखा। नमी की हल्की-सी परत उसकी दोनों आंखों में व्याप गई थी। ऐसी नमी मैंने उसकी आंखों में अनेक बार देखी है। ऐसे समय वह अपने दोनों ओठों को दबा लेती है और मुंह के अंदर ही अंदर दांतों से नीचे के ओठ के बायीं ओर के हिस्से को चबाने लगती है।

''क्या हुआ?''

''तुम भिलाई जा रहे हो?''

''हां... तो?''

"दिवाकर वहीं तो है आजकल।"

''दिवाकर...? ओह...वह वहां कब से है?''

''शादी के बाद वह कलकत्ता चला गया था। फिर उसे भिलाई में नौकरी मिल गई।''

मैं हंस पड़ा—''उसकी पूरी खोज रखती हो।''

उसकी आंखों की नमी और गहरी हो गई।

निशा सिर उठाकर एकटक छत की ओर देखने लगी। लगता था जैसे नमी आंखों से छलककर बाहर निकल पड़ेगी। वह छत की ओर देख नहीं रही थी। छलक पड़ने के डर से उसने आंखों की तिरछी कटोरियों को सीधा कर दिया था।

कुछ क्षणों तक हवा का दबाव नीचे की ओर दबता-सा लगा।

''भिलाई में दिवाकर से मिलोगे?''

''हां-हां.... क्यों नहीं। वह तो मेरा बड़ा अच्छा मित्र था। या यूं कहो कि बन गया था। तुम तो जानती ही हो, तुमसे उसके इतने संबंध बिगड़ जाने के बाद भी वह मुझसे गहरा मित्रवत् व्यवहार करता रहा हालांकि तुम्हीं ने उससे मेरा परिचय करवाया था।''

मैं कुछ क्षण उसकी ओर एकटक देखता रहा। मुझे अपनी ओर एकटक देखता देखकर वह हंस पड़ी। आंखों की नमी में हंसी का स्वर मिला तो वे और छलछला आईं।

''क्या देख रहे हो?''

''देख नहीं, सोच रहा हूं...।''

निशा उन्मुक्त होकर हंस पड़ी। मैं उसे उन्मुक्त हंसाना ही चाहता था। शायद उस हंसी से उसकी वह खिन्नता झर जाती जो दिवाकर की याद ने अनायास उसमें उत्पन्न कर दी थी।

''क्यों, मैं बहुत रहस्यमयी हूं?''

''रहस्यमयी? शायद उस ब्रह्म से भी अधिक जो केवल हमारे लिए रहस्यमय है। तुम तो शायद अपने लिए भी रहस्यमयी हो।''

वह खिलखिलाकर हंसी। मुझे अच्छा लगा। मैं कहता गया—''इसी बिचारे दिवाकर को तुमने लाखों गालियां सुनाई थीं। उसके प्रति तुमने इतनी घृणा का प्रदर्शन किया था जितनी शायद कोई खजैले कुत्ते के प्रति भी नहीं करता। उस बिचारे ने पुरुष होते हुए भी सब कुछ ऐसे सहन कर लिया जैसे वह सब उसके प्रति नहीं, किसी निर्जीव पत्थर के प्रति किया गया हो। और आज वही दिवाकर तुम्हें याद आ रहा है।''

मुझे अपनी बात का तीखापन खुद ही चुभा। निशा फिर उसी गहरे सागर में डूब गई जिसमें से अभी दो क्षण पहले सिर दिखाई देने लगा था।

''हां, मैंने उसके साथ बहुत बुरा व्यवहार किया था। सचमुच बहुत बार मुझे यह नहीं पता लगता कि मैं क्या, क्यों और कैसे कह रही हूं...। आज कभी-कभी सोचती हूं, उसे खोकर जैसे मैंने सब कुछ खो दिया है।''

''तुम्हारा उससे परिचय कैसे हुआ था?'' मैंने पूछा।

''तुम्हें मैंने बताया नहीं?" निशा की मुद्रा में आश्चर्य भर गया। वह एक विशेष अंदाज से जब किसी बात पर आश्चर्य प्रकट करती है तो उसके चेहरे पर एक अजीब-सा भोलापन उभर आता है।

''कभी विस्तार से तुमने नहीं बताया। बस उड़ते-उड़ते जो भी पकड़ लिया हो।''

''तुमसे भला मेरी क्या बात छिपी है?''

''बस एक यही छिपी है... और तुम्हारे रहस्यमय भंडार में क्या-क्या छिपा है, कौन जाने।''

वह फिर खिलखिलाकर हंस पड़ी। बोली—''तुम्हीं तो मेरे एक ऐसे मित्र हो जिससे मैं कुछ नहीं छिपाती। और तुम मित्र से अधिक कुछ बनने की कोशिश भी तो नहीं करते।'' उसने शरारत

से मेरी ओर देखा।

''सफलता का भरोसा हो तो कोशिश कर देखूं।''

वह फिर उसी तरह हंसी। बोली–''जब वह नीचे के फ्लैट में आया, उसका परिचय पहले चक्रधर से हुआ...।''

''अरे हां... चक्रधर का क्या हाल है... तुम्हारा फास्ट फ्रेंड?'' मैंने बात काटकर, अंतिम शब्दों पर बल देते हुए व्यंग्य से पूछा।

''खाक फास्ट फ्रेंड। उस चक्कर ने तो हम दोनों के बीच में इतना भेद पैदा किया। उसी के बहकावे में आकर मैं दिवाकर की उपेक्षा करने लगी थी।''

मैंने कहा–''वैसे निशा और दिवाकर का मिलन कभी होता नहीं और रात-दिन का यह चक्र ही उनमें मिलन नहीं होने देता।''

''फिलासफी मत बघारो... ऊंचे दिखने वाले सिद्धांतों से मुझे नफरत है।'' वह तिनक कर बोली।

''शायद हर ऊंची दिखने वाली चीज से तुम नफरत करने लगी हो।''

''नफरत सिर्फ इसलिए कि मैं इससे ज्यादा कुछ कर नहीं सकती।'' यह बोली।

मैंने कहा–''खैर, अपनी बात सुनाओ।''

"चक्कर से ही उसे मालूम हुआ कि मैं एक परित्यक्ता हूं, दफ्तर में काम करती हूं और अकेली रहती हूं। एक बार वह उसके साथ मेरे फ्लैट में आया भी। उस समय उसने मुझे बिल्कुल प्रभावित नहीं किया था। उसकी सूनी-सूनी डरावनी आंखें और गंभीरता से भिंचे हुए ओठ मुझे बिल्कुल अच्छे नहीं लगे थे।

''फिर वह दो-एक बार अकेला ही मेरे पास आया। देखने में वह जरा बुद्धू-सा लगता था न?" निशा मुझसे प्रश्न कर बैठी। मैंने कहा–"लगता तो वह बिल्कुल बुद्धू ही था। इसीलिए जब पहली बार तुमने मुझे बताया था कि तुम उससे विवाह करने के बारे में सोच रही हो तो मुझे थोड़ा आश्चर्य हुआ था। सोचा, तुम्हारे जैसी औरत उस उजबुक में क्या देखकर रीझ गई है?''

वह बोली–''देखने में वह चाहे जैसा हो, बातें बड़ी प्यारी-प्यारी करता था, बस मन मोह लेने वाली। मुझे विश्वास है कि वह केवल अपनी बातों से ही किसी स्त्री को खुश रख सकता है... खैर, सुनो–एक दिन वह शाम को मेरे कमरे में आया। मैं दफ्तर से वापस आकर पलंग पर पड़ी थकान मिटा रही थी। इधर-उधर की बातों के बाद उसने पूछा–'आप दफ्तर से आने के बाद क्या करती हैं?'

''मैंने कहा–'कुछ नहीं। कभी-कभी कहीं घूमने चली जाती हूं। नहीं तो यहीं पड़ी रहती हूं और नौकर जब खाना बनाकर दे देता है तो खा लेती हूं और सो जाती हूं।'

'मेरी बात सुनकर वह दो क्षण चुप रहा, फिर बोला–'कहीं घूमने चलेंगी?'

'अभी?' मैंने आश्चर्य से पूछा। वह बोला–'यहीं कहीं घूम आते हैं।'

''मुझे उसके प्रस्ताव पर कौतूहल हुआ। फिर न जाने क्या सोचकर मैं कह बैठी– 'चलिए।' और मैं तैयार होकर उसके साथ निकल पड़ी। हम दोनों ने एक टैक्सी ली और बैंड स्टैंड जा पहुंचे। तुम्हें पता ही है कि बैंड स्टैंड मुझे बहुत पसंद है। वहां के पथरीले समुद्र-तट पर मेरे मन की उदासी खो-सी जाती है। मैं अपने को बड़ा हल्का-सा महसूस करने लगती हूं।

''उस दिन वह अपने विषय में ही बताता रहा, मैसूर से वह बंबई कब और कैसे आया। एक-आध घंटा घूमकर हम घर वापस आ गए। फिर वह अक्सर आने लगा। एक दिन सुबह बोला– 'मुझे अपने लिए कुछ कपड़े बनवाने हैं। आज तक स्वयं मैंने कभी नहीं खरीदे। आप खरीदवा दीजिएगा?'

''मुझे हंसी आई। कैसा आदमी है, अपने कपड़े भी स्वयं नहीं खरीद सकता। शाम को छः बजे वह मुझे दादर स्टेशन पर मिला। एक दूकान से मैंने उसके पैंटों-शर्टों के शेड पसंद कर दिए। वही शेड जो मैं किसी भी पुरुष को पहने देखना पसंद करती हूं। जब उसके कपड़े हो गए तो वह धीरे-से मेरे कान के पास आकर बोला– 'एक साड़ी अपने लिए भी ले लीजिए।'

'मैं...?' मैंने कहा– 'मुझे तो अभी जरूरत नहीं।'

'स्त्रियों को साड़ियों की कब जरूरत नहीं होती। एक ले लीजिए न।' वह बोला।

'नहीं-नहीं...मुझे अभी नहीं लेनी है। आप अपने कपड़े लीजिए।' मैंने कहा।

''वह बड़े धीरे-से अपने शब्दों पर बल देता हुआ बोला– 'देखिए, आपको लेनी ही पड़ेगी।'

'बड़े जिद्दी हैं आप।' मैंने कहा और साड़ियां पसंद करने लगी। वह बोला– 'साड़ी तो आप पसंद करेंगी परंतु रंग मेरी पसंद का होगा।' और उसने एक शेड पसंद किया। बोला– 'चौड़े काले बार्डर की सफेद साड़ी मुझे बहुत पसंद है।'

''अब तो हम लोग काफी नज़दीक आ गए थे। एक दिन वह बोला– 'मुझे आपसे एक खास बात करनी है। शाम को साढ़े छः बजे सांताक्रुज़ स्टेशन पर आपका इंतजार करूंगा।' कहकर उसने एक क्षण मेरी ओर देखा और चला गया।

''उस शाम को हम लोग जुहू तट पर कई घंटे बैठे रहे। वहां दस-बीस मिनट इधर-उधर की बातें करने के बाद एकाएक उसने मेरा हाथ पकड़कर कहा– 'निशा, आइ वान्ट टु मैरी यू।'

''यह कहते-कहते वह कांपने-सा लगा।

''मैंने कहा– 'मेरे बारे में सब कुछ जानते हैं?'

''वह बोला– 'जानता हूं।'

''मैंने पूछा– 'आपके घर के लोग स्वीकार करेंगे?'

'उन्हें मैं समझा लूंगा।'

''मैं कुछ क्षण चुप रही। फिर बोली– 'एक बात और। मैं अपनी नौकरी नहीं छोड़ूंगी।'

''वह कुछ हिचकिचाया। बोला– 'मेरी आमदनी यदि काफी हो तो तुम्हें नौकरी करने की

क्या जरूरत है।'

''मैंने हाथ छुड़ा लिया और कहा—'आर्थिक दृष्टि से मैं आत्मनिर्भर रहना चाहती हूं।'

''वह बोला—'मैं वायदा करता हूं कि अपनी ओर से मैं कभी तुम्हें नौकरी छोड़ने के लिए नहीं कहूंगा?'

'मैं सोचकर उत्तर दूंगी।' उस समय बस मैंने इतना ही कहा।

''उसी रात को लगभग ग्यारह बजे होंगे, वह मेरे कमरे में फिर आया। मैं शीशे के सामने खड़ी मुंह पर कोल्ड क्रीम लगा रही थी। बोला—'अभी तक तुम सोई नहीं।'

'आप क्यों नहीं सोए अभी तक?' मैंने पूछा।

'जब तक तुम सोतीं नहीं, मैं कहां सोता हूं।' वह बोला।

'आपको कैसे मालूम होता है कि मैं जाग रही हूं या सो रही हूं?'

'तुम्हारी बालकनी से बिजली का प्रकाश मेरी बालकनी पर पड़ता रहता है। और वह मुझे बताता रहता है, तुम अभी तक सोई नहीं हो। अनेक बार उस पर तुम्हारी छाया दिखाई देती है। जब वह रोशनी बुझ जाती है तो मैं भी आंखें बंद करके सोने की कोशिश करने लगता हूं।'

''मैं उसकी ओर एकटक देखती रही। उसकी सूनी आंखें उस दिन कितनी तरल हो आई थीं। उस दिन वह मुझे बहुत ही अच्छा लग रहा था।

'मेरी बात का जवाब मिलेगा?' उसने पूछा। मैं निरुत्तर उसकी ओर देखती रही। उसने झट-से मुझे बांहों में लेकर मेरे ओठ चूम लिए। और खट-से दरवाजा खोलकर कमरे के बाहर हो गया।

''तभी चक्कर का चक्कर शुरू हुआ। एक दिन इसे अपना मित्र समझकर मैंने बता दिया कि मैं दिवाकर से शादी करने जा रही हूं। बस धीरे-धीरे इसने मेरे कान भरने शुरू किए। उसकी एक-न-एक बुराई वह मुझसे रोज ही करता। दिवाकर में यह बुरी आदत है, वह बुरी आदत है—वह बड़ा कंजूस है, बड़े शक्की मिज़ाज का है। और कभी उससे मिलने का अवसर न देकर सदैव मेरे पीछे लगा रहता। इसी बीच दिवाकर एक महीने के लिए मैसूर चला गया। चक्कर ने उन्हीं दिनों बड़े-बड़े सपने मेरे सामने खड़े कर दिए। वह रोज ही मुझे किसी बड़े होटल या सिनेमाघर में ले जाता। और एक दिन उसने ऐसी बात कही कि मेरा मन दिवाकर की ओर से बिल्कुल फिर गया। उसने बताया, दिवाकर नपुंसक है और अपनी बात के समर्थन में उसने अनेक गढ़ी हुई कहानियां मुझे सुना दीं।

''दिवाकर मैसूर से लौटा तो उसने मेरा बदला हुआ रूप देखा। उसने बहुत कोशिश की किंतु मैं तो किसी जादू की खुमारी में थी। मैंने उसकी उपेक्षा ही नहीं की, उसका तिरस्कार किया, गालियां दीं, अपमान किया। वह चुपचाप सब सह गया। मैंने उसे भी उसकी नामर्दी समझा।

''वह तीन-चार महीने मेरे पीछे लगा रहा और मैं उसे कुत्ते की तरह दुत्कारती रही। जब वह फ्लैट छोड़कर जाने लगा तो मैं उससे मिली भी नहीं।

‘‘किंतु चक्कर के जादू का असर मेरे मन की भीतरी सतह तक नहीं पहुंचा है, यह बात मुझे तब मालूम हुई जब मैंने उसके विवाह का समाचार सुना। उस दिन जैसे सारी खुमारी फट-सी गई। उस दिन मुझे लग रहा था कि मैं रोऊं, इतना रोऊं कि अपने ही आंसुओं में खुद को डुबो दूं। या फिर चीखूं-चिल्लाऊं और जो भी सामने पड़े, उसका मुंह नोच लूं।”

निशा अपनी कहानी कहकर चुप हो गई। कुछ क्षणों में उसने अपने को संभाला और मुस्कराने की कोशिश करती हुई बोली—“भिलाई कब जा रहे हो?”

“अगले महीने की पांच-सात तारीख तक।”

“दिवाकर से कहना, मैं उसको बहुत याद करती हूं।”

“कहूंगा।”

वह कुछ क्षण खामोश बैठी रही। फिर बोली—“नहीं, उससे मेरी कोई बात न करना। और सुनो... उसके लड़का हुआ है। मैं तुम्हें एक स्वेटर बनाकर दूंगी। मेरा नाम न लेना। उसे अपनी ओर से भेंट कर देना.....।”

“अच्छा।” मैंने शायद इतना ही कहा था।

(1960)

छह पत्र एक पहचान

1

अलीगढ़

दि : 16 जून '57

आदरणीय बन्धु,

सादर सप्रेम नमस्कार,

एक पत्रिका में आपकी कहानी और फोटो देखा, साथ में आपका पता भी। आपके और मेरे अल्प समय के जालन्धर के सहवास के पश्चात्, पत्रों द्वारा आपको अपने निकट रख पाने की उत्कट अभिलाषा का लालच रोक सकने में मैं असमर्थ हूं। सम्भवतः आप मुझे भूल भी चुके होंगे और इस पत्र को पाकर आप आश्चर्यचकित भी होंगे किन्तु इसे विधि की विडम्बना के अतिरिक्त और क्या कहा जाए कि एक लम्बे अर्से के बाद हम लोग इस प्रकार इतनी दूरी से मिल रहे हैं, शब्दों के द्वारा! किन्तु हृदय की भावनाओं को मूर्त रूप में देने में शब्दों का सहयोग ही क्या। खैर, मैं अलीगढ़ विश्वविद्यालय से एम.ए.(अंग्रेजी) कर चुका हूं और रिसर्च का विचार कर रहा हूं। जीवन में कुछ अनदेखे, अनचाहे व्यवधान उपस्थित हो जाने से इतनी देर हो गई है। अभी जीवन में स्थिरता नहीं आई। इस छोटे-से पत्र में क्या लिखूं और क्या न लिखूं, इतने वर्षों का कहना-सुनना है। अधिक न कहकर इतना ही कहता हूं और चाहता हूं कि आप पत्र का उत्तर अवश्य दें। शेष फिर कहूंगा।

आपका

नरेश

2

अलीगढ़
2 जुलाई '57

श्रद्धेय बन्धुवर,

सादर सप्रेम नमस्कार,

आप का स्नेहसिक्त पत्र पाकर जिस अनिर्वचनीय आनन्द की अनुभूति हुई, उसका वर्णन शब्द रूप में करने की क्षमता मुझमें नहीं है। मेरे पत्र से आपको इस अकिंचन का स्मरण हो आया, यही मेरे लिए एक आशा और उत्साह का संबल है जो मेरे भावी जीवन की मार्ग-रेखा के निर्माण में सहायता करेगा। आपके हिसाब से मुझे निश्चय ही एम.ए. बहुत पहले कर लेना चाहिए था, किन्तु इसे अपने दुर्भाग्य का प्रकोप ही कहूंगा कि ऐसा न हो सका। मेरे जीवनाकाश पर दुरवस्था का एक ऐसा पुच्छल तारा उदय हो गया कि समस्त जीवन अस्त-व्यस्त हो गया। सब कुछ उलट गया। जो नहीं चाहा, वह यथार्थ की ठोस पृष्ठभूमि पर दैत्याकार बनकर खड़ा हो गया। जो चाहा, वह किसी स्वप्नलोक में जाकर जाने कहां विलीन हो गया। विस्तृत रूप से आपने समझने की इच्छा व्यक्त की है। अभी तो चार तारीख को मैं एक इन्टरव्यू के लिए नई दिल्ली जा रहा हूं। वहां से जालन्धर चला जाऊंगा। वहां से आपको शान्त चित्त से विशद् पत्र द्वारा थोड़े में बहुत कुछ बताने का प्रयास करूंगा।

क्या आप मेरे लिए बम्बई में किसी अच्छी नौकरी की तलाश कर सकते हैं?

शेष अगले पत्र में।

आपका ही
नरेश

3

जालन्धर
5 अगस्त '57

प्रिय बन्धुवर,

सादर नमस्कार,

लगभग एक माह के पश्चात् आपको पुनः पत्र लिख रहा हूं। यद्यपि इससे पूर्व आपको लिखने का वचन दे चुका हूं, किन्तु स्थिर न हो सकने के कारण न लिख सका। अलीगढ़ से जो पत्र मैंने आपकी सेवा में प्रेषित किया था, उसमें मैंने आपको नई दिल्ली होकर जालन्धर पहुंचने पर पत्र लिखने के लिए लिखा था। किन्तु जालन्धर पहुंच कर मूड कुछ ऐसा हो गया कि पत्रादि लिखने से अरुचि हो गई। यही मूड आज मुझे तीन-पांच वर्षों से अशान्त, अस्थिर एवं असंतुलित बनाए हुए है। जीवन में यदि कभी आपने किसी को प्यार करने के पश्चात् विरह की तीखी वेदना का

अनुभव किया है तो आप मुझे समझ लेंगे। वैसे भी एक कलाकार का हृदय और अनुभूतियां आपके पास होने के कारण समझने में कठिनाई न होगी। इसके कारण इन वर्षों में मेरी लेखनी भी शान्त हो कर निर्जीवप्राय हो गई। कुछ लिखने बैठता हूं तो दुख और अवसाद की गहरी छाया मुझे इतना ग्रसित कर लेती है कि फिर सब कुछ अवरुद्ध हो जाता है। इसी बीच मेरा विवाह भी हो गया है किन्तु यही मेरी जीवित मृत्यु का कारण बना। विवाह भी एकदम धोखा, असत्य और बरबादी का सम्मिश्रण था। यद्यपि मेरा विवाह यहीं एक प्रतिष्ठित एवं सम्पन्न घराने में हुआ परन्तु मेरे लिए केवल दुर्भाग्य और दुख की ही सृष्टि कर सका। एक कलाकार होने के नाते आप अनुमान लगा सकते हैं, मेरे भावुक हृदय की निराशा और विषाद का। इसी कारण मेरा बी.ए., एम.ए. सब चौपट हो गया। अच्छी-खासी बुद्धि रखते हुए भी मानसिक एवं सांसारिक कष्टों के ज्वार-भाटे में सब कुछ बह गया। पीड़ा ही जीवनसंगिनी हो गई है। संसार छल छिद्र-भरा, स्वप्न सरीखा छिछला-छिछला लगता है। जीवन से संन्यास लेने का विचार इस मस्तिष्क में कई बार आकर टकराता है। क्या करूं क्या न करूं, अनिश्चय के सागर में डूबता-उतराता रहा हूं। दुख की गाथा बहुत बड़ी है। क्या कीजिएगा अधिक जानकर, भावनाओं का आवेग भी बढ़ रहा है। सम्भवतः इस जीवन में अब शान्ति नहीं मिलेगी। जो चाहा वह न हुआ। एक अकल्पित-सा यथार्थ आज सम्मुख अट्टहास-सा कर रहा है। मैंने ईश्वर की इच्छा पर ही सब कुछ छोड़ दिया है। वैसे कभी एक पत्रिका संपादित एवं प्रकाशित करने का भी विचार था। पर अब सब नष्ट हो गया है। हां, यदि बम्बई में कहीं किसी कालेज में कोई अवसर मिल सके तो आपके साथ आकर कार्य कर सकता हूं।

आप अपने हैं और अपनों से कुछ छिपाना असम्भव, अनुचित है। फिर आपने साग्रह जानना चाहा है, इसलिए यह सब लिख दिया। इस पत्र का उत्तर अतिशीघ्र देने का कष्ट करें। शेष फिर।

आपका

नरेश

4

जालन्धर

20 अगस्त '57

श्रद्धेय बन्धुवर,

आपने उत्सुकता प्रगट की है कि विवाह मेरे लिए क्यों और कैसे कष्टदायक हो गया। सुनिए, मैंने एक सम्पूर्ण कलाकार का हृदय पाया है, भले ही परिस्थितियों एवं समुचित साधनों के अभाव में वह अविकसित रह गया है। और कलाकार रूप और सौन्दर्य का पुजारी होता है, बिना रूप और सौन्दर्योपासना के कला का निर्माण नहीं होता। साथ ही कलाकार का हृदय प्रकृति की समस्त कोमल मनोदशाओं 'वृत्तियों' से अभिभूत होता है। जिस लड़की के साथ मेरा विवाह हुआ है, उसमें सौन्दर्य नाम की कोई चीज नहीं है। क्या रंग, क्या रूप, क्या गुण, सभी का एकदम

अभाव है। शिक्षा उस समय तो नहीं के बराबर थी, किन्तु अब थोड़ी-बहुत हो गई है। व्यवहार, शून्य एक भैंस से, मुझे अंधेरे में रखकर, धोखा देकर विवाह का कार्य किया गया। फल हुआ संघर्ष, अशान्ति, असन्तोष, मानसिक-शारीरिक कष्टों की तीव्रता। हां, यह अवश्य है कि विवाह में मेरे पिता जी ने पन्द्रह हजार रुपए का दहेज लिया, किन्तु आज धनराशि भी कहां है? फिर मैं एक ऐसा व्यक्ति हूं जिसकी दृष्टि में धन से अधिक मानवीय गुणों एवं आदर्शों का मूल्य है, धन तो कभी भी पैदा किया जा सकता है। इन्हीं सब कारणों से अध्ययन में बाधा पड़ी। अतएव, एम.ए. में तृतीय श्रेणी का मुंह देखना पड़ा।

अभिनेता राजन मेरे एक मित्र के जीजाजी हैं, वहां जाने पर उनसे सम्पर्क स्थापित कर लूंगा। क्या उनकी सहायता से फिल्मक्षेत्र में मेरा प्रवेश किसी प्रकार हो सकता है?

आशा है, आप शीघ्र ही पत्रोत्तर देंगे। आप के पत्र की प्रतीक्षा मुझे इस प्रकार रहती है जैसे नवविवाहित पत्नी को दफ्तर से लौटने वाले पति की होती है, परन्तु मेरी इस उपमा में स्वानुभूति बिल्कुल नहीं है।

आपका

नरेश

5

(नरेश का अगला पत्र अंग्रेजी में आया जिसका हिन्दी अनुवाद, मूल सम्बोधन सहित इस प्रकार है।)

जालन्धर

25 सितम्बर '57

डियर मिस्टर दीप,

पत्र के लिए धन्यवाद। कालेज छोड़े मुझे कुछ दिन हो चुके थे, कहीं से कोई उपदेश सुनने को नहीं मिला था। आपके (अंग्रेजी में शायद पत्र-लेखक का अर्थ, तुम्हारे से हो) पत्र ने वह कमी पूरी कर दी। इसे कहते हैं उपदेश देने की हुड़क, जो प्राध्यापकों में बहुधा पैदा हो जाती है और मौके-बेमौके, चाहे-अनचाहे रूप में सदा निःसृत होती रहती है। आपने अनदेखे ही मेरी पत्नी की जो वकालत की है और उसके प्रति जो असीम सहृदयता का परिचय दिया है, एक पति के नाते मुझे उसका धन्यवाद देना चाहिए। आपकी कहानियों में नारी के प्रति आपकी संवेदना तो मैंने देखी थी किन्तु संवेदना इस सीमा तक बढ़ी हुई है, यह आपके इसी पत्र से पता लगा। शायद आपकी यह संवेदना नारियों के प्रति ही है। खैर, आपका यह उपदेश इतना पर्याप्त है कि भविष्य में मुझे अपनी समस्याओं के लिए और उपदेश की आवश्यकता नहीं पड़ेगी।

आपने लिखा कि मुझे किसी कालेज में नौकरी इसलिए नहीं मिलेगी क्योंकि मैंने एम.ए. तृतीय श्रेणी में पास किया है, धन्यवाद।

पर अभी स्कूल-टीचर बनकर जिन्दगी गुजारने का इरादा नहीं है।

आपका
नरेश

6

जालन्धर,
14 अगस्त, '60

आदरणीय दीप जी,

लगभग तीन वर्ष हुए, जब आपको एक पत्र मिला था। अपने अन्तर्मन की सारी कटुता उड़ेल कर आपको भेज दी थी और कुछ क्षणों के लिए वही शीतलता अनुभव की थी जो आत्मविषदग्ध सांप को किसी को डस लेने पर होती है। पर क्या वह शीतलता स्थायी रही उगले हुए उस विष की कड़वाहट आज तक मेरे मुंह में है। आपने मुझे सम्मति दी थी कि अपनी कलाकारी का नशा उतार कर अपनी पत्नी को देखूं। आपने कहा था—"जिसे तुम भावशून्य, व्यवहारशून्य एक भैंस-सी समझ रहे हो, सम्भवतः वह कल तुम्हें भावों से ओत-प्रोत कामधेनु-सी लगने लगे।" अंग्रेजी कवि कालरिज के शब्द भी आपने उद्धृत किए थे—O Lady! we receive but what we give. (रमणी, हम तुझमें वही पाते हैं जो हम तुम्हें देते हैं।) उस समय मैंने आपके उस पत्र को उपेक्षा से फेंक दिया था पर एक बार पढ़ा तो था ही, और पढ़े हुए शब्द कहां अंकित हुए थे, यह मुझे उस समय पता नहीं लगा था। और उसके पश्चात् बहुत समय तक मैं भैंस समझकर उसकी उपेक्षा करता रहा जिसे आपने कामधेनु कहा था। जीवन में बेकारी और अर्थ-संकट के ऐसे दिन देखे कि कलाकारी का नशा काफूर हो गया। पर वह फिर भी मेरे साथ थी। संकट की हर आंच उसे और तपाती गई। वह तप कर निखरती गई और मैं दग्ध होता रहा। और एक दिन उसे देखकर मैं जैसे सोते से जागा, वह मुझे बिल्कुल नई-नई-सी, अनपहचानी-सी लग रही थी।

टैगोर ने कहीं लिखा है—"औरतें दो तरह की होती हैं, अर्थात् उनकी दो जाति हैं, एक जाति मुख्यतः मां की, जो ऋतुओं में वर्षा के समान है—पानी देती है, फल देती है, ताप दूर करती है, ऊर्ध्व लोक से अपने को विगलित करके देती ही रहती है, शुष्कता दूर करती है और हमारी कमियों को पूरा करती है।

"और दूसरी जाति है, प्रिया की, वसंत ऋतु के समान, उसकी चंचलता खून में तरंगें पैदा

करती है, वे तरंगें चित्त के उस मणिमय कोठे तक पहुंचती रहती हैं जहां सोने की वीणा में एक छिपा हुआ तार चुपचाप पड़ा उस झंकार की बाट देखता रहता है जिस झंकार से सारे शरीर और मन में अनिर्वचनीय वाणी बज-बज उठती है।''

रज्जो में मैंने मां को पाया, बचपन के मेरे मातृहीन दिनों की थोड़ी याद तो आपको होगी ही। रज्जो ने मुझे अपनी करुणा का पानी दिया। मेरी दी हुई नीम की निबोलियां खुद खाकर मुझे मीठे फल दिए और स्वयं दग्ध होकर मेरे ताप को दूर करती रही। प्रिया के समान उसने मेरे खून में शायद चंचल तरंगें न उत्पन्न की हों। तरंगें तो वहां उत्पन्न होती हैं जहां जल हो। मेरी आन्तरिक शुष्कता को तरंगों की नहीं, जल की ही जरूरत थी।

रज्जो, जिसे अपने कामधेनु कहा था, इस समय मेरे पास बैठी हुई है, आपको प्रणाम कहती है।

गत एक वर्ष से एक स्थानीय हाई स्कूल में अध्यापक हूं, क्या अभी भी आप किसी स्कूल में मेरे लिए नौकरी खोज सकते हैं? आपका सान्निध्य भी मिलेगा और वहां आकर किसी अन्य विषय में एम.ए. भी करूंगा।

आपका ही

नरेश

(1960)

विगत का डर

गीता प्लेटफॉर्म पर हक्की-बक्की-सी खड़ी थी। उसकी घड़ी में अभी आठ पैंतीस ही हुए थे और आठ पचास की गाड़ी कब की जा चुकी थी। स्टेशन-मास्टर के कमरे में लगी क्लाक की बड़ी सुई नौ को छोड़कर बारह को पार करती हुई तीन पर जा खड़ी हुई थी, जैसे छोटे-छोटे मिनटों का बोझ ढोने वाली वह बड़ी सुई बड़े-बड़े घंटों के बोझ को ढोने वाली छोटी सुई से दूर-दूर रहने में ही अपनी शान समझती हो।

सारे स्टेशन पर वीरानी छाई हुई थी, जैसे किसी घर से अभी-अभी लड़की विदा हुई हो।

वह कलाई पर बंधी घड़ी देख रही थी, यह इतनी लेट कैसे हो गई?

वह पूछ रही थी, ''धर्मपुर के लिए दूसरी गाड़ी?''

अधेड़ स्टेशन-मास्टर अपने रजिस्टर को अलमारी में रख रहा था, ''बारह दस की पैसिंजर।''

गीता उस गाड़ी का समय जानती थी। बारह दस की पैसिंजर धर्मपुर पहुंचती है सुबह पांच पचपन पर। यह बात तो उसने बस ऐसे ही पूछी थी।

उसने अपनी घड़ी ठीक कर ली—नौ बीस हुए थे। जैतीपुरा का वह छोटा स्टेशन जंगली पोखर की तरह निस्पन्द हो गया था। कुछ देर पहले गाड़ी आकर चली गई थी—जैसे उस पोखर में पास के पेड़ से कोई फल टूटकर गिरा हो।

गाड़ी आने में करीब तीन घंटे बाकी थे। स्टेशन से तीन मील दूर का गांव रात के अंधेरे में जैसे क्षितिज का एक कोना बन गया था।

स्टेशन-मास्टर अपने कमरे में ताला बन्द कर अपने क्वार्टर में जाने की तैयारी कर रहा था।

वह अंधेरे में गुमसुम खड़ी थी।

''आप को धर्मपुर जाना है?''

''हां।''

''वेटिंगरूम खुलवा देता हूं।''

वेटिंगरूम में एक बड़ी-सी गोल मेज़ बीच में रखी थी। उस पर मद्धिम-सा जलता हुआ एक लैम्प था। आसपास दो-तीन कुर्सियां और दो ओर दीवार से लगी दो लम्बी बेंचें पड़ी थीं। बाहर अंधेरा खूब गहरा था।

वह देख रही थी—बाईं ओर कुछ दूर लैम्प-पोस्ट के नीचे बैठे कुछ देहाती बीड़ी का धुआं उड़ा रहे थे। उनके साथ की स्त्रियां वहीं ज़मीन पर लेटकर सो गई थीं।

वह एक लम्बी आरामकुर्सी पर बैठ गई। उसकी पीठ दरवाजे की ओर थी। अटैची से उसने एक उपन्यास निकाल लिया और वह उसके पन्ने उलटने लगी।

तभी एक चीज़ उसके अन्दर जल में पत्थर की तरह उतर गई—कहीं कोई पीछे से आकर....? वह खड़े होकर तेज़ सांसों से आंखें फाड़कर दरवाज़े के बाहर देखने लगी। पटरियों के पास काला लबादा ओढ़े हुए दरख्त उसे तिलस्मी उपन्यासों के पात्रों-जैसे लग रहे थे। उसने झांककर बाईं ओर देखा। लैम्प-पोस्ट के पास बैठे धुआं उड़ाते यात्रियों की आवाज़ उसे बहुत अच्छी लगी।

वह अन्दर आकर सामने की कुर्सी पर बैठ गई। अब उसका मुंह दरवाज़े की ओर था। वह उपन्यास पढ़ रही थी, पर बार-बार उसे लग रहा था कि दरवाज़े के बाहर कुछ आकृतियां चल-फिर रही हैं। वह बार-बार नज़र उठाकर देख चुकी थी, वहां कुछ भी नहीं था। और सामने पटरियों के उस पार दरख्त थे—बेजान दरख्त।

यदि ऐसे में कोई आ जाए....? उस वीराने में उसके हृदय की धड़कन हथौड़े की तरह उसके कानों में बजने लगी। वह दरवाज़े के पास आ खड़ी हुई। दाईं ओर से कोई आ रहा था। वह दरवाज़े की ओट में हो गई। वह सीधा चला गया। शायद कोई रेलवे कर्मचारी था।

उसने अपनी घड़ी की ओर देखा। पूरे दस भी नहीं बजे थे। वह उसे देखती रही। सेकिंड की सुई बहुत तेज़ दौड़ती दीख रही थी। बाकी की दोनों सुइयां उसे स्थिर-सी लग रही थीं—जैसे कोई स्टैंड पर खड़ी साइकिल की सीट पर बैठा पैडल चला रहा हो, पहिया तेज़ घूम रहा हो, पर साइकिल वहीं की वहीं हो।

वह आकर कुर्सी पर बैठ गई। अब दरवाज़ा उसके बाईं ओर पड़ रहा था क्योंकि वह उस ओर न अपना मुंह करना चाहती थी, न पीठ। लैम्प पास लाकर वह उपन्यास के दो-तीन पन्ने पढ़ गई। फिर उसे लगा जैसे दरवाज़े से कोई अन्दर आ रहा है। उसने चौंककर देखा। वहां कोई नहीं था। शायद कोई दरवाज़े के बाहर से निकल गया था।

वह पढ़ रही थी। मन-ही-मन उसने निश्चय कर लिया था कि अब वह इधर-उधर नहीं देखेगी, बस पढ़ती ही रहेगी। पढ़ेगी नहीं तो समय कैसे कटेगा? और समय भी कितना विचित्र है! कभी तो हिरन की तरह चौकड़ियां भरता निकल जाता है और कभी कीड़े की तरह सरकता भी नहीं। कभी व्यक्ति को अपनी गोद में बैठाकर हवा में उड़ता है, कभी उसकी गोद में बैठकर न खुद चलता है, न उसे चलने देता है।

वह पढ़ती रही। दो-एक बार आभास हुआ जैसे दरवाज़े पर खड़ी कोई चीज़ उसका ध्यान अपनी ओर खींच रही है। पर वह अपनी नज़र पंक्तियों पर गड़ाए रही। वह जानती थी, वहां कुछ भी नहीं है। परन्तु पुस्तक संभाले उसकी उंगलियां शिथिल पड़ने लगीं। दृष्टि पंक्तियों से फिसलती-सी गई।

उसने गरदन मरोड़ी और कनखियों से दरवाज़े की तरफ देखा। वह अपने-आपसे देखने की चोरी कर रही थी।

बाहर की वीरानी और गहरी और खामोश हो गई थी। उसने एक लम्बी सांस ली। दो और लम्बी सांसें लीं। फिर वह लम्बी सांस लेती गई। लम्बी सांस लेने से हवा की कुछ आवाज़ होती है। सारा वक्ष-प्रदेश हिल जाता है और उस आवाज़ और हलचल में दिल की धड़कनें सुनाई नहीं देतीं।

घड़ी में दस बजकर बाईस मिनट हो गए थे। वह उठकर दरवाज़े पर आ गई। बाईं ओर लैम्प पोस्ट से बीड़ी का धुआं पहले से ज़्यादा उठ रहा था।

उसे खीझ छूटी। उसकी गाड़ी क्यों छूट गई? उसकी घड़ी क्यों लेट हो गई? पर ऐसी बड़ी बात भी क्या हो गई! बारह बीस वाली पैसिंजर तो मिल ही जाएगी। उसका स्कूल और घर स्टेशन के पास ही है। सात बजे तक वह आराम से नहा-धोकर स्कूल पहुंच सकती है।

लेकिन यह घबराहट कैसी? क्या उसे डर लग रहा है? डर? किसका? भूत-प्रेत का? हूं... वह भूत-प्रेत नही मानती। फिर? किसी पुरुष का? हां, यह पुरुष जरूर डर की चीज़ है। स्त्री को देखकर हर पुरुष अपनी ओर देखता है। वह देखता है, कितनी मोटी-मोटी रस्सियों से उसे जकड़कर स्त्री को चिड़िया की तरह फुदकने के लिए आज़ाद छोड़ दिया गया है। पर कभी तो ये रस्सियां शिथिल हो ही जाती हैं और तब....?

वह फिर बेंच पर आ बैठी। उसने अपना उपन्यास खोल लिया और पढ़ने लगी। कनखियों से वह दरवाज़े की ओर देख लेती थी। उसे बार-बार जमुहाई आ रही थी। कहीं एक प्याला चाय मिल जाती! पर यह स्टेशन कितना छोटा है। उसने उपन्यास का एक पन्ना पूरा कर लिया। उसका उपन्यास भी कछुआ-चाल मार्का है। पन्नों के पन्ने पढ़ जाओ, कोई खास बात ही नहीं होती।

लेकिन उपन्यास का यह स्थल कुछ अधिक रोचक आ गया था। मानसिक अन्तर्द्वन्द्व में फंसा रहने वाला नायक अब नायिका की बड़ी-बड़ी आंखों में भरे हुए आंसुओं से कुछ द्रवित हो गया था। दोनों बंगले के पिछवाड़े खड़े आपस में कुछ बातें कर रहे थे। नायिका के पिता के आ जाने की किसी भी समय सम्भावना थी। और यदि वह आ जाए तो...?

कोई आ गया। उसने फिर सिर उठाकर देखा, सामने एक आदमी खड़ा था। उसे लगा, उसके दिल पर कोई बड़ी-सी बोझिल चीज़ झट से आ गिरी है। वह हड़बड़ाकर खड़ी हो गई। पुस्तक उंगलियों से छूटकर ज़मीन पर आ गिरी। मेज़ पर रखा लैम्प डगमगा गया।

उसे लगा, उसकी उंगलियों का खून किसी ने निचोड़ लिया है।

उस आदमी के दोनों कन्धों पर थैले लटक रहे थे। उसके बायें हाथ में एक छोटा-सा बिस्तरा

था और दाहिने हाथ में एक सूटकेस। उसका कद ठिगना था। सिर पर आगे के बाल झड़े हुए और पीछे के कुछ लम्बे थे। पुराने फ्रेम और मोटे शीशे के चश्मे के पीछे से झांकती हुई आंखें। बड़ी-बड़ी बिखरी मूंछों से ढके हुए होंठ, जिन पर विचित्र-सी थिरकन हो रही थी।

''क्यों, डर गईं...? हा... हा...!'' अपने सामान से लदा-लदाया वह हंस रहा था। लैम्प के मद्धिम प्रकाश में उसे वह हंसी श्मशान में चमकने वाली आग की तरह लगी।

''बैठ जाओ न... हा... हा!'' वह फिर हंसा और मुड़कर दूसरी ओर वाली बेंच के पास जाकर अपना सामान रखने लगा। उसने धीरे-से अपना उपन्यास उठाया और कुर्सी पर इस तरह डरते-डरते बैठ गई जैसे वह कोई दंडाधिकारी है।

वह इधर-उधर देखती, फिर उसे देखने लगती। वह अपना सामान सम्भाल रहा था और कुछ गुनगुना रहा था। फिर वह बेंच पर बैठ गया और चमकती आंखों से उसे देखने लगा।

''कहां जाओगी तुम?''

वह कसमसाई। बोली, 'धर्मपुर।'

'धर्मपुर? हां, मैं भी वहीं उतरूंगा। सुना है, शिवजी का बड़ा पुराना मन्दिर है वहां। हां... तुम वहां क्या करती हो?''

''स्कूल में पढ़ाती हूं।''

''अच्छा... मास्टरनी हो... हा... हा...!''

''इस जैतीपुरा में तुम्हारा कौन है?''

''मेरी मां है।'' कहकर उस मद्धिम रोशनी में जब उसने उसकी तरफ देखा तो वह कांप उठी। वही मुस्कराहट उसके होंठों और आंखों से झर रही थी।

वह आदमी उठा और दरवाज़े की ओर चला। वह उसे सहमी-सी देखती रही। वह दरवाज़े से बाहर चला गया।

वह पढ़ रही थी, पर बार-बार उसका ध्यान उस आदमी की ओर जा रहा था। फिर जैसे वह उसके वापस आने की प्रतीक्षा करने लगी। वह नज़र उठाकर दरवाज़े की ओर देख रही थी। उसे लग रहा था कि उस आदमी को बाहर गए बहुत समय हो गया है। थोड़ी देर में वह लौट आया। उसने पुस्तक पर झुकी नज़रों से उसके आगमन को देखा। लग रहा था जैसे कोई हाथी चल रहा हो।

''सुनो...!''

उसने चौंककर देखा। वह अपनी बेंच पर बैठा मुसकरा रहा था।

''मैं ज़रा लेट रहा हूं। अगर सो जाऊं तो गाड़ी आने पर जगा देना... जगा दोगी न?'' कहते-कहते वह बेंच पर लेट गया और उसके मुंह से फिर हंसी का स्वर फूट निकला।

वह लेटा-लेटा ही बोला,''तुम सो तो न जाओगी? दोनों की ही गाड़ी छूट जाएगी... हा... हा... हा!''

उसने करवट बदल ली।

वह कुछ नहीं बोली। उस आदमी से उसे डर तो लग ही रहा था, मौका होता तो उसे उस पर गुस्सा भी आता जो इतनी उन्मुक्त से उससे बातें किए जा रहा था।

उसने घड़ी देखी। गाड़ी आने में अभी लगभग एक घण्टा बाकी था। वह पढ़ती जा रही थी। एकाएक वह कांप उठी। घर्र-घर्र आवाज़ उसके कानों में पड़ी तो उसने इधर-उधर देखा। मेज़ के उस पार बेंच पर लेटा वह आदमी खुर्राटे भर रहा था।

वह अपने उपन्यास से जूझ रही थी। पर कुछ-कुछ क्षणों के बाद अनायास ही उसकी दृष्टि उस आदमी पर पड़ रही थी।

धीरे-धीरे उसकी आंखें बोझिल होने लगीं। पढ़ते-पढ़ते उसकी आंखें खुद-ब-खुद बन्द हो रही थीं। वह कुछ लमहे किसी खुमारी में खोई रहती, फिर चौंककर आंखें खोल देती और उस आदमी की ओर देखती।

खुमारी का झोंका फिर-फिर आ रहा था। वह फिर-फिर ऊंघ रही थी और फिर-फिर चौंककर इधर-उधर देख रही थी।

अब उसकी घड़ी में बारह बजने में दस मिनट रह गए थे। गाड़ी आने में बस बीस मिनट थे। पर कितने मुश्किल हो गए ये बीस मिनट! नींद ने उसकी आंखों को जकड़-सा लिया था। पलकों पर मन-मन भर का बोझ उतर आया था। पर एक बात उसके ज़हन से दूर नहीं गई थी—उसे सोना नहीं है। सो जाने से गाड़ी छूट जा सकती है और सामने सो रहा वह आदमी...

उसे फिर झपकी लग गई। उसका सिर भारी होकर मेज़ पर झुक गया। उसे लगा, दो बांहें धीरे-धीरे उसकी ओर बढ़ती चली आ रही हैं। उन बांहों पर घने बाल हैं। खुले हुए पंजों की उंगलियां बड़ी मोटी-मोटी हैं। उन मोटी उंगलियों के आगे बड़े-बड़े नाखून हैं। उसे लगा, वे बांहें उसके बहुत पास आ गई हैं, बिल्कुल उसके पास...।

''क्या है...?'' वह चीख उठी थी। वह अपने-आप में सिकुड़ गई। वह आदमी बिल्कुल उसकी कुर्सी के पास खड़ा हंस रहा था।

'मैंने कहा था न... तुम खुद ही सो जाओगी.... हा... हा... हा! चलो उठो, घण्टी बज गई है। बस, गाड़ी आने वाली है।''

वह उसे फटी-फटी आंखों से देख रही थी। वह आदमी झरने का तरह हंसी बिखेरता अपना सामान उठाने में लग गया था।

उसने उठकर अपनी साड़ी ठीक की। अटैची खोलकर पुस्तक उसमें रखी। उसका अंग-अंग पत्तों की तरह कांप रहा था।

पैसिंजर गाड़ी का इंजन फक-फक करता हुआ उस छोटे-से स्टेशन पर आ खड़ा हुआ। जंगली पोखर में फिर हलचल आ गई।

''चलो-चलो!'' वह आदमी उसे बुला रहा था और आगे-आगे चला जा रहा था, जैसे वह उसी के साथ है। वह उसके पीछे बौराई-सी चली जा रही थी।

डिब्बे में दोनों ने आमने-सामने जगह ले ली। उस आदमी ने सीट पर बिस्तर बिछा लिया।

"अच्छा मास्टरनी जी, मैं तो अब सोता हूं। धर्मपुर पर मुझे ज़रूर जगा देना... हा... हा... हा...! नहीं तो गाड़ी कहीं की कहीं चली जाएगी... हा... हा... हा..." उसने चश्मा उतारकर केस में रख लिया और आंखें बन्द कर सीधा लेट गया।

वह उस सोए हुए आदमी को देख रही थी। उसकी घनी मूंछों के अन्दर से झांकते हुए होंठों पर एक बड़ी लुभावनी मुस्कराहट दौड़ी हुई थी।

वह भी मुस्करा दी।

(1960)

तपिश के मारे

मेरे पढ़ने के कमरे में एक खिड़की है। बड़ी, वर्गाकार और खुली हुई। उसके ऊपर एक रोशनदान है। उस रोशनदान का एक शीशा टूटा हुआ है और उस टूटे हुए शीशे से कबूतर मेरे कमरे में घुस आते हैं। फिर उनकी गुटरगूं-गुटरगूं की आवाज से सारा कमरा भर जाता है। पढ़ता-पढ़ता मैं खीझ उठता हूं और कुर्सी पर बैठे-बैठे ही मैं ताली बजाकर उन्हें डराने का प्रयास करता हूं। कभी-कभी उनमें से एकाध डर भी जाते हैं। वे कमरे में रखी हुई अलमारियों के ऊपर से उड़कर रोशनदान की चौखट पर जा बैठते हैं और फिर अपनी गरदन इधर-उधर घुमाते हुए कभी मेरी ओर और कभी कमरे में ही उपस्थित अपने एक-आध साथी की ओर देखते हैं और यदि मैं कुछ और नहीं करता, तो वे उड़कर फिर कमरे में आ जाते हैं। फिर वही गुटरगूं-गुटरगूं। और मेरी खीझ बढ़ जाती है। मैं किसी चीज़ को उठाकर जोर से पटकता हूं। बार-बार पटकता हूं और सारे कबूतर फर-फर करते हुए खिड़की के बाहर निकल जाते हैं।

दोपहर को इस समय कमरे के बाहर तेज़ धूप और तपिश होती है। मेरा कमरा मकान की सबसे ऊपर वाली मंजिल पर है, इसलिए उसमें भी तपिश रहती है। उस तपिश को दूर करने के लिए मैं खिड़की का दरवाज़ा बन्द कर देता हूं, उसके आगे गहरे हरे रंग का पर्दा लगा देता हूं और पंखा चला लेता हूं। ऐसा न करूं तो उस कमरे में मैं किसी प्रकार बैठ न सकूं। और बाहर तो जैसे तपिश बरसती रहती है।

कमरे से निकले हुए कबूतर एक-एक कर फिर आने लगते हैं। पहले वे रोशनदान के टूटे शीशे के चौखटे पर बैठते हैं, गरदन घुमाकर अन्दर देखते हैं और फिर अन्दर आ जाते हैं। उनकी गुटरगूं फिर शुरू हो जाती है।

उस दिन दिनेश मेरे कमरे में घुसकर दरवाज़े के पास ही खड़ा हो गया। फिर उसने पर्दे को ज़रा हटाकर बाहर खड़े किसी से कहा, ''आओ, अन्दर आ जाओ।''

और थोड़ी देर में मैंने देखा—एक व्यक्ति मेरी कुर्सी के पास खड़ा था।

दिनेश ने सोफे पर बैठते हुए पूछा, ''इसे पहचानते हो?''

भला उस व्यक्ति में पहचानी जाने वाली बात ही क्या थी? दुर्बल—हड्डियों का ढांचा, बहुत ही गंदी बंडी और पायजामा, खुले हुए अंगों पर मैल की परतें, आंखें पीले रंग से पुती हुई, सिर के छोटे-छोटे बाल मिट्टी में सने हुए। क्या उस आकृति के पीछे कोई ऐसा स्वरूप छिपा था जो मेरी पहचान का हो? मैं उसके चेहरे की ओर, और वह फर्श की ओर एकटक देख रहा था। हां, उसका चेहरा वैसा नहीं था जिसको मैं कह सकूं कि मेरा बिल्कुल जाना-पहचाना नहीं है। कहते हैं, जब कभी हम किसी चीज़ को देखते हैं, हमारे मस्तिष्क में उसका अक्स अंकित हो जाता है। जितना अधिक देखते हैं, उतना ही वह अक्स अधिक गहरा होता जाता है। और जब कभी हम उसे नहीं देखते, वह अक्स मस्तिष्क की निचली परतों में जा छिपता है। उस व्यक्ति को देखते-देखते मेरे मस्तिष्क की निचली परत में छिपी हुई कोई चीज़ जैसे उभरकर ऊपर आने को हो रही थी।

दिनेश ने टोका, ''अरे, नहीं पहचाना क्या? यह गोपाल है, कृष्ण गोपाल। अपने साथ स्कूल में पढ़ता था। कानपुर में नौघड़े में इसका घर था। अरे, कृष्ण गोपाल गुप्ता—अब भी नहीं पहचाना क्या?''

लगा जैसे मस्तिष्क की सभी परतों को भेदती हुई कोई चीज़ नीचे तक चली गई है और वहां दबी हुई किसी चीज़ को घसीटती हुई ऊपर खींच लाई है। मुझे याद आया, स्कूल में इस नाम का एक लड़का मेरे साथ पढ़ता था। हम तब उसे 'हीरो' कहते थे क्योंकि उसके चमकते हुए सांवले रंग पर तीखे नैन-नक्श सदा मुस्कराते रहते थे। सूती कपड़े पहनना वह अपनी शान के खिलाफ समझता था। उसके बालों से आने वाली चमेली की खुशबू से सारी कक्षा सदा महकती रहती थी। संसार में असमानता का व्यवहार कैसा होता है, यह हमने अपने अध्यापकों से उसके और अपने प्रति किए जाने वाले व्यवहार के अन्तर से ही सीखा था।

और कक्षा के विद्यार्थियों की स्पर्धा-भरी निगाह उस पर टिक जाती थी, जिसके सम्बन्ध में यह मशहूर हो जाता था कि वह कृष्ण गोपाल का मित्र है। वैसे गोपाल मुझसे और दिनेश से कुछ घबराता था, क्योंकि हम उसकी परवाह नहीं करते थे। हम दोनों ने ही मिलकर अपनी दुनिया को इतना पूर्ण कर लिया था कि किसी तीसरे की कृपा-अकृपा हमारे लिए ज्यादा मतलब नहीं रखती थी। इसलिए जहां अन्य विद्यार्थी उसे अपना मित्र कहते थे, वह हमें अपना मित्र कहा करता था।

फिर इण्टर, बी. ए. और एम. ए.—पता नहीं, मैं आगे बढ़ा या समय पीछे की ओर भाग गया। पर साथ की चीज़ें पीछे छूट गईं। बहुत-सी चीज़ों का पीछे छूट जाना हमें खलता कहां है? पहाड़ों की टेढ़ी-मेढ़ी सड़कों पर बस से गुज़रते हुए कितने लुभावने दृश्य मिलते हैं। पर हर मिलने वाला दृश्य पीछे छूटता जाता है क्योंकि आगे हर कदम पर नया दृश्य हमारी पिछली स्मृति पर अपनी हल्की-गहरी परत बैठा देता है।

गोपाल मेरी स्मृति की बहुत निचली परतों में चला गया था।

आज़ उभरी हुई स्मृति का खंडहर मेरे सामने खड़ा था।

मैं एकटक उसे देख रहा था। वह अभी भी फर्श की ओर देख रहा था और दिनेश मेरी ओर देख रहा था। मैंने दिनेश की ओर देखा। गोपाल को पहचान लेने की यह मेरी मूक स्वीकृति थी। दिनेश की जिज्ञासा-लपटें कुछ शांत हुईं। मैंने गोपाल को सोफे पर बैठने का इशारा किया। उसने अपनी फटी आंखों से सोफे की ओर देखा, फिर बिचका-सा खड़ा रहा, जैसे वह कोई आग का गोला हो।

दिनेश ने कहा, ''गोपाल, बैठ जाओ... यहां... हां... बैठ जाओ।''

''अब हम बहुत गरीब हो गया है।'' गोपाल ने बुदबुदाते हुए कहा।

''कोई चिंता नहीं, पर तुम बैठ तो जाओ।'' दिनेश ने उसे जबरदस्ती पकड़कर सोफे पर बिठाया।

वह सोफे पर बैठ तो गया पर उतने कम भाग पर जिससे कम पर बैठा नहीं जा सकता और फिर वह अपने-आप में ही खो गया।

दिनेश ने मुझसे धीरे-से कहा,''तुम इसकी हालत देखकर अचरज कर रहे हो! पर तुम्हें शायद पूरी बात मालूम नहीं। कई साल पहले यह पागल हो गया था। बाप के मर जाने पर जायदाद का बंटवारा होने लगा तो इसके बड़े भाई ने ब्लैक में कमाया हुआ सारा धन खुद हड़प लिया। उस बात का इस पर बहुत असर पड़ा और यह पागल हो गया।''

दिनेश की बात सुनते-सुनते मैंने गोपाल की ओर देखा। सोफे पर बैठा हुआ सचमुच वह पागलों जैसी हरकतें कर रहा था। वह दोनों हाथों की अंजलि बनाकर बार-बार अपने मुंह को रगड़ रहा था, जैसे पानी से मुंह धो रहा हो।

''लोग तो अजीब-अजीब बातें करते हैं!'' दिनेश कह रहा था,''कहते हैं, जब इसे इसके बड़े भाई ने पागलखाने में भिजवाया, उस समय इसकी हालत इतनी खराब नहीं थी। पाग्लखाने जाकर यह और पागल हो गया।''

''इसकी शादी...?''

''शादी तो इसकी मैट्रिक के बाद ही हो गई थी। अब तो इसके शायद दो-तीन बच्चे भी हैं, परन्तु सबसे बड़ी ट्रैजेडी यह है कि इसकी पत्नी भी इसका साथ छोड़ बैठी है!''

मैंने गोपाल की ओर देखा। वह अपनी दुनिया में पूरी तरह डूबा हुआ था। फिर उसने मेरी ओर देखा, उसकी आंखों से कातरता झलक उठी।

''मलिक बाबू, अब हम बहुत गरीब हो गया है।''

''तुम बम्बई कब आए?'' मैंने पूछा।

उसने उंगलियों पर गिनने का उपक्रम किया, फिर बोला,''बीस दिन हो गया। सांताक्रुज के एक तबेले में हम काम करता है। पर हमको दिया कुछ नहीं। खाली एक बखत रोटी देता है और

ये कपड़ा दिया...'' उसने अपनी बंडी और पायजामे की ओर इशारा किया, ''यह देखो, हमारा उस तबेले वाले पर इतना रुपया बाकी है।''

उसने कागज़ का एक गंदा टुकड़ा मेरे हाथ में पकड़ा दिया। पेंसिल से उस पर कुछ हिसाब लिखा था।

''आज दिनेश भैया हमको गाड़ी में मिल गया। हम बोला, हमको मलिक बाबू के पास ले चलो।''

''देखा,'' दिनेश ने धीरे-से कहा, ''पागलपन किस तरह मस्तिष्क की स्लेट को पोंछ देता है। पन्द्रह दिन में ही इसकी भाषा पर बम्बई का रंग चढ़ गया है।''

''मलिक बाबू, हमको यहीं कहीं नौकरी दिला दो। अब हम कानपुर वापस नहीं जाएगा।'' उसके दोनों हाथ जुड़े हुए थे।

''हां... हां... जरूर! पर पहले तुम नहाओ-धोओ और कुछ खाओ।''

मैंने उसके नहाने-धोने का प्रबन्ध किया। उसे भोजन कराया और उसके कपड़े बदलवाए। यह सब कुछ उससे ऐसे कराया गया जैसे वह किसी वन-प्रदेश का निवासी है और यह सब कुछ जीवन में पहली बार कर रहा है।

अब मेरे सहपाठी गोपाल की आभा कुछ-कुछ उस पर झलक रही थी।

दिनेश ने पूछा,''इसके लिए तुम क्या सोचते हो?''

अभी तक मैंने उसके विषय में कुछ नहीं सोचा था। पर अब सोचा, इसके लिए तो इस नहलाने-धुलवाने, कपड़े बदलवाने और खाना खिलवाने से कुछ अधिक सोचना होगा। मैंने गोपाल की ओर देखा। वह सामने अलमारी में रखी हुई पुस्तकों को अपने स्थान पर बैठा-बैठा दायें से बायें और बायें से दायें गिन रहा था। मैंने कहा,''गोपाल, कानपुर जाओगे? अपने बाल-बच्चों में चले जाओ, तुम्हें नौकरी की क्या जरूरत है? वहां अपने घर वालों के साथ रहोगे तो तुम्हारी तबीयत भी ठीक रहेगी।''

गोपाल ने मेरी बातें बड़ी गंभीर मुद्रा में सुनीं। फिर बहुत धीरे-धीरे संकोच-भरे शब्दों में बोला,''हम वहां नहीं जाएगा, भैया! वहां सब हमारे खिलाफ हो गया है। हमारा भाई हमको बहुत मारता है भैया! हमको यहीं कुछ नौकरी दे दो।''

'तुम्हारी मां है?' मैंने पूछा।

'वह मर गई।'

''कितने भाई हैं तुम्हारे?''

''एक बड़ा है, एक छोटा—स्कूल में पढ़ता है।''

''और बहनें?''

''दो, दोनों की सादी हो गया है, एक भुसावल में रहती है और एक पटना में।''

''और बीवी?''

''वह तो एक ही है!'' गोपाल ने बड़े सरल भाव से उत्तर दिया। मैं और दिनेश दोनों ही हंस पड़े।

''मेरा मतलब है,'' मैंने कहा,''वह कहां है?''

बीवी की बात सुनकर गोपाल कुछ क्षण चुप हो अपने निचले होंठ को ऊपरी दांतों से काटता रहा। फिर धीरे-धीरे बोला,''वह भी हमसे फिरंट हो गई है...''

एकाएक उसका स्वर कातर हो गया,''हमको यहीं नौकरी दिला दो भैया! हम घर नहीं जाएगा, वहां सब हमें मारता है।''

दिनेश ने सुझाव दिया,''इसे शर्मा के पास भिजवा दो। वह अपनी मिल में शायद कोई नौकरी दे दे। वह भी तो अपने शहर का ही है। गोपाल को शायद जानता भी हो।''

मैंने शर्मा के नाम एक पत्र लिखा,''यह अपने नगर का ही है। यदि इसे पहचान लोगे तो आज इसे इस हालत में देखकर अनुभव कर लोगे कि उपन्यासों और सिनेमा की घटनाओं में कहीं-कहीं जीवन का यथार्थ भी होता है। और यह यथार्थ उतना ही कुरूप होता है जितना आज यह गोपाल लग रहा है।''

गोपाल को हमने शर्मा का पता समझा दिया। बता दिया, वह भी कानपुर का है। मिल सुपरिंटेंडेंट है। तुम्हारी कुछ मदद कर देगा।

गोपाल शायद मेरे कमरे से जाना नहीं चाहता था। इसलिए पूरा पता सुनकर भी वह गुमसुम बैठा रहा। किन्तु मझे दिनेश के साथ जाना था। इसलिए गोपाल का मेरे यहां से जाना भी जरूरी था। दिनेश ने उसके हाथ में एक रुपये का नोट थमाते हुए कहा,''गोपाल, तुम शर्मा से मिल आओ। यह घर तो तुम जान ही गए हो। वहां जो कुछ भी हो, यहां आकर बताना। यह जगह ढूंढ लोगे न?''

गोपाल ने स्वीकृतिसूचक सिर हिलाया। फिर वह धीरे-से उठा। कुछ क्षण अपनी जगह पर खड़ा रहा, फिर बोला,''मलिक बाबू, अब हम गरीब हो गया है—हम फिर यहां आएगा—आप आने देगा न?''

''क्यों नहीं!'' मैंने झट-से कहा, ''तुम शर्मा से मिल आओ। यहां चाहे जब आ जाना।''

गोपाल चला गया।

पर दूसरे दिन वह सुबह ही आ गया। शर्मा ने मेरे पत्र का उत्तर भेजा था, ''गोपाल की हालत देखकर और सुनकर काफी दुःख हुआ है। परन्तु यह मिल के किसी योग्य नहीं, ऐसा तो तुमने भी अनुभव कर लिया होगा। इसे कानपुर भेज दो। मैंने पांच रुपये दे दिए हैं।''

कमरे में कबूतरों की फड़फड़ाहट बढ़ गई थी। मैंने ताली बजाकर उन्हें निकाला और गोपाल की ओर देखा। वह पांच रुपये का नोट हाथ में लिए बैठा था और रोशनदान के टूटे हुए शीशे

पर बैठे हुए एक कबूतर को आंखों से बिल्कुल बच्चों की तरह अन्दर आने का इशारा कर रहा था। कल के बदले हुए कपड़े गन्दे हो गए थे। बालों पर मिट्टी चढ़ गई थी। चेहरे पर वही मुरझाहट आ गई थी।

मैं कबूतरों से परेशान हो गया हूं। यह ठीक है कि दोपहर में जिस समय वे मेरे कमरे में आते हैं, बाहर बहुत तपिश होती है, पर मेरा कमरा तो उनके आने से खराब हो ही जाता है। वे मेरे सोफे पर बीट कर देते हैं। फड़फड़ाकर अपने पर फर्श पर झाड़ देते हैं और फिर वह सतत गुटरगूं... गुटरगूं... कितनी कर्णकटु लगती है मुझे!

गोपाल ने नहाया, कपड़े बदले और खाना खाया। मेरी पत्नी भी उस पर बहुत दया खाने लगी है, "हे भगवान्, दुश्मन को भी ऐसा दिन न दिखाना!" पर भगवान् ऐसा दिन दिखाते समय दोस्त और दुश्मन की पहचान भला हमारे हिसाब से क्यों करेगा?

गोपाल के सामने मैंने फिर कानपुर जाने की बात चलाई तो वह कातर हो उठा, "नहीं, हम वहां नहीं जाएगा। भाई हमको मार डालेगा। हमारा बीवी भी तो फिरंट हो गया है...!"

मेरी उलझन बढ़ती गई। गोपाल रात-भर तो तबेले में रहता पर उसके दिन का अधिक समय मेरे ही घर पर गुज़रने लगा। जब मुझसे कोई मिलने आता तो वह वहीं बैठा होता। जब मैं कुछ पढ़ने-लिखने लगता तो भी वह वहीं होता और जितनी देर वह कमरे में नहीं होता, उसके किसी भी क्षण आ जाने की आशंका उसके अस्तित्व को मेरे कमरे में बनाए रखती। उस पर बहुत दया खाने वाली मेरी पत्नी भी कहती, "इस बेचारे को आप घर क्यों नहीं भिजवाते?"

पर मैंने उसे घर जाने से रोका थोड़े ही है!

मैंने दिनेश से कहा, "भई, यह अच्छी मुसीबत तुमने मेरे गले डाल दी! रात तो यह किसी तरह तबेले में काट आता है, पर सारा दिन तो यहीं बना रहता है। इसका कुछ इन्तज़ाम करो न!"

"अरे, इन्तज़ाम क्या करना है! इसे कानुपर जाने वाली गाड़ी पर बैठा देते हैं, चला जाएगा।"

"पर यह जाने को तैयार कहां है?"

"उसकी तैयारी की भी खूब रही।" दिनेश हंसकर बोला, "थोड़ा सख्त होना पड़ेगा—बस!"

इतने में कबूतरों की फिर फरफराहट हुई। दो-एक टूटे हुए पर इधर-उधर गिरे। मैंने ताली बजाकर कबूतरों को बाहर निकाला। दिनेश ने अपनी कमीज से टूटे हुए पर को उठाते हुए कहा, "इस टूटे हुए रोशनदान में शीशा क्यों नहीं लगवाते? कमरे में दिन-भर कबूतर फड़फड़ाया करते हैं...।"

फिर कुछ रुककर बोला, "इस गोपाल से छुटकारा पाने का एक उपाय है, वह यह कि इसे भुसावल भेज दो। इसकी एक बहन रहती है न वहां। बहन इसकी देखभाल ठीक ढंग से करेगी।"

"और बहनोई?"

मेरी जिज्ञासा पर दिनेश खीझा, ''तुम्हें क्यों फिकर है... बहनोई न चाहेगा तो इसे कानपुर भेज देगा। अपने सिर से तो मुसीबत टलेगी।''

इतनी देर में ही गोपाल आ गया। दिनेश ने उसे भाई-बहन के अटूट प्रेम पर आधे घण्टे का एक भाषण दिया। गोपाल बहन से मिलने को तैयार हो गया। और दिनेश ने उसे भुसावल की गाड़ी पर चढ़ा दिया।

सबने एक ठंडी सांस ली।

मेरा पढ़ने का कमरा फिर से मेरा हो गया। मैंने सोचा, इस टूटे हुए रोशनदान पर शीशा भी लगवा लूंगा। कबूतरों की समस्या भी हल हो जाएगी। न सोफों पर बीट गिरेगी, न कमरे में टूटे हुए पर इधर-उधर उड़ेंगे, न फरफर होगी न गुटरगूं। कोई परेशानी नहीं होगी, कोई उलझन नहीं होगी।

परन्तु टूटा हुआ शीशा निश्चय कर लेने के बाद भी इतनी जल्दी लगता कहां है?

आज फिर कबूतरों ने मुझे बहुत परेशान किया है। एक अधूरी कहानी पूरी करने का निश्चय कर मैं दोपहर में लिखने बैठा तो हर अलमारी और छत के गार्डर पर कबूतरों को बैठा पाया। मैंने सोचा, इन्हें निकालकर ही लिखना शुरू करूं। मैंने एक-एक को निकालना शुरू किया। दो-एक खुली हुई खिड़की से निकल गए और दो-एक टूटे हुए रोशनदान से। दो-एक मुझे खिझाते रहे। इस अलमारी से उस अलमारी तक और उस अलमारी से इस अलमारी तक। पर मैंने आज उन्हें बाहर निकालकर ही दम लेने का निश्चय कर लिया। सबको निकाल दिया। खिड़की पूरी तरह बन्द कर दी। परन्तु टूटा हुआ रोशनदान! उसे कैसे बन्द करूं? दो-एक दिन में ही उस पर शीशा अवश्य लगवा लूंगा। इस समय मैंने कोयले की छोटी-छोटी कंकड़ियां एक प्लेट में डालकर अपनी मेज़ पर रख लीं, इसलिए कि जैसे ही कोई कबूतर अन्दर आने के लिए उस पर बैठेगा, मैं कंकड़ी मारकर उसे वहीं से भगा दूंगा।

और लिखते-लिखते जैसे ही मुझे आभास होता कि कबूतर उस रोशनदान पर आ बैठा है, मैं प्लेट से एक कंकड़ी उठाकर मारता और वह उड़ जाता।

थोड़ी देर तक कोई कबूतर नहीं आया। मैंने समझ लिया, अब कोई नहीं आएगा। दिनेश ठीक कहता था—बिना सख्ती किए कोई काम नहीं बनता।

तीन-चार पृष्ठ लिखने के पश्चात् मुझे फिर रोशनदान पर कबूतर की छाया-सी दिखी। देखा, एक कबूतर थोड़ी-सी गरदन डालकर कमरे के अन्दर की परिस्थिति का अध्ययन कर रहा है।

मैं उसकी क्रिया देखता रहा । उसकी गरदन का भाग टूटे हुए रोशनदान पर बढ़ता जा रहा था। और फिर वह उस पर आकर बैठ गया। परन्तु वह पूरी तरह बाहर की ओर झुका हुआ था,

कोई खटका हो और वह उड़ जाए!

जब मैंने उसे कंकड़ी नहीं मारी तो उसने अपने बैठने के ढंग में परिवर्तन कर लिया। अब वह अपनी गरदन मटकाता हुआ कभी मेरी ओर और कभी कमरे के अन्य भागों की ओर देख रहा था। शायद पूछ रहा था, ''बाहर बहुत तपिश है—अन्दर आ जाऊं?''

बाहर दरवाज़े पर हल्की-सी खट-खट हुई। मैंने पूछा, ''कौन है? दरवाज़ा खुला है, अन्दर आ जाओ।''

बाहर वाले व्यक्ति ने दरवाज़ा तो खोल लिया परन्तु अन्दर नहीं आया। मैंने झांककर देखा, वह गोपाल था। सिर नीचा किए होंठ चबाता हुआ बाहर खड़ा था।

(1960)

काँटे

दूर से मैंने रामू की दुकान पर मोहन का बैग देख लिया। मैं लगभग पन्द्रह मिनट देर से पहुंचा था।

मैंने रामू से इशारे से पूछा, "कहां है?"

उसने सामने की बिल्डिंग की ओर इशारा किया, "ऊपर गए हैं। आपको बैठने को कह गए हैं।"

मैं वहीं दुकान के बाहर रखे हुए स्टूल पर बैठ गया और उस विशाल भवन की ओर देखने लगा, जिसकी अनेक मंज़िलें हैं, एक-एक मंज़िल में सैकड़ों कमरे हैं और उन सैकड़ों कमरों में हज़ारों दफ्तर हैं। विशाल बम्बई के मीलों दूर फैले हुए उपनगरों और उनमें बिखरे हुए फिल्म-उद्योग के दिल की धड़कनों का संचालन इन कमरों से होता है।

आज मैं बहुत उदास हूं। सुबह से ही जुकाम ने बुरी तरह परेशान कर रखा है। छींक-छींककर अपना और अपने आसपास वालों का मैंने बुरा हाल कर रखा है। नाक किसी वियोगिनी के आंसुओं की तरह निरन्तर बह रही है। छोटा-सा रूमाल उस वेग को संभालते-संभालते जुकाममय हो गया है। मेरी उठी हुई लम्बी नाक रूमाल की रगड़ खा-खाकर लाल हो गई है। बाईं ओर के हिस्से पर सूजन चढ़ आई है।

मोहन अभी तक नहीं आया। मैं सामने के रेस्तरां में जा बैठा। जुकाम की पेटेण्ट औषधि की दो गोलियां चाय के साथ गले से नीचे उतार गया और सड़क की ओर देखने लगा। तभी देखा कि वह रामू की दुकान पर खड़ा किसी से बातचीत कर रहा है। उसे मैं हज़ारों की भीड़ में एक नज़र से ही पहचान सकता हूं। गहरे गुलाबी रंग की बुश्शर्ट और काली गरम पैंट जैसे उसकी स्थायी वेश-भूषा बन गई है। जब भी उसे याद करता हूं, यही बुश्शर्ट, यही पैंट और नीला प्लास्टिक का बैग मेरे सामने उभर आता है। इन तीनों के बगैर मोहन मोहन नहीं लगता और यदि इन तीनों को एक साथ रख दिया जाए तो उन्हीं में मुझे मोहन नज़र आने लगेगा।

"कितनी देर हुई आए?"

"ज़्यादा देर नहीं हुई...।" कहकर मैंने छींका—एक, दो, तीन छींकें। आंखों से पानी निकल आया।

"क्यों, फिर जुकाम?"

"पुराना साथी है। जल्दी छूटेगा थोड़े ही।" मैंने मुस्कराने की कोशिश की। रूमाल को नाक पर रखा तो लगा जैसे उस सूजन में कांटे चुभ रहे हैं।

मैंने पूछा, "लॉज होकर आए हो?"

"कहां?" वह बोला, "सीधा गोरेगांव से आ रहा हूं। वहीं बड़ी देर हो गई थी।"

"वहां क्या हुआ?"

"मुकर्जी से तो भेंट नहीं हुई। बड़ी मुश्किल से उसके पी.ए. से मिलना हुआ। उसने कहा, मुकर्जी साहब अपनी नई पिक्चर को रिलीज कराने में बहुत व्यस्त हैं। बीस तारीख के बाद किसी दिन आइए।"

हम लोग दूसरी मंज़िल पर आ गए थे। हेमन्त पिक्चर्स की प्लेट सामने के कमरे पर लगी थी। बहुत हल्के हाथों से दरवाज़ा खोलकर हम अन्दर घुसे। किसी दफ्तर के दरवाज़ा खोलने के ढंग से ही यह जाना जा सकता है कि व्यक्ति वहां क्यों आया है। बाईं ओर जयन्त भाई तीन-चार आदमियों से घिरे बैठे थे। दाईं ओर प्रतीक्षा करने वालों के लिए सोफे रखे थे। हम उसी पर बैठ गए।

मोहन ने पूछा, "क्या बात की जाए?"

मैंने कुछ सोचा नहीं था कि क्या बात करनी होगी। आखिर ऐसी बात भी क्या करनी है? और फिर इतने बड़े दफ्तर के इतने बड़े जयन्त भाई लम्बी-चौड़ी बात करेंगे भी कहां? सुना था कि हेमन्त पिक्चर्स में एक पब्लिसिटी आफिसर की ज़रूरत है। बेकारी के दिनों में फिल्मी अभिनेता-अभिनेत्रियों के इंटरव्यू लेते-लेते मोहन इस पब्लिसिटी के धंधे से भी कुछ वाकिफ हो गया है। अपने बारे में उसने हेमन्त स्टूडियो के एक डायरेक्टर से जयन्त भाई के नाम एक सिफारिशी पत्र ले लिया है।

मैंने जयन्त भाई की ओर देखा। उनके साथ चर्चा-संलग्न व्यक्तियों की ओर देखा और अपने स्थान पर लम्बी प्रतीक्षा के लिए आश्वस्त हो गया।

"तुम तो आज खोसला के पास भी जाने वाले थे न?" मैंने मोहन से पूछा, "उनका नया प्रोडक्शन है। पब्लिसिटी आफिसर की उन्हें अवश्य ज़रूरत होगी।"

"हां, जाना तो था, पर इन सबके पास दौड़ने-धूपने के लिए भी तो जेब में पैसे चाहिए। सुबह एक रुपया जेब में डालकर निकला था, कुल पचीस-तीस पैसे बचे हैं।"

मेरी नज़र मोहन की बुश्शर्ट की जेब की ओर थी जो पचीस-तीस पैसों के बोझ से झुकी हुई थी। तीन महीने पहले जब उसने यह बुश्शर्ट बनवाई थी, इसका रंग बड़ा शोख था। जब वह

पहले दिन इसे पहनकर आया था, पूरा फिल्मी हीरो लग रहा था। गरदन की ओर सिर के घने बाल और गहरे रंगीन कपड़े, यही तो बम्बई के फिल्मी सितारों की पहचान है।

इन तीन महीनों में यह बुश्शर्ट कितने धोवन खा चुकी है। शायद उतने ही, जितने तीन महीने के दिन होते हैं। जगह-जगह से यह बदरंग हो गई है। कालर के दोनों किनारों से फुचड़े निकल आए हैं। फुचड़ों के ये रेशे कांटों की तरह नुकीले दिखाई दे रहे हैं।

"तुम्हारा क्या हुआ?" उसने पूछा।

"यह स्कूल तो छोड़ना ही पड़ेगा।" मैंने कहा और एक साथ तीन-चार बार छींका। जयन्त भाई का कमरा हिल गया। सभी ने एक बार मुझे घूरकर देखा। मैंने रूमाल पर अपना मुंह झुका लिया। सूजी हुई नाक पर कांटों की तेज़ चुभन कितनी देर महसूस होती रही।

"पर मेरी क्या चिंता है। जून तक की तनख्वाह तो इस स्कूल से मिलेगी ही। तब तक दूसरी नौकरी का इन्तज़ाम हो ही जाएगा।" मैंने कहा।

हम दोनों चुप हो गए। हम दोनों में कोई भी इस आशावाद का खंडन नहीं करना चाहता। नहीं तो क्या हम दोनों यह नहीं जानते कि मोहन की स्कूल-टीचरी पिछले साल छूटी थी, सो अब तक कुछ नहीं बन सका? स्कूलों के बन्द होने में ढाई महीने का समय ही रह गया है। ढाई महीने बाद मैं भी बेकारी के विस्तृत आकाश में गैस-भरे गुब्बारे की तरह उड़ता फिरूंगा।

मुझे मोहन पर बड़ा गुस्सा आ रहा है। मैंने कहा भी था कि ज़रा अच्छी तरह शेव करके आना। और इसने ऐसी शेव की है कि जगह-जगह दाढ़ी के बाल अपने अड्डे बनाए हुए हैं। मैं तो भला सीधा स्कूल से आ रहा हूं। लगभग सात पीरियड डस्टर और चाक से रगड़-धगड़ करने के पश्चात् भी कपड़े गंदे न हों तो गंदगी को शर्म से अपना मुंह छिपा लेना पड़ेगा। पर मोहन को तो जयन्त भाई से मिलना है। उसकी शेव तो ठीक से बनी ही होनी चाहिए थी।

जाने कितनी देर हो गई है हमें इन मुलायम सोफों पर बैठे हुए। हम दोनों ही बार-बार अपने आसन बदल रहे हैं। पता नहीं इन मुलायम सोफों से कांटों जैसा कुछ निकलकर हमें क्या चुभ रहा है कि एक स्थिति में हमसे दो मिनट से अधिक बैठा ही नहीं जाता! हम बार-बार जयन्त भाई की ओर देखते हैं और हम देखते हैं कि वे चारों ओर से घिरे हुए हैं। पता नहीं कितने घेरे उनके चारों ओर पड़े हुए हैं। घेरे पर घेरे हैं। जयन्त भाई तो हैं ही नहीं, बस घेरे ही घेरे हैं। और एक हम हैं कि कोई घेरा ही नहीं है। बस, खुला सपाट मैदान ही है।

परन्तु उन घेरों से निकलकर जयन्त भाई ने हमें देख ही लिया। चपरासी ने इशारा किया और हम हड़बड़ाकर उठ खड़े हुए। मोहन ने डायरेक्टर दादूभाई का पत्र उनके सामने रख दिया।

जयन्त भाई ने पत्र पढ़कर फाइल के नीचे दबा दिया और बोले, "आप सत्रह के बाद किसी दिन आइए। सत्रह को हमारी कलर पिक्चर 'सबक' रिलीज हो रही है। उस समय तक मैं बहुत बिज़ी हूं।"

जयन्त भाई फिर अपने घेरों में घिर गए और हम साथ-साथ परन्तु एक-दूसरे को न देखते

हुए सीढ़ियों से नीचे उतर आए।

बिना बात किए हम लोग स्टेशन तक आ गए हैं। हम दोनों को मालूम है कि हमें अपने लॉज पर लौटना है। वहां जाकर एक-एक प्याली कॉफी पीनी है। फिर कुछ देर बस यूं ही कुछ भी पढ़ना है। फिर खाना खाकर सो जाना है। हां, दोनों अपनी-अपनी पत्नियों के बीसियों पत्रों में से एक-आध का जवाब आज लिख सकते हैं। परन्तु उन पत्रों में, उनकी जिज्ञासाओं के उत्तर में हम क्या लिखेंगे, यह हम दोनों में से किसी को मालूम नहीं है।

स्टेशन के बुक-स्टाल पर हम रंग-बिरंगी पत्र-पत्रिकाओं को देखते रहे। मुझे याद आया, इस महीने एक पत्रिका में मेरी कहानी आनी है। कहानी ही नहीं आनी है, उसके पीछे-पीछे दस-दस के चार-पांच नोट भी आने हैं। परन्तु मुझे वह पत्रिका तो स्टाल पर कहीं नज़र नहीं आ रही है। शायद इस स्टाल पर न आती हो, पर चर्चगेट के स्टाल पर वह ज़रूर आती है। वहां उसे मैंने कई बार देखा है।

मैंने मोहन से कहा—"आओ, पहले चर्चगेट चलें। वहां वह पत्रिका ज़रूर मिल जाएगी।"

वह मेरी बात सुनकर चुप रहा। मैंने उसकी ओर जिज्ञासा-भरी मुद्रा से देखा तो वह बोला—"छोड़ो, कल देख लेना। आज बड़ी थकावट महसूस हो रही है।"

उसकी बात मुझे चुभी, एक कांटे की तरह। आज पता नहीं कैसा दिन है, सब तरफ कांटे ही कांटे हैं! मेरी नाक पर कांटे हैं। मोहन की बुश्शर्ट में कांटे हैं। जयन्त भाई के मुलायम सोफों पर कांटे हैं।

मैंने कहा, "अच्छा, तुम लॉज पर चलो। मैं चर्चगेट होकर आता हूं।"

मुझे विश्वास था कि मेरी इस बात पर वह मेरे साथ चलने को तैयार हो जाएगा, पर उदास और चुभती हुई नज़र से उसने मुझे देखा और बस इतना ही कहा—"अच्छा।"

मैं मुड़कर दूसरे प्लेटफॉर्म की ओर चल दिया। पत्रिका चर्चगेट पर भी नहीं मिली। नए महीने की सभी पत्रिकाएं स्टाल पर आ गई हैं। एक वही नहीं आई है जो मुझे चाहिए।

मैं लौटकर फिर जाने वाली गाड़ी पर बैठ गया हूं। एक कोने वाली सीट पर बैठकर प्लेटफॉर्म पर मैंने नज़र फेंकी। परन्तु उसमें कुछ भी अच्छा लगने वाला नहीं है। बस एक भगदड़। मैंने आंखें बन्द कर लीं। मुझे नींद नहीं महसूस हो रही है, फिर भी आंखें बन्द करना अच्छा लग रहा है। आंखें खुली रखने से लोग अनायास मुझे दिखाई देते हैं और आज किसी को भी देखना मुझे अच्छा नहीं लग रहा है।

गाड़ी का चलना मुझे मालूम हुआ। गाड़ी का अगले स्टेशन पर रुकना भी मुझे मालूम हुआ। बढ़ते हुए कोलाहल की चुभन भी मुझे महसूस हुई पर मैंने आंखें नहीं खोलीं।

उसका फिर चलना, फिर रुकना और फिर उस जगह रुकना जहां मुझे उतरना है। मैं उतर पड़ता हूं। एक तरफ चल पड़ता हूं। प्लेटफॉर्म की सीढ़ियां चढ़ जाता हूं। प्लेटफॉर्म की सीढ़ियां उतर जाता हूं। गेट के बाहर निकलकर सीधा चला जाता हूं। मेरा लॉज आ जाता है। मैं उसकी सीढ़ियां

चढ़कर कमरे में घुस जाता हूं। इस सब काम के लिए मुझे कुछ भी सोचना नहीं है, समझना नहीं है। एक सिखे हुए कुत्ते की तरह सब काम मैं यह भूलकर भी कर सकता हूं कि मैं कुत्ता नहीं हूं।

मोहन अपनी चारपाई पर औंधे मुंह पड़ा सो रहा है। सिरहाने से उसकी डायरी का तीन चौथाई हिस्सा दिखाई दे रहा है। तो उसने आज की डायरी भर ली लगती है।

देखूं, क्या लिखा है—

''आज का दिन बहुत बुरा गया। सुबह से शाम तक दौड़ते रहे और कहीं जल्दी काम बनता नज़र नहीं आया। मदन भी कितना परेशान हुआ। और उसे आज जुकाम भी कितना तेज़ था। उसकी सूजी हुई नाक का अगला हिस्सा लाल करौंदे की तरह लग रहा था।...मुझे उसके साथ चर्चगेट स्टेशन तक जाना चाहिए था। पर मैं भी कितना थका था...। मेरा ख्याल है, मुझे हिन्दी टाइपिंग सीख लेनी चाहिए। इस शहर में हिन्दी टाइपिस्टों के लिए जगह की कमी नहीं। इस मूर्खतापूर्ण विचार से मैं और कितने दिन घिरा रहूंगा कि मैं एम.ए. पास हूं और टाइपिंग का काम मेरे लिए एक छोटा काम है...। मैं और मदन आगे चलकर अपना एक टाइपिंग स्कूल भी खोल सकते हैं।''

नीचे मोहन ने कल के कामों की सूची लिख रखी थी जिसमें खोसला और श्यामा से मिलना, चित्रवाणी के ऑफिस से बीस रुपये लेना, टाइपिंग के बारे में पता लगाना आदि कार्यक्रम दर्ज थे।

मैं भी अपनी चारपाई पर लेट गया हूं। मेरा जुकाम तो कुछ कम है पर सूजी हुई नाक की चुभन अभी बड़ी तेज़ है। मोहन की अनशेव्ड दाढ़ी और बुश्शर्ट की कालर के फुचड़े भी नज़र आ रहे हैं। परन्तु लगता है, इन कांटों ने मुझ पर छांव कर दी है, जिसके नीचे कितनी शीतलता, कितना हल्कापन महसूस हो रहा है।

(1961)

एक लड़की शोभा

यदि कोई नवविवाहिता लड़की अपने पति की उपस्थिति में ही किसी दूसरे पुरुष को देखकर मुस्करा दे और आंखों से अपने गहरे परिचय का रस उस पर उड़ेल दे तो सोचिए, उस पुरुष की क्या हालत होगी, वह भी तब, जब उस लड़की की शक्ल तो उसे जानी-पहचानी-सी लगी हो परन्तु उसकी याद को निचली परतों से निकालने में उसे कुछ पल लग ही गए हों। उस दिन कुछ ऐसी ही हालत मेरी हो गई। चाय पीने के इरादे से कम, टी सेंटर के ठंडे हाल में कुछ देर बैठकर बाहर की तपिश से अपने मन को भुलावा देने के इरादे से अधिक, जब मैं अन्दर घुसा तो सामने के सोफे पर बैठी हुई लड़की मुस्करा दी, आश्चर्य और उन्मुक्तता से। कुछ इस तरह, जैसे कोई खोया हुआ व्यक्ति मिल जाता है। ऐसी स्थिति में पता नहीं आप घबराएंगे या नहीं परन्तु मैं सचमुच घबरा गया। पहले तो मैं यही निश्चय नहीं कर सका कि वह मुझे देखकर मुस्करा रही है या अन्य किसी को। फिर यह निश्चय हो जाने के बाद मैं यह तय नहीं कर सका कि वह मुझे देखकर क्यों मुस्कराई है। परन्तु तीसरे ही क्षण याद आ गया कि यह तो शोभा है, जिसे मैं अच्छी तरह जानने का दावा कर सकता हूं।

मेरी गुमसुम हालत को देखकर वह भी घबरा-सी गई थी। शायद उसे भ्रम हो गया हो कि उसने अपनी मुस्कराहट किसी अपरिचित पर ही तो नहीं खर्च कर डाली है। मुस्कराहटों की यह फिजूलखर्ची, वह भी पति की उपस्थिति में, कितनी महंगी पड़ती है, हर स्त्री अच्छी तरह जानती है।

परन्तु अब मेरे चेहरे पर भी मुस्कराहट आ चुकी थी जो इस बात का सबूत थी कि मुस्कराहट ठीक स्थान पर ही खर्च की गई है। मैं धीरे-धीरे उसकी सीट की ओर बढ़ गया।

"मुझे पहचान लिया न?" वह बोली।

"पहचान तो लिया है। पर तुम काफी बदल गई हो।"

शोभा दाहिनी ओर की सीट पर खिसक गई और मैं उसके साथ ही बैठ गया। हमारे सामने

की सीट पर बैठा युवक आश्चर्य से देख रहा था। शोभा ने उससे मेरा परिचय कराया और उसका परिचय मुझे दिया। हमने हाथ मिलाए। इस नगर में वे कैसे आए, कहां टिके हैं, कब तक रुकेंगे आदि सब औपचारिक बातें मैंने पूछ डालीं। शोभा से मैंने उसके पिताजी का हाल पूछा, उसकी बहनों और छोटे भाइयों का हाल पूछा और शिकायत की कि उसने अपने विवाह का निमन्त्रण भी मुझे नहीं भेजा। और उसने शिकायत की कि विवाह में आना तो दूर, मैंने निमन्त्रण पाकर शुभकामनाओं के दो शब्द भी नहीं भेजे।

इतने में शोभा का पति 'एक्सक्यूज मी' कहकर बाथरूम की ओर चला गया। मैंने पूछा, "क्यों शोभा, यह वही हैं न?"

"कौन?" उसने आश्चर्य से पूछा।

"अरे वही, जिनके बारे में तुमने मुझे मसूरी में बताया था।"

वह शर्मा गई। उसके चमकीले सांवले रंग की चमक कुछ और बढ़ गई। चाय की प्याली में शक्कर घोलते हुए उसने कहा, "नहीं, ये वह नहीं हैं। उसके लिए तो मैंने ना कर दी थी।"

शोभा ने चाय का प्याला मेरी ओर बढ़ाया। मैंने शोभा को पूरा भरकर देखा। मुझे लगा, किसी बंधे और काई से भरे तालाब को उमगती नदी में बदल दिया गया है।

उस वर्ष मैं अपनी थीसिस का बहाना लेकर मसूरी चला गया था। बहाना इसलिए कि मसूरी के उस दो मास के निवास में मैंने मोटे-मोटे भारी-भरकम ग्रन्थों से अपनी थीसिस रानी को सजाने के लिए कागज़ के फूल तो बहुत कम बनाए थे, परन्तु पहाड़ियों की रानी कहलाने वाली मसूरी से कहानियों के कुछ कुदरती फूल जरूर चुन लिए थे।

जगह का नाम मुझे अच्छी तरह याद नहीं। मसूरी की एकमात्र सड़क, माल रोड के अन्तिम किनारे पर दाहिनी ओर नीचे उतरकर कुछ क्वार्टर बने हुए थे। वहीं मैंने कमरा लिया था। शोभा का परिवार मेरे साथ के कमरे में ही था और मुझसे काफी पहले से आया हुआ था।

शोभा के पिताजी दिल्ली के किसी स्कूल में अध्यापक थे और अपनी बिन मां की तीन लड़कियों, दो लड़कों और उत्तर-पुस्तिकाओं का एक बड़ा-सा गट्ठर लेकर मसूरी आए हुए थे। शोभा की बड़ी बहन का नाम शायद रजनी था। गोरे रंग की, ज़रूरत से ज्यादा लम्बी और छोटे नैन-नक्श की वह गम्भीर स्वभाव की दिखती थी। उस वर्ष उसने बी. ए. की परीक्षा दी थी। आयु उसकी बाईस वर्ष के आस-पास होगी। शोभा से छोटी को सभी 'बिल्लो' कहते थे। उसने मैट्रिक की परीक्षा दी थी। तीनों बहनों में सबसे अधिक स्वस्थ, चंचल और निखरी हुई। और बीच में थी शोभा।

सुबह जलपान करके रजनी और बिल्लो स्केटिंग के लिए चली जातीं। मास्टर साहब अपने कमरे के दाहिने ओर के खुले हुए भाग में अपनी कुर्सी-मेज डालकर उत्तर-पुस्तिकाओं में जुट जाते। दोनों छोटे भाई अपने बराबर वालों के साथ खेलने निकल जाते। और शोभा रह जाती अकेली। पहले उसके गुसलखाने से कपड़े धोने की आवाज़ आती। फिर मैं उसे कपड़े फटकार कर अलगनी

पर डालते हुए देखता। उसकी रस्सी मेरे कमरे के आगे तक बंधी हुई थी। कुछ ही देर में वह रस्सी छोटे-मोटे कपड़ों से भर जाती। फिर शोभा के कमरे से मुझे डिब्बों की खटखट और बरतनों की झनझन की आवाज़ आती। रजनी और बिल्लो वापस आतीं। बिल्लो अपने भाइयों को लेकर ताश खेलने बैठ जाती या फिर कुछ गाने लगती। रजनी बाहर कुर्सी डालकर किसी पत्रिका के पन्ने उलटने लगती।

खाना बन जाने पर शोभा की आवाज़ सुनाई देती। उसी समय मैं भी अपना कमरा बन्द करता। स्थूल शरीर और चमकीले सांवले रंग के मास्टर साहब पुस्तिकाएं बगल में दबाए कमरे में आते हुए नज़र आते। वे मुझे देखकर मुस्कराते और पूछते—''कहिए साहब, कैसी चल रही है थीसिस?''

मैं भी मुस्कराता और कहता—''जी, चल नहीं, रेंग रही है।''

और वे ठहाका मारकर हंस देते।

शाम को उनका सारा परिवार घूमने जाता था। उस समय शोभा भी साथ होती थी। कभी-कभी वे मुझे किसी दुकान पर या सड़क के किनारे लगी हुई रेलिंग से सामने नीचे की ओर झिलमिलाते हुए देहरादून की सुन्दरता निहारते हुए मिल जाते। मुझे देखकर सारा परिवार मुस्कराता। मैं मास्टर साहब से कुछ बातचीत करता, चंचल बिल्लो की चोटी खींचता, छोटे भाइयों से चुहल करता। रजनी कुछ अधिक गम्भीर होकर नीचे की ओर निहारने लगती। और शोभा? उसके चेहरे पर गहरी थकान की छाया मुझे उस समय भी नज़र आती। वह परिवार के साथ होकर भी अलग-सी लगती। लगता, जैसे सब तो घूमने आए हैं और वह साथ में ऐसे ही आ गई है।

उस दिन शोभा मेरे कमरे के सामने की रस्सी पर गीले कपड़े डालकर मुड़ी तो उसने मुझे अपनी ओर ही देखता हुआ पाया। मैंने मुस्कराते हुए कहा—''शोभा, अपने कपड़े तुम मेरे कमरे के आगे टांगती हो। इसका तुम्हें किराया देना पड़ेगा।''

वह रुक गई,''कहिए, क्या किराया दूं?'' वह फीकी-सी मुस्कराहट में बोली—''कहिए तो आपके भी कपड़े धो दूं?''

मैं हंस पड़ा। बोला—''चलो, एक गलतफ़हमी तो दूर हुई। देखता हूं, तुम्हें बोलना आता है।''

''अच्छा? तो आप मुझे इतने दिन गूंगी समझते रहे?'' कहकर वह इस तरह हंसी कि मुझे उसके सभी दांत पहली बार दिखाई दिए। अभी वह बाहर ही खड़ी थी। मैंने कहा—''अन्दर आ जाओ न।'' वह सकुचाती हुई अन्दर आई। मैंने बैठने के लिए कहा तो वह सिमटी हुई-सी कुर्सी पर बैठ गई। मैंने पूछा—''तुम्हारी बहनें रोज स्केटिंग के लिए जाती हैं। तुम क्यों नहीं जातीं?''

''मुझे अच्छा नहीं लगता।''

''तो और कहीं जाया करो। दिन भर घर में ही पड़ी रहती हो।''

''कहां जाऊं? और कहीं भी जाना मुझे अच्छा नहीं लगता।'' वह बोली—''फिर घर में

काम भी कितना होता है।''

मैं चुप हो गया। शोभा मेरे चारों ओर बिखरी हुई पुस्तकों को देखती रही। फिर बोली—''भाई साहब, यह आप क्या लिखते हैं?''

मैंने कहा—''थीसिस।''

वह अबोध-सी मेरी ओर ताकने लगी—''आप कोई किताब लिख रहे हैं?''

मैंने कहा—''बस ऐसा ही समझो। थीसिस एक ऐसी सिरदर्दी की किताब है कि एक बार शुरू कर देने पर लिखने में भी सिरदर्द होता है और न लिखने पर भी।''

मैंने देखा, उसे मेरी बात समझ में नहीं आई। मैंने कहा—''खैर, इसे छोड़ो। तुम्हें तो उपन्यास पढ़ना अच्छा लगता होगा। लो, इसे पढ़ो।''

और उसे मैंने एक उपन्यास दे दिया।

शोभा जब कभी आती, कुछ देर बैठती, मैं अपना काम बंद कर कुछ देर उससे बातचीत करता। फिर वह एक थकी हुई मुस्कराहट से कहती—''अच्छा, जाती हूं। अभी खाना बनाना है।''

उस दिन वह कुर्सी से उठती हुई बोली—''चलूं। व्यर्थ ही आपका समय बर्बाद कर रही हूं।''

मैंने कहा—''कहां? सुबह से ही आज मेरा मूड खराब है। तुमसे बातचीत करके मैं अपना मूड ठीक कर रहा हूं।''

शोभा कुछ शर्मा गई। बोली—''मैं भला किसी का क्या मूड ठीक करूंगी?''

मैंने आश्चर्य से पूछा—''क्यों? अरे, तुम्हें तो सामने बैठाकर कवि कविता लिखने के लिए और चित्रकार पोर्ट्रेट्स बनाने के लिए प्रेरित हो सकते हैं।''

वह और शर्मा गई, परन्तु दूसरे ही क्षण एक गहरी उदासी उसके चेहरे पर छा गई। धीरे से बोली—''मज़ाक उड़ाने के लिए मैं ही मिली हूं?''

और वह झट-से उठकर कमरे से बाहर हो गई।

दूसरे दिन जब वह अलगनी पर कपड़े फैला चुकी तो मैंने उसे बुलाया।

''शोभा, तुम मुझसे नाराज़ हो?''

वह अपनी स्थायी उदास मुद्रा में बोली—''नहीं तो।''

''अच्छा, ज़रा बैठो तो।'' मैंने कहा—''मुझे मालूम है, तुम मुझसे नाराज़ हो। तभी तो कल कितने गुस्से से उठकर चली गई थीं।''

वह सिर झुकाए बैठी रही। मैंने कहा—''तुमने मेरी कल की बात को मज़ाक समझा था न?''

''और नहीं तो क्या? मुझमें है ही क्या? सभी तो मेरा मज़ाक उड़ाते हैं। आपने भी उड़ाया तो क्या नई बात है?'' उसने कहा।

शोभा की बात मेरे अन्दर तक चली गई। मैंने कहा—''शोभा, मैंने तुमसे मज़ाक नहीं किया

था। मैंने जो कुछ कहा था, वह सच है। पता नहीं क्यों तुम अपने सम्बन्ध में इस प्रकार के विचार रखती हो। सच कहूं तो तुम्हारे फीचर्स तुम्हारे घर में सबसे अच्छे हैं। तुम्हारा थोड़ा-सा स्वास्थ्य और अच्छा हो जाए तो तुम घर में सबसे अच्छी दिखो।''

मेरी बात सुनकर उसने सिर नीचे कर लिया। उसके चेहरे पर हल्की-सी मुस्कराहट बिखर गई थी। बोली—''अच्छा, अब बेकार बनाइए मत।''

मैंने हंसकर कहा—''मैं तुम्हें क्या बनाऊंगा? जिसने तुम्हें बनाया है, जब तुम उसी का अनादर करने पर तुली हो तो मुझे तुम्हें बनाकर भी क्या मिलेगा?''

''मैं किसका अनादर कर रही हूं?''

''भगवान का।''

''वह कैसे?''

''वह ऐसे कि उसने तुम्हें कितना अच्छा नाक-नक्शा दिया है। बिल्कुल हिरणी जैसी तुम्हारी आंखें हैं। पतले-पतले सुन्दर होंठ हैं। अच्छी-सी नाक है। शरीर का प्रत्येक अंग ठीक अनुपात से बना है। अक्सर ऐसा नहीं होता। किसी की आंखें अच्छी होती हैं तो होंठ मोटे। किसी के होंठ पतले होते हैं तो नाक लम्बी। तुम्हारा दोष केवल इतना ही है कि तुमने एक ऐसे परिवार में जन्म लिया है जहां तुम्हारी ओर ध्यान देने की फुरसत किसी को नहीं है। बड़े परिवार में हर बच्चे का संघर्ष बढ़ जाता है और जो इसमें पिछड़ जाता है वह तुम्हारी तरह हीन भावना से भरकर ज़िन्दगी गुज़ारता है। मसूरी में लोग सेहत बनाने आते हैं और तुम घर में डंडा चलाती हो या चूल्हा फूंकती हो। यह सब तो तुम दिल्ली में भी कर सकती थीं?''

शाम को मैं एक रेस्तरां में चाय पीने घुसा तो देखा, मास्टर साहब सपरिवार डटे हुए हैं। मुझे देखकर वे उन्मुक्त हंस दिए। बोले— ''आइए वुड बी डाक्टर! क्या हाल है आपकी थीसिस का?''

मैंने कहा—''जी, पिछले दो-तीन दिन से तो रेंग भी नहीं रही है।''

''देखिए, आप डाक्टर बन जाएं तो हमें अपना कम्पाउंडर बना लीजिएगा।''

मैंने आश्चर्य से शोभा की ओर देखा। आज उसने जो कमीज पहन रखी थी, वह उसे बड़ी अच्छी लग रही थी। कल शायद उसे मैंने रजनी को पहने देखा था।

मुझे अपने कमरे में शोभा की हंसी सुनाई देने लगी थी। बिल्लो और छोटे भाइयों को डांटने का स्वर भी सुनाई देने लगा था। खाना बन जाने पर वह अपने पिताजी को केवल एक आवाज़ देती थी। मुझे लगा, अब वह तीन-तीन आवाज़ें एक सांस में ही देने लगती है। और बरतनों की खनखन में से मुझे कुछ गुनगुनाने का स्वर भी सुनाई देने लगा था।

एक दिन मैंने उसे रस्सी पर कपड़े फैलाते हुए कुछ गुनगुनाते सुना।

मैं पीछे-से बोल पड़ा—''आवाज़ तो तुम्हारी काफी अच्छी है।''

वह शर्माकर एकदम चुप हो गई। मैंने कहा—''सचमुच, झूठ नहीं। तुम्हारे पास बड़ी अच्छी

आवाज़ है। कुछ अभ्यास किया करो न।''

वह हंसकर बोली—''क्यों नहीं? मैं तो पूरी लता मंगेशकर हूं।''

मैंने कहा—'मेरी बात को फिर मज़ाक समझ रही हो न?''

''और नहीं तो क्या इसे सच मानूं?''

एक दिन वह बोली—''भाई साहब, मालूम है, मैं भी स्केटिंग के लिए जाने लगी हूं।''

''अरे वाह!'' मैंने आश्चर्य प्रकट करते हुए कहा—''कब से?''

''दो-तीन दिन से। पर मैं वहां जाकर बैठी ही रहती हूं और लोगों को धड़ाधड़ गिरता हुआ देखती हूं। बड़ा मज़ा आता है।''

मैंने कहा—''तुम भी तो दो-चार बार गिरो।''

''न बाबा, कौन अपनी हड्डियां तुड़वाए।''

''अच्छा, तो दूसरों की हड्डियां टूटते देखकर तुम्हें आनन्द मिलता है?''

वह खिलखिलाकर हंस पड़ी।

मैंने कहा—''अगर तुम इसी तरह हंसो तो पन्द्रह दिन में ऐसी मोटी हो जाओ।''

उस दिन शाम को शायद पांच बजे होंगे कि शोभा मेरे कमरे में आ गई। अक्सर वह इस समय नहीं आती थी क्योंकि घर के सब लोग घूमने जाने की तैयारी कर रहे होते थे और वह शाम की चाय में व्यस्त होती थी। कुर्सी के पास खड़ी-खड़ी बोली—''भाई साहब, एक बात बताऊं? पर नहीं, आप मज़ाक करेंगे?'' और उल्लास से भरे उसके चेहरे पर लज्जा झलकने लगी।

मैंने कहा—''अरे, बताओ भी। नहीं करूंगा मज़ाक।''

शोभा तो बताने आई ही थी। बोली—'पिछले हफ्ते मैं स्केटिंग देख रही थी तो मुझे लगा कि एक लड़का बार-बार मुझे घूरकर देख रहा है। मैंने सोचा, लड़के तो ऐसे ही घूरा करते हैं। पर उसके बाद जब भी मैं वहां जाती, मैं देखती कि वह लड़का वहां है और बार-बार मुझे देखता है। मुझे बड़ा अजीब-सा लगा। अच्छा भाई साहब, भला मुझमें ऐसा क्या है कि कोई मुझे इस तरह देखे?''

शोभा में कुछ है, इसका अहसास तो उसे हो चुका था। मुझ से जैसे वह अपने अहसास की पुष्टि करा रही थी।

मैंने कहा—''यह बात तो उस लड़के से पूछनी चाहिए।''

मेरे चेहरे पर फैली मुस्कराहट देखकर शोभा नाराजगी दिखाती हुई बोली—''आप मज़ाक करने लगे न?''

मैं ज़ोर से हंस दिया।

''खैर, आगे क्या हुआ?''

''फिर पिछले दो-तीन दिनों में मैंने उसे वहां नहीं देखा। और आज बड़ी विचित्र बात हुई। उसके पिताजी मेरे पिताजी से मिलने आए थे... मेरे रिश्ते के लिए। वे भी दिल्ली के ही हैं। पता

नहीं, उसने हमारे बारे में सब कहां से पता लगा लिया। मुझे तो जाने कैसा-कैसा लग रहा है।''

मैंने देखा, शोभा एक-एक शब्द बोल नहीं, हंस रही है।

मैंने पूछा,''तुम्हारी क्या मर्जी है?''

''पिताजी ने मुझसे पूछा था। पर मैंने ना कर दी है। मैंने कह दिया है कि मैं अभी शादी नहीं करूंगी।''

''अच्छा, यह बताओ, लड़का कैसा है?''

मेरे शब्दों में थोड़ी-सी शरारत आ गई थी।

''मैंने उसे अच्छी तरह देखा ही कहां? हां, ऊंचा-लम्बा है। पर ये घूरने वाले लड़के मुझे अच्छे नहीं लगते।''

मैंने कहा,''बिचारे लड़कों को यही तो मुसीबत है। यदि वे किसी को घूरें नहीं तो लड़कियों में हीन भावना भर जाती है। और यदि घूरें तो बुरे बनते हैं। खैर, तुमने इन्कार कर दिया है न? अच्छा किया। हर लड़की को अपने विवाह से पहले दो-तीन लड़कों को रिजेक्ट तो करना ही चाहिए। इससे उनमें अपने प्रति विश्वास बढ़ता है।''

उधर से शोभा की पुकार हो रही थी।

जब मैं मसूरी से चला तो मास्टर साहब का परिवार वहीं था। उस दिन मैंने देखा, शोभा फिर कुछ उदास थी। मैंने पूछा—''क्यों, क्या हुआ?''

''कुछ नहीं?''

''फिर, तुम आज वैसी खुश नजर नहीं आ रही हो जैसी पिछली दिनों में थीं।''

''सदा खुश रहना क्या अपने बस की बात है?''

''अरे वाह, तुम तो दार्शनिकों की-सी बात करने लग गई हो।'' मैंने कहा—''परन्तु सदा उदास न रहना तो अपने बस की बात जरूर है।''

उस समय उसने अपनी चपल आंखों को मुझ पर गड़ा दिया था। जाने कौन-सा प्रश्न उनमें उभरा हुआ था।

आज शोभा को देखा तो लगा, वह खुद ही अपने प्रश्न का उत्तर ढूंढ़ चुकी है।

(1961)

काला बाप गोरा बाप

जमीला ने ख़त की चार पंक्तियां पढ़ीं और उसके मुंह से अनायास निकल पड़ा, ''ताज्जुब है!''
फिर उपेक्षा और बेपरवाही-भरी मुस्कराहट चेहरे पर बिखर गई और वह पत्र पढ़ती गई। पढ़ चुकने के बाद कुछ देर वह बैठी कुछ सोचती रही, फिर क़लम-दावात उठाकर उसका जवाब लिखने बैठ गई—

''समझ में नहीं आता कि तुम्हारे लिए क्या लिखकर ख़त का आगाज़ करूं। तुमने 'मेरी जमीला' लिखा है। एक ज़माना था जब तुम 'मेरी जमीला' लिखते थे और मैं जवाब में 'मेरे सिरताज' लिखा करती थी। पर आज 'मेरी जमीला' लिखने का हक़ न तुम्हारे पास है, न 'मेरे सिरताज' लिखने का हक़ मेरे पास।

ख़ैर, मैं बिना किसी लक़ब के यह ख़त तुम्हें लिख रही हूं।

सचमुच तुम्हारा ख़त पाकर मैं हैरान रह गई। यह दस साल के बाद तुम्हें मेरी और अपने बच्चों की याद कैसे आ गई? लगता है, सकीना बीबी से भी तुम्हारा दिल भर गया है। पर तुम्हें काहे की फिक्र है! अब तीसरी बीवी ले आओ। आख़िर मर्द हो न! बिना तीन-चार बीवियां रखे तुम्हारी मर्दानगी का सबूत कैसे मिलेगा?

तुमने लिखा है कि तुम एक बार मुझसे मिलना चाहते हो, अपनी लड़कियों को देखना चाहते हो। वैसे मुझे इसमें कोई एतराज़ नहीं, पर मैं समझती हूं कि हमसे मिलकर तुम्हें खुशी नहीं होगी। जिस हालत में तुम दस साल पहले हमें दिल्ली में बेसहारा छोड़कर सकीना के साथ ऐश की ज़िन्दगी गुज़ारने ग्वालियर चले गए थे, आज हमारी हालत उसके बरअक्स है। तुम्हारी शीरीं अब सोलह साल की खूबसूरत लड़की है। वह फिल्मों में काम करती है, नाचती है, गाती है और पर्दा नाम को भी नहीं करती। मुझे यकीन है कि तुम उसका यह रूप देखकर घबरा जाओगे। और फिर उससे मिलने के लिए घर पर न जाने कितने मर्द रोज़ आते हैं। तरह-तरह के प्रोड्यूसर अपनी फ़िल्मों में उसे लेने के पहले तरह-तरह से उसका इम्तहान लेते हैं और अखबारनवीस हर पोज की

उसकी तस्वीर उतारते हैं क्योंकि एक फ़िल्म स्टार की पब्लिसिटी के लिए यह सब बहुत ज़रूरी है। क्या तुम यह सब बर्दाश्त कर पाओगे?

और हां, शीरीं का फ़िल्मी नाम है कामिनी बोस। यह तो तुम जानते ही होगे कि यहां फ़िल्मों में हिन्दू नाम रखने का रिवाज है। और अब तो नाम के साथ हिन्दू जात लगाई भी जाती है।

और शहनाज़, जिसे तुम दुधमुंही छोड़ गए थे, अब ग्यारह साल की हो गई है। स्कूल में पढ़ती भी है और सरजू महाराज से डान्स सीखती है। बात करने में बड़ों-बड़ों के कान काटती है। दो-चार पिक्चरों में छोटे-छोटे रोल भी कर चुकी है। लोग कहते हैं कि एक दिन वह बहुत चमकता हुआ सितारा बनेगी।

और रही मेरी बात, तो मुझे देखकर तो तुम पहचान भी नहीं पाओगे। 'तुम्हारी जमीला' पराये मर्द की छाया भी नहीं देखती थी, बुर्के के बग़ैर घर से बाहर पांव भी नहीं निकालती थी और उसके मुंह में ज़बान है, यह तो तुम भी नहीं जानते थे। लेकिन आज वह ऐसा बनाव-सिंगार करती है कि उसकी ढलती हुई उमर भी धोखा खा जाती है। शीरीं के साथ स्टूडियो जाती है। पर्दा उसके लिए गुज़रे हुए ज़माने की बात बन चुकी है। तुम शायद जानते नहीं कि फ़िल्म लाइन में बड़े-बड़े घाघ हैं। पर तुम्हारी बेज़ुबान जमीला अब बड़े-बड़े घाघ प्रोड्यूसरों के भी कान-पूंछ काट लेती है।

और आखिर में तुम्हें बात बताती हूं अनवर की। मासूम जमीला को जब तुम दुनिया की ठोकरें खाने के लिए छोड़ गए तब यही अनवर उसका सहारा बना। वह गोरा खूबसूरत नौजवान था, पर जिन्दगी से नाउम्मीद! कई साल से वह बम्बई की फ़िल्म लाइन में अपनी क़िस्मत आज़मा रहा था। लेकिन कामयाबी उससे कोसों दूर रही। उन दिनों वह किसी काम से दिल्ली आया। मेरी उससे मुलाकात हो गई। उसे मेरे हालात मालूम हुए और उसने मुझसे शादी की पेशकश की। उस वक्त मुझे ताज्जुब हुआ था कि ऐसा खूबसूरत नौजवान भला मुझ जैसी बेसहारा, दो बेटियों वाली औरत को सहारा देने को क्यों तैयार है? मगर आहिस्ता-आहिस्ता मैं सब समझ गई। हिन्दुस्तान में लोग लड़कियों को मुसीबत समझते हैं। खास तौर से बे-बाप की लड़कियां तो फूटी आंखों नहीं सुहातीं। लेकिन अनवर की तजुर्बेकार निगाहें जानती थीं कि फ़िल्म लाइन में यही बदनसीब लड़कियां सोने के अंडे देने वाली मुर्गियों में बदली जा सकती हैं। मुझे अपनाने की शायद उसकी यही वजह हो। और वह अपने मकसद में कामयाब भी हुआ है। आज वह शीरीं और शहनाज़ जैसी लड़कियों का बाप है, जो आज सैकड़ों कमाती हैं, कल हज़ारों कमाएंगी और ख़ुदा ने चाहा तो उनका पांव लाखों में भी पड़ेगा।

लेकिन इतना मैं जरूर कहूंगी कि अनवर ने चाहे जिस खुदग़र्ज़ी की वज़ह से मुझसे शादी की हो, वह कभी निरा खुदग़र्ज़ नहीं रहा। शीरीं और शहनाज़ को वह अपनी बेटियों की तरह ही प्यार करता है और दोनों लड़कियां उसे ही अपना बाप समझती हैं। और अभी कुल छह महीने पहले ही मैं उसके बेटे की मां बनी हूं।

इतनी सब बातें जानकर भी क्या तुम यहां आना चाहोगे? अगर आना चाहो तो मुझे कोई

एतराज़ नहीं है। लेकिन एक बात तुम्हें ज़रूर बता दूं। तुम्हारी लड़कियों पर मैं यह नहीं ज़ाहिर होने दूंगी कि तुम उनके बाप हो।

और क्या लिखूं?

किसी ज़माने की तुम्हारी
जमीला,'

ख़त लिखकर जमीला बेफ़िक्र हो गई। ऐसा ख़त पाकर भी यूनुस उसे या उसकी लड़कियों को मिलने आ सकता है, इस बात की उसे ज़रा भी उम्मीद नहीं थी। परन्तु उसके आश्चर्य का ठिकाना न रहा जब उसने एक हफ़्ते के बाद देखा, दस साल पहले के यूनुस की हल्की-हल्की पहचान बताने वाला काला, बीमार और बूढ़ा-सा आदमी उसके दरवाज़े पर खड़ा है। उस समय जमीला घर में अकेली ही थी। अनवर शीरीं को लेकर शूटिंग पर गया था और शहनाज़ स्कूल गई हुई थी।

नहा-धोकर यूनुस बैठक में आ बैठा। उसकी निगाहों ने एक-एक करके कमरे की हर चीज़ को नापा। सोफासेट, रेशमी पर्दे, रेडियो, फूलदान और तरह-तरह की चीज़ें थीं वहां, जिन्हें उसने बड़े लोगों की दुनिया का अंग मानकर कभी अपनी कल्पना में प्रविष्ट नहीं होने दिया था।

फिर वह उठकर दीवारों पर लगे चित्रों को देखने लगा। एक बड़ी खूबसूरत-सी लगने वाली लड़की की कई तस्वीरें वहां लगी हुई थीं। एक तस्वीर में उसके बालों को काली घटा के रूप में बिखराया गया था और उसमें से उस लड़की का चेहरा सचमुच चांद-सा दिखाई दे रहा था। दूसरी तस्वीर में वह एक कसी हुई पैंट और आधी आस्तीन की कमीज पहने हंसती हुई किसी अंग्रेजी डान्स का पोज बना रही थी। तस्वीर में उसका अंग-अंग उभरा हुआ नज़र आ रहा था। तीसरी तस्वीर में वह ज़मीन पर कुहनियां टिकाकर बैठी थी। बाल छितरे हुए थे और भीगी हुई आंखों से आंसू ढुलककर गालों पर आ टिके थे।

"पहचानते हो, ये किसकी तस्वीरें हैं?" पीछे से जमीला ने मेज पर चाय रखते हुए पूछा। यूनुस ने उसकी ओर देखा और चुप रहा। शायद उसने अपनी चुप्पी से यह जताया कि ये तस्वीरें किसकी हैं, यह जानकर उसे अधिक आश्चर्य नहीं होगा।

"पहचान सकते हो अपनी शीरीं को?" जमीला ने फिर पूछा और यूनुस फिर चुप रहा, जैसे उसने कहा, यह उसकी कल्पना के परे की चीज़ नहीं है। उसने एक निगाह से फिर सभी तस्वीरों को देखा और बैठकर चाय पीने लगा।

शाम को शहनाज़ स्कूल से आई तो यूनुस सोफे पर टांगें फैलाए बीड़ी पी रहा था। वह उसे घूरती हुई मां के कमरे में चली गई और बोली, "अम्मी, कौन है यह बूढ़ा? बीड़ी की राख से सारा फर्श खराब कर रहा है।"

जमीला ने शहनाज़ को एक नज़र देखा, फिर बोली, "अपने मेहमान हैं, बेटा। हां, देखो, ऐश-ट्रे कहीं इधर-उधर रखी होगी। उठाकर उनके पास रख आओ।"

शहनाज़ ने ट्रे यूनुस के सामने रख दी और बिना कुछ भी बोले घूरती हुई वापस चली आई। यूनुस ललचाई आंखों से उसे देखता रहा।

फिर शीरीं आई और अनवर भी। यूनुस ने देखा, यह वही लड़की है जिसकी इतनी सारी तस्वीरें कमरे में लगी हुई हैं। फिर आंखों में पांच-छह साल की वह शीरीं दौड़ने लगी, जो गन्दी-सी फ्रॉक पहने 'अब्बा' कहकर उसके पैरों में लिपट जाया करती थी। क्या वही शीरीं है—उसकी बेटी शीरीं? वह उससे कुछ गज़ के फ़ासले पर थी, परन्तु यूनुस को लग रहा था, यह फासला कुछ गज़ों का नहीं है। यह तो केवल फ़ासला है। ऐसा फ़ासला जिसे नापने के लिए गज़-मील कुछ बने ही नहीं हैं।

जमीला ने सबसे कह दिया, वह उसका दूर का रिश्तेदार है और ग्वालियर से आया है।

रात को खाना खाते समय खूब हंसी-ठट्ठा हुआ। स्टूडियो की बातें, शूटिंग की बातें, प्रोड्यूसर की बातें। इतनी बातें कि सारा वातावरण बातों के जल से भर गया, जिसमें अनवर और जमीला, शीरीं और शहनाज़ छोटी-छोटी डोंगियों की तरह उतराने लगे। किसी को पता नहीं लगा कि इन थिरकती हुई किश्तियों के नीचे कोई पत्थर भी है।

रात को जमीला ने उसके सोने का प्रबन्ध बैठक में कर दिया। यूनुस चारपाई पर लेटा शीरीं की तस्वीरें देखता रहा। वह सोचता रहा, कितनी खूबसूरत है शीरीं! कितनी प्यारी लगती है शहनाज़! लेकिन ये उसकी बेटियां नहीं हैं। उसकी एक बेटी थी, गन्दे फ्रॉक वाली सांवली-सी, जिसके बाल हमेशा मिट्टी से भरे रहते थे और जो उसे देखते ही 'अब्बा' कहकर लिपट जाती थी। उसकी शहनाज़ एक टूटे-से पालने में पड़ी रहती थी। इन फूलों की तरह खिली हुई लड़कियों का वह बाप नहीं हो सकता। इनका बाप तो अनवर ही है। वह गोरा, तन्दुरुस्त और रईस मालूम होने वाला अनवर!

शीरीं और शहनाज़ ने उससे एक बात भी नहीं की। यूनुस ने कई बार उनसे बोलना चाहा, कुछ बात करनी चाही, पर वे चिकनी मछलियों की तरह हाथ से फिसलती रहीं, और यूनुस उन्हें हाथ से छूटे हुए गैस के गुब्बारे की तरह देखता रहा।

दस साल पहले उसके छोटे-से घर में यही जमीला, यही शीरीं और शहनाज़ थीं। पर घर की एक-एक चीज़, एक-एक बात, एक-एक सांस तक उसके साथ बंधी हुई थी। आज इस घर में वह है, जमीला है, शीरीं और शहनाज हैं, पर बन्धनों का एक धागा भी उसके चारों ओर नहीं है।

''अम्मी, वह बूढ़ा फिर फर्श खराब कर रहा है।'' शहनाज़ जमीला से बोली,''ऐश-ट्रे पास रखी है, फिर भी उसकी बीड़ी की राख फ़र्श पर गिर रही है।''

जमीला को शहनाज़ की बात चुभी,''बेटी, मेहमान के लिए ऐसा नहीं कहते! कोई बात नहीं, फ़र्श साफ़ हो जाएगा।''

शीरीं स्टूडियो जाने के लिए तैयार हो चुकी थी। बैठक में आकर अलमारी से उसने चूड़ियों का एक डिब्बा निकाला और अपनी साड़ी को मैच करने वाली चूड़ियां छांटने लगी। यूनुस बैठा उसे एकटक देखता रहा। उसकी इच्छा हुई, वह शीरीं को 'बेटी' कहकर बुलाए। उसको अपने पास बैठा ले, उससे कुछ बातचीत करे। लेकिन उसे लगा, यह काम बहुत मुश्किल है। उतना ही मुश्किल, जितना किसी अदना सिपाही का किसी शाहज़ादी को बुलाना। वह बैठा साहस संजोता रहा। इतने में शीरीं चूड़ियां पहनकर मुड़ी। यूनुस की आंखों में वात्सल्य की तरलता उमड़ आई। शायद इस तरलता का कुछ आभास शीरीं को भी हुआ और वह मुस्करा दी। शीरीं की मुसकराहट यूनुस की नस-नस में बिजली बनकर दौड़ गई। उस झुर्रियों-भरे चेहरे पर आनन्द की रेखा बिखर गई। उसके मुंह से निकल पड़ा, ''यह सुबह-सुबह कहां जाने को तैयार हो गई, बेटी?'' और फिर एक घबराहट उसके चेहरे पर फैल गई। उसे लगा, उसने बहुत बड़ी बात कह दी है।

शीरीं उसी तरह मुस्कराती हुई बोली, ''शूटिंग पर जा रही हूं।'' और वह कमरे से बाहर निकल गई। यूनुस को लगा, गहरी प्यास में ठण्डे पानी की कुछ बूंदें उसके मुंह में गिर गई हैं। वह उठा और कमरे में इधर-उधर टहलने लगा। फिर वह शीरीं की एक तस्वीर के सामने रुककर उसे देखने लगा। वहां से हटकर वह दूसरी तस्वीर के सामने जा खड़ा हुआ। फिर वह कितनी देर तीसरी को देखता रहा। तीसरी तस्वीर देख चुका तो फिर पहली के सामने आ खड़ा हुआ। फिर दूसरी, फिर तीसरी। उसने तस्वीरों के कितने ही चक्कर लगा डाले। उसे लगा, ठण्डे पानी की बूंदों का स्वाद उसके मुंह में बढ़ गया है।

फिर वह अलमारी के पास जा खड़ा हुआ। अलमारी के ऊपर कुछ किताबें रखी हुई थीं। वह उन्हें उठाकर देखने लगा। किताबों पर शहनाज़ का नाम लिखा हुआ था। वह सोफे पर बैठकर उनके पृष्ठ उलटने लगा।

''मेरी किताबें क्यों उठाईं?'' यूनुस ने चौंककर देखा। सामने गुस्से से लाल-पीली शहनाज़ खड़ी थी।

''अम्मी, देखो न, यह बुड्ढा मेरी किताबें ख़राब कर रहा है।'' शहनाज़ रुआंसी होकर मां के कमरे की ओर देखती हुई चिल्लाई।

''अरी, क्या है?' कहती हुई जमीला उस कमरे में आ गई। यूनुस हक्का-बक्का-सा देख रहा था। शहनाज़ रोनी आवाज़ में उसी तरह बोले जा रही थी, ''देखो न, यह बुड्ढा...''

''चुप बदतमीज़!'' जमीला फट-सी पड़ी, ''अपने बाप को ऐसा कहते शर्म नहीं आती?''

'बाप' शब्द जैसे सारे कमरे में कड़कती हुई बिजली की तरह कौंध गया। जमीला की जैसे सुध-बुध ही मारी गई। यह उसके मुंह से क्या निकल गया? यूनुस को लगा, कहीं से उड़ता हुआ एक शब्द आया, उसके कानों से टकराया और उसे अनिश्चय के सागर में डुबोकर कहीं चला गया। और शहनाज़ हक्की-बक्की-सी टुकर-टुकर देख रही थी, कभी जमीला को, कभी यूनुस को। फिर उसने एक नज़र भरकर यूनुस को देखा और जमीला से बोली, ''यह मेरा बाप है?''

जमीला संयत हो चुकी थी। उसकी आंखों में नमी-सी व्याप गई थी। बोली, ''हां बेटी, ये तेरे बाप हैं।''

शहनाज़ ने एक बार फिर यूनुस की ओर देखा और फिर मचल-सी उठी, ''नहीं... नहीं, मैं यह बाप नहीं लूंगी... मैं नहीं लूंगी... हां!''

जमीला ने डांटा, ''पागल हुई है?''

शहनाज़ और मचली, ''मैं यह बाप नहीं लूंगी.... हां... शीरीं को गोरा बाप देती है... अनीस को गोरा बाप देती है और मुझे काला बाप देती है। मैं यह काला बाप नहीं लूंगी... नहीं लूंगी।''

वह इस तरह फफक-फफककर रोने लगी जैसे उसे उसके भाई-बहन की तुलना में एक बड़ा घटिया खिलौना दिया जा रहा है, उसके साथ बहुत बड़ा अन्याय किया जा रहा है। उसने यूनुस के हाथों से अपनी किताबें छीन लीं और रोती हुई कमरे से निकल गई।

कमरे की हवा का बोझ बढ़कर जमीला और यूनुस पर हावी हो गया। वे सुन्न-से हो गए। फिर जमीला चुपचाप एक कुर्सी पर बैठ गई। पर दोनों में कोई कुछ नहीं बोला।

और वे कितनी देर इसी तरह बैठे रहे।

''ग्वालियर जाने के लिए गाड़ी कितने बजे मिलती है?'' यूनुस ने पूछा।

''पंजाब मेल तो करीब तीन बजे जाती है और पठानकोट शायद रात को दस बजे चलती है।'' जमीला का संक्षिप्त-सा उत्तर था।

फिर दोनों की नज़रें एक साथ कमरे में लगी घड़ी की ओर उठ गईं। सवा दस बजे थे। घड़ी से हटकर दोनों की नज़रों ने एक-दूसरे को देखा।

यूनुस की नज़र ने कहा, ''मुझे पंजाब मेल मिल सकती है।''

जमीला की नज़र ने कहा, ''तुम्हें पंजाब मेल मिल सकती है।''

(1961)

दो धुंधली परछाइयां

बस बात शुरू हो गई तो हो गई। और जब एक बार शुरू हुई तो बढ़ती ही गई। परन्तु वह कोई झगड़ा तो था नहीं। पति और पत्नी दोनों अपनी बातें बताते हुए हंस रहे थे, एक-दूसरे को चिढ़ा रहे थे। और जब एक पक्ष अधिक चिढ़ जाता तो दूसरे पर भयानक गुस्से का अभिनय करता हुआ दौड़ता और दूसरा पक्ष खिलखिलाता हुआ इधर-उधर भागने लगता। फिर दोनों ही पक्ष खिलखिलाकर हंस पड़ते।

दिन शायद शनिवार था। जुगिन्दर ऑफिस से दो बजे ही लौट आया था। शाम को सिनेमा जाने का प्रोग्राम सुबह ही निश्चित हो चुका था। वह खाना खाकर लेट गया। परन्तु वह देख रहा था, आज मीती के चेहरे पर यह कैसी विचित्र-सी मुस्कराहट खेल रही है। ऑफिस से आकर जब उसने कपड़े उतारे, खाना खाते समय जब मीती उसे खाना परोस रही थी और जब वह खाकर लेटा है, वह मुस्कराहट उसे लगातार दिखाई दे रही थी। ऐसी मुस्कराहट, जो कुछ बोलना चाहती है, कुछ कहना चाहती है।

और फिर मीती बोल ही पड़ी—''एक बात बताऊं?''

जुगिन्दर ने मुस्कराते हुए उसकी ओर देखा। आखिर मुस्कराहट का भेद खुला तो!

मीती कह रही थी, ''भैया का पत्र आया है। उन्होंने लिखा है, रंजीत अपनी पत्नी को लेकर यहां आ रहा है। वह हम लोगों के यहां भी आएगा।''

जुगिन्दर की मुस्कराहट लुप्त हो गई, ''कौन रंजीत?''

''वही।''

''वही कौन...?''

''अरे भैया का अम्बाला वाला दोस्त!''

''अरे, हां... समझा। वो रंजीत!'' जुगिन्दर ने याद करते हुए कहा, ''तुम्हारा पुराना प्रेमी!''

मीती कुछ गम्भीर हो गई, परन्तु मुस्कराहट की छवि वैसी ही थी। बोली, ''होगा प्रेमी। पर

मैंने तो उससे कभी बात तक नहीं की।''

''क्यों.....? आखिर उसमें क्या कमी थी?''

मीती हंस पड़ी,''कमी तो कुछ नहीं थी। लेकिन तब मैं कुछ समझती-बूझती ही कहां थी?''

जुगिन्दर ने काटा,''अब तो समझने-बूझने लगी हो।''

मीती ने आंखें नचाईं,''हां, अब सब समझती हूं।''

जुगिन्दर ठहाका मारकर हंसा,''इन चार सालों में तुम बहुत सयानी हो गई हो। अच्छा, रंजीत तुमसे ब्याह करने को बहुत लालायित था... क्यों?''

मीती भी हंसी,''क्यों नहीं। घर के कितने ही चक्कर रोज़ लगाता था। भैया को पूछने उसी समय आता था, जब भैया घर में नहीं होते थे।''

जुगिन्दर ने बड़े व्यंग्य से मुस्कराते हुए कहा,''बेचारे पर कुछ तो तरस खातीं। पता नहीं तुम्हारे लिए दीवाना बना वह कहां-कहां की खाक छानता फिरा हो!''

''अहहह... आपको बड़ी हमदर्दी हो रही है उससे...?' मीती भौंहें चढ़ाती हुई बोली।

''क्यों न हो, आखिर मरद जात जो ठहरा! और यदि वह सफल हो जाता तो तुम्हें अपने गले डालने से कम-से-कम मैं तो बच जाता।''

''अच्छा.... तो मैं तुम्हारे गले पड़ी हूं?''

''सो तो है ही।''

''अच्छा आओ तो...'' मीती गुस्से से भरकर जुगिन्दर को पकड़ने दौड़ी और वह हंसता हुआ कमरे से बाहर दौड़ गया।

''अच्छा, आगे की बात बताओ... तो रंजीत तुम्हारे घर के रोज़ चक्कर लगाता था... फिर?'

मीती हंसी और एकाएक उसकी हंसी में हल्की-सी लज्जा घुल-मिल गई। बोली—''उसने मुझे एक पत्र भी लिखा था।''

''अच्छा! क्या लिखा था उसमें?''

''वह तो मुझे याद नहीं, पर था खासा लम्बा।''

जुगिन्दर की उत्सुकता बढ़ी,''अरे, कुछ तो याद होगा! क्या लिखा था उसमें?''

मीती ने बड़ी उपेक्षा से कहा,''पता नहीं क्या-क्या ऊटपटांग लिखा हुआ था उसमें।''

''मैं बताता हूं।'' जुगिन्दर ने स्वयं बताना शुरू किया,''उसमें लिखा होगा—मेरी प्यारी मीती, तुमने मुझे दीवाना बना दिया है। जितना तुम्हें भूलने की कोशिश करता हूं, उतनी ही तुम याद आती हो। दिन में भूख नहीं लगती, रात को नींद नहीं आती। हमेशा तुम्हारी याद में तड़पता रहता हूं... और क्या लिखूं... थोड़ा लिखा बहुत समझना... तुम्हारा दीवाना—रंजीत।''

जितनी देर जुगिन्दर साभिनय पत्र का वर्णन करता रहा, मीती हंसती रही और जब उसने

अन्तिम वाक्य कहा तो वह खिलखिलाकर हंस पड़ी। बोली, ''उसने अन्त में दीवाना रंजीत नहीं, बदनसीब रंजीत लिखा था।''

''तुमने पत्र का उत्तर दिया था?'' जुगिन्दर ने सांस रोककर पूछा।

''नहीं... पर उस एक पत्र ने ही तूफान खड़ा कर दिया। वह पत्र भैया के हाथ में पड़ गया। वे तो क्रोध से आग बबूला हो गए। भैया ने रंजीत को बहुत पीटा, बहुत गालियां दीं, उसका अपमान किया। शर्म का मारा रंजीत घर छोड़कर कहीं चला गया। उसके मां-बाप रो-रोकर बेहाल हो गए। दो साल तक उसका कुछ पता न चला। उन दो सालों में मेरा दिल भी बड़ा बेचैन रहा। आखिर मेरे कारण ही बेचारे की यह दुर्दशा हुई थी। फिर पता नहीं, उसे हमारी शादी की बात कैसे मालूम हुई! ठीक बारात वाले दिन आकर उसने भैया से माफी मांगी। भैया ने भी उसे रोते हुए गले से लगा लिया। फिर वह मेरे पास आया। उसे देखते ही पता नहीं क्यों मेरा रोना फूट निकला। वह बोला, 'मुझे माफ नहीं करोगी, मीती बहन?'

''पर मैं रोती ही रही। पता नहीं क्यों, उस दिन लग रहा था कि खूब रोऊं। इतना रोऊं कि खुद अपने आंसुओं में डूब जाऊं। वह एक साड़ी मेरे पास रखकर बाहर चला गया। फिर वह शादी के काम में भूत की तरह जुट गया। मैं जिसके मुंह से सुनती, वह रंजीत की ही बात करता। रंजीत ने आकर जैसे सबका बोझ हल्का कर दिया था।''

जुगिन्दर ने देखा, मीती के चेहरे की सारी मुस्कराहट वैसी ही है परन्तु न जाने क्या चीज़ उसके पीछे की सारी चमक खींचकर उसे फीका बना गई है।

वह कुछ देर बैठा मीती को देखता रहा। फिर अपने अन्दर खो-सा गया। मीती ने हंसकर उसे झकझोरा, ''अरे श्रीमान् जी, किस दुनिया में खो गए हैं आप?''

जुगिन्दर जैसे नींद से जागा, ''कहीं नहीं...।''

मीती ने मुस्कराते हुए पूछा, ''क्यों, जलन हो रही है?''

''जलन...? नहीं,'' वह फिर धीरे-से बोला, 'मुझे तो अपनी बात याद आ गई।''

''क्या बात?''

''सतिन्दर की बात।''

''कौन सतिन्दर...? अच्छा, याद आया। आपकी पुरानी प्रेमिका।'' मीती बोली।

''सच, मीती!'' जुगिन्दर थोड़ा गम्भीर होकर बोला, ''मुझे पता ही नहीं लगा कि वह मुझे चाहती है। वह मेरे पड़ोस में रहती थी। उससे हमारा बड़ा घरेलू संबंध था। वह हमेशा घर में आया-जाया करती थी। परन्तु मैं अपने घर में रहता हुआ भी घर का नहीं था। उन दिनों मैं कॉलेज में पढ़ता था और दुनिया-भर के सार्वजनिक कार्यों में लगा रहता था। इन सब कार्यों के पीछे मैं इतना पागल बना हुआ था कि मेरे चारों ओर कौन लोग हैं, मुझसे क्या चाहते हैं—यह सब सोचने की कभी मुझे फुरसत ही नहीं मिली। मानो मेरी आंखों पर सामाजिक कार्यों का केवल दूर की चीज़ें

देखने का चश्मा चढ़ गया था।''

''उसने तुम्हें कोई पत्र नहीं लिखा था?'' मीती ने पूछा।

''पत्र क्या लिखती बेचारी! लड़कियों की आंखें और उनसे निकलने वाले आंसू ही उनके पत्र होते हैं और सतिन्दर ने मुझे वह पत्र तब लिखा जब उत्तर मैं तुम्हें लिख चुका था।''

''मतलब....?''

''बात यह हुई कि जब मैं और मां तुम्हें देखकर वापस लौटे तो मां घर के दरवाज़े पर रुक गईं। उन्होंने मुन्नी को आवाज़ दी और दरवाज़े पर तेल डालने के लिए कहा। सब लोग समझ गए कि बात पक्की हो गई है। सतिन्दर उस समय हमारे घर में ही थी। मैं जब अपने कमरे में पहुंचा तो वह चुपचाप आ खड़ी हुई। बोली, 'लड़की पसन्द कर आए?'

''मैं किसी का भी सामना करने में शर्मा रहा था। बात यह थी कि लगातार कई वर्षों से मैं शादी के नाम से नाक-भौं चढ़ाता आ रहा था। फिर मैं शादी के लिए एकाएक तैयार हो गया। तैयार ही नहीं हुआ बल्कि उतावला हो उठा। जैसे वह शादी की आखिरी गाड़ी हो, छूट जाएगी तो दूसरी नहीं मिलेगी। मैंने उसकी ओर देखा और मुस्करा दिया।

'कैसी है?' उसने पूछा।

'तुम खुद ही देख लेना।' मैंने कहा।

'बड़े खुश नज़र आते हो।' उसके मुंह से निकला और फिर उसके होंठ फड़फड़ाने लगे। फिर उसकी आंखें एकाएक डबडबा आईं।

''मैं भौंचक्का-सा उसे देख रहा था।

''होंठों को अपने दांतों से दबाती हुई वह बोली—'दूर की चीज़ देखने के लिए लोग किराया-भाड़ा खर्च करके कहां तक चले जाते हैं, पर पास की चीज़ को आंख उठाकर भी नहीं देखते।'

''उस दिन सतिन्दर मानो एक नए रूप में मेरे सामने अवतरित हुई। उसकी आंखों से झर-झर आंसू बह रहे थे और आंसुओं से पिघली हुई सतिन्दर ने मुझे पूरी तरह भिगो दिया था। फिर उसने मेरे घर आना ही बन्द कर दिया लेकिन उसकी सीजी हुई आंखें मेरे सामने सदा चमकती रहतीं ओर मुझे बींधती रहतीं। एक बार तो मेरे मन में आया कि तुमसे शादी की बात तोड़ दूं, परन्तु बात बहुत आगे बढ़ चुकी थी।''

जुगिन्दर ने एक लम्बी सांस ली,''सचमुच सतिन्दर मुझसे बहुत प्यार करती थी।''

दोनों कुछ देर चुप बैठे रहे। फिर मीती बोली,''रंजीत भी मुझे बहुत प्यार करता था।''

फिर खामोशी-सी छा गई। कुछ देर बाद दोनों की नज़रें मिलीं और दोनों हंस पड़े। पर दोनों की हंसी में से फीकापन फूट रहा था। फिर दोनों तैयार हुए और सिनेमा चल दिए।

सिनेमा-हॉल के अंधेरे वातावरण में दोनों पर्दे पर घटती हुई घटनाओं को देख रहे थे। धीरे-से

जुगिन्दर के हाथ में मीती का हाथ आ गया। दोनों ने एक-दूसरे के हाथों को दबाया। उस अंधेरे में मीती को लगा, उसके साथ की सीट पर रंजीत बैठा हुआ है। और जुगिन्दर को लग रहा था कि उसके साथ सतिन्दर बैठी हुई है।

लौटते हुए टैक्सी में फिर दोनों ने एक-दूसरे के हाथ पकड़ लिए।

दो सजीव आकृतियां दो धुंधली परछाइयां बन गई थीं।

(1961)

प्रेम-पत्रों का लिफाफा

आखिर शौक की ही तो बात है। गुलशन को शौक लग गया प्रेम-पत्र इकट्ठे करने का और देखते-देखते उसका लिफाफा अनेक प्रेम-पत्रों से भर गया।

परन्तु ये प्रेम-पत्र उसने इकट्ठे कैसे किए? प्रेम-पत्र कोई डाकखाने के टिकट तो हैं नहीं जो बाजार से खरीदे जा सकें, पत्रों से उतारे जा सकें या पेन-फ्रेंड्स के माध्यम से अदले-बदले जा सकें। प्रेम-पत्र तो प्रेम-पत्र हैं, जिन पर प्राप्त करने वाले का एकान्तिक अधिकार होता है। भला कोई किसी के शौक को पूरा करने के लिए अपनी यह अमूल्य निधि तो नहीं दे देता। परन्तु गुलशन भी क्या करे? जैसे प्रेम का हो जाना अपने बस की बात नहीं, वैसे ही हॉबी बन जाना भी किसी सुविधा-असुविधा का मुहताज नहीं।

किन्तु इसका यह अर्थ नहीं कि गुलशन में यह शौक अकारण ही उत्पन्न हो गया था। कार्य-कारण के शाश्वत सम्बन्ध को किसी छोटी-सी बात के लिए तोड़ देना अच्छा नहीं । गुलशन के इस शौक का कारण उसका एक मित्र था—सुंदर। उस मित्र की एक प्रेमिका थी और वह प्रेमिका उसे नियमित एक पत्र लिखती थी। सुंदर भी उसे नियमित रूप से लिखता था। वे दोनों एक ही नगर में रहते थे। लुक-छिपकर दिन में दो बार मिल भी लेते थे परन्तु पत्र लिखने की दोनों को अजीब झस थी।

गुलशन सुंदर का मित्र था, अंतरंग मित्र का प्रेम में राज़दां होना बहुत जरूरी है। सुंदर गुलशन को अपने सभी पत्र दिखा दिया करता था और उत्तर देते समय उससे मशवरा लेना भी नहीं भूलता था। परन्तु सुंदर को यह ज्ञात नहीं था कि अपने प्रेम पत्र पढ़ा-पढ़ाकर उसने गुलशन की क्या हालत बना दी है।

गुलशन को लगने लगा, वर्ष में तीन सौ पैंसठ प्रेम-पत्रों का प्राप्तकर्ता सुंदर संसार का सबसे महान आदमी है और वह... इतना क्षुद्र है कि उसने अपनी बाईस वर्ष की आयु में ही तीन सौ पैंसठ वर्षों की प्रौढ़ता पाप्त कर ली है और उसे एक भी प्रेम-पत्र किसी ने नहीं लिखा है।

इस नैराश्य के रेगिस्तान में उस शौक का पौधा उग आया। गुलशन को भी अपना जीवन सरस लगने लगा। उस वृद्ध की तरह, जिसकी अपनी कोई संतान न हो और नगर के सभी बच्चों को अपनी संतान बनाने का भुलावा वह अपने आप को दे ले।

गुलशन का पहला शिकार बना सुंदर। उसके कई प्रेम-पत्र उसने हथिया लिए। सुंदर के पास न तो प्रेम-पत्रों की कोई गिनती थी, न कोई संभाल और फिर गुलशन तो उसका मित्र था, उसके प्रेम का राज़दां। किन्तु गुलशन की भूख सुंदर के दस-बीस पत्र चुरा लेने से शान्त होने वाली तो थी नहीं। संतान अपनी हो तो एक पाकर संतुष्ट हुआ जा सकता है परन्तु निस्संतान के लिए नगर के सहस्रों बच्चे भी थोड़े हो जाते हैं। गुलशन की आंखों में एक स्थायी-सी खोज समा गई। वह इस टोह में रहने लगा, कैसे किसी का प्रेम-पत्र उसे प्राप्त हो।

खोजने से क्या नहीं मिलता? भगवान के मिलने की उक्ति तो बहुत पुरानी हो गई है। अब तो अजेय एवरेस्ट की चोटी मिल जाती है, और पृथ्वी से परे चांद-सितारों की दुनिया भी मिल जाती है।

गुलशन अपने आफिस में क्लर्कों की चिट्ठियों को उड़ाने लगा। शुरू-शुरू में दो-एक बार धोखा हुआ। फिर धीरे-धीरे वह उर्दू शायर की उस उक्ति का प्रतीक बन गया जिसमें लिफाफा देखकर ही खत का मजमूं जान लेने की बात कही गई है। जिनके पत्र जाते होंगे, उनकी पीड़ा का अंदाज लगाना कठिन नहीं है परन्तु इसी पीड़ा पर गुलशन के सुख का महल बन रहा था।

वह शहर में एक कमरा लेकर अकेला रहता था। माता-पिता गांव में थे। सुबह वह कालेज में एम. ए. के दो पीरियड अटेंड करता, दिन भर दफ्तर में क्लर्की, शाम को कुछ समय सुंदर के साथ उसके प्रेम की चर्चा और रात को कमरा बन्द कर, एकान्त में सभी प्रेम-पत्रों को निकाल कर पढ़ना, नए पत्रों को उनमें शामिल करना, फिर पत्रानुसार उन्हें छोटे लिफाफों में रखकर उन लिफाफों को एक बड़े लिफाफे में रख देना उसका दैनिक कार्यक्रम था।

उसके भंडार में अनेक प्रकार के प्रेम-पत्र थे—अविवाहित लड़के-लड़कियों के एक दूसरे को लिखे हुए पत्र। विवाहित पुरुष के अविवाहित लड़की को लिखे हुए पत्र और विवाहित स्त्री-पुरुषों के अन्य विवाहित स्त्री-पुरुषों को लिखे हुए पत्र।

इन विभिन्न प्रकार के पत्रों को एकत्र करने में उसकी सबसे बड़ी सहायता एक डाकिए ने की। अपने नगर के मालरोड क्षेत्र के डाकिए से उसने मित्रता बढ़ाई । नगर के धनी-मानी व्यक्ति उसी क्षेत्र में रहते थे। विविध प्रकार के प्रेम-पत्रों के आदान-प्रदान की संभावना उस क्षेत्र के नागरिकों में ही अधिक की जा सकती थी। गुलशन ने अपने दफ्तर के दो आकर्षक कैलेंडर और डायरी उस डाकिए को दी। दो-एक बार उसे चाय पिलाई, उसका गांव-ठांव पूछा और उसके गांव के निकट ही अपनी कोई रिश्तेदारी भी निकाल ली। डाकिया डाकघर से चिट्ठियां आदि लेकर ठीक नौ बजे एक बंद दुकान के चबूतरे पर बैठकर उन्हें छांटता था। गुलशन नौ से दस तक उस छंटाई में उसकी सहायता करता, बड़ी सफाई से अपने मतलब के पत्रों को उड़ाता और दस बजे दफ्तर पहुंच

जाता। लंच के समय एकान्त में उन पत्रों को खोलकर पढ़ता । अधिकांश पत्र उसकी आवश्यकता के अनुकूल होते । जो पत्र किसी अन्य विषय का गलती से उसके पास आ जाता; उसे वह फिर से बंद कर पोस्ट कर देता।

और इस तरह निज के प्रेम का मारा गुलशन सैकड़ों लोगों के प्रेम का भागीदार बन गया। इन पत्रों ने उसके सारहीन लगने वाले जीवन में नए उत्साह, नई उमंग और नई योजनाओं का संचार कर दिया। एक-एक पत्र से उसकी गहरी आत्मीयता स्थापित हो गई। पत्रों में व्यक्त प्रेम की एक-एक अभिव्यक्ति उसे स्पन्दित करने लगी। पुरुषों की ओर से लिखा हुआ हर पत्र उसे अपनी ओर से लिखा हुआ प्रतीत होता, स्त्रियों का हर पत्र उसे अपने लिए लिखा हुआ लगता। उसे लगता, जैसे उन पत्रों का हर पात्र उसकी अपनी कल्पना का पात्र है, उनसे उसका गहरा तादात्म्य है, एक गहरी पहचान है और इस सारे प्रेम-संसार का वह एकमात्र स्वामी है, एकछत्र सम्राट है, जहां किसी का भय नहीं, किसी का हस्तक्षेप नहीं, किसी से प्रतिद्वन्द्विता नहीं।

परन्तु यह तो थी कल्पना की दुनिया, स्वप्नों की दुनिया, भुलावे की दुनिया। गुलशन इस दुनिया से बड़ा खुश था। गुलशन इस दुनिया में खोकर असली दुनिया को जैसे भूल गया था। परन्तु एकाएक एक दिन उसके पैर असली दुनिया की जमीन को छूने लगे।

उसके पड़ोस में एक लड़की आ गई। शान्त, बंधे हुए, अपने ही में खोए हुए तालाब में एक पत्थर-सा गिर गया। रूपा पड़ोसी सज्जन की साली थी। बी. ए. का उसने प्राइवेट फार्म भरा था। उसका सेंटर इसी नगर में था। इसीलिए परीक्षाओं से छः महीने पहले ही तैयारी करने के लिए वह अपने जीजा और जीजी के पास आ गई थी।

अपने पड़ोसी परिवार से गुलशन का परिचय था ही। उस मकान में सभी किरायेदारों के बीच उसकी अच्छी प्रतिष्ठा थी। प्रतिष्ठा के नष्ट होने का कोई अवसर ही नहीं आया था और फिर गुलशन था कल्पना का प्राणी। धीरे-धीरे रूपा से भी उसकी जान-पहचान हो गई।

अपने बी. ए. की तैयारी में रूपा को अनेक कठिनाइयां थीं। और गुलशन उन कठिनाइयों को हल करने में समर्थ था। सम्बन्धों की वृद्धि के लिए इतना सहारा काफी है। रूपा रात को गुलशन से पढ़ने लगी। जीजा-जीजी ने प्रारम्भ में थोड़ी सतर्कता बरती, फिर वे भी आश्वस्त हो गए। आखिर रूपा को तो बी. ए. पास करना ही था। और उसके लिए किसी का मार्ग-निर्देशन भी आवश्यक ही था।

रूपा आती। दो-एक घंटे उसके पास बैठकर कई विषय पढ़ती। गुलशन बड़ी तन्मयता से उसे पढ़ाता। रूपा उतनी ही उसके प्रति कृतज्ञ अनुभव करती। गुलशन का उतना ही उत्साह बढ़ता। रूपा की आंखों में गुलशन के लिए गहरा सम्मान झलक पड़ता।

धीरे-धीरे वे निकट आते गए। पढ़ाई के अतिरिक्त व्यक्तिगत जीवन की बातें भी करने लगे। अनेक विषयों पर एक दूसरे के विचारों से परिचित होने लगे। और एक दिन रात को जाते समय रूपा उसे एक पुस्तक दे गई।

''इसका छठा चैप्टर मेरी समझ में नहीं आया है। आप एक बार पढ़कर मुझे कल समझा दीजिएगा।''

गुलशन ने छठा चैप्टर खोला। उसमें एक कागज रखा हुआ था। उसने उस मुड़े हुए कागज को खोला। देखा, वह कोरा कागज नहीं, एक पत्र है। कोरा पत्र नहीं, प्रेम-पत्र है। और वह पत्र रूपा ने गुलशन को लिखा था।

गुलशन के पास अनगिनत प्रेम-पत्र थे, तरह-तरह के। उनमें विविध प्रकार से प्रेमाभिव्यक्ति की गई थी, पृष्ठों के पृष्ठ रंगे हुए थे। गहरी से गहरी अनुभूति को उन पृष्ठों पर उड़ेला गया था। परन्तु ऐसा प्रेम-पत्र तो उनमें एक भी न था। इस पत्र में बीस से अधिक शब्द नहीं थे। दो से अधिक पंक्तियां नहीं थीं, फिर भी यह उन अगणित पत्रों से अलग था, अनोखा था।

फिर तो इन पत्रों का तांता ही बंध गया। रूपा भी लिखती, गुलशन भी लिखता। पत्रों के शब्द बढ़ने लगे, वाक्य बढ़ने लगे, पृष्ठ बढ़ने लगे।

और एक दिन उसे लगा, उसके प्रेम-पत्रों के बड़े लिफाफे में रखा हुआ रूपा के पत्रों वाला छोटा लिफाफा अन्य सभी लिफाफों से बाजी मार ले गया। उसने उस लिफाफे को बड़े लिफाफे से निकाल लिया और उसके सभी पत्रों को एक बड़े लिफाफे में रख दिया।

गुलशन का पुराना प्रेम-पत्रों का लिफाफा संदूक की निचली तहों में चला गया। उसका डाकिए के पास बैठना रुक गया। दफ्तर के क्लर्कों को अपने पत्र नियमित मिलने लगे और डाक विभाग को पड़ने वाली गालियां की संख्या भी कम हो गई।

इसी समय उसके मन में एक करुण भाव उत्पन्न हुआ।

''यदि कोई मेरे अपने प्रेम-पत्र चुरा ले?''

कल्पना मात्र से गुलशन कांप उठा। उसे लगा, इन पत्रों पें उसकी अमूल्य निधि छिपी हुई है। एक-एक पत्र में कितनी सांसें, कितनी धड़कनें वह अनुभव कर लेता है। ये पत्र कहीं चले जाएं तो उसकी जिन्दगी में कितनी वीरानी आ जाए।

और वह हंस दिया, अपने उन दिनों पर, जब किन्हीं दूसरों के प्रेम-पत्रों पर अपने को बहलाया करता था। वह डाकिए के पास बैठकर पत्रों को उड़ा देता था। वह आफिस में आने वाले हर पत्र की कितनी सतर्क टोह रखता था। पत्र का उत्तर न देने की कितनी करुण पुकारें उसके उस लिफाफे में कैद हो गई थीं। परन्तु अब उसे इन तमाम पत्रों की क्या आवश्यकता है?

उसने रूपा के पत्रों से भरे हुए उस गदराए लिफाफे को देखा। ये पत्र उसके अपने हैं। अब वह बैंक का खजांची नहीं, जो हजारों रुपयों से दिन भर खेलता है परन्तु जिसका अपना कुछ नहीं होता। वह तो अब अपनी छोटी-सी दुकान का खुद मालिक है।

फिर क्यों न वह इन पत्रों को लौटा दे? क्यों न कैद की हुई उन अगणित सांसों को वह आज़ाद कर दे?

और अब उसे यह भी तो अनुभव हो चुका था कि किसी के प्रेम-पत्र के गुम हो जाने से

कितना दुख होता है।,

उसने अपना पुराना लिफाफा निकाला। उसमें रखे एक-एक पत्र को फिर पढ़ा। कैसा विचित्र लग रहा था उसे। इन पराई अनुभूतियों से कितने दिनों अपने को बहलाता रहा था। उन पत्रों से उसने रूपा के पत्रों की तुलना की। उसे लगा, इन पत्रों में वह अनुभूति ही नहीं है जो रूपा के पत्रों में होती है। रूपा की एक-एक पंक्ति किस तरह उसके अन्तर में उतर जाती है। वह किस तरह उसके घर आने की प्रतीक्षा करती है। जैसे ही वह दफ्तर से आता है, वह किसी बहाने से उसके पास आ जाती है। उसके हाथ में एक पुस्तक होती है और पुस्तक में एक पत्र, उसके पूर्व रात्रि के पत्र का उत्तर। अभी कल के पत्र में ही उसने लिखा था—

"मेरी परीक्षाएं कल समाप्त हो जाएंगी। तब मैं क्या बहाना बनाकर जीजा के पास रहूंगी? तुम क्यों नहीं कोई ऐसा बहाना सुझाते जिससे मैं यहीं रह जाऊं। पर तुम्हारे मुंह में तो जैसे मेंहदी लगी है..."

गुलशन को याद आया। आज रूपा की परीक्षाएं समाप्त हो रही हैं। छह बजे उसका अंतिम पेपर समाप्त होगा। उसने घड़ी देखी, छह बजे थे। बस, एक घंटे में रूपा आ जाएगी।

उसने सभी पुराने पत्रों को अलग-अलग लिफाफों में भरना शुरू किया। फिर उसने सब पर पते लिखे। पर उन्हें बन्द नहीं किया। उसने सोचा, आज वह रूपा को अपने शौक की बात सुनाएगा। वह उसे ये पत्र दिखाएगा। उन्हें प्राप्त करने के लिए उसने कितनी बड़ी-बड़ी जोखिमें उठाई हैं और आज ये उसके लिए अर्थहीन हो चुके हैं। और सुबह इन लिफाफों को वह डाक में डाल देगा।

रूपा आई। एक घंटा व्यतीत हो गया। पर वह अपने कमरे से नहीं निकली। गुलशन ने सोचा, शायद उसके पर्चा अच्छा नहीं हुआ। वह कुछ क्षण बैठा रहा। फिर उसने सोचा, क्यों न वह स्वयं ही पता लगाए। वह उठने ही वाला था कि उसने देखा, रूपा दरवाज़े पर खड़ी है—उदास प्रतिमा-सी, उड़े हुए रंग की तस्वीर-सी, बुझे हुए दीपक-सी।

""पर्चा अच्छा नहीं हुआ क्या?" गुलशन ने पूछा।

वह चुप थी। जैसे शब्द उसके कानों को बिना स्पर्श किए ही निकल गए हों।

"बोलतीं क्यों नहीं? पर्चा अच्छा नहीं हुआ? अंदर तो आओ।"

"ठीक हुआ है।" कुछ शब्द फूटे।

"फिर उदास क्यों हो... कुछ बोलो न ।"

"पिताजी का पत्र आया है...।"

"क्या लिखा है उसमें? घर में सब ठीक है न?"

"सब ठीक है..." रूपा ने होंठ दबा लिए, "उन्होंने मेरी शादी तय कर दी है... "

गुलशन फटी आंखों से उसे देखता रहा। फिर धीरे-से बोला, "कब हो रही है?"

"अगले महीने ।"

दोनों कितनी ही देर चुपचाप बैठे रहे। फिर रूपा बोली, 'मैं सुबह की गाड़ी से जा रही हूं।"

''कल ही चली जाओगी....?''

''पिताजी ने लिखा है, परीक्षा समाप्त होते ही चली आओ। जीजी ने कल ही भेजने की तैयारी कर दी है।''

''पत्र तो डालोगी न...'' फिर खामोशी छा गई । गुलशन का प्रश्न उस खामोशी पर भारी बोझ बन गया।

''आप से एक चीज़ मांगने आई हूं....'' गुलशन ने देखा, रूपा की आंखों में मोती लटक आए हैं। एक क्षण के लिए वह अपनी कल्पना में अमर प्रेमकथाओं का नायक बन गया। शायद रूपा उसकी कोई निशानी चाहती है और वह कुछ भी दे देगा—''बोलो...बोलो रूपा...''

''आप मेरे पत्र वापस कर दीजिए... मैं आपके पत्र ले आई हूं।''

रूपा ने पत्रों का एक लिफाफा उसकी मेज पर रख दिया। गुलशन गुमसुम उस लिफाफे को देख रहा था जिसमें उसके लिखे हुए पत्र थे।

''मैं विनती करती हूं, वे पत्र मुझे वापस कर दीजिए...'' रूपा की आवाज़ गुलशन के कानों को भेदती हुई निकल गई। सामने रखा हुआ लिफाफा उठाकर उसने रूपा के हाथ में दे दिया।

रूपा कुछ देर पत्रों को हाथ में लिए बैठी रही । दोनों में कोई कुछ नहीं बोला। फिर वह उठकर चली गई।

सामने मेज पर उसके चुराए हुए प्रेम-पत्रों के लिफाफे पड़े हुए थे। और एक और लिफाफा भी था, जिसमें उसके रूपा को लिखे हुए पत्र थे।

(1961)

ठंडक

जैसे ही उस विशाल भवन का कुछ भाग दिखाई दिया, जीवन ने कहा, ''देखो, वह है... पूरा एयरकंडीशंड है।'' फिर वह स्वयं ही संकुचित-सा हुआ, सत्या एयरकंडीशंड का मतलब क्या समझेगी। वह समझाने लगा, ''देखो, अभी कितनी गर्मी है। वहां पहुंचोगी तो ऐसा लगेगा, जैसे किसी ठंडे पहाड़ पर आ गई हो।'' परन्तु वह फिर संकुचित हुआ, सत्या ठंडा पहाड़ भी क्या समझेगी। क्या वह कभी वहां गई है? और वह खुद भी कहां गया है! उसने भी तो केवल सुना ही है कि पहाड़ ठंडे होते हैं। अमीर लोग गर्मियों में पहाड़ पर चले जाते हैं।

उसने फिर समझाया, 'देखो, उसमें ऐसी मशीन लगी है, जिससे सारा मकान ठंडा हो जाता है।'' फिर उसने एक नज़र सत्या के कपड़ों की ओर डाली। पतली-सी सत्या के पतले-से शरीर पर पतली-सी साड़ी थी, पतला-सा ब्लाउज था। वह बोला, ''तुमको हॉल में ठंड लगने लगेगी, देखना।''

उसे लगा, यदि हॉल में सत्या को सचमुच ठंड लगने लगे तो वह बड़ा खुश हो। इससे एयरकंडीशन के संबंध में बताई हुई उसकी बात पुष्ट हो जाएगी।

सत्या उसके साथ बढ़ी चली जा रही थी। उसे लग रहा था, वह चल नहीं रही है, कोई हिलोर है जो उसे अपने-आप बढ़ाए लिए जा रही है। दो महीने हुए, अपने छोटे-से नगर से वह इस महानगरी में आई थी। ससुर के साथ घूंघट में कब वह गाड़ी से उतरी, कब टैक्सी में बैठी और कब अपनी खोली में पहुंच गई, उसे अच्छी तरह याद नहीं। अपने कानों में पड़े कोलाहल से वह जान गई थी कि वह शहर में आ गई है। पर शहर ऐसा होता है! हां, शहर ऐसा ही होता है। सभी तो इसे शहर कहते हैं। तभी तो उसके कस्बे का हर आदमी यहां भाग आना चाहता है।

वे सिनेमा-हॉल के निकट पहुंच गए। एयरकंडीशनिंग की भीनी-भीनी खुशबू उस तक पहुंचने लगी थी। जीवन के चेहरे पर गर्व की खुशी दौड़ गई। बोला, ''देखा, कैसी ठण्डी-ठण्डी खुशबू आ रही है!''

सिनेमा-हॉल के बाहर बड़ी भीड़ थी। अभी पहला शो समाप्त नहीं हुआ था। रंग-बिरंगी

साड़ियों, पैंटों और टाइयों की चहल-पहल सत्या को मेले जैसी लग रही थी। वह मेला ही याद कर सकती है। मेला उसने कई बार देखा है। वहां भी कुछ ऐसी ही चहल-पहल होती है। पर कितना अन्तर है दोनों मेलों में! एक में वह हल्की-फुल्की डोंगी-सी उतराती चली जाती है, दूसरे में भारी पत्थर की तरह बैठती जा रही है।

जीवन ने नज़र इधर-उधर दौड़ाई। पता नहीं, शो समाप्त होने में अभी कितनी देर है, पर बाहर की यह रंगीन चहल-पहल भी तो किसी शो से कम नहीं। लोग गुटों में बंधे हुए हैं, हंस रहे हैं, बातें कर रहे हैं, कुछ खा-पी रहे हैं। इस वातावरण में वह भी अपने-आपको किसी चीज़ से वंचित नहीं पाता। सत्या सहित उसका भी अपना एक गुट है। लोगों को आपस में बातचीत करते देख वह भी सत्या से कुछ बातचीत करने लगता है। लोगों को हंसता देख वह हंस पड़ता है। वह और सत्या एक ही पैकेट से निकालकर वेफ़र खा रहे हैं। चारों ओर फैली हुई फ़िज़ा में वह अपने-आपको कितना हल्का महसूस कर रहा है!

सिनेमा-हॉल के बाहर रखे हुए हाउस-फुल के बोर्ड की ओर इशारा करते हुए जीवन ने सत्या से कहा, "भीड़ काफी है। देखो, अब एक भी टिकट नहीं बचा। कितने लोग बेचारे निराश लौटे जा रहे हैं।" फिर उसने अपनी पैंट की जेब में पड़े पर्स को अनुभव किया, उसमें पड़े दो टिकटों को अनुभव किया और एक गहरे संतोष की लहर उसके सारे शरीर में दौड़ गई।

"सुनो," सत्या बोली, "वह सामने एक लड़का खड़ा है... देख रहे हो न...?"

जीवन ने उधर देखा, "कौन लड़का....?"

"अरे वो, जो गंदी-सी बुश्शर्ट पहने है! लम्बा-सा.....!"

जीवन फिर भी कुछ नहीं समझा, क्योंकि उस ओर न गंदी बुश्शर्टों की कमी थी, न लम्बों की, परन्तु यदि वह उसे देख भी ले तो हुआ क्या? बोला, "आखिर बात क्या है?'

"वो अर्जुन है।"

"अर्जुन...? कौन अर्जुन...?"

"अर्जुन को नहीं जानते?" सत्या खीझती हुई बोली, "अपनी गली के मोड़ पर वो सिंधी नहीं रहते, मनसुखानी, उनका लड़का।"

जीवन खीझ उठा। उसकी गली में बहुत-से सिंधी रहते हैं और उनके बहुत लड़के हैं— अर्जुन, भीम, नकुल, सहदेव। पर क्या वह सबकी खोज-खबर रखता है? बोला, "होगा उनका लड़का, पर हमें इससे क्या?"

सत्या ने उसे ऐसे आश्चर्य से देखा जैसे वह दिन को रात कह रहा हो। "तुम्हें मालूम नहीं, वह कई दिन से अपने घर से लापता है? इसकी मां बेचारी रो-रोकर अन्धी हुई जा रही है।"

जीवन ने फिर उस ओर देखा। गन्दी बुश्शर्ट वाला चौदह-पन्द्रह साल का लम्बा लड़का अब उसकी नज़र में आ गया था।

"सुनो," सत्या बोली, "ज़रा बुलाओ तो उसे!"

जीवन को यह करना कुछ अजीब-सा लगा, फिर भी उसने सी... सी... करके उसे बुलाया। वह पास आ गया।

जीवन ने सत्या की ओर देखा और सत्या ने जीवन की ओर, फिर दोनों ने उस लड़के की ओर देखा। सत्या ने आंखों से ही इशारा किया, "पूछो।"

जीवन को कुढ़न हुई, "क्या पूछें भला....?"

सत्या ने जीवन की आकृति निरपेक्ष देखी तो उस लड़के की ओर उन्मुख हुई, "तुम्हारा क्या नाम है?... तुम्हारा नाम अर्जुन है न...?"

दोनों प्रश्न एक साथ सुनकर जैसे उस लड़के की सिट्टी मारी गई। वह कुछ क्षण टुकर-टुकर दोनों को देखता रहा, फिर धीरे से बोला, "नहीं, मेरा नाम तो किशन है।"

उत्तर सुनकर सत्या को लगा, जैसे भरे बाजार में किसी ने उसका पल्लू खींच लिया है और जीवन को लगा, जैसे सचमुच सत्या का पल्लू ही खिंच गया है। दोनों हक्के-बक्के-से खड़े कभी एक-दूसरे को और कभी उस लड़के को देखते रहे। वह फिर उसकी ओर उन्मुख हुई, "तुम्हारा नाम अर्जुन नहीं है....? तुम कुर्ला में नहीं रहते हो?"

इस बार उस लड़के के मुंह से 'नहीं' नहीं निकला। वह चुपचाप खड़ा रहा। सत्या को बल मिला, "तुम तीन दिन से अपने घर से भागे हुए नहीं हो?"

लड़का चुप रहा। पर जीवन के लिए यह सब असह्य हो गया था। खीझकर बोला, "इससे तुम्हें क्या लेना-देना है, सत्या? खामख्वाह बेकार की झंझट ले बैठी हो। यह अर्जुन है या किशन, हमें इससे क्या मतलब है?"

"तुम्हें मालूम है, जब से यह लापता है, इसके घर की क्या हालत है?" सत्या के चेहरे पर अजीब-सी तमतमाहट आ गई थी।

जीवन घबरा-सा गया। जैसे उसे कुछ सूझा नहीं कि वह क्या कहे। इतने में वह लड़का मुड़ा और चल पड़ा। पर सत्या ने झट-से उसका हाथ पकड़ लिया और बोली, "तुम्हें शर्म नहीं आती, बिना खबर दिए तीन दिन से घर से गायब हो! तुम्हारी मां रो-रोकर अन्धी हुई जा रही है। तुम्हारा बाप तुम्हें ढूंढता हुआ मारा-मारा फिर रहा है और... और तुम सिनेमा देखने आए हो...! बेशरम......!"

जीवन खीझा और भौंचक्का-सा सत्या को देख रहा था। यह उसे हो क्या गया है! और सत्या की तमतमाहट ऊर्ध्वमुखी होकर अब विगलित हो रही थी। उसका गला रुंध गया था और नेत्र भर आए थे। उसके होंठ कांप रहे थे। उस लड़के की बांह पकड़े हुए उसके हाथ में अजीब-सी थरथराहट हो रही थी।

और लड़का सत्या के सम्मुख भेड़ बना खड़ा था—न उसके मुंह से कुछ निकल रहा था, न किसी प्रकार का प्रतिरोध करने की वह चेष्टा कर रहा था।

जीवन को बड़ी बेचैनी महसूस हुई जब उसने देखा, चारों ओर खड़े लोगों का ध्यान भी

उधर आकर्षित हो गया है। तमाशबीन उसके चारों ओर इकट्ठे होने लगे थे। वह धीरे-से बोला, "अच्छा, इसे छोड़ो तो!"

सत्या ने हाथ ढीला कर दिया। लड़का मुड़कर बिना कुछ बोले चला गया।

जीवन ने देखा, लोग सामने के दरवाज़े से अन्दर जा रहे हैं। बोला, "चलो, पहला शो छूट गया।"

सत्या ने एक बार उधर देखा, जिस तरफ वह लड़का गया था, फिर वह चल दी।

अन्दर घुसते ही एयरकंडीशनिंग की ठंडक ने जीवन को अभिभूत कर लिया। उसने मुस्कराकर सत्या की ओर देखा, परन्तु उसके चेहरे पर छाई तप्तता वैसी ही बनी थी। जीवन को लगा, जैसे उसके समग्र आनंद को किसी चीज़ ने खंडित कर दिया है। कितनी साध थी उसे, सत्या को यह राजमहल जैसा सिनेमा-हॉल दिखाने की! पर बीच में यह कांटा कहां से चुभ गया? उसने फिर कोशिश की, "सत्या, बिलकुल राजमहल जैसा लगता है न? देखो, ज़मीन पर बिछे गलीचे कैसे मुलायम हैं! पैर धंसते चले जाते हैं।"

सत्या ने नीचे की ओर देखा, फिर जीवन की ओर। उसकी आंखों में उसकी बात का समर्थन तो था, पर वह उल्लास नहीं था, जो जीवन देखना चाहता था।

जीवन का उत्साह मन्द पड़ गया। वह पता नहीं कितनी चीज़ें दिखाना चाहता था—चारों ओर दीवारों पर लगे आदमकद शीशे, छत से लटकते फानूस, पर वह दिखाए किसे? सत्या तो वहां थी ही नहीं।

वे हॉल के अन्दर अपनी सीटों पर जाकर बैठ गए। सामने लगा कीमती मखमल का पर्दा धीरे-धीरे दोनों ओर खिसक गया। पीछे सफेद पर्दा दिखाई दिया। हॉल की बत्तियां बुझ गईं, सफेद पर्दे पर विज्ञापन दौड़ने लगे। फिर न्यूज रील शुरू हुई। जीवन को सत्या की धीमी आवाज़ सुनाई दी, "सुनो, यह अर्जुन अपने घर से भाग क्यों गया?"

जीवन को लगा, जैसे किसी ने उसे कचोट लिया। तुनककर बोला, "वह मुझे बताकर तो भागा नहीं। मुझे क्या मालूम?"

"तुम तो बेकार नाराज़ हो रहे हो! मैं पूछती हूं, आखिर ये लड़के अपने घर से भाग क्यों जाते हैं?"

जीवन और तुनका, "अच्छा, पिक्चर देख लेने दो। घर चलकर मैं इसी विषय पर रिसर्च शुरू करूंगा।"

सत्या चुप हो गई।

पिक्चर शुरू हो गई। जीवन इस पिक्चर का पूरा आनन्द लेना चाहता था। वह सत्या को उस पिक्चर में काम करने वाले हर पात्र का नाम और उसके गुण बताना चाहता था। वह दुःख के स्थलों पर संवेदना प्रकट करना चाहता था। वह हंसी के स्थानों पर जी भरकर हंसना चाहता था। परन्तु यह क्या हो गया है! जीवन के आनन्द की शीतल जलधारा जैसे किसी तप्त रेगिस्तान में

खो गई।

जाने कितनी देर दोनों गुमसुम पिक्चर देखते रहे। उसे सत्या की धीमी आवाज़ फिर सुनाई दी, ''सुनो, अर्जुन की मां ने तीन दिन से अन्न का दाना मुंह में नहीं डाला।''

जीवन ने उस अंधेरे में ही घूरकर सत्या की ओर देखा। उसने अन्न का दाना मुंह में नहीं डाला तो वह क्या करे? क्या उसने उसके लड़के को घर से भगा दिया है? और सत्या भी बस विचित्र है। इतनी देर से उसी का रोना लिए बैठी है।

वह कुछ नहीं बोला।

आधा घंटा गुज़र गया। सत्या की बुदबुदाहट उसे फिर सुनाई दी, ''सुनो, हम लोगों ने गलती की। उसे छोड़ना नहीं चाहिए था। उसके बाप ने तीन दिन से अपनी दुकान नहीं खोली। उसके छोटे भाई-बहन स्कूल नहीं गए। मां तो हमेशा रोती रहती है। हम उसे पकड़कर घर ले जाते। पिक्चर का क्या है! पिक्चर फिर कभी देख लेते।''

जीवन को लगा, सत्या ने उसके सिर के बाल नोच लिए हैं। वह क्रोध से उबल पड़ा। दांत पीसता और आवाज़ दबाता हुआ बोला, ''तुम बकबक किए ही जाओगी या चुप भी बैठोगी? उस लड़के के घर वालों के साथ इतनी हमदर्दी है, तो मेरे साथ इतनी दुश्मनी क्यों कर रही हो? सारी पिक्चर का मज़ा किरकिरा करके रख दिया। पगली कहीं की! अब ज़्यादा बकबक की तो मैं हॉल छोड़कर चला जाऊंगा।''

सत्या सुन्न हो गई। पिक्चर चलती रही, परन्तु वह स्थिर थी। इंटरवल हुआ। पिक्चर फिर शुरू हुई परन्तु वह स्थिर ही रही—न हिली, न डुली, न कोई बात की।

दूसरे दिन सुबह जीवन उठा तो सत्या चाय का प्याला सामने रखती हुई बोली, ''सुनो, देखो, सुबह-सुबह नाराज़ मत होना। अब इतना तो करो कि अर्जुन के पिता को बता आओ कि वह हमें कल सिनेमा में मिला था। बेचारों की कुछ चिन्ता तो दूर हो!''

परन्तु जीवन के मुंह में कल का कसैलापन पूरी तरह बाकी था। वह तल्खी से बोला, ''मुझे क्या गरज़ पड़ी है! मैंने क्या दुनिया का ठेका ले रखा है? तुम्हें बड़ी हमदर्दी है तो जाओ, रोकता कौन है?''

सत्या चुप होकर बिस्तरे संभालने लगी।

इतने में दरवाज़े पर खटखट हुई। सत्या ने दरवाज़ा खोला। जीवन ने अन्दर बैठे-बैठे ही सुना, कोई स्त्री कह रही थी, ''बहन, तुम्हारी बड़ी मेहरबानी! अर्जुन रात को ही घर आ गया था। तुम उसे सनीमा में मिली थीं न। तुमने उसे खूब डांटा था न... बस, वह सीधा घर आ गया। बहन, तुम्हारी बहोत मेहरबानी! तुमने मेरे बेटे को मिलाया, मेरा दिल ठंडा कर दिया।''

सत्या अन्दर आई तो जीवन ने देखा, उसके चेहरे पर वही ठंडक है, जो वह एयरकंडीशंड हॉल में देखना चाहता था।

(1961)

धूप ढलने के बाद

सदर बाज़ार के अस्पताल से वह निकला तो उसे ऐसा लगा, जैसे धूप में तपता हुआ यह शहर एक भयंकर रेगिस्तान है। उसने घड़ी देखी, चार बजकर दस मिनट हुए थे। वापस जाने वाली गाड़ी साढ़े नौ बजे की थी। बीच में पांच घंटों का लम्बा सफर और यह तपता हुआ रेगिस्तान। उसे लगा, शरीर का हर रोयां सीधा होकर उसे चुभ रहा है और रेगिस्तान की तपिश उसकी नस-नस में व्याप गई है।

उसने इधर-उधर नज़र दौड़ाई, शायद कोई रिक्शा मिल जाए। परन्तु दूर-दूर तक उसे केवल एक गहरा सूनापन, एक वीरानी ही नज़र आ रही थी। लम्बी सीधी सड़क, जो हज़रतगंज की ओर चली गई थी, किसी सांप की पीठ की तरह चमचमा रही थी। सड़क के किनारे लगे हुए पेड़ भी बड़ी दूर-दूर लगे हुए थे। उन्हीं में एक से दूसरे पेड़ की दूरी मिलकर एक कभी न खत्म होने वाली दूरी में बदल गई थी।

वह उस रास्ते पर पैदल ही चल पड़ा। पसीना उसके अंग-अंग से चू रहा था और उस पसीने के साथ-साथ एक गहरी खीझ भी उसके अंग-अंग से झर-सी रही थी। वह एक पेड़ के नीचे आता, कुछ क्षण रुकता, लम्बी-लम्बी सांस लेता, फिर त्योरियों पर गहरे बल डालकर आगे वाले पेड़ को देखता और अंधाधुंध चल देता। वह चलता जाता, चलता जाता और फिर दूसरे पेड़ के नीचे रुकता। रूमाल निकालकर पसीना पोंछता। एक बार मुड़कर पीछे छोड़ आए पेड़ को देखता और फिर आगे चल देता।

इतने में दूर से एक रिक्शा आता दिखाई दिया। वह उचककर रिक्शे पर जा बैठा। रिक्शा चल दिया। रिक्शे के तने हुए पर्दे के नीचे बाहर की गर्मी कुछ कम हुई तो अन्दर की उमड़ आई। वह ग्लानि से दबने लगा—आखिर वह उनसे मिलने क्यों गया?

साल-भर पहले वह इसी तरह दिल्ली वापस जाने के लिए लखनऊ स्टेशन पर खड़ा था। मेल की प्रतीक्षा करने वालों की कितनी भीड़ थी! उस भीड़ में ही वे दोनों कितनी तन्मयता से खड़े-खड़े

एक-दूसरे से बातचीत कर रहे थे! मोटे काले चश्मे के बीच से चमकता हुआ पुरुष का सांवला रंग, सफेद कमीज़, गहरे कत्थई रंग की पैंट, उसी से मिलती हुई हल्के रंग की टाई, कितनी फब रही थी! उसके चेहरे पर आंखें गड़ाए हुए उस गौरवर्ण युवती की स्लीवलेस कमीज़ से निकली हुई गदराई बांहें सारे स्टेशन की आंखों में समाई हुई थीं।

उसने उन्हीं के साथ यात्रा की। सुबह अखबार पढ़ते और चाय पीते समय वह उनसे बातचीत भी करने लग गया। मि. मलिक सरकारी अस्पताल में डाक्टर थे। पत्नी, मिसेज़ मलिक, लखनऊ मेडिकल कालेज में एम. बी. बी. एस. के अन्तिम वर्ष में पढ़ रही थीं। गाड़ी के दिल्ली पहुंचने तक वे आपस में राजनीतिक उथल-पुथल और दिन-दहाड़े होने वाली हत्याओं के साथ और बहुत-सी बातचीत करते रहे। दिल्ली में अलग होते समय डा. मलिक ने वादा ले लिया कि वह जब लखनऊ आएगा, उनसे ज़रूर मिलेगा। चलते समय मिसेज़ मलिक ने भी हाथ जोड़े। उसने उन चपल-सी आंखों को देखा और फिर पीछे से उन्हें दूर जाते देखता रहा।

दूसरी बार लखनऊ जाने पर वह कुछ अजीब-सा उत्साह अनुभव कर रहा था। मिसेज़ मलिक की मुस्कराती हुई आंखें जैसे उसके आगे-आगे चल रही थीं।

दोपहर तक अपने आफिस का काम खत्म कर डा. मलिक के बताए हुए पते पर चल दिया। उसे बार-बार लग रहा था, वे उसे पहचानेंगे भी या नहीं। पहले वह अस्पताल गया। पता लगा, वे अपने क्वार्टर में हैं। जैसे ही वह क्वार्टर में पहुंचा, डा. मलिक अपनी टाई संभालते हुए बाहर निकल रहे थे। वे देखते ही चिल्ला दिए—''ओह आप? रियली वंडरफुल! आइए...'' और उन्होंने उसे अपनी बांहों में ले लिया—''आइए, अस्पताल में बैठ कर ही बातें होंगी।''

अपने कमरे में वे मरीज़ों के प्रेस्क्रिप्शन लिखते रहे और उससे बातें करते रहे। वहीं उन्होंने उसके लिए चाय मंगवाई, अपने दो-एक डाक्टर मित्रों से उसका परिचय कराया। डा. मलिक उसके साथ बहुत अपना-अपना-सा व्यवहार कर रहे थे। परन्तु वह कुछ और सुनना चाह रहा था, मिसेज़ मलिक के सम्बन्ध में, जिसकी इतनी देर कोई चर्चा नहीं हुई थी।

एक-डेढ़ घंटा वह उनके साथ बैठा रहा। फिर उसने उठने का उपक्रम किया—''अच्छा डाक्टर साहब, अब चलूं।''

''अरे नहीं भाई!'' डाक्टर ने एक मरीज़ का पर्चा लिखते हुए कहा—''बस बीस मिनट रह गए हैं पांच बजने में। फिर घर चलेंगे। तब तक शीला भी आ जाएगी।''

शीला! फिर बीस मिनट तक यह शब्द उसके इधर-उधर कौंधता रहा।

डाक्टर के साथ मिसेज़ मलिक ने उसे देखा तो चकित होती हुई बोलीं—''ओह! आप कब आए?''

उसने देखा, वही चमकने वाली आंखें आश्चर्य में चौड़ी हो दुगनी चमक रही हैं।

उसने उनके साथ चाय पी। डाक्टर दम्पती ने उसे अपना घर दिखाया, अपने तीन बच्चों से मिलाया। उसे आश्चर्य हुआ—''यह नवविवाहिता-सी लगने वाली युवती क्या सचमुच तीन बच्चों

की मां बन चुकी है?''

शाम को वे उसे अपनी मोटर में हज़रतगंज की सैर कराते हुए स्टेशन तक छोड़ गए।

इस बार उसे लगभग छः महीने बाद फिर लखनऊ आना पड़ा था। इस बार उसके मन में कोई आशंका नहीं थी। एक बार उसके मन में आया, वह सामान लेकर ही उनके घर चला जाए। पर सामान उसने क्लोक रूम में ही जमा करवा दिया। फिर अपना काम खत्म कर वह अस्पताल पहुंचा।

अस्पताल में एक कर्मचारी से उसने पूछा,''डा. मलिक किधर होंगे?''

उसने कहा—''डा. मलिक का तो पता नहीं पर मिसेज़ डा. मलिक उस सामने वाले वार्ड में हैं।''

मिसेज़ डा. मलिक? तो मिसेज़ मलिक भी डाक्टर बन चुकी हैं। वह उसी ओर बढ़ गया। मिसेज़ मलिक के कमरे के सामने स्त्रियों की भीड़ लगी हुई थी। उसने बाहर से ही कुछ देखने की कोशिश की पर स्त्री-बच्चों की भीड़ के अलावा कुछ दिखाई न दिया। उसने बाहर खड़ी नर्स से पूछा—''डा. मलिक अन्दर हैं?''

''अन्दर मिसेज़ डा. मलिक हैं।''

वह उत्तर सुन ही रहा था कि वे भीड़ से निकलकर बाहर आ गईं। शायद वे किसी नर्स को बुलाने निकली थीं। उसने देखा, सलवार-कमीज के ऊपर मिसेज़ मलिक ने एक लम्बा-सा सफेद कोट पहन रखा है और हाथ में स्टेथेस्कोप है। चेहरे पर कुछ थकान-सी है और केश कुछ-कुछ इधर-उधर बिखर गए हैं।

उन्होंने उसे देखा तो थकी-सी आवाज़ में बोलीं—''ओऽऽऽ.... कैसे हैं?''

''अच्छा हूं... आप सुनाइए।''

मिसेज़ मलिक मुस्करा दीं।

''डाक्टर साहब कहां हैं?'' उसने पूछा।

''वो तो घर में हैं। इधर थोड़ी देर में आएंगे।''

उन्होंने दूर खड़े एक लड़के को आवाज़ दी और बोलीं—''हम लोगों ने क्वार्टर बदल लिया है—ए लड़के, आपको हमारे क्वार्टर तक पहुंचा दो।''

उनके मरीज़ शायद अन्दर उनकी प्रतीक्षा कर रहे थे। वे अन्दर चली गईं।

डा. मलिक अस्पताल आने के लिए तैयार हो रहे थे। उसे देखा तो बोले—''कहिए, कब आना हुआ?''

''आज ही आया हूं।'' फिर कुछ रुककर उसने कहा—''आपने तो काफी अच्छा क्वार्टर ले लिया अब!''

''हां आं आं, अब इसे ठीक से फर्निश करना है।'' डा. मलिक बोले, ''पर फर्निश क्या

करें? सरकारी नौकर ठहरे। पता नहीं कब तबादला हो जाए।''

वह उनके साथ अस्पताल आया। उसी तरह, जैसे पहली बार आया था।

डा. मलिक के कमरे के बाहर मरीज़ों की लम्बी कतार लगी हुई थी। वह उन्हीं के पास एक कुर्सी पर बैठ गया। एक-एक करके मरीज़ उनके पास आने लगे। डाक्टर उनसे कुछ पूछते, फिर पर्ची पर कुछ लिख देते। एक के बाद दूसरा मरीज़ आता ही जा रहा था। बीच-बीच में डाक्टर पूछते—''और कहिए.... क्या हाल-चाल हैं?''

वह मुस्करा देता। वे अपने काम में फिर मशगूल हो जाते। वह हर आने वाले मरीज़ को देखता। सूखे, मुरझाए और बीमार चेहरे। मिसेज़ मलिक भी उधर नहीं आई थीं। वह ऊबने-सा लगा। उसने पूछा—''आप इस बीच दिल्ली नहीं आए?''

''पिछले महीने हम लोग दो दिन के लिए दिल्ली गए थे। शीला के कज़िन की शादी थी।''

''आप दिल्ली आए और मुझे खबर भी नहीं दी!'' उसने शिकायत के स्वर में पूछा।

''बात यह थी कि हम कुल चार दिन की छुट्टी लेकर गए थे। बीच में एक दिन हम बरेली भी उतरे। बस, इसी भाग-दौड़ में चार दिन निकल गए।''

डाक्टर की आवाज़ फिर सुनाई दी—''और सुनाइए, दिल्ली के क्या हालचाल हैं?''

''दिल्ली बहुत फैलती जा रही है।'' उसने छोटा-सा उत्तर दिया। इतने में एक दूसरा डाक्टर उनके पास आकर बैठ गया। दोनों अपने व्यवसाय की कुछ बात करने लगे। वह कभी खिड़की की ओर देखता, कभी दरवाज़े की ओर।

''हलो डाक्टर वर्मा!'' उसने देखा, मिसेज़ मलिक उस डाक्टर को संबोधित कर रही हैं—''अपने मरीजों को निपटा आए क्या?''

''भाई, अपने तो थोड़े-से मरीज़ थे, झटपट निपटा दिए।'' डाक्टर वर्मा ने कहा—''देखने आया हूं, डाक्टर मलिक की दुकान कैसी चल रही है।''

''इन्हें क्या देखते हो? ज़रा मेरी दुकान आकर देखो।'' मिसेज मलिक बोलीं—''सुबह से सैकड़ों मरीज़ निपटा चुकी हूं, फिर भी लंबी लाइन लगी हुई है। ये औरतें पता नहीं इतनी बीमार क्यों पड़ती हैं!''

तीनों डाक्टर हंस दिए। वह एक मैडिकल मैगज़ीन के पन्ने उलट रहा था। उसने कनखियों से मिसेज़ मलिक की ओर देखा। परंतु उनका ध्यान उसकी ओर बिल्कुल नहीं था।

''मैं चलूं? आपकी कुछ मदद करूं?'' डा. वर्मा ने पूछा।

''इट्स वेरी काइंड ऑफ यू।'' मिसेज़ मलिक अपनी मुस्कराहट बिखेरती हुई बोलीं और कमरे से निकल गईं। डा. वर्मा भी चले गए। रह गए वही मरीज़। उसने घड़ी देखी, चार बजकर तीन-चार मिनट हुए थे। डाक्टर मलिक अपने मरीज़ों की पर्चियां काटते जा रहे थे और वह उस मैगज़ीन के पन्ने उलट रहा था। फिर उसे लगा, उस कमरे का सारा वातावरण एक गहरी ऊब से भरा हुआ है। उसने डाक्टर मलिक की ओर देखा। वे एक बच्चे के पेट पर अपने दाएं हाथ की

उंगलियां दबा रहे थे। वह भी उस बच्चे को देखने लगा और यूं ही बस उसे देखता रहा।

"अच्छा डाक्टर साहब! आज्ञा दीजिए, अब चलूं।" उसने हाथ की मैगज़ीन को उनकी मेज़ पर रखते हुए कहा।

डाक्टर ने नज़र उठाकर उसकी ओर देखा। फिर धीरे से बोले—"जाएंगे...? पर भाई, जब आइए तो मिलिए ज़रूर।"

वह उठ खड़ा हुआ। डाक्टर मलिक भी अपनी कुर्सी से उठे। दोनों ने हाथ मिलाए और वह बाहर आ गया। उसे महसूस हुआ जैसे वह किसी इंटरव्यू में असफल होकर बाहर निकला है। एक बार उसने इधर-उधर नज़र दौड़ाई, शायद कहीं मिसेज़ मलिक दिखाई दे जाएं, परन्तु वे कहीं दिखाई नहीं दीं। उसे दिखाई दिए मरीज़, मरीज़ों के साथी, मरीज़ों की परिचारिकाएं। वह अस्पताल से बाहर निकल आया।

और बाहर थी तपिश—रेगिस्तानी तपिश।

हज़रतगंज में उसने रिक्शे वाले को एक रुपये का नोट दिया। रिक्शे वाले ने रेज़गारी निकाली और पांच पैसे वाले दस सिक्के उसके हाथ पर रख दिए।

वह और खीझ उठा और दस मिनट रिक्शे वाले से इसी बात पर झगड़ता रहा।

हज़रतगंज के एक फुटपाथ पर खड़ा वह सड़क की ओर देख रहा था। उसे वहां सब कुछ बेगाना-सा, पराया-सा नज़र आ रहा था। फिर वह एक रेस्तरां में घुस गया और एक कप चाय लिए वहां कितनी देर बैठा रहा।

फिर धूप ढलने लगी। शाम की रौनक चारों ओर बिखरने लगी। फिर उसने बाहर निकलकर देखा, दोपहर की तपती धूप से दबी हुई हज़रतगंज की चहल-पहल धीरे-धीरे अपने पंख फटकार रही थी। वह आहिस्ता-आहिस्ता फुटपाथ से गुज़रने लगा। फिर एक स्टाल से उसने एक फिल्मी पत्रिका खरीदी। उस पत्रिका में एक अभिनेत्री के बहुत-से आकर्षक और मादक रंगीन चित्र छपे थे। वह एक किनारे खड़े होकर उन चित्रों को देखने लगा। चित्रों में उतरी हुई नायिका कितनी सुंदर लग रही थी—खास तौर से समुद्र की रेत पर लेटा हुआ उसका 'पिनअप' कितने ग़ज़ब का था!

उसे मिसेज़ मलिक का ख्याल आया। इस अभिनेत्री के सामने वह कितनी फीकी लगती है। फिर उसे अपने आप पर आश्चर्य हुआ कि वह पहली ही मुलाकात में यह क्यों नहीं पहचान सका कि वह तीन बच्चों की मां है... जो बात उसके मुख पर साफ झलकती है।

(1961)

सत्यमेव जयते

डी. एस. ओ. (डिस्ट्रिक्ट स्टील आफिसर) श्रीवास्तव साहब और एरिया इंस्पेक्टर कुमार बाबू का उद्योग नगर से एक साथ तबादला हुआ। गत पांच वर्षों से ये दोनों अधिकारी भारत सरकार द्वारा प्रस्थापित इस आद्यौगिक कालोनी में लघु उद्योगों के अल्प साधनों वाले उद्योगपतियों में बड़े लोकप्रिय रहे थे। इनके कार्यकाल में बहुत-से लोग छोटे-छोटे कारखाने लगाने की ओर प्रवृत्त हुए। जगह-जगह पर मज़दूर ठोक-पीट करते नज़र आने लगे। पांच साल पहले मैन्युफैक्चरर्स एसोसिएशन के सदस्यों की संख्या बड़ी मुश्किल से बीस-बाईस थी। इन पांच सालों में वह सवा सौ के ऊपर पहुंच चुकी थी।

दोनों अफसरों को विदाई देने के लिए एक पार्टी का आयोजन किया गया। दरअसल यह केवल विदाई-समारोह ही नहीं था, नए डी. एस. ओ. सराया साहब और नए एरिया इंसपेक्टर सिद्धांती साहब का स्वागत-समारोह भी था।

खाना-पीना हो चुकने के बाद एसोसिएशन के अध्यक्ष स. अमरीक सिंह बोलने के लिए खड़े हुए,''प्यारे दोस्तो, आज हमारे लिए गमी का दिन भी है और खुशी का भी। गमी का इसलिए कि हमारे पुराने अफसर साहबान हमें छोड़कर दूसरी जगह जा रहे हैं और खुशी का इसलिए कि उनकी जगह हमें नए अफसरों से मिलने का मौका मिल रहा है। आप सब साहबान अच्छी तरह जानते हैं कि श्रीवास्तव साहब और कुमार साहब ने हम छोटे-छोटे मैन्युफैक्चरर्स की कितनी हैल्प की। हमारे मुल्क में इंडस्ट्री की अभी कितनी तरक्की होनी है, आप सब लोग जानते हैं। हम लोग अपने मुल्क को बहुत ऊंचा उठाना चाहते हैं पर यह तभी पॉसीबल हो सकता है जब गौरमेंट हमारी पूरी हैल्प करे। आप सब जानते हैं कि आजकल स्टील की कितनी दिक्कत है। बिना स्टील के कोई कारखाना नहीं चल सकता। श्रीवास्तव साहब और कुमार साहब ने हमारी मुश्किलों को आसान करने की पूरी कोशिश की। हम सब उनके बहुत धन्यवादी हैं। परंतु हमारे कोटे अभी भी बहुत कम हैं। हमें और स्टील चाहिए। सरकार हमें जितना बड़ा कोटा देगी, हम अपने मुल्क

की उतनी ही सेवा कर सकेंगे।''

हाल तालियों की गड़गड़ाहट से भर गया। 'हेयर हेयर' की दो-एक आवाज़ें सुनाई दीं। किसी ने धीरे-से कहा,''सरदारजी को पचास टन का कोटा मिलता है। हर तिमाही उसे ब्लैक में बेचकर पांच हज़ार पीट देते हैं। लेकिन मुल्क की उन्नति तभी होगी जब उनका कोटा सौ टन का कर दिया जाए।''

सरदारजी ने अपना भाषण समाप्त करते हुए कहा, ''हमें पूरा भरोसा है, हमारे नए अफसरान साहब हम पर अपनी मेहर-भरी नजर रखेंगे। अपनी ओर से और एसोसिएशन की ओर से मैं उन्हें सब़ तरह की सेवा का भरोसा दिलाता हूं।''

तालियों की गड़गड़ाहट फिर हुई और एसोसिएशन के सेक्रेटरी रोहतगी साहब खड़े हुए, ''फ्रेंड्स, हमारे प्रेसीडेंट सरदार अमरीकसिंह की स्पीच के बाद बोलने के लिए कुछ रह गया है, आई डोंट थिंक। स्माल मैन्युफैक्चरर्स की डिफीकल्टीज़ की तरफ हमारे प्रेसीडेंट ने न्यू आफीसर्स का अटेंशन ड्रा किया है। वी सिंसियरली होप दे विल कोआपरेट विद अस। मैं आप सब की तरफ से इस इंडस्ट्रियल कॉलनी में उनका स्वागत करता हूं। साथ ही आउटगोइंग आफीसर्स मिस्टर श्रीवास्तव और मिस्टर कुमार के हम बहुत ग्रेटफुल हैं । वे अपनी लाइफ में और बड़े आफीसर बनें । हमारी गुड विशेज़ उनके साथ हैं।''

तालियों की गड़गड़ाहट हुई।

इसके बाद श्रीवास्तव साहब बोले। उन्होंने कहा,''हम तो देश के सेवक हैं। जहां भी जाएंगे, देश की सेवा ही करेंगे।'' पीछे फुसफुसाहट हुई,''साला पचास हज़ार हार्ड कैश बनाकर जा रहा है।''

कुमार बाबू ने कहा,''देश की उन्नति का सारा भार आप लोगों पर है...।''

फिर फुसफुसाहट हुई,''और आपकी उन्नति का सारा भार भी तो हम पर है।'' कुमार बाबू कह रहे थे,''आप लोगों ने जिस तरह हमारे साथ कोआपरेट किया है, हमें पूरी आशा है, उसी तरह हमारे सक्सेसरों के साथ भी करेंगे...''

पीछे से धीरे-से किसी ने कहा,''जी हां, जिस तरह आपका पेट भरा है, उसी तरह आपके सक्सेसरों का भी भरेंगे।''

भाषण समाप्त हो गए। पुराने अफसरों ने नए अफसरों से सभी का परिचय कराया।

दूसरे दिन सराया साहब से मिलकर सरदारजी बाहर आए तो बाहर प्रतीक्षा करते हुए रोहतगी बाबू और गुप्ता जी ने पूछा,''कहिए, कैसी रही?''

''साला, सौ रुपये टन मांगता है।''

''आपने कहा नहीं, हम लोग श्रीवास्तव को पचास रुपये टन देते थे।''

''कहा तो।'' सरदारजी बोले,''पर वह कहता है कि मुझे इससे मतलब नहीं कि श्रीवास्तव साहब क्या लेते-देते थे। मेरा तो यही रेट है।''

रोहतगी बाबू बोले, ''ठीक है। वी शैल पे हिम हण्ड्रेड रुपीज़ पर टन। पर उसे हमारा कोटा डबल करना पड़ेगा।''

गुप्ताजी ने कहा, ''यह ठीक है।''

सरदारजी ने कहा, ''आइए, तीनों चलकर उससे बात करें।''

तीनों को एक साथ देखकर सराया साहब मुस्करा दिए,''कहिए, आपकी क्या सेवा कर सकता हूं?''

गुप्ताजी बोले,''साहब, सेवक तो हम हैं। आप कुछ टुकड़े फेंक देते हैं, हम उठाकर अपना और अपने बाल-बच्चों का पेट भर लेते हैं।''

रोहतगी बाबू को गुप्ताजी की यह अति विनम्रता खली। उनकी यही शिकायत है कि ये पुराने ढंग के मुड़िया-छाप व्यापारी अपनी प्रेस्टीज का बिल्कुल ख्याल नहीं रखते।

सरदारजी ने बात को सीधा रुख दिया,''जी, आप जैसा कहेंगे, हम वैसा ही करेंगे, पर आप हमारे कोटे तो बढ़वा दीजिए। आजकल तो गुज़ारा चलाना मुश्किल हो रहा है...''

''आपको कितना कोटा मिलता है?'' सराया साहब ने पूछा।

''पचास टन।''

''और आपको?''

''पैंतीस टन।'' रोहतगी साहब ने कहा।

सराया साहब की नज़र गुप्ताजी की ओर उठी। वे बोले,''चालीस टन।''

''आप ऐसा कीजिए।'' सराया साहब बोले,''अपने कोटे एंक्रीज कराने की एप्लीकेशन दे दीजिए.... हां इंसपेक्टर सिद्धांती से उसे रेकमेंड करवा लीजिएगा।''

बाहर निकल कर गुप्ताजी बोले,''कुत्ता बड़े पेट का है।''

''दो रोटी ज्यादा डाल दो।'' सरदारजी बोले,''पर देखो गुर्राने न पाए!''

वहां से निकलकर तीनों सिद्धांती के पास पहुंचे। सिद्धांती नया-नया ही इंडस्ट्रीज विभाग में इंस्पेक्टर बना था। सब पुराने इंसपेक्टर उद्योग नगर में आने की लालसा लिए ही रह गए और सिद्धांती की नियुक्ति हो गई। लोगों ने कहा,''लड़का सारी ज़िंदगी की कमाई उद्योग नगर से कर लाएगा।''

तीनों ने एक-एक करके अपना रोना उसके सामने रोया। सारी बात सुनकर सिद्धान्ती ने संक्षिप्त-सा उत्तर दिया,''ठीक है। मैं आप लोगों की फैक्टरी में किसी समय आकर इंस्पेक्शन करूंगा और यदि आप लोगों की ज़रूरत मुझे जायज़ लगी तो मैं ज़रूर रेक्मेन्ड कर दूंगा।''

तीनों ने एक-दूसरे की ओर देखा। सिद्धान्ती अपनी फाइलों में खोया हुआ था। सरदारजी ने गुप्ता को आंख मारते हुए होंठ बिचकाए, मतलब था, बड़ा घुटा हुआ है।

रोहतगी साहब अपनी टाई ठीक करते हुए बोले,''क्यों साहब, आप कब विज़िट करेंगे?''

''विज़िट?'' सिद्धान्ती बोला,''इसी महीने में किसी दिन आ जाऊंगा।''

''मेरा मतलब है...।'' रोहतगी साहब कुछ रुकते हुए बोले,''अगर यह मालूम हो जाए कि आप किस दिन विज़िट करेंगे तो गाड़ी भिजवा दूं। खामख्वाह आपको क्यों तकलीफ हो!''

''नहीं, तकलीफ की ऐसी कोई बात नहीं।'' सिद्धान्ती ने कहा,''हमारा तो काम ही यही है। और इंस्पेक्टर की विज़िट तो सडेन होनी चाहिए।''

तीनों ने एक-दूसरे की तरफ फिर देखा। सरदार जी ने फिर आंख मारी और मुंह बिचकाया।

गुप्ताजी ने बाजी संभालते हुए कहा,''आपकी बात तो ठीक है इंस्पेक्टर साहब! ड्यूटी इज़ ड्यूटी। पर हमारी फैक्टरी तो शहर के बिल्कुल बाहर है। आसपास ऐसी एक भी दुकान नहीं, जहां से मंगवाकर किसी मेहमान को अच्छा जलपान भी करवाया जा सके। मेरा मतलब है, यदि यह मालूम हो जाता कि आप कब आने वाले हैं तो कम से कम चाय-पानी का कुछ इंतज़ाम तो करवा रखता।''

''उसकी कोई ज़रूरत नहीं।''

तीनों ने एक बार फिर एक-दूसरे की तरफ देखा। एक-एक करके फिर तीनों ने अपना रोना रोया।

''देखिए साहब, स्टील नहीं मिलेगा तो फैक्टरियां कैसे चलेंगी?''

''हमने हज़ारों रुपये की मशीनें लगाई हैं। स्टील नहीं मिलेगा तो मशीनें जंग खा जाएंगी और हज़ारों रुपयों पर पानी फिर जाएगा।''

सरदारजी की बात में मानवता का दर्द सबसे अधिक उभरकर आया,'मेरी फैक्टरी में डेढ़ सौ आदमी काम करते हैं। जब स्टील नहीं मिलेगा तो आप ही बताइए इंस्पेक्टर साहब, मैं इन्हें अपनी जेब से कितने दिन खिलाऊंगा। अभी एक हफ्ते पहले मैंने बीस मज़दूरों को जवाब दे दिया। साहब, मेरा दिल टुकड़े-टुकड़े हो गया। कितनी बेरोज़गारी है हमारे मुल्क में! उन बीस मज़दूरों के बीवी-बच्चे मुझे हमेशा अपनी आंखों के सामने नाचते नज़र आते हैं। पर आप ही बताइए साहब, जब काम ही नहीं होगा तो इतने मज़दूरों का बोझ कौन उठा सकता है!''

सरदार अमरीक सिंह के आश्चर्य का ठिकाना न रहा जब उन्होंने देखा, इंस्पेक्टर सिद्धान्ती उस मुलाकात के दूसरे ही दिन दस बजते-बजते उनकी फैक्टरी में आ गया। फैक्टरी में पच्चीस-तीस मज़दूर, जिनमें आधे से अधिक पन्द्रह वर्ष के आसपास के लड़के थे, इधर-उधर बैठे हुए ठोक-पीट कर रहे थे। साइकिलों के कैरियर और स्टैंड बनाने की उनकी फैक्टरी थी। एक ओर टूटे-फूटे कैरियरों, स्टैंडों का ढेर लगा हुआ था।

एक कुर्सी की गर्द झाड़कर उन्होंने इंस्पेक्टर को बैठाया,''आप आज ही आ जाएंगे, इसकी तो बिल्कुल उम्मीद नहीं थी।'' उनका स्वर घबराहट से टूटता जा रहा था।

''जो काम करना हो, उसमें मैं देर नहीं करता।'' इंस्पेक्टर बोला,'खैर... हां तो आपकी फैक्टरी में कितने मज़दूर हैं?''

इस प्रश्न से अमरीक सिंह और घबराए,''जी... मज़दूर तो बहुत हैं, पर आज बहुत-से छुट्‌टी कर गए हैं। इन मज़दूरों का कुछ न पूछिए। हम आप इतने तिथि-त्योहार नहीं मनाते जितने ये मनाते हैं।''

''आपकी डेली प्रोडक्शन कितनी है?''

''छः दर्जन कैरियर और छः दर्जन स्टैंड।'' उसके मुंह से ऐसे ही निकल गया।

''अपना स्टाक रजिस्टर तो दिखाइए।'''

अमरीक सिंह ने मेज़ों की दराज़ें खोजनी शुरू कीं। सब रजिस्टर उलट-पुलट डाले, फिर अल्मारियों को खोला। उनमें फाइलों को इधर-उधर किया। फिर बड़ी दीनता से बोले,''देखिए इंस्पेक्टर साहब, आज हमारे मुनीम जी नहीं आए। वही सब हिसाब-किताब रखते हैं। आप जब कहें, मैं स्टाक रजिस्टर लेकर आपके हजूर में हाज़िर हो जाऊं।''

इंसपेक्टर ने फैक्टरी में इधर-उधर घूमना शुरू किया। अमरीक सिंह ने एक नौकर भेजकर झटपट कुछ मिठाई और लस्सी का प्रबंध किया, परंतु वह जब इधर-उधर चक्कर लगाकर लौटा तो उसने केवल एक गिलास पानी पिया।

अमरीक सिंह ने साहस बांधते हुए धीरे-से कहा,''इंस्पेक्टर साहब, कुमार बाबू तो हम लोगों पर बड़े मेहरबान रहते थे। आपको उन्होंने हमारे बारे में बताया ही होगा। जो सेवा हमसे बन पड़ती थी, हम उनकी करते थे। आप भी हमें सेवा का मौका दीजिए।''

सिद्धान्ती ने एक बार घूरकर उनकी ओर देखा, फिर बोला,''देखिए सरदारजी, आप क्या कह रहे हैं, यह मैं नहीं समझता। परंतु जो कुछ समझ रहा हूं, चाहता हूं, आपकी बात का वह मतलब न हो।''

इंसपेक्टर सिद्धान्ती ने एक ही दिन में स. अमरीक सिंह, गुप्ताजी और रोहतगी साहब की फैक्टरियों का चक्कर लगा लिया और रिपोर्ट लिखकर डी. एस. ओ. को दे दी।

सिद्धान्ती की रिपोर्ट सराया साहब के पास पहुंची तो उन्हें लगा कि उनकी कुर्सी की सीट एकाएक टूट गई है, उनके सामने लगी घड़ी का पैंडुलम रुक गया है और आंखों के सामने नाचने वाले सौ-सौ के हरे-हरे नोट काले-काले धब्बे-से बनकर नाच रहे हैं। कुछ आश्वस्त हुए तो सिद्धान्ती को बुला भेजा,''मि. सिद्धान्ती, इस रिपोर्ट में आपने क्या लिखा है?''

''जो देखा, वह लिख दिया, साहब!'' सिद्धान्ती ने संक्षिप्त-सा उत्तर दिया, पर सराया साहब कुढ़कर रह गए।

''तो आप रेकमेंड करते हैं कि इनका कोटा न बढ़ाया जाए?''

''सराया साहब, मैं तो समझता हूं कि जितना कोटा इन्हें मिलता है, उसकी भी जांच कराई जाए। फैक्टरियों के नाम इन्होंने दुकानें खोल रखी हैं। लगता है कि कोटा ये लोग ब्लैक में बेच लेते हैं और फैक्टरी के नाम पर दस-बीस आदमी लगा कर कुछ ठोक-पीट करते रहते हैं।''

''अच्छी बात है। मैं खुद जांच करूंगा। आप जा सकते हैं।'' सराया साहब खीझकर बोले।

सराया ने संदेश भेजकर तीनों व्यापारियों को बुलाया और कहा,''देखिए, इंस्पेक्टर सिद्धान्ती ने जो रिपोर्ट दी है, उससे आपका कोटा बढ़ना तो दरकिनार, जो कोटा अभी मिलता है उसके भी ज़ब्त हो जाने की संभावना है। आप लोग कैसे व्यापारी हैं? इस सिद्धान्ती को पटाते क्यों नहीं?''

अमरीक सिंह बोले,''साहब, हम तो अपनी पूरी कोशिश कर चुके। इशारे से यह भी कह दिया, हम कुमार बाबू से ज़्यादा आपकी सेवा करने को तैयार हैं। पर वह है कि हाथ ही नहीं रखने देता।''

रोहतगी साहब ने सोचते हुए कहा,''डी. एस. ओ. साहब, मुझे तो आदमी बड़ा छटा हुआ मालूम पड़ता है।''

''देखिए,'' सराया साहब बोले,''वह मेरा सबारडीनेट ज़रूर है लेकिन मैं उस पर कोई जबरदस्ती नहीं कर सकता। आपका केस जब तक वह रेकमेंड नहीं करेगा, कोटा बढ़ना बहुत मुश्किल है।''

दीवाली के दिन तीनों व्यापारियों ने दस-दस रुपये की बढ़िया मिठाई ली और सिद्धान्ती के घर पहुंचे। तीनों ने उसे दीवाली की बधाई दी और मिठाइयों के डिब्बे उसकी मेज़ पर रख दिए।

''यह क्या है?'' उसने पूछा।

''कुछ नहीं।'' रोहतगी साहब बोले,''आज तो दीवाली है। खुशी का मौका है। यह हम लोगों की तरफ से थोड़ी-सी मिठाई है।''

उसने कुछ देर मिठाई से भरे उन डिब्बों को देखा, फिर एक डिब्बा खोलकर मिठाई का एक छोटा-सा टुकड़ा निकाल लिया और बोला,''आपकी सद्भावना के लिए मैं बड़ा आभारी हूं। पर इतनी मिठाई की मुझे ज़रूरत नहीं। आपने जो प्रेम दिखाया है, उसकी इज़्ज़त करते हुए मैंने यह टुकड़ा ले लिया है।''

तीनों ने बड़ा जोर लगाया। हर एक ने अपना डिब्बा आगे रखकर उसे स्वीकार कर लेने का अनुरोध किया, पर उसने उस टुकड़े के अतिरिक्त सारी मिठाई लौटा दी।

सराया साहब ने सुना तो आग बबूला हो गए। बड़ा सिद्धांती का बच्चा बना फिरता है! न खुद खाता है, न खाने देता है। इतने में तो मैंने पांच-दस हज़ार बना लिए होते।

अन्त में गुप्ताजी ने एक योजना अपने साथियों के सम्मुख रखी। खर्च लगभग तीन हज़ार रुपये का था। उन्होंने सोने की एक अंगूठी बनवाई। उस अंगूठी में नीला नग लगा हुआ था–''सत्यमेव जयते!''

छब्बीस जनवरी के दिन गुप्ताजी ने शुद्ध खद्दर की धोती धारण की। खद्दर का कुरता, खद्दर की नेहरूकट वास्केट और नावदार खद्दर की टोपी। अमरीक सिंह और रोहतगी साहब भी उसके साथ हुए पर गुप्ताजी उन्हें सिद्धान्ती के घर नहीं ले गए। वे दोनों एक होटल में बैठकर प्रतीक्षा

करने लगे।

गुप्ताजी जिस समय पहुंचे, सिद्धान्ती चारपाई पर लेटा अखबार पढ़ रहा था और रेडियो पर दिल्ली से होने वाली परेड की कमेंट्री सुन रहा था। गुप्ताजी ने पहुंचते ही कहा, ''इंस्पेक्टर साहब, गणतंत्र दिवस की बधाई देने आया हूं।''

वह उठकर बैठ गया। गुप्ताजी के कपड़ों से भीनी-भीनी खुशबू आ रही थी। उन्होंने वास्केट की जेब में हाथ डाला और एक चक्रांकित तिरंगे ध्वज का बिल्ला निकालकर पिन से सिद्धान्ती की कमीज़ में खोंस दिया और गर्वयुक्त स्वर में बोले, ''देखिए, इस झंडे की शान आप जैसे नवजवानों पर ही निर्भर है। इस देश का भविष्य आप जैसे कर्मठ सरकारी कर्मचारी ही बना सकते हैं। सच कहता हूं इंस्पेक्टर साहब, आप जैसे लोग ही हमारी आजादी के इस नाजुक पौधे को धूप और ओलों से बचा सकते हैं। भगवान आपको इस देश की सेवा करने के लिए लम्बी आयु दे।''

गुप्ताजी ने अपनी बातों के प्रभाव की झलक उसके चेहरे पर स्पष्ट देखी। फिर दोनों साथ बैठकर देश-विदेश की कितनी ही बातों की चर्चा करने लगे। गुप्ताजी बार-बार कहते रहे—देश में किसी का चरित्र नहीं बचा है। यदि लोगों का चरित्र ऊंचा न किया गया तो देश अवश्य रसातल को चला जाएगा।

काफी देर की चर्चा के बाद गुप्ताजी ने अंगूठी वाली डिब्बी निकाली।

''इंस्पेक्टर साहब, इस शुभ राष्ट्रीय पर्व के अवसर पर आपको मेरी एक तुच्छ भेंट अवश्य स्वीकार करनी पड़ेगी। देखिए, ना न कीजिएगा। इससे मुझे तो चोट पहुंचगी ही, मेरी राष्ट्रीय भावना पर भी आघात पहुंचेगा।''

कहते हुए उन्होंने अंगूठी उसके हाथ पर रख दी। अंगूठी देखकर सिद्धान्ती की आंखें चौंधिया गईं और बरबस उसके मुंह से निकल पड़ा, ''बहुत सुन्दर... ब्यूटीफल... पर यह तो बड़ी कीमती मालूम होती है।''

''अरे, कैसी बातें करते हैं आप?'' गुप्ताजी भावावेग में बोले, ''क्या कोई चीज़ हमारे देश से भी ज़्यादा कीमती है, हमारी आज़ादी से भी ज़्यादा कीमती है? यह तो सोने का एक टुकड़ा है जो एक बूढ़े देशसेवक की ओर से एक युवा देशसेवक को समर्पित है। सिद्धान्ती साहब, इस टुकड़े की कोई कीमत नहीं। हां, यदि कुछ कीमत है तो उन भावनाओं की जो इस टुकड़े के पीछे छिपी हुई हैं।''

गुप्ताजी को मुस्कराते हुए आते देखा तो सरदार अमरीक सिंह और रोहतगी बाबू लपककर होटल से निकले।

''क्यों, ले लिया?'' दोनों ने एक साथ पूछा।

''और क्या...'' गुप्ताजी ने विजयभरी मुस्कराहट बिखेरते हुए कहा, ''जिस काम में गुप्ता

हाथ डाले, वह पूरा न हो, यह कैसे हो सकता है!''

''क्या कहा उसने?'' अमरीक सिंह ने पूछा।

''कहेगा क्या? बस चुपचाप रख ली।''

''मैं न कहता था,'' रोहतगी बाबू दांत पीसते हुए बोले, ''बड़ा छटा हुआ मालूम पड़ता है। पर एक बात है... अगर उसने अब भी काम न किया तो...?''

''उसकी तुम फिक्र न करो। अब तो उसका बाप भी करेगा।'' गुप्ताजी ने अपनी टोपी उतारकर सिर पर हाथ फेरते हुए कहा, ''याद है, अंगूठी पर क्या खुदा हुआ है...? सत्यमेव जयते।''

(1961)

पानी और पुल

गाड़ी ने लाहौर का स्टेशन छोड़ा तो एकबारगी मेरा मन कांप उठा। अब हम लोग उस ओर जा रहे थे जहां चौदह साल पहले ऐसी आग लगी थी जिसमें लाखों जल गए थे, और लाखों पर जलने के निशान आज तक बने हुए थे। मुझे लगा, हमारी गाड़ी किसी गहरी, लम्बी अंधकारमय गुफा में घुस रही है। और हम अपना सब कुछ इस अंधकार को सौंपे दे रहे हैं।

हम सब लगभग तीन सौ यात्री थे। स्त्रियों और बच्चों की भी संख्या हम में काफी थी। लाहौर में हमने सभी गुरुद्वारों के दर्शन किए। वहां हमें जैसा स्वागत मिला, उससे आगे अब पंजासाहब की यात्रा में किसी प्रकार का अनिष्ट घट सकता है, ऐसी सम्भावना तो नहीं थी; परन्तु मनुष्य के अन्दर का पशु कब जागकर सभी सम्भावनाओं को डकार जाएगा, कौन जानता है?

यही सब सोचते-सोचते मैंने मां की ओर देखा। देखा, हथेली पर मुंह टिकाए, कोहनी को खिड़की का सहारा दिए वे निरन्तर बाहर की ओर देख रही थीं। खेत कट चुके थे। दूर-दूर तक सपाट धरती दिखाई दे रही थी। मुझे लगा, मां की आंखों में से उतरकर यह सपाटता मन में पूरी तरह छा गई है। फिर मैंने अपने डिब्बे के दूसरे यात्रियों की तरफ देखा। उन पर भी गहरी उदासी छाई हुई थी। समझ में नहीं आ रहा था कि एकाएक ऐसी उदासी सब पर क्यों छा गई है?

"तुम्हें तो यह रास्ता अच्छी तरह याद होगा?" मैंने मां का ध्यान तोड़ते हुए पूछा, "सैकड़ों बार आना-जाना हुआ होगा तुम्हारा?"

मां मेरी ओर देखकर मुस्कराईं। वह मुस्कराहट सब कुछ खोकर पाई हुई मुस्कराहट थी। बोलीं, "मुझे तो इस रास्ते का एक-एक स्टेशन तक याद है। पर आज यह इलाका कितना बेगाना-बेगाना-सा लग रहा है! आज चौदह साल बाद इधर से जा रही हूं। पहले भी ऐसे ही जाती थी। लाहौर पार करते ही अजीब-सी उमंग नस-नस में दौड़ जाती थी। सराई (हमारा गांव) जैसे-जैसे निकट आता जाता, वहां की एक-एक शक्ल मेरे सामने दौड़ जाती, स्टेशन पर कितने लोग आए होते..."

मां की आंखों में चौदह साल पहले की याद तरल हो आई थी। पिताजी ने अपना रोज़गार उत्तर प्रदेश में ही जमा लिया था। हम सब भाई-बहनों का जन्म पंजाब के बाहर ही हुआ था। मुझे याद है, पिताजी तो शायद साल में एकाध बार ही पंजाब आते हों, पर मां के दो-तीन चक्कर ज़रूर लग जाते थे। हम में जो छोटा होता, वह मां के साथ जाता और जब से मुझे याद है, मेरी छोटी बहन ही उनके साथ जाया करती थी।

उन दिनों, जब पंजाब का विभाजन घोषित हो चुका था, पंजाब की पांचों नदियों का जल उन्माद की तीखी शराब बन चुका था, मां ने फिर पंजाब जाने का फैसला किया था। सभी ने ऐसे विरोध किया जैसे वे जलती आग में कूदने जा रही हों। और वह सचमुच आग में कूदने जैसा ही तो था! परन्तु पिताजी सहित हम सब जानते थे कि मां को अपने निश्चय से डिगाना कोई आसान बात नहीं। उन्होंने सबकी बातों को हंसकर टाल दिया। बीस-बाईस दिनों में वे वापस आ गईं। गांव के घर का बहुत-सा सामान वे बुक करा आई थीं। अपने साथ वे अपना पुराना चरखा और दही मथने की बड़ी मथानी ले आई थीं।

फिर सारे पंजाब में आग लग गई। घर के घर, गांव के गांव और शहर के शहर उस आग में जलने लगे। आग रुकी तो लगा, इधर तक सपाट फैली हुई ज़मीन अमृतसर और लाहौर के बीच से फट गई है और उस पार का फटा हुआ हिस्सा बीच में गहरी खाई छोड़कर न जाने कितना उधर खिसक गया है। हम सब भूल-से गए कि उस गहरी खाई के उस पार हमारा अपना गांव था, पक्की सड़क के किनारे, पीछे की ओर एक नहर थी, और पास ही जेहलम नदी अल्हड़ लड़की की तरह उछलती-कूदती बहती थी!

आज मैं मां के साथ उस खाई पर राजकीय औपचारिकता के बांधे हुए पुल से गुज़रकर उसी ओर जा रहा था जो कल कितना अपना था, आज कितना पराया है!

मैं एक पुस्तक के पन्ने उलट रहा था, मां ने पूछा, ''यह गाड़ी सराई स्टेशन पर रुकेगी?''

मैंने कुछ सोचा, फिर कहा, ''हां, शायद रुके, पर पहुंचेगी रात के एक-दो बजे। हम लोग गहरी नींद में सो रहे होंगे। स्टेशन कब आकर निकल जाएगा, पता भी नहीं लगेगा। और अब अपना रखा ही क्या है वहां?''

मां के चेहरे पर खिसियाहट-सी दौड़ गई। बोलीं, ''तुम्हारे लिए पहले भी वहां क्या रखा था?''

मेरी बात से मां को चोट पहुंची थी। बिना और कुछ बोले मैं सिर झुकाकर अपनी पुस्तक के पन्नों में उलझ गया।

धीरे-धीरे अंधेरा छाने लगा। मां ने पोटली खोलकर खाने के लिए कुछ निकाला। मेरे एक दूर के मामाजी हमारे साथ थे। तीनों ने मिलकर कुछ खाया और सोने की तैयारी करने लगे। मामाजी तो दस मिनट में ही खर्राटे भरने लगे। मैं भी एक ओर उढ़क गया। मां वैसी ही बैठी रहीं।

कुछ देर बाद एकाएक मेरी आंख खुली तो देखा, मां वैसे ही बाहर फैले हुए अंधेरे की

ओर निष्पलक देखती हुई बैठी हैं। घड़ी देखी, साढ़े दस बज गए थे। मैंने कहा, ''मां, तुम भी लेट जाओ न!''

''अच्छा।'' उनके मुंह से निकला और वे अधलेटी-सी हो गईं।

उस अधनींदी अवस्था में मैंने कोई स्वप्न देखा, ऐसा तो मुझे याद नहीं आता, पर उस नींद में भी कुछ घबराहट अवश्य होती रही थी। शायद किसी अस्पष्ट स्वप्न की ही घबराहट हो। कोई लाल-सी तरल चीज़ मुझे अपने चारों ओर फिरती अनुभव होती थी। और मुझे लग रहा था, उस लाल-लाल गाढ़ी-सी चीज़ पर मेरे पैर फच-फच पड़ रहे हैं। फिर एकाएक मैं हड़बड़ाकर उठा। मां मुझे झकझोर रही थीं। अजीब-सी घबराहट और उत्तेजना से उनके हाथ कांप रहे थे।

''क्या है?''

''देखो, यह बाहर शोर कैसा है?''

मैंने बाहर झांककर देखा। हमारी गाड़ी छोटे-से स्टेशन पर खड़ी थी। प्लेटफॉर्म पर लैम्प-पोस्टों की हल्की-हल्की रोशनी थी और अजीब-सा कोलाहल वहां छाया हुआ था। एकबारगी मेरा रोयां-रोयां कांप उठा। चौदह साल पहले की अनेक सुनी-सुनाई घटनाएं बिजली बनकर कौंध गईं, जब दंगाइयों ने कितनी गाड़ियों को जहां-तहां रोककर लोगों को गाजर-मूली की तरह काट डाला था। मामाजी भी जागकर मेरा कंधा हिला रहे थे—

''अरे, क्या बात है?''

तभी मेरे कानों में आवाज़ पड़ी। उस भीड़ में से कोई चिल्ला रहा था—''अरे, इस गाड़ी में कोई सराई का है?''

''यह कौन-सा स्टेशन है?'' मैंने मां से पूछा।

मां ने कहा, ''सराई... अपने गांव का स्टेशन।''

बाहर से फिर आवाज़ आई, ''अरे, इस गाड़ी में कोई सराई का है?''

मैंने मां की ओर देखा। उनके चेहरे पर पूर्ण आश्वस्तता थी।

''पूछो इनसे, क्या बात है?''

मैंने खिड़की से गरदन निकाली। बहुत-से लोग घूमते हुए पुकार रहे थे, ''अरे, कोई सराई का है?''

पास से जाते हुए एक आदमी को बुलाकर मैंने पूछा, ''क्या बात है जी?''

''आप में कोई इस गांव का है?''

''हां, हम हैं इस गांव के...'' मां आगे आकर बोलीं।

''तुम सराई की हो?'' उस आदमी ने ज़ोर देकर पूछा।

''हां जी।''

मां के इतना कहते ही स्टेशन पर चारों ओर शोर मच गया। इधर-उधर घूमते हुए बहुत-से आदमी हमारे डिब्बे के सामने जमा हो गए। फिर कई आवाज़ें एक साथ आईं।

"तुम सराई की हो?"

"हां जी, हम सराई के ही हैं..." मां ने ज़ोर देकर कहा, "इसी गांव के।"

उपस्थित जनसमुदाय में एक कोलाहल-सा हुआ। किसी की आवाज़ आई, "तुम किसके घर से हो?"

मां ने मेरी ओर देखा। मैंने कहा, "मेरे पिताजी का नाम सरदार मूलासिंह है। ये मेरी मां हैं।"

"तुम मूलासिंह के बेटे हो," कई लोग एक साथ चिल्लाए, "तुम मूलासिंह की बीवी हो... रवेल सिंह की भाभी? कैसे हैं सब लोग...?" कहते-कहते कितने ही हाथ हमारी ओर बढ़ने लगे। लोग हमारे संबंधियों में सबकी कुशल-क्षेम पूछते हुए अपने हाथ की पोटलियां मुझे और मां को थमाते जा रहे थे। उनमें बादाम, अखरोट, किशमिश आदि सूखे मेवे बंधे हुए लग रहे थे। मैं और मां गुमसुम-से उन्हें ले-लेकर अपनी सीट पर रखते जा रहे थे। देखते-देखते हमारी बर्थ छोटी-छोटी कपड़ों की पोटलियों से भर गई।

मैं हक्का-बक्का-सा यह सब देख रहा था। मां अपने सिर का कपड़ा बार-बार संभालती हुई हाथ जोड़ रही थीं। खुशी से उनके होंठ फड़फड़ा रहे थे। मुंह से निकल कुछ भी न रहा था और लगता था, आंखें अभी चू पड़ेंगी।

वहीं खड़े गार्ड ने हरी लालटेन ऊपर उठाई और कोट की जेब से सीटी निकाली। मैंने देखा, तीन-चार आदमियों ने उसे पकड़-सा लिया।

"अरे बाबू, दो-चार मिनट और खड़ी रहने दे न गाड़ी को! देखता नहीं, यह बीबी इसी गांव की है...।" और एक ने उसका लालटेन वाला हाथ पकड़कर नीचे कर दिया।

"भरजाई, सरदारजी कैसे हैं? उन्हें क्यों नहीं लाईं पंजेसाहब दर्शन कराने?" एक बूढ़ा-सा मुसलमान पूछ रहा था।

मां ने दोनों हाथों से सिर का कपड़ा और आगे कर लिया, उनके मुंह से धीरे-से निकला, "सरदारजी नहीं रहे..."

"क्या...? मूलासिंह गुज़र गए? क्या हुआ था उन्हें?"

मां चुप रहीं, मैंने जवाब दिया, "उनके पेट में रसौली हो गई थी। एक दिन अचानक फूट गई और दूसरे दिन पूरे हो गए।"

"ओह, बड़े ही नेक बन्दे थे! खुदा उन्हें अपनी दरगाह में जगह दे!" उनमें से एक ने अफसोस प्रकट करते हुए कहा। कुछ क्षण के लिए सब में खामोशी छा गई।

"भरजाई, तेरे बच्चे कैसे हैं?"

"वाहेगुरु की किरपा है, सब अच्छे हैं।" मां ने धीरे-से कहा।

"अल्लाह उनकी उम्र दराज़ करे!" कई आवाज़ें एक साथ आईं।

"भरजाई, तुम अपने बच्चों के लेकर यहां आ जाओ।" किसी एक ने कहा, और कितनों ने दुहराया, "भरजाई, तुम लोग वापस आ जाओ... वापस आ जाओ।" प्लेटफॉर्म पर खड़ी कितनी

आवाज़ें कह रहीं थीं—

''वापस आ जाओ।''

''वापस आ जाओ।''

मैंने सुना, मेरे पीछे खड़े मामाजी कुढ़ते हुए कह रहे थे, ''हूं... बदमाश कहीं के! पहले तो हमें मार-मारकर यहां से निकाल दिया, अब कहते हैं वापस आ जाओ... लुच्चे!''

पर प्लेटफॉर्म पर खड़े लोगों ने उनकी बात नहीं सुनी थी। वे कहे जा रहे थे—

''भरजाई, तुम अपने बच्चों को लेकर वापस आ जाओ। बोलो भरजाई, कब आओगी? अपना गांव तो तुम्हें याद आता है? भरजाई, वापस आ जाओ...''

मां के मुंह से कुछ नहीं निकल रहा था। वे सिर का कपड़ा संभालते हुए हाथ जोड़े जा रही थीं।

दूर खड़ा गार्ड हरी लालटेन दिखाता हुआ सीटी बजा रहा था।

इंजन ने सीटी दी। गाड़ी फक-फक करती हुई चल दी। भीड़ की भीड़ हमारे डिब्बे के साथ चल दी।

''अच्छा भरजाई, सलाम... अच्छा बेटे, सलाम... रवेल सिंह को मेरा सलाम देना... सबको हमारा सलाम देना।''

मां के हाथ जुड़े हुए थे और मुंह से गद्‌गद् स्वर में धीरे-धीरे कुछ निकल रहा था। धीरे-धीरे गाड़ी कुछ तेज़ हो गई। हम दोनों खिड़की से सिर निकाले हाथ जोड़े रहे। भीड़ के लोग वहीं खड़े हाथ ऊपर उठाए चिल्लाते रहे।

गाड़ी स्टेशन के बाहर निकल आई तो मैंने बर्थ से पोटलियां हटाकर एक ओर कीं और मां से कुछ कहने के लिए उनकी ओर देखा।

मां की आंखों से आंसुओं की अविरल धार बह रही थी, बहे जा रही थी। वे बार-बार दुपट्टे से आंखें पोंछे जा रही थीं, पर टूटे हुए बांध का पानी बहता ही जा रहा था।

हमारी गाड़ी जेहलम के पुल पर आ गई थी। रात्रि की उस नीरवता में खडर...खडर की तेज़ आवाज़ आ रही थी। मैं खिड़की से झांककर जेहलम का पुल देखने लगा। मैंने सुना था, जेहलम का पुल बहुत मज़बूत है। पत्थर और लोहे के बने उस मज़बूत पुल को अंधेरे में मैं देख रहा था। मेरी दृष्टि और नीचे की ओर भी जा रही थी। वहां अंधेरा घुप था, पर मैं जानता था वहां पानी है, जेहलम नदी का कल-कल करता हुआ स्वच्छ और निर्मल पानी, जो उस पत्थर और लोहे के बने हुए पुल के नीचे से बह रहा था।

(1961)

विपर्यय

जिस समय दिनेश प्रोफेसर साहब के कमरे में पहुंचा, वहां परीक्षा-भवन वाला सन्नाटा छाया हुआ था। वह एकदम ठिठक गया। प्रोफेसर साहब दरवाज़े की ओर पीठ किए अपनी कुर्सी पर गुमसुम बैठे थे और सामने सोफे पर आंखें झुकाए माला बैठी थी। लगता था जैसे काफी देर से वे लोग ऐसे चुपचाप बैठे हों। पर दिनेश की आहट पाकर दोनों चौंके, माला की आंखें उठीं और प्रोफेसर साहब ने घूमकर पीछे देखा।

"हलो दिनेश..." प्रोफेसर साहब के मुंह से निकला, "कम आन... कम आन।" उनकी आवाज़ में कितनी ठंडी संजीदगी थी और माला अब अपनी आंखों को रूमाल से रगड़ रही थी। परन्तु दिनेश ने देख लिया था उन आंखों को जो रूमाल के नीचे छुपाई जाने से पहले एक बार अचकचाई हुई दिनेश की ओर उठ चुकी थीं। मोटी-मोटी उन आंखों की पलकों के बाल आपस में जुड़ गए थे, और काली-सफेद पुतली में तरल लालिमा किस तरह झांक रही थी!

दिनेश दाईं ओर वाली कुर्सी पर चुपचाप बैठ गया। फिर एक खामोशी छा गई। प्रोफेसर साहब मेज़ पर रखी हुई किताबों की ओर देख रहे थे। माला अपनी आंखों की तरल लालिमा रगड़-रगड़ कर निकाल रही थी, और दिनेश कभी फर्श, कभी माला और कभी प्रोफेसर की ओर बड़ी बेचैन निगाहों से देख रहा था।

फिर एक आवाज़ उस कमरे में गूंजी, "अच्छा सर, मैं जाती हूं।"

चुपचाप बैठी हुई मूर्तियां अपने ही स्थानों पर हिलीं। माला खड़ी हो गई। प्रोफेसर के मुंह से धीरे-से निकला, "अच्छा।"

और दिनेश सामने वाले सोफे पर बैठने को उतावला हो उठा।

प्रोफेसर साहब ने दिनेश की ओर देखा। तैंतीस करोड़ देवताओं में भिक्षा का भी एक देवता अवश्य होगा, और उस देवता की शक्ल बिल्कुल दिनेश जैसी ही होगी।

"कहो... क्या हाल है...?" प्रोफेसर साहब ने मुस्कराने की कोशिश की।

''सर, मैं रत्ना के बिना ज़िन्दा नहीं रह सकता।'' उस देवता की आवाज़ भी वैसी ही होगी जैसी इस समय दिनेश के मुंह से निकल रही थी।

''सर, आप मेरे लिए कुछ करिए।''

''देखो दिनेश,'' प्रोफेसर साहब बोले,'प्रेम में जबरदस्ती तो चल नहीं सकती। रत्ना को बुलाकर मैंने पूछा था, वह कहती है उसने तुमसे कभी प्रेम नहीं किया, खाली हमदर्दी रखती थी। उसने अपने लिए एक साथी चुन भी लिया है। वह उसके साथ घूमती-फिरती है। बहुत संभव है, उसके साथ उसकी शादी भी हो जाए। ऐसी हालत में उसे तुम्हारी चिन्ता भी क्यों होगी?''

दिनेश चुपचाप बैठा था। जीभ फेरकर बार-बार गीले किए उसके होंठ सूखते जा रहे थे और कुछ क्षण पूर्व की सूखी आंखें अब तरल हो गई थीं।

''सर, उसने मेरे साथ प्यार के बड़े-बड़े वायदे किए थे। दिल की गहराइयों में बैठ गई थी और अब कहती है, वह खाली हमदर्दी रखती थी। वह चाहे मुझसे खेलती रही हो पर मैं तो पूरी तरह सीरियस था। उसके बगैर मुझे ज़िन्दगी काटने दौड़ती है...मैं कैसे ज़िन्दा रहूंगा?''

कुछ क्षणों के लिए फिर खामोशी छा गई। फिर प्रोफेसर साहब ने पूछा,''तुम रत्ना के लिए ही ज़िन्दा रहना चाहते हो?''

''जी... सिर्फ उसके लिए।'' दिनेश इतनी जल्दी बोला जैसे किसी भूखे से पूछा गया हो, तुम खाना खाना चाहते हो।

''तुम्हारे घर में कितने लोग हैं?''

''जी... '' दिनेश जैसे उनके प्रश्न को फिर से सुनना चाहता था क्योंकि अपने उत्तर के प्रत्युत्तर में उसने इस प्रश्न की तो अपेक्षा नहीं की थी।

''कितने लोग हैं तुम्हारे घर में?''.... प्रश्न स्पष्ट था।

''माता-पिता है, एक भाई है, दो बहनें हैं।''

''इनमें तुम्हें ऐसा एक भी नज़र नहीं आता जिसके लिए तुम ज़िन्दा रह सको।''

अजीब प्रश्न है! दिनेश प्रोफेसर साहब की ओर देखता रहा। दुनिया में नौजवान कहीं माता-पिता और भाई-बहनों के लिए भी जिन्दा रहते हैं?

उसे कोई उत्तर नहीं सूझा।

प्रोफेसर साहब ने फिर पूछा,''तुम्हारे पिताजी क्या करते हैं?''

'रेलवे में नौकरी करते थे। तीन-चार महीने हुए रिटायर हो गए हैं। ''

''अपने भाई-बहनों में सबसे बड़े हो?''

''जी, हां।''

''क्या उमर है तुम्हारी?''

दिनेश कुछ क्षण चुप रहा, फिर बोला,''यही पचीस-छब्बीस।''

''पचीस-छब्बीस?'' प्रोफेसर साहब चौंककर बोले, ''और अभी बी. ए. में पढ़ रहे

हो...? लोग तो अट्ठारह साल की उमर में बी. ए. पास कर लेते हैं। तुमने इतने साल कहां बर्बाद किए?''

प्रोफेसर साहब ये कैसे सवाल करने लगे! भला इन सवालों का उसके और रत्ना के प्रेम से क्या सम्बन्ध? पर किया क्या जाए! प्रोफेसर हैं, जवाब तो देना ही पड़ेगा।

वह कुढ़ता हुआ बोला, ''सर, दो-तीन बार मैट्रिक में फेल हो गया था और... और बी. ए. में भी दो-एक साल ज़्यादा लग गए।''

''हूं... अच्छा... कहीं कुछ नौकरी-वौकरी करते हो?''

''शाम को एक पार्ट-टाइम जाब था। कुछ दिन हुए छोड़ दिया।''

''क्यों?''

''दिल नहीं लगता किसी काम में,'' दिनेश ने एक लम्बी सांस खींची और छोड़ दी।

''देखो दिनेश,'' प्रोफेसर साहब बोले, ''हम लोग समझते हैं, स्त्रियां बहुत भावुक होती हैं। यह ठीक भी है। पर इस भावुकता के साथ-साथ उनमें अपने लिए एक व्यावहारिक दृष्टिकोण भी होता है। हर लड़की प्रेम के साथ-साथ जीवन में सुरक्षा चाहती है, विशेष रूप से आर्थिक सुरक्षा। क्या तुम रत्ना को यह सुरक्षा दे सकते हो? जिस लड़के से वह शादी करने जा रही है, वह बी. एस-सी. पास करके किसी तेल कम्पनी में ट्रेनिंग ले रहा है, साथ ही उसे तीन सौ रुपए महीना भी मिलते हैं। ट्रेनिंग पूरी हो जाने के बाद उसे सात-आठ सौ रुपए महीना मिलेंगे। तुम्हारी इतनी उमर हो गई है और अभी तक बी. ए. से भी नहीं निकले। आगे क्या करोगे! मेरी सलाह मानो, कुछ समय के लिए यह प्रेम-व्रेम भूल जाओ। मन लगाकर पढ़ो और अपने पैरों पर खड़े हो जाओ।''

प्रोफेसर साहब अपनी लम्बी स्पीच देकर चुप हो गए। दिनेश ने सब सुन डाला। प्रोफेसरों को लेक्चर देने की आदत होती है और विद्यार्थियों को सुनने की।

कुछ देर बाद दिनेश उठा और चलने को हुआ तो धीरे-से बोला, ''सर, हो सके तो रत्ना को समझाएगा। उस लड़के के पास दौलत होगी, पर मेरे पास दिल की दौलत है। और यह उसे कहीं नहीं मिलेगी।''

प्रोफेसर साहब ने एक नज़र दिनेश की तरफ देखा और फिर दूसरी ओर देखने लगे। दिनेश उनके कमरे से बाहर निकल गया।

कालेज के एक ओर बने स्टाफ-क्वार्टर से निकल कर वह गैलरी की ओर मुड़ा ही था कि उसे 'गर्ल्स कामन रूम' से निकलती हुई माला दिखाई दी। इस समय उसका चेहरा साफ धुला हुआ था, केशराशि व्यवस्थित थी और ओठों पर हल्की-सी लिपस्टिक थी। दोनों की नज़रें एक दूसरे से मिलीं। दोनों की नज़रों से गहरी मायूसी टपक रही थी।

दिनेश के मुंह से अनायास ही निकला, ''हलो माला?''

माला के मुंह से निकला, ''हलो दिनेश?''

फिर दोनों साथ-साथ चलने लगे। कालेज में माला और सतबीर की बात सभी जानते थे और दिनेश और रत्ना की बात भी किसी से छिपी नहीं थी। चलते-चलते दिनेश ने पूछा, ''क्या हाल है सतबीर का?''

माला ने एक ठंडी सांस ली, फिर दूसरी ली, फिर तीसरी और कुछ नहीं बोली। पर इन तीन ठंडी सांसों में दिनेश को अपने प्रश्नों का उत्तर मिल गया।

कुछ देर बाद माला ने पूछा, ''रत्ना कैसी है?''

दिनेश ने भी वही किया—एक सांस, दूसरी सांस, तीसरी सांस। माला भी समझ गई और चुप रही।

अब दोनों कालेज की कैंटीन के पास से गुज़र रहे थे।

दिनेश ने कहा, ''लैट्स हैव ए कप आफ टी।''

माला ने एतराज़ नहीं किया। दोनों कैंटीन की एक कैबिन में जा बैठे।

चाय आ गई।

दिनेश ने पूछा, ''सुना है, सतबीर की सगाई हो गई है?''

माला ने उठाया हुआ कप प्लेट पर रख दिया। उसकी आंखें छलछला आईं। पर्स खोलकर उसने रूमाल निकाला और आंखें पोंछने लगी।

दोनों कुछ देर चुप बैठे रहे, दिनेश ने सिगरेट का धुआं ओठों को गोल कर धीरे-धीरे निकाला और बड़ी मायूसी के स्वर में बोला, ''यह भी कोई ज़िन्दगी है? इससे तो मर जाना अच्छा है। जब प्यार ही न रहा तो क्या रहा?''

सिगरेट उसने बाएं हाथ की उंगलियों में ले ली ओर दाएं हाथ में प्याला उठाकर एक चुस्की ली।

माला प्याले को एकटक देख रही थी। उसमें की चाय वैसी ही पड़ी थी। फिर वह धीरे-से बोली, ''मैं तो मरने ही गई थी। मुझे सर ने बेकार ही बचा लिया।''

''आखिर सतबीर ने तुम्हारे साथ ऐसा क्यों किया? इतने दिन तुमसे प्यार का नाटक करने के बाद सगाई दूसरी लड़की से कर ली।''

''मैंने उसके लिए क्या नहीं किया?'' माला बोली, ''उसके लिए घरबार छोड़ने को तैयार हुई। जाति-बिरादरी की परवाह नहीं की। और अब वह कहता है, मैंने तुमसे प्यार नहीं, खाली दोस्ती की थी। यह सुनकर मुझे कितना सदमा पहुंचा। मैं तो समुद्र में उसी जगह डूबने गई थी जहां सतबीर ने मुझसे सैकड़ों वादे किए थे। मैंने सोचा था, उसी जगह अपनी जान दूंगी पर वह प्रोफेसर साहब को लेकर वहां पहुंच गया, और ये मुझे पकड़ लाए।''

''प्रोफेसर साहब सतबीर को समझाते क्यों नहीं?''

''वे कहते हैं, उसे भूल जाओ, उसमें गट्स नहीं हैं। वह अपने मां-बाप का विरोध नहीं कर सकता। तुम भी अपने मां-बाप की इच्छा से कहीं शादी कर लो। पर मैं... सतबीर के बिना ज़िन्दा

नहीं रह सकती...मैं ज़रूर डूब मरूंगी।''

''मैं भी रत्ना के बिना ज़िन्दा नहीं रह सकता?'' दिनेश सिगरेट की राख झाड़ते हुए बोला।

''पर वह तो किसी और लड़के के साथ घूमती-फिरती है।'' माला ने कहा।

''हां, मैं सब जानता हूं। उसे पैसा चाहिए। मैं कुछ कमाता नहीं । वह लड़का आज तीन सौ कमाता है, कल सात सौ कमाएगा। मैं रेल के नीचे कट मरूंगा।''

दोनों चुप होकर विचारों में डूब गए। फिर माला बड़े गम्भीर स्वर में बोली,''देखो दिनेश, रेल से कटकर न मरना, उसमें बड़ी तकलीफ होती है।''

''क्या तकलीफ होती है? उसमें तो सब काम एक झटके में खत्म हो जाता है।''

''नहीं... नहीं, रेल से कटकर मरना अच्छा नहीं। कितना खून निकलता है। हड्डियों का मलीदा बन जाता है। ना बाबा, मुझे तो कल्पना मात्र से ही घिन लगती है। डूबकर मरना बहुत अच्छा है।''

''खाक अच्छा होता है डूबकर मरना। डूबकर मरने से बचने की बड़ी रिस्क होती है। पहले तो जब पानी नाक में जाता है तो बड़ी तकलीफ होती है। दूसरे बेहोशी की हालत में लहरों ने उठाकर किनारे फेंक दिया तो आप तो समझें हम मर गए हैं पर आंख खुली तो पाया किसी अस्पताल में पड़े है। रेल से कटने पर यह रिस्क तो नहीं है।''

''नहीं-नहीं दिनेश, रेल का नाम मत लो। यह याद करके तो मुझे उल्टी आती है।''

''तो तुम डूबने का नाम मत लो। वह याद करके तो मेरा दम घुटने लगता है।''

''फिर अच्छा तरीका क्या है?'' माला ने पूछा। दिनेश गम्भीर भाव से कुछ सोचता रहा, फिर बोला,''ज़हर खाना सबसे अच्छा उपाय है।''

''पर ज़हर मिलेगा कहां?'' माला तिनककर बोली,''अब तो ज़हर में भी मिलावट होती है। तुमने पेपर में नहीं पढ़ा, कहीं पर दो प्रेमियों ने ज़हर खाकर आत्महत्या करनी चाही, पर जो ज़हर उन्होंने खाया उसमें मिलावट थी, इसलिए बच गए।''

दिनेश सोच में पड़ गया। उसने बैरे को बुलाकर दो कप चाय का और आर्डर दिया, और अपनी सिगरेट सुलगाई।

''सुनो, मैंने सुना है कि इन साइंस वालों के पास बहुत-से ज़हर होते हैं,'' माला बोली।

''होते हैं, पर मुसीबत यह है कि हम दोनों आर्ट्स के स्टूडेंट हैं।''

फिर कुछ सोचकर दिनेश बोला,''हां, अलबत्ता मेरा एक दोस्त मेहरा बी. एस-सी. में है। उससे कहूंगा। शायद वह कुछ इन्तज़ाम कर दे।''

''हां, ज़रूर कहो। '' माला ने उत्साहित होकर कहा,''थोड़ा-सा कोई तीखा ज़हर ले लो। हम दोनों खा लेंगे। मैंने तो सुना है, एक ज़हर ऐसा होता है जिसे जबान पर रखते ही आदमी मर जाता है।''

''हां, होता तो है।''

"तो फिर वही लाना।"

"अच्छा, मैं कोशिश करूंगा।"

"ज़रूर करना दिनेश... प्लीज़।"

दूसरे दिन कालेज में माला ने दिनेश से इशारे से पूछा, "कुछ हुआ?"

"हो जाएगा।" दिनेश ने आश्वासन देते हुए कहा, "पर ज़रा ढंग से करना पड़ेगा। मेहरा को भी तो शक नहीं होना चाहिए। कुछ बहाना करना पड़ेगा।"

माला और दिनेश रोज़ कालेज में मिलते। माला उत्सुक नेत्रों से वही पूछती। दिनेश काम बन जाने का भरोसा दिलाता और मुस्कराता।

माला भी मुस्कराती। दोनों उत्साहपूर्वक अपने मरने की योजनाएं बनाने के लिए किसी मद्रासी होटल में आ बैठते। दिनेश सादा डोसा मांगता, माला मसाला डोसा मंगाती। दिनेश बड़ा चटनी मंगाता। माला बड़ा सांभर मंगाती। दिनेश कॉफी मंगाता, माला चाय मंगाती। दिनेश कहता—

"मरने से पहले मैं रत्ना को एक चिट्ठी लिख जाऊंगा। लिखूंगा, ऐ बेवफा औरत, देख, किस तरह तेरे प्यार का दीवाना मौत को गले लगाने चला है। तू पैसे की दुनिया में रंगरेलियां मना, मैं दिल की दुनिया लेकर किसी दूसरी दुनिया में जा रहा हूं।"

माला भी एक पत्र छोड़ जाने का इरादा रखती थी। परन्तु उसका निश्चय था कि वह केवल दो वाक्य लिखेगी, "सतबीर, तू बुज़दिल होकर ज़िन्दा रह, मैं बहादुरी की मौत मर रही हूं। तू मुझे भूल जाएगा, पर मैं तुझे मरकर भी नहीं भूलूंगी।"

और उनकी ये योजनाएं पता नहीं कब तक पकती रहीं। ज़हर की खोज बराबर जारी रही और उस खोज के दरम्यान दिनेश और माला चाकलेट की गोलियां लेकर एक दूसरे को खिलाते रहे।

कहते हैं, एक मूर्तिकार गणेश की मूर्ति बनाने बैठा। भूल से सूंड पूंछ की जगह लग गई और वह बन्दर बन गया। पर संभव है, उससे एक गलती और हुई हो। जब वह बन्दर बनाने बैठा हो तो पूंछ सूंड की जगह लग गई हो और बन्दर से गणेश बन गया हो।

लगता है, यह प्रेम का देवता भी कोई ऐसा ही भुलक्कड़ मूर्तिकार है।

एक दिन प्रोफेसर साहब एक अंग्रेजी पिक्चर देखने पहुंचे। उसी समय पहला शो समाप्त हुआ। उन्होंने देखा, बाल्कनी की सीढ़ियों से दिनेश और माला उतर रहे हैं। सीढ़ियों पर ज़्यादा भीड़ नहीं थी, न ही उन पर कोई फिसलन थी। फिर भी दिनेश ने माला की एक अनावृत बांह को अपने हाथ से थाम रखा था, जैसे वह उसे अगल-बगल से उतरती हुई भीड़ के धक्कों से या सीढ़ियों पर पड़े बरसाती पानी की फिसलन से बचा रहा हो और माला भी उसके साथ सटी हुई थी, जैसे वह भी भीड़ और फिसलन को महसूस कर रही हो।

(1961)

वह

देवराज पार्लियामेंट का सदस्य चुन लिया गया। अखबारों ने लिखा—वह संसद का सबसे कम उम्र का सदस्य है। चुनाव से पहले गली-गली, कूचे-कूचे में उसके नाम के नारे लगते रहे, जुलूस निकलते रहे और नौजवान पागलों की तरह चिल्लाते रहे—

जीतेगा भई जीतेगा... देवराज जीतेगा।

और देवराज जीत गया। उसने अपने से दुगनी आयु के एक ऐसे व्यक्ति को हराया जो गत दस वर्ष से संसद का सदस्य था। और हराया भी कुछ कम वोटों से नहीं, पूरे पचास हजार वोटों से।

उस तीसवर्षीय देवराज के जुलूस निकाले गए, जगह-जगह पर उसका स्वागत हुआ। उसके समर्थकों ने अपने भाषणों में कहा—

"यह विजय देवराज की नहीं, तरुणाई की विजय है, उस बूढ़ी पीढ़ी के खिलाफ, जो गद्दी से चिपकी रहना चाहती है, जो नौजवानों को आगे नहीं बढ़ने देना चाहती।"

और देवराज को लगा, जैसे उसकी आंखों में, उसके रोम-रोम में एक नशा उतर गया है, एक तेज़ नशा, जिसके असर से उसका अंग-अंग झूम रहा है। उसे लगा, वह अपने चारों ओर फैल-सा गया है। जहां वह खड़ा होता है, ज़्यादा जगह घेरता है, जहां बैठता है, ज़्यादा जगह घेरता है। उसके सामने उसकी उम्र के लोग, उसकी उम्र से बड़े लोग दबे-दबे-से, सिकुड़े-सिकुड़े-से बैठे रहते हैं।

देवराज संसद का सदस्य बन गया। बड़ी छोटी उम्र से ही उसने राजनीति में रुचि लेनी शुरू कर दी थी। उसकी वाणी में बड़ा ओज था। वह घंटों धाराप्रवाह भाषण दे सकता था। उसके तर्कों में बड़ा बल था। उसका अध्ययन भी गहरा था। अपने विरोधी पक्ष की जब वह आलोचना शुरू करता तो जनता मंत्रमुग्ध की तरह उसे सुनती रहती। जब तह अपने पक्ष के समर्थन में दलीलें पेश करने लगता तो वातावरण तालियों की गड़गड़ाहट में डूब जाता। और जब वह अपने भाषण

में छोटे-छोटे चुटकुले सुनाता तो लोग हंसते-हंसते दोहरे हो जाते।

धीरे-धीरे उसकी ख्याति बढ़ती गई। उसकी पार्टी में उसका महत्व बढ़ता गया। पार्टी के बड़े-बड़े नेताओं के नाम पर जितनी जनता एकत्र होती, देवराज के भाषण की घोषणा होती तो उससे दुगनी हो जाती। जिस सभा में वह बैठा होता, लोग उसका नाम ले-लेकर शोर मचाते, उसे बोलने के लिए मजबूर करते और जैसे ही वह माइक्रोफोन पर आता, सारा सभा-मंडप तीव्र कोलाहल से भर जाता। फिर वह बड़ी अदा से मुस्कराता। अपने बाएं हाथ से माइक के रॉड को इधर-उधर खिसकाता तो सारा कोलाहल बैठ जाता, जैसे किसी सख्त मास्टर के आ जाने से शोर करते हुए बच्चे चुप हो गए हों।

अपनी पार्टी के नशे में देवराज सब कुछ भूल गया। एक नौजवान की ज़िंदगी में बहुत-सी चीज़ें होती हैं, खाने-पीने, पहनने-ओढ़ने के बहुत-से शौक होते हैं। पर देवराज की ज़िंदगी में पार्टी के अलावा कोई चीज़ नहीं थी। उसे कोई शौक नहीं था। उसकी कोई निजी आकांक्षा नहीं थी। एक साधारण-सा पाजामा-कुर्ता उसकी वेशभूषा बन गई। पार्टी के कार्यालय में बना हुआ जैसा-तैसा भोजन ही उसकी भूख के लिए काफी हो गया। उसका सोना-जागना, उठना-बैठना सब कुछ पार्टीमय बन गया।

आम चुनावों में पार्टी ने उसे संसद का चुनाव लड़ने के लिए चुना। उसका विरोधी राजनीति का एक छंटा हुआ खिलाड़ी था। उसने सुना तो हंस दिया—"कल का छोकरा मेरे मुकाबले में खड़ा हो रहा है। बच्चू की जमानत जब्त न कराई तो बात नहीं।"

पर उसकी स्वयं की जमानत ही मुश्किल से बच पाई। सारे नगर में देवराज का डंका पिट गया। वह अपनी पार्टी के प्रचार के लिए देश भर में घूमता फिरा और उसके समर्थकों ने उसके नाम को घर-घर में पहुंचा दिया।

देवराज चुनाव जीत गया। तीस वर्ष का नौजवान संसद का सदस्य बन गया। लोगों ने कहा, इतनी कम आयु और इतनी उन्नति? आगे चलकर वह बहुत बड़ा नेता बनेगा। और देवराज भी कुछ ऐसा ही सोचने लगा। उसे लगा, सचमुच वह कोई बहुत बड़ा काम करने के लिए ही पैदा हुआ है। नहीं तो उसकी आयु के लोग अभी ठीक से बात भी करना नहीं जानते। फिर उसकी नज़र से उसकी आयु के, उसकी आयु से कुछ बड़े लोग हल्के-फुल्के पत्तों की तरह डोलते हुए गुज़रने लगते—कोई क्लर्क है, कोई अध्यापक है, कोई दुकानदार है, कोई छोटा-मोटा वकील है, और कितने ही छोटी-छोटी नौकरियां ढूंढ़ रहे हैं।

और वह है संसद सदस्य। जहां देश के बड़े-बड़े नेता बैठते हैं। जहां से देश का शासन किया जाता है। जहां से देश के लिए कानून बनते हैं। जो जगह लाखों रुपये खर्च करके भी नहीं पाई जा सकती। वह कुल तीस वर्ष का है, पर संसद का सदस्य बन गया है। कितनी छोटी आयु, कितनी बड़ी बात।

पार्टी की अखिल भारतीय कार्यकारिणी ने उसे मंत्री बना दिया। वह देश भर का दौरा करने

लगा। जहां जाता, उसकी पार्टी के लोग उसका स्वागत करते, उसका जुलूस निकालते, उसके सम्मान में बड़ी-बड़ी दावतें देते।

ऐसे ही दौरा करते-करते देवराज एक बड़े शहर में आया। यहां भी उसका स्वागत हुआ। पार्टी-कार्यकर्ताओं की एक मीटिंग में उसका भाषण हुआ। भाषण प्रभावशाली था। उसका भाषण प्रभावशाली तो होता ही था। पार्टी के स्थानीय नेताओं ने उसकी प्रशंसा के पुल बांध दिए। देवराज को लगा, वह कुछ और फैल गया है। वह जहां खड़ा है, उसके चारों ओर की कितनी ही जगह केवल उसके व्यक्तित्व से ही घिरी हुई है।

एक नामी होटल में पार्टी के कुछ प्रतिष्ठित समर्थकों की ओर से उसे एक दावत दी गई। पार्टी के कुछ गिने-चुने नेता और पार्टी के टिकट पर चुने गए असेम्बली और नगरपालिका के कुछ सदस्य उस दावत में शामिल हुए। होटल के एक बड़े-से हाल के एक ओर वह दावत हुई। हाल के दूसरे भागों में दूसरे ग्राहकों का आना-जाना होता रहा। देवराज बीच में बैठा था। उसके दाएं-बाएं बड़े-बड़े नेता बैठे थे। उसके सामने की पंक्ति में बड़े-बड़े लोग बैठे थे। और सब के सब उसी की ओर देख रहे थे, उसी की बातें सुन रहे थे। खाते-खाते वह बातें करता जा रहा था। कभी कोई चुटकुला सुना देता तो सभी ओर हंसी के फौहारे फूट पड़ते। लोग एक-दूसरे से बढ़-चढ़कर हंसते। पार्टी की रीतिनीति के संबंध में प्रश्न पूछ रहे थे। वह सबका उत्तर बड़ी शांति से, बड़े अधिकार और विश्वास से दे रहा था। हर व्यक्ति उससे कुछ पूछना चाहता था, उसका ध्यान अपनी ओर आकर्षित करना चाहता था और वह सबकी ओर देख रहा था, सबको उत्तर दे रहा था।

खाना-पीना हो चुका तो पार्टी की स्थानीय शाखा के अध्यक्ष खड़े हुए। उनकी आयु पचास से ऊपर निकल गई थी। कितने ही वर्षों के सार्वजनिक जीवन की झलक उनके हर हाव-भाव से प्रगट हो रही थी। उन्होंने देवराज का स्वागत करते हुए कहा—''यह हमारा बड़ा सौभाग्य है कि श्री देवराज जी आज हमारे बीच में हैं। इतनी छोटी आयु में उन्होंने जिस प्रतिभा का परिचय दिया है वह हमारी पार्टी के लिए बड़े गर्व की चीज़ है। वे विरोधी पार्टी के एक बहुत बड़े नेता को हराकर संसद के सदस्य चुने गए हैं। संसद में सबसे कम आयु का सदस्य भेजना भी हमारी पार्टी का ही गौरव है। हमें पूरा विश्वास है कि देवराजजी के नेतृत्व में हमारी पार्टी के सदस्य संसद में अपना विशेष स्थान बनाएंगे। मैं इस महानगर में पार्टी की ओर से, आपकी ओर से और अपनी ओर से देवराजजी का हार्दिक स्वागत करता हूं और आशा करता हूं कि वे बीच-बीच में इस नगर में आकर हमारा मार्गदर्शन करते रहेंगे।''

अध्यक्ष बैठ गए। लोगों ने तालियां बजाकर उनकी बातों का समर्थन किया। फिर उससे कुछ कहने का निवेदन किया गया। वह कुछ देर गंभीर बना बैठा रहा, जैसे कुछ गंभीर चिंतन कर रहा हो। लोग उसकी ओर एकटक देखते रहे। वह धीरे-से उठा, चारों ओर एक नज़र दौड़ाई। उसे लगा—उसके सामने बहुत छोटे-छोटे लोग बैठे हैं, बिल्कुल बच्चे। या वह एक राजदरबार है। सामने और दाएं-बाएं बैठे हुए सभी लोग दरबारी हैं और वह उनके बीच में एक राजा है।

सब लोग टकटकी लगाए हुए उसे देख रहे थे।

उसने अपने संक्षिप्त भाषण में संयोजकों के प्रति कृतज्ञता प्रकट की। अपनी विजय को पार्टी की विजय बताया। पार्टी की भावी योजनाओं का संक्षेप में उल्लेख किया। पार्टी के उज्ज्वल भविष्य का लोगों को विश्वास दिलाया और बड़े प्रभावशाली शब्दों में लोगों से अपील की, वे पार्टी के काम में तन-मन-धन से जुट जाएं।

वह बैठ गया। एक बार फिर तालियां बजीं। लोगों की आंखों में देवराज उतर आया। लोगों के होंठों पर देवराज की मुस्कराहटें बिखर गईं। लोगों की सांसों में देवराज गतिशील हो उठा।

सारा वातावरण उसके ही अस्तित्व से भरा हुआ था। वह देख रहा था, उस हाल की दूसरे कोनों की मेज़ों पर बैठे हुए इस शहर के अमीरजादे और अमीरजादियां कनखियों से उसे ही देख रहे हैं, उसी की ओर इशारा कर रहे हैं... वह... वह।

जैसे वह हाल और कुछ नहीं, एक तालाब था और उसमें जल के स्थान पर देवराज ही भरा हुआ था।

फिर उस हाल में एक हल्की-सी हलचल हो उठी, जैसे तालाब में कोई पत्थर आ गिरा हो। सबकी नज़रें उसकी ओर मुड़ गईं जो अभी-अभी दरवाज़े से अंदर आया था। जिनकी पीठ दरवाज़े की ओर थी, उन्होंने ऐसे घूमकर देखा जैसे वहां बिजली गिरी हो। देवराज ने भी देखा। वह व्यक्ति गहरी नीली पैंट पर गहरे लाल रंग की कमीज पहने हुए था। उसके सिर के आगे के हिस्से के बाल किसी बैठी हुई चिड़िया की तरह उठे हुए थे। पिछले हिस्से में घने बालों का जाल-सा छाया हुआ था। उसकी आंखों से कैसी मस्ती टपक रही थी! उसके चेहरे पर कितना गौरव छाया हुआ था! वह सिगरेट पी रहा था और सिगरेट का टिन बाएं हाथ में पकड़े हुए था।

वह दरवाज़े से आगे बढ़ा तो सबकी आंखें उसी की ओर चलने लगीं। वह सबकी आंखों के बीच से ऐसे चलने लगा जैसे वे आंखें नहीं हैं, दोनों ओर खड़े हुए सैनिक हैं, जिनके बीच से वह सलामी लेता हुआ आगे बढ़ रहा है।

एकाएक उसकी आंखों में मुस्कराहट दौड़ गई और वह उस दावत में बैठे हुए एक व्यक्ति की ओर आगे बढ़ गया—

''हैलो देसाई साहब! कैसे हैं आप...?''

बूढ़े देसाई साहब हड़बड़ाकर उठ खड़े हुए। उन्होंने इस तरह उससे हाथ मिलाया जैसे किसी सम्राट से हाथ मिला रहे हों—

''अच्छा हूं, कुमार साहब! आपकी कृपा है।''

''अच्छा... अच्छा...।'' और उसने उन सबको अपनी मुस्कराती आंखों से ऐसे देखा जैसे बैठे हुए सभी लोग अबोध बच्चे हैं और वह आंखों ही आंखों से उन्हें पुचकार रहा है।

उसने देसाई साहब से फिर हाथ मिलाया और आगे बढ़ गया। बैठे हुए सभी लोग देखते रहे।

देवराज उसे देख रहा था। उसका जी चाह रहा था, वह उसे देखे, बार-बार देखे। पर वह है कौन? उसने अपने साथ ही बैठे हुए व्यक्ति से पूछा—

"यह कौन है..."

"आप नहीं जानते?" उसने इस तरह आश्चर्य से देवराज की तरफ देखा जैसे वह कुछ भी नहीं जानता है—"यह कुमार है, फिल्म जगत का मशहूर हीरो।"

देवराज ने बहुत कम फिल्में देखी थीं। पर कुमार का नाम उसने खूब सुन रखा था। उसने फिर उसकी ओर देखा। वह सामने की मेज़ पर बैठा हुआ एक बहुत सुंदर लड़की से मुस्कराता हुआ बातचीत कर रहा था।

और देवराज अपने आसपास बैठे लोगों की बातें सुन रहा था—

"आजकल तो कुमार की तूती बोल रही है।"

"इसकी हर पिक्चर हिट जा रही है।"

"यह तो जुबली स्टार है, लोग तो दीवाने हैं इसके पीछे।"

देसाई साहब अपने पास बैठे हुए व्यक्ति से कह रहे थे—"सत्ताईस साल का छोकरा है, पर आप जानते हैं, इसकी सालाना आमदनी कितनी है? एक करोड़ रुपये। अपनी पिछली पिक्चर के लिए मैंने इसे दस लाख दिए थे, पर अब पंद्रह लाख पर मनाया है, और वह भी बड़ी मुश्किल से। इस समय इसके पास पच्चीस पिक्चरें हैं। महीने में एक दिन 'डेट' देना भी इसके लिए मुश्किल है।"

देवराज ने देखा, उसके आसपास, आमने-सामने बैठे हुए सभी लोग आपस में खुसर-पुसर करते हुए कनखियों से उसी की ओर देख रहे हैं। उसने फिर उस ओर देखा। वह बार-बार उधर देखना चाहता था। वह बैठा उस लड़की से बातचीत कर रहा था। देवराज को एकाएक लगा, उस आदमी के व्यक्तित्व का घेरा बड़ा चौड़ा है। जिस कुर्सी पर वह बैठा है, उसके चारों ओर कितनी दूर-दूर तक उसका व्यक्तित्व फैला हुआ है। फिर उसे आभास हुआ, वह स्वयं सिकुड़ता जा रहा है, बस सिकुड़ता ही जा रहा है।

उसे लगा, उस हाल के तालाब के जल का रंग ही बदल गया है। और वह सामने बैठा हुआ कुमार एक सम्राट है, वहां बैठे हुए सब लोग उसकी प्रजा हैं—वह भी।

(1962)